NIGHT NOVEL PRESENTS

HELL

CITY

HEAVEN

FALLEN GODDESS

PSG 지음 · **인면어** 일러스트
하보커 캐릭터 원안

시티 헬 : 타락여신의 낙원 VOLUME

2

표지 · 본문 일러스트
인면어

캐릭터 디자인 원안
하보커

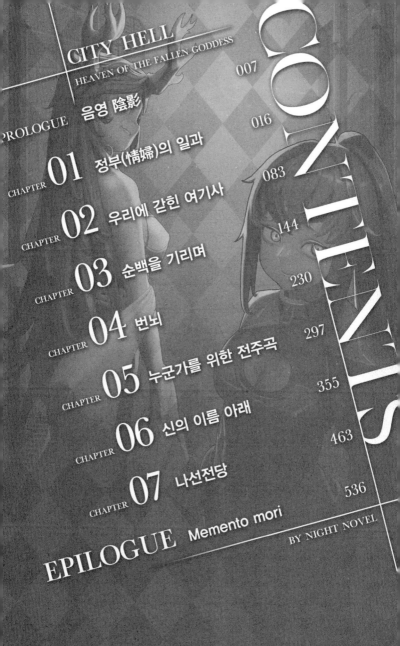

CITY HELL
HEAVEN OF THE FALLEN GODDESS

CONTENTS

BY NIGHT NOVEL

◇

접경 도시 바드티비라는 지옥을 묘사한 지상의 무저갱이다.

욕망에 눈먼 이들은 휘황찬란한 대도시에서 뒤엉키며 하루가 다르게 새로운 시류를 자아낸다.

돈 냄새에 홀린 장사치는 일리아드 통운을 찾아가고,

명예를 탐내는 정치꾼은 가판대에 깔린 데일리 어바웃을 탐독하며,

금기를 범하고자 하는 마법쟁이는 나선전당을 찾아 나서지만,

쾌락에 굶주린 말종은 오직 수국화관의 철교를 건너려 할 따름이다.

◇

《Prologue. 음영 陰影》

　수국화관은 독자적인 생태를 조성한 창관이다. 지상의 고풍스러운 저택부터 지하로 7층까지 파 내려간 거대한 규모는 손님에게 수렁과 같은 향락을 제공한다.

　수국화관의 화대는 위층으로 올라갈수록 천정부지로 비싸진다. 지하 5층에서는 하루 내지 이틀치 급료만 써도 암퇘지를 고를 수 있다. 반면에 도박장인 지하 3층의 딜러와 하룻밤 보내는 데 드는 비용은 잡역부의 보름치 급료에 상당한다.

　특히 저택에 머무는 열세 명의 코르티잔은 억만금을 싸들고 가도 마음대로 부를 수 없다. 코르티잔에게 접대 받는 손님은 카밀라의 이권에 이바지할 수 있는 실력자 뿐이다.

　그렇기 때문에 저택의 분위기는 입구부터 지하 창관과 자못 다르다. 저택 정문은 엄격한 심사를 거친 오거들이 맡는다. 시커먼 정장에 마법도 깨뜨리는 드워프제 핸드 캐넌으로 무장한 모습은 후줄근한 멜빵바지 차림으로 돌아다니는 동족들과 격이 다르다.

　「터커 형님. 저택에서 사람이 옵니다.」

　「엉? 사람?」

11월에 접어들자 매서운 칼바람이 불어닥쳤다. 외투를 여미던 터커는 저 멀리서 걸어오는 여성을 보고 눈이 휘둥그레졌다. 바람에 날리는 시녀복 위로 표범처럼 날렵한 몸매가 아스라이 드러났다.

「어이쿠. 시녀장님이잖아. 이 시간에 무슨 바람이 불어 오셨다냐.」

「칼바람 아닙까.」

첫째가 시답잖은 농을 던졌다. 농담치고 참 재수 옴 붙은 소리였다. 터커는 혀를 차고 초소에서 뛰쳐나갔다.

"오늘도 고생하시네요, 수문조장."

「저희가 고생이랄 게 있겠습니까, 시녀장님.」

터커는 중절모를 벗고 깍듯이 인사했다. 시녀장의 눈 밖에 났다가는 골치 아픈 정도로 끝나지 않았다.

"부엌에 얘기해서 간식을 받아 왔어요."

시녀장이 바구니를 열어 보였다. 먹음직스러운 돼지고기와 붙박이 변기들로부터 갓 짜낸 모유가 식욕을 돋우었다. 터커는 군침을 꿀꺽 삼켰다.

「얘들아, 잠깐 쉬자! 시녀장님께서 간식 챙겨 주셨다!」

조원 셋이 일사불란하게 헤쳐 모였다. 막내는 자꾸만 모자챙 밑으로 시녀장을 흘끔거렸다. 예쁜 여자만 보면 눈이 돌아갈 나이이기는 했다.

「막내야. 식사할 동안 경계 서고 있어라. 둘째는 막내 몫 따로 챙겨 놓고.」

「예. 형님.」

터커는 첫째와 둘째를 이끌고 초소로 들어갔다. 오거 세 명에 엘프 한 명이 들어가자 가뜩이나 비좁은 초소가 미어터졌다.

「자, 시녀장님도 좀 드십쇼.」

조장이 유리병을 열어 시녀장에게 건넸다. 시녀장은 담담한 표정으로 마다했다.

"여러분 드시라고 마련한 음식이에요. 편히 드시죠."

「흐흐, 그럼 사양 않겠습니다.」

터커는 가공한 모유를 벌컥벌컥 마셨다. 시녀장의 눈치를 살피던 첫째와 둘째가 앞다투어 고깃덩이에 달려들었다. 바구니에 가득 채운 음식이 게눈 감추듯 사라졌다.

「아. 역시 사람은 고기를 먹어야 돼. 매일 이렇게 먹으면 소원이 없겠구먼.」

「저도 그렇습다. 터커 형님.」

「간식으로 순무만 먹기도 질리죠.」

조원들이 배를 쓰다듬으며 맞장구쳤다. 터커는 시녀장에게 고개를 꾸벅 숙였다.

「시녀장님 덕분에 모처럼 포식했습니다. 감사합니다.」

"다행이에요. 융통한 보람이 있네요."

시녀장은 바구니에 빈 병을 챙겼다. 터커의 눈빛이 달라졌다.

「혹시 일손 안 필요하십니까? 애들도 좀이 쑤신다고 야단이니 분부만 내려 주십쇼. 오랜만에 아랫동네 기강도 잡아 줍시다.」

첫째와 둘째가 어깨를 들썩이며 맞장구쳤다.

「주인님께 도움 될 일감이라면 언제나 환영임다.」

「요즘 빈민가에서 또 뜨내기들이 설치고 다닌답니다. 한 번 밟아 줘야죠.」

오거는 먼 옛날부터 식인귀라고 손가락질 받았다. 산등성이에 살며 적의 피와 살을 취하는 풍습 탓이었다.

시대가 바뀌고 옛 전통이 사라진 요즘도 차별은 여전했다. 뒤통수를 찌르는 시선에서 살아남기 위해 오거들은 허세와 자존심에 목숨을 걸었다.

하지만 카밀라는 차별과 기피에 시달리던 오거를 일꾼으로 고용했다. 카밀라 밑에서 일하면 길을 걷다가 썩은 토마토에 얻어맞지 않을뿐더러 임금도 제때 나왔다. 세상이 마녀라느니 악당이라느니 떠들어도 카밀라는 그들에게 든든한 후원자요, 자비로운 성녀였다.

"주인님께서 기뻐하시겠군요. 하지만 오늘은 다른 용무가 있어서 찾아왔습니다."

수문조는 손에 묻은 돼지기름을 핥으면서 귀를 기울였다. 시녀장은 늘 바빴다. 빈민가 청소 외에 다른 용건으로 온 적은 드물었다.

"교정실 담당이었던 보머가 처분됐죠. 기억하시나요?"

터커는 허를 찔린 기분이었다.

「보머라. 그러고 보니 벌써 그 녀석 기일도 코앞이군요.」

터커는 번들거리는 민머리를 긁적였다. 첫째와 둘째가 의미심장한 눈빛을 주고받았다. 오거들에게는 영 찜찜했던 사건이었다.

「예. 물론 기억합니다. 보머 녀석 장례는 저희가 치렀으니까요. 지금 와서 생각해 보면 그런 녀석이 어떻게 교정실에…….
크흠.」

터커는 헛기침을 삼켰다. 경솔한 발언이었다.

「아무튼, 막 나간 그 녀석이 잘못이 큽니다. 주인님께서 믿고 맡기신 암퇘지에게 손을 대다니요. 교정실 담당이 어떤 직함인데……. 장례 때도 묘비에 침 뱉는 놈들 말리느라 고생 좀 했습니다.」

첫째가 슬그머니 터커의 눈총을 피했다. 시녀장은 모른 척 확언을 요구했다.

"처분을 집행한 아스타르테 님께 개인적인 감정은 없었나요?"

터커는 턱을 쓰다듬었다.

「주인님께서 지시하신 일 아니겠습니까. 그저 보머 놈 때문에 저희 평판만 떨어지지 않았을까 걱정스럽습니다.」

첫째와 둘째가 고개를 주억거렸다. 터커는 능청스럽게 덧붙였다.

「그렇지만 그냥 뭐라고 해야 할지……. 좀 의외였죠.」

"의외라니요?"

시녀장이 고개를 갸웃거렸다.

「풍요의 여신이라면 다들 자애롭다고 하지 않습니까. 태양 기사야 수컷이 아니시니 저희한테 맡기셨다고 쳐도……. 보머가 산 채로 타들어 가는 모습을 즐겁게 감상하셨다니 믿기지 않습니다. 며칠 전 '처분'을 거들러 갔던 녀석한테도 들었는데, 어휴. 요새는 대단하시다더군요.」

터커는 팔짱을 끼고 짐짓 목소리를 낮췄다.

「그러니까 시녀장님. 저는 말입니다. 여신님이 기억을 잃으셨다고 하지만, 어쩌면 주인님께서 혹시 마법으로 그 뭐냐, 두무지처럼…….」

"그 이상은 주인님께 누를 끼치는 발언입니다."

터커는 입을 합 다물었다. 시녀장이 부드러운 어조로 경고했다.

"선을 넘지 마세요. 수문조장."

끈끈한 땀방울이 터커의 볼을 타고 턱으로 흘러내렸다. 첫째와 둘째는 촉각을 곤두세웠다. 초소의 공기가 칼날을 타고 흐르는 듯했다.

「죄송합니다. 요즘 분위기가 뒤숭숭해서 제 머리가 어떻게 됐나 봅니다.」

마른침을 삼킨 터커가 용서를 구했다. 시녀장은 터커를 물끄러미 응시하다가 작게 한숨지었다. 얼음장처럼 식었던 얼굴에 온화한 기운이 돌아왔다.

"주인님은 헌신적인 아랫사람에게 관대하십니다. 그분의 호의를 거스르는 일이 없도록 하세요."

「그럴 리가요. 저희가 이렇게 번듯이 입고 다니는 것도 전부 주인님 덕분이잖습니까.」

시녀장은 터커의 대답이 만족스러웠는지 엷게 미소지었다.

그리고는 바구니를 정돈하면서 지나가는 투로 물었다.

"그 외투, 요새 오거 분들이 많이 입고 다니더군요. 같은 가게에서 주문했나요?"

「아, 이거라면.」

터커는 새삼스럽게 옷깃을 만지작거렸다. 값비싼 원단 덕분에 윤기가 자르르했다.

「보름 전에 여신님께서 선물해 주셨습니다. 태양 기사를 길들이실 때 도와 드린 보답이라고 하시더군요. 습기가 잘 안 차서 근무 설 때 입기 좋습니다.」

"아스타르테 님께서. 그랬군요."

시녀장은 선선히 고개를 끄덕이고 저택으로 돌아갔다.

「허, 십 년은 감수했구먼.」

터커는 시녀장이 떠나자마자 의자에 털썩 주저앉았다. 둘째가 얼른 어깨를 주물렀다.

「고생하셨습니다. 형님. 갑자기 아스타르테 님 얘기를 하셔서 깜짝 놀랐습니다.」

「그러게 말이다. 평소보다 예민하시던데, 그 사업인지 뭔지 때문에 그러시나……. 어이쿠. 그쪽이다, 둘째야. 그쪽.」

최근 새로운 사업을 시작한다는 소식이 퍼져 위아래 가릴 것 없이 분위기가 뒤숭숭했다. 수국화관의 대소사를 아우르는 시녀장이 신경을 곤두세우는 것도 당연했다.

「형님. 보초는 막내 들여보내고 제가 서겠습니다.」

「오, 그래. 첫째야. 수고 좀 부탁한다.」

중절모를 쓰고 나간 첫째가 막내와 교대했다. 터커는 따로 챙겨 둔 특식을 막내에게 건네 줬다.

「여, 고생 많았다. 한입 들어라.」

「감사합니다. 형님.」

하지만 막내는 좀처럼 특식에 입을 대지 않았다. 터커는 담배에 불을 댕기면서 막내를 흘깃 쳐다봤다.

「숙소로 가져가면 다른 놈들이 훔쳐 먹는다. 입맛 없어도 지금 다 먹어 둬.」

「형님. 한 가지만 여쭤 봐도 되겠습니까?」

뭉그적거리던 막내가 말문을 열었다. 터커는 담배를 뻐금거리면서 막내 쪽으로 돌아앉았다.

「오냐.」

「시녀장님 말입니다. 예전에 암퇘지셨다고 들었습니다.」

둘째는 당장이라도 막내에게 달려들 기세였다. 막내가 흠칫 한 걸음 물러섰다. 터커는 손을 들어 둘째를 제지했다.

「수국화관 출신은 아니시지. 그래서 뭐냐?」

터커의 질문에 막내는 헤벌쭉 웃으며 뒤통수를 긁적거렸다.

「그게, 애인도 없으시다고 하던데, 많이 쌓이셨을 것 아닙니까. 제가 예전부터 좀 마음에 두고 있었다고나 할지…… . 암퇘지들은 총각이라면 다들 환장하니까…… .」

터커는 확신했다. '머리에 피도 안 마른 놈이 미쳤구나.' 손을 내리기 무섭게 둘째가 막내의 멱살을 움켜잡았다.

「야, 이 새끼야. 애인? 미친놈이 어디서 배워 먹은 말버르장

머리야? 그딴 소리 지껄이고 다니다간 우리 죄다 보머처럼 개

죽음 당해!」

　격한 반응에 막내는 입이 얼어붙었다. 둘째가 씩씩거리며 터

커에게 토로했다.

「형님, 이 자식 안 되겠습니다. 당장 보고 올려서 쳐냅시다.」

「됐다. 처음부터 다 잘하냐. 너도 죽은놈 함부로 들먹이지 마라.」

　터커는 초소에 자욱한 담배 연기를 손으로 휘휘 걷어냈다. 둘

째가 마지못해 멱살을 놓았다. 터커는 콜록거리는 막내에게 물

었다.

「막내 너, 시녀장님이 듀에토의 숲 파수꾼이셨다는 얘기는 들

어 봤냐.」

「아닙니다, 형님. 처음 듣습니다.」

　싸움박질만 할 줄 아는 녀석이 엘프의 편집광적인 역사를 알

리 없었다. 사실 자기도 잘 몰랐던 터커는 설명 대신에 알기 쉬

운 예시를 들어 줬다.

「연맹에서 제일로 성깔 더러운 형사였다는 뜻이다. 이놈아.」

　막내의 넙데데한 얼굴이 새파랗게 질렸다.

　바드티비라에서 '성깔 더러운 형사' 란 오거 내지는 켄타우로

스처럼 굴강한 종족도 개 패듯 하는 미치광이와 같은 뜻이다.

　터커는 웃음기 섞인 목소리로 덧붙였다.

「알았으면 다음부터 허튼 생각 말고 잘 알아 모셔라.」

《Chapter 1. 정부(情婦)의 일과》

일리아드 콘체른(Konzern)은 대륙에서 손꼽히는 대기업이다. 건축업으로 확보한 부를 운송업에 투자하고, 운송업에서 구축한 교통망으로 자본을 침투시킨다. 침투한 자본은 각지의 천연자원을 확보하여 가공에 착수한다. 가공한 자재는 거점 도시에서 제품으로 생산되어 판매된다.

바드티비라 안팎을 통틀어 일리아드 콘체른의 계열사는 60여 개에 달한다. 더군다나 이제는 점령지만이 아니라 연맹까지 세력을 펼치는 실정이다.

그리고 '애꾸눈'이 회장으로 있는 일리아드 통운이야말로, 그 거대한 괴물의 수괴이자 심장인 것이다.

일리아드 통운의 사옥은 번화가 한복판에 우뚝 서 있었다. 벽돌과 석재로 쌓아 올린 건축물은 천 년의 세월도 견딜 거암과도 같아서, 사람이 지었다고는 믿기지 않을 지경이었다.

"맙소사……."

젊은 아벤티노 백작은 사옥의 웅장한 전경에 말문이 막혔다. 고국의 왕궁도 이보다 위압적이지는 않았다.

　"장사치다운 낭비로군요."

　"사람은 돈을 만지면 천박해진다는 옛말이 맞는 것 같습니다, 각하."

　일찌감치 실망한 호위기사들과 달리, 백작은 '애꾸눈'이 거상다운 인물이기를 바랐다. 그는 묵묵히 사슴뿔 목걸이를 매만졌다.

　'여신이시여. 이 무지와 부도덕의 소굴에서 당신의 종을 굽어살펴 주시옵소서.'

　백작 일행은 높은 계단을 올라 사옥으로 들어갔다. 사옥 안은 서류 더미를 싸 들고 오가는 잡역부며 수정 구슬에 대고 호통치는 사원으로 시장통처럼 수선스러웠다.

　"백작 각하. 저곳에 물어보면 되겠습니다."

　"오, 그렇군. 역시 경은 눈썰미가 좋구려."

　백작은 커다란 수조가 놓인 안내대에 다가갔다.

　「어서 오세요. 무엇을 도와 드릴까요?」

　수조 속에서 관상어를 돌보던 인어가 백작에게 다가왔다. 백작은 그저 놀라웠다. 뱃사람을 홀리는 목소리를 뭍에서 들을 수 있으리라고는 상상도 못했다.

　「손님? 왜 그러세요?」

　"무엄하다! 천한 괴물 주제에 각하를 독촉하다니!"

　호위기사가 인어를 윽박질렀다. 인어는 눈 하나 깜짝 않고 입구 좌우에 우뚝 선 철상을 가리켰다.

「전투용 골렘이에요. 소란을 피우시면 작동하니까 조용히 해 주세요.」

"이것이 감히 협박까지 해!"

기사가 칼자루를 움켜 쥐었다. 당장이라도 피를 볼 기세였다.

"호라스 경이 참게. 귀천의 법도를 모르는 도시 아닌가."

보다 못한 백작이 나섰다. 호라스는 안내원을 쏘아보면서 한 발짝 물러섰다. 안내원도 이에 질세라 경멸하는 눈초리로 응수했다.

백작은 헛기침을 하고 정중히 용무를 밝혔다.

"나는 프란츠 왕국의 아벤티노 백작이라 하노라. 부친과 귀사 간에 맺은 계약 건으로 회장을 만나고자 한다."

「회장님 말씀이신가요? 약속은 잡으셨나요?」

"예정에 없는 방문이다."

백작은 당당하게 대답했다. 과연 그 말마따나, 백작을 수행하는 인원은 기사 두 명이 전부였다.

「예정이 없으시다고요…….」

안내원이 품평하는 듯한 눈으로 일행을 훑어봤다.

호위기사들은 문전에서 받는 푸대접에 분통이 터졌다. 푸른 피가 흐르는 귀족이 장사치 따위를 만나러 왕림한 것만으로도 파격적인 행보였다.

"각하, 이 괴물을 상대해 봐야 시간 낭비입니다. 저희가 제대로 된 담당자를 찾아 보겠습니다."

"어허, 루브 경. 말이 과하군. 이 인어는 자신에게 주어진 역할을 다할 뿐일세."

제대로 교육 받은 천것은 꾸짖지 않아도 귀족을 공경한다. 안내원의 태도는 그저 이 도시가 천것을 올바르게 다스리지 않는다는 증거다. 제대로 된 귀족도, 성직자도 없이 어느 누가 신분에 따라 주어진 의무와 혜택을 가르쳐 주겠는가.

「……잠시만 기다리세요.」

안내원이 방수 마법이 걸린 책상에서 작은 수정 구슬을 꺼냈다. 단거리 통신 마법을 부여한 물품이었다. 그녀는 백작에게 등을 돌린 채 수정 구슬에 한참 무어라고 떠들어 댔다.

「기쁜 소식입니다. 백작 각하.」

통화를 끝낸 안내원이 깍듯하게 말했다.

「회장님께서 승낙하셨어요. 곧 비서실에서 사람을 보낸다고 합니다. 잠시 쉬고 계시겠어요?」

"고맙다."

일리아드 통운은 듣던 대로 온갖 이종족이 돌아다녔다. 고국에서는 보기 힘든 풍경이었다. 아벤티노 백작은 유랑 극단의 공연을 감상하는 기분으로 기다렸다.

"아벤티노 백작 각하 일행 되십니까?"

잠시 후, 온화한 인상의 청년이 일행에게 다가왔다. 호위기사들은 청년의 긴 귀를 보고 경계심을 누그러뜨렸다. 엘프는 인어나 오크 따위에 비할 바가 아니었다.

"그래, 내가 아벤티노 백작이다. 그대는 회장의 비서인가."

"지금은 아닙니다. 비서실에서 직무 훈련 중입니다."

백작은 깜짝 놀랐다. 고국에서는 엘프를 거느리면 곧바로 요직에 앉히는 것이 관례였다.

"회장은 엘프를 둘이나 거느린단 말인가?"

"그보다 많습니다. 아, 두 분께서는 잠시 기다려 주시겠습니까."

"가당치도 않은 소리! 우리에게는 각하를 수행할 의무가 있다."

"행여 각하께서 무슨 일이라도 겪으셨다간 어쩔 작정이오?"

고국에서는 상상도 못할 처사였다. 호라스와 루브가 벌떼처럼 들고 일어났다. 엘프는 거센 항의에 딱 잘라 대답했다.

"회장님께서는 미노타우로스이십니다."

호위기사들은 할 말을 잃었다. 미노타우로스가 동석한 자리에서 흉계를 꾸밀 수 있는 자는 미노타우로스 본인 뿐이었다.

"과연, 맞는 말이로군. 경들은 여기서 쉬도록 하라. 내 가서 회장과 담판을 짓고 오겠다."

아벤티노 백작도 대담하게 맞장구를 쳤다. 호위기사를 대동하겠다고 하면 사내 주제에 담력도 없다고 비웃음을 살 것이다. 사교계에서는 흔한 신경전이었다.

"각하!"

"면목이 없습니다. 불러만 주시면 곧장 달려 가겠습니다."

호라스와 루브는 눈물로 백작을 배웅했다. 대단한 충심이었다. 백작을 안내하던 엘프가 넌지시 말했다.

"인망이 두터우시군요, 각하."

"모두 부친 덕분일세. 나로서는 그분의 행적을 뒤따라가기도 벅차지."

5년 전 타계한 선대 아벤티노 백작은 젊은 시절 관문 전쟁에서 활약한 영웅이었다. 아울러 어진 성품으로 백성의 존경과 사랑을 한 몸에 받았다. 갑작스레 작위를 이은 그에게 부친의 생애는 너무나 찬란했다.

'아버지의 역량을 반만큼만 따라갈 수 있다면⋯⋯.'

백작은 장엄한 대리석 복도를 지나 집무실에 이르렀다. 문을 지키는 경호원 중 한 명이 안에 들어갔다가 나왔다. 한 나라의 임금이라도 기거하는 듯 삼엄한 분위기였다.

"즐거운 시간 되시길 바랍니다. 아벤티노 백작 각하."

엘프가 문 앞에서 한 발짝 옆으로 물러섰다. 아벤티노 백작은 태평한 미소를 짓고 집무실에 발을 들였다.

검붉은 색조로 일관한 집무실은 크고 넓었다.

몇 점 없는 가구는 장인의 손을 거친 수작이고, 벽에 걸린 그림은 이름난 화가의 걸작이었다. 집무실을 이루는 모든 요소가 아벤티노 백작의 자긍심이 새어 나올 여지를 철저하게 틀어막았다.

『내가 기억하는 아벤티노 백작이 아니군.』

백작은 화들짝 정신을 차렸다.

『이리 오게.』

책상에 앉은 미노타우로스가 나직이 말했다. 정장을 입은 굴강한 신체는 폭발 직전의 활화산처럼 불끈불끈 맥동하고 있었다.

일리아드의 회장, '애꾸눈' 훔바바.

상상 이상이었다. 입에서 입으로 전하는 소문은 실물의 위용을 십분지 일도 묘사하지 못했다.

『무슨 문제라도 있나?』

직경만 3미터를 넘는 샹들리에가 훔바바의 머리 위에서 휘황찬란하게 빛났다. 이 공간을 누가 장악하고 있는지 보여 주는 척도였다.

"아, 아니, 아니외다."

백작은 넋을 잃고 미노타우로스의 권유에 순순히 따랐다. 무거운 공기 속에서 백작의 발소리만이 위태롭게 울려 퍼졌다.

『우선 앉지. 왕국에서 이 먼 곳까지 오느라 수고 많았네.』

백작은 책상 앞에 쭈뼛쭈뼛 앉았다. 프란츠 왕국에서 바드티비라까지 동행한 여유는 집무실에 들어선 직후 줄행랑을 쳤다. 이 자리에 있는 젊은이는 백작도 아니고 발가벗은 원숭이에 불과했다.

『아벤티노 백작은 어떻게 됐나.』

"도, 돌아가셨, 습니다."

백작은 무심코 높임말을 쓰고 말았다. 처음으로 떠오른 감정은 낭패감이었으며 자괴감이 그 뒤를 바짝 추격해 왔다. 대체무슨 배짱으로 태평하게 여행길에 올랐던 것일까.

『연맹이 훌륭한 인물을 잃었군. 애석한 일일세.』

홈바바는 등받이에 몸을 묻고 값비싼 잎궐련을 꺼냈다.

"감사합니다."

백작의 이마 위에 식은땀이 송골송골 맺혔다. 긴장 탓인지 희미한 환청마저 들렸다.

물기를 머금은 소리였다.

『자네도 한 대 태우겠나.』

"아닙니다. 저, 저는 괜찮습니다."

백작은 허둥지둥 손사래를 쳤다. 홈바바가 궐련에 불을 붙이고 한 모금 깊이 빨아 삼켰다. 백작은 안색이 파리하게 질려서 고개를 떨어뜨렸다. 얼씬도 해서는 안 될 곳에 발을 들이고 말았다.

『그래. 무슨 용무로 왔나. 안내원은 계약 운운하더군.』

홈바바가 희뿌연 담배 연기를 굴뚝처럼 뿜어내었다. 백작은 등줄기를 꼿꼿이 세웠다. 비룡에게 물려 가도 정신만 차리면 살 수 있다고 했다. 장사치에게 입도 뻥긋 못하고 돌아갔다는 소문이 퍼졌다간 하루아침에 사교계의 웃음거리로 전락할 터였다.

"부친께서, 10년 전 귀하에게 보장해 주신 채굴권 때문입니다."

『채굴권? 셀라리온 말인가?』

셀라리온은 응축된 마력의 결정이었다. 그 사용처는 없어서 못 쓴다는 말이 나올 만큼 무궁무진했다. 하지만 채굴에 막대한 노력과 자본이 필요해서 대부분은 광맥을 찾아도 손가락만 빨아야 했다.

"예. 바로 그, 셀라리온의 채굴을 중단해 주십시오."

백작은 마른침을 삼켰다. 겁에 질린 눈이 훔바바를 올려다봤다. 오한과 함께 예의 질척거리는 환청이 또다시 귀를 간지럽혔다.

『이상한 요구로군. 채굴권은 50년 연한으로 합의했을 텐데, 착오가 있었던가?』

훔바바가 앉음새를 고쳤다. 백작은 황급히 고개를 흔들었다.

'정신 차려라. 너는 아벤티노 가문의 정당한 계승자다. 중요한 자리에서 환청 따위나 신경 쓰다니!'

마음을 다잡은 백작은 차근차근 자신의 입장을 밝혔다.

"연한은 50년이 맞습니다. 하지만 몇 년 전부터 영지의 농작물이 말라죽고 까닭 모를 병에 걸리는 주민이 늘어났습니다. 협회 소속 마법사는 광산에서 흘러나온 유독성 물질이 원인이라고 하더군요."

『흠.』

훔바바는 백작의 이야기를 경청해 줬다. 진지한 태도에 백작은 조금이나마 자신감을 되찾았다.

"원인이 되는 유독성 물질은 셀라리온을 정제하는 데 쓰인다고 들었습니다. 저는 백작령의 정당한 주인으로서, 주민을 해치는 시설을 허락할 수 없습니다."

쯔읍.

심지를 뽑아내듯 끈적하게 들려오는 환청은 애써 무시했다.

"다른 대안이 없는 줄 압니다. 채굴을 중단해 주십시오. 그 과정에서 생기는 피해는 섭섭하시지 않게 배상해 드리겠습니다."

말을 마친 백작은 훔바바의 표정을 살폈다. 과연 잇속에 굶주린 장사치가 순순히 따를 것인가. 바위처럼 우직한 얼굴은 좀처럼 감정을 드러내지 않았다.

『배상이라, 아벤티노 백작가가 배상하겠단 말인가. 흥미롭군.』

잠시 생각에 잠겼던 훔바바가 책상 위의 수정구를 가볍게 두드렸다. 수정구에 흐릿한 상이 맺혔다.

『비서실장. 아벤티노 영지에서 셀라리온 광산을 철수할 경우의 예상 손실금이 필요하다. 작년 기준이면 충분하니 집무실로 보내도록.』

〈알겠습니다, 회장님.〉

수정구에 맺힌 상이 사라졌다. 훔바바는 묵묵히 잎궐련을 태웠다. 정적이 감도는 집무실에 담뱃잎 타들어가는 소리가 드문드문 메아리쳤다.

'이렇게 쉽다니!'

백작은 마음 속으로 쾌재를 불렀다. 역시 장사치도 격이 있었다. 묻지도 따지지도 않고 승낙해 주는 모습에서 과연 거상의 풍모가 드러났다.

"배려에 감사드립니다. 회장님."

『배려는 무슨 배려겠나. 영지와 주민을 걱정하는 그 마음 씀씀이, 아주 보기 좋군. 영지전에 열을 올리는 요즘 귀족 중에서 드문 인품일세.』

훔바바가 너그러운 투로 말했다. 백작은 머쓱한 감탄사를 흘렸다. 긴장이 풀리면서 주변머리가 서서히 돌아왔다.

'손가방……?'

책상 귀퉁이에 작은 손가방이 놓여 있었다. 백작은 의아했다. 저 미노타우로스가 집무실에 사사로이 여자를 들일 만큼 천박한 성품이라고는 믿기 어려웠다.

'이유는 모르겠지만……. 고지식한 사람 눈에는 처신없어 보이겠군.'

하물며 초면에 품행을 지적하는 것도 천박한 노릇이었다. 백작은 너그러운 마음으로 손가방을 못 본 척 해 줬다.

그 대신 눈길을 끈 것이 바로 책상 위에 놓인 체스보드였다. 갓 대국을 마쳤는지 흑의 임금이 체스보드 한복판에 픽 쓰러져 있었다.

"회장님도 체스를 두시는군요. 왕국 사교계에서도 아주 인기가 많습니다."

『좋은 맞수를 만나서 요즘 푹 빠진 참일세. 자네 오기 전에 대국이 막 끝난 참이었다네.』

훔바바는 손수 적은 기보를 선심 쓰듯 보여 줬다. 기보를 받아 든 백작은 하마터면 박장대소할 뻔했다. 체스에 일말의 조예가 있는 사람이라면 누구나 백작과 같은 심정일 터였다.

"흑을 잡은 지휘관이 굉장히 독특한 군략을 펼쳤군요. 방어를 굳히다가 임금을 갑자기 진형 밖으로 내세운 탓에……."

『크흠.』

백작은 멈칫 말을 끊었다. 훔바바가 혁대를 정리하려는지 책상 밑으로 손을 넣으며 물었다.

『왜 그러나? 계속하지 않고.』

"아, 아닙니다. 분명히 방금……."

물기를 담뿍 머금은 음란한 소리가, 지척에서 들렸다.

'환청이 아니라고?'

백작은 반신반의하는 표정으로 목걸이를 매만졌다. 가슴에 묻어 뒀던 불쾌한 기억이 물거품처럼 부풀어 올랐다.

'환청이……. 환청이 아니라면…….'

근래 고국의 사교계에 남사스러운 추문이 떠돌고 있다.

점령지에서 종적을 감췄던 풍요의 여신이 창부로 전락했다는 것이다. 심지어 만신전마저 아스타르테를 신위(神位)에서 제명하는 문제로 갑론을박을 벌이고 있다던가.

아벤티노 백작령은 농경과 목축으로 지탱하는 영지였다. 백작도 그 영향으로 어릴 적부터 양친에게 아스타르테의 일화를 들으며 자랐다. 여느 귀족들처럼 소문을 곧이곧대로 믿을 수는 없었다.

이야기 속 여신은 상처 입은 자에게는 자애를, 용기 잃은 자에게는 희망을 선물해 줬다. 아울러 저 잔악한 지옥의 군세에 앞장서서 맞서는 영웅심마저 겸비했다. 그런 여신이 아무 사내에게나 천박한 교태를 부리는 광경은 상상하기조차 두려웠다.

이를테면, 저 책상 밑에서.

"회장님. 비서실에서 왔습니다."

『그래. 안으로 들이게.』

집무실에 온 비서가 백작에게 서류철을 넘겨 줬다. 상념에서 깨어난 백작은 어색한 미소로 서류철을 받아 들었다.

'그래. 긴 여행으로 피로한 탓이지. 몸이 지치면 마음도 쇠하기 마련이다.'

습한 공기 중에 떠도는 향내도.

비서의 얕잡아 보는 듯한 시선도.

'모두 내 노파심에 불과하다.'

백작은 초조하게 매만지던 목걸이를 꽉 움켜쥐었다.

"내전으로 문제가 생길 시를 대비해서 조사해 둔 내역입니다. 올해 12월까지 지불할 임금과 부수 비용을 포함하면 최종 금액의 17% 가량이 추가로 지출될 예정입니다. 확인해 주십시오."

비서가 사무적인 어조로 설명했다. 백작은 보는 둥 마는 둥 서류를 팔랑팔랑 넘겼다. 최종 금액을 확인하자 숨통이 턱 막혔다. 가산의 태반을 처분해야 간신히 맞출 수 있는 액수였다.

'하지만 이대로 손 놓고 있어도 영지는 결국 파멸한다.'

백작은 머릿속에 하얗게 질린 채 서류철을 덮었다.

『소상한 이야기는 관련 부서를 찾아가서 의논해 보게. 영지에서 철수를 거들어 준다면 우리는 지출을 막을 수 있어서 좋고, 자네도 가산을 보전할 수 있지 않겠나.』

"지……. 지당하십니다."

백작은 말을 더듬거렸다. 백작가가 휘청거릴 정도의 거액을, 이 남자는 기분으로 입에 올릴 만큼 대수롭지 않게 여겼다. 점령지에서 연맹까지 뿌리를 뻗은 일리아드가 어떤 괴물인지 새삼 피부로 실감됐다.

『이제 더 나눌 이야기는 없겠군. 프란츠 왕국을 방문하면 부친 묘소에 조화(弔花)라도 놓으러 감세.』

홈바바가 비서에게 눈짓을 보냈다. 비서는 사근사근한 투로 백작을 격려했다.

"백작 각하. 우선 저희가 준비해 둔 철수 계획을 보시는 편이 이해하시기 쉽겠군요. 전략 기획실에서 앞으로의 절차를 설명해 드리겠습니다. 가시죠."

백작은 서류철을 붙들고 자리에서 일어났다. 얼굴이 백지장처럼 창백했다.

"회, 회장님. 하나만 여쭙겠습니다."

『뭔가.』

백작의 목울대가 힘겹게 오르내렸다.

"근래 아스타르테 님께서, 그……. 매춘을 하신다고 떠드는 이들이 있습니다."

백작은 제 혀를 깨물고 싶은 표정이었다. 홈바바는 실소했다.

『멋모르는 치들은 머리에 사슴뿔 달고 우기면 아스타르테인 줄 아는 법이라네.』

허여멀건 낯짝에 생기가 돌아왔다. 백작은 가슴을 쓸어내리며 안도했다.

"회장님 말씀이 옳습니다. 역시 뜬소문이었군요. 다행입니다."

『자네가 믿는 여신을 너무 무시하지 말게나.』

"괜한 질문을 드려서 죄송합니다. 요새 심신이 지쳐서 판단력도 흐려졌나 봅니다."

백작이 한결 홀가분한 얼굴로 집무실을 나섰다. 문이 닫히자 훔바바는 콧김을 훅 내뿜었다.

『저런 심약한 녀석이 아벤티노 백작이라. 번듯한 귀족도 씨가 말라 버렸군.』

"회장님께서 너무하셨죠."

소름 끼치도록 달콤한 미성이 흘러나왔다. 훔바바는 책상 밑을 내려다봤다. 얇은 드레스를 입은 여인이 다소곳이 똬리를 틀고 있었다.

"모른 척 하시면 너무 가엾잖아요. 백작 발등에 불이 떨어졌다는 소식은 지난달에 들으셨으면서."

한껏 내민 혀가 묵직한 음낭을 간지럽혔다. 여인은 붓촉처럼 세운 혀끝으로 주름 사이사이를 샅샅이 핥았다. 훔바바를 우러러보는 금안(金眼)이 요사스럽게 빛났다.

『꾸중을 들어야 할 만큼 짓궂었던가?』

"쯥……. 협조는 구색이고, 쯔읍, 실은, 하아……. 영지를……. 접수하실 작정이시잖아요. 흐음……."

여인은 남근에 입술을 맞추며 심드렁하게 대꾸했다. 때로는 부드러운 점막이, 또 때로는 말캉한 혀가 수컷의 본능을 간지럽혔다. 자존심 강한 수컷의 상징은 금방 굳세게 머리를 치들었다.

"흐응, 방금 사정하시고도 어쩜 이렇게 늠름하실까요."

여인은 잔뜩 부푼 남근을 사랑스럽게 어루만지며 속삭거렸다. 뱀처럼 얽혀 드는 손가락의 희롱에 남근이 껄떡껄떡 성을 냈다. 여인의 입술이 턱없이 음탕한 미소를 그렸다.

『아벤티노 백작령이 내 생각보다 먹음직스러웠던 모양이군.』

훔바바는 담배 연기를 훅 내뿜고 농을 던졌다. 여인이 새침한 표정으로 남근을 뿌리부터 핥아 올라갔다. 질투가 묻어나는 눈초리와 달리 혓바닥을 놀리는 기량은 꼼꼼하고 치밀했다.

"그깟 영지, 회장님이라면…… 후릅…… 입맛대로 고르실 수 있잖아요?"

『거저 얻을 수 있는 땅을 왜 놀리겠나. 크음.』

좌우를 훑으며 애태우던 혀가 민감한 뒷 힘줄을 따라 올라왔다. 의표를 찌르는 자극에 훔바바도 무심코 탄식했다. 수컷을 시중 드는 솜씨는 이제 수국화관에서도 견줄 암퇘지가 없었다.

"회장님도 욕심이 많으셔서 큰일이에요."

장난스레 핀잔한 여인은 작은 입술을 한껏 벌렸다. 굵직한 귀두가 보드라운 점막에 서서히 삼켜졌다. 여인은 고개를 기울이며 귀두에 눌려 볼록 부푼 뺨을 과시했다.

『그래도 너만큼 성급하지는 않다.』

"흐으응…… ♥"

훔바바는 여인의 머리를 쓰다듬었다. 애완 동물을 다루는 듯한 손길에 여인이 기분 좋게 코를 울렸다. 여느 사람이 모욕이라고 느낄 처사도, 수국화관에서 조련을 받은 암퇘지에게는 극진한 포상이었다.

하지만 홈바바는 여인이 이제 이 정도로 만족하지 않는다는 사실을 일찍이 간파했다.

『카밀라가 제약산업 추진안을 정식으로 발표하더군. 무슨 수로 설득했지?』

"허혀 휴 햐허혀햐히헤혀."

여인은 귀두를 입에 문 채 우물거렸다. 축축한 혀가 귀두 끝에 맺혀 끈적하게 떨어지는 쿠퍼액을 감로수처럼 받아 먹었다. 움찔거리는 요도구에 아양을 부리는 일도 잊지 않았다.

『알아듣기 어렵군.』

축축한 혀가 귀두 위에 살짝살짝 스치면서 대답을 적었다.

『거절 후 양보 전략?』

여인은 고개를 끄덕거렸다. 생선을 훔친 고양이처럼 귀두에서 떨어지지 않는 모습이 제법 귀여웠다. 홈바바는 잎퀄련을 뻐금거리며 생각에 잠겼다.

『거절 후 양보라……. 상대가 거절하면 이쪽이 양보한다는 뜻인가. 전략이라고 할 만큼 거창한 방법은 아니지 않나.』

귀두 근처를 문지르던 입술이 차츰 기둥을 타고 내려왔다. 여인은 나른한 눈으로 홈바바를 우러러보며 봉사에 몰입했다. 점막과 혀에 반질반질하게 닦이던 귀두가 목젖을 툭툭 건드렸다.

하지만 여인은 토악질은커녕 귀두를 좁은 목구멍까지 끌어당겼다. 입 안에서 거칠게 날뛰는 남근을 빨아들이면서 빰이 옴폭 파였다. 이윽고 여인은 홈바바의 가랑이에 매달리다시피 바짝 붙어 왔다.

"흐응, 으그읍, 흐으응……♥"

여인은 탐스러운 엉덩이로 살랑살랑 꼬리치며 머리를 앞뒤로 흔들었다. 질식의 고통조차 암돼지에게는 쾌락이었다. 진주 같은 눈물이 흩어지지만 발치에 흥건한 애액에 비하면 새 발의 피였다.

"응큽, 크흐응, 흐크읍♥"

훔바바의 뻣뻣한 치모가 콧구멍을 찔렀다. 여인은 느긋하게, 혹은 초조하게 움직이며 암돼지의 치태를 대접했다. 발정한 신체가 파르르 떨며 수컷의 은총을 갈구하지만, 허락이 떨어지지 않는 한 암돼지는 스스로 위로조차 할 수 없었다.

『크흠……!』

정성스러운 봉사에 미노타우로스의 허리가 들썩거렸다. 훔바바는 추론을 멈추고 암돼지에게 집중했다. 음낭이 뻐근해지자 여인의 입술도 더욱 간절하게 남근 위를 미끄러졌다.

훔바바는 더 이상 참지 않았다. 인내심을 치우기 무섭게 한계까지 차오른 쾌감이 용솟음쳤다. 마침 목구멍 깊숙한 곳까지 들이찼던 남근은 여인의 뱃속에 한바탕 사정해 버렸다. 기세 좋게 폭발한 정액이 위벽을 때렸다.

"쿨럭, 커흑, 끄흐응, 훗크응……♥"

여인은 고통스러운 신음을 내면서도 오히려 훔바바에게 밀착했다. 퇴폐와 기품을 겸비한 미모가 가랑이에 꼴사납게 파묻혔다. 그 와중에 목구멍은 옴찔옴찔 수축하면서 한 방울의 정액이라도 더 퍼 올려 주기를 졸라 댔다.

『항상 수고가 많군.』

홈바바는 후련한 한숨을 내쉬었다. 여인이 눈꺼풀을 경련하며 조심스럽게 떨어졌다. 사정을 마치고 축 늘어진 남근이 여인의 입 속에서 구불텅구불텅 기어 나왔다.

"하아……. 이렇게 많이 싸 주시다니……. 회장님, 후계자는 이제 뒷전이시네요?"

달뜬 숨을 내쉰 여인은 눈초리를 살며시 치켜올렸다. 하지만 입술에 묻은 정액을 핥아먹으면서 투정 부려 봤자 설득력이 없었다. 홈바바는 너그럽게 웃어 넘겼다.

『네 말대로 욕심이 많은 탓이지.』

"꼭 이럴 때만 능청스러우시죠."

여인이 흥 하고 콧방귀를 뀌었다. 앙증맞은 소리를 하는 혀가 정액과 침으로 뒤범벅된 남근을 싹싹하게 청소했다. 깔끔한 뒤처리 또한 암퇘지의 덕목이었다.

홈바바는 여인의 사려 깊은 봉사를 누리며 시각을 확인했다. 괘종시계의 시침이 오후 세 시를 막 넘긴 참이었다. 수국화관의 사열은 저녁 식사를 겸하며 열리니 시간은 아직 넉넉했다.

『이래서야 순순히 보내 줄 수 없겠군.』

"네?"

여인이 동그래진 눈으로 고개를 들었다. 홈바바는 말없이 허벅다리를 툭툭 쳤다. 여인이 드물게 난처한 기색을 드러냈다.

"회장님, 매번 늦게 돌아가면 주인님께서 의심하세요."

『시치미 떼지 마라. 카밀라는 손익만 맞아떨어지면 제 자식도 불구덩이에 내던질 성품이다. 오히려 마녀가 바라던 바 아닌가?』

카밀라는 씨받이를 제공하여 세력을 온존했다. 훔바바는 홀가분하게 욕정을 해소할 수 있었다. 그가 여인을 탐하면 탐할수록, 카밀라에게는 득으로 돌아갔다. 카밀라와 훔바바 양측은 말할 나위가 없고, 거래의 핵심인 여인도 확실히 인지하는 사실이었다.

"야박하시긴……. 정말, 회장님. 이제부터라도 아버지답게 자상한 구석도 갈고 닦으셔야죠. 자식을 낳아 드린 다음은 늦다고요?"

여인이 뾰로통하게 입술을 비죽거렸다. 훔바바는 여인의 잘록한 허리를 눈에 담으며 대꾸했다.

『부성애는 네 배가 부른 뒤에 고려해 보겠다.』

복종의 문신을 새긴 아랫배는 여전히 늘씬했다. 훔바바는 근 1년 넘게 교미를 게을리한 적이 없었다. 카밀라가 수작을 부린다는 명백한 증거였다.

"씨받이로서 더 분발하라는 말씀이시죠?"

여인은 언제 토라졌냐는 듯이 입가에 야릇한 미소를 덧그렸다. 발정은 수컷의 전유물이 아니었다. 정염에서 배어난 애액이 다리 사이로 투명한 실을 그리며 뚝뚝 떨어졌다.

『그편이 네게도 이롭겠지.』

농익은 지체가 책상 밑에서 미끄러져 나왔다. 여인은 훔바바의 굵고 탄탄한 다리를 뱀처럼 타고 올랐다. 샹들리에 조명이 관능적으로 흐트러진 자태를 예리하게 부각시켰다.

여인은 하루가 다르게 무르익어 갔다.

위태로울 만치 처연한 미모는 내일이라도 저물 꽃송이처럼 사람의 마음을 잡아끌었다. 그 이면에서는 요염한 교태와 귀부인의 기품이 섬세하게 어우러졌다. 또한 이따금씩 무방비하게 드러내는 재기(才氣)는 진은으로 벼린 칼날처럼 섬뜩하여서 뭇 짐승의 탐욕을 한껏 돋우었다.

"글쎄요. 배가 부른 채로 접대를 하기는 싫네요."

여인이 훔바바의 다리에 걸터앉으며 눈길을 피했다. 훔바바는 눈썹을 실그러뜨렸다. 접대를 달갑지 않게 여기는 암퇘지는 교정실에서나 볼 수 있었다.

『듣던 중 의외로군.』

"제 배로 낳을 자식이잖아요. 태교는 잘해 주고 싶거든요?"

여인은 새침한 표정으로 허리를 내렸다. 수줍게 다물린 균열이 꺼떡꺼떡 맥박치는 남근을 서서히 삼켜 갔다. 팽창한 귀두가 꽃잎을 열어젖히자 여인의 깊은 곳에 고여 있던 정액이 주륵 흘러내렸다.

『어울리지 않게 기특한 소리도 할 줄 아는군.』

눅진하게 풀린 속살이 훔바바의 물건에 휘감겼다. 촘촘한 주름은 파고드는 귀두를 꼭 물고 놓아주려 하지 않았다. 여인은 뱃속에 차오르는 우람한 형태를 온몸으로 느끼며 전율했다.

"하아…… ♥ 사흘 밤낮으로 봉사해 드렸는데, 아직도 이렇게 뜨겁고 딱딱하셔서는⋯⋯♥"

달짝지근하게 한숨지은 여인이 훔바바의 목에 팔을 감았다.
그녀는 제 팔뚝만 한 거근을 뿌리까지 받아들이면서 훔바바에
게 꼬옥 안겼다. 풍만한 젖가슴이 강철 같은 육체에 짓눌리자
상스러운 형태로 이지러졌다.

『패장 주제에 불평이 너무 많지 않나.』

훔바바는 책상에 놓인 체스보드를 턱짓으로 가리켰다. 여인
이 잘록한 허리를 느긋하게 움직이면서 곁눈질했다. 백척간두
의 난전을 벌인 체스보드 위에 흑의 여왕과 임금이 사이 좋게 쓰
러져 있었다. 여인의 미소가 짙어졌다.

"임금님께서 크게 상심하셨답니다."

위에서 아래로, 왼쪽에서 오른쪽으로, 탐스러운 엉덩이가 요
분질을 하자 살과 살이 처덕처덕 부딪쳤다. 상스러운 물소리가
집무실을 흠뻑 적셨다. 여인은 할딱거리는 미성으로 지저귀었
다.

"여왕님을 잃으시고, 흐음♥ 전선에서 분투하신 끝에, 주인
모를 흉탄을 맞고 쓰러지셨죠. 이제부터는 사령관인 제가, 하
흐웅?!"

훔바바는 심술궂게 자세를 고치는 척하며 여인의 민감한 약점
을 귀두로 지그시 밀어 올렸다. 가녀린 등줄기가 활대처럼 젖혀
지며 소스라치는 잔물결을 일으켰다. 여인은 감복에 겨운 숨결
을 내쉬며 그윽한 눈으로 훔바바를 우러러봤다.

"임금님의 유지를, 받들어서⋯⋯. 정국을, 바로잡아야겠네

요 ♥"

『패배는 사령관의 무모한 작전 탓 아니었던가?』

"입안자는 사령관이었지만, 흐읏, 승낙은……. 임금님께서 하셨답……니다? 당신의 기량을, 하앙, 전적으로 신뢰하셨거든요……♥"

턱밑에서 재잘거리는 목소리가 가늘게 떨렸다. 훔바바는 꼿꼿이 서 있는 백의 임금을 잡아 이리저리 살펴봤다. 결국 체스보드에 흑과 백 어느 한쪽만 남을 수는 없었다.

『노회한 임금보다는 타이르기 쉬운 암돼지가 낫겠지.』

"하앙, 회장님……! 갑자기, 앗, 그렇게 깊이, 하아, 흑, 흐으읏……♥"

인두처럼 달궈진 귀두가 헤픈 자궁구를 연이어 두드리자 여인은 삽시간에 절정으로 치달아 버렸다. 경련하는 속주름이 미노타우로스마저 기분 좋은 압박감을 느낄 만큼 움츠러들었다. 훔바바는 몸서리치는 여인을 듬직한 팔뚝으로 끌어안으며 속삭였다.

『아벤티노 백작이 네 꼴을 보면 어떨지 궁금하군. 아스타르테.』

"하아……. 하아아……."

아스타르테는 전신 구석구석 퍼져 나간 절정을 음미하기에 급급했다. 소마로 절인 뇌는 오감이 보내는 모든 신호를 쾌락으로 해석했다. 뱃속을 그득 채운 충만감도, 등골을 누르는 완력도, 심지어는 땀으로 젖은 살결에 옷감이 스치는 감촉조차 암컷으로서의 정염(情炎)을 부추겼다.

『아벤티노 백작령은 주민 대부분이 너를 믿는다. 백작의 부친도 독실한 신도였지. 네게 선물하기 안성맞춤인 지방 아닌가?』

아스타르테는 초점을 잃은 눈으로 훔바바를 올려다봤다. 작년 이맘때 선물 받았던 펜던트가 가슴골에서 찰랑거렸다. 훔바바는 왕관처럼 자란 사슴뿔을 이로 지긋지긋 깨물었다. 자극이 뇌수에 여과 없이 내리꽂혔다. 아스타르테는 소나기를 맞은 자그마한 새처럼 오들오들 떨었다. 훔바바와 맞물린 치부에서 뜨거운 꿀물이 넘쳐흘렀다.

"하, 하악♥ 하으, 하아아……♥"

아스타르테는 훔바바의 목깃을 움켜쥔 채 절박하게 허리를 놀렸다. 훔바바가 이빨로 뿔을 득득 긁을 때마다 머릿속에서 섬광이 튀었다. 흰자위를 까뒤집은 두 눈에서 기쁨의 눈물이 왈칵 쏟아졌다. 아스타르테는 혀를 축 늘어뜨린 채 얼빠진 웃음을 지었다.

"가, 감샤, 하니다, 혜쟝, 니힘……♥"

훔바바는 삽입한 채로 아스타르테를 번쩍 안아 책상에 눕혔다. 그 바람에 정돈해 둔 서류와 필기구가 어지럽게 흩어졌다. 훔바바는 서류에 파묻힌 신문을 빼내서 아스타르테에게 디밀어 보였다.

『고마운 줄 안다면, 마녀를 어떻게 설득했는지 말해 봐라.』

아스타르테는 열락에 잠긴 눈으로 머리기사를 읽었다. '마녀의 제약산업, 득인가 실인가.' 빈민가 재개발 계획을 유야무야 하고 1년 남짓 지났다. 이번 선거철이 조용할 줄 알았던 상당수는 제대로 뒤통수를 맞은 셈이었다.

"보머를 처리했다고 말씀드렸을 때, 응, 흣……!"

신문을 내팽개친 훔바바가 아스타르테의 손목을 엇갈려 고삐처럼 틀어쥐었다. 그리고는 애액에 젖어 번들거리는 뿌리로 연분홍빛으로 물든 치부를 거칠게 비집고 들어갔다. 그토록 숱하게 교미를 했지만, 귀두에 걸리는 감촉은 처녀의 그것과 가까웠다.

『그 당시 처음으로 의료 산업 얘기가 나왔지. 계속해라.』

훔바바는 넥타이를 느슨하게 풀고 여신에게 체중을 실었다. 묵직한 진퇴에 휩쓸린 아스타르테의 몸이 낭창낭창 요동쳤다. 남부 늪지대의 흑철목으로 만든 책상이 무너질 듯 삐걱거렸다.

"허락하지 않으실 만큼, 무리한 조건부터, 하앙?! 말씀드렸다가, 점점, 현실적으로, 보이는, 흑, 지점까지, 내려가서, 하아앙!? 아앙!"

가냘픈 팔에 눌린 풍만한 가슴이 음란하게 파도친다. 위로 밀려 올라간 과육은 아찔한 곡선을 그리며 떨어지다가 삽입에 맞춰 다시끔 위로 튕겨진다. 급기야는 단물을 한껏 머금은 유두가 가슴골로 말려 들어간 앞섶을 비집고 나온다.

『상대의 거부감을 누그러뜨리고 원하는 바를 요구한다는 뜻인가. 장사치가 으레 쓰는 방법이군.』

노련한 장사치는 처음부터 제 값을 부르지 않는다. 처음에 턱없이 비싼 값을 부르고 점차 낮춰 주면, 멋모르는 손님은 어느

지점에서 웃돈을 주고 사 버린다. 흥정의 기본이다. 한 가지 흥미로운 점은 어떻게 그것을 '경험'이 아닌 체계적인 '지식'으로 얻었는 지다.

"하웃, 앙, 네, 회장님 말씀이, 으흑! 흐으웃……?!"

아스타르테는 애처롭게 흐느꼈다. 삽입이 묵직하고 깊어질수록 날씬한 허리가 낚시바늘에 꿰인 물고기처럼 파닥거렸다. 여신의 흐트러질 대로 흐트러진 자태는 훔바바에게 각별한 보람을 선사했다.

자신의 움직임에 맞춰 탄력 있게 물결치는 가슴, 수컷에게 짓눌리며 자비를 구걸하는 달콤한 신음, 시큼한 땀 냄새로도 지워지지 않는 암컷의 체향, 사정을 조르면서 지극한 쾌감을 선사하는 속살.

하나를 더하면 완벽했다. 훔바바는 뽀얀 젖물이 방울방울 맺힌 유두를 이로 깨물었다.

"흐윽, 회장, 님, 하아, 너무 많이, 하아앙, 마셔 버리면, 주인님께서……아, 하으응……!"

여신의 지체가 희열 어린 신음과 함께 파르르 떨렸다. 훔바바는 입구 언저리를 귀두로 긁어 내며 혀를 움직였다. 한 차례, 두 차례, 꺼슬꺼슬한 혓바닥으로 지분거리자 감로수가 배어났다. 아스타르테는 고개를 젖힌 채 숨 막힌 소리를 내질렀다.

『요즘은 가끔 건방지게 굴더군. 의도한 태도인가?』

"제, 제성해여……♥ 이혀면, 히윽?! 혜쟝님, 거칠게, 다뤄 주시히까, 앙♥ 져도 모르게 흐먄, 아앙♥ 져쪽찌♥ 쟈꾸, 괴롭히시면……훗크흐으응♥ ♥"

　낭창한 다리가 정처 없이 흔들렸다. 훔바바는 늘 씨받이가 실신할 지경까지 몰아붙였다. 그 포악스러운 교미의 근저에는 미노타우로스 특유의 거센 성욕과 일그러지고 변질된 여신을 짓뭉개어 뜻대로 요리한다는 정복감이 있었다. 카밀라를 섬길지언정, 지금은 자신에게 깔린 채 상스러운 민낯으로 암컷의 교성을 토해 내고 있는 것이다.

　"흐아, 흐윽……. 흐으……♥"

　갈라지는 울음이 질펀하게 살을 맞부딪치는 소리에 파묻혀 버렸다. 훔바바는 등을 굽혀 본격적으로 삽입에 몰입했다. 굵직한 남성이 골반을 쪼갤 기세로 드나들었다. 집무실은 남녀의 호흡과 후덥지근한 땀 냄새로 가득 찼다.

　훔바바는 온몸으로 여신의 신체(神體)를 짓이겼다. 얼음으로 조각한 버들가지처럼 하늘거리는 다리도, 주무르기 알맞게 발달한 엉덩이도, 한 손에 들어올 듯한 허리도 완벽하게 제압했다. 힘을 실을 때마다 그는 이 가볍고 부드러운 여체로 뛰어드는 기분이었다.

　아스타르테의 몸은 풍요로운 자연을 간직한 신세계였다. 신비로운 정취에 홀려 발을 들인 모험가는 하루가 지나도, 일 년이 지나도 미지를 탐구하기 급급했다. 바드티비라를 세운 원로도 가장 깊숙한 비경에서는 여유를 잃기 일쑤였다.

　『후욱……! 훅……!』

　훔바바는 싸움소처럼 날뛰었다. 흑철목제 책상이 덜컹거리면서 집기가 와르르 쏟아졌다. 범속한 종족의 암컷이었으면 진즉 골반이 으스러졌을 기세였다.

〈……님. 비서실입니다. 회장님? 계시나요?〉

융단에 굴러떨어진 수정구가 당황한 목소리로 훔바바를 찾았다. 훔바바도, 아스타르테도 신경 쓰지 않았다. 발정한 수컷과 암컷은 욕정을 해소하기에 여념이 없었다.

〈회장님. 백작 각하가 회장님을 뵌다고 올라갔습니다. 경호실에서 대응해야 할지 지시를…….〉

"회장님!"

별안간 집무실 문이 쾅 하고 열렸다. 훔바바는 거친 콧김을 내뿜으며 고개를 치들었다. 사옥에서 훔바바의 허락 없이 집무실에 출입할 수 있는 직원은 존재하지 않았고, 존재해서도 안 됐다.

"비서실은 도무지 말이…….'

기세 좋게 들이닥친 장본인은 아벤티노 백작이었다. 붉으락 푸르락하던 낯빛이 파리하게 질렸다. 훔바바는 문 앞에서 실랑이 중인 무리를 흘끔 쳐다봤다. 경호원 측과 몸싸움을 벌이던 호로스와 루브가 훔바바의 시선에 딱딱하게 굳어 버렸다.

『우리 사이에 더 할 말이 있었던가. 아벤티노 백작.』

훔바바는 아랑곳 않고 허리를 밀어붙이며 굴뚝처럼 숨을 토했다. 과시하는 듯한 움직임에 아스타르테가 간헐적인 비명을 지르며 속주름을 꼬옥 조여 왔다. 훌륭한 암퇘지였다.

"이, 이……. 이게 무슨…….'

아벤티노 백작은 몸을 가누지 못하고 휘청거렸다. 부릅뜬 두 눈이 유려하게 뻗은 사슴뿔에서 떨어지지 않았다.

'속임수다. 장사치의 질 나쁜 장난이 분명해. 어떻게, 저 흉측한 괴물이, 여신님을⋯⋯!'

불행히도 백작은 독실한 신도였다. 사슴뿔에서 느껴지는 온화한 기운은 분명 신전에 감돌던 권능의 잔향과 똑같았다.

『믿기지 않는다는 표정이로군.』

훔바바는 눈썹을 세우며 흡족하게 웃었다. 경험 없는 젊은이가 어떻게 반응할지, 상상만으로도 흥이 올랐다.

『소개하지. 풍요의 여신, 아스타르테일세.』

"하앙!? 회장님, 그렇게 심술, 부리시면, 하앙♥ 시릿♥ 흑, 하웃⋯⋯♥"

아스타르테가 혀 짧은 소리를 내며 아양을 떨었다. 훔바바는 아스타르테의 턱을 잡아 뒤로 젖혔다. 아벤티노 백작이 주춤 물러섰다.

촉촉하게 젖은 눈, 헤프게 벌어져 혀를 빼문 입술, 발그레한 뺨까지. 나른하게 녹아내린 표정이 백작의 뇌리에 새겨졌다. 아스타르테는 망연자실한 시선을 만끽하며 배시시 미소를 지었다.

『부친을 생각해서 조용히 넘어가 주려 했건만, 연맹의 귀족이란 어쩔 수 없군.』

"어⋯⋯. 어, 어떻게, 어떻게 이런⋯⋯."

백작은 하늘이 무너지는 듯했다. 글을 깨우치기 전부터 신앙하던 여신이 눈앞에서 유린당하고 있었다. 수치심도 잊고 뭇 사

내의 시선 속에서 흐트러지는 광경은 음탕하고 섬뜩했다.

"하아……♥ 죄송해요, 각하♥"

아벤티노 백작은 생기 잃은 얼굴로 아스타르테를 우두커니 바라봤다. 참담한 충동이 불쑥불쑥 치밀었다. 아스타르테는 훔바바에게 양 가슴을 빨리며 금방이라도 숨이 멎을 듯이 할딱거렸다.

"실망, 하셨죠? 그치만, 아스타르테는, 늠름한 수컷님께 봉사하면서 기뻐하는 암퇘지랍니다♥ 현숙한 척 굴어도, 이렇게 쑤컹쑤컹 당해 버리면, 어쩔 도리가, 아핫, 아웅♥ 회장님, 네, 문질문질♥ 거기……♥ 문질문질해 주시면♥ 아기집 기뻐해 버려♥"

훔바바가 아스타르테의 기름진 가슴을 우악스럽게 움켜 쥐었다. 손가락 사이로 삐져 나온 살집이 훔바바의 뜻대로 이지러졌다. 무심결에 힘을 주자 자지러지는 비명과 함께 유두에서 젖이 뿜어졌다.

『역시 구경꾼이 있으니, 평소보다 조여드는군……!』

순식간에 사정이 가까워졌다. 검붉게 충혈된 거근이 여신의 가장 비밀스러운 곳을 제집처럼 들락거렸다. 한데 뒤엉킨 남녀 사이로 핏줄을 세운 기둥이 끄트머리까지 빠졌다가 다시 뿌리까지 밀어 넣으며 힘차게 왕복했다. 삽입할 때마다 아스타르테의 날씬한 아랫배가 볼록 올라왔다.

"하아앙♥ 주세요, 회장님♥ 암퇘지 여신에게 회장님의 진한 정액 잔뜩잔뜩 주세요♥"

잔물결을 일으키던 절정이 색다른 자극에 넘실넘실 넘치기 시작했다. 아스타르테는 여신의 이름을 진흙탕에 떨어뜨리며 더욱 진한 쾌감을 삼켰다. 흠 잡을 데 없이 고결한 여신을 '손수' 망가뜨리는 전율은 그야말로 극상이었다.

"머, 멈춰라……."

아벤티노 백작은 울 것 같은 목소리로 애원했다. 아담하고 현숙한 여신이 우람하고 포악한 미노타우로스에게 짓눌려 울부짖는 광경은 결코 남녀 간의 사랑 따위가 아니었다. 그것은 발정한 짐승의 교미였고, 포식자의 폭력이었으며, 종국에 가서는 사교도의 모욕적인 의식에 가까워졌다.

"제발 멈춰……!"

아벤티노 백작은 목걸이를 쥐고 소리쳤다. 하지만 마음 속 깊은 곳에서부터 우러러보던 여신을 범하지 말아 달라는 부탁인지, 그 광경에서 눈을 떼지 못하며 수렁 같은 배덕감에 잠기는 자신을 꾸짖는 것인지는 백작도 분간할 수 없었다. 단 한 가지 확실한 사실이라고는 터질 듯 부풀어 오른, 그럼에도 미노타우로스에 비교하기 부끄러운 그의 남성 뿐이었다.

『안에 싸겠다. 한 방울도 남김없이 받아라. 아스타르테.』

훔바바가 깍지 낀 손으로 아스타르테의 정수리를 잡아 눌렀다. 설령 가축이라도 이보다 가혹하게 다루지는 않을 터였다. 풍요의 여신이란 이름은 이 집무실에서 씨받이 구멍과 같은 의미였다.

"하으응……! 하아……! 네♥ 네에♥ 얼른, 얼른 암퇘지의 아기집에♥ 회장님♥ 회장니임♥"

척추가 짓이겨질 듯한 압박감 속에서, 아스타르테는 도리어 허리를 바짝 끌어당기며 아양을 떨었다. 다부진 남성이 뜨겁게 젖은 균열에 삼켜지고 빠져나올 때마다 결합부에서 새어나는 음란한 물소리가 커져 갔다. 훔바바 또한 이마에 굵은 핏대를 세우며 사정의 순간이 임박했음을 암시했다.

'안 돼.'

아벤티노 백작은 머릿속이 하얗게 지워졌다. 이제는 그저 여신이 기도에 답하여, 이 모든 것은 악몽이었노라고 속삭여 주길 바랄 따름이었다. 하지만 목걸이를 붙들고 아무리 찾아 봐도 풍요의 여신은 저 거대한 싸움소 밑에서 교성을 할딱거릴 뿐이었다.

'제발, 신이시여.'

『크읍······!』

백작은 화들짝 정신을 차렸다. 한 명이 천 명을 상대한다고 알려진 그 미노타우로스가, 힘겨운 신음을 흘린 것이다. 넘치는 기세로 아스타르테의 균열을 내리찍던 사타구니가 어느 때보다 더욱 바짝 밀착해 있었다.

"흐윽······! 하아?! 아하아아······♥ 흑, 흐아아앙······♥"

아스타르테의 등줄기가 활대처럼 일어섰다. 여신은 열락에 푹 잠긴 얼굴로 온몸을 옴찔거렸다. 백자처럼 매끄러운 살결에서 땀방울이 토독 떨어졌다.

아벤티노 백작은 목격하고 말았다. 훔바바의 갑옷처럼 탄탄한 복근에 짓눌린 하복부가 바짝 오므라들었다. 오목하게 파인 배꼽이 아래에서 위로, 아래에서 위로 힘겹게 움직이며 고환에 남은 마지막 한 방울까지 사정시키려 했다.

『후욱……. 후…….』

어깨를 젖힌 채 숨을 몰아쉬는 훔바바는 사교(邪敎)의 공포스러운 신상을 방불케 했다. 그 아래 깔린 아스타르테는 신에게 자신을 바친 산제물이자 여사제였다.. 백작은 자궁에 튼튼한 정액을 쏟아붓는 소리가 귓전에 들릴 듯했다.

『훌륭했다. 아스타르테. 사흘 정도는 업무에 집중할 수 있겠군.』

"사흘……. 사흘 씩이나요? 기뻐요, 회장님……♥"

황홀한 감상에 겨운 미성이 나직이 들려왔다. 수컷과 암컷은 서로 이어진 채 여운을 곱씹었다. 한참이 지나서야 훔바바가 서서히 남근을 뽑아냈다. 기운을 잃고 축 늘어졌건만 길이도, 굵기도 여느 청년의 팔뚝과 비견됐다.

"하아, 하아앙……♥"

아스타르테는 가느다란 팔다리를 축 늘어뜨린 채 서운하다는 듯이 코를 울렸다. 느슨하게 벌어지는 결합부에서 정액이 울컥 흘러넘쳤다. 훔바바는 아스타르테의 머리맡에 걸터앉아 울긋불긋 손자국이 남은 젖가슴을 주물렀다.

『소감을 들려 주겠나. 아벤티노 백작.』

참담한 심정으로 아스타르테를 바라보던 백작이 훔바바에게 눈을 홱 부라렸다. 거리낌없이 드러낸 대물은 애액과 정액으로 푹 절여져 김이 무럭무럭 피어오르는 듯했다. 남성으로서의 자부심이 아무리 충만할지라도, 저 자 앞에서는 감히 배짱 좋게 나설 수 없었다.

하지만 아벤티노 백작은 푸른 피를 타고났다. 귀족으로서의 자부심이, 신앙하던 여신이 눈앞에서 더럽혀졌다는 분노가 등골을 따라 퍼졌다.

"짐승만도 못한 놈……! 잠시나마 너를 믿은 내가 어리석었다!"

『쥐새끼처럼 굴던 방금보다는 보기 좋군.』

"닥쳐라! 미천한 장사치가!"

아벤티노 백작이 목에 핏대를 세웠다.

"영지를 파멸로 몰고 가는 그 더러운 꿍꿍이도 눈감아 주었건만, 아벤티노 가문이 대대로 아스타르테 님을 섬긴 줄 알면서도 뻔뻔스럽게 이런 짓을 저지르다니! 네가 그러고도 언제까지 권세를 누릴 줄 아느냐!"

『말은 그럴싸하지만, 우선은 바지부터 닦아 주게나.』

팔짱을 끼고 가만히 듣던 훔바바가 문득 권했다. 슬쩍 눈길을 내린 백작은 얼굴이 시뻘겋게 익었다. 팽팽하게 부푼 바지에 허연 얼룩이 묻어 있었다. 훔바바의 너털웃음이 귀청을 때렸다.

『천하의 아벤티노 백작께서 여신이 범해지는 꼬락서니를 보고 사정해 버리다니, 걸작이군.』

백작이 가까스로 끌어올린 용기는 모래탑처럼 무너져 내렸다. 무릎을 치며 웃던 훔바바가 아스타르테에게 턱짓으로 가리켰다.

『아스타르테. 너를 섬기던 신도에게 자비를 베풀어 주지 않겠나. 용모는 아비를 닮아 그럴싸하다.』

책상에 누워 있던 아스타르테가 부스스 몸을 일으켰다. 무방비하고도 농염한 자태에 백작은 그만 가슴이 두근거렸다. 바닥 없는 금안이 백작을 찬찬히 훑어봤다.

"글쎄요. 제게 관심이 있었다면 최소한의 예의라도 갖추어 주셨겠죠."

"아닙니다! 아스타르테 님, 저희 가문은 초대 백작 각하부터 아스타르테 님을 믿어 왔습니다. 부디 제 신앙심을 저버리지 말아 주십시오!"

백작이 다급하게 외쳤다. 아스타르테는 듣는 둥 마는 둥 고개를 모로 기울였다. 냉염한 눈초리가 면도날처럼 백작을 재단했다.

"백작 각하. 그 말씀은 조금 어폐가 있네요. 처음에 저를 보시고 믿지 못하셨잖아요?"

그야 누구라도 의심하리라. 그러나 백작은 입을 열지 못했다. 눈으로 목도한 권능만을 믿는 행태는 무신자와 하등 다를 바 없었다.

"각하께서 자부하시는 신앙심은 저를 향한 것인가요, 각하의 마음 속에 있는 모호한 신상을 향한 것인가요?"

고운 손가락이 유려하게 뻗은 뿔을 어루만졌다. 사내의 가슴팍을 간질이듯 부드러운 손길이었다. 백작은 저도 모르게 꿀꺽 군침을 삼켰다.

"이렇게 말씀드려도 믿기지 않으시면, 몸소 확인해 보시겠나요?"

『육질은 내가 보장하지. 백작.』

훔바바는 아스타르테의 허리를 무지막지한 팔로 휘감았다. 아스타르테는 훔바바와 다정하게 입을 맞췄다. 혀와 타액이 뒤얽히는 질척한 소리가 집무실에 울려 퍼졌다.

백작은 차라리 울고 싶어졌다. 형언할 수 없는 굴욕감과 패배감이 가슴 깊은 곳에서부터 스멀스멀 기어 올라왔다.

하지만 무엇보다 견디기 힘든 것은 석상으로 표현할 수 없는 저 육감적인 몸매였다. 철들 무렵부터 간직해 온 신앙심이 추잡스러운 욕망으로 덧칠되어 갔다.

〈회장님. 안내대에서 연락이 왔습니다. 수국화관에서 사람을 보냈다고 합니다.〉

수정 구슬에서 사무적인 목소리가 들려왔다. 훔바바는 못마땅하게 눈살을 찌푸렸다.

『마녀에게 숙녀다운 구석을 기대한 내 잘못이군.』

"남겨 두신 잔불은 다음 기회에 태우도록 하죠, 회장님."

떨어지는 입술 사이로 투명한 침이 실처럼 길게 늘어지다가 톡 끊어졌다. 아스타르테는 흐트러진 옷매무새를 대강 가다듬고 손가방을 챙겼다.

『'용비늘' 건, 잊지 마라.』

"물론이죠. 주인님께서도 대어가 걸렸다고 기뻐하시겠어요."

아스타르테가 레이스 장갑을 낀 손으로 입가를 가리며 조신하게 웃었다. 요부의 기척은 씻은 듯이 사라졌다. 검은 베일로 미모를 감춘 자태는 정숙한 미망인을 연상케 했다.

"기념식전에서도 잘 부탁드릴게요. 회장님."

수컷과 암컷은 각자 뻔뻔스럽게 신사와 숙녀의 가면을 썼다. 아스타르테는 베일을 살짝 걷어 훔바바의 뺨에 입술을 맞췄다. 훔바바는 그 보답으로 아스타르테의 손을 잡아 손등에 입을 맞췄다.

"그럼, 백작 각하. 방해해서 실례했어요. 부디 이 도시에서 즐거운 시간 보내시길."

아스타르테는 베일 너머로 가느스름한 눈웃음을 보내며 백작을 지나쳐 갔다. 문 앞을 가로막은 경호원과 기사들도 자연스럽게 길을 터 줬다. 백작은 멀어지는 구두 굽 소리를 멍하니 쫓았다.

『제압하도록.』

훔바바가 궐련을 물고 말했다.

"으헉!?"

"이, 이게 무슨 짓이오!"

명령하기 무섭게 경호원들이 두 기사를 붙잡아 단숨에 찍어 눌렀다. 호라스와 루브는 변변한 저항도 못했다. 애초에 훔바바의 경호원들은 한 명 한 명이 내로라하는 실력자였다. 시골 영지의 기사 따위 체술로 언제든 제압할 수 있었다. 그동안 손을 쓰지 않은 까닭은 순전히 훔바바가 백작을 귀빈으로 지목했기 때문이었다.

『백작.』

홈바바는 가만히 백작을 응시했다. 백작은 다리가 후들후들 떨렸다. 신앙마저 갈피를 잃은 그에게는 더 이상 기댈 곳이 없었다.

『가급적 점잖게 해결하고 싶었지만, 이래서야 안 되겠군. 비서실.』

〈예. 회장님.〉

『청장더러 사유지 무단 침범 및 영업 방해로 석 달만 붙잡아 두라고 하게.』

〈곧바로 조치하겠습니다. 백작령은 어떻게 하시겠습니까?〉

이쯤이면 백작도 일이 어떻게 돌아가는지 알아차렸다. 고생 한번 해본 적 없는 반질한 얼굴이 흙빛으로 변했다. 홈바바는 고개를 끄덕였다.

『평소처럼 조용히 처리하지.』

주말부터 계속했던 접대가 오늘부로 일단락됐다. 아스타르테는 홀가분한 걸음으로 사옥을 나섰다. 비서실장이 그 옆을 따랐다. 근무 시간 중의 잔잔한 소란 속에서 자신을 겨냥한 대화가 어렴풋이 들려왔다.

"자네, 저 고객 본 적 있나?"

「응? 관심 있으면 말이나 붙여 보지 그래.」

"말은 무슨. 옆에 비서실장님도 계시잖아. 척 봐도 투자 상담하러 온 마나님이야."

베일에 걸린 인식 저해 마법은 여신의 상징인 사슴뿔을 감춰 줬다. 아스타르테가 훔바바의 정부(情婦) 노릇을 한다는 사실은 측근과 임원진만 알고 있었다. 평직원은 알 필요도 없고, 알아서도 안 됐다. 멋모르고 고개를 디밀다간 아벤티노 백작처럼 눈 깜짝할 새 잡아먹히고 말 것이다.

'그래도 1년이나 지났으니까.'

사교계의 화젯거리가 밖으로 새어 나가는 일은 빈번하다. 오히려 아스타르테는 그편이 마음에 든다. 어줍잖은 추파보다 '설마' 하는 눈초리가 입맛을 돋우기 때문이다.

사람의 뇌는 쾌감에 금방 익숙해진다. 권태에 빠지지 않으려면 더욱 새롭고 강렬한 쾌감이 필요하다. 기껏 손에 넣은 두 번째 삶마저 퇴색하게 내버려 둘 수는 없다.

'늦게 배운 도둑이 날 새는 줄 모르는 법이지.'

대로변에 가문(家紋)이 없는 사두마차가 세워져 있었다. 아스타르테는 마차 앞에서 기다리는 면면을 보고 엷게 웃었다. 마침 마차를 몰고 온 두 사람도 아스타르테를 발견했다.

"임이시여. 그간 무탈하셨는지요."

"무탈하고 말고. 마중 나와 줘서 고마워, 다나에."

단출한 차림새로 나온 다나에가 친누이처럼 아스타르테를 반겼다. 그 뒤에 선 두무지도 중절모를 벗고 깍듯이 인사했다. 바짝 세운 옷깃으로 얼굴을 가린 모습이 안쓰러우면서도 깜찍했다.

"두무지, 내가 없는 동안 잘 지냈지?"

"무, 물론입니다."

두무지는 황급히 중절모를 쓰며 대답했다. 예로부터 시종은 주인의 품격을 가늠하는 척도였다. 두무지의 흉물스러운 용모가 수국화관 밖에서는 큰 흠결이 될 수 있었다. 아스타르테는 다정하게 어깨를 두드려 주고 마차에 올랐다.

"부족한 제가 배웅을 맡아 송구스러울 따름입니다. 모쪼록 살펴 가십시오. 아스타르테 님."

자리에 앉자 비서실장이 정중하게 허리를 굽혔다. 견식 있는 사람에게는 참으로 놀라운 광경이었다. 훔바바의 측근은 의원 앞에서도 목이 빳빳하기로 유명했다.

"바쁘신 분께 폐를 끼칠 수는 없죠. 고마워요, 비서실장. 집사에게도 덕분에 편히 지냈다고 전해 주시겠어요?"

"예. 아스타르테 님의 치하라면, 집사도 무척 감사할 겁니다."

아스타르테는 베일을 벗고 배시시 웃었다. 훔바바의 측근이 우호적인 까닭은 간단했다. 아스타트레와 동침하기 시작한 뒤 훔바바가 좀처럼 진노하지 않기 때문이었다. 미노타우로스의 진노는 폭력이 아니라 재해였다. 태풍을 잠재우고 화산을 누그러뜨리는 여신을 섬기지 않는다면, 어떤 신에게 절하겠는가.

"비서실장! 비서실장! 잠깐 기다려 주시오!"

정장을 입은 노신사가 체통도 잊고 급히 계단을 내려왔다. 비서실장이 소태 씹은 표정으로 노신사를 노려봤다.

"스테인 이사님. 어인 일이십니까. 10분 뒤에 회의가 있습니다."

"어험, 내가 설마 회의도 잊었겠나. 평소에 별다른 대접도 드리지 못했으니 그렇지. 보좌관!"

스테인 이사의 보좌관이 아스타르테에게 작은 보석함을 바쳤다.

"어머나."

아스타르테는 쓴웃음이 나왔다. 훔바바의 진노에 휩쓸리기 싫은 마음은 임원진도 마찬가지였다. 한 번 발끈해서 휘두른 주먹에 회의실이 절반으로 쪼개지는 광경을 보면, 목숨 연명할 생각이 앞서기 마련이었다.

"이렇게 귀한 선물은 곤란하답니다, 이사님."

"앞으로도 회장님과 원만하게 지내시길 바라는 임원진의 정성입니다. 이 늙은이의 얼굴을 봐서라도 받아 주시죠, 여신님."

일리아드의 임원진은 뼛속까지 장사치였다. 돈만 벌 수 있다면 제 가족도 팔아치울 위인 뿐이었다. 그리고 평생 동안 모은 부를 누리기 위해서는 제 목숨이 가장 소중했다.

"그렇게까지 말씀하시면 다른 도리가 없군요. 주신 선물은 소중히 하겠어요."

아스타르테는 다른 사람 눈에 띄지 않게 다나에의 손목을 붙들고 두무지에게 턱짓했다. 두무지가 잔뜩 긴장한 얼굴로 대신 보석함을 날랐다. 아스타르테는 그 틈에 비서실장의 표정을 읽었다. 곤두선 눈초리, 굳게 다물린 입술. 스테인 이사를 바라보는 눈빛이 매서웠다.

"다만, 이후로는 보다 격식을 갖춘 장소에서 뵈었으면 해요. 미천한 암돼지로서는 이사님을 길가에 모시고 말씀 드리기 송구스럽네요."

지금 힘을 실어 줘야 할 측은 임원진이 아니라 훔바바의 측근 쪽이었다. 아스타르테는 이사의 구차하면서 막무가내인 태도를 에둘러 꼬집었다. 이런 짓은 기껏 격식을 갖추고 배웅한 비서실장이나 아스타르테 양측에게 큰 결례였다.

"어흠, 그렇지요. 죄송합니다. 임원진을 대표한다는 생각에 몸이 달아 그만⋯⋯."

스테인 이사의 안색이 나빠졌다. 아스타르테는 엷은 미소를 머금었다. 변명이 나온 순간 누가 수세에 몰렸는지 판가름이 났다.

"흐음. 이사님께서도 정정하시군요."

"허허. 자랑은 아니지만 요새도 수국화관에 자주 들릅니다."

하지만 아스타르테는 이 이상 밀어붙일 생각이 없었다. 기세 좋게 스테인 이사를 꾸짖어 봤자 임원진 전원에게 쓴소리하는 셈이었다. 코르티잔은 여느 암돼지처럼 댁들 손바닥에서 놀아나지 않는다는 사실을 가르쳐 준 시점에서 충분했다.

"스테인 이사님. 말씀 중에 죄송하지만, 곧 회의를 시작할 시각입니다."

의례적인 담화를 끝낸 사람은 비서실장이었다. 스테인은 회중 시계를 보더니 무안하게 헛기침했다.

"어험. 벌써 시간이 이렇게 됐구먼. 다음에 뵙겠습니다. 아스타르테 님. 숙녀께 무례를 범해 죄송했습니다."

"네. 평안하시길."

막무가내로 굴던 모습은 속을 떠보려는 연기였다. 스테인 이사는 신사다운 예법을 갖추고 돌아갔다. 비서실장이 작게 그 뒷모습에 혀를 차고 사죄했다.

"무어라 드릴 말씀이 없습니다. 아스타르테 님."

"괜찮아요. 임원진 중에 저를 통해 회장님께 진언할 수 있다고 믿는 분도 적지 않겠죠."

다나에에게서 은은한 열기가 느껴졌다. 두무지가 단춧구멍 같은 눈을 초조하게 굴렸지만, 아스타르테는 모른 척 했다.

"하지만 스테인 이사가 비서실장의 견제를 받을 만한 분인지는 모르겠군요. 야심보다는 자신의 안위부터 도모할 분이니까요."

비서실장이 새삼 아스타르테를 올려다봤다. 아스타르테는 농담처럼 한마디 덧붙였다.

"제 도움이 필요하시다면, 언제라도 말씀하세요. 수국화관의 암퇘지는 손님을 섬기는 보람으로 연명한답니다."

비서실장은 잠시 말이 없었다. 이윽고 언덕 모양으로 다물린 입술 사이에서 한숨 섞인 목소리가 흘러나왔다. 스테인 이사를 필두로 한 계파를 예의 주시한다는 점이나, 아스타르테에게 접촉하려는 임원진이 우려스러운 점이나 모두 정곡이었다.

"회장님께서도 누누이 말씀하셨지만, 가끔 사람 속내를 아무렇지 않게 꿰뚫어 보시는군요."

"칭찬 고마워요. 비서실장도 너무 마음 쓰지 마세요."

군침을 삼키는 자가 많을수록, 암퇘지는 더욱 돋보이기 마련이다. 일리아드의 임원진이라면 끈을 맺어 둘 가치는 있다. 주제 넘게 손님 대접을 원하지만 않으면 기물(器物)로 안성맞춤이다.

"출발하자. 두무지."

"아, 예!"

아스타르테는 고갯짓으로 비서실장에게 인사했다. 문을 닫은 두무지가 마부석에 앉았다. 서툰 채찍질 소리와 함께 마차가 출발했다.

"임이시여."

아스타르테는 그제야 하얀 빛무리에 휘감긴 손을 놓아 줬다. 다나에가 발갛게 상기된 얼굴에 아쉬운 기색을 드러냈다.

"장사치란 임의 자비도 금전으로 헤아리는 족속이옵니다. 친절을 베푸셔도 돌아서면 잊기 마련이온데, 어찌 저들을 감싸시는지요."

"스테인 이사는 일리아드에서 연맹 개척 사업을 총괄하는 중진이야. 아무 대비 없이 머리통을 날려 버리면 골치 아파."

다나에는 납득하지 못하는 표정이었다. 천생 암퇘지인 그녀의 지론에 따르면, 손님도 아닌 데다가 수컷 구실 못하는 늙은

이가 아스타르테를 떠봤다는 사실만으로 죽여 마땅했다. 아스타르테는 마부석과 통하는 쪽창을 빼꼼 열었다.

두무지는 마차를 몰기 바빴다. 성실한 긴장감으로 물든 옆얼굴이 보기 좋았다. 아스타르테는 전속 시종을 흐뭇하게 우러러보다가 슬쩍 질문했다.

"두무지. 방금 어땠니?"

"네? 디아도르 님께서 그 노인 분을 쫓아가 숯덩이로 만드실까 봐 숨이 멎는 줄 알았어요! 네?! 자, 잠깐만요! 아스타르테님! 제 말은 그런 뜻이 아니라……!"

저도 모르게 속내를 드러낸 두무지가 뒤늦게 말을 바꾸려 했지만, 이미 엎질러진 물이었다. 아스타르테는 까르르 웃으며 쪽창을 닫았다. 두무지는 순진해서 골려 먹는 재미가 각별했다.

"들었지? 두무지도 그렇다잖아."

"소첩으로서는 구더기보다 못한 것들에게도 귀를 기울여 주시는 까닭을 헤아릴 수 없나이다."

다나에는 눈살을 찌푸렸다. 예혈의 성녀가 구더기보다 낫다고 여기는 가축은 한 손으로 넉넉하게 헤아릴 수 있었다. 그녀는 아스타르테의 고초를 방관하고도 뻔뻔스럽게 얼굴을 들고 다니는 이들이 혐오스러웠다.

"너무 신경 쓰지 마. 일은 그럭저럭 잘 풀렸으니까."

아스타르테는 모두를 증오하는 다나에가 마음에 쏙 들었다. 다나에의 일그러진 선망도, 조용히 끓어오르는 애욕도 이제는 모두 '자신'의 몫이었다. 오히려 이런 훌륭한 암퇘지를 남겨 준 풍요의 여신이 고마웠다.

"목적하신 바는 이루셨는지요."

말을 꺼내기 무섭게 다나에의 푸른 눈동자가 차분하게 가라앉았다. 아스타르테는 서랍에서 궐련을 꺼내 금제 물부리에 꽂았다. 다나에가 공손히 궐련에 불씨를 올렸다. 아스타르테는 폐부 깊숙이 빨아들인 담배 연기를 창밖으로 내뿜었다.

"공익 사업을 막아 봐야 득이 없거든. 서로에게 나쁜 조건은 아냐."

수국화관은 반 년도 전부터 제약회사 설립을 추진하기 시작했다.

주력 상품은 빈민층을 대상으로 하는 값싼 해열제와 구충제 따위였다. 저렴한 약품을 공급하여 '소외된 빈민층의 보건을 개선'하고, 빈민층과 접촉이 잦은 '지하 창관 암퇘지들의 처우를 향상'하여, 장기적으로는 '바드티비라의 안녕에 공헌'한다는 명분이었다.

"재개발 계획을 철회하면서 누그러졌다지만, 빈민층의 반발심은 쉽게 사라지지 않아. 하지만 우리 자비로우신 주인님께서는 저 악취 나는 버러지들도 가엾게 여기시잖니."

이를테면, 의회가 신경 끈 보건 및 복지 분야를 수국화관이 맡겠다는 뜻이다. 간판이 제법 번지르르하니 섣불리 트집 잡다가는 역풍 맞기 십상이다.

"어차피 제약은 연구개발이 제일 걸림돌이야. 다행히도 바드티비라에서 주인님만큼 약초학에 박식한 사람은 없고. 다른 파벌은 지분을 확보해서 경영권을 거저 먹으려고 들겠지."

아스타르테는 전생에서 급격히 성장한 국가가 어떤 진통에 시달리는지 피부로 느꼈다.

바드티비라는 반 세기 만에 경제와 문화의 중심지로 발돋움했다. 하지만 앞만 보고 달리느라 도처에 산재한 골칫거리는 고스란히 부담으로 남았다. 이 지점을 파고들면 카밀라가 바라던 '양지로 진출할 우회로'도 확보할 수 있었다.

"훔바바 님께서는 임의 제안을 어찌 여기셨는지요."

"잘해 봐라. 만약을 생각해서 수저는 얹어 두겠는데 수틀리면 나는 모른다, 정도?"

훔바바는 체스를 복기한다. 일례로, 오늘 대국에서 선불리 출진하다가 나자빠진 임금은 카밀라를 의미한다. 분전하던 여왕은 수국화관의 안방마님인 시녀장을 상징한다. 돌연 빈틈을 드러낸 악수(惡手)는 공격할 빌미를 만들어 놓겠다는 신호다.

"목표했던 6%에 미달했지만 상관 없어. 보통주나 우선주나 한 장만 가져도 주주는 주주야. 이번에 넘긴 주식이 수국화관의 개심을 회장님께서 인정하셨다는 증거나 마찬가지지."

본심은 논외로 치고, 멋모르는 놈들 보기에 그렇다는 뜻이었다. 이름값이 아쉬우던 차에 훔바바의 묵인은 가뭄 중에 단비였다. 이제 지하 창관의 암퇘지들을 이용해서 귀가 얇은 개미들의 주머니를 뜯어낼 시간이었다.

"임께오서 카밀라 님을 보필하시는 자세, 소첩은 불과 한 해

전을 돌이키며 감격할 따름이옵니다."

다나에가 흡족한 미소를 지었다. 어려서부터 성녀가 되기 위해 양육된 그녀는 이번 사업이 카밀라를 위해서라고 철석 같이 믿었다. 하나부터 열까지 주인님을 독차지하기 위한 꿍꿍이라고는 추호도 의심하지 않았다.

'말처럼 쉽지 않으니까 문제지.'

파릇파릇한 암퇘지에게 주인님은 난공불락의 요새였다. 게다가 보머를 처분한 이후부터 주변을 맴도는 감시의 눈초리에 머리가 지끈거렸다. 짚이는 사람은 물론 시녀장 한 명 뿐이었다.

"곧장 저택으로 가시려는지요."

다나에가 넌지시 물었다. 이마를 괴고 꿍꿍 앓던 아스타르테는 건성으로 손을 내저었다.

"알면서 왜 그래. 두무지, 철교로 들어가자."

"요새 빈민가 분위기가 안 좋대요. 역시 저택으로 곧장 가시는 편이 어떨까요."

쪽창을 열어젖히자 두무지가 곤란하다는 듯이 눈썹을 축 늘어뜨렸다. 아스타르테는 코웃음을 쳤다.

"두무지. 이 시간에 당당하게 빈민가를 가로지르는 마차가 어디 소속일지 생각해 봐."

두무지는 음, 하고 뜸을 들이다가 다소 자신감 없이 대답했다.

"수국화관이요."

"그럼 술통 타고 강바닥 구경할 생각 없으면 다들 얼씬 안 하겠네. 그치?"

무슨 말을 하고 싶은지 두무지가 입을 뻥긋거렸다. 아스타르테는 대답을 기다리지 않고 쪽창을 홱 닫아 버렸다. 두무지에게만은 짜증을 내기 싫었다.

"솔레나는 어때?"

"태양 기사라면 언제나처럼 채비를 갖추게 해서 지하 6층으로 내려보냈사옵니다."

다나에는 바퀴벌레를 한입 가득 씹어 먹은 표정이었다. 여신을 보위하지 못한 성전 기사단따위 성녀에게는 해충이나 마찬가지였다. 아니, 적어도 해충은 변명할 줄 몰랐다.

"역시 재고하시는 편이 어떠실지요. 그 어리석은 머리로는 암퇘지의 숭고한 의무를 이해할 수 없사옵니다. 몸소 확인하셨다시피, 주제도 모르고 임의 선처를 거절하지 않사옵니까."

"그래서야."

아스타르테는 더 참지 못하고 마차에 비치한 궐련을 꺼내며 되뇌었다.

"그래서야. 다나에. 솔레나는 소중한 제물이거든."

밑천은 많으면 많을수록 좋다. 주인님을 얻을 수 있다면, 승산 낮은 도박도 기꺼이 응할 수 있다. 주인님의 미소 띤 얼굴을 떠올리자 가슴 깊은 곳이 간질거린다.

'나도 참. 어지간히 콩깍지가 씌었다니까.'

아스타르테는 유리창에 머리를 괴며 달뜬 한숨을 내쉬었다. 욕망을 받고, 욕망을 만끽하는 삶은 하루하루가 보람찼다. 괴로웠던 지난날에 아무 미련도 없었다. 한 가지 아쉬운 점이라면, 숫총각으로 죽었다는 것일까.

창밖으로 스쳐 지나가는 경치가 거친 회백색으로 물들어 갔다.

바드티비라 빈민가의 풍광은 과거 홍콩에 존재했던 구룡성채를 연상시켰다. 증축을 거듭한 무허가 건축물들은 옹기종기 모여 가난의 성벽으로 거듭났다. 시의회에서 제동을 걸지 않았다면, 이 거대한 암 덩어리는 지금쯤 도시 절반을 집어삼키고도 남았으리라.

"그렇지. 다나에."

빈민가의 경치를 감상하던 아스타르테의 뇌리에 두꺼비처럼 투실투실한 얼굴이 스쳐 갔다. 다나에는 얌전히 경전을 읽다가 고개를 들었다.

"예. 임이시여."

"저번에 부탁한 것 있잖아. 예하께서 도와————"

찰나.

쿠웅!

귀청을 찢는 폭발음이 마차를 강타했다.

중심을 잃은 마차가 한쪽으로 기울어지면서 벽에 처박혔다. 아스타르테는 아무 대비도 없이 장바구니에서 떨어진 달걀처럼 지면으로 메다꽂혔다.

"끄으……. 으……. 아으……."

신도 고통을 느낀다.

아스타르테는 담뱃재를 뒤집어쓴 채 숨도 제대로 쉬지 못하고 꿈틀거렸다. 깨진 유리 조각이 얇은 옷감에 쓸리면서 버석버석 소리가 났다.

"임이시여! 괜찮으신지요?"

다나에는 이 마당에 용케 아스타르테의 안위부터 살폈다. 아스타르테는 힘겹게 눈을 떴다. 어깨를 흔드는 다나에의 얼굴이 새파랗게 질려 있었다.

"나, 괜찮아. 괜찮으니까……. 두무지는……?"

부름에 답하듯이 밖에서 고통스러운 신음소리가 들려왔다. 아스타르테는 흐느적거리는 손으로 마차 지붕을 두드렸다.

"우선……. 우선, 밖으로 나가자."

"예. 소첩이 부축해 드리겠사옵니다."

다나에가 소매를 걷었다. 동시에 석궁용 볼트가 마차 바닥을 퍽 뚫고 들어왔다. 아스타르테는 지붕에 바짝 붙은 채 마른침을 삼켰다. 위력이 조금만 좋았어도 마차 바닥이 아니라 머리통에 박혔을 것이다.

"안심하시지요. 소첩이 있사옵니다."

다나에가 빛무리에 휘감긴 손으로 마차 벽을 건드렸다. 태양신의 권능을 받은 벽이 불이 붙는 대신에 부글부글 끓으면서 녹아내렸다. 금방 사람이 드나들 수 있는 구멍이 만들어졌다.

「멍청한 놈들! 누가 멋대로 석궁을 쏘라고 했어! 저 마차에 탄 암퇘지가 얼마나 비싼지 모르냐!」

「죄, 죄송합니다!」

아스타르테는 다나에의 부축을 받으며 귀를 쫑긋 세웠다. 개 짖는 소리처럼 들리는 육성, 분명 두발로 걷는 하이에나처럼 생긴 놀(gnoll)이었다. 머릿수는 어림잡아 스무 명이 넘음 직했다.

"다나에, 두무지를 데려가야 돼."

"임이시여. 한 시라도 속히 벗어나야 하옵니다. 저런 천한 것 때문에……."

"내 시종이야."

아스타르테는 다나에를 응시하며 덧붙였다.

"내 거라고."

집착. 질투. 시기.

서로의 눈동자 저편에서 흉측한 감정이 꿈틀거렸다.

아스타르테는 다나에가 입을 열기 전에 선수를 쳤다.

"빈민가로 가자고 한 사람은 나였어. 두무지는 반대했잖아. 그냥 죽으라고 내버려 둘 수는 없어."

다나에의 눈동자는 조금도 동요하지 않았다. 애초에 다나에가 두무지에게 연민 따위 품을 리 만무했다. 아스타르테는 바로 방향을 바꿨다.

"다나에, 나를 도와 줄 수 있는 사람은 너 뿐이야. 솔레나를 조련할 때는 잘만 도와 줬잖아."

"하오나, 임이시여."

다나에는 어디까지나 아스타르테의 안위만 우선했다. 주제

넘게 아스타르테의 총애를 받는 잡것은 오히려 이번 기회에 사라져 주길 바랐다.

"제발!"

속내를 꿰뚫어 본 아스타르테는 저울질할 겨를을 주지 않았다. 울먹거리는 독촉이 다나에의 등을 떠밀었다.

"임의 뜻이 그러하시다면……. 소첩, 따르겠사옵니다."

아랫입술을 질끈 깨문 다나에는 아스타르테를 감싸며 마차 밖으로 나갔다.

「역시, 아직 살아 있……!」

다나에에게 석궁을 겨눈 놈의 어깻죽지가 깨끗하게 잘려 나갔다.

「……어?」

그는 머리 위로 날아가는 팔뚝을 보고 입이 헤 벌어졌다. 다나에는 가느다란 쇠사슬을 다섯 손가락에 감고 수줍은 어조로 말했다.

"다만, 소첩도 한 가지 청이 있사옵니다."

「끄아아아악! 아아악! 팔, 내 파아알!」

「젠장, 저 년은 또 뭐야?!」

「닥치고 쏴! 머리통을 뚫어 버려!」

소나기처럼 날아든 볼트가 잇따라 허공에 불씨만 남기고 사라졌다. 눈썰미 좋은 몇몇은 다나에의 양팔에 흐르는 빛무리를 보고 모골이 송연했다.

「서, 설마, 저 년…….」

「빌어먹을! 뭘 미적거리는 거냐! 어서 갈겨 버려!」

패거리 뒤에서 유독 험상궂은 놀이 컹컹 짖었다. 분위기로 보아 두목이 분명했다.

"다음 휴일은 소첩과 지내 주시옵소서."

다나에는 그를 보자마자 대뜸 손가락에 감은 쇠사슬을 휘둘렀다. 채찍처럼 늘어난 쇠사슬이 놀 앞에 서 있던 부하 둘을 정수리부터 가랑이까지 두 동강 냈다.

「이런 미친……!」

놀은 고기 타는 냄새를 풍기며 갈라지는 부하를 보고 눈을 부릅떴다. 아스타르테가 대답 대신 다나에의 옷자락을 꾹 붙잡았다. 다나에는 찰나 홍조 띤 얼굴로 희열 섞인 한숨을 내쉬었다. 여신이 자신을 의지하는 상황이 고지식한 암퇘지에게 배덕적인 쾌감을 불러일으켰다.

「고위 사제잖아! 망할! 떨어져! 저년한테서 떨어져라!」

말이 떨어지자마자 부하들은 물벼락 맞은 개미 떼처럼 넓게 흩어졌다. 신앙에 투철한 사제가 얼마나 무서운지는 관문 전쟁을 통해 널리 알려졌다.

"임이시여. 가시지요. 소첩이 호위하겠사옵니다."

아스타르테는 저만치에 쓰러져 있는 두무지와 적의 두목을 번갈아봤다. 마음 같아서는 두무지를 챙겨 한 시라도 빨리 수국화관으로 돌아가고 싶었다.

하지만 두목의 태도가 어째 묘했다. 다나에에게 겁먹었다면, 주머니에 손을 찔러 넣고 서 있을 수 없었다. 엄지만 밖으로 빼

놓은 모양새는 자신감의 표현. 애초에 습격이 실패했다면, 어째서 퇴각하지 않고 산개할까.

다른 노림수가 있다면.

"임이시여, 어찌……?"

건너편 건물 창문에서 햇살을 받은 쇠붙이가 반짝 빛났다. 아스타르테는 눈길을 돌린 다나에를 붙잡고 다짜고짜 길바닥으로 엎어졌다. 동시에 무서운 총성이 다나에의 머리 위를 스쳐 지나갔다.

'핸드 캐넌이잖아?!'

펜던트의 정령으로 막았으면 큰일이 날 뻔 했다. 드워프의 손을 거친 무기는 종류를 막론하고 그 위력이 마법의 영역에 다다랐다. 특히 드워프가 생산을 독점하는 핸드 캐넌은 관문 전쟁 말엽 지옥의 군세에게까지 맹위를 떨쳤다.

"다나에, 다치지 않았어?"

다나에는 대답 대신 아스타르테를 감싸안았다. 두목은 그 모습을 보고 울화통을 터뜨렸다.

「빌어먹을! 이래서 난쟁이 놈들 무기는! 쏴라!」

소낙비처럼 날아드는 볼트가 아지랑이에 닿자마자 촛농처럼 녹아내렸다. 다나에는 사격이 더 이어지기 전에 마차 뒤로 몸을 던졌다.

"송구스럽사옵니다. 저런 무뢰배들이 핸드 캐넌을 소지하리라고는 짐작하지 못하였나이다."

"나도 마찬가지야."

아스타르테는 가슴골에 파묻힌 펜던트를 꺼냈다. 한 손으로 꼭 쥐고 속삭이자, 잔잔하던 바람이 거세게 몰아치며 흙먼지를 일으켰다.

「콜록! 콜록! 뭐야, 이거!」

「형님, 눈이 안 보입니다!」

「바람의 정령이야! 쫓아! 암퇘지 둘이 도망쳐 봐야 멀리 못 가!」

두 암퇘지는 흙먼지가 시야를 가린 틈을 타서 두무지에게 다가갔다. 마차에서 튕겨 나가며 심하게 부딪혔는지 다리가 이상한 각도로 뒤틀려 있었다.

"두무지, 정신 차려! 빨리!"

「저쪽이다! 쫓아! 놓쳤다간 끝장이다, 이 자식들아!」

아스타르테는 두무지를 등에 업었다. 지난 한 해 동안 격무에 시달린 몸뚱이였다. 이 정도로 지쳐 자빠질 정도였으면, 훔바바의 욕정도 받아 내지 못했다.

"으, 아스, 타르테 님, 제가, 죄송……."

"그래. '죄송해요. 조금만 더 일찍 알아차렸으면 이런 일은 없었을 텐데.' 네가 할 말은 뻔하니까 됐어."

빈민가에서 수국화관의 마차를 습격할 만큼 대범한 부류는 둘 중 하나였다.

'미쳤거나, 든든한 뒷배가 있거나.'

지금은 후자에 무게가 쏠린다.

아스타르테는 다나에의 엄호를 받으며 거미줄처럼 얽힌 골목을 달렸다. 놀들이 짐승처럼 네 발로 뛰어 쫓아왔다. 사냥개에게 시달리는 여우의 심정이 새삼 이해 갔다.

"저택으로 돌아가야 돼. 저것들 따돌릴 방법 없어?"

볼트가 정수리를 스치는 가운데, 또 한 차례 총성이 골목을 뒤흔들었다. 먹먹한 귀에 두무지의 힘겨운 목소리가 닿았다.

"왼쪽……. 황토색 건물로 들어가시면……. 지하에……."

"다나에, 시간 좀 끌어 줘!"

"예!"

다나에가 사슬에 가볍게 입술을 맞추고 휘둘렀다. 스무 가닥으로 늘어난 쇠사슬이 골목 양옆으로 늘어선 건물을 물어뜯으며 몰아쳤다. 추격하던 일당이 비명을 지르며 무너지는 잔해를 피했다.

「저 개만도 못한 창녀가!」

상욕을 토한 두목이 안주머니에서 양피지 두루마리를 꺼냈다. 밀랍 봉인을 뜯자 양피지에 적힌 힘 있는 말이 대기 중의 마력을 움직였다.

콰앙!

아무것도 없는 허공에서 새하얀 폭발이 발생했다. 다나에는 폭발에 튕겨 나가 더러운 길바닥을 나뒹굴었다.

'위상 폭발……?!'

위상 폭발은 관문 전쟁 중에 고안된 마법이었다. 지정한 공간

좌표에 폭발을 일으키기 때문에 신출귀몰하는 악마를 상대하기 적합했다. 차폐막을 만드는 데 실패했으면 그대로 머리통이 날아갔을 것이다.

'교육도 금지된 마법을, 저런 무뢰배들이 어찌⋯⋯.'

"다나에, 움직일 수 있어?!"

아스타르테의 걱정스러운 목소리가 다나에를 일깨웠다. 다나에는 힘겹게 몸을 일으키면서 따라붙은 무뢰한의 허리를 사슬로 끊어 버렸다. 폭발에 휘말린 왼팔이 말을 듣지 않았다.

"이쪽이야, 어서!"

아스타르테는 두무지가 말한 건물로 뛰어들었다. 문을 걷어차고 들어가자 어두컴컴하고 널따란 현관이었다. 벽을 따라 설치한 계단은 군데군데 갈라지고 부서져 위태로워 보였다. 오랫동안 방치된 연립주택인 듯했다.

"뭐, 뭐야? 뭐하는 년이야?"

계단 밑에 모여 있던 부랑자들이 휘둥그레진 눈으로 돌아봤다. 그 밑에 걸레 같은 옷가지를 걸친 여자가 깔려 있었다.

아스타르테는 아랑곳하지 않고 벽에 기대어 숨을 골랐다. 뒤이어 다나에가 소매에서 피를 뚝뚝 흘리며 들어왔다.

「이런 쌍! 뭐하는 년이냐고 묻잖아!」

수캐처럼 여자를 범하던 고블린이 역정을 냈다.

"읍! 으읍! 읍!"

입에 재갈이 물린 여자가 피투성이인 얼굴로 울부짖었다. 아스타르테는 두무지를 추스르면서 다나에에게 눈짓했다. 다나에는 아스타르테의 의중을 헤아리고 한 발짝 나섰다.

"임이시여. 천한 버러지들은 주둥이가 가볍사옵니다."

"동감이야. 갈 길 급하니까 적당히 끝내."

다나에의 피 묻은 손에서 잔잔한 빛무리가 피어올랐다. 부랑자들은 심상치 않은 기색을 알아차리고 머뭇머뭇 자리에서 일어섰다.

잠시 후, 짐승의 것이나 다름없는 단말마의 절규가 현관을 뒤흔들었다.

복도에서 쪽잠을 자던 비렁뱅이들은 숨죽이고 자리를 피했다. 빈민가에서는 보고도, 듣고도 모른 척 해야 목숨을 부지할 수 있었다.

「젠장, 젠장! 놓쳤잖아! 놓쳐 버렸다고!」

한 발 늦게 도착한 두목은 숯덩이가 된 고블린 시체를 걷어차며 분통을 터뜨렸다. 바드티비라의 빈민가는 미로처럼 얽혀 있어서 한 번 놓치면 옆집 사는 놈도 찾기 어려웠다. 엎친 데 덮친 격으로 냄새까지 여기서 끊겼다.

「빌어먹을! 빌어먹을 우라질! 우라질! 빌어먹을! 어떤 새끼가 내 허락도 없이 두루마리 찢었냐, 엉?! 위상 폭발 한 발만 더 남았어도 잡을 수 있었다고!」

「혀, 형님. 분명 모퉁이를 돌 때 쓰라고…….」

두목은 주둥이를 놀리던 부하의 정강이를 있는 힘껏 걷어찼다.

「캥?!」

「캥? 야, 이 개새끼야. 이게 어떤 기회였는지 알기는 아는 거냐! 이 도시에 자리잡기는 글렀다고! 그 암퇘지 년을 잡다가 만신전에 처넣었어야 얘기가 통하는 건데!」

바드티비라는 뭇 범죄 조직의 이상향이다. 느슨한 법률. 부와 권력이 좌지우지하는 통치 체제. 너무 많은 이권과 너무 많은 사람. 그야말로 폭력이 활약하기 안성맞춤인 환경이다.

문제는 수국화관이다.

수국화관은 매춘, 도박, 인신매매 등 온갖 분야를 독점하고 있다. 자금의 규모부터 달라서 항쟁은 언감생심이다. 지난 반 세기 동안 수국화관의 텃세에 박살 난 조직은 이루 헤아릴 수 없다. 그럼에도 '나만은 다르다'느니, '시대가 변했다'는 착각이 수많은 부나방을 양산하는 것이다.

「지금 우리 다 뒈지게 생겼어, 이 망할 놈들아! 이따위로 할 거면 그냥 다 때려치워!」

「죄송합니다, 형님!」

「면목이 없습니다!」

부하들이 코를 바닥에 박을 기세로 굽실거렸다. 하지만 두목의 심기는 나아질 기미가 없었다.

'창녀 하나 잡는 데 열두 명이나 뒈졌다고? 이 꼴로 돌아가 봤자 다른 조직한테 웃음거리 밖에 더 되겠냐……!'

"실패하셨나요."

불현듯 머리 위로 담담한 목소리가 울려 퍼졌다.

"거래는 없던 일로 해야겠군요."

시녀복을 입은 호리호리한 여성이 천천히 계단을 내려왔다. 두목은 온몸의 피가 얼어붙는 듯했다.

「수, 숲 파수꾼…….」

「형님! 물러서십시오!」

「뭐가 잘났다고 일 공친 다음에야 기어 나와, 엉!」

부하들이 파수꾼을 널찍이 에워싸고 으르렁거렸다. 누구는 손톱을 세우고, 누구는 석궁을 붙들었지만 겁먹은 기색만은 감출 수 없었다. 연맹 출신에게 숲 파수꾼은 할아버지의 할아버지 대로부터 전해 내려오는 괴담이었다.

엘프를 해코지하지 말라.

숲을 배회하는 유령이 지켜보리니.

상처를 내는 자는 가죽이 벗겨지고.

노예로 파는 자는 삼대가 몰살한다.

"저는 사전에 충분한 도움을 드렸습니다."

두목은 주춤주춤 뒷걸음질 쳤다. 숲 파수꾼은 사냥꾼이자 암살자였다. 살생의 죄를 홀로 짊어지기로 맹세하고, 동족을 해코지한 자는 대륙 반대편까지 쫓아가서 복수하는 독종이기도 했다.

"행선지는 물론이고 특별히 여러분에게 유용한 무기까지 구해 드렸죠. 하지만 이렇게 실망만 안겨 주시는군요."

「자, 잠깐!」

두목이 다급하게 소리쳤다. 그 검은 베일을 쓴 암퇘지만 잡으면 수국화관의 묵인 하에 '장사'를 할 수 있었다. 이대로 포기하기는 너무 아까웠다.

「한 번만, 한 번만 더 기회를 줘. 거의 다 잡을 뻔 했다고! 아무리 그래도 제깟 게 언제까지 틀어박혀 안 나오겠어, 응?」

"기회라고요?"

파수꾼이 고개를 갸웃했다. 두목은 한순간 희망을 품었다.

"제 뜻을 오해하셨군요."

「캥!?」

두목의 등 뒤에서 외마디 비명이 터져 나왔다. 종이처럼 얇은 비수에 숨통을 베인 부하가 비틀거리다가 털썩 무릎을 꿇었다.

어느새 두목 뒤에 나타난 파수꾼이 자상한 어조로 가르쳐 줬다.

"저는 분명 없던 일로 하겠다고 말씀드렸습니다."

「야, 이……! 조져! 새끼들아!」

두목이 허둥지둥 파수꾼에게서 물러서며 소리쳤다. 부하들은 냅다 방아쇠를 당겼다. 많은 괴담이 어디까지나 허풍과 뜬소문에 불과하건만, 숲 파수꾼이라고 예외라는 법은 없었다.

하지만 무차별로 쏟아붓는 볼트는 파수꾼에게 생채기도 내지 못했다.

「안 돼! 주걱코가 맞았어!」

「뭐가 저렇게 빨라!」

방아쇠를 당기기 직전, 파수꾼은 간발의 차로 사선(射線)을 벗어났다. 한 번은 요행이고 두 번은 천운이겠으나, 세 번부터는 실력이었다. 오히려 포위한 부하들이 서로가 쏜 볼트에 맞아 비명을 지르며 쓰러졌다.

「캬아아아!」

손톱을 세운 부하가 파수꾼을 덮쳤다. 파수꾼은 손목을 낚아채서 품 안으로 파고들었다. 소매에서 나온 비수가 부하의 아래턱을 꿰뚫는 것으로 유린의 시작을 알렸다.

「커헉!?」

「혀, 형님! 살려, 케엑!」

「쿨럭! *끄으……*!」

비명이 들려서 돌아보면 반대쪽에서 피가 뿜어져 나왔다. 피에 한눈이 팔리면 다음은 제 목숨이 달아났다. 현관은 삽시간에 어미를 찾는 울음소리와 단말마의 비명으로 들끓었다.

두목은 아연실색했다.

오금이 잘린 부하가 바닥을 기어 다닌다. 배후를 잡힌 부하는 순식간에 가슴이 열두 번 찔려 피를 뿜는다. 어떤 부하는 눈먼 볼트에 맞아 뜯겨 나간 턱을 제자리에 끼워 맞추느라 정신이 없다.

「어디야! 어디로 갔, 컥!」

「망령이다! 망령이 분명……*끄아아악*!」

파수꾼은 그 한복판을 활보하고 다녔다. 안개처럼 희끗한 잔상을 나부끼며 벽도, 천장도 평지처럼 누비고 다니는 자태는 과연 사람보다 망령에 가까웠다.

「형님, 피하십쇼! 여긴 위……험……!」

분명 신체 조건만으로는 놀이 엘프보다 백병전에 유리하다. 손톱과 발톱은 날카롭고, 튼튼한 이빨은 뼈도 부술 수 있다. 게다가 털가죽은 조악한 날붙이 따위가 통하지 않을 만큼 질기다.

「끄륵, 혀, 형, 님……. 살, 살려…….」

하지만 적어도 백 년 넘게 살상 기술만을 연마한 상대에게 비할 바는 아니다.

「으아아아아아! 나와! 나오라고, 이 개 같은 년아!」

숲 파수꾼은 선천적으로 민첩한 신체와 기나긴 수명, 그리고 집념이라는 삼박자가 어우러진 산물이다. 일개 폭력단은커녕, 정규 훈련을 받은 기사단을 끌고 와도 승산이 희박하다.

「이 쌍년! 이것도 피해 봐라!」

파수꾼이 돌아본 순간, 핸드 캐넌을 겨눈 부하가 냉큼 방아쇠를 당겼다. 어둠을 불태우는 강렬한 섬광과 함께 천장이 들썩거릴 만큼 커다란 굉음이 울려 퍼졌다.

두목은 목격했다.

섬광 속에서, 파수꾼이 정말 '유령처럼' 흐릿하게 흩어지며 사라지는 광경을.

「컥……!」

방아쇠를 당겼던 부하는 단말마를 흘리며 풀썩 쓰러졌다. 그 목덜미에 비수 한 자루가 칼자루만 보일 만치 깊숙이 박혀 있었다.

"확실히 몸놀림이 무뎌졌군요. 영체화가 이렇게 느리다니."

파수꾼은 담담하게 뇌까리며 비수를 뽑아 부하의 옷자락에 슥 닦았다.

"너무 섭섭하게 생각하지 마세요."

파수꾼은 신체의 일부를 너울너울 흩날리며 두목에게 돌아섰다. 파수꾼과 눈이 마주친 두목은 털푸덕 엉덩방아를 찧었다. 가랑이에서 지린내가 진동했다.

스무 명이 눈 깜짝할 사이 전멸해 버렸다.

"당신 같은 버러지들을 청소하는 일 역시 제 직무 중 하나입니다."

두목이 엉덩이로 바닥을 쓸며 도망하려 했다. 젖먹이 시절, 겨울 밤에 듣던 옛이야기가 아득한 세월을 뛰어넘어 출몰한 것이다.

"처음부터 살려 드릴 생각은 없었어요."

파수꾼은 두목의 구두를 지그시 밟고 섰다. 장전된 석궁이 두목의 미간을 겨냥했다.

《Chapter 2. 우리에 갇힌 여기사》

수국화관 지하 6층에서는 매주 다양한 투기(鬪技)가 열린다. 늑대나 곰은 예사고 이따금 남부 늪지대의 진귀한 괴물도 구경거리로 나온다. 희생양은 물론 도축을 앞둔 암퇘지다.

수국화관은 상품 가치가 떨어진 암퇘지를 재활용하고, 암퇘지는 목숨을 부지할 기회를 얻는다는 점에서 쌍방이 득을 보는 방안인 셈이다.

– 이 멍청한 년아! 겁 먹지 말고 싸워!

– 죽여라! 죽여! 죽여!

발 디딜 틈 없이 붐비는 관중석에서 야유가 들끓는다.

지하 6층에서 특히 각광 받는 경기는 암퇘지 간의 사투다. 경기에서 승리한 암퇘지는 면죄를 받고 5등급부터 다시 손님에게 봉사할 수 있다.

하지만 패배한 암퇘지에게는 붙박이 변기로 쓰이다가 도축장에 끌려가는 비참한 결말이 기다린다.

"작작하고 그만 항복해!"

"당신이 뭔데 나한테 이래라저래랴야!"

철망으로 막힌 무대에서 알몸에 개 목걸이만 찬 암퇘지 두 마리가 사투를 벌이고 있었다. 서로에게 주어진 무기는 조잡한 쇠몽둥이 뿐이었다.

"다 늙은 할망구가 왜 주책이야?! 죽어! 제발 좀 죽으라고!"

스무 살 남짓한 암퇘지가 눈물 콧물을 질질 흘리며 몽둥이를 휘둘렀다. 풋내기 마법사였던 그녀는 모험가가 되겠다고 설치다가 노예 상인에게 붙잡혀 수국화관까지 흘러 들어왔다. 처음으로 사귄 동료가 그녀를 팔아치운 장본인이었다.

"닥쳐! 이 버르장머리 없는 년아!"

서른 살 남짓한 암퇘지가 입에 게거품을 물며 윽박질렀다. 어느 귀족 가문의 가정 교사였던 그녀는 그만 그 댁 도련님과 눈이 맞았다가 납치당했다. 아들을 끔찍이 아끼던 안주인의 사주였다.

운명의 장난이 아니었다면, 어느 쪽이나 남 부럽지 않게 살았을 암퇘지였다. 축복 받은 인생을 누리던 족속이 꽥꽥거리며 몸부림치는 꼴은 관중에게 질 나쁜 우월감을 안겨 줬다.

〈박빙! 박빙이에요! 중고와 영계의 정면 승부! 베리도 정신이 번쩍 들겠어요!〉

코르셋과 망사 팬티스타킹만 입은 진행자가 통통 튀는 걸음걸이로 무대 가장자리를 누비고 다녔다. 새뽀얀 젖가슴이 발걸음에 맞춰 경쾌하게 흔들렸다. 머리에 돋은 긴 귀와 복슬복슬한 꼬리는 장식이 아니라 토끼 수인(獸人)의 특징이었다.

"뒈져어어엇!"

직격을 모면한 중고가 젖 먹던 힘까지 짜내서 몽둥이를 내리쳤다. 뼈 부러지는 소리와 함께 영계가 바닥에 나동그라졌다. 피와 땀과 눈물과 콧물을 쏟던 드잡이에 마침표를 찍을 일격이었다.

〈중고! 중고가 크게 한 방 먹였어요! 이 기회 놓치면 안 돼요!〉

관중석에서 환호와 욕설이 빗발쳤다. 베리는 코맹맹이 소리를 내며 폴짝폴짝 뛰어다녔다.

"아…… . 아아…… . 파, 팔, 아, 아파, 아파아…… . 내, 내, 아, 아아아……!"

영계는 덜렁거리는 팔을 부여잡은 채 울먹였다. 새파랗게 질린 얼굴 위로 중고의 그림자가 드리웠다. 영계는 엉덩이를 질질 끌며 도망치려 했다.

─ 마무리다!

─ 일어나, 이 암퇘지야! 너한테 얼마를 걸었는지 알아?!

─ 그대로 끝내 버려!

"꺼, 꺼내, 꺼내 주세요! 제발 여기서 내보내 주세요! 죽기 싫어! 죽기 싫단 말이야아아! 살려 주시면 뭐든지 할게요! 뭐든지 하겠습니다! 뭐든지 시켜만 주세요! 그러니까 제발 꺼래아아악! 아아아악!"

비척비척 다가온 중고는 철망에 매달려 울부짖던 영계의 발목을 몽둥이로 내리쳤다. 부러진 뼈가 살을 찢고 튀어나왔다.

영계가 목이 터지라 울부짖었다. 한 번, 두 번, 세 번. 중고는 연거푸 몽둥이를 휘둘렀다.

"아, 아흐으으……! 주, 주인님, 사, 살려, 사려, 아흐흐흐 흑……! 끄흐어어억……!"

허우적거리며 막으려던 손가락이 부러지고, 손등이 터지고, 손목이 분질러지고, 팔이 꺾였다. 영계는 반쯤 실성하여 토악 질하듯 울었다.

"죽어! 죽어어! 죽어어어어어어어어!"

중고는 게거품을 물며 몽둥이를 휘둘렀다. 하지만 평생 싸움 은커녕 손찌검도 해 본 적 없었기 때문에 번번히 헛방을 치며 체력만 낭비했다.

– 저거 병신 아냐! 다 이겨 놓고 왜 빌빌거려?

– 야, 이 쓰레기 같은 년아! 위층으로 돌아가고 싶으면 빨리 곤 죽을 내란 말이야!

"아아악! 아악! 아아아아아아악!"

조롱의 채찍질이 쏟아졌다. 중고는 짐승처럼 울부짖으면서도 몽둥이질을 멈추지 못했다. 삼십 분 넘게 이어진 사투는 체력도, 정신도 바닥 냈다. 무대 곳곳에 쏟은 멀건 토사물이 그 흔적이었다.

– 씨벌, 요새 젊은 년들은 뭐 저리 근성이 없어!

– 일어나! 당장 일어나라고! 뭘 잘했다고 누워 있어!

– 이 좆 같은 암퇘지야! 내 돈 어쩔 건데! 내 돈 어쩔 거냐고!

한편에서는 영계의 승리에 돈을 걸었던 관중들이 분통을 터뜨렸다. 성긴 철망 사이로 먹다 남은 감자나 쓰레기 따위가 날아들었다. 베리는 말리기는커녕 타는 불에 기름을 끼얹었다.

〈아이 참, 벌써 끝인가요! 역시 영계는 한 번 먹고 버려야 제맛일까요!〉

"꺼져! 이 짐승 년아!"

대낮부터 술에 취한 주정뱅이가 빈 술병을 냅다 집어던졌다. 베리는 혀를 쏙 내밀며 날렵하게 몸을 피했다. 애꿎은 철망에 부딪친 술병이 와장창 깨져서 사방으로 유리 조각을 뿌렸다.

〈아하하! 저는 이딴 굼뜬 암퇘지들과는 다르거든요?〉

– 입 닥쳐! 저 등신년 때문에 내 일주일치 벌이가 날아가게 생겼잖아!

– 밖으로 꺼내! 도축장에 보내기 전에 내 손으로 조져야겠어!

영계에게 돈을 걸었던 관중은 팸플릿이든 술병이든 손에 잡히는 족족 베리에게 집어던졌다. 베리는 날아드는 술병을 피하고 엉덩이를 살랑살랑 흔들며 도발했다.

"윽, 흐으윽……!"

영계는 군중의 아우성 속에서 벼랑 끝으로 등 떠밀렸다. 총명하던 두뇌는 학대와 모욕에 찌들어 주문 한 구절 제대로 외울 수 없었다. 날아든 몽둥이에 광대뼈가 내려앉자 암퇘지로서의 자존감조차 완전히 무너져 내렸다.

"아아아아아아!"

영계는 젖 먹던 힘까지 다하여 단단한 돌바닥을 머리로 들이받았다. 찢어진 이마에서 새삼스럽지도 않은 피가 주룩 흘러내렸다. 욕설과 환호는 가일층 거세어졌다.

"주……!"

한 번, 두 번, 보신을 잊은 영계는 혀 꼬부라진 소리를 냈다.

"주겨, 그, 냥, 주겨, 져어……! 가, 가히 히, 러어……!"

말라붙은 눈물샘에서 마지막 눈물을 쥐어짜 냈다.

「이런 미친 년을 봤나! 주인님 허락도 없이 누구 마음대로 죽으려고 들어!」

쏜살같이 무대로 뛰어오른 오거들이 영계를 찍어 눌렀다. 영계가 피거품을 물고 발악했다.

"시러어어어어어! 아 할 허야, 나하 아 할 혀야아아아아악!"

혼혈 오거들은 주저 없이 영계의 입에 재갈을 물리고 굵은 사슬로 팔다리를 단단히 결박했다. 사냥당한 산짐승 같은 신세였다.

〈드디어 승자가 정해졌네요! 저는 이 순간이 제일 즐겁다니까요! 여러분, 승리한 암퇘지를 축하해 주세요!〉

우리로 들어간 베리가 중고의 손을 들어 주며 승리를 치하했다. 정작 중고는 기력이 바닥나서 금방이라도 쓰러질 듯 위태로워 보였다.

〈그럼 패배자에게는 패배의 낙인을!〉

혼혈 오거들은 일사불란하게 움직였다. 두 명이 영계를 제압한 사이 다른 한 명이 화로를 옮겼다. 영계는 화로에서 꺼낸 인두를 보자마자 뭍에 나온 물고기처럼 펄떡거렸다.

〈오오, 가여워라. 그러니까 이겼어야죠.〉

- 지져라! 지져라! 지져라!

관중이 한 목소리로 요구했다. 인두를 받아 든 베리가 들뜬 표정으로 외쳤다.

〈여러분! 다 함께 외쳐 주세요! 낙인을 찍을 때는 어떻게?!〉

- 꾸욱!

관중의 합창에 힘입어 베리는 영계의 퉁퉁 부어오른 엉덩이를 인두로 짓뭉갰다. 벌겋게 달군 인두가 고기 타는 냄새를 풍기며 살을 녹였다.

"끄후우우우우우욱?! 으우우우우우욱! 우욱, 우크으우우우우우우!"

움직일 수 있는 모든 근육이 격렬한 경련을 일으켰다. 영계는 목이 부러지라 고개를 홱홱 꺾었다. 열 손가락과 열 발가락이 굶주린 구더기처럼 발광하며 허공을 벅벅 긁어 댔다.

재갈 사이로 넘쳐 흐른 침이 한 바닥, 가랑이에서 쏟아진 오줌이 한 바닥, 두 바닥. 패자의 말로가 비참할수록 관중은 더욱 환호했다. 관중석에 앉아 있는 한 그들은 승자였다.

〈네, 정말 예쁘게 찍혔네요!〉

마침내 인두를 뗀 베리가 코맹맹이 소리로 감탄했다. 영계의 엉덩이에 촉수를 휘감은 수국화 문양이 선명하게 새겨졌다. 혼혈 오거들은 영계와 중고를 짐짝처럼 들쳐 업고 무대 뒤로 치웠다.

〈평소라면 여기서 끝났겠지만, 오늘은 전승 기념일! 이 자리에 와 주신 손님 여러분께 아주 특별한 즐길거리를 준비했어요!〉

베리가 관중의 시선을 잡아 두는 동안, 한편에서는 유백색 슬라임들이 무대 위를 돌아다녔다. 본능만으로 움직이는 저급한 마물들은 암퇘지 두 마리가 쏟은 피와 땀과 눈물과 용변을 깨끗이 소화했다. 점령지에서는 흔한 용례였다.

— 빨리 시작이나 해!
— 빌어먹을 년, 귀 찢어 버리기 전에 꺼져!
— 닥치고 이리 와서 한 번 대 주기나 하시지!

더 뜸을 들이면 폭동이라도 일으킬 기세였다. 베리는 깔깔거리며 다음 구경거리를 소개했다.

〈그럼 박수로 환영해 주세요! 여지껏 이런 암컷은 저희 층에 없었답니다! 총 전적 30전 30승! 한때 감히 검공(劍公)의 경지를 넘봤던 암컷! 태양신 교단의 태양기사, 솔레나 경! 입장!〉

붉은 머리칼을 질끈 묶은 여인이 무대 위로 걸어 나왔다. 얇은 바디 슈트 위에 노출이 심한 갑옷을 덧입어서 야윈 몸매가 두드러져 보였다.

– 와아아아아!
– 도도한 척 작작하고 궁둥이 좀 흔들어 봐, 쌍년아!
– 뭐 저리 비쩍 말랐어? 우리 마누라한테도 나가떨어지게 생겼구먼!

가학에 굶주린 환호와 추파가 드높았다. 솔레나는 불만스럽게 주위를 두리번거렸다. 누가 달려들면 당장 허리에 걸린 목검을 휘두를 기세였다.

〈네, 네! 손님 여러분도 기사님이 마음에 드시나 봐요! 솔레나 경도 이 기회에 소감 한 말씀, 뿅!〉

베리는 익살스러운 끝말을 곁들이며 확성기를 떠넘겼다. 솔레나가 초췌한 얼굴로 확성기를 고쳐 잡았다.

〈전(前) 태양기사 솔레나 비벨티스다. 주군의 지시로 실력을 가다듬고 있다. 모쪼록 잘 부탁하마.〉

솔레나는 짧게 소개하고 확성기를 내렸다. 이 자리에 서면 관중의 무수한 눈이 어두운 기억을 들추어내는 듯했다.

두개골 속으로 파고들던 마물의 촉수.

무자비하게 날아들던 몽둥이.

어깻죽지를 썰던 녹슨 톱.

'참아야 한다.'

솔레나는 입술을 지그시 감쳐물었다. 오른팔을 대신한 의수에서 검푸른 연기가 새어 나왔다.

'참아라. 솔레나. 아스타르테 님을 위해서라도, 참아야 해.'

솔레나는 꼬박 일 년 전에 도축장으로 끌려갔다. 여신의 은덕이 아니었다면 영락없이 죽은 목숨이었다. 목숨 바쳐 보필해야할 분에게 되레 구명의 빚을 진 셈이었다.

〈에이, 솔레나 경. 하루 이틀도 아니면서. 그렇게 끝내면 관객여러분도 싫어하시잖아요.〉

베리가 투정을 부렸다. 솔레나는 애써 불편한 심기를 감추었다.

"기사는 실천으로 자신을 증명할 뿐이다. 이 이상 무슨 말이더 필요한가."

〈어머? 단골로 출장 나오시면서 시치미는? 당연히 성감대죠!〉

객석에서 박장대소가 터져 나왔다. 솔레나는 차라리 혀를 깨물고 싶어졌다. 몇 번을 들었지만, 매번 수치심에 얼굴이 화끈거렸다.

"나, 나는 암퇘지가 아니라 주군의……."

〈주군의, 뭔데요? 네? 뭔데요? 설마 기사라고 하시려고요?〉

베리는 생글생글 웃으면서 확성기를 치우고 솔레나에게 속삭였다.

"저는요 저는요, 그분께서 화내시는 모습 보기 싫은데 말이죠?"

솔레나는 저도 모르게 시선을 떨어뜨리고 말았다. '뭘 뜸 들이고 앉았어!' '빨리 대답 못하나!' 객석에서 쏟아지는 거친 고함질이 대답을 독촉했다.

"애, 애완……."

〈애완, 뭐라고요?〉

베리가 쫑긋 세운 귀를 들이댔다. 솔레나는 삼켰던 뒷말을 구역질하듯 마저 뱉었다. 초췌한 얼굴이 새빨갛게 익어 갔다.

"애완동물이다……."

긍지 높은 태양기사는 애완동물로 전락했다. 이나마도 수국화관에서는 특혜였다.

〈여러분, 들으셨죠? 솔레나 경은 자기 성감대도 못 밝힐 만큼 덜떨어진 애완동물이랍니다?〉

관중석은 웃음바다가 됐다. 베리가 확성기에 대고 외쳤다.

〈그래도 괜찮아요! 오늘은 특별히 여러분께서 태양기사를 직접 조련하시는 날이거든요? 솔레나 경에게 성감대가 어디에 있는지 몸소 가르쳐 주세요!〉

들썩거리던 관중석이 거짓말처럼 조용해졌다. 관중은 떨떠름하게 서로를 돌아봤다.

— 뭐야. 농담 아냐? 오거도 한 방에 때려눕힌 년을 무슨 수로 이겨.

— 차라리 오거랑 싸우고 말지. 저런 빼빼 마른 년한테 얻어터지면 무슨 창피야?

— 장난 그만 치고 어서 시작해! 괴물을 내놓으라고!

지하 6층을 찾는 고객은 대개 힘없는 빈민가 출신 또는 서민이었다. 화려한 전적을 자랑하는 솔레나에게 덤빌 리 없었다.

〈에이, 솔레나 경은 손님을 해치지 않아요! 솔레나 경, 그렇죠?〉

베리가 곧바로 솔레나에게 화살을 돌렸다. 슬슬 무패 행진을 끝내고 암컷다운 추태를 선보이게 하려는 수작이었다.

"대련에 손대중은……. 아니, 그렇다. 주군께서도 손님은 조심히 응대하라고 분부하셨으니."

솔레나는 마지못해 말을 바꿨다. 아스타르테 님은 자신에게 새로운 기회를 하사해 주셨다. 치 떨리도록 괴로운 나날이 이어지더라도 언제나 아스타르테 님의 곁을 지켜야 마땅했다.

'순순히 노리갯감이 될쏘냐. 몇 명이던지 쓰러뜨려 주마.'

구명의 은혜를 갚을 길은 하나 뿐이었다. 명예와 충성을 다해 보필하면, 아스타르테 님도 마녀의 미혹에서 벗어나 과거의 숭고한 시절로 되돌아가실 수 있으리라.

〈보세요. 솔레나 경도 생각할 머리가 있다니까요? 게다가 처음으로 승리하신 손님에게는 두둑한 상금이, 짜잔!〉

베리는 허리춤에서 꺼낸 지폐 뭉치를 흔들며 자랑했다. 관중의 눈이 휘둥그레졌다.

– 저, 저게 얼마야?
– 내 월급 석 달치는 되겠어.
– 젠장. 그래도 그렇지. 어디 한 군데 부러졌다가 공장에서 잘리면 무슨 소용이야.

하지만 하루 벌어 하루 먹고 사는 이들은 감히 나설 엄두를 못 냈다. 베리가 뺨을 부풀리며 웃돈을 얹을까 고민할 즈음이었다.

"겁쟁이들 같으니. 어차피 밀져야 본전 아닌가?"

험상궂게 생긴 사내가 외투를 벗어던지고 무대로 올라갔다. 한눈에 봐도 솔레나보다 두 배 남짓 큰 체격이었다. 팔뚝에 새긴 조악한 성모 문신이 살아 움직이듯 꿈틀거렸다.

– 저 형씨 한 가닥 하게 생겼잖아!
– 그래도 솔레나가 어떤 년인데! 형씨 이제 큰일났어!

〈야호! 드디어 손님 여러분을 대표하는 도전자가 나타났네요! 자, 소개 한 말씀!〉

베리가 발랄한 걸음걸이로 도전자에게 다가섰다. 도전자는 손가락을 꺾으며 으르렁거렸다.

"체스터. '망나니들'에서 피 좀 보고 살았다."

베리의 표정이 한순간 시정잡배처럼 일그러졌다. 하지만 깜찍한 얼굴은 금방 미소를 되찾았다.

〈오호라! 여러분, 들으셨어요? 망나니들! 관문 전쟁에서도 활약한 역사 깊은 용병단 출신이 어떻게 이런 곳에! 솔레나 경도 방심하면 안 되겠어요!〉

솔레나는 베리가 들이민 확성기를 묵묵히 옆으로 치웠다. 수국화관의 작태는 일찍이 질릴 만치 겪었다. 폭력을 구경거리로 만드는 꼴이 역겹기 그지없었다.

'원망하지 마라.'

당신을 제물로 바쳐서 두 번째, 세 번째 만용은 막겠다. 솔레나는 칼자루를 감아 쥐었다. 자못 진지한 기세에 베리가 체스터에게 물었다.

"손님, 무기는 필요 없으세요?"

"저런 꼬락서니로 장난감이나 휘두르는 년한테 무기를 쓰라고? 제정신이냐?"

체스터는 되레 성질을 부렸다. 입술을 씰룩거린 베리가 훌쩍 공중제비를 넘어 뒤로 물러났다.

"자, 그럼 태양기사 솔레나 경과 '망나니들' 출신인 체스터 님의 대결!"

솔레나와 체스터의 시선이 허공에서 얽혔다. 베리는 번쩍 치켜든 손을 횡으로 그었다.

"시작!"

콰직.

시작과 동시에 솔레나가 체스터의 간격으로 쇄도했다. 반응할 틈도 없이 체스터의 목가지가 홱 꺾여 버렸다.

"미, 미친……?!"

진검이었으면 즉사였다. 휘청 뒷걸음질 친 체스터는 떨리는 손으로 입가를 훔쳤다. 흥건히 묻어나는 피를 본 순간 머릿속이 분노로 시뻘겋게 물들었다.

"이 개 같은 년이……크헉!"

체중을 실어 내지른 목검이 명치에 꽂혔다. 체스터는 다리에 힘이 풀려 쓰러질 뻔 했다. 오기를 부려 주먹을 뻗질렀지만, 솔레나는 상체만 틀어 거뜬히 피했다.

"무릇 기사라면 나뭇가지로도 적을 제압해야 하는 법이다."

"아가리 닥쳐!"

눈이 뒤집힌 체스터가 연거푸 주먹을 휘둘렀다. 솔레나는 체스터가 비웃었던 '장난감'으로 팔뚝을 쳐올리고 빙판 위로 미끄러지듯 단숨에 거리를 벌렸다. 군더더기 없는 움직임에 관중이 탄성을 터뜨렸다.

"창년 주제에 더럽게 촐랑거리네!"

체스터는 짐승처럼 솔레나에게 달려들었다. 그가 취할 수 있는 최선책이었다. 겁 먹고 한 번 거리를 내주었다간 일방적으로 당할 뿐이었다.

하지만 공세에 전념할수록 시야는 좁아지는 법.

솔레나는 목검을 역수로 고쳐 쥐고 체스터의 품 속으로 뛰어들었다. 체스터가 내지른 주먹이 깃발처럼 날리는 붉은 머리칼에 스쳤다.

"흡!"

늑골은 생각보다 무르다. 솔레나는 허리를 비틀어 칼끝에 힘을 실었다. 탄환처럼 쏘아진 칼끝이 체스터의 갈빗대를 강타했다.

"컥, 헉, 허억!"

근육을 꽉꽉 눌러 담은 거구가 분질러지듯이 직각으로 꺾였다. 체스터가 헛숨을 게워 냈다. 아무리 노력해도 급소는 단련하기 어려웠다.

─ 빼빼 마른 주제에 엄청 재빠르잖아!
─ 형씨! 뭐라도 좀 해 봐!

근육이 없어지고 기량은 녹슬었어도 한 교단을 대표하던 실력자의 면모는 남아 있었다. 맹금처럼 날아드는 공격이 체스터를 궁지로 몰았다. 솔레나는 원하는 대로 간격을 잡으면서 체스터의 급소만 정확하게 가격했다.

"비, 빌어먹을……. 빌어 처먹을……!"

열세를 깨달은 체스터는 처음의 자신감은 어디 갔는지 옆구리를 부여잡은 채 솔레나에게서 도망치기 급급했다.

"패배를 인정하고 물러나라. 이대로 오기를 부려도 부상만 입을 뿐이다."

솔레나는 목검을 겨누고 항복을 종용했다. 숨을 쉬지 못해 하얗게 질린 안색이 체스터의 심경을 고스란히 드러냈다. 위태로운 뒷걸음질은 등이 쇠창살에 부딪치며 멎었다.

"무기 안 필요하세요?"

"허억!"

솔레나에게 정신이 팔린 체스터는 그만 기함을 하며 스르륵 주저앉았다. 눈길을 돌리자 언제부터인지 베리가 생글생글 웃는 얼굴로 곁에 서 있었다.

"손님께서 싱겁게 나가떨어지시면 저희도 망신살이 뻗치거든요."

─ 등신 같은 놈! 덩치만 컸지 순 허풍선이잖아!

─ 망나니가 아니라 그냥 등신 아냐?!

─ 꺼져라! 꺼져라!

귀청이 열리자 창살 밖에서 파도치는 조롱과 야유가 쏟아져 들어왔다. 체스터는 헐떡거리면서 솔레나와 베리를 번갈아 봤다.

"무, 무기, 무슨 무기."

"정말, 그 말씀만 나오길 기다렸다니까요!"

베리가 깍깍 환호했다. 체스터에게 다가가던 솔레나는 그 자리에 우뚝 멈춰 섰다. 창이나 칼이라면 몰라도 마법을 새긴 두루마리 따위는 위험했다. 그러나 쓰러진 상대에게 검을 휘두르는 짓은 기사의 도리에 걸맞지 않았다.

〈여러분! 이제부터 특별한 선물을 드릴게요! 수량이 적으니까 먼저 줍는 사람이 임자!〉

말이 끝나기 무섭게 천장에서 허여멀건 덩어리가 후두둑 떨어졌다. 관중석 곳곳에서 의문 섞인 불평이 터져 나왔다.

　―아야! 뭐야, 이 징그럽게 생긴 건?
　―무슨 계집년 몸뚱이처럼 생겼는데. 가슴도 달려 있잖아.
　―우리한테 지금 인형 놀이나 하란 소리야?!

특별한 선물이란 머리도, 팔다리도 없이 달랑 몸통만 있는 봉제 인형이었다. 속에 솜 대신 살코기를 채웠는지 물컹거리는 촉감이 굉장히 이상했다. 호기심 왕성한 몇몇은 가랑이에 뚫린 구멍을 쩍 벌려서 들여다봤다. 신축성 덕분에 구멍은 손가락 세 개가 들어갈 만큼 넉넉했다.

〈한 사람이 감당하기 어려우면 여럿이 도우면 되겠죠? 여러분 손에 들린 물건은 저 솔레나 경의 감각과 이어져 있거든요! 자극을 가하면 솔레나 경의 신체에 그대로 반영된답니다!〉

"뭐?"

깜짝 놀란 솔레나는 무심코 자신의 목에 채워진 구속구를 붙잡았다. 불길한 예감에 등골이 오싹 곤두섰다.

〈여러분께 드린 '육인형'은 정확히 아흔아홉 개! 이 정도 숫자라면 솔레나 경도 어쩔 수 없겠죠! 그럼 속는 셈 치고 젖꼭지

를 눌러 주시겠어요? 하나, 둘, 셋!〉

베리의 목소리가 확성기를 타고 온 관중석에 울려 퍼졌다. 육인형을 든 관중들은 정교하게 만들어진 젖꼭지를 손가락으로 꾹 눌렀다.

"잠깐, 그게 무슨……아흑?!"

보이지 않는 손길이 유두를 짓눌렀다. 솔레나는 질겁하여 몸을 끌어안았다. 파리한 얼굴이 경악과 의문으로 점철됐다.

― 굉장한걸. 이것만 있으면 잘난 기사님도 별 수 없다는 거 아냐?

― 어디, 여기는 어떨까.

― 이봐! 내놔 봐! 나도 좀 써 보자고!

관중석이 부쩍 소란스러워졌다. 대단하신 기사 나리께서 가슴을 두 팔로 가린 채 어쩔 줄 몰라 하는 모습은 관중의 가학심을 자극했다.

"꺄악!"

비밀스러운 균열 안쪽에서 지분거리는 손길이 느껴졌다. 새된 비명을 지른 솔레나는 수치심에 겨워 언성을 높였다.

"다, 당장 그 지저분한 짓거리를 멈추지 못하겠나! 구경거리로 전락했어도 대련은, 정정당당하, 아앗, 크흐윽?!"

실체 없는 이물감이 비부와 항문을 집요하게 파고들었다. 다리 대신 손가락이 달린 지네가 질 속을 헤집고 다니는 듯했다.

추잡한 애무에 아랫배가 움찔움찔 잔물결을 일으켰다.

"흑, 으읏……! 당장, 빼지……못하겠, 앗, 하웃……!"

솔레나는 한손으로 엉덩이를 붙잡은 채 휘청거리다가 가까스로 균형을 잡았다. 하지만 허벅지를 아무리 바짝 붙여도 오감에 직접 강제되는 자극은 막을 수 없었다.

― 진짜 마음대로 할 수 있잖아.

― 그러니까 이걸 쑤시면 태양기사 보지도 공짜로 쓸 수 있단 말이지?

솔레나는 퍼뜩 고개를 치들었다.

사내에게, 손님에게, 수컷에게, 짐승에게, 괴물에게 깔린 채 범해지던 기억이 일시에 수면 위로 부상했다. 스스로 자각하지 못한 두려움이 짙붉은 눈동자를 물들여 갔다.

"아, 안 돼. 그것만은, 그랬다간……!"

긍지 높은 기사로 있을 수 없다.

"제발, 홋, 크흐으응?!"

누가 먼저 삽입했는지는 아무도 몰랐다. 다만 한 가지는 확실했다. 솔레나의 등이 활대처럼 휘어진 순간, 모든 관중이 조바심을 이기지 못하고 물컹거리는 육인형에 씻지도 않은 자지를 욱여넣었다.

― 오, 오오?!

― 이 인형 쪼가리 엄청 조여!

― 젠장! 짐승 년아! 사람 차별 말고 더 내놓으라고!

마침 육인형은 두 손으로 잡고 흔들기 딱 좋은 크기였다. 육인형을 손에 넣은 행운아들은 홀린 기분으로 거칠게 자위하기 시작했다. 찔꺽거리는 음란한 물소리가 환호성을 대신했다. 육인형이 없는 관중들은 무대 위에 올라갈 기세로 들고 일어났다.

"윽, 크흑! 이, 놈들, 당장……! 흐으윽! 큿, 흐아……!"

쾌락에 휩쓸린 몸뚱이가 주인의 의사와 무관하게 상스러운 콧소리를 내려 했다. 솔레나는 뿌리칠 수도 없는 자극에 눈을 홉뜨고 버렸다. 질끈 깨문 입술에서 고통스러운 신음을 머금은 핏방울이 뚝뚝 떨어졌다.

초조와 두려움이 늠름한 표정의 빈자리를 차지했다. 수없이 많은 손가락이 질벽을 북북 긁어대는 와중에 주인도 모를 남근들이 솔레나의 뱃속을 쉴 틈 없이 드나들었다. 빼어난 여기사가 허깨비에게 농락당하는 모습은 사타구니를 주물럭거리는 사내들에게 좋은 반찬이 됐다.

〈역시 힘을 보태 주신 보람이 있네요! 아무리 태양기사라도 버틸 재간이 없나 봐요!〉

"크윽……!"

솔레나가 억지로 몸을 일으켰다. 부릅뜬 눈에 실핏줄이 곤두섰다. 베리는 솔레나를 보고 화들짝 놀랐다. 한두 명도 아니고, 수십 명이 저주를 건 인형으로 범하는 마당이었다. 당장 이성을 잃고 발광해도 이상하지 않았다.

"아직, 읏, 싸, 싸울 수⋯⋯!"

하지만 솔레나가 교정실에 갇힌 이유는 암퇘지의 소명을 거부했기 때문이다. 소마에 중독되었어도, 강요에 굴복하여 기사의 맹세를 등졌을지라도 바스러진 이성을 놓지 못했다.

무엇보다 지금은 몸과 마음을 바쳐 지켜야 할 주군이 있다.

'아스타르테 님께서, 그분께서 주신 기회⋯⋯! 이번에는, 이번만큼은 꺾일 수 없어⋯⋯!'

교정실에서 베풀어 주신 연민을 기억한다.

팔이 잘린 채 흐느끼는 자신을 감싸 주시던 손길을 기억한다.

이 생지옥에 갇힌 뒤로 두 번 다시 느끼지 못할 줄 알았던 온기.

솔레나는 목구멍까지 차오른 교성을 억누르며 의지를 다졌다.

이번만큼은 지켜 드려야 한다.

"나는⋯⋯!"

하지만 체스터는 그리 너그러운 작자가 아니었다.

"으랏차!"

쇳덩이처럼 묵직한 주먹이 힘겹게 견디던 솔레나의 명치에 처박혔다. 흐트러질 대로 흐트러졌던 솔레나는 미처 반응하지 못했다. 두툼한 근육에서 끌어낸 완력에 늘씬한 몸이 들썩거렸다.

"억, 컥, 하으, 윽⋯⋯!"

솔레나는 허리가 꺾인 채 입을 뻐끔거렸다. 속성으로 재활한 신체로는 불시에 닥친 공격을 견디기 벅찼다. 마른 기침을 토하자 신물이 올라왔다.

"아까는 잘도 까불었겠다!"

"아윽?!"

체스터가 붉은 머리채를 고삐처럼 낚아챘다. 그리고는 솔레나의 얼굴을 무릎에 냅다 찍어 버렸다. 후드득 튄 코피가 체스터의 바지를 적셨다.

솔레나는 비명도 지를 수 없었다. 애액으로 젖어 번들거리는 다리가 힘없이 휘청거렸다. 정신을 차린 베리가 자위에 몰두 중인 관중들에게 외쳤다.

〈통한의 무릎 찍기! 제대로 들어갔네요! 그렇지만 솔레나 경, 이렇게 끝나면 시시하죠!〉

"시시하고 말고."

체스터가 히죽거리며 재차 솔레나의 얼굴을 무릎으로 찍어 버렸다. 솔레나는 발이 미끄러지면서도 기어코 목검으로 체스터의 겨드랑이를 올려 찔렀다. 예상 못한 반격에 머리채를 쥔 손아귀가 느슨해졌다. 솔레나는 그 틈을 놓치지 않고 체스터를 뿌리쳤다.

"헉, 허억, 흑, 웃……!"

하지만 곧장 역공에 나설 여력은 없었다.

찢어진 입술에 스미는 숨결은 시시각각 음란한 열기로 물들어 갔다. 솔레나는 제 어깨를 그러안은 채 발정한 고양이처럼 몸서리쳤다. 비부에서 배어난 애액이 후들후들 떨리는 허벅지에 끈적한 얼룩을 덧그렸다.

'참아야 한다. 참아야 돼! 제발, 참아야, 하는데……!'

솔레나는 울 것 같은 얼굴로 자신을 다잡으려 애썼다. 잠시만 긴장을 풀어도 시시각각 치밀어 오르는 음욕에 휩쓸려 버릴 것 같았다. 이성은 어떻게든 버티려고 하지만, 본능은 이미 암컷이 되어 라고 재촉해 댔다.

"이 년 봐라. 얌전히 뺄기 싫다 이거지."

체스터가 욱신거리는 팔뚝을 풀어 주며 이죽거렸다. 솔레나는 손등으로 코피를 훔치며 양손으로 목검을 감아 쥐었다. 무너지려는 자세를 가까스로 추스른 찰나였다.

— 우웟! 싸, 싸겠다!
— 기사님 보지 엄청 조여!
— 시발, 실물은 얼마나 쫀득한 거야?

관중석에서 상스러운 감탄사가 빗발쳤다. 솔레나는 당황하여 사방을 두리번거렸다. 육인형을 쑤시는 관중들의 허리놀림이 부쩍 급해졌다. 사정을 암시하는 맥박이 질벽과 장벽을 쿵쿵 두들겼다. 솔레나는 숫제 울먹이는 목소리로 외쳤다.

"그, 그만 둬라! 안 돼! 지금 안에 싸면……!"

그러나 관중들은 사정을 봐 주지 않았다. 관중 한 명이 육인형을 꿰뚫을 듯이 사타구니를 바짝 붙였다. 성대하게 터져 나온 정액이 솔레나의 뱃속에 처덕처덕 엉겨 붙었다.

"아, 아아, 아아아……!"

한 명이 사정하면 한 명이 쑤시고, 한 명이 쑤시면 한 명이 뽑았다. 사정 중에 삽입하고 삽입 중에 사정하고 삽입 중에 삽입하고 사정 중에 사정하면서 꾸역꾸역 토해 내는 정액이 체내를 가득 채웠다.

"아, 안 돼, 안 돼, 안 돼, 안 돼……!"

아니, '채운다'고 몸이 착각을 일으켰다. 수컷이 싸지른 욕정을 잇따라 받아 삼키면서 신체는 암컷의 치태를 기억해 냈다. 흠칫흠칫 튕겨 올라가는 허리를 더 이상 억누를 수 없었다.

"싸지 마! 제발, 제발 그마아아아안!"

솔레나는 고개를 숙인 채 절박하게 울부짖었다.

목검을 지팡이 대신 짚고 흐느끼는 모습은 어느 패장(敗將)보다 비참했다.

그리고 체스터에게는 승기를 굳힐 절호의 기회였다.

"으라차!"

"꺄악?!"

체스테가 기고만장하게 솔레나의 배를 걷어찼다. 건장한 성인 남성의 발길질에 솔레나는 속절없이 나동그라졌다. 지푸라기 잡는 심정으로 의지해 온 목검이 저만치 날아가 버렸다. 솔레나는 끊임없이 파고드는 이물감에 헐떡거리며 엉금엉금 바닥을 기었다.

– 젠장! 쌌으면 빨리 다음 사람한테 넘겨!

– 이 쓰벌, 쌌으면 제대로 처리해야 할 거 아냐!

"아, 아윽, 그렇게, 웃, 난폭하, 겟, 긁으, 며언, 홋, 흐으
윽……!"

잇새로 새어 나오는 신음이 끈적한 물기를 머금었다. 육인형
을 빼앗은 관중들이 안에 차 있는 정액을 손가락으로 긁어냈다.

솔레나는 손톱을 세우며 끝까지 견뎠다. 악문 이빨이 삐걱 삐
걱 울렸다. 목검을 되찾는다면, 목검만 되찾는다면.

"어디를 그렇게 바삐 가시나?"

"꺄악!"

체스터가 솔레나의 양 다리를 겨드랑이에 끼워서 들어올렸
다. 기진맥진한 솔레나의 저항은 암퇘지가 침대에서 부리는 앙
탈과 하등 다를 바 없었다.

"우쭐거리다니 별 것 없잖아!"

"우으, 으으윽!"

체스터는 그대로 솔레나의 허리를 꺾어 버렸다. 소위 새우꺾
기라고 부르는 기술이었다. 제 아무리 대단한 기사라도 수백 명
에게 윤간당하며 관절기에서 벗어나기는 어려웠다. 체스터는
솔레나의 활짝 벌어진 가랑이를 관중에게 과시했다.

"봐라! 이것들아! 너희가 쑤셔 준 덕분에 아주 홍수가 났다
고!"

"보, 보지 마라! 보지 마아아아앗!"

솔레나는 숨이 꼴딱꼴딱 넘어가면서도 수치심에 겨워 울부짖었다. 애액으로 흠뻑 젖은 바디슈트가 먹음직스럽게 부푼 대음순 사이에 씹혀 있었다. 관중이 폭소를 터뜨렸다.

– 잘난 척이란 잘난 척은 다 하더니 그냥 암퇘지였잖아!
– 움찔거리는 것 좀 봐라. 더 쑤셔 달라고 조르는구먼?

〈솔레나 경, 이대로는 패배가 확실하네요! 무패 행진도 오늘로 끝인가요!〉
"윽, 흐윽! 흐으으읏! 앗, 아하앙!"
솔레나는 체스터에게서 벗어나려 버둥거렸다. 하지만 이미 절정에 치달은 몸은 도무지 힘이 들어가지 않았다. 호흡 곤란으로 흰자위를 보이는 순간마저 질과 항문에 수없이 쑤셔지고 쑤셔지는 감각이 강제됐다.
"흑, 끄흐으응?! 크흐, 호옥, 옷, 흐호오옥……!"
여태껏 참았던 쾌감이 인내의 재방을 무너뜨리고 밀려들었다. 솔레나는 결국 꼴사나운 교성과 함께 쩍 벌어진 가랑이에서 세찬 오줌 줄기를 뿜고 말았다. 얇은 바디슈트에 짙노란 얼룩이 졌다. 김이 모락모락 피어오르면서 시큼한 냄새가 진동했다.
〈오오! 솔레나 경, 더럽게 분수를 뿜으면서 절정할 줄도 아는군요! 역시 준비된 암퇘지였어요!〉
"크흐으응! 흐먀안, 시, 러엇, 가, 가고 힛능데 슈컹슈컹……! 웃, 끄흐으으으응! 끄흐으응!"

솔레나는 이를 뿌득뿌득 갈며 연거푸 절정하고 말았다. 가 버리는 도중에 삽입당하여 꺼지려는 절정에 불을 지폈고, 들불처럼 번진 여운은 삽입에 힘입어 또다시 거세게 타올랐다. 숨통이 짓눌려 질식할 것 같은 상황마저 종족 번식의 본능을 부추겼다.

'이런 굴욕을 당하면서, 가 버릴 수는……!'

"엉? 아직도 반항할 기운이 남았냐?"

체스터가 무릎으로 솔레나의 머리를 짓눌렀다. 베리가 끅끅거리는 솔레나 앞에 태평하게 확성기를 들이댔다.

"아하! 솔레나 경, 항복하고 싶으세요? 그러면 말씀을 하셔야죠!"

〈아, 아윽, 컥, 기사에게, 항복, 은, 케흑……! 으흐으으윽! 흐으응……?!〉

소스라치는 교성이 무대에 울려 퍼졌다. 관중들은 육인형을 돌려쓰며 폭소했다.

ー이 년아! 그런 꼴로 가 버리면서 기사는 무슨 기사야!

ー우호호오옷! 여기는 다섯 발째 싼다!

ー용병 나리! 용병 나리도 즐겨야지!

"으, 크흐윽……! 흐읏, 하아아앙! 아앙! 아하앙! 앗, 아앗, 아흐아앗!"

연이은 삽입과 사정이 솔레나의 상처 입은 영혼에 굴욕을 덧새겼다. 솔레나는 손톱이 부러지라 돌바닥을 할퀴며 절정에 시달렸다. 눅진눅진하게 풀린 치부가 애액을 꿀럭꿀럭 쏟아 냈다.

"컥, 허억, 안, 대, 나는, 기샤, 르, 흐, 끄흐읏! 흐그으으으……!"

불행히도 체스터는 관절기에 능숙했다. 숨이 꼴딱꼴딱 넘어갈 즈음이면 느슨하게 풀어 주다가 조금이라도 반항할 기미가 보이면 단단하게 굳혔다. 솔레나가 아무리 용을 써도 꼬랑지를 잡힌 벌레처럼 꿈틀거릴 뿐이었다. 결의를 품었던 두 눈이 눈물로 그렁거렸다.

"나, 는……!"

부루룩

강제로 수축과 이완을 거듭 당하던 항문에서 별안간 요란한 방귀가 나왔다. 부룩. 부루룩. 솔레나는 아연실색하여 말을 잇지 못했다. 고통을 참느라 일그러졌던 얼굴이 수치심으로 새카맣게 죽었다.

"크하하하! 이봐, 잘나신 기사 나리. 언제까지 구질구질하게 버틸 거야? 응? 어디 끝까지 지켜여 보시지?"

"큭……! 크흐윽, 흐윽, 흑……!"

체스터가 숨이 넘어가라 웃으며 비아냥거렸다. 솔레나는 설움이 북받쳤다. 하지만 치욕보다 더욱 견디기 힘든 것은, 이 지경에 이르러서도 주체할 수 없이 달아오르는 몸뚱이였다.

"좋아. 네가 누군지 이 자리에서 확실히 알려 주지."

체스터가 솔레나를 내동댕이쳤다. 솔레나는 해부대 위의 개구리처럼 엎어진 채 거친 숨을 몰아쉬었다. 쾌락에 찌든 몸뚱이는 뜻대로 움직여 주지 않았다.

─ 오줌싸개 년아! 엄살 그만 떨고 어서 일어나!
─ 거들먹거리더니 꼴 좋다!

관중이 야유를 퍼부었다. 솔레나는 눈을 부옇게 치떴다.

동료들은 이런 버러지들을 지키자고 싸우지 않았다.

이런 버러지들을 위해 희생하지 않았다.

'구역질 나는 놈들……!'

관중들의 흐릿한 얼굴이 모두 아스타르테를 찌른 배신자와 겹쳐 보였다. 솔레나는 젖 먹던 힘까지 짜내어 일어서려 했다. 구슬 같은 땀방울이 시퍼렇게 멍든 뺨을 따라 떨어졌다.

"어쭈? 아직도 덤비려고?"

체스터는 비척비척 일어나는 솔레나의 엉덩이를 뻥 걷어찼다. 잘나신 여기사께서 비명도 못 지르고 나자빠지자 관중석에서 박장대소가 터져 나왔다.

"어이, 진행자. 이년은 내 마음대로 해도 되는 거겠지?"

〈물론이죠! 솔레나 경도 참 몹쓸 기사네요! 주군의 신뢰를 이런 식으로 배반하다니요!〉

베리가 아쉬운 척 주먹을 휘둘러 보였다. 체스터는 거만한 걸음걸이로 솔레나에게 다가갔다. 우악스러운 손이 애액으로 흠뻑 젖은 바디슈트의 샅을 홱 잡아당겼다.

"꺄악!"

놀란 비명과 함께 솔레나의 하반신이 홱 딸려 올라갔다. 체스터는 삽을 손목에 걸고 살집 없는 엉덩이를 양손으로 활짝 벌렸다. 벌름거리는 항문과 균열에서 풋풋한 암컷의 냄새가 물씬 올라왔다.

"캬, 이거 혼자 보기 아깝구만."

"이, 짐승만도 못한……놈! 놔라! 어서……!"

솔레나는 가랑이에 닿는 더운 숨결에 소스라쳤다. 하지만 그 짧은 시간 동안 관중들에게 수십 번은 당한 탓에 저항은커녕 신음을 참기도 버거웠다.

"얼굴도 모르는 놈들한테 쑤셔지면서 보짓물 철철 흘리는 년이 뭐 앙탈이냐? 멀쩡한 년 같으면 벌써 혀 깨물고 자살했겠지."

"윽, 흐읏……! 다, 닥……쳐라……!"

솔레나는 체스터를 노려보며 떨리는 목소리로 꾸짖었다. 눈물로 그렁그렁한 표독스러운 눈이 수컷의 정복욕을 자극했다.

"좋아. 어디 이래도 지껄일 수 있는지 보실까."

체스터가 솔레나의 항문에 집게손가락을 천천히 밀어 넣었다. 솔레나는 애써 의연한 척 굴었다.

"네, 네놈, 하나부터 열까지 추잡스럽구나……!"

체스터는 아랑곳하지 않고 중지와 약지도 담갔다. 벌름거리는 주름을 비집고 들어가자 손톱에 축축한 장벽(腸壁)이 닿았다. 솔레나가 이를 까드득 갈며 무어라 말하려던 찰나였다.

"본때를 보여 주마. 개년."

똥구멍을 지분거리던 손에 힘이 꽉 들어갔다. 체스터는 손가락 세 개를 힘겹게 삼킨 똥구멍에 손목까지 욱여넣었다.

"으읍………?!"

솔레나의 얼굴이 한순간 우스꽝스럽게 일그러졌다. 입술은 바짝 오므라든 반면에 뺨은 바람이 잔뜩 들어갔다. 씰룩거리는 눈시울에서 굵은 눈물 한 줄기가 주르륵 흘렀다.

〈삼켰네요! 삼켰어요, 솔레나 경! 도전자의 주먹을 똥구멍으로 파렴치하게 삼켜 버렸습니다!〉

전신에서 들끓던 쾌감은 썰물처럼 빠져나갔다. 뱃속에 들어찬 이물감이 내장을 무겁게 짓눌렀다. 곧이어 묵직한 격통이 하복부에 부딪쳐 왔다.

"끄후우흐으으으윽?! 끅, 끄윽, 끄흐으윽…………!"

솔레나가 눈을 하얗게 까뒤집었다. 잇새에서 게거품이 부글부글 올라왔다. 체스터는 무자비하게 팔뚝까지 쑤셔 넣었다.

"캬하하하하하! 이거 완전 걸작인데! 얼마나 썼으면 한 번에 주먹이 들어가냐! 기저귀 차기 싫으면 빨리 빼 보라고!"

"괴, 게로, 어어, 으호오…… 오옥……!"

팔뚝을 비틀자 똥구멍이 찌직찌직 갈라지며 피를 후두둑 떨어뜨렸다. 체스터는 미끌미끌한 장벽을 한 움큼씩 쥐어 뜯었다. 속이 뭉개지고 뒤틀릴 때마다 솔레나가 경련을 일으키며 절규했다.

"아, 아아아악! 아아아아아!"

"왜 그래! 보지를 달고 태어났으면 이 정도는 버텨 줘야지, 걸레야!"

뱃속에 처박힌 주먹이 이리저리 날뛰었다. 아무리 대단한 기사라도 몸속까지 단련할 수는 없었다. 결국 욕지기를 참지 못한 솔레나는 아침에 먹은 것을 몽땅 게워 냈다.

"아으, 읍, 우웁, *끄흑*, 우웨에에엑!"

─끝장이다, 끝장!
─근육 값은 하는구만, 형씨!
─더 몰아붙여!

토사물에 검붉은 빛이 감돌았다. 그러거나 말거나 관중은 폭발적으로 환호했다. 분위기를 탄 체스터는 손톱으로 주름진 장벽을 지분거리며 비꼬았다.

"이렇게 많은 놈들이 네 구멍을 좋다고 써 주니 얼마나 기쁘냐, 응?"

"응옷……! 흐오……오윽! *끄흐으으으*……!"

솔레나는 대답 대신 덫에 걸린 짐승처럼 울부짖었다. 교성이라고도 할 수 없는 울음소리에 관중이 배를 잡고 웃었다. 솔레나의 이성은 산산이 바스러져 갔다.

"왜, 아까처럼 요리조리 도망 다녀야지! 이제 못하겠냐! 못하겠냐고!"

"커헉, 주거, 헉, 히윽, 헉, 주거, 버혀어, 에헥, 에게에엑……!"

체스터는 똥구멍에 처박았던 팔뚝을 빼서 더욱 깊숙이 꽂아 넣었다. 연이은 주먹질에 솔레나가 멀건 위액을 토하면서 허리를 배배 꼬았다. 체스터는 발작하듯 자신의 손아귀에서 벗어나려는 그녀가 매우 괘씸했다.

"아직도 고분고분하게 굴지 못하겠단 말이지."

"크┌!?"

체스터가 단번에 팔을 뽑았다. 솔레나는 갑작스러운 해방감에 등줄기를 부르르 떨었다. 뻥 뚫린 똥구멍으로 찬 공기가 스며들었다.

뻐억!

"컥…………!"

정신을 차릴 새도 없이 체스터의 발끝이 명치에 꽂혔다. 솔레나가 숨 넘어가는 비명을 토하며 본능적으로 몸을 웅크렸다. 혹사당한 직장에서 일어난 경련이 뱃속 깊숙한 곳까지 치달았다.

하지만 체스터의 발길질은 인정사정없었다. 그는 집요하게 배만 노렸다. 두 번, 세 번 걷어차이면서 솔레나는 어떤 곤혹스러운 느낌을 깨달았다.

배변감이었다.

"그, 그만! 그만둬, 제발!"

다급하게 소리쳤지만 체스터는 멈추지 않았다. 솔레나는 너덜너덜한 괄약근에 힘을 주며 흐느꼈다. 잠시라도 방심했다간 뱃속에서 꿈틀거리는 모든 것이 일시에 쏟아져 나올 것만 같았다.

"제발……!"

"거 참 더럽게 말 많네. 주둥이로 기사   냐!"

체스터는 솔레나의 배를 있는 힘껏 걷어찼다. 솔레나가 끅 하고 목멘 소리를 내며 저만치 나뒹굴었다. 식은땀을 뻘뻘 흘리며 배를 싸 쥔 모습은 이미 기사와 한참 동떨어져 있었다.

"으, 아웃, 으으……!"

솔레나는 몇 번이나 일어나려다가 주저앉길 거듭했다. 주위를 아무리 둘러봐도 도움의 손길은 나타나지 않았다. 체스터가, 베리가, 관중석의 모두가 자신의 꼴사나운 작태를 기대하고 있었다.

– 싸 버려!

– 싸 버려!

관중이 연이어 외쳤다. 더 이상은 한계였다.

솔레나는 물밀 듯 밀려드는 수치심에 눈을 질끈 감았다.

푸르륵.

부르르륵!

뻥 뚫린 똥구멍이 발작하며 시뻘건 살점이 뒤섞인 설사를 토해 냈다. 교정실에서 보낸 나날이 섬광처럼 뇌리에 되살아났다.

– 걸작이다! 걸작!

– 태양 기사가 아니라 설사 기사구만!

솔레나는 피투성이가 된 손톱으로 피투성이가 된 얼굴을 쥐어 뜯었다.

모두 꿈이 아니었을까. 사실 아스타르테 님은 오지 않았고, 여전히 그 어두운 교정실에서 몸서리치고 있는 것 아닐까.

"아, 아아……. 아아아……!"

몽둥이, 보머 님, 머릿속을 헤집고 다니던 사상받이의 주둥이, 마녀, 여신, 서약, 온갖 기억이 짓무른 덩어리로 뒤엉켰다.

"아아아아아아! 아아아아아아아아아악! 아아아아아악!"

"꽥꽥거리고 자빠졌냐, 이 등신 년아!"

체스터가 울부짖는 솔레나의 턱을 걸어찼다. 솔레나는 꺽꺽 거리며 힘겹게 몸을 일으키려 했다. 하지만 체스터는 자비가 없었다. 대단하신 태양기사께서 차이고, 밟히고, 나동그라지며 머리채를 쥐어뜯는 광경은 관중에게 유쾌한 기분을 불러 일으켰다.

"컥, 허억, 헉……!"

체스터는 인사불성이 된 솔레나를 개처럼 엎드리게 하고 혁대를 풀었다. 피와 땀으로 얼룩진 바지를 벗어 내리자 잔뜩 성난 물건이 드러났다.

"어디 나도 맛 좀 보실까."

그는 뻐끔거리는 꽃잎에 뜨겁게 달궈진 남성기를 얹고 슬근슬근 문질렀다. 살집은 적어도 눅진하게 달라붙는 감촉이 제법 만족스러웠다.

"힉, 흐윽……?!"

연신 들락거리던 환각 속에서 수컷의 실물이 선명하게 느껴졌다. 솔레나는 애처롭게 몸서리쳤다. 이 상태에서 범해졌다가는 볼썽사나운 암퇘지 시절로 돌아갈지도 몰랐다.

"흐흐. 역시 너 같은 년들은 두들겨 패야 좀 계집다워진다니까."

"다, 당장 치우지 못하겠나! 어서……!"

체스터는 뜸 들이는 성격이 아니었다. 애액으로 흠뻑 젖은 남근이 솔레나의 가장 깊은 곳까지 단숨에 꿰뚫어 버렸다.

"아……! 아아……!"

뜨겁고 단단한 육창(肉槍)이 질벽을 날카롭게 쪼개며 들어왔다. 솔레나는 신음도 내지 못하고 얼어붙었다. 상처 입은 몸이 날개가 부러진 작은 새처럼 파드닥거렸다.

"흡! 흐읍! 으럇! 으랴아!"

바짝 움츠러드는 질벽을 억지로 비집고 들어가는 맛이 일품이었다. 체스터는 기고만장하게 기합을 넣으며 허리를 찔러 넣었다.

"으흐윽! 힉, 안, 돼, 그만! 그마아안!"

곰팡이 슨 얼룩덜룩한 엉덩이가 들이받을 때마다 솔레나는 허리를 모로 틀며 거부했다. 체스터는 솔레나의 머리채를 붙들어 사정없이 바닥에 내리쳤다.

"얌전히, 따먹히라고, 기사 나리!"

"꺄아악! 악! 아크흑!?"

머리가 바닥에 찍힐 때마다 눈앞이 번쩍거렸다. 솔레나는 머릿속에서 튀는 섬광이 쾌감인지 고통인지도 제대로 분간할 수 없었다.

"컥, 커헉, 허억, 어억……."

달싹달싹 움직이는 입술 사이로 이빨 조각이 섞인 핏물이 주르륵 흘러내렸다. 목구멍에서는 교성은 고사하고 힘겨운 숨만 새어 나왔다.

"후, 후욱, 훅, 이 썅년이, 쑤셔 주고 있는데, 엉?"

체스터는 그 꼴을 가만 못 봤다. 그는 눈앞에서 흔들리는 소담한 엉덩이를 잡아 벌렸다. 찔꺽찔꺽 꿀물을 게워 내는 질구 위로 헤프게 벌어진 똥구멍이 훤히 보였다.

"흐윽……?!"

체스터의 손톱이 항문 둘레를 훑자 솔레나가 자지러지는 비명을 냈다. 체스터는 솔레나의 머리채를 고삐처럼 당기며 윽박질렀다.

"아주 끝장을 내 줄까, 똥쟁이 기사 나리?"

"시, 시러, 시러어……!"

솔레나가 절박하게 고개를 가로저었다. 배변도 못 가리는 애완동물이 되고 싶지는 않았다.

"그러면 잔말 말고 걸레 같은 보지나 조여. 쌍년아. 남자를 기쁘게 해 보라고."

체스터는 솔레나를 온몸으로 찍어 누르며 다그쳤다. 살집이

적은 엉덩이가 체스터의 사타구니와 철썩철썩 부딪치며 시뻘
겋게 달아올랐다.

"흑, 아, 아앙……! 하아앙……!"

솔레나는 어쩔 수 없이 어설픈 교성을 내며 체스터에게 호응
해야 했다. 헐거워진 갑옷이 암캐 같은 요분질에 맞춰 찰캉찰캉
울며 흘러내렸다.

─ 오오, 솔레나 경! 이제 보니 칼솜씨만 좋은 게 아니잖아!

─ 빌어먹을! 이럴 줄 알았으면 내가 올라갔지! 저년도 결국 암
퇘지잖아!

관중은 고매하신 여기사가 필사적으로 아양을 떠는 광경에 열
광했다. 솔레나를 걱정하는 사람은 그중 단 한 명도 없었다. 이
들에게 솔레나는 싸움 깨나 하는 투견일 뿐이었다.

"크하……! 죽인다……! 죽여……!"

일찍이 마녀에게 조련당한 질벽은 구명줄에 매달리듯 체스터
를 물고 놓아 주지 않았다. 뿌리까지 빨아들일 듯 탁월한 조임
에 체스터는 정신이 아찔했다.

"자아! 이 새끼들아! 오늘의 일용한 반찬거리다!"

그는 솔레나를 일으켜 세워 철망 가까이 몰아붙였다. 전리품
을 자랑하려는 속셈이었다. 아담한 젖가슴이 철망 위에 짓눌리
자 관중의 환호가 더욱 크고 높아졌다. 날카로운 철망은 솔레나
의 몸이 파도칠 때마다 바디슈트를 찢으며 핏방울을 흩뿌렸다.

"크크큭……! 보이냐! 보이냐고, 이 쌍년아! 저것들 죄다 네
년이 작살 나길 기다렸단 말이다!"

체스터가 솔레나의 머리채를 잡아당기며 비아냥거렸다.

"흐앗……! 아하악……! 으흑, 흐으윽……!"

연기일 뿐이었던 신음은 자신도 모르게 점차 음탕한 열기로
달아올랐다. 본능에 각인된 음탕한 암돼지의 단면이었다. 의식
이 사경을 헤매는 가운데, 신체는 수컷의 욕망에 휘둘리는 기쁨
을 착실하게 상기하고 있었다.

"이거 매일 와야겠구만! 농사나 짓던 촌년들은 손 좀 봐 주면
금방 죽어 나가서 질렸는데!"

관중이 들끓을수록 체스터는 더욱 흥이 올랐다. 그동안 단련
한 여자는몸이 딱딱해서 질색했는데, 솔레나 덕분에 생각이 바
뀌었다. 이토록 거칠게 다뤄도 버티는 여자는 흔치 않았다.

짜악!

"꺄하악!"

체스터가 솔레나의 볼기를 쳤다. 솔레나는 허리를 튕기며 앙
칼진 비명을 질렀다.

"크흐, 이 미친년이, 아직도 뒷심을 감춰 놓았단 말이지?"

가뜩이나 비좁은 질벽이 뿌리가 뻐근할 정도로 조여 왔다. 그
렇게 시치미를 떼더니 아랫입은 수컷에 잔뜩 굶주려 있었다.

"좋아, 정했다! 이제부터 이 몸이 네 년 단골이다! 알겠냐? 네
년 단골이라고!"

체스터는 연신 볼기짝을 후려치며 다그쳤다. 하반신으로 그

리는 포물선이 갈수록 짧고 빨라졌다.

"갸, 걈샤, 감사하니, 다, 아……!"

솔레나는 조련으로 각인된 대답을 웅얼거렸다. 쭉 빼문 혓바닥이 체스터의 움직임을 따라 입가에 처덕거렸다. 이성의 끈을 놓친 채 당장의 고통만 모면하려는 꼴이 비참하기 그지없었다.

"흐흐, 그렇지! 그래야지!"

기어코 원하던 대답을 들은 체스터가 허리를 크게 들어 장작 패듯 후려갈겼다. 귀두가 자궁구를 쪼갤 기세로 부딪쳐 오자 솔레나는 칠칠맞지 못하게 군침을 흘려 댔다.

"이 변태 암캐 같으니! 이제 보니 똥구멍 쑤셔 줄 동안 잔뜩 가버렸겠구만! 엉?!"

체스터의 엄지손가락이 항문의 주름을 꾹꾹 문질러 폈다. 솔레나가 곧바로 경기를 일으켰다.

"시러어……! 똥구머엉……! 게러피며느은, 아하아악! 아하아아악♥"

"어엉? 싫어? 내가 네 구멍 좀 쓰겠다는데 암캐 주제에 뭐 어째!"

체스터는 솔레나를 밀어붙이며 윽박질렀다. 자신을 농락하던 기사 나리를 완전히 짓밟을 수 있는 기회였다. 솔레나가 저항의 기미를 드러낼수록 체스터는 더욱 혹독하게 몰아세웠다. 거센 몸부림에 걸쇠가 헐거워진 견갑이 떨어져 나갔다.

"그렇게 기사 흉내를 내고 싶었냐? 엉? 똥구멍 쑤셔지면서 좋아 죽는 년이!"

"아학……아……냐……! 나, 나는……! 성전을, 맹세하, 아……흐윽……! 흐오……으끄으윽……!"

체스터의 조롱에 솔레나는 짐짓 반박하려 애썼다. 하지만 가까스로 일으킨 결의는 난폭하게 들쑤시는 남근에 너덜너덜 찢겨 나갔다.

"성전?! 자지 좀 찔러 주니까 앙앙대는 년이 성전은 얼어죽을! 네 년이 쥘 수 있는 칼은 자지 뿐이다 이거야!"

쫄깃하게 달라붙는 엉덩이에 체스터의 허리가 연신 부딪쳐 왔다. 솔레나는 몸부림마저 치지 못하고 막다른 절정으로 내몰릴 따름이었다. 이성을 잃고 게슴츠레 풀린 눈이 욕정에 젖어 갔다.

"여신이 널 뭔 생각으로 데리고 다녔겠냐! 분명 악마 놈들 좆이나 감당하라고 했겠지! 엉?!"

아스타르테 님. 솔레나는 누구보다 자애롭고, 누구보다 정의로운 여신의 자태를 떠올렸다. 오욕으로 물든 피눈물이 거친 교미의 몸부림에 맞춰 흩어졌다.

"아앙…… 흐아앙……! 졔성…… 합미다아……! 크흐응……! 흐윽………! 제……성해……여……! 아흐윽……!"

죄송합니다. 아스타르테 님. 죄송합니다.

솔레나는 죄책감에 무너져 내렸다. 머리가 쪼개지도록 사죄를 거듭해도 열락으로 충만한 몸은 말을 듣지 않았다. 바짝 힘이 들어간 둔부가 체스터의 박자를 타고 야무지지 못하게 넘실거렸다.

"흐흐, 암캐 년, 그래도 분수는 아는 거냐! 너 같은 년이 쫓아다니니까 여신까지 박살이 났잖아! 어디 이실직고해 봐! 아스타르테는 이 개보지 때문에 졌다고!"

"흐아……! 아웃, 흐윽?! 시러어……! 시러어어엇! 꺄하앙! 꺄아앗!"

솔레나의 신념 따위 체스터가 알 바 아니다. 아스타르테를 들먹거리자마자 갈팡질팡하는 꼴이 마음에 들었을 뿐이다.

"쓰레기 같은 년! 욕 먹으면서 이쪽은 좋아 죽는구만?"

"아냐, 아니야아……! 거짓, 말하지, 하으응!?"

매도한 보람이 있었다. 솔레나의 질벽이 질끈 조여들면서 남근을 훑었다. 체스터는 저속한 말로 솔레나를 몰아쳤다.

"잘나신 기사 나리가 똥구멍 간수도 못하고 말이야! 너처럼 헤픈 창년은 살면서 처음 본다!"

"어차피 전쟁터에서도 사내 새끼들한테 보지나 팔고 다녔겠지! 네년 실력으로 어딜 비비겠냐!"

"솔직히 말해 봐. 사실 나 같은 놈한테 당하고 싶어서 연기한 거 아냐? 이 암캐년아!"

"안햐……! 아히에여……. 아니혜혀……!"

솔레나는 입에서 단내를 풍기며 같은 대답만 거듭했다. 정신이 혼미해질수록 달아오른 여체는 환희에 빠져들었다. 체스터의 남근이 드나들면서 퍼낸 애액은 바닥에 웅덩이처럼 고일 지경이었다.

"오, 오오! 싼다! 싸겠다고, 이 개년아!"

묵직해진 고환에서 열기가 치솟았다. 사정이 임박했다는 신호였다. 체스터는 솔레나의 손목과 머리채를 힘껏 잡아당기면서 허리를 밀어붙였다. 불끈불끈 맥동하는 귀두가 자궁구를 찌그러뜨렸다.

"으효오오오! 처먹어라아앗!"

"켁, 에윽, 윽, 아아……!"

체스터는 솔레나의 뱃속 깊은 곳에 뻑뻑한 정액을 쏟아부었다. 솔레나는 등줄기를 활대처럼 꺾은 채 부들부들 경련했다. 쭉 빼문 혓바닥을 타고 군침이 뚝뚝 떨어졌다. 폭발과 동시에 등줄기를 타고 솟구친 절정이 머릿속을 새하얗게 지워 버렸다.

"후우, 후, 젠장. 워어, 젠장. 젠장. 젠장!"

딱 맞물린 이음새에 허연 거품이 부글부글 일어났다. 체스터는 끈덕지게 허리를 눌러 붙이며 한 방울의 좆물도 남김없이 마저 찌끄렸다. 불알에 남은 찌꺼기까지 말끔하게 털어 낸 그는 축 늘어진 자지를 쑥 뽑았다. 실신한 솔레나가 힘없이 주저앉았다.

─ 용병 형씨, 우리도 한 번 쓰게 해 줘!

─ 냄새 나니까 당장 꺼져! 더러운 년아!

체스터에게는 환호가, 솔레나에게는 비웃음이 쏟아졌다. 베리가 승자를 선언해 줄 필요도 없었다. 체스터는 솔레나의 뒤통수를 밟고 서서 두 팔을 번쩍 들어 보였다.

♥ ♥ ♥

　자정이 가까워졌을 즈음, 모든 일정이 끝난 지하 6층은 판돈을 잃은 손님과 헐값에 성욕을 해소하려는 부랑자로 붐볐다. 투기장 외벽에 설치한 붙박이 변기 때문이었다.

　붙박이 변기는 누군가가 일렬로 진열된 엉덩이를 보고 붙인 이름이었다. 6등급 암퇘지는 허리가 구멍에 끼여 하반신만 드러낸 채로 손님에게 봉사해야 했다. 손님은 엉덩이 위에 걸린 액자로 암퇘지의 경력과 생김새를 확인할 수 있었다.

　"더 조여! 며칠 안 쓴 사이에 왜 이렇게 헐거워졌어!"

　"흐, 흐헤헤……. 열일곱, 열여덟, 열여덟, 열여덟……."

　"이 빌어먹을 년! 죽어라, 죽어! 죽어!"

　붙박이 변기는 죽지만 않으면 그만이었다. 악을 지르며 피멍이 들도록 볼기짝을 때리는 손님은 예사였다. 때 묻은 손톱으로 항문 주름을 꼬집거나 배를 드러낸 변기만 골라 주먹으로 두들겨 패는 이상성욕자도 허다했다.

　〈꺄하앙! 하앙! 아앙! 걸레 보지 푹푹 쑤셔 주세여어! 자지이, 생자지 너무 죠아……! 아흐흐윽……!〉

　〈이제 싫어어어어! 꺼내 줘! 제발 내보내 주세요! 꺼내 주시면 뭐든 할게요! 하앙, 하아앙!〉

　추가 요금을 지불한 손님은 액자를 통해 암퇘지의 애원을 들을 수 있었다. 하지만 음성을 들을 돈이면 5등급 암퇘지를 고를 수 있었다. 한 군데씩 하자가 있는 6등급 암퇘지에게 웃돈을 얹는 손님은 극히 일부에 불과했다.

"보내 주셨던 육인형이라는 거 말인데요, 평이 엄청 좋았어요! 사료만 퍼먹는 변기들보다 훨씬 좋아 보이던데, 왜 주인님께서는 못 쓰게 하시는지 베리는 정말 정말 모르겠다니까요?"

값싼 성욕이 파도치는 지하 6층에 낭랑한 목소리가 울려 퍼졌다. 선임 암퇘지인 베리였다. 쉼터에 앉아 있는 손님들이 음흉한 시선을 보냈다.

"베리 저년도 언젠가 변기로 걸리겠지. 어디 그때도 시건방지게 구나 보자."

"그런데 누구한테 저렇게 나불거리는 거야?"

"저년 미친 게 하루 이틀이냐."

베리는 아무도 없는 허공에 대고 쉴 틈 없이 재잘거렸다. 확실히 마법에 조예가 없는 사람에게는 광증이나 마찬가지였다.

하지만 인식 저해 마법을 간파할 실력만 있다면, 긴 외투를 걸친 여신을 발견할 수 있었을 것이다.

"베리. 목소리 좀 낮춰 주겠니."

아스타르테는 노곤한 어조로 부탁했다. 외투에 걸린 인식 저해 마법은 그리 변변치 않았다. 한창 성업 중에 불필요한 관심을 끌 필요는 없었다.

"아, 죄송해요! 에헤헤, 제가 워낙 목소리가 커서요."

아스타르테는 하지만 경기장으로 가는 내내 베리의 이야기는 멈출 줄 몰랐다.

"……그런데 대기실로 옮겼는데도 솔레나 경이 웩웩거리면서 앞뒤로 검은 피를 죽죽 쏟더라구요. 우리 바보 오빠들한테 트롤 혈청 다 가지고 오랬더니 꼴랑 한 병 남았다는 거 있죠? 하는 수 없이 제가……."

"베리."

결국 아스타르테는 적당히 제동을 걸었다. 베리의 수다는 대화보다 정신병에 가까웠다. 수다가 도졌다는 것은 오늘 그만큼 못마땅한 일이 있었다는 뜻이었다.

"네. 아스타르테 님."

베리가 귀를 쫑긋 세웠다. 헤실헤실 웃고 있지만 기백은 자못 달라졌다. 과연 살인을 생업으로 삼았던 암퇘지다웠다.

"그 체스터란 놈, 네 후배니?"

"에이, 설마요. 그냥 떨거지예요."

베리는 물어 봐 주길 기다린 듯이 곧장 손톱으로 제 손가락을 그었다. 그리고는 송골송골 맺힌 핏방울을 맨어깨에 발랐다. 피칠한 살결에 성모 문신이 흐릿하게 떠올랐다.

"보이시죠? 저희 문신은 비법으로 만든 도료를 써서 새기거든요. 그 떨거지처럼 대놓고 다니지 않아요. 숨기고 있다가 짠! 하고 보여 줘야 효과가 끝내 주거든요."

아스타르테는 고개를 끄덕였다.

"이해했어. 그럼 솔레나는 머저리도 아닌 떨거지한테 당했다는 말이구나."

"이히힛, 성법도 못 쓰면서 여태 이긴 게 용한 거죠. 그러니까 아스타르테 님, 제 전속 제안 아직 관심 없으세요? 저한테 맡겨 주시면 인기리에 흥행시켜 드릴게요!"

성법은 마법과 달리 신의 권능을 빌려 행사하는 이적이었다. 기사의 맹세를 저버렸던 솔레나는 오랜 세월 믿음에서 등을 돌렸기 때문에 성법을 발휘하지 못했다. 기량만으로 버텼다는 사실 자체가 놀라운 성과였다.

하지만 아스타르테는 만족하지 않았다.

"몇 번이고 얘기해도 내 대답은 같아. 솔레나는 6층에 오래 둘 생각 없어. 저래 보여도 1층까지 올라갔던 암컷이야. 이대로 내버려 두기는 아깝잖니."

"힝……. 네에."

베리가 울적한 표정으로 대답했다. 아스타르테는 베리의 심경을 십분 이해했다. 투기장 실적이 좋을수록 주인님께 총애를 받기 때문이다.

"항상 수고해 주니 나도 보답을 하고 싶어지네. 죠니 앤 위버에서 새 화장품이 나온다던데, 어때?"

"죠니 앤 위버요?!"

베리의 안색이 순식간에 밝아졌다. 피에 굶주린 살인마도 죠니 앤 위버 좋은 줄은 알았다. 베리는 짝사랑 상대를 소개 받은 처녀처럼 깍지 낀 손을 꼼지락거렸다.

"그치만, 그치만 아스타르테 님. 저 따위가 이런 말씀드려도 되는지 모르겠지만요, 죠니 앤 위버라면 코르티잔 분들도 구하기 어려워하신다고 들어서요. 게다가 신제품이면 이번 기념식 전에서 동이 나 버릴 텐데요, 제가 아스타르테 님을 못 믿는다는 말이 아니라……."

"괜찮아요, 괜찮아. 훔바바 님께서 기념식전에 참석할 생각이 있는지 여쭈셨거든."

"정말 감사합니다!"

베리가 아스타르테를 와락 끌어안았다. 아스타르테는 같은 암컷에게 안기는 기분이 썩 싫지 않았다.

오히려 빈민가에서 겪은 난리와 그 뒷처리로 피로하던 참에 위안을 얻은 셈이었다.

"흠흠. 아스타르테 님한테서는 정말 좋은 냄새가 풍겨요. 소마 냄새인가?"

탄력 있는 가슴에 코를 묻은 베리가 발그레한 얼굴로 올려다봤다. 아스타르테는 눈썹을 까딱했다. 꽤 흥미로운 이야기였다.

"남보다 자주 접해서 몸에 배었는지도 모르겠네. 그보다 베리, 솔레나는 어디에 있니?"

"이쪽으로 오세요. 뿅!"

베리는 몽똑한 꼬리를 살랑거리며 아스타르테를 대기실로 안내했다. 대기실이 교정실보다 나은 점은 바닥에 깔린 건초가 넉넉하다는 것 뿐이었다.

"흐음."

솔레나는 불그스름한 조명 아래 널브러져 있었다. 베리가 잽싸게 철창을 열어 줬다. 아스타르테는 궐련을 꺼내 물고 베리에게 다짐을 받았다.

"제대로 씻겼지? 나 저번에 냄새 맡고 토할 뻔 했어."

"물론이죠!"

베리가 귀를 바짝 세우고 대답했다. 아스타르테는 속는 셈 치고 우리로 들어갔다.

"솔레나."

이름만 부르면 반응이 없었다. 아스타르테는 담배 연기를 후 내뿜고 솔레나의 뺨을 발끝으로 톡톡 건드렸다.

"으, 으음. 음⋯⋯. 마, 녀, 아, 니, 아, 아스, 타르테 님⋯⋯?"

코를 쿵쿵거리던 솔레나는 눈이 휘둥그레졌다. 아스타르테는 쓴웃음을 머금고 솔레나 곁에 쪼그려 앉았다. 뺨에 붙은 머리칼을 손가락으로 넘겨 주자 솔레나의 시선이 와르르 떨렸다.

"아, 아스타르테, 님⋯⋯. 죄송, 합니다. 기사로서, 기회를 주셨는데도, 이, 이기지, 못했습니다⋯⋯."

대역죄라도 저지른 듯했다. 아스타르테는 씰룩거리는 입꼬리를 단단히 붙들어 맸다.

"아픈 곳은 없어?"

"괘, 괜찮, 습, 웃⋯⋯."

솔레나는 자리에서 일어나려다가 당황스러운 신음을 삼키며 엉덩이를 부여잡았다. 스스로도 꼴사납다고 여겼는지 창백했던 얼굴이 순식간에 달아올랐다.

"워낙 늘어나서 원래대로 돌아가려면 시간이 좀 걸릴 거예요. 똥 질질 흘리고 다니기 싫으면 당분간은 참으셔야 할걸요?"

베리가 철창 밖에서 깔깔거렸다. 그 말마따나 솔레나의 가랑이에는 알록달록한 천 기저귀가 채워져 있었다.

"너, 네가……!"

솔레나는 화를 내는지 울음을 참는지 모를 얼굴로 주먹을 부르르 떨었다. 잠자코 듣던 아스타르테가 심드렁하게 한마디 했다.

"결국 네 마음가짐 때문에 이런 꼬락서니가 된 것 아니야?"

"아, 아스타르테님! 하지만!"

"하지만, 뭐? 관중석에 뿌린 물건은 '주인님' 께서 시키신 일이야. 네 구속구가 제대로 작동하는지 신경 쓰셨거든. 나를 위해서라면 무슨 일이 있어도 싸우겠다고 한 사람은 너야, 솔레나."

주인님이라는 세 글자에 방점이 꾹꾹 들어갔다. 솔레나가 힘없이 눈을 내리깔았다.

"고작 저주 좀 걸었다고 얼치기 한 놈한테 졌다면서? 그 꼴로는 성검이고 성갑이고 되찾아 봤자 돼지 목의 진주 목걸이 아냐?"

"저, 저는……. 아닙니다. 아스타르테 님. 제가, 비록 못난 모습을 보여 드렸지만……!"

굵은 눈물이 건초 위에 뚝뚝 떨어졌다. 아무리 상처 입히고 망가뜨려도 완전히 무너지지는 않았던 솔레나라지만, 아스타르테의 경멸하는 눈초리만큼은 차마 견딜 수 없었다.

"믿어도 되겠어? 오거들 데려왔을 때도……."

아스타르테가 말을 잇지 못하고 작게 한숨지었다. 솔레나는 차라리 불호령이 떨어지길 바랐다. 목숨 바쳐 섬기기로 맹세한 분에게 아무 쓸모 없다고 낙인 찍히는 것은 상상만으로도 끔찍했다.

"몇 번이나 날 실망시켰잖아. 모니카는 적어도 가르친 대로 성실하게 따라오는 중이야."

모니카는 아스타르테가 교정실에서 찾은 5등급 암퇘지였다. 솔레나는 부끄럽기 짝이 없었다. 아스타르테의 충복이라면 마땅히 자신이어야 하건만, 지금은 다나에나 두무지는커녕 평범한 암퇘지보다 도움이 안 됐다.

지난 1년 동안 아스타르테는 물심양면으로 지원해 줬다. 하지만 자신은 암퇘지의 그림자도 떨쳐 내지 못하고 사내에게 깔리면 번번이 굴복하기 일쑤였다. 도움은 고사하고 짐이나 되지는 않을까, 솔레나는 항상 불안에 떨어야 했다.

"솔레나."

그럼에도 낙담하고 있을 수만은 없었다. 솔레나는 잘못을 저지른 여종처럼 쭈뼛쭈뼛 고개를 들었다.

"너도 알잖아. '여기' 생활이 어떤지."

솔레나를 굽어보는 여신의 얼굴이 애처로운 그림자에 잠겨 있었기 때문이다. 솔레나는 그만 눈물을 왈칵 쏟고 말았다.

다른 사람이 뭐라고 한들 상관 없다. 여신께서도 이 생지옥에서 어찌 마음이 편할까. 이분도 그저 마녀에게 시달리고 계실 뿐이다. 여신에게 위안이 되지는 못할망정 어리광이나 부리고 있는 자신의 작태에 가슴이 미어졌다.

"죄, 죄송합니다. 아스타르테 님. 제가, 제가 더 분발하겠습니다. 기필코 아스타르테 님께 걸맞은 기사로 돌아가서, 그때는, 그때는 기필코⋯⋯!"

마녀가 지배하는 이 생지옥에서 꺼내 드리겠습니다.

솔레나는 자신의 염원을 가까스로 삼켰다. 수국화관에서 솔레나는 아스타르테가 기르는 애완동물 그 이상도, 이하도 아니었다. 자신의 언동 탓에 아스타르테가 험한 꼴을 당할 수 있다고 상상하면, 도저히 혓바닥이 움직이지 않았다.

"그래. 솔레나. 마음만으로도 고마워. 그만 울고 이리 와."

아스타르테는 솔레나를 품에 들여 토닥거렸다. 얼굴을 묻고 흐느끼는 솔레나는 늠름한 여기사가 아니라 빛바랜 과거나 추억하는 낡은 창녀에 불과했다.

수국화관의 생활이 어떠냐고?

하루하루가 기쁘고 보람차다.

그렇다고 진심을 밝힐 필요는 없다. 솔레나에게는 '아스타르테'와의 유대감을 상기할 만큼만 미끼를 물려 주면 된다.

그렇게 해서, 계속 주제도 모르고 애써 주길 바란다.

솔레나는 앞으로도 무던히 망가지고, 부서지고, 찢어져야 한다. 그럼에도 딛고 일어서야 한다. 제 아무리 값비싼 보석이라도 세공사의 손을 거치지 않으면 상품으로 팔 수 없는 법이다.

판매처는 이미 정해 뒀다.

솔레나를 끌어안은 열 손가락에 힘이 바짝 들어갔다.

♥ ♥ ♥

『참 비참하게 됐어..』

장난스러운 목소리가 신경을 긁었다.

카밀라는 못 들은 척 찻잔에서 입술을 뗐다. 응접실에 들인 마법사는 초조한 얼굴로 대답을 기다리고 있었다.

"슈트라우스에게 전하렴. 모든 일은 순서가 있기 마련이란다."

"원로님. 그러지 마시고 제발, 이렇게 부탁드리겠습니다. 교수님께서는 이 기회에 꼭 신체(神體)를 연구하길 기대하고 계십니다."

마법사가 두 손을 맞잡고 굽실거렸다. 카밀라는 시큰둥하게 찻숟가락으로 잔을 저었다.

"징징거리기는. 마도서는 달달 읽을 줄 알면서 설득과 협상이 무슨 뜻인지도 모르니."

따끔한 질책에 마법사는 어깨를 움츠렸다.

"슈트라우스는 너희가 숭배할 만큼 실력 있는 마법사란다. 하지만 내게는 그 명함이 썩 매력적이지 않구나. 다른 이권을 제공하지 못하겠다면, 우리 사이는 이전처럼 시상받이만 거래하는 정도로 충분해 보이는걸."

"말씀드렸다시피 교수님께서도 신설 사업체에 투자하실 용의가 있다고……."

"합성수에 미친 인간쓰레기가 지원해 봐야 아무도 기뻐하지 않는단다. 세력이라도 크면 모를까, 의원직은 내팽개치고 나선전당만 신경 쓰는 실정이잖니."

마법사는 반론하지 못하고 눈을 내리깔았다. 제아무리 자부심과 우월감으로 똘똘 뭉친 마법사라도, 형극의 마녀 앞에서는 싹이 노란 풋내기에 불과했다.

"자, 이제 내가 왜 슈트라우스의 청탁을 받아 줘야 하는지 설명해 보렴."

우물쭈물거리던 마법사가 결국 품에서 낡은 책을 내밀었다. 카밀라는 한 모금 차를 마시고 책을 펼쳤다. 학계에 알려지지 않은 진귀한 마도서였다.

"에렌티피아에서 찾은 마도서입니다. 일리아드 눈을 피해 빼돌리느라 고생 좀 했죠. 전당에서는 동방의 마법사들이 이계를 연구한 내용으로 추측하고 있습니다."

"흐음……. 그럼 오백 년은 족히 묵었겠구나."

카밀라는 책장을 천천히 넘겼다.

다른 세계를 탐구하는 자료는 무척 드물다. 소환술은 그 위험성 때문에 소위 '사악한 마법'으로 분류되어 오랜 세월 언급마저 할 수 없었기 때문이다. 소환술을 부리는 마녀에게는 구미가 당길 마도서다.

"조니 앤 위버 기념식전이 끝난 뒤에 기별을 주겠다고 전하렴."

"감사합니다. 의원님."

마법사는 아쉬운 표정으로 응접실을 떠났다. 나선전당은 온갖 비인도적인 연구와 실험에 미친 조직이었다. 카밀라가 접수

할 만한 마도서가 어떤 가치를 가졌는지 모를 리 없었다.

『황소에, 도마뱀에, 이제는 달팽이까지. 온갖 가식은 다 떨던 여신이 몇 년 지나면 제 새끼로 목장도 꾸리겠어.』

문이 닫히기 무섭게 응접실에 드리운 그림자가 꿈틀거렸다.

카밀라는 동요 따위 않고 마도서를 탐독했다. 한데 뭉친 그림자가 카밀라의 배후로 미끄러져 오면서 사람의 형상을 갖췄다.

『신위(神位)도 영구불변하지는 않아. 무슨 생각이야, 공주님?』

"일곱 마신의 시녀께서 요새 한가하신가 보네."

맬리스는 등받이 뒤에 서서 카밀라를 끌어안았다. 거미줄처럼 끈적거리는 손가락이 농익은 과실을 느긋하게 희롱했다. 카밀라의 호흡이 서서히 뜨거워졌다.

『나야 언제나처럼 바쁘지. 그분들 비위 맞춰 드리는 일이 어디 쉬운 줄 알아? 계약자들 구경이 그나마 인생의 낙이지. 흐음.』

맬리스가 카밀라의 머리칼에 코를 묻고 한껏 숨을 들이쉬었다. 카밀라는 책을 덮고 맬리스를 흘끔 돌아봤다.

"계약자들이라, 나 외에 너와 계약한 마녀가 있었니."

『시치미 떼기는. 당연히 아스타르테 아니겠어?』

맬리스는 아랑곳 않고 카밀라의 유두를 손가락으로 지분거렸다. 거슬리는 웃음소리가 귀를 파고들었다. 카밀라는 눈살을 찌푸렸다.

맬리스가 '아스타르테'와 계약했다는 사실은 알고 있다. 때가 되면 기껏 조련해 놓은 암퇘지를 제 입맛대로 하겠다고 달려

들리라는 사실 역시.

　시치미를 떼지만, 이 악마 역시 아스타르테를 눈엣가시로 여
겼기는 마찬가지다.

　"계약을 잊었니. 영혼은 네 것이라도, 몸뚱이는 내 것이란다.
간섭하려고 들지 마렴."

　『흐음. 우리 사이에 야속하게 굴기는. 악마로서 자존심이 상
하는걸.』

　맬리스가 빈정거리면서 손톱을 예리하게 세웠다. 카밀라는
언짢은 신음을 삼켰다. 유두에서 배어난 핏방울이 드레스를 적
셨다.

　『너무 걱정하지 마. 내가 늘상 말했잖아. 공주님은 보기 드물
게 성실한 계약자라고. 네가 수국화관을 세워 줘서 얼마나 기뻤
는지 알아? 다들 대놓고 드러내지는 않아도 엄청 질투했거든.
이렇게 내 콧대 세워 주는 계약자는 쉽게 못 구하지. 응.』

　"글쎄. 그렇게 잘난 계약자를 애태워서 어쩔 작정일까."

　카밀라의 치마폭이 서서히 부풀었다. 카밀라는 안락의자에
등을 붙이며 다리를 꼬았다. 습한 동굴에서 기어 나온 촉수가
종아리를 휘감았다.

　『그야 고기는 적당히 익혀 먹어야 제맛이잖아.』

　젖가슴을 쥐어뜯던 손길이 잔잔하게 오르내리는 배꼽을 지나
치마폭에 다다랐다. 맬리스는 치마 속으로 서슴없이 손을 밀어
넣었다. 그리고는 덩굴처럼 꼬인 촉수를 답삭 붙잡았다.

　"으흠……. 동감이야. 성급하게 굴었다가는 탈이 나기 마련

이지."

쇠붙이처럼 차가운 손가락이 촉수를 어루만졌다. 카밀라는 눈을 지그시 감았다. 수음(手淫)의 쾌감이 등골을 타고 스멀스멀 차올랐다.

『그래. 공주님. 항상 이렇다니까. 우리는 닮은 꼴이야.』

집요한 손장난이 사정을 독촉했다. 맬리스는 길고 까슬까슬한 혓바닥으로 목덜미를 핥아 내려갔다. 혓바닥에 쓸린 살결이 사포로 문지른 듯이 울긋불긋하게 물들었다.

『몰락하고, 더럽혀진 채로 파멸을 향해 나아가지. 파국이 가까워지는 줄 알면서도, 부질없는 희망에 취해서 스스로를 상처 입히며 몸부림치는 미련퉁이란 말이야.』

"타협한 주제에 말만 번지르르하구나, 말레우스 말레피카룸. 하긴 그러니 네가 '정의'였겠지."

카밀라가 다리를 꼬며 빈정거렸다. 하지만 거짓으로 여유를 가장하여도 가빠 오는 호흡은 감출 수 없었다. 갸름한 턱선을 따라 떨어지던 땀방울이 맬리스의 혓바닥에 잡아먹혔다.

『옛날 얘기로 도발할 셈이야? 이래서 너희에게 신경 끌 수가 없다니까.』

악마의 심미안은 대개 괴팍하다. 그들은 뒤틀리고 타락한 영혼을 사랑한다. 같은 보석이라도 깨끗하게 다듬어진 예술품보다 여기저기 상처 입은 골동품을 탐내는 것이다. 숭배자가 제물로 바친 순결한 영혼은 악마의 세공 솜씨를 발휘할 원석인 셈이다.

『전쟁이 끝나서 정말 다행이야. 이렇게 볼 때마다 재밌고 새로운 소일거리를 또 어디서 찾겠어.』

단단하게 부푼 남근이 걸쭉한 정액을 토해 냈다. 사정은 멈추지 않고 두 차례, 세 차례 간헐적으로 이어졌다. 들썩거리는 치마폭에 짙은 얼룩이 생겼다.

『사업을 확장하겠다고 결정해서 기뻐. 아무쪼록, 앞으로도 이전처럼 나를 계속 즐겁게 해 줘. 나도 한몫 거들어 줄 테니까.』

카밀라는 한껏 흐트러진 눈으로 맬리스를 돌아봤다. 맬리스가 정액으로 누렇게 뒤범벅된 손을 입가에 가져갔다. 얇은 입술이 검지와 중지를 물고 사탕처럼 쪼옥 빨았다.

『공주님은 이미 나와 오랫동안 함께 했잖아.』

맬리스는 부자연스러운 미소와 함께 홀연히 사라졌다. 방금까지 불길하게 물결치던 그림자가 잠잠해졌다.

홀로 남은 카밀라는 조용히 궐련에 불을 붙였다.

맬리스가 투정을 부린 적은 한두 번이 아니다. 그녀는 늘상 혼돈을 요구한다. 하지만 카밀라의 권력은 역설적으로 질서와 체제가 건재해야만 비로소 성립된다. 온통 그림자로 뒤덮인 세상에 더 짙은 그림자를 드리워 봤자 크게 두드러지지 않는다.

더 큰 권력.

더 많은 부.

아스타르테를 들먹인 까닭은 짐작이 간다. 그렇지만 힘으로는 맬리스를 제압할 수 없다. 자신이 반 세기 동안 이룩한 모든 것을 맬리스의 변덕스러운 지복에 헌납해 줄 생각도 없다.

개인 대 개인으로 어쩌지 못한다면, 세력을 움직여야 한다. 혹독한 북풍보다는 따스한 태양이 마음을 움직이는 법이다. 가장 짙은 그림자 신세와 작별을 고하고 양지에 뿌리를 내려야 한다.

"아스타르테라……."

카밀라는 담배 연기를 길게 내뿜었다.

알맹이가 바뀌었다는 사실은 아무런 문제가 아니다. 세상이 그녀를 풍요의 여신, 아스타르테라고 여기면 충분하다.

그래야만 한다.

《Chapter 3. 순백을 기리며》

머리맡에서 유리창을 두드리는 소리가 들려왔다.

잠이 깬 시녀장은 얇은 이불을 걷고 일어났다. 부리로 유리창을 쪼던 까마귀 서너 마리가 보란 듯이 푸드덕 홰를 쳤다.

"기다리세요."

까마귀 무리는 불만스레 부리를 딱딱 맞부딪쳤다. 동정심으로 한두 번 빵 부스러기 따위를 주었더니 며칠 전부터 이 근방 까마귀가 순번을 정해 찾아왔다.

시녀장은 곧바로 몸단장을 시작했다. 단정한 용모는 상전을 모시는 사람으로서 반드시 준수해야 할 철칙이었다. 몸종의 허물은 곧 주인의 명성과 직결됐다.

흉터투성이인 몸을 깨끗이 씻은 뒤, 물기를 말린 머리를 가지런히 정돈한다. 에이프런과 헤드 드레스는 핀을 꽂아 흐트러지지 않도록 한다. 손님에게 결례가 될 수 있는 몇 가지 연장은 풍성한 치맛자락 아래 숨긴다.

수십 년 동안 반복한 손놀림은 시녀장 본인에게도 자연스러워 보인다. 듀에토 왕국의 숲 파수꾼 하이데가 관문 전쟁에서 명예롭게 전사했다는 풍문은 사실에 가까울지도 모른다.

"흠. 흠흠."

시녀장은 거울 앞에 서서 목청을 가다듬었다. 차분한 시선이 단추 하나, 머리카락 한 올도 놓치지 않고 점검했다. 마지막으로 시력이 떨어진 우안(右眼)에 외알 안경을 덧대자 뿌옇던 세상이 비로소 온전하게 보였다.

"잘 참았어요."

까마귀 무리는 그동안 이제나 끝나나 저제나 끝나나 창 안을 기웃거렸다. 시녀장은 엊저녁 챙겨 둔 빵 조각을 접시에 담아 내줬다.

까마귀 무리는 여유롭게 식사를 즐겼다. 아무리 영리해도 짐승은 짐승이었다. 시녀장은 턱을 괴고 흐뭇하게 지켜보다가 침실에서 나왔다.

"앗. 안녕하세요, 시녀장님."

"시녀장님, 안녕히 주무셨어요?"

마른 걸레로 촛대와 난간을 닦던 시녀들이 쾌활하게 인사를 건넸다. 시녀장은 살가운 미소로 답례했다.

"오늘은 다들 활기차서 보기 좋네."

시녀들이 서로 손을 맞잡으며 환호했다.

"글쎄, 아스타르테 님께서 점심에 특식을 준비해 주셨대요."

"자그마치 르네 과자점의 푸딩이래요!"

"푸석푸석 팬케이크야, 오늘은 안녕!"

시녀장의 얼굴이 살짝 굳었다. 하지만 꺅꺅거리는 시녀 중에서 그 변화를 알아차린 사람은 없었다.

"좋아요. 하지만 사열을 통과하지 못하면 특식도 없다는 사실은 명심해 두세요. 며칠 뒤 용비늘 님께서 방문하시니까 당분간은 작은 실수 하나 없도록 정신 바짝 차려야 해요."

"네에."

시녀장의 똑 부러지는 당부에 시녀들이 입술을 삐죽거렸다. 사용인이 숙식하는 별채도 사열에서 예외가 아니었다.

"촛대에 그을음이 남았네. 다시 닦아야겠어."

"흠집이 있는 난간은 오늘 밤까지 조사해서 알려 주고."

"세탁할 동안은 3번 선반에 보관한 양탄자를 대신 깔아 두렴. 지난주에 정돈했으니 먼지만 털면 바로 쓸 수 있어."

시녀장은 별채를 꼼꼼히 살피고 다니며 부족한 점을 지적했다. 귀를 쫑긋 세운 조장들은 지시를 곧장 행동으로 옮겼다.

'별채는 끝났고……. 본채 쪽으로 가야 할 시간이지.'

별채에서 본채로 가려면 후원을 가로질러야 했다. 결제 받을 서류를 챙긴 시녀장은 자연석으로 포장한 길을 따라 걸었다. 머리 위로 우거진 넝쿨이 앙상한 그림자를 드리웠다.

'벌써 겨울이네.'

시녀장은 야릇한 시름에 잠겨 넝쿨 사이로 하늘을 올려다봤다.

'예전 같았으면 이맘때에 첫눈이 내렸을 텐데.'

듀에토 왕국이 건재하던 시절은 바드티비라 일대도 계절의 변화가 뚜렷했다. 하늘의 변덕이 죽 끓듯 변한 지는 고작 반 세기남짓 지났다.

고작 반 세기 만에, 듀에토는 역사의 귀퉁이에 남겨졌다.

"시녀장님!"

명랑한 목소리가 시녀장을 회한에서 일깨웠다. 목발을 짚은 두무지가 저만치에서 쩔뚝쩔뚝 따라왔다. 치기 어린 언동과 달리, 단정한 옷매무새는 까탈스러운 주인님의 기준에서 벗어나지 않았다.

"아침부터 씩씩한 모습이 보기 좋네요. 두무지. 그렇지만 부상이 덧나지 않도록 조심하세요. 우리 아랫것에게 트롤 혈청은 귀한 물건이니까요."

"앗, 네. 죄송합니다."

짐짓 엄한 어조로 꼬집자 두무지가 금방 고개 숙여 사과했다. 시녀장은 무심코 잔잔한 미소를 지었다. 타인의 지적을 겸허하게 받아들이는 자세는 인생에 있어 좋은 자산이었다.

"그래서, 무슨 일로 불렀나요?"

"으, 그게, 시녀장님은 항상 바쁘시다 보니까 반가운 나머지 그만……. 조금 건방졌을까요……?"

두무지가 쑥스러운지 목덜미를 문지르며 시녀장의 표정을 살폈다. 시녀장은 두무지를 물끄러미 굽어보다가 한숨을 폭 내쉬었다. 의젓하게 자란 두무지가 종종 어리광을 부리는 데에는 자신의 책임이 컸다.

"괜찮아요. 마침 듣고 싶은 이야기도 있었으니까요."

"저한테요?"

"아스타르테 님의 거취 때문이에요."

"얼마든지 말씀드릴 수 있어요!"

두무지는 아스타르테의 신변사를 자랑스럽게 늘어놓았다. 그에게 시녀장은 어머니이자 선생님이었다. 시녀장의 착실한 교육이 없었더라면, 주위의 비웃음과 멸시 속에서 시종의 자부심을 세울 수 없었을 것이다.

"아스타르테 님께서 용비늘 님의 지목을 받으셨대요. 아무렇지 않게 말씀하시는 걸 듣고 하마터면 찻잔을 떨어뜨릴 뻔 했다니까요? 그 지호트 님께서 수국화관에 오신다니 믿기지 않아요."

"이례적인 일이죠."

"그렇죠? 슈트라우스 님도 주인님께 부탁하셨다나 봐요. 세상에. 원로 의원 다섯 분을 모신 코르티잔은 아스타르테 님 뿐이잖아요."

시녀장은 하마터면 미소가 흐트러질 뻔 했다. 두무지야 알 리 없겠지만, 슈트라우스는 하인으로서 영 반기기 싫은 손님이었다. 이번에 아스타르테를 찾는 까닭 역시 성욕보다는 신체(神體) 때문일 가능성이 컸다.

"잘 알겠어요. 하지만 두무지, 제가 듣고 싶은 이야기는 제약 회사 설립 건이에요."

두무지의 눈이 휘둥그레졌다.

"솔레나 경에 지하에서 방목하는 암돼지까지……. 애완 동물을 길들이는 데 푹 빠지셨다더군요. 저로서는 '개인적인 용무' 때문에 차질이 생기지 않을까 우려스럽네요."

"솔레나 경에 모니카 양……. 그, 그렇긴 하죠."

두무지는 뺨을 긁적이다가 힘껏 변호에 나섰다.

"그래도……. 아! 그래도 이곳저곳에서 투자자를 끌어들이고 계신가 봐요! 요즘은 예전보다 자주 주인님께 불려 가셔서 자세히 듣지는 못하지만요."

시녀장의 눈매가 가늘어졌다. 두무지는 거짓말에 서툴렀다. 전속 시종으로서 코르티잔을 감시할 책임도 선망 앞에 빛이 바랜 모양이었다.

"아스타르테 님께서 다른 암퇘지에 관심을 가지시니 아쉬운가요?"

"예? 그, 그렇지 않아요."

"숨기지 마세요, 두무지. 이전에도 주인님께 아스타르테 님을 중용해 달라고 부탁드리지 않았나요."

두무지가 입술을 오므렸다. 시녀장은 작게 한숨지었다.

"화내서 미안해요. 하지만 두무지, 당신은 아스타르테 님의 전속 시종이에요. 행여나 그분께 불순한 감정을 품는다면 주인님께서……."

"설마요! 제가 어떻게 감히 아스타르테 님께 흑심을 품겠어요?!"

두무지가 펄쩍 뛰며 손사래를 쳤다. 하지만 시녀장은 말을 번복하지 않았다.

"두무지가 남성으로서 열등하다는 사실은 알고 있어요. 제가 우려하는 바는 불순한 감정에 흔들려서 아스타르테 님의 탈선을 거들거나, 주인님의 뜻을 거스를 경우에요."

"저, 저는. 아니. 아스타르테 님께서는 그런 짓을 하실 분이 아니세요."

두무지가 처량하게 고개를 떨구었다. 시녀장은 말씨를 다소 누그러뜨렸다.

"알고 있어요. 그렇지만 두무지, 저는 아주 작은 가능성도 간과할 수 없는 입장이에요. 두무지도 주인님의 시중을 들었으니까 무슨 뜻인지 이해할 수 있겠죠?"

두무지는 머뭇머뭇 시녀장을 올려다봤다.

"명심하길 바라요."

시녀장은 온화한 얼굴로 부탁했다. 크게 숨을 들이쉰 두무지가 힘껏 고개를 끄덕였다.

"네. 꼭 명심할게요."

두 사람은 어느덧 정원을 지나 본채에 다다랐다. 두무지는 예의 바르게 인사하고 서관으로 향했다. 몸이 상했어도 다른 사람에게 전송 시종의 직무를 전부 맡길 수는 없었다. 시녀장은 모퉁이 너머로 사라지는 두무지를 미소로 배웅해 주었다.

"……가엾게도."

얼굴을 마주하고는 입에 올리지 못할 진심이었다. 의로운 기사의 잔재는 이제 파수꾼에게도 보이지 않았다.

시녀장은 무거운 마음을 안고 서재로 갔다. 이 시간 즈음이면 공주님은 으레 서재에서 고서를 탐독하거나 하루 업무 준비로 바쁘셨다.

"주인님. 시녀장입니다."

서재 앞에 선 시녀장은 차분한 말씨로 기척을 냈다. 대답은 없었다. 눈을 내리깔고 기다리던 차에 안에서 까르륵하는 홍소가 들렸다. 시녀장은 입술을 지그시 감쳐물었다.

3분 남짓 지났을까. 낯익은 얼굴이 생소한 표정으로 서재에서 걸어 나왔다.

"어라? 시녀장이네? 미안해요. 기다리고 있었어요?"

시녀장은 짧게 묵례했다.

"괘념하실 것 없습니다. 아스타르테 님. 담소 중에 훼방을 놓았다면 죄송합니다."

"아니에요. 주인님께서도 만족스러워하셨거든요."

아스타르테는 발그레진 얼굴로 입꼬리를 살짝 끌어올렸다. 달뜬 숨을 내뱉으며 흐트러진 옷매무새를 매만지는 모습이 영락없이 천박한 암퇘지의 그것이었다.

"사업 때문에 바쁘시다고 들었습니다만, 오늘은 일정이 없으신가 보군요."

"제 일정은 주인님 소관이에요, 시녀장."

아스타르테가 나른한 투로 받아넘겼다. 시녀장은 살며시 눈썹을 실그러뜨렸다.

책잡힐 여지를 주지 않으면서 주인의 이름을 내세워 월권 행위로 오도한다. 두무지에게도 보여 주고 싶을 정도로 모범적인 대응이다. 네가 선망하던 여신은 이리도 졸렬하며 간사한 암컷으로 전락했노라고.

"무례로 받아들이셨다면, 사죄드리겠습니다."

비꼴 생각은 없었지만, 속 좁은 그쪽이 그렇게 받아들였다면 별 수 없지.

"무례라니요. 설마요. 얄팍한 심성으로 어떻게 손님을 모시겠어요."

편집증 걸린 것처럼 굴지 마. 네 생각처럼 실속 없는 암퇘지는 아니거든.

"그렇습니까. 저택의 대소사를 일임 받은 입장으로서 윗분의 심중에 주의를 기울이는 것도 당연하기에."

그러면 수상한 냄새 풀풀 뿌리면서 다니지 마라. 가축 주제에 기어오르기는.

"어머, 고마워라. 하긴 시녀장은 성실한 데다가 유능하기도 하니까요."

그쪽이야말로 쓸데없이 들쑤시고 다니잖아.

아스타르테는 시녀장에게 다가와 사근사근한 말씨로 속삭였다.

"그래도 조금은 여유를 가져 주세요. 시녀장은 주인님께 가장 필요한 분이잖아요. 몸에 탈이라도 나면 어떡해요."

시녀장은 바닥 없는 눈빛에서 어떠한 확신을 느꼈다.

빈민가에서 벌어진 소동이 누가 보낸 경고인지, 물증은 없어도 심증은 있을 터.

나름대로 마련해 둔 꿍꿍이는 있겠지.

"말씀만으로도 감사합니다."

그렇다면 어디 재주껏 덤벼 봐라. 풋내기 년.

아스타르테와 시녀장은 묵묵히 서로를 마주했다. 짧지만 견디기 지난한 시간이 흐르고, 아스타르테가 어깨를 삐딱하게 으쓱여 보였다.

"문안드리러 오셨을 텐데 본의 아니게 방해했네요. 어제 골치아픈 일이 있었거든요. 계획서는 어땠어요?"

불필요한 마찰은 피하자는 제안이었다. 시녀장은 곤두선 신경을 누그러뜨렸다. 방법의 차이가 있을지언정 공주님을 향한 마음은 같을 터였다.

"나쁘지 않았습니다. 다만, 사업 대상의 선정 조건은 모호하더군요. 차후 불필요한 논쟁이 없도록 정비가 필요하겠습니다. 수정안을 첨부해서 정오까지 보내 드리죠."

"빠르면 빠를수록 좋겠네요. 시녀장이 손댄 곳은 투자자 분들께서 모두들 호평해 주셨답니다."

"과찬이십니다. 사업의 목적성 덕분이지요. 도시의 치부를 개선하기 위한 조치이니까요."

아스타르테가 손을 살랑거리고 침소로 돌아갔다. 시녀장은 침묵으로 배웅하고 서재에 들어갔다.

"어서 오렴."

카밀라는 언제나처럼 안락의자에 앉아 시녀장을 맞이했다. 자궁에서 쏟아져 나온 굵은 촉수들이 허벅지를 휘감은 채 축 늘어져 있었다. 뻐끔거리는 흡판은 정액과 애액으로 범벅되어 과격했던 교미의 순간을 증거했다.

"공주님을 뵙습니다."

시녀장은 개의치 않았다. 모든 암퇘지에게 가장 큰 포상은 주인의 총애였다. 코르티잔 중에서 가장 열성적으로 헌신하는 아스타르테가 서재에 불려다니는 것은 자연스러운 수순이었다.

"밖이 소란스럽던데, 둘이 또 무슨 얘기라도 했니?"

카밀라는 손가락으로 담배에 불을 붙이며 넌지시 물었다.

"평소처럼 서로 안부를 물었을 뿐이지요."

"사업 관련한 이야기도 들리더구나."

카밀라가 갸름하게 뜬 눈으로 흘겨보며 담배 연기를 훅 내뿜었다.

"늘상 있는 조정 절차였습니다."

"빈말은 그만 두렴. 거짓말을 하는 파수꾼이라니, 동화에 사과해야 하지 않니."

"거짓말을 하지 않는 파수꾼이라니, 그런 인물을 등장시킨 작가에게 사과를 받아야겠군요."

시녀장은 뼈 있는 농담을 뼈 있는 농담으로 받아 넘겼다. 카밀라가 입꼬리를 살짝 끌어올리며 웃었다.

"금일 검토를 부탁드릴 현안입니다."

카밀라는 두툼한 서류를 받아 찬찬히 읽어 내려갔다. 빈민가에 유입된 폭력 조직 소탕, 별채의 지출내역, 연맹의 동향 등 크고 작은 문제가 카밀라의 손을 거쳤다.

"흐음……."

팔락팔락 넘어가던 서류가 도중에 멈췄다. 매달 각 등급에서 우수한 암퇘지를 결산한 보고서였다. 시녀장은 카밀라의 무심한 눈에서 대견스러워하는 심경을 헤아렸다.

"모니카가 있구나. 그래. 아스타르테가 조련하는 암퇘지였지."

"예. 보시다시피 실적도, 손님의 평가도 교정실에 보내기 전보다 명백하게 나아졌습니다. 아스타르테 님은 모니카에게 시험한 방침을 5등급 암퇘지 대상으로……."

"암퇘지의 질을 전반적으로 끌어올리자더구나."

시녀장의 말이 도중에 끊어졌다. 카밀라는 검토를 마친 서류에 서명해 주며 덧붙였다.

"네가 기다리는 동안 열심히 재잘거렸단다."

"어떻게 생각하시나요?"

"그 아이 재롱에 너무 예민하게 굴지 말라고 했잖니."

잉크를 먹인 깃펜이 미끄러지는 소리가 경쾌했다. 시녀장은 조용히 결재가 끝나기를 기다렸다. 서재의 무거운 공기가 가슴을 짓눌렀다.

"그리고 시녀장."

"예."

가닥가닥 갈라진 그림자가 시녀장의 발목을 칭칭 휘감았다. 시녀장은 의식적으로 어깨를 폈다.

"나는 동향을 감시하라고 했지, 내 위신을 손상시켜도 된다고 허락한 적은 없단다."

시야가 침침하게 가라앉으면서 울창한 숲의 환영이 어렴풋이 엿보였다. 그곳은 피범벅인 혓바닥이 도사리고 검은 염소가 배회하는 이계의 어두운 영지였다.

"죄송합니다."

시녀장은 등줄기를 식은땀으로 적시면서도 의연하게 대답했다.

"아스타르테 님은 암퇘지의 본분에 충실합니다. 수국화관 내에서는 본심을 드러낼 방법이 마땅하지 않습니다. 그렇기 때문에 주인님과 무관한 세력으로 압박하려 했습니다."

아스타르테의 사생활은 다른 열두 명과 비교했을 때 기묘하리만치 청정하다.

휴일에 부리는 사치가 고작 군것질 뿐이다. 여가 시간은 솔레나와 모니카를 조련하는 데 할애하거나 침소에 틀어박혀 독서나 십자말 풀이로 보내기 일쑤다. 하지만 코르티잔의 의무에 소홀하냐고 묻는다면, 훔바바 외에 다른 손님도 호평 일색이다.

코르티잔은 신체적으로도, 정신적으로도 부담이 상당한 위치다. 그렇기 때문에 다른 방향으로 분출하는 사례가 종종 있다. 사치나 전속 시종을 학대하는 경우가 대표적이다.

"일전에 말씀드렸다시피, 아스타르테 님은 자신을 억누르고 상대를 농락하는 데 이상하리만치 능숙합니다. 단기간에 마친 조련으로는 터득하기 어려운 수준입니다. 저로서는 맬리스가 수작을 부렸다고 말씀드릴 수밖에 없습니다."

다리를 타고 올라온 그림자가 시녀장의 숨통을 옥죄였다. 무성한 백골의 가지 사이에서 자줏빛 눈동자만이 일렁거렸다. 악마와 거래한 마녀 중에서도, 카밀라의 권능은 독보적이었다.

"너마저 선을 넘어야 속이 시원하겠니. 하이데."

"사업을……. 무탈하게 추진하는 상황도 의심스럽습니다."

시녀장이 비명 한 번 지르지 않고 의견을 개진했다. '독한 년.' 카밀라의 실소와 동시에 서재를 장악한 이질적인 공기가 사라졌다. 시녀장을 교살(絞殺)하려 들던 그림자는 창살의 것으로 돌아왔다.

"너는 너무 성실해서 탈이야."

잔기침을 삼키던 시녀장의 귀에 장난스러운 핀잔이 들려왔다.

"네가 걱정하는 바를 나라고 모르겠니."

카밀라는 결재를 마친 서류를 책상 한쪽으로 치웠다.

"의표를 찌르는 것은 한 번 뿐, 그 아이도 혼쭐이 났으니 같은 수에 속아 주지 않겠지."

"그렇다면……."

"당분간은 내버려 두자꾸나. 제 발에 걸려 넘어진 뒤 따끔하게 혼내 줘도 충분하단다."

시녀장은 카밀라의 의도를 헤아렸다. 사람은 주위를 경계하지 않아야 본색을 드러내기 마련이었다. 차분히 관망하다가 떡 잎이 나오면 짓밟는 것은 강자의 권리였다.

하지만 그 싹이 코르티잔이라면 참초제근(斬草除根)도 신중하게 해야 한다. 코르티잔 한 마리를 양성하는 데 들이는 비용과 시간은 헤아리기 어렵다. 이에 더해 장기적으로 얻을 이권도 고려할 수밖에 없다.

'단골로 접대하는 고객을 생각한다면……'

장담컨대, 아스타르테는 우수한 암퇘지로 무르익었다. 그녀의 입지는 짧은 시간 동안 놀랄 만큼 커졌다. 시녀장이 전담하던 처분 업무 중 일부를 맡은 것이 그 일례였다. 조련을 받던 시절의 어설픈 모습은 첫 접대를 치른 뒤로 찾아보기 어려웠다.

사랑이란 동인(動因)만으로 한 인격이 그토록 바뀔 수 있을까.

시녀장은 충분히 가능하다고 여겼다. 철없던 공주님이 오늘날까지 무엇을 이루었고 무엇을 불살랐는지 직접 목격했기 때문에, 우려를 금하지 않을 수 없었다.

여신을 길들이고자 투여한 소마가 그 심신에 어떻게 작용하였을지.

나아가 한 인간을 송두리째 바꿀 정도의 열망은 얼마나 크고 붉게 타오를지.

"공주님."

"흐음?"

결재를 마친 카밀라는 책장을 넘기며 콧소리로 대꾸했다. 새하얀 아침 햇살로 물든 자태가 순결했던 지난날을 들추었다.

"공주님께서는, 아스타르테 님이 무너져 내리길 바라시겠지요."

시녀장은 마음에 담아 둔 케케묵은 이야기를 꺼냈다.

카밀라는 멈칫하고 시녀장을 돌아봤다. 면도날처럼 예리한 눈초리가 심장을 겨눴다.

"그 점이 걱정스럽습니다. 저는 공주님께서 두무지 경을 대동하고 도서관에 출입하시던 시절을 똑똑히 기억합니다."

이제는 입에 올리기조차 두려울 만치 아름다운 시절이었다.

"실리를 주장하시지만, 실은 그저 아스타르테 님이 공주님께서 계신 나락으로 떨어지기를 바라시는 것이 아닌지요."

"나는 아스타르테를 유용한 암퇘지라고 생각한다."

카밀라가 시녀장을 응시하며 시답잖다는 투로 대꾸했다. 시녀장은 흘끔 발치를 살폈다.

그림자는 미동도 없다.

"그 이상 더 필요하니?"

대답 여하에 따라서 목숨을 앗아가겠다는 경고다.

"……괜한 말로 심기를 어지럽혀 죄송합니다."

시녀장은 한 발짝 물러섰다. 카밀라를 대하는 자리에서는 보이지 않는 선을 확실히 지켜야 했다. 여지껏 그렇게 해 왔기에, 카밀라를 보필할 수 있었다.

"너를 여지껏 남겨 둔 이유를 잊지 말렴."

하지만 망집이 거세게 휘몰아치는 지금도 이전처럼 해낼 수 있을지, 시녀장은 장담하지 못했다.

"주제에 걸맞게 일해야지."

시퍼렇게 날을 세운 적막이 서재에 드리웠다.

시녀장은 깍듯이 머리를 조아렸다.

"명심하겠습니다."

♥ ♥ ♥

아스타르테가 가까스로 봉변을 면하고, 닷새 뒤.

지호트가 삼십여 명의 수행원과 함께 수국화관을 찾았다. 카밀라는 1층에 터놓은 테라스에 앉아 손님을 맞이했다.

『이 생지옥에 제 발로 들어올 줄은 몰랐군.』

마차를 세운 지호트가 카밀라에게 성큼성큼 걸어왔다. 리저드맨 특유의 날렵한 몸매가 몸에 달라붙는 정장과 잘 어울렸다.

"이 정도도 전례 없는 특혜란다. 코르티잔을 밖으로 끌고 나가기 쉬울 줄 알았니."

『고마워 돌아가시겠군.』

긴 혓바닥을 날름거린 지호트가 서명한 계약서를 건넸다.

『약속대로 신설하는 사업체의 지분 중 3%를 인수하겠다. 화대치고 지나친 감이 없잖아 있다만.』

"지나치기는. 남들은 못 구해서 안달이란다."

카밀라는 따뜻한 차로 몸을 녹이며 시녀가 든 은접시에 계약서를 올렸다. 쟁반에 덮개를 씌운 시녀가 두 사람에게 공손히 인사하고 물러났다.

지호트는 그 모습을 흘끔 쳐다보고 세로로 찢어진 눈동자를 가늘게 좁혔다.

『개미들이 누구 이름값에 꼬인다고 생각하나? 돼지 우리의 여주인?』

"까칠하기는. 그 성격으로 남의 자식 뒷바라지 해 줄 생각이

나 하고, 너도 참 극성이구나."

원로 의원들은 다들 헤묵은 악연으로 엮인 사이였다. 적을 알고 나를 알아야 위태롭지 않은 법. 서로를 잘 알고 있기로는 죽마고우나 다름없었다.

『남이 아니다. 내 첫사랑이자 마지막 사랑이지.』

지호트가 둘 갈래로 갈라진 혀끝을 파르르 떨었다. 리저드맨의 고유한 경고 행위였다. 그러나 카밀라는 눈 하나 깜짝 않고 받아쳤다.

"그래서 아스타르테니? 지금이라도 생각 바꾸렴. 뭐든 시작은 혹독할수록 좋단다."

『나는 아들 녀석이 의욕을 갖길 바란다. 너는 다른 주주를 견제하고 싶겠지. 서로에게 썩 나쁜 거래는 아니지 않나?』

"흘러간 사랑에 목매다는 남자에게 동병상련을 느낀다는 생각은 안 해 봤구나."

『마녀에게도 낭만적인 감상이 남아 있었군. 하긴, 그러니 잔주름 하나도 용납 못하고 피칠을 해 대겠지.』

카밀라는 실소를 흘리고 곁에 선 시녀에게 손짓했다. 시립한 시녀가 양산을 조심스럽게 기울였다. 햇빛은 사시사철 피부의 적이었다.

"그나저나 네 소중한 아드님은 코빼기도 안 비치려나 보네. 내가 더 굽혀 줘야겠니?"

바짝 날을 세우던 지호트가 어깨에서 힘을 뺐다. '특혜'라는 말마따나, 오늘의 주역은 용비늘 지호트가 아니었다. 지호트는 어디까지나 명의를 빌려 줬을 뿐이었다.

『워낙 숫기가 없는 녀석이라. 면목이 없군.』

카밀라는 자식 때문에 선뜻 굽히는 옛 동료가 썩 신기했다.

"아버지 노릇이 힘든가 보네?"

『슬프지만 네 말이 맞다. 저래서야 이 진흙탕에서 버티기는 할지……. 흠.』

지호트는 때마침 계단을 내려오는 여인을 발견하고 말꼬리를 흐렸다. 첫사랑을 먼저 떠나보내고 수절하다시피 지냈던 마음에 잔잔한 파문이 일었다.

『창칼도 피해 간다는 이야기가 그럴싸하게 들리는군.』

"너무 눈독 들이지 마. 애꾸눈이 싫어할걸?"

담소를 주고받는 두 사람에게 아스타르테가 조신한 걸음으로 다가왔다. 수수한 드레스도 그녀가 입으니 천사의 날개옷처럼 눈이 부셨다.

지호트는 점잖은 태도로 여신을 반겼다.

『아스타르테, 풍요의 여신이시여. 마땅한 초청장을 보내지 못한 내가 부끄러워지는구려.』

아스타르테는 치맛자락 양끝을 손가락으로 살며시 잡아 올리며 인사했다. 호흡도, 고개를 기울인 정도도 나무랄 데 없었다.

"처음 뵙겠습니다. 지호트 님. 친히 지명하여 주신 만큼 도련님께 걸맞은 암퇘지로서 몸과 마음을 다하겠습니다."

화장은 옅고 몸가짐에서 우아한 기품이 배어났다. 지호트는 단아하게 치장하고 나와 준 여신이 제법 만족스러웠다.

오늘 참석할 자리는 신상품을 공개하면 점령지까지 들썩거리는 죠니 앤 위버의 창립 기념식전이다. 어설프게 화려한 꾸밈새는 천박하다는 비웃음만 받을 뿐이다.

『여신의 아량은 이 궂은 땅에서도 마르지 않았군.』

"과분한 말씀이세요."

아스타르테는 살포시 미소를 지었다. 지호트는 양지와 음지 사이에서 줄타기를 하는 중도파였다. 어느 한쪽에 치우치지 않을 수 있는 힘은 여론과 정보에서 비롯됐다.

'유일한 일간지라니, 여론에 불 붙이는 데 제격이지.'

기자만 꼬드겨서는 뒷심이 모자라다. 원로 의원은 기자 한두 명 쯤이야 조용히 없앨 수 있다. 자살, 사고사, 강도살인 등 방법은 각양각색이다. 언론 그 자체인 지호트의 조력이 필요하다.

'정면으로 공격할 수 없으면 배후를 노려야지.'

지호트는 놓치기 아까운 월척이었다. 그는 첫사랑을 먼저 보낸 이후로 암퇘지는 물론이고 이성과 교제한 적도 없었다. 흠바바를 통하지 않았더라면, 앞으로도 수국화관에서 볼 일은 요원했을 것이다.

"지호트 님. 송구스럽사오나, 도련님께서는 앞서 식장으로 가셨나요?"

아스타르테는 조신하게 눈을 내리깔고 시치미를 뗐다. 지호트가 작게 신음했다.

"도련님은 마차에서 기다리신단다. 부끄럼쟁이라는구나."

카밀라가 차 맛을 음미하며 비아냥댔다. 아스타르테는 몰랐다는 듯이 손으로 입가를 가렸다. 주인과 가축끼리 죽이 참 잘도 맞았다.

지호트에게는 달갑지 않은 상황이었다. 그는 긴 꼬리로 바닥을 내리치며 윽박질렀다.

『헤센! 여태 미적거리느냐! 아비더러 네 파트너까지 에스코트하라고!』

하지만 도련님은 마차에서 내리기는커녕 대꾸도 없었다.

『뭣들 하는 거냐! 썩 끌어내지 않고!』

지호트는 눈을 시퍼렇게 부릅떴다. 수행원들이 쩔쩔매면서 마차에 올랐다.

"도련님, 어서 내리시지요."

"이러시면 저희가 피를 봅니다."

지호트는 구색만 겨우 갖춘 실랑이를 예의 주시했다. 말이 '끌어내라' 지, 소맷부리 한 번 잘못 잡았다가는 불호령을 내릴 눈치였다.

'자식 다룰 줄 모르시네.'

산전수적 다 겪은 퇴역 군인이 남들 앞에서 쉬이 역정을 낼 리 없었다. 아스타르테는 지호트의 우려를 단번에 간파했다.

리저드맨의 수명은 인간보다 고작 30년에서 50년 남짓 더 길다. 하루하루 노쇠해 가는 지호트는 더 늦기 전에 아들에게 권력을 넘겨 줘야 한다. 하지만 피 한 방울 섞이지 않은 수양아들은 지호트를 섬겨 온 측근들에게 굴러 들어온 돌멩이에 불과하다. 정신 똑바로 차리지 않았다간 지호트가 손을 떼자마자 바로 잡아먹힐 것이다.

'가만히 내버려 두다가는 꼭두각시로 전락하게 생겼으니 초조하시겠어.'

아스타르테는 얌전하게 내리깐 눈으로 남몰래 주인님을 바라봤다. 주인님은 느긋하게 고개를 끄덕였다. 사전에 조율한 대로 하라는 신호였다.

지호트는 과거 부족의 전사이자 군인으로 참전한 경력이 있다. 아울러 언론이라는 시장을 개척한 면모와 결부시키면 위험에 과감하게 뛰어들 줄 아는 경향이 엿보이며, 자신의 능력과 성과가 있기 때문에 사람을 보는 기준이 높고 가정에서 권위적일 가능성이 높다.

그런 인물이 영리하고 자신만만한 암컷을 마음에 들어 할 리 없다. 지호트가 당장 바라는 암컷은 속된 말로 유능하면서도 양아들 기를 살려 주는 현모양처다. 손님이 바라는 가면을 쓰는 것은 코르티잔에게 쉬운 일이다.

『저리 비켜라! 헤셴! 마차에서 뭐하고 있는 거냐!』

수행원들이 어물거리자 지호트가 나섰다. 아스타르테는 그의 입가에 떠오른 안도감을 놓치지 않았다. 수행원들이 겉으로나마 아들을 후계자로 대접한다는 사실을 다시 한 번 확인한 것이다.

『못난 녀석! 아랫것들에게 호통 한 번 치는 꼴을 못 봤구나!』

마차 안에서 우당탕하는 소리가 들려왔다. 노호성을 내지른 지호트가 마차 한구석에 처박힌 양아들을 가차없이 밖으로 끌어냈다.

「아, 아저씨! 저는 그저……!」

『아저씨가 아니라 아버지라고 몇 번을 얘기했다! 이깟 소일거리에 몰두하면서 가업은 내팽개칠 작정이냐!』

지호트는 헤센에게서 빼앗은 종이 뭉치를 날카로운 이빨로 물어뜯었다. 갈기갈기 찢어진 악보가 힘없이 떨어졌다.

"어머, 영락없는 도련님이네."

카밀라가 양부에게 붙잡힌 헤센을 보고 혹평했다. 아스타르테는 정보가 정확했다고 기뻐해야 할지, 슬퍼해야 할지 알 수 없었다. 서툰 부모에 서툰 자식이었다.

'저 도마뱀이 헤센 도련님 맞지? 수컷 구실은 할 수 있을까?'

투정 한마디는 해도 좋을 텐데, 헤센은 지호트가 바닥에 뿌린 종이 쪼가리를 줍느라 바빴다. 연홍색 비늘과 비쩍 마른 체구 탓에 그 모습이 더욱 처량해 보였다.

『크흠, 소개가 늦었군. 아스타르테, 저쪽이 내 아들인 헤센일세. 헤센! 이리 와라!』

지호트는 금방 아스타르테의 걱정스러운 시선을 알아차렸다. 언성을 높이자 헤센이 고개를 푹 숙인 채 미적미적 걸어왔다. 영락없이 부모에게 꾸중을 듣고 토라진 철부지였다.

'오냐오냐해 주는 부모도 있고, 참 좋으시겠어.'

아스타르테는 목구멍까지 올라온 욕지기를 꾹 억눌렀다. 헤센은 과거 지호트가 사랑했던 여인의 자식이었다. 저런 못난이까지 감싸 줄 수 있다니, 사랑이란 참으로 위대한 힘이었다.

'참자. 아무리 인물이 못났어도 데일리 어바웃의 후계자야.'

아스타르테는 미소를 잃지 않고 마음을 다잡았다.

"말씀은 익히 들었어요. 도련님."

아스타르테는 나긋나긋한 어조로 말을 걸며 헤센에게 다가섰다. 쭈뼛쭈뼛 안경만 만지작거리던 헤센은 달짝지근하게 흘러드는 미성에 소스라치듯 고개를 들었다. 왕관처럼 자란 뿔을 발견한 두 눈이 휘둥그레졌다. 순진한 반응에 아스타르테는 웃음을 삼켰다.

"제 뿔이 신기하신가 봐요?"

「아, 아니, 그게…… 정, 정말…….」

한참 말을 잇지 못하던 헤센이 허둥지둥 안경을 고쳐 썼다. 그는 보고도 안 믿기는지 여신의 이름을 뇌까렸다.

「아, 아스타르테 님……?」

"아스타르테라고 부르셔도 괜찮아요. 오늘 하루, 도련님께 봉사하게 되었답니다."

「봉사, 봉사라고요? 그렇지만, 저, 저는, 아스타르테 님, 이런, 세상에.」

헤센은 좀처럼 진정하지 못하고 입을 뻐끔거렸다. 곁에 선 지호트가 짐짓 거만하게 말했다.

『연맹에서도 이미 알 놈은 다 알고 있다. 풍요의 여신이라도 이제는 저 마녀가 거느린 암퇘지일 뿐이다. 적당히 알아 먹었으면 어서 마차에 타라.』

「그렇지만, 아저…….」

『아버지!』

지호트가 쉿쉿거리는 소리를 내며 헤센에게 얼굴을 디밀었다. 칼날처럼 날카로운 눈동자가 헤센을 노려봤다. 아스타르테는 살벌한 분위기를 틈타 살그머니 헤센의 어깨에 기대섰다. 얼핏 시선이 마주 친 주인님이 눈웃음을 쳤다.

'깜찍한 것.'

칭찬의 의미였다. 아스타르테는 주인님의 격려에 부응하는 뜻으로 소리없이 입꼬리를 끌어올렸다.

『아버지라고 불러라. 헤센. 나는 너를 위해 기꺼이 많은 것을 베풀어 주었다. 네가 원하지 않는다면 그 주둥이를 찢어 벌려서라도 욱여넣어 주마. 그러니 두 번 다시 아저씨라고 부르지 마라.』

헤센은 눈을 내리깐 채 아무 말도 못했다. 아스타르테가 슬며시 끼어들었다.

"지호트 님. 경사스러운 날이잖아요. 부디 노여움은 거두어 주세요."

지호트는 언짢은 눈으로 아스타르테를 응시하다가 홱 돌아섰다.

『크흠. 다들 말에 타라! 출발하겠다!』

"예!"

노심초사하며 지켜보던 수행원들은 발등에 불이 떨어진 듯 바빠졌다. 아스타르테는 지호트의 뒷모습을 감상하며 가슴이 두

근거렸다. 평생 한 여인만 사모하며 고독을 벗삼는 수컷이라니, 정숙하지 못한 암컷에게는 더없이 먹음직스럽게 보였다.

「고, 고맙습니다.」

하지만 오늘 모셔야 할 수컷은 지호트가 아니라 미덥지 못한 철부지였다. 아스타르테는 미소로 심중을 감췄다.

"천만에요. 도련님."

뱀처럼 기어든 손가락이 헤센의 손에 자연스레 얽혔다.

어느 날, 젊고 잘생긴 귀족이 나라에서 가장 유명한 바람둥이를 찾아가 물었다.

'저는 아리따운 미망인을 사랑합니다. 그녀의 마음을 사로잡고 싶습니다. 어떻게 해야 하죠?'

바람둥이는 어이가 없어서 대꾸했다.

'그걸 왜 저한테 물어 보십니까? 지금 당장 죠니 앤 위버로 달려가셔야죠!'

결사 연맹에서 시작되어 점령지까지 퍼진 이 문답은 죠니 앤 위버의 유명세를 가장 잘 알려 줬다. 바드티비라를 방문하는 상류층치고 죠니 앤 위버 본점에 들르지 않는 경우는 단언하건대 한 명도 없었다.

사교계에서 죠니 앤 위버는 부와 권력, 시류를 읽는 식견과 기품의 상징이었다. 백작가 마님께서 죠니 앤 위버 귀걸이만 차고 참석하신 자리에 남작가 마님이 죠니 앤 위버 귀걸이와 손가방을 들고 나왔다면, 어디 작위 떼고 영지 간에 한 판 붙어 보자는 선전포고나 마찬가지였다.

이러한 인식은 남녀를 가리지 않았다. 죠니 앤 위버의 회중시계를 차고 나온 영주가 이웃 영주에게 모조품이라는 말을 듣고 발끈하여 결투를 선언한 적도 더러 있었다.

그렇기 때문에, 신상품 소개를 겸하는 죠니 앤 위버의 창립 기념식전은 각계각층의 유명 인사가 자진하여 모이는 자리였다.

"환영합니다. 여러분!"

식장이 어둑해진 가운데, '방직공' 죠니가 환한 조명을 받으며 무대에 오르자 귀빈들이 박수갈채를 보냈다. 죠니는 너털웃음을 치며 무대 옆에 세워진 황금 동상을 가리켰다.

"이번에 사치를 좀 부려 봤습니다. 항상 짜리몽땅한 키 때문에 부모님께 불만이 많았는데, 이렇게라도 한을 푸니 기쁘기 그지없군요!"

뼈 있는 너스레에 곳곳에서 웃음이 터져 나왔다. 드워프인 그는 동족들과 달리 옷이나 신발 따위에 관심을 가져서 괴짜 소리를 들었다. 하지만 막상 뚜껑을 열어 보니 죠니는 드워프 중에서 가장 성공한 인생으로 우뚝 섰다.

"물론 여러분이 관심 있는 건 저처럼 못생긴 난쟁이가 아니라 내년에 출시할 신제품이겠죠."

죠니가 씩 웃으며 번쩍거리는 금니를 드러냈다. 괴짜라도 드워프는 드워프였다. 귀금속에 집착하는 버릇이 동족과 똑

같았다.

"그러니 저는 여러분의 기대에 부응할 수 있도록 마무리 준비를 마치러 가겠습니다. 마음껏 춤추고, 마음껏 즐겨 주시죠!"

죠니가 손가락을 퉁기자 시종들이 식장에 일렬로 들어왔다. 그들은 과장된 몸놀림으로 한 치의 오차도 없이 식탁과 만찬을 배치했다.

"맙소사. 우리 영지에서도 한 번 써먹어 봐야겠군."

"아랫것들 부리는 솜씨도 일류야."

연회 준비를 마치고 퇴장하는 시종들에게 박수가 쏟아졌다. 규모가 큰 공연에 익숙한 결사 연맹의 귀족들도 찬사를 아끼지 않았다. 연회 준비도 볼거리로 만드는 점에서 죠니는 축복 받은 재능을 가졌다고 봐도 무방했다.

'성공한 사람은……. 역시 나 같은 녀석이랑 다르구나.'

헤센은 환호하는 귀빈들 뒤에서 혀를 낼름거렸다. 죠니가 지닌 악마적인 재능보다 관중의 찬사를 당연한 듯 받아들이는 태도가 부러웠다. 누구는 저택의 시종들 앞에서도 우물쭈물하기 일쑤란 말이다.

"도련님, 괜찮으세요?"

달콤한 미성이 귓가에 속삭였다. 헤센은 어깨를 움츠러드는 자신이 참으로 한심스러웠다.

「아, 아니에…….」

"존댓말 쓰시면 화낼 거예요."

헤센의 파트너가 눈을 가늘게 떴다. 헤센은 변변한 대꾸도 못하고 얼이 빠졌다. 지호트 아저씨가 대체 무슨 생각으로 그 풍요의 여신을 파트너로 붙여 줬는지 짐작도 안 갔다.

"도련님?"

「으, 응. 미, 미안합니다.」

아스타르테가 팔짱을 낀 채 도톰한 입술을 쫑긋거렸다. 헤센은 가슴이 철렁 내려앉았다. 누가 보나 단단히 토라진 자태였다.

"도련님, 제가 방금 말씀드렸잖아요."

「어, 어어? 아, 그, 미, 미미, 미안해.」

허둥거리던 헤센은 가까스로 실마리를 붙잡았다. 여신에게 낮춤말을 쓰다니, 금방이라도 하늘에서 벼락이 떨어질지도 모르겠다.

"흐음, 제가 그렇게 부담스러우세요?"

고개를 갸우뚱 기울인 아스타르테가 넌지시 속내를 떠보았다. 이번만큼은 헤센도 망설임 없이 고개를 끄덕거렸다. 부담스럽다는 표현만으로는 아쉬운 나머지 더 좋은 말이 없을지 궁리하고 싶을 지경이었다.

「……응. 엄청.」

"하아."

한숨을 내쉬는 모습마저 아름다웠다. 헤센은 귀신에게 홀린 기분이었다. 수심에 잠긴 여신은 남편을 여읜 정숙한 귀부인이기도 했고, 첫사랑에 시름하는 풋풋한 처녀이기도 했다.

"도련님. 도련님은 이제 사교계에 입문하시는 몸이세요. 멋진 첫인상을 심어 주고 싶은 생각은 없으신가요?"

한마디 한마디마다 아쉬운 마음이 절절하게 묻어 나왔다. 헤센은 꾸중 듣는 아이처럼 꼬리를 다리 사이로 숨겼다.

「미, 미안해. 그렇지만 나, 이런 자리는 어려워서…….」

"어려우셔도 용기를 내셔야 해요. 도련님의 꿈을 이룰 수 있는 자리거든요."

헤센은 화들짝하여 사방을 두리번거렸다. 다행히 아저씨는 저만치에서 다른 의원들과 담소를 나누던 참이었다. 그는 벌렁거리는 가슴을 진정하려고 애쓰면서도 강렬한 호기심에 이끌렸다.

「내, 내 꿈? 내 꿈이 뭔지 아세, 아, 아니, 알아?」

"작곡이시죠."

찢어진 오선지를 줍던 기억이 뇌리에 떠올랐다. 설마 그 한순간에 알아차렸을까. 헤센은 이번에야말로 등줄기에 전율이 일었다. 떨리는 손이 저도 모르게 가슴께를 붙잡았다.

"도련님, 우리 등장은 뒤로 미루어요."

「어, 어어?!」

아스타르테가 헤센의 손을 잡아 끌었다. 헤센은 지호트를 곁눈질하면서 밖으로 끌려 나갔다. 여신이 어디로 이끌어 주는지는 중요치 않았다. 손에서 손으로 스며드는 온기가 홀로 앓던 벙어리 냉가슴을 따스하게 어루어 만졌다.

"여기가 좋겠어요."

정신없이 뒤따라가던 헤센은 어느새 향기로운 화초가 담장처럼 늘어선 미로에 다다랐다. 문득 저택을 돌아본 그는 뒤늦게 겁이 났다. 식장에서 빠져나왔다는 사실을 들켰다간 아저씨의 불호령이 떨어질 터였다.

「도, 돌아가야 돼. 인사를 해야 한다고, 아저씨가 그랬는데.」

헤센은 그 자리에 우뚝 멈춰 섰다. 가늘게 떨리는 목소리가 원망스러웠다. 여신께서는 얼마나 한심하게 보실까. 용비늘 부족의 평가가 곤두박질칠 노릇이었다.

「아저씨가 화내실 거야. 반항하다가는 혼만 난다고.」

아저씨의 평가는 옳았다. 이런 겁쟁이가 무슨 자신감으로 성인식을 치르고 세상에 나왔을까. 헤센은 부끄러운 나머지 꼬리를 축 늘어뜨렸다.

"곤란하네요."

아스타르테가 쓴웃음을 흘렸다. 헤센은 쥐구멍이라도 찾고 싶어졌다.

"저는 도련님을 보내 드리기 싫거든요."

희미하게 옷이 스치는 소리가 헤센의 귀에 천둥처럼 울렸다. 설마 하는 마음으로 고개를 든 헤센은 그만 눈이 휘둥그레졌다. 풍요의 여신께서 단정하게 입은 드레스를 한 꺼풀씩 벗어 내리고 있었다.

「와, 와와! 와! 와악! 여, 여신님! 무, 무무무, 무슨 짓입니까! 저택에서 훤히 내려다보인다고요!」

뽀얀 속살이 옷자락 사이로 여실히 드러나자 더 이상 가만히 있을 수 없었다. 결사 연맹 출신인 헤센은 팔을 퍼덕거리면서 아스타르테를 가로막았다. 아스타르테는 뚱한 얼굴로 볼멘소리를 냈다.

"도련님께서 저택으로 돌아가 버리시면 제가 이런 거추장스러운 옷을 입고 모실 필요도 없는걸요. 전부 벗어 버릴래요."

「죄송합니다! 괜한 말 해서 죄송합니다!」

헤센은 기어코 드레스를 벗어던질 기세인 아스타르테에게 간곡히 부탁했다. 진심이 전해졌는지, 뾰로통하게 고개를 돌린 아스타르테가 슬며시 헤센을 흘겨봤다.

"그럼 제 말을 귀담아듣겠다고 약속해 주세요."

「약속할게! 물론 약속하고 말고!」

우선은 당장 급한 불부터 꺼야 했다. 애걸복걸하다시피 다짐하자 아스타르테의 입가에 엷은 미소가 돌아왔다.

"좋아요. 그럼 도련님, 앞으로는 꼭 저한테 하대하세요. 지호트 님께 꾸중 듣지 않는 방법 첫 번째예요."

「아저씨한테?」

"네. 저만 믿으세요."

아스타르테가 검지를 입술에 올리고 천연스레 고개를 기울였다. 헤센은 웃어야 할지 울어야 할지 알 수 없었다.

예전의 그는 지호트 아저씨에게 반감은커녕 존경심마저 품고 있었다. 양자가 되지 않겠느냐는 권유를 선뜻 받아들인 까닭도, 쓸쓸하게 돌아가신 어머니의 임종을 홀로 챙겨 준 분이셨기 때문이다.

하지만 으리으리한 대저택에 따라온 뒤로는 호통과 독촉이 끊이지 않았다. 경영학 가정교사가 매일 방에 들락거렸고, 좋아하던 작곡은 엄두도 못 냈다.

지호트의 후계자라는 짐은 헤센에게 너무 무거웠다.

"마침 딱 좋은 자리가 있네요."

미로에 발을 들인지 십여 분 남짓 지났을까. 샛길로 나가자 덩굴장미에 잠긴 쉼터가 모습을 드러냈다. 아늑한 풍경에 헤센은 잠시나마 조바심을 잊고 감탄했다.

"자아, 자. 편히 앉으세요."

「으, 응. 고마워. 아니, 고맙다.」

아스타르테가 손수 의자에 떨어진 꽃잎을 치워 줬다. 헤센은 입에 어색한 하대를 쓰며 자리에 앉았다. 헤센 곁에 앉은 아스타르테가 크게 기지개를 켰다.

"으으음. 별말씀을요. 암퇘지에게 이 정도는 기본이랍니다."

헤센은 아스타르테가 참 신기했다. 수국화관에서는 적의 손에 사로잡힌 비극의 여신이었고, 기념식전에서는 조신한 언동으로 활기를 감춘 사교계의 꽃이었다. 하지만 지금은 소탈한 이웃 누나를 보는 듯했다.

"도련님. 제가 식장에서 드린 말씀, 기억하세요?"

「꿈을 이룰 수 있는 자리라고…….」

뺨을 콕콕 찌르는 아스타르테의 눈빛이 부쩍 따가워졌다. 헤센은 흐렸던 말끝을 되새겼다.

「꿈을 이룰 수 있는 자리라고, 그랬지.」

짐작대로 아스타르테는 배시시 눈웃음을 띠었다.

"경황이 없으셨을 텐데 제 말을 흘려듣지 않으셨네요. 훌륭해요. 그럼 결론부터 말씀드릴게요. 지호트 님은 사실 도련님께서 작곡을 하셔도 응원해 주실 분이세요."

「뭐?」

이번만큼은 헤센도 가만히 있지 않았다. 그는 뭉뚝한 꼬리로 바닥을 치며 언성을 높였다.

「아저씨가 나를 응원해 주신다고? 농담하지 마!」

"두 번째네요. 그 기세로 지호트 님과 말씀해 보신 적 있으세요?"

「그야……!」

헤센은 무심코 대꾸하려다가 멈칫했다. 아스타르테는 차분한 미소로 헤센의 대답을 기다려 줬다. 찰나가 영원처럼 느껴지던 정적이 지나가고, 헤센은 불끈 쥐었던 주먹을 힘없이 떨어뜨렸다.

「……없어. 한 번도, 아저씨한테 목소리를 높여 본 적은. 그럴 수가 없었어.」

지호트는 바드티비라의 맹주이며 언론을 좌지우지하는 총재였다. 게다가 비늘이 닳은 노구(老軀)로 용비늘 부족의 전사 다섯 명을 홀로 쓰러뜨릴 만큼 강인했다. 헤센은 침울한 표정으로 뇌까렸다.

「어릴 적부터, 어머니한테 아저씨 얘기를 자주 들었어.」

지호트는 지옥의 군세와 전쟁을 벌일 당시 갓 성인식을 치른 젊은이였다. 결사 연맹과 손을 잡은 남부 늪지대의 여섯 부족은 모든 전사를 전선으로 내보냈다. 헤센의 어머니와 결혼을 약속했던 지호트도 예외는 아니었다.

헤센의 어머니는 마지막까지 지호트를 기다렸다. 하지만 지호트가 정찰 임무 중에 실종됐다는 소식이 들려오자 부족의 대를 이어야 하는 어머니로서는 어찌할 도리가 없었다. 어머니는 결국 전쟁이 끝나고 고향으로 돌아온 전사와 혼인식을 올렸다.

'내가 그놈 낯짝을 뜯어먹었어야 했다.'

어머니의 묘 앞에 선 아저씨는 울분을 토했다. 헤센은 알지 못했다. 어째서 아저씨가 그토록 분개했는지, 처음이자 마지막으로 자기 앞에서 눈물을 보였는지, 병든 어머니가 왜 부족에서 멸시를 받아야 했는지. 그리고 친아버지가 왜 동료들을 버리고 탈영했는지.

「젊지만 누구보다 강인한 전사셨고, 동료들과 함께 울고 웃을 줄 아는 분이라고. 아저씨 얘기만 나오면 어머니는 항상 들떠 보이셨어. 그런 분한테, 내가 어떻게 대들 수 있겠어.」

헤센은 결국 고개를 떨구고 말았다. 아저씨에게는 오히려 미안했다. 여자에 눈이 멀어 동료를 배신한 남자의 자식이라서, 기대만큼 대단하지 못해서.

"도련님."

아스타르테는 다정한 목소리로 헤센을 불렀다. 손등에 부드러운 손길이 겹쳤다. 헤센은 억지로 입은 정장 위로 굵은 눈물을 떨어뜨렸다.

"도련님께서 지호트 님을 생각하시는 만큼, 지호트 님도 도련님을 생각하고 계세요."

말랑말랑한 혀가 마음의 상처를 핥아 줬다.

"많은 사람이 돈과 권력에 눈이 멀어 육친도 해코지한답니다. 하지만 지호트 님은 도련님께 회사를 물려 주실 계획이시죠. 도련님을 친자식보다 더 사랑하고 계시기 때문이에요."

헤셴은 글썽거리는 눈으로 아스타르테를 바라봤다. 아스타르테는 이해를 강요하지 않았다.

"그렇지만 엇나간 애정만큼 부담스러운 짐도 없죠. 감히 말씀 드리건대, 지호트 님과 도련님께서는 서로를 무척 아끼시면서 각자 다른 이유로 고민하고 계세요. 지호트 님은 이 도시에 오래 머무르셨기 때문에 돈과 권력이 무엇보다 중요하다고 여기시지만, 도련님께서는 그 기대에 제대로 부응하지 못할까 봐 두려워하시죠."

사람은 바보가 아니다. 한 발짝 떨어져서 바라보면 많은 갈등이 어리석어 보인다. 하지만 당사자는 사실을 직시하지 않고 감정에 충실하다.

"지호트 님은 후계자로 삼으려고 도련님을 데려오시지 않았어요. 도련님을 데려왔으니 후계자로 삼으셨을 뿐이에요. 그리고 지호트 님은 자식이 진정으로 바라는 길을 가로막을 만큼 몰상식한 분이 아니랍니다."

그렇기 때문에 공감해 주고, 위로해 주고, 희망을 제시해 줬다.

「그건…….」

헤센은 좀처럼 말문이 떨어지지 않았다. 목구멍까지 올라온 한마디가 의심이라는 얇은 막에 가로막혔다. '그치만', '하지만', '그래도', '설마', 두려움은 언제나 신중한 태도를 빙자하고 나타나기 마련이다.

「역시, 나는…….」

"지금은 어려우시겠죠."

아스타르테가 몸을 기대어 왔다. 어깨에 닿는 감촉이 놀랄 만큼 부드럽고 포근했다. 무심결에 자리를 박차고 일어서려던 헤센은 그만 아스타르테와 눈이 마주쳤다. 안타깝게 올려다보는 새붉은 눈동자가 헤센의 여린 심지를 사로잡았다.

"오늘은, 오늘만은 도련님을 도와 드릴 수 있어요."

촉촉한 속삭임이 귀를 간지럽혔다.

"오늘 하루 동안, 저는 도련님을 모시는 암퇘지랍니다."

헤센은 마른침을 삼키고 의자에 엉덩이를 붙였다. 어지간히 쑥맥처럼 보였는지 아스타르테가 고운 손으로 입가를 가리며 작게 웃었다.

"어머. 지호트 님만 아니라 암컷도 무서우세요?"

「무, 무섭다기보다, 이렇게 가까이서 얘기한 적은 처음이라…….」

남부 늪지대는 온갖 독충과 괴물, 기상천외한 식물이 도사리는 마경(魔境)이다. 모든 리저드맨은 늪지대에서 살아남기 위해서 남녀를 불문하고 강인해져야 한다. 부족의 번성이라는 명목 하에 혼인 후 부락을 지키기만 하는 여성들조차 바깥 세상에

서 노련한 사냥꾼이자 두려움을 모르는 용사로 평가 받는다. 헤
센처럼 비실비실한 리저드맨은 동족 사이에서 웃음거리에 불
과하다.

"정말요? 이성과 손 잡아 본 적도 없으세요?"

어째서인지 아스타르테는 헤센의 여성 편력에 지대한 흥미를
드러냈다. 헤센은 곤란한 마음에 혀를 쭉 빼고 날름거렸다.

「그게, 부끄럽지만, 아스타르테가 처음이야.」

아스타르테는 발개진 뺨을 감싸며 황홀한 미소를 담뿍 머금었
다.

"세상에⋯⋯. 역시, 도련님께서 직접 말씀해 주시니 감회가
새롭네요."

헤센은 당황했다. 성인식을 치른 사내 주제에 쑥맥이라고 비
웃음이나 사지 않으면 다행이었다. 백 보 양보해서 이토록 기뻐
하리라고는 전혀 예상 못했다.

「조, 좋은 거야?」

"돈과 명예를 쥔 분께서 이성에 냉담한 경우는 무척 드물답니
다. 특히 저희는 주인님께서 손님 선별에 신중을 기하시거든
요. 저도 여러 손님 분께 지명을 받았지만, 도련님과 같은 경우
는⋯⋯. 하아아⋯⋯ ♥"

달뜬 신음이 새어 나왔다. 헤센은 불현듯이 사타구니가 뻐근
했다. 새삼 아스타르테의 청초한 인상에, 가냘픈 몸에, 매끄러
운 굴곡에, 달짝지근한 시선에 흥미가 울컥울컥 샘솟았다.

"도련님."

「넵, 어, 응?!」

헤센은 소스라쳤다. 아스타르테의 상기된 얼굴을 마주하자 정신이 번쩍 들었다. 잠시라고 해도 여신에게 음탕한 생각을 품은 자신이 부끄러웠다.

"악보, 혹시 볼 수 있을까요?"

불안에 찌든 눈으로 주위를 두리번거리던 헤센이 이윽고 품에서 꼬깃꼬깃 접힌 악보를 꺼냈다. 이 한 장만큼은 아저씨에게 걸리지 않으려고 꼭꼭 숨겼다. 아스타르테는 악보를 찬찬히 읽어 내려갔다.

「많이 지저분하지?」

종이는 너덜너덜하고 음표가 빽빽했다. 헤센은 머쓱하게 물었다. 한참 악보를 이해하려고 애쓰던 아스타르테는 쓴웃음을 지었다.

"네. 읽기 어렵네요."

「아, 음. 맞아. 원래 내 꿈은 음유시인이었거든. 그렇지만 나보다 노래 잘 부르는 사람은 워낙 많다 보니까…….」

결사 연맹은 점령지보다 발전이 더뎠다. 남부 늪지대에서는 '악보'나 '오선지'도 낯설었다.

"그럼 이 곡을 불러 줄 가수는 찾으셨나요?"

「우선은 심사를 봐야지. 무대에 올릴 수 있는 노래인지는 흥행사가 판단해.」

"잘 알고 계시네요."

헤센은 멋쩍게 목덜미를 문질렀다. 아스타르테가 새카맣게 쓴 악보에 눈길을 주며 은근한 투로 뇌까렸다.

"제가 흥행사와 자리를 마련해 드리면 어떨까요? 지하 창관을 통하면 금방이에요."

「자리라니? 나, 나는, 그런 편법 쓰기 싫어.」

헤센은 질겁했다. 아저씨 역시 비슷한 이야기를 꺼낸 적이 있었다. 물론 일개 흥행사가 아저씨를 거스를 리 만무했다. 아저씨의 이름값으로 작곡가가 되기는 싫었다.

"정정당당하게 실력으로 무대에 올리고 싶으시군요. 도련님은 상냥하시네요."

아스타르테가 쿡쿡 웃었다. 헤센은 어찌할 바를 모르고 우물쭈물거렸다.

"그러면 우선 흥행사가 무엇을 원하는지 알아야죠. 흥행사의 요구에 꼭 따르실 필요는 없어요. 다만 도련님께서는 더 넓게 바라보는 법을 익히셔야 해요."

아스타르테가 헤센의 무릎에 손을 올렸다. 헤센은 아스타르테의 손길을 뿌리치지 않았다.

"이정표는 방향을 가르쳐 줘요. 그렇지만 목적지까지 어떻게 다다를지는 도련님께 달렸어요."

헤센은 갈피를 잡지 못했다. 아스타르테를 물끄러미 응시하는 눈동자가 희미하게 흔들렸다.

「여신, 아니, 아스타르테는……. 그, 그런 지경에 처해서도 이정표가 있어?」

"물론이죠. 도련님께는 부끄러워서 말씀 못 드리지만요."

아스타르테는 다소곳이 눈을 내리깔았다. 의미심장한 대답에 헤센은 머쓱하게 얼버무렸다.

「그, 그래? 크흠, 음, 나한테는 역시 작곡이 삶의 이정표가 아닐까 싶은데.」

삶의 이정표. 멋모르고 말해 보니 제법 괜찮게 들렸다.

"어머, 작곡은 바드티비라에서 접하시지 않았나요?"

「아, 아니야. 작곡은 음유시인을 꿈꿀 때부터 시작했어. 어머니께서 구해 주신 곡집(曲集) 몇 권이 전부였지만…….」

한 번 물꼬를 트자 그 뒤로는 일사천리였다. 주위에 심정을 토로할 사람이 없었던 헤센은 무심코 제 인생사를 줄줄 읊었다.

"시립 대학에 다니고 싶으세요?"

「아, 그게, 유명한 인어께서 교수로 계신다고 들었거든. 아저씨는 허락해 주실 눈치가 아니라서 말씀은 못 들었어. 편입하려면 지금부터 준비해야 한다지만…….」

"저런, 아쉬우시겠어요. 그럼 여기서 세 번째네요. 진지하게 진로를 탐구하는 모습을 보여 드려야 지호트 님도 도련님의 공부가 시간 낭비는 아니라고 생각하실 거예요."

「그, 그럴지……? 읏!」

헤센은 허벅지를 스치는 나긋나긋한 손길에 흠칫 놀랐다. 쭈뼛쭈뼛 고개를 돌리자 아스타르테의 은은한 미소가 시선을 사로잡았다. 혓바닥이 단숨에 뻣뻣하게 굳었다.

「아, 아스타르테.」

"겁내지 마세요. 도련님."

벌꿀처럼 농밀한 음성이 귓구멍에 파고들었다.

"제게 겁을 먹으시면, 지호트 님 앞에서도 그리 다르지 않으실 거예요."

헤센은 혼란스러운 얼굴로 고개를 돌렸다. 짙은 열대과일의 향기가 콧속에 스미었다. 촉촉하게 젖은 금빛 눈동자 너머로, 무더운 늪지대에서 어머니가 구해 준 악보를 뒤적이던 과거와 후미진 정원 구석에서 궁상을 떠는 지금이 겹쳐 보였다.

"상스러운 암컷은 싫으신가요?"

아스타르테는 도톰한 입술로 헤센의 입꼬리를 간지럽혔다. 새근거리는 숨결이 기죽은 욕정을 풀무질했다. 그 사이 허벅지를 지분거리던 손길은 서서히 사타구니로 기어 내려갔다.

「상스럽다니, 그런…….」

헤센은 말문이 턱 막혔다. 풍요로운 젖가슴이 팔뚝에 부드럽게 휘감겼다. 난생 처음 느끼는 포근한 촉감은 전류가 되어 뇌리를 새하얗게 물들였다. 아스타르테는 헤센의 팔을 꼭 끌어안으며 발그레 홍조를 띠었다.

"도련님 앞에서는 정말로……. 정말로 상스러워지고 싶어졌답니다."

수줍은 애원에 가늘게 이어지던 이성이 뚝 끊어지고 말았다. 헤센은 모이를 조르는 작은 새처럼 매달린 아스타르테에게 입을 맞췄다. 평생 이성을 사귄 적이 없는 수컷의 서툰 몸짓이었다.

"흐음, , 도련님, 혀는 이렇게……."

아스타르테는 조바심을 참아 가며 헤센을 이끌어 줬다. 헤센은 학구심으로 불타는 학생이 되어 아스타르테의 인도를 따랐다. 입술을 핥던 긴 혓바닥이 입 안으로 들어왔고, 갈피를 못 잡고 허우적거리던 손길이 암컷의 풍성한 살집을 탐닉하기 시작했다.

"흐으응……. 하아……!"

흡족할 만한 곳을 세심하게 가르쳐 주자 헤센도 점차 거세어졌다. 뾰족한 열 손가락이 풍만한 엉덩이를 쥐어짜자 아스타르테의 목구멍에서 뜨거운 신음이 흘러나왔다. 입 속으로 파고든 혀는 요리조리 피하며 약 올리던 아스타르테를 칭칭 구속하려 들었다. 어줍잖은 정복욕을 피력할 기세였다.

"하아……. 도련님, 벌써 이렇게나, 흐응, 듬직해지셔서……. 쯔읍……."

「허억……! 헉……!」

깃털처럼 가벼운 손놀림이 사타구니를 어루만졌다. 바지 위로 스치던 손가락으로 단추를 풀자 헤센은 숨 넘어가는 소리를 냈다. 불끈거리는 남근이 얇은 속옷을 찢을 기세로 부풀어 있었다. 속옷 위로 간지럽히던 손끝에 뜨뜻한 물기가 닿았다.

"어쩜, 건강하기도 하셔라."

헤센의 남근이 삽입하기 전부터 쿠퍼액을 찔끔거리며 힘차게 박동했다. 교미를 경험한 적 없는 수컷은 금방이라도 튕겨 나갈 듯한 허리를 붙잡아 두기 급급했다.

하지만 수컷에 굶주린 자궁은 일찌감치 뻐끔거리며 싱싱한 아기씨를 졸라댔다. 사타구니에서 흘러넘치는 애액이 굳게 다물린 허벅살에서 뚝뚝 배어났다. 발정한 암퇘지는 여신의 가면을 벗어던지고 헤센 위에 올라탔다.

「웃……!」

아스타르테가 헤센을 쓰러뜨리고 올라탔다. 끈적하게 젖은 사타구니가 헤센의 불두덩을 가볍게 압박했다. 헤센은 풍요의 여신이었던 암퇘지를 우러렀다.

아스타르테는 할딱거리며 단정한 옷차림을 한 꺼풀씩 벗어 내리기 시작했다. 옷자락이 살갗을 스치는 소리가 헤센의 귀에 천둥처럼 울려 퍼졌다. 허물을 벗고 우화하는 나비처럼, 그 모습은 넋을 잃고 바라보게 만드는 마력이 있었다.

하얀 광택이 흐르는 살결은 진주를 얇게 펴 바른 듯 작은 흠결하나 없이 매끄러웠다. 이윽고 싱그러운 탄력을 뽐내며 드러난 여체가 달빛에 젖어 갔다.

얌전한 드레스와 대조되는, 음란하고 도발적인 검은색 레이스 속옷은 경이로운 아름다움에 현실감을 불어 넣었다. 갈라진 천 조각 사이로 연분홍빛의 유두와 무르익은 음부가 적나라하게 보였다.

"도련님 덕분에 저도 이렇게 적셔 버렸답니다."

아스타르테는 허리를 살짝 들어 올리고 손가락으로 제 둔덕을 천천히 벌렸다. 수줍게 다물려 있던 균열이 쯔읍 하는 음란한 소리를 내며 떨어졌다. 헤센의 시선은 그만 꿀물을 울걱거리는 비경에 사로잡히고 말았다.

"이제부터는 이 칠칠치 못한 구멍으로 도련님께 봉사해 드릴 게요."

아스타르테는 들뜬 표정으로 헤센의 바지를 벗겼다. 속옷을 내리기 무섭게 발기한 자지가 펄떡 튀어나왔다. 리저드맨의 생식기는 속이 꽉꽉 찬 돼지 창자 세 가닥을 굵다랗게 꼬아 둔 형태였다.

"흐응……."

아스타르테는 선홍색이 감도는 귀두에 눅진하게 풀린 치부를 포갰다. 주인만큼 음탕한 아랫입이 귀두를 게걸스럽게 핥았다.

「허억……. 헉, 으읍……!」

뭉툭한 귀두에 낯선 자극을 가하자 헤센의 꼬리가 움찔거렸다. 믿음직스럽지 못한 얼굴에 주름이 한가득 잡혔다. 아스타르테는 쿡쿡 소리 죽여 웃으며 천천히 허리를 내렸다. 혈기왕성한 남근이 젖은 질벽에 휘감기며 여신의 깊고 비밀스러운 곳으로 빨려들어갔다.

「억……!」헤센은 입을 쩍 벌렸다. 삽입하자마자 온몸을 쥐어짜이는 압박감에 머릿속이 하얘졌다. 여성과 처음 살을 맞대는 그도, 아스타르테가 남다르다는 사실은 직감할 수 있었다.

"하앙……! 어쩜……. 도련님, 잔뜩 들어오셨어요……♥"

촘촘한 주름이 구불구불 물결치며 새로운 손님을 맞이했다. 헤센의 동정 육봉은 질 내에서 껄떡거리며 몸부림쳤다. 처음 맛보는 쾌감에 어쩔 줄 몰라 하는 당혹감이 그대로 전해졌다. 아스타르테는 두 손으로 뺨을 감싸며 환호했다.

「흐읍……. 흡……! 크흐읍……!」

어제까지만 하더라도 이성 경험이 없던 헤센에게는 지나친 자극이었다. 울대를 들썩거리던 풋내기 도련님은 하반신이 바짝 굳어 버렸다. 아스타르테가 헤센의 뺨을 쓰다듬으며 달랬다.

"도련님께서는 조급해 하실 필요 없답니다. 처음은 부디 이 몰염치한 암퇘지에게 맡겨 주시어요."

아스타르테는 헤센의 어깨를 짚은 채 탱글탱글한 엉덩이를 느긋하게 들어올렸다. 욕정에 굶주린 균열은 한 번 삼킨 수컷을 호락호락 놓아 주지 않았다. 진득거리는 주름이 남근 위로 뽀드득 미끄러지자 둘은 누구랄 것 없이 격한 쾌감에 고개를 젖히며 탄식했다.

「아스, 타르테……! 안 돼, 그, 금방, 싸겠어……!」

"흥아아……! 하아아앙……! 갱장해, 리저드맨 자지, 차가워서, 달라붙어 버려엇……♥"

아스타르테는 눈을 홉뜬 채 하복부에 스며드는 냉기를 만끽했다. 다른 종족보다 체온이 낮은 리저드맨의 생식기는 시종 수컷에게 안길 생각에 달아오른 채로 지내던 암퇘지와 절묘한 궁합을 이루었다. 여러 손님에게 깔렸던 아스타르테조차 색다른 자극에 초심으로 돌아간 듯 몸서리를 쳤다.

"흥큿, 흐으으응……!"

아스타르테는 이를 빠득거리며 가까스로 벗어난 남근을 뿌리까지 단번에 삼켜 버렸다. 가지런한 잇새에서 바람 빠지는 소리가 기어나왔다. 세상 물정 모르는 도련님의 동정을 차지했다는 성취감에 기름진 허벅지가 파르르 떨렸다.

"하아아, 하아, 도련님. 도련님? 오늘은 얼마든지 쑤셔 주세요. 마음껏, 내키시는 대로……!"

아스타르테는 목적을 잊지 않았다. 자신은 수국화관의 코르티잔이자 감히 주인님을 넘보는 암퇘지였다. 희열로 달싹거리던 입술에 진한 비웃음을 머금었다.

"설마 지금 안에 싸실 생각은 아니시죠? 도련님께서 암퇘지 하나 제대로 못 다룬다는 이야기를 듣는다면, 지호트 님께서도 무척 상심하실 거예요."

「아저씨……는……으흐윽?! 흐윽, 그, 만……!」

아스타르테의 허리가 원을 그리며 잔잔하게 물결쳤다. 짓궂은 교태가 섞인 요분질에 헤센은 차마 말을 잇지 못하고 꼴사납게 흐느꼈다. 오돌토돌한 질벽에 귀두가 잘근잘근 깨물리자 정신을 차릴 수 없었다.

"언제까지나 그렇게 주눅 든 채로 지내고 싶으세요?"

아스타르테가 웃음 섞인 투로 물었다. 헤센은 어찌할 바를 모르는 표정으로 웅얼거렸다.

「아, 아스타르테. 나, 나는……. 역시, 이런…….」

"아스타르테가 아니라 암퇘지랍니다."

아스타르테는 천박하게 허리를 들썩거리며 읊조리듯 말하였다. 연분홍빛으로 달아오른 신체가 달빛 아래 음란하게 빛났다.

"도련님께서는 오늘 하루 저를 소유하셨어요. 도련님은 돼지

나 말도 사람처럼 대접해 주시나요? 아닌 척 하면서도 도련님도 지호트 님을 꼭 닮았네요."

냉혹한 비교가 헤센의 가슴을 꿰뚫었다. 헤센은 당혹한 나머지 아랫도리를 먹어치우는 쾌감마저 잠시 잊어 버렸다.

「아저씨와…… 닮았다니……. 그게 무슨…….」

"지호트 님께서도 본의 아니게 도련님을 후계자로만 바라보셨잖아요? 그치만, 도련님. 인정하세요. 도련님은 그저 어머니의 이름 덕분에 지금처럼 호사를 누리고 계시잖아요. 여신이었던 암퇘지로 동정을 떼는 분은 정말, 정말 드물답니다."

「크흑……!」

아스타르테는 길게 빼문 혀로 헤센의 목덜미를 핥았다. 금방이라도 울분을 쏟아낼 듯이 울대가 씰룩거렸다.

"암퇘지로 남길 바라는 제게 여신이었던 시절만 강요하시는 도련님이나, 음악을 공부하고 싶어하는 도련님에게 후계자의 자세를 요구하시는 지호트 님이나 무엇이 다르죠? 부디 이 미천한 암퇘지에게 가르쳐 주세요."

「그, 그건……그건, 달……라……!」

"아하하. 우리 도련님, 귀여우셔라. 그치만 변변찮은 말도 못하면서 투정만 부리시면 못 써요. 솔직하지 못한 도련님께는 아스타르테가 벌을 드려야겠네요. 에잇, 에잇♥"

「헉! 허어억!」

아스타르테가 절묘하게 완급을 조절하는 바람에 헤센은 사정의 코앞에서 오락가락했다. 아스타르테의 질벽은 쌀 듯하면 자애롭게 풀어 주었다가, 조금 가라앉는가 싶으면 곧바로 게걸스럽게 조여 들었다.

끝내 헤센이 울먹거렸다. 자위만 하던 숫총각에게는 괴로우면서도 굴욕적으로 희열을 깨닫는 순간이었다. 아스타르테는 달뜬 얼굴로 방아를 처덕처덕 찧으며 쏟아 내듯 지껄였다. 욕정으로 꾸민 정체 모를 충동이 입가에 야릇한 미소를 자아냈다.

"정말 이런 가축 따위에게 사정마저 구속되고 싶으신가요? 암퇘지 한 마리도 어쩌지 못하는 분이 지호트 님께 반항하시겠다고요? 지호트 님의 요구를 거스르고 싶으시다면, 이 암퇘지부터 위엄으로 다스릴 줄 아셔야 한답니다?"

「아니야……!」

모처럼 자신의 고충을 이해해 주는 사람과 만났다고 안심했던 헤센에게, 아스타르테의 집요한 추궁은 뇌리를 찢는 비수와 같았다. 쏟아지는 폭언이 머릿속에서 잇따라 폭죽처럼 터져 나갔다.

「아니라고……!」

"그렇다면 저한테 반박해 주세요. 도련님께서 지호트 님과 다르다는 사실을, 한 사람 몫을 할 수 있는 어엿한 장부라는 사실을, 이 파렴치한 암퇘지에게 똑똑히 새겨 주셔야죠!"

「시끄러워어!」

부정이 통하지 않자 분노가 터져 나왔다. 헤센은 긴 꼬리로 잘록한 허리를 단단히 동여맸다. 아스타르테가 야릇한 조소로 헤센을 내려다봤다. 그 천연덕스러운 시선이 헤센의 뱃속에 불을 질렀다.

「이, 더러운 암돼지 주제에!」

"꺄흐으웃?!"

헤센은 아스타르테의 질 내를 있는 힘껏 남근으로 쑤셔 올렸다. 치골을 으스러뜨릴 듯 거칠어진 기세에 아스타르테가 기쁨으로 충만한 교성을 터뜨렸다. 밍숭맹숭하던 수컷이 마침내 거추장스러운 양식일랑 벗어던지고 본색을 드러냈으니, 암돼지로서는 바라마지 않던 상황이었다.

「내가, 내가 알아서 한단 말이다! 아……아무한테나 쑤셔지면 좋아하는 주제에! 이 년! 이 추잡스러운 년!」

꼬리가 본능에 따라 아스타르테의 허리를 위아래로 흔들어 댔다. 헤센은 출렁거리며 음탕한 동심원을 그리는 젖가슴을 두 손으로 쥐어뜯었다. 손가락 사이로 볼록하니 나온 유두가 진한 젖물을 흩뿌렸다.

"하앗, 하아, 아하아앙! 네! 맞아요! 도련님 말씀이 맞아요! 아스타르테는 도련님께 봉사하기 위해 살아가는 추잡스러운 암돼지랍니다! 흐아, 흐아앙! 더 사용해 주세요! 아스타르테의 가임기 보지 마음껏 써 주세요!"

「닥쳐! 닥쳐! 넌 아스타르테가 아냐! 여신님이 이럴 리 없어! 그분께서 이런, 이런 더러운 짓까지 하면서 목숨을 구걸하셨을 리 없다고!」

헤센은 이미 지호트는 안중에도 없었다. 눈이 돌아간 그에게 아스타르테는 정액을 마지막 한 방울까지 짜내기 위한 도구에 불과했다. 아스타르테 또한 그 처우를 기쁘게 받아들였다.

"하아, 도련님의 신품 자지, 자궁……쿵쿵 때려서……하으, 웃, 흐아아앙?!"

아스타르테의 몸이 부르르 떨리더니 사타구니에서 새하얀 물보라가 분수처럼 뿜어져 나왔다. 연이은 자극에 견디지 못하고 하필 오줌을 지린 것이다. 헤센의 두 눈에 불똥이 튀었다.

「지려 버릴 정도로 좋다는 말이지? 응? 여기냐! 여기가 좋단 말이지!」

"하얏, 도련님, 방금 갔는데, 햐아앙?! 민감해서, 펄떡펄떡, 갼댜, 아스타르테 가, 가 버, 가 버렷, 가버혀효오오오옥♥ 오혹, 으호오옥♥"

동정의 기세를 끌어올리면서 발정할 대로 발정한 형편이었다. 헤센의 남근이 연거푸 자궁 경부를 후려갈기자 아스타르테는 한순간 허리가 뒤로 꺾인 채 혓바닥을 빼물고 말았다. 멋대로 벌름거리는 콧구멍에 콧물 방울이 맺혔다.

「가 버려? 누구 멋대로 가는 거야! 입으로만 암퇘지라고 떠들지! 암퇘지보다 못한 냄새 나는 걸레 뭉치 주제에!」

헤센이 숫제 울부짖으며 허리를 튕겼다. 헤센에게 올라탄 아스타르테는 풍랑에 휘말린 돛단배처럼 맥없이 당하는 듯했다.

하지만 코르티잔이란 짐승처럼 본능에 휩쓸리면서도 수컷님의 자지에 봉사를 잊지 않는 법이었다. 자위용 고기 구멍처럼 보지가 쑤셔지는 와중에도 살금살금 허리를 비틀고 젖가슴을 추잡스럽게 흔드는 등, 수컷님의 오감을 만족시키고자 온몸 온 마음을 다해 헌신했다.

'아아, 동정 자지 최고야! 대단해. 정말로 대단해!'

이번처럼 암퇘지가 주도권을 쥐고 수컷을 이끄는 경우는 무척 드물었다. 엉망진창으로 질 속을 휘젓는 헤센이 대견하게 느껴지기까지 했다. 아스타르테는 주체할 수 없는 행복감에 겨워 눈물지었다.

「윽, 크윽……!」

한참 즐거워지는 판국에 문득 헤센이 벅찬 신음을 냈다. 희열에 허덕이던 아스타르테는 자신의 몸 속에서 부풀어 오르는 남근을 느끼며 한 차례의 커다란 분출을 직감했다.

"저, 하앙, 또, 하으응, 갈 것 같아요, 도련님, 도련니이임……! 싸 주세요, 아스타르테의 허벌 보지에 잔뜩 잔뜩 싸 주세요오오!"

「윽, 하아! 하아아아……!」

헤센이 가쁜 숨을 토하며 더욱 거세게 아스타르테를 위아래로 흔들어 댔다. 훔바바만큼의 완력은 없었으나, 아스타르테는 기꺼이 헤센을 위한 좆물받이가 되고자 그의 아귀힘에 부응해 줬다. 철퍽거리는 음란한 물소리가 연방 커지면서 두 짐승의 절정을 예고했다.

「가라! 이 음탕한 암퇘지 년! 마음껏 가 버려!」

"하으웃, 네헤! 아스타르테 갈게요! 가 버려요! 도련님의 늠름한 자지로 암퇘지 절정할게요오!"

아스타르테가 울부짖는 찰나였다. 헤센이 자신의 남근을 아스타르테에게 뿌리까지 밀어 넣은 채 바위처럼 딱딱하게 굳었다. 아스타르테는 이윽고 찾아 올 사정을 전신전령으로 환영했다.

"하아, 하아아앙………♥"

「크흐으으윽……!」

헤센이 달콤한 콧소리를 갓 만들어진 신선한 정액을 상스럽게 싸질렀다. 한 차례, 두 차례, 세 차례 쏟아져 나온 정액이 자궁구는 물론이고 질벽을 자신의 냄새로 덧칠했다. 아스타르테는 뱃속에서 물씬 올라오는 젊은 수컷의 욕정에 하마터면 실신하는 줄 알았다.

「하아……. 하아…….」

"흐으응, 도련니임……."

아스타르테는 진이 빠져서 축 늘어진 헤센에게 덜떨어진 아양을 부렸다. 헤센은 아스타르테의 머리채를 움켜 쥐고 입을 맞췄다. 아스타르테는 서툴지만 과격한 혀 놀림에도 기꺼이 부응했다. 혀와 혀가 얽히고 어울리는 동안 뱃속에 들어앉은 남근이 금방 활기를 되찾았다.

"한 번으로는 아쉬우시죠?"

쯔읍 입술을 뗀 아스타르테가 비음 섞인 목소리로 속내를 떠보았다. 헤센은 한참 넋을 잃은 채로 아스타르테를 올려다보다가, 천둥벌거숭이답게 거만한 미소를 흉내 냈다.

「다, 닥치고 벌려.」

그리고는 부족하다고 생각했는지 한마디 덧붙였다.

「쌍년아.」

♥ ♥ ♥

귀보다 눈이 유능하다.

결사 연맹을 설립하는 데 공헌한 더글러스 경의 말버릇이다. 주둥이로 지껄이는 백 마디보다 사소한 몸짓 하나가 큰 의미를 내포한다는 뜻이다. 사교계에 입문하는 젊은이라면 반드시 금과옥조로 삼아야 할 지침이다.

'그것도 모르는 연놈들은 들개 떼나 다름없지.'

연회가 서서히 무르익어 갈 무렵, 창가에 서서 진한 포도주를 음미하던 지호트는 들썩거리는 눈두덩을 굳이 감추지 않았다. 원로 의원의 권세를 등에 업고 안달이 난 작자가 한두 명이 아니었다. 그들은 지호트에게 인사할 기회가 오기만을 호시탐탐 노렸다.

'창가에 있어도 이 난리라니. 기본도 모르는 놈들.'

사교계에서 창가는 타인의 관심을 사양하겠다는 의미를 지닌다.

비를 맞아 쫄딱 젖은 강아지라면 동정해 주겠다. 하지만 어슬렁거리며 먹이를 내놓으라고 보채는 들개는 몽둥이로 쫓아내 버려야 한다. 아들의 사교계 입문만 아니었어도 당장 저 눈치 없는 놈들에게 톡톡히 망신을 주었을 것이다.

'헤센 그 녀석은 이 마당에 어디로 사라져서⋯⋯.'

지호트는 초조하게 술잔을 매만졌다.

해질 무렵 열리는 연회는 보통 해가 떠오를 무렵 끝난다. 헤센을 소개할 시간은 아직 충분하다. 하지만 소개가 늦어지면 늦어질수록 연회를 즐기는 이들의 반응은 시큰둥하게 바뀐다.

『여기 있었나. 용비늘.』

같은 남자에게도 멋들어진 중저음이 악단의 협주 속에서 또렷이 울려 퍼졌다. 지호트는 전쟁에서 적으로 만났던 남자에게 인사를 건넸다.

『애꾸눈. 요새 신수가 사나워 보이는군. 애첩이 마음에 든 모양이야.』

『허, 그래 보이나? 네 아들내미 얼굴을 봐야 할 이유가 하나더 늘었군 그래.』

진한 아쉬움이 묻어나는 농담이었다. 신음을 삼킨 지호트가 목소리를 낮췄다.

『면목이 없군. 아들 녀석은 여신과 함께 갑자기 사라졌어.』

『딸 바보라는 말은 익히 들었지만, 아들 바보는 처음 보는군.』

홈바바는 너털웃음을 터뜨렸다.

『영특한 암퇘지니 너무 걱정하지 말게. 그래 뵈도 자네에게 지운 빚을 써먹을 잔머리는 있으니.』

지호트의 표정이 돌변했다. 자식 장래를 걱정하던 풋내기 아버지는 사라지고 냉혹한 언론인이 빈자리를 채웠다.

『그 발언, 내 귀에는 위험하게 들린다만.』

상대에게 부담을 주는 단어는 사교계에서 흉기나 마찬가지다. 가령 '빚'이라는 단어도 '신세를 지다'는 식으로 에둘러 표현해야 한다. 일리아드를 이끄는 훔바바가 사교계의 규칙에 어두울 리 없다.

『카밀라가 아니라, 암퇘지가 내게 빚을 지운단 말이지. 신기하군. 카밀라는 자기 가축이라면 작정하고 단속하지 않던가.』

접대를 통해 얻는 이득은 모두 카밀라가 관리하고 집행한다. 원로 의원을 단골로 받는 코르티잔들이 사적인 부탁이나 일삼았다면, 수국화관도 이토록 오랫동안 건재하지 못했으리라.

『자세한 이야기는 자네가 직접 듣도록 하게. 나는 어디까지나 관망하는 입장일세.』

지호트는 꼬리를 거칠게 휘둘렀다. 화대는 이미 카밀라에게 넘겼다. 억지를 부린 입장으로서 마땅한 조치였다.

『애꾸눈, 여신이 나에게 지울 빚은 없어. 아들 녀석의 파트너 역할이라면 이미 마녀에게 값을 지불했다. 오히려 지금 나타나지 않는다면, 마녀에게 한소리 해 줄 기회나 생기겠지.』

『자네, 십자말풀이에 몰두하다 보니 머리가 너무 말랑말랑해졌군.』

굵은 손가락이 지호트의 가슴팍을 쿡 찔렀다.

『우리 모두 승리의 여신인 양 기억하지만, 그녀는 본래 풍요와 번영을 관장하던 여신일세. 번영이라는 말이 비단 풍작만을 가리키던가.』

지호트는 인상을 찌푸렸다. 신학(神學)이라면 구역질이 났다. 교리로 떠드는 신 중에 전쟁을 도운 연놈은 없었다. 아스타르테에게 경의를 표한 까닭은 그녀가 과거 연맹의 선봉장으로 싸워 주었기 때문이다.

『등잔 밑이 어두운 법이지. 어떤가, 지호트. 잠깐 바람이나 쐬지.』

홈바바가 여유롭게 고개를 꺾어 보였다. 지호트는 혀를 낼름거리며 주변을 둘러봤다. 겁 없는 승냥이 떼도 미노타우로스는 무서운지 감히 얼씬거리지 못했다.

『하는 수 없군. 오랜만에 늙은이끼리 옛 이야기나 나눠야겠어.』

지호트는 홈바바의 권유를 흔쾌히 받아들였다. 지금부터 보고 듣는 모든 것은 두 사람만이 공유해야 할 비밀이었다.

식장을 나서자 공기가 한결 가벼워졌다. 지호트는 참았던 한숨을 토해 냈다. 금방이라도 곤두설 듯 팽팽했던 비늘이 차분하게 가라앉았다.

『용비늘. 젊은 시절이면 모를까, 이제 조금은 느긋하게 살지 그러나.』

『한 번 버릇이 들었더니 고치기 어렵더군.』

불행하게도, 지호트의 상관은 인간이 다른 어떤 종족보다 우월하다고 믿는 차별주의자였다. 지호트를 비롯한 용비늘 부족의 전사들은 척후병으로 차출되어 최전선에 투입됐다. 그들은 변변찮은 마법사 한 명 없이, 고위 마족이 도사리는 적진을 침투하여 정보를 얻었다.

살기 위해서는 항상 온 신경을 곤두세워야 했다. 부대원 모두

가 일심동체처럼 움직이지 않으면 어림도 없었다. 하지만 전원
이 종전까지 살아남자는 맹세는, 겁쟁이 한 명 때문에 물거품으
로 돌아가 버렸다. 지호트는 결국 치욕을 무릅쓰고 지옥의 군세
에 투항해서 목숨만은 건질 수 있었다.

『그놈을 내 손으로 죽였다면 모를까.』

원군을 요청하러 떠난 겁쟁이는 그대로 도망해 버렸다. 훗날
그가 참전 용사 행세를 하며 고향으로 돌아갔다는 소식을 접했
을 때는 온몸의 피가 거꾸로 솟았다. 자신은 형님들의 당부를
지키기 위해 전사로서의 명예마저 버렸건만, 정작 동료를 버린
겁쟁이는 자신이 처음이자 마지막으로 사랑한 여인과 자식까
지 낳은 뒤였다.

『미안하다. 훔바바. 내 푸념만 늘어 놓는군. 이 나이 들어서도
신세 한탄할 상대가 없어.』

『십자말풀이는 잠시 갈무리해 두게, 지호트. 내 짐작이 맞다
면 이곳에서 아주 좋은 구경거리와 맞닥뜨릴 걸세.』

훔바바가 턱짓으로 정원 미로를 가리켰다. 신문에서 오린 십
자말풀이를 꺼냈던 지호트는 무척 난처한 표정으로 대꾸했다.

『자네 그런 취향이었나? 우리가 혈기왕성한 젊은이도 아니
고, 뭔 늙은이끼리…….』

정원 미로는 남녀가 밀회를 즐기는 곳이었다. 나이 지긋한 원
로 둘이 담화를 나누기에는 한참 부적절했다. 지호트가 질색해
도 이상하지 않았다.

『자네 아들이나 한 번 보고 가자는 뜻이었다네.』

하지만 훔바바는 확신에 찬 음성으로 대답했다. 지호트가 헛웃음을 터뜨렸다.

『헤셴? 이봐, 애꾸눈. 내 아들을 높이 평가해 줘서 고맙지만, 녀석은 그럴 배짱이 없어. 오죽했으면 그 생지옥에 화대를 줬겠나?』

　지호트는 헤셴이 사내다워지기 바랐다. 갖은 수를 써도 먹히지 않아서 마지막으로 젊은 시녀에게 돈을 쥐어 주며 유혹하게 시키기까지 했다. 이성을 알면 비리비리한 아들에게 조금은 자신감이 생기지 않을까 기대한 것이다.

　물론 유혹은 실패했다. 애초에 헤셴은 또래 사이에서 외톨이로 자랐다. 이성 운운하기 이전에 사람 대하는 법이 서툴렀다.

『그 녀석이 아스타르테를 깔아뭉갤 만큼 배짱 있었다면, 나도 마음 고생은 안 했겠지.』

『그 말을 들으니 마음이 놓이는군.』

　하지만 훔바바는 성큼성큼 정원 미로로 걸어 들어갔다. 어디 누구 말이 맞을지 확인해 보자는 태도였다.

　'이래서 성공한 놈들이란.'

　지호트는 씨알도 안 먹힐 불평을 삼키며 발길을 옮겼다. 담장 너머에서 야릇한 신음과 기쁨에 흐느끼는 소리가 들려왔다. 그중 태반은 정혼자를 둔 남녀가 분명했다. 한 여자만을 사랑했던 지호트로서는 공공연하게 불륜을 벌이는 행태가 도통 마음에 들지 않았다.

『흠.』

마침 갈림길에 서서 고민하는 훔바바가 보였다. 지호트는 태연한 척 말을 걸었다.

『이만 돌아가지. 남 보기 좋지 않겠어.』

『아니, 조금만 더 돌아봄세. 이쪽으로 가지.』

훔바바는 거침없었다. 지호트는 고개를 설레설레 흔들면서도 장단을 맞춰 줬다. 세월이 흘렀지만 이 미노타우로스는 여전했다. 전향자였던 그에게 함께 도시를 세우자는 제안을 건넸을 때도 이런 식이었다.

그렇게 십여 분 가량 흘렀을까. 저벅저벅 걷던 훔바바가 별안간 담장에 귀를 기울였다. 지호트는 설마하면서도 한편으로 가슴이 뛰었다. 이런 흥분을 언제 느꼈는지 까마득했다. 성인식을 치르기 전 형님들과 함께 부족의 여성들이 목욕하는 광경을 훔쳐보러 갔을 때였던가.

『당첨이군.』

나직한 한마디가 떨어지자마자 지호트는 체면도 잊고 담장에 얼굴을 묻었다. 고작 장미 가시로는 탈피를 거듭한 비늘에 생채기 하나 내지 못했다. 우거진 덩굴 사이로 눈을 부릅뜨자 쉼터에서 쉬는 남녀가 엿보였다. 지호트는 가까스로 탄식을 참았다.

"기분이 어떠세요, 도련님?"

「하아, 하, 마, 말 시키지, 마, 지금, 바쁘니까…….」

헤센은 아스타르테의 무릎베개를 베고 누워 있었다. 속옷만 입은 아스타르테가 헤센의 입에 젖가슴을 물린 채 잔뜩 성난 물건을 상냥하게 어루만졌다. 헤센이 뒤척거리며 젖꼭지를 쪽쪽 빨자 아스타르테의 입가에 흐뭇한 미소가 걸렸다.

"도련님도 참, 그렇게나 드셨으면서……. 흐으음……♥"

헤센은 주정뱅이처럼 아스타르테의 젖물을 빨아 마시기에 급급했다. 아스타르테는 발그레 달아오른 신체를 파르르 떨면서도 헤센의 발기한 자지를 뿌리부터 끄트머리까지 샅샅이 훑어 줬다. 칭찬하듯이 머리를 쓰다듬는 손길에서는 진심 어린 친애가 묻어 나왔다.

"우리 귀여우신 도련님. 세 차례나 하셨는데도 건강하게 꿈틀거리시네요. 흐응, 이렇게 찐득한 쿠퍼액까지 찔끔거리시고……."

아스타르테가 배시시 웃으며 헤센을 굽어봤다. 수렁처럼 휘어 감긴 손가락이 찐득하게 방울진 쿠퍼액을 귀두에 정성껏 펴 발랐다. 충혈된 귀두가 움찔거리며 사정을 예고했다.

「으으음……!」

봉사를 받던 자지가 하얗고 끈끈한 정액을 꿀럭꿀럭 게워 냈다. 헤센은 하반신을 들썩거리면서 복수라도 할 심산인지 아스타르테의 젖꼭지를 더욱 힘차게 빨았다. 아스타르테가 혀를 빼문 채 할딱거렸다.

"도련님. 그렇게 열심히 빨아 주시면, 한 방울도 안 남겠어요."

「뭐? 지금 못 대 주겠다는 거야?」

헤센이 역정을 냈다. 지호트는 내심 놀랐다. 그동안 다그치고 비아냥거려도 변변한 숫기 한 번 내비친 적 없는 아들이었다. 싫은 것도 말 못하고 좋은 것도 얼버무리던 녀석이 자기 감정을 솔직하게 드러낸 것이다.

「벌려.」

자리에서 일어난 헤센이 아스타르테의 젖가슴을 툭 쳤다. 지호트는 흥미로운 광경을 숨죽이고 관찰했다. 아직은 서툴지만 언동에 제법 객기가 붙었다. 밀림에서는 빌빌거리다가 잡아먹히느니 허세를 부리는 편이 살아남기 용이했다.

"으흐음, 벌써요?"

아스타르테가 순순히 의자를 짚고 돌아섰다. 복숭아처럼 생긴 엉덩이는 잘록하게 들어간 허리와 달리 터질 듯이 풍만했다. 저 아담한 체구에 수컷을 기쁘게 하는 요소를 빈틈없이 갖췄다는 사실이 믿기지 않을 지경이었다.

"와 주세요. 도련님 ♥"

아스타르테가 엉덩이를 천박하게 흔들며 졸라 댔다. 헤센은 방금 사정하고도 불끈거리는 물건을 흥건히 젖은 균열에 느릿느릿 문질렀다.

"저, 저어, 도련, 니임……. 삽입은, 안 해 주시나요……?"

아스타르테가 등줄기를 오싹오싹 떨며 당혹스러운 표정으로 헤센을 돌아봤다. 헤센은 한껏 부풀어 오른 남근에 애액을 묻히면서 의기양양하게 지껄였다.

「더 보채. 너한테는 이게 포상이잖아. 주고 싶은 마음이 들게 만들라고.」

금방이라도 넣고 싶어서 허벅지에 힘이 바짝 들어갔으면서 콧대가 하늘을 찔렀다. 아스타르테는 짙은 분홍색 혀로 입술을 훔치고 욱신거리는 가랑이로 헤센의 자지를 핥았다.

"하아, 하, 도련님, 죄송해요. 암퇘지 주제에 거들먹거리면서, 감히 도련님의 선망을 얻고자 했어요. 그치만 이제 도련님 자지에 푹푹 쑤셔지지 않으면, 못 견디겠어요. 주제도 모르는 암퇘지에게 부디 자비를 베풀어 주시어요."

「이……!」

수치심을 잊은 암퇘지의 복종 선언에 헤센은 가슴이 울컥했다. 결사 연맹에서는 여전히 풍요의 여신을 숭배하는 사람이 많았다. 비록 신도는 아닐지언정 끝까지 민중을 위해 지옥의 군세와 맞선 투사로서 기리는 이들도 더러 있었다. 그런 아스타르테가 수컷에 굶주려 아무렇지 않게 상스러운 치태를 드러내는 것이다.

「나 같은 애송이한테……!」

"꺄훗!?"

헤센은 업히다시피 아스타르테를 덮쳤다. 그리고는 수려하게 뻗은 뿔을 붙잡고 단숨에 안쪽 깊숙한 곳까지 찔러 넣었다. 꽈배기처럼 울룩불룩한 자지가 비좁은 구멍을 틀어막았다. 팽팽하게 당겨진 질주름이 헤센을 사방에서 압박했다.

「이딴 애송이 자지가, 그렇게 좋은 거냐!」

헤센은 그간 쌓였던 울분을 모조리 싸지를 기세였다. 아스타르테는 연신 교성을 터뜨리며 헤센에게 박자를 맞췄다. 수컷과 암컷이 파르스름한 달빛을 받으며 한 덩어리로 얽혔다.

"아핫, 하앙, 도, 련님, 너무, 격렬해, 서어, 아흐으웃······!"

「시끄러워! 암돼지 주제에 잘난 듯이 잔소리나 해 대고!」

거친 허리놀림에 탐스러운 젖가슴이 어지럽게 출렁거렸다. 여신의 치부는 흙발로 들이닥친 침입자를 옥죄다가 놓아 주고 보듬다가 핥으며 능수능란하게 길들였다. 억지로 목청을 높여도 헤센은 한 번 맛본 지극한 쾌락에 하염없이 빠져들었다.

「헉······! 허억······!」

헤센은 가슴을 들썩거리며 가쁜 숨을 몰아 쉬었다. 기껏 애액으로 미끌거리는 자지를 뽑아내도 무심코 좁은 수렁에 도로 푹 담가 버리고 마는 것이다. 이십 년 넘게 그득하던 불알 한 쌍이 바닥을 드러낼 듯했다.

「아스, 타르테······! 이, 망할, 암돼지 같으니······!」

찬탄에 가까운 모욕이었다. 헤센은 아스타르테의 겨드랑이에 손을 넣어 갓 빚은 반죽처럼 보드라운 젖가슴을 움켜잡았다. 얇은 살가죽 너머로 물결치는 살집의 감촉이 고스란히 느껴졌다.

"하웃! 하아, 아하앙! 젖꼭지, 저, 약한데에······!"

검지와 엄지로 바짝 곤두선 젖꼭지를 희롱하자 아스타르테의 허리가 활대처럼 휘어졌다. 하얀 젖물이 잘게 맺히는가 싶다가 현란하게 뿜어져 나왔다. 흔히 보기 힘든 절경이었다.

"하아, 하······. 앗, 아흐웃······."

아스타르테는 초점이 흐려진 눈으로 헤센을 우러러보며 배시시 웃었다. 땀으로 촉촉하게 젖은 신체에 먹음직스러운 윤기가 흘러내렸다. 헤센은 젖꼭지를 잡아당기며 그 가냘픈 몸을 으스러지라 끌어안았다.

「빌어먹을……! 으윽, 윽, 허억……!」

몸을 일으키자 탄력 넘치는 질이 헤센의 물건을 촘촘하게 조이며 간지럽혔다. 헤센은 신에게 기도하는 심정으로 아스타르테에게 매달렸다. 흥분에 겨운 나머지 꼬리가 사방팔방으로 튀며 잔디를 헤집었다.

"하아, 도련님, 이렇게, 다부지시면서……♥"

아스타르테가 애처롭게 할딱거리며 헤센의 목에 팔을 감았다. 헤센은 넋이 나가 아스타르테의 입술을 덮쳤다. 긴 혓바닥이 목젖을 스치고 목구멍까지 드나들자 아스타르테의 눈에 구슬 같은 눈물이 가득 고였다.

"끄후읍♥ 우읍, 츄읍……♥"

이대로는 무리다. 헤센은 절박했다. 조금만 더 여신을 맛보고 싶었다. 식전이 끝나면 이 따스하고 포근한 촉감을, 아저씨처럼 늠름한 수컷이 될 수 있다고 격려해 주는 질벽을 즐길 수 없었다. 한 꺼풀, 여신이 감추는 한 꺼풀을 들추지 못하고 수국화관으로 돌려보내야 한다는 사실이 절망스러웠다.

절망감을 잊기 위해 헤센은 더욱 과감해졌다. 가슴에서 미끄러진 손길이 날씬한 아랫배와 털 한 올 나지 않은 불두덩을 지나쳐 옴찔거리는 클리토리스에 다다랐다. 새붉게 융기한 돌기를 손톱으로 긁듯이 튕긴 찰나였다.

「흐읍!」

"흡크, 흐으응……!"

아스타르테가 팔딱거리며 허벅지를 오므렸다. 동시에 질벽이 파르르 경련하며 자지를 쓸어내렸다. 헤센은 자신의 물건이 뿌리부터 귀두까지 수많은 여성에게 오물오물 깨물리는 듯한 착각마저 들었다.

"아하앙! 홋, 으흐으웃! 도련, 님, 클리, 그렇게, 괴롭히시, 면, 홋, 오호오웃……!"

한 번 맛본 쾌감을 도저히 거스를 수가 없었다. 헤센은 클리토리스와 젖꼭지를 집요하게 괴롭히며 거세게 움직였다. 경험도 기량도 일천한 풋내기의 자지가 여신의 가장 비밀스러운 처소를 무참하게 짓이겼다.

"앗, 아앗, 하, 도련님, 저, 이제, 가요, 가 버려요!"

황홀한 비명이 마지막 남은 이성을 날려 버렸다. 헤센은 아스타르테의 입술을 탐하며 발작하다시피 허리를 쑤셔 넣었다. 처덕처덕 고기를 치는 소리가 음란하게 울려 퍼지며 아스타르테의 발끝이 땅에서 떨어질락 말락 오르내렸다.

「크흡! 흐으읍!」

"읍프읍, 웃, 흐으으응……!"

아스타르테가 눈을 하얗게 치뜨며 헤센에게 매달렸다. 쇳덩이처럼 단단해진 자지에 질주름이 한껏 얽혔다. 한계까지 치달은 헤센이 아스타르테를 쥐어짜듯 붙든 채 불두덩을 바짝 밀어붙였다.

「윽, 끄으윽!」

"응붑, 앗, 하, 하아앙……!"

짐승의 비명이나 다름없는 교성과 함께 불알부터 요도까지 가득 찼던 정액이 일시에 쏟아져 나왔다. 헤센은 엉덩이를 꿈틀거리며 남은 마지막 한 방울까지 여신에게 싸질렀다. 아스타르테역시 몸서리를 치면서 온몸으로 헤센의 정액을 짜내 주었다.

수컷과 암컷은 한참이 지나도록 떨어지지 않았다. 헤센은 오늘만 다섯 번이나 사정한 자지를 아스타르테의 질에 삽입한 채안타깝게 혀를 놀렸다. 아스타르테는 헤센의 입술을 쪽 빨고 사랑스럽게 뺨을 매만졌다.

"……이제 조금은 자신감이 붙으셨네요."

다정한 한마디에 헤센은 어깨를 들썩거리며 아무 말도 할 수없었다. 어째서 자신을 도발했는지, 여느 손님보다 한참 서툰자신에게 호응해 주었는지 충분히 짐작할 수 있었다.

「아, 아스타르테…….」

젖 먹던 힘까지 다 냈던 헤센은 용케 차분한 목소리를 냈다.

「한 번만, 더 하면 안 될까.」

아스타르테가 초점이 없이 흐릿한 눈으로 헤센을 우러러봤다. 헤센은 갸름한 턱을 타고 흘러내린 군침을 저도 모르게 혀로 핥아 줬다. 연인처럼 대범한 행각에 아스타르테는 엷은 미소를 보냈다.

"쉬면서 들려 드린 충고, 기억하시죠?"

「응. 발표회가 시작하기 전에 가야 한다고.」

"다시 올 수 있는 기회가 아니에요. 저는 오늘, 도련님께서 자그마한 성과를 얻는 모습을 지켜보고 싶어요."

유려하게 말하던 아스타르테가 문득 땋아 내린 머리를 손가락으로 돌돌 감으며 머뭇거렸다.

"……기왕이면, 도련님 곁에서요."

헤센은 가슴이 벅찼다. 방금까지 경국지색의 요부처럼 혼을 쏙 빼 놓던 그녀가 지금은 첫 경험을 치른 숫처녀처럼 수줍어하고 있었다. 꿈결처럼 흩어지는 황홀경의 빈자리를 그동안 느껴 본 적 없던 감정이 대신했다. 소위 말하는 책임감이었다.

「알겠어.」

그는 마른침을 삼키고 가까스로 고개를 주억거렸다.

「힘내 볼게.」

헤센은 따스한 여신을 끌어안으며 마지막으로 입을 맞췄다. 여전히 서툰 솜씨였지만 헤센도, 아스타르테도 개의치 않고 혀를 섞었다.

식장에서 연회가 무르익을 무렵, 장막에 가려진 무대 뒤편은 신작 발표회 준비로 정신없이 바빴다. 한편에서는 새로운 의상과 장신구가 질서정연하게 진열됐고, 다른 한편에서는 십수 명의 여인들이 화장과 몸가짐을 확인하느라 부산스러웠다.

"3번 조명이랑 5번 조명이 너무 흐려! 다시 확인해! 아니, 이건 또 뭐야? 애슐리! 첫 번째 내보낼 옷이 아니잖아! 지금 장난하자는 거냐! 커튼 구겨졌잖아! 다시! 전부, 모조리, 죄다 다시 하지 못하겠냐!"

괴짜라지만 조니도 자신의 작품에 자부심을 가진 드워프였다. 평소에는 유쾌하고 너그러운 성품이 작품만 관련되면 급체한 드래곤만큼 사나워졌다. 짜리몽땅한 다리로 이곳저곳 헤집고 다니며 노호성을 지르는 모습은 이미 피고용인들에게 익숙한 풍경이었다. 눈치 있는 피고용인이라면 일찌감치 불똥이 튀지 않도록 군소리를 삼키기 마련이었다.

"바쁘신가 보네요. 조니 님."

"어엉?!"

굶주린 맹수처럼 대꾸하며 돌아본 조니가 험악하게 눈썹을 구부러뜨렸다. 숄로 어깨를 감은 여인이 발갛게 상기한 얼굴로 살갑게 인사했다. 그 옆에서 기세에 놀라 어깨를 움츠리는 리저드맨 애송이는 눈에 들어오지도 않았다.

"뭐야. 수국화관의 암퇘지잖아. 너희 주인이 귀걸이라도 구걸해 오라고 하냐."

"조니 님께서 구걸로 얻을 수 있는 작품을 만드셨던가요?"

조니의 눈 언저리가 꿈틀거렸다. 과연 마녀가 기르는 암컷들의 주둥아리는 인정해 줘야 했다.

"없는 줄 알면 꺼지라는 말을 굳이 내 입으로 꺼내게 만드는구먼. 그래. 무슨 일이냐. 미리 말해 두겠지만 나는 홈바바 형님께서 침 바른 암퇘지에 쑤실 생각 없다."

"저희 도련님께서 용건이 있으셔서요."

아스타르테가 한 발짝 옆으로 비켜 섰다. 조니는 아스타르테 옆에 엉거주춤하게 선 애송이를 벌레 보듯 살폈다.

"뭐야, 넌? 어디서 굴러 먹다 온 쪼다 새끼야?"

「처, 처음 뵙겠습니다. 조니 님. 헤센이라고 합니다.」

"헤센인지 나발인지 내 알 바 아니고 후딱 지껄여 봐라. 네 애비 들먹이다간 내 손에 뒈질 줄 알고. 그 지렁이 자식이 내가 마녀년 좆같아 하는 줄 알면서 암퇘지를 끌어들여?"

조니가 주먹을 쥐고 위협적으로 흔들어 보였다. 드워프는 화끈하기로 이름 높은 종족이었다. 특히 맥주 한 통을 비우고 도끼를 휘두르는 광경은 오거마저 학을 떼게 만들기로 유명했다.

「그, 그게…….」

헤센이 머뭇거렸다. 인간이었으면 진땀을 삐질삐질 흘렸을 어수룩한 태도였다. 조니가 아스타르테에게 버럭 소리쳤다.

"어이, 여신님! 지금 내 식전 망칠 작정인가! 가지각색 수컷들이 돌아가면서 따먹어 주니까 머리가 회까닥 가 버리셨어 그래!"

"어머, 보잘 것 없는 암퇘지 때문에 망칠 식전이었으면 진즉 싹수가 노랬겠죠."

"좆까는 소리! 신이랍시고 거들먹거리다가 대갈통에 좆구멍만 일곱 개씩 뚫렸던 년이 어디서 장난질이야, 장난질은!"

「아, 아버지 때문에 오지 않았습니다!」

목에 핏대를 세우고 언성을 높이던 조니가 헤센을 홱 노려봤다. 헤센은 오금이 저리는지 주춤 물러서면서도 넋두리처럼 떠들었다.

「조, 조니 님은 제 우상이십니다. 드워프이시면서 금속만이 아니라 천과 가죽으로 성공하셨지 않습니까. 저, 저도, 조니 님을 닮고 싶어서, 아스타르테에게 부탁해 찾아왔습니다.」

"뭐?"

조니가 시뻘겋게 충혈된 눈으로 아스타르테와 헤센을 번갈아 봤다.

"누굴 닮고 싶어?"

"그야 조니 님이시죠. 도련님께서 그렇게 보이지 않으셔도, 남부 늪지대에 계실 적부터 작곡을 공부하고 계셨거든요."

아스타르테는 방금까지 쏟아지던 폭언을 아랑곳 않고 대화에 윤활유를 발랐다. 온갖 학대와 변태적인 성욕도 기쁘게 받아들이는 암퇘지가 고작 욕설로 주눅 들 리 없었다. 조니 역시 미안하다는 말은 한마디도 없이 헤센의 이력에 관심을 드러냈다.

"작고옥? 네까짓 것이 작곡이라고?"

"네. 어릴 적부터 작곡가가 되고 싶었습니다."

"뭐 어쩌다가? 너 용비늘 부족 출신 아니었냐? 머릿속에 창칼로 회 치는 방법만 그득 쌓인 족속이잖아? 아, 제리! 이 빌어먹을 년! 쌓지 말고 한 줄로 놓아 두라고 몇 번을 씨부렸어!"

조니가 손에 쥔 도면 뭉치를 집어던지며 삿대질했다. 꾸중을 들은 시녀는 눈물을 찔끔 흘리며 쌓아 올린 상자를 바닥에 내렸다. 씩씩거리던 조니가 헤센에게 관심을 돌렸다.

"그래, 애송이 작곡가. 격려라도 해 주길 바라냐? 알다시피 내 격려는 좀 비싸."

헤셴은 마른침을 꿀꺽 삼켰다. 식장으로 돌아오며 아스타르테에게 들은 조언이 머릿속에 물거품처럼 떠올랐다.

'도련님은 오늘 꼭 조니 님의 도움을 받아야 해요.'

'조니 님은 드워프 중에서 괴짜로 알려졌죠? 냉정하게 말해서 도련님과 동류인 분이세요.'

'저에게 보여 주신 그 악보, 조니 님께 건네 보세요.'

'꼭 명심하셔야 해요. 악보를 주실 때만큼은…….'

헤셴은 품에 챙겨 둔 꼬질꼬질한 악보를 척 내밀었다.

「제가 쓴 곡입니다. 오늘 연주해 주십시오.」

'저한테 하셨듯이, 배짱 좋게 요구하세요.'

너무 긴장한 탓에 비늘이 뒤집어질 지경이었다. 헤셴은 악보를 쥔 손이 떨리지 않도록 안간힘을 썼다. 상대는 원로 의원이자 연맹과 점령지까지 두루 이름을 떨치는 조니 앤 위버의 조니였다. 부담스러운 나머지 차라리 자리에 주저앉아 웩웩 토하고 싶었다.

하지만 그럴 수는 없었다. 아스타르테가 마지막에 붙인 경고 탓이었다.

'오늘은 특별한 날이랍니다. 다음에 도련님께서 오실 때는 오늘과 다를 거예요. 저희 주인님께서는, 오직 격을 갖춘 수컷 분께만 코르티잔을 내어 주시거든요.'

용기에 이유는 중요하지 않았다. 아스타르테를 한 번 더 안고 싶었다. 아저씨의 도움을 받은 미숙한 자신이 아니라, 자신의 실력으로 당당하게 아스타르테를 부르고 싶어졌다.

"흠."

조니는 반백의 눈썹을 들썩거리더니 악보를 낚아챘다. 공연을 직접 지휘하는 사람답게 음악에도 조예가 있는지 악보를 훑어 내리는 시선이 심상치 않았다. 한동안 주위에 곁눈 한 번 주지 않고 악보를 탐독하던 조니가 이빨을 딱 맞부딪쳤다.

"못 써먹겠군. 유치찬란해. 산만해. 왈왈이가 끄적거리는 똥글도 이것보다는 낫겠네. 늪지대 똥물로 손님들 익사시킬 계획이었다면 칭찬해 주마."

「그렇……습니까.」

헤센은 축 늘어지려는 어깨를 애써 붙잡았다. 처음부터 큰 기대는 걸지 않았다. 아스타르테가 아무리 사람 속을 꿰뚫어 보듯 심려 깊더라도, 상대는 불세출의 천재로까지 일컬어지는 거인 아닌가.

「평가 감사합니다.」

"뭘 감사는. 무대 올라올 준비나 해라. 방아 찧다가 온 꼴로 나오면 내 손에 가죽 벗겨질 줄 알아."

조니가 알아서 하라는 식으로 헤센의 가슴팍에 악보를 떠넘겼다. 헤센은 저도 모르게 얼빠진 소리를 냈다.

「네?」

"네, 는 뭐가 네, 야? 암퇘지, 솔직히 말해. 네가 먼저 보고 이 녀석 꼬셨지?"

"한낱 암퇘지가 도련님의 음악을 어떻게 평가하겠어요. 저는 모르는 일이랍니다."

조신하게 서 있던 아스타르테가 생긋 미소 지었다. 조니는 질린다는 양 한숨을 푹 내쉬었다.

"지랄은. 아무튼 헤센이라고 했냐. 잘 들어라. 아까 공연 반응 봤지?"

바위처럼 질긴 입술이 일그러졌다.

"그놈들은 하나만 알고 둘은 모르는 것들이야. 화려하고 뭔가 있어 보이면 알아서 대단하다고 착각하지. 내 단언컨대 저기 있는 연놈 중에서 남부 늪지대에 발 들여 본 새끼는 네 아비 말고 없어."

금반지를 겹겹이 낀 손가락이 헤센의 가슴팍을 푹 찔렀다.

"네놈은 빌어먹게 서툴지만 적어도 남부 늪지대가 어떤 동네 인지는 참 징그럽게 잘 표현했어. 아주 중요한 사실이야. 너희 도마뱀들은 그 좆같은 동네가 무슨 왕궁 침대인 줄 알더라고. 네 동족들과 다르다는 점에서 합격이다."

헤센은 전사로서 미달이었다. 아니, 어느 동족보다 나약했다. 그렇기 때문에 그가 남부 늪지대에서 지내며 느낀 막막한 심정 은 오히려 외부인과 닮아 있었다.

"다음부터는 저런 암퇘지가 꼬드기지 않아도 알아서 부딪쳐 봐라. 혹시 아냐. 개중에 너 같은 멸치를 마음에 들어하는 녀석 이 섞여 있을지. 젠장! 누가 내 옷을 넝마로 만들었어! 보풀 없 애라고 몇 번을 가르쳐야 하냐!"

조니는 헤센에게서 돌아서자마자 폭언을 퍼부었다. 아스타르테가 우두커니 서 있는 헤센의 팔을 끌어안으며 속삭였다.

"악단에 나눠 주실 악보부터 새로 쓰셔야겠어요."

낯설고 이국적인 음율이 식장을 장악했다.

익숙한 공기에 지쳐 젖어 있던 귀빈들은 이를 신선하게 받아들였다. 바이올린의 선율은 긴장감을 불러 일으키고 갑작스러운 호른 소리는 멀리서부터 울려 퍼지는 맹수의 포효를 연상케 했다. 심상치 않은 적막 속에서 길게 잡아빼는 현음은 밀림을 헤쳐 나가는 듯한 기분이 들었다.

"조니 님답게 독특한 선곡이네요."

"노골적이고 거친 감이 있지만……. 허허, 확실히 독특한 안목이십니다."

귀빈들은 귀엣말로 음악을 평가하기 바빴다. 대학 문턱도 못 밟은 작곡가 지망생의 곡이라면 듣기도 전에 무시했겠지만, 예술가적 감성이 풍부한 조니의 선택이라면 얘기가 달랐다. 그리고 조니가 발표회 시작을 알리기 위해 무대에 나타나면서 분위기는 부쩍 들떴다.

"마지막 곡은 꽤 참신하지 않았습니까. 여러분?"

조니가 넉살 좋게 질문을 던졌다. 곳곳에서 산발적인 환호와 좋았다는 대답이 나왔다. 조니는 퍽이나 좋다고 중지를 세우는 대신 흡족하게 고개를 끄덕거렸다.

"다들 짐작하셨다시피 남부 늪지대에서 발상을 얻은 곡입니다. 하지만 제 뭉뚝한 손으로는 이런 곡을 써 낼 수 없겠죠."

귀빈들이 홍소를 터뜨렸다. 일흔 둘의 영주도 탐내는 작품을 만들면서 겸손이 지나쳤다. 조니는 머쓱하게 웃었다.

"그럼 잠시, 이 따분한 자리에 새로운 활력을 불어 넣어 준 작곡가를 모시겠습니다. 숫기가 부족하다 보니 박수로 끄집어내 주시죠!"

조니가 자연스럽게 호응을 이끌어냈다. 늠름한 탐험가를 기대하던 귀빈들은 유약한 생김새의 리저드맨을 보자 줄지어 탄식했다.

"맙소사!"

「지호트 님의 아드님 아닌가! 남부 늪지대에서 자라셨다고 들었는데, 작곡가라고?」

"허허, 자제 분께서 감수성이 풍부하셨구먼."

감탄이 이어지는 가운데 조니가 혜센을 옆에 끌어다 세웠다.

"제 오랜 지기, 실례. 제 오랜 악연인 지호트의 아들 녀석이 글쎄 시시한 인사는 아쉽다면서 그간 써 왔던 비장의 곡을 연주해 달라고 뻐기지 않았겠습니까. 악보를 보고 영감이 번뜩떠올랐지요. 이 녀석한테 눈도장을 찍어 둬야 다음 연주회에 공짜로 가겠구먼!"

조니가 유쾌하게 말을 이어 나갔다. 귀빈들의 시선은 지호트의 양아들에게 집중됐다. 혜센처럼 자신의 재기를 한껏 뽐내며 사교계에 모습을 드러낸 경우는 드물었다.

내일부터 사교계에 새로운 화두가 떠오를 것이다. 조니의 신작과 그 조니가 눈여겨 본 혜센. 사교란 결국 쉴 틈 없는 대화의 연속이다. 이야깃거리는 많으면 많을수록 좋다.

"지호트 님."

무대 위의 아들을 바라보던 지호트는 뿌듯한 심정을 갈무리했다. 탕부의 자태를 감춘 아스타르테가 얌전한 걸음걸이로 다가왔다.

지호트는 망설임 없이 선입견을 버렸다. 하루, 아니, 반나절 사이 아들을 저 부담스러운 장소에 그럴싸한 모습으로 세운 암퇘지였다. 훔바바의 충고는 농담이 아니었다.

『먼저 사과하지. 애꾸눈에게 언질을 들었지만 기대 이상이로군.』

"그렇게 말씀하시지 마세요. 지호트 님. 저는 그저 두 분 사이가 안타까웠을 뿐이랍니다. 주제 넘게 굴었다고 호통을 치셔도 할 말이 없는 처지이지요."

『안타깝다, 라. 언제부터 풍요의 여신이 가정사까지 아울렀나.』

"천녀도 부모를 모르고 세상에 남겨진 몸이랍니다. 사심이 듬뿍 들어간 수작으로 여겨 주세요."

『……흥.』

지호트는 언짢게 코웃음 쳤다. 하지만 경계의 눈초리는 그리 오래 가지 않았다.

『들러리 역할만 기대했지. 아들 녀석이 사내 구실을 하도록 챙겨 주라고 한 적은 없었다.』

무대에 함께 서지 않은 까닭은 짐작이 갔다. 아스타르테가 헤센 옆에 있었다면, 무도회장의 이목을 모조리 독차지했을 것이다.

『지불한 화대에 포함하지 않은 내역인지라 당혹스러울 따름이군. 수국화관에서 암퇘지를 부른 적은 처음이라 말이다. 조니 앤 위버의 손가방이면 웃돈으로 충분하겠나?』

"그런 대단한 물건은 부담스러워서요."

아스타르테는 하인이 대접한 포도주 잔을 받아 지호트에게 가까이 다가섰다. 멀리서 보면 종족이 다른 부녀라고 착각할 만큼 살가웠다.

"다만, 지호트 님께 끈이 닿을 수 있다면 영광이랍니다."

느닷없는 질문이었다. 지호트는 아스타르테가 신문의 십자말풀이 지면을 내밀어도 놀라지 않았다.

『손가방보다 내 문제가 덜 부담스러웠나. 졸지에 조니에게 한 수 뒤처지게 생겼군.』

"해답을 알려 주신다면 황송스러워서 재고할 수 있지 않을까요."

시녀장을 경계하는 것이다. 지호트는 적당히 어울려 주기로 했다. 주위의 시선을 살피고 꼬리로는 발목을, 팔로는 허리를 감아 끌어당겼다. 아스타르테는 연인처럼 지호트의 품에 기대었다. 달콤하면서도 청량감이 감도는 향이 코를 스쳤다.

『흠. 다 풀어 놓고 응석이 과하지 않은가, 여신이여.』

"문제에 불평할 수는 있잖아요? 보세요."

아스타르테가 새침한 표정으로 지면 위의 글자를 차근차근 짚어 나갔다. 지호트의 세로꼴 눈동자가 실처럼 가늘어졌다.

데일리 어바웃. 기사. 내다. 기자. 무능. 필요.

『날카로운 지적이군. 며느리로 들이고 싶어질 정도야. 봐라. 점령지라고 생각하기 쉽지만 이 문제에서 설명하는 대상은 미노타우로스들이 세운 제국이다.』

단어를 따라가는 손끝이 거침없었다. 일찍부터 이 순간을 대비해 온 모양새였다. 지호트는 뒤따라서 문제를 짚는 시늉을 했다. 편집 회의를 거친 신문은 단어 하나하나까지 꿰고 있었다.

청원. 의미. 헤아렸다. 부족한. 한 명. 사용. 처리.

아스타르테가 속삭이듯이 감탄했다.

"문제 속에 해답을 숨겨 두셨네요. 십자말풀이는 지호트 님께서 직접 만드시나요?"

『상급 과정은 성에 차는 녀석이 없으니 말이다. 27번은 풀었나?』

"물론이죠. 관심이 적은 지면에 단서를 남겨 주셨더라고요."

아스타르테는 자연스럽게 신문을 넘겼다. 보란 듯이 단어를 짚어 가며 설명하는 모습에서, 헤센은 빛바랜 향수(鄕愁)를 돌이켰다. 이성과 이렇게 가깝게 있던 적은 출병하기 전이 마지막이었다.

파급. 정도. 의문이. 요구한다. 신속한 대응.

헤센의 사랑은 재색을 겸비한 여인이었다. 그녀와 함께 있으면 바보가 된 것처럼 가슴 한 구석이 뭉클했다. 적어도 행복하게 여생을 보내고 떠났다면, 차라리 잊을 수 있으련만.

『그렇다면 이 문제도 짚고 넘어가야겠군. 다른 사람이 도와준 해답은 내 기준에서 실격이다.

불신. 잿더미 의회. 수국화관. 3. 지지. 전망했다.

잿더미 의회에서 카밀라를 경계하는 의원은 더러 있었다. 얽히고설킨 관계 탓에 직접 공격하지 않을 뿐이었다. 하물며 작년 재개발 계획이 수포로 돌아가고 제약 회사 설립을 추진하기 시작하면서 도시의 악종(惡腫)이라는 구호도 무색해진 상태였다.

새로운 과녁이 필요한 시점이었다. 불씨만 던지면 의원 중 3할은 곧바로 견제에 나설 것이다.

확신. 상승세. 흐름. 심층적인.

그리고 그 3할만으로는 바드티비라의 근간을 흔들기에 부족하다. 보다 자극적이고, 충격적인 사건이 필요하다. 수국화관이 이 도시를 휘감은 모든 부조리의 근간이라고 지목할 만한 사건 말이다.

"훔바바 님은 짓궂으시고, 지호트 님은 치밀하시네요. 그치만 제 답도 정답이 될 수 있지 않을까요? 문제에서 주어진 자료는 보시다시피……."

맑음. 종교적 가치. 마련했다. 시의 여성. 가족. 교육 기관.

"어떠세요?"

아스타르테는 뿌듯한 표정으로 확인을 구했다. 허리를 휘감은 팔에 힘이 불끈 들어갔다. 지호트는 어렵사리 입을 열었다.

『······그렇군. 편집 중에 착오가 생긴 모양이다.』

자신이 아는 수국화관의 정보를 결합하여 문맥을 깨달은 순간, 홈바바의 속내가 의심스러웠다. 이런 터무니없는 만행을 묵인하겠단 말인가. 혹은, 터무니없는 만행이니 묵인하겠단 말인가.

『중복 답안이 나와 버렸군. 암퇘지는 그만두고 우리 신문사에 취직하지 그러나. 적어도 십자말풀이 편집은 맡길 수 있겠어.』

이에 반발하고 나섰다.

아스타르테는 태양신 교단을 끌어들일 작정이다. 예혈의 성녀일까. 혹은 태양 기사? 어느 쪽이나 암암리에 실태가 드러난 두 명은 잿더미 의회의 의사 결정에 큰 영향을 끼치지 못한다.

"소일거리로 남겨 둘게요."

아스타르테는 신문을 반듯하게 접고, 가슴께에 들어 보였다.

"직원이 되면 지호트 님과 이렇게 단란한 시간을 즐기기도 어렵잖아요."

신설 사업체 지지 표명한 태양신 교단
"교세 확장 야욕" vs "종교적 발언일 뿐" 의견 분분

1면 기사의 후덕한 초상화가 눈길을 끌었다. 지호트는 신문을 옆으로 치우며 아스타르테를 더욱 깊이 품에 들였다. 그의 감상은 철부지 시절까지 거슬러 올라갔다.

아버지에게 처음으로 자신의 무기를 받은 그 시절, 바라보기만 해도 꿰뚫릴 듯 날카로운 창날을 희롱하던 그 시절의 아슬아슬한 전율이 깨어나는 듯했다.

『딱 잘라 거절한다는 건, 더 집요하게 설득해 달라는 뜻인가.』

숨결이 맞닿을 만큼 가까운 거리였다. 정원에서 헤센과 뒤엉키던 처염한 여체가 정장 너머로 느껴졌다. 지호트는 너무 오랜 세월을 애달프게 지냈다. 맹랑하게 위협 속으로 걸어들어가는 여인을 무심결에 붙잡을 만큼, 오랜 세월을.

"설득하시려는 까닭을 여쭈어도 괜념하지 않으실까요."

『장차 며느리로 들일지 모르니, 라고 하면 너무 속 보이는 대답이겠군.』

갈라진 혀끝이 수줍게 다물린 입술을 스친 찰나였다.

「아……버지!」

팽팽한 분위기가 끊어져 버렸다. 정신이 번쩍 든 지호트는 꼬리와 팔을 풀고 아스타르테에게서 한 걸음 물러섰다. 귀빈들 사이를 헤치고 온 헤센이 흥분한 얼굴로 두 사람 앞에 나타났다.

「아스타르테, 여기 있었어?」

"네, 도련님. 지호트 님과 잠시 나눌 얘기가 있었거든요."

그 말에 헤센은 흘끔 지호트를 살폈다. 이전처럼 무작정 눈치만 살피는 기색은 아니었다. 두 사람이 무슨 말을 나누었는지 궁금해 하는 눈치였다. 하지만 지호트는 암퇘지와의 거래를 설명해 줄 기분이 아니었다.

'어떻게?'

하마터면 선을 넘을 뻔 했다. 후각에 새겨진 향기가 머릿속에서 떠나지 않았다. 지호트는 당혹 속에서 애써 마음을 추슬렀다.

『헤센.』

「앗, 네.」

『훌륭했다. 내가 모질게 구박해도 기어코 멋진 곡을 썼더구나.』

헤센은 숨을 크게 들이쉬었다. 바드티비라에 온 뒤 쌓였던 고충이 깨끗이 사라진 듯했다.

「아, 아저, 아버지. 실은 발표회가 끝나면 소란스러울 테니, 그 전에 한 가지 말씀 드리고 싶어서요.」

지호트는 묵묵히 팔짱을 꼈다. 머뭇거리던 헤센은 아스타르테를 한 번 곁눈질하더니 주먹을 불끈 쥐었다.

「저, 저는 시립 대학에 들어가고 싶습니다! 들어가서 제대로 음악을 공부하고 싶어요! 아버지께서 반대하셔도, 저는 어머니의 자장가를 들으면서 키웠던 꿈을 포기하기 싫습니다!」

지호트가 아스타르테에게 눈치를 줬다. 혹시 할 말까지 알려 주었느냐는 의미였다. 포도주를 홀짝이던 아스타르테는 고개를 설레설레 저었다. 푹 한숨을 내쉰 지호트가 단호하게 대답했다.

『안 돼.』

헤센이 인상을 구기려던 찰나였다.

『나는 언론가인 동시에 사업가다. 일방적인 거래는 사양하겠다.』

지호트가 진지한 표정으로 말했다.

『대학에서 복수 전공으로 경제학이나……. 요즘 신설됐다는 사회학이 좋겠군. 네가 싫다면 적어도 네 후대에 회사를 온전히 물려 줄 능력은 갖춰 둬라. 소일거리로 끝내지 않고 진지하게 임할 작정이라면 그 정도 일정은 소화해라.』

헤센은 말을 잇지 못했다. 빡빡한 조건이 걸릴지라도 이렇게 흔쾌히 받아 줄 줄은 몰랐다. 그 정도로 지호트가 안심한다면, 얼마든지 타협할 수 있었다.

『나는 네 아버지가 되고 싶다. 헤센.』

지호트는 잔을 들어 아스타르테와 건배했다.

『애꾸눈과 나눌 말이 있으니, ' 뒷일' 은 네게 맡기마. 아스타르테. 아들 녀석에게 독니를 드러내는 연놈이 보이면 식전이 끝나고 전해 다오.』

"맡겨 주세요. 지호트 님."

아스타르테가 건배를 받으며 살포시 웃었다. 지호트는 홀가분하게 자리를 떠났다. 헤센은 깊이 숨을 몰아쉬었다.

「이렇게 잘 풀릴 줄은 몰랐어.」

"사람은 아주 작은 일로 사이가 틀어지기도 하고 맺어지기도 한답니다."

아스타르테는 노래하는 새처럼 읊조렸다.

"한시름 놓았다고 안심하시면 안 돼요. 지호트 님의 마음을 완전히 돌리시려면, 앞으로 더욱 큰 성과를 보여 주셔야 해요."

아주 작은 일. 부모님의 불화도 아주 작은 일이었다. 자신이 당한 교통 사고도 아주 작은 일이었다. 주인님과의 만남도 아주 작은 일이었다.

하지만 그 모든 것이 눈덩이처럼 부풀어 지금에 와서는 돌이키지 못할 자신의 일부로 자리잡았다. 아스타르테는 자신의 것이 아니었던 폭신한 가슴을 자신의 것이 아니었던 손으로 살그머니 눌렀다.

발표회는 언제나 그랬듯이 커다란 호응을 받았다.

헤센은 언제나와 달리 사람들에게 둘러싸여 바쁜 시간을 보냈다.

식전의 밤은 깊어만 갔다.

《Chapter 4. 번뇌》

"모니카."

짧고도 길었던 교정실 생활을 마치고 지하 5층으로 돌아갈 무렵이었다.

"널 대신할 암퇘지는 지천에 깔려 있어."

축사(畜舍)에 방문한 여신께서는 그렇게 운을 띄웠다.

"빈민가에 가서 네가 버는 액수를 말해 봐. 제발 암퇘지를 시켜 달라고 빌 암컷이 수두룩할걸?"

애지중지하던 화장품이, 장신구와 옷가지 따위가 모니카 앞에 와르르 쏟아졌다. 서슬 푸른 눈빛에 말릴 엄두도 나지 않았다.

"그러니까 앞으로는 이깟 싸구려에 돈 낭비하지 마. 네가 가랑이를 벌려서 번 돈이야. 분내 풀풀 풍긴다고 몇 년 동안 해 먹겠어?"

아스타르테는 매서운 어조로 다그쳤다.

"나는 네 가능성을 높이 쳐 줬어. 너까지 교정실에서 꺼내느라 얼마나 수고했을지, 잘 생각해 봐."

모니카는 가슴이 쿵쿵 뛰었다. 심장을 거머쥐던 성녀의 손아귀가 뚜렷이 떠올랐다.

"많은 것 바라지 않아."

아스타르테는 깨끗이 치운 화장대에 걸터앉고 단언했다.

"1년 안에 위층으로 올라가도록 해."

5층에서도 못난이 취급 받던 모니카에게는 버거운 요구였다. 우물쭈물하는 그녀에게 아스타르테가 담뱃재를 떨며 한마디 덧붙였다.

"못 올라가면 넌 도축장 행이야."

선택의 여지가 없었다.

오전 일곱 시 오십 분.

기상할 시각이었다.

잠에서 깬 모니카는 부스스한 눈을 깜빡거렸다. 곤히 잠든 손님의 코 고는 소리가 천둥처럼 요란했다.

"손님. 손님."

"응, 어……?"

손님이 가래 끓는 소리를 내며 몸을 뒤척거렸다. 모니카는 문득 지난밤이 떠올랐다. 아버지뻘이지만 침대 위에서는 이십 대 젊은이보다 팔팔했다.

"손님. 돌아가셔야 할 시간이에요."

"어, 음……. 시간이 벌써 그렇게 됐나……."

손님이 웅얼거리면서 모니카의 탄탄한 허벅지를 주물렀다. 모니카는 어쩔 수 없다는 듯이 손님의 손을 잡아 치웠다.

'너, 농촌 출신이었지? 어떤 암탉이 평생 낳을 달걀을 한 번에 낳고 모이만 축내면 계속 기를 마음이 들겠어?'

"지금은 곤란해요. 방금도 수금원 아저씨가 왔어요."

"수금원?"

끈질기게 엉겨 붙던 손님이 눈을 찌푸렸다. 모니카는 침대에 걸터앉아 고개를 끄덕거렸다. 처음에는 서툴던 거짓말도 경험이 쌓이자 금방 능청스러워졌다.

"이런. 퇴장까지 십 분도 안 남았네. 하마터면 큰일 날 뻔 했구면."

손님은 벽에 걸린 시계를 보고 난색을 표했다.

수국화관은 규칙을 준수하는 고객만 존중했다. 규칙을 어기는 고객은 작신작신 손봐 주고 내다 버릴 버려지일 뿐이었다. 손님은 간밤에 시녀가 개어 둔 옷을 허둥지둥 걸쳤다. 마법으로 세탁에서 건조까지 해 주는 의복 관리는 수국화관만의 자랑이었다.

"엄청 뽀송뽀송한데. 역시 저택에서 일하는 여자들이 좋아. 우리 집 마누라는 만날 축축하게 놔 둬서 걸레 빤 냄새가 나거든."

"제 말이 맞죠?"

의복 관리는 추가 요금을 정산한 고객에게 한하며 금액 중 일부가 암퇘지에게 돌아간다. 고객 대부분은 번거롭다고 거절하지만, 사실 돈을 더 내기 싫을 뿐이다. 지하 5층에서 하룻밤 묵으며 웃돈까지 얹을 만큼 주머니가 여유로운 손님은 드물다.

'왜 너희 재량에 맡겼는지 잘 생각해 봐.'

다시 말해, 이런 소소한 시중을 권유하는 솜씨도 평가에 반영된다. 몸만 바칠 줄 아는 암퇘지는 얼마든지 구할 수 있다.

"그렇지. 모니카가 아니었으면 몰랐을 뻔했어."

"마음에 드셨다니 다행이네요. 으응."

모니카는 보란 듯이 기지개를 켰다. 여물어 가는 젖가슴이 얇은 잠옷을 한껏 밀어 올렸다. 손님은 잠옷 위로 도드라지는 자그마한 젖꼭지를 빤히 쳐다봤다. 침대에서는 다 큰 어른도 주책스러웠다.

'네 주둥이로 손님을 붙잡으리라고는 기대하지 않아. 아직 젊으니까 몸뚱이로 유혹해. 네가 강조해야 할 점은 순진한 시골 처녀에 건강미, 두 가지야.'

지하 5층에서 구입할 수 있는 화장품이나 장신구, 의복은 대개 싸구려였다. 아스타르테는 남들 흉내만 내 봐야 네 장점을 가릴 뿐이라고 꾸짖었다.

"배웅해 드릴까요?"

"정말? 괜찮겠어?"

손님이 금방 함박웃음을 지었다. 모니카는 선뜻 자리에서 일어나며 새삼 아스타르테가 신기했다.

'사소한 친절이 중요해. 지하 창관에 오는 손님 중 대부분은 일상에서 마땅히 받아야 할 대우도 받지 못하거든. 그 손님들은 좆물만 싸지르러 오지 않아. 존중 받고 싶은 마음, 소유하고 싶은 마음, 위로 받고 싶은 마음이 네가 파고들어야 할 빈틈이야.'

하루에 몇 번씩이나 남자에게 안기려고 애쓰던 시절은 교미가 아니라 사람을 상대하기 벅찼다. 하지만 한 번 내지 두 번으로 선을 긋자 자연스레 한 명 한 명에게 쏟는 수고가 늘어났다. 마음도 가벼워지고 단골이 생겨 나니 오히려 수입은 예전보다 훨씬 올랐다.

"요즘 인기라고 해서 혹시나 싶었는데, 늦게라도 오길 잘 했네. 요새는 모니카처럼 싹싹한 애들이 없단 말이야. 허허."

손님은 여 보란 듯이 모니카의 허리에 팔을 둘렀다. 집으로 돌아가던 다른 남자들이 그에게 눈을 흘겼다.

"그치만, 저 같은 게 4층에서도 잘할 수 있을까 걱정이에요."

모니카는 안타까운 척 미소를 흐트러뜨렸다. 사실은 전혀 안타깝지 않았다. 그저 아스타르테의 충고에 충실할 따름이었다.

'사람은 마음대로 기대하고 착각하는 법이야. 너도 내가 풍요의 여신이라고 멋대로 어떤 성격일지 상상했잖니? 아무 의미없는 신호를 보내서 혼자 해석하게 만들어 줘.'

과연 허리를 감은 팔에 힘이 불끈 들어갔다.

"어허. 어련히 잘하려고. 주말에 또 올 테니까 시간 비워 둬."

손님은 호언장담을 하고 철교를 건넜다. 간밤에 홀딱 빠졌는지 마누라에게 바가지 긁힐 걱정은 까맣게 잊은 듯했다.

'저 아저씨도 집에서는 쓰레기 취급 받겠지.'

집 대신 매음굴에서 잠을 자는 인간이 제대로 된 사람일 리 없었다. 모니카는 손님이 빈민가로 사라지자 미련 없이 돌아섰다. 철교를 지키는 오거 문지기가 휘파람을 불었다.

「어이, 암퇘지. 요즘 한창 물이 올랐구만.」

"그렇게 먹음직스러우면 오늘 올래요? 입으로는 해 드릴게요."

「뭐, 입으로? 오호라. 인간 암컷 주제에 배짱이 두둑한데. 턱이 빠져도 난 모른다?」

콧구멍을 벌름거리는 문지기의 얼굴에 보머가 겹쳐 보였다. 움찔한 모니카는 서둘러 자리를 피했다. 문지기의 걸걸한 웃음소리가 뒤통수를 간지럽혔다.

아침 식사를 마치면 정오까지 자유 시간이었다. 모니카는 밤사이 굳은 몸을 체조로 풀어 주고 달리기를 시작했다.

"멍청한 년 아냐. 자기가 뭐라도 되는 줄 아나 봐."

"근육이 붙으면 육질도 나빠질 텐데. 왜 저런 년이 승급하는 거야?"

격자 형태로 얽힌 보행로 곳곳에서 불평이 들려왔다. 모니카는 들은 척 않고 호흡을 가다듬었다.

'수국화관에 막 들어왔을 때를 잘 떠올려 봐. 이런저런 잡일을 하면서 알게 모르게 잔근육이 붙었을 거야. 하지만 지금은

어떠니?'

고향에서는 농사를 돕고, 가축을 돌보는 등 몸을 쓸 일이 많았다. 하지만 수국화관에 팔린 뒤로는 사내 밑에 깔려서 앙앙거리도 벅찼다.

'시장에 암소를 사러 갔다고 치자. 같은 가격이면 새끼를 잘 낳을 것 같은 팔팔한 암소가 좋겠지? 너희는 고기가 아니라 가축이란다. 시간이 있을 때 가만히 앉아서 수다나 떠는 년들은 패배자야. 조임도 헐겁고, 손님의 요구에 부응할 체력도 없지.'

'그럼 주인님께서는 왜 그렇게 내버려 두시는 거죠?'

'모니카. 주인님께서는 시간도, 돈도 남겨 주셨단다. 한 마리 한 마리 챙겨 주실 만큼 너희가 가치 있다고 생각하니?'

승급이 결정된 시점에서 승부는 결판난 것이다. 도태된 부류의 넋두리는 아무 쓸모없다.

"지하 1층은 특출한 암퇘지, 지하 2층은 선별이 끝난 암퇘지, 지하 3층은 선별할 가치가 있는 암퇘지, 지하 4층은 싹수가 보이는 암퇘지……."

모니카는 보행로를 달리면서 아스타르테에게 들은 이야기를 되뇌었다. 머리 위로 '연맹에서 반입한 신참 암퇘지 출품.' 이라느니 '인기 암퇘지 지아나, 이달 말 4층으로 승급 예정' 라고 적힌 현수막이 지나갔다.

"하아……. 하……."

지하 5층을 세 바퀴 돌고 나니 온몸이 후끈거렸다. 한 바퀴도 못 돌고 헐떡거리던 첫날에 비하면 장족의 발전이었다.

'이제 시간도 넉넉하게 남네.'

모니카는 상반신, 하반신 순서로 꾸준히 신체를 자극했다. 솔레나가 가르쳐 준 운동은 팔굽혀펴기와 팔 벌려 뛰기처럼 맨손으로도 할 수 있는 종류였다. 한 가지 운동은 20회, 전부 5회씩 반복하자 기분 좋은 피로감이 느껴졌다.

정오까지는 아직 한 시간이나 남았다. 모니카는 마무리 체조로 몸을 식혀 주고 목욕 바구니를 챙겨 목욕탕으로 향했다. 청결은 수국화관에서 반드시 지켜야 할 덕목이었다.

"저 왔어요."

「승급한다던 암퇘지로군. 그동안 부대끼고 살았는데 선물 하나는 주고 가겠지?」

"아저씨 하는 것 봐서요."

승강기를 지키는 오거가 누런 이를 드러내며 웃었다. 모니카는 명패를 맡기고 승강기에 올라탔다. 모든 오거가 보머처럼 난폭하지는 않았다.

'주간은 한 명, 상태도 좋으니까 저녁은 두 명까지 받아 볼까.'

덜컹거리는 소음을 일으키며 올라가던 승강기가 우뚝 멈춰 섰다. 승강기에서 내리는 모니카에게 먼저 온 암퇘지가 인사했다.

"어머. 모니카. 이제 왔어?"

"아, 헤일리 언니."

헤벌쭉한 얼굴로 약초를 태우던 헤일리가 힘겹게 몸을 일으켰다. 탐스럽게 부푼 배가 두드러졌다.

"누워 계세요. 벌써 6개월이나 됐잖아요."

"고마워, 얘."

"뭘요. 홑몸도 아니시면서."

헤일리는 모니카의 이웃 축사에서 지내는 암퇘지였다. 여유마저 느껴지는 지금과 달리, 처음 몇 주 동안은 조련의 충격으로 짐승처럼 울부짖다가 죽은 생쥐처럼 축 늘어지기를 거듭했다.

그 이후로는 어떻게든 암퇘지의 숙명을 피하려고 발버둥 쳤다. 물론 지하 5층에서 손과 입만 쓰는 암퇘지에게 손님이 올 리 없었다.

벌이가 줄어들자 헤일리는 초조해졌다. 머리에 피도 안 마른 자식들에게 도와 달라는 편지를 써서 보낼 정도였다.

하지만 손님에게 들려 보낸 편지는 모두 강물에 버려졌다. 헤일리는 결국 자신의 신세에 체념하고 말았다.

"이름은 지어 두셨어요?"

"얘도 참. 누구 자식인지도 모르는데 이름은 왜 짓니. 공개 출산으로 한탕 치고 갖다 버릴 거야."

헤일리가 깔깔 웃었다. 까만 유륜을 훤히 드러낸 젖가슴이 웃음소리에 맞춰 출렁거렸다.

"내가 너보다 어릴 때 시집갔어. 애새끼 하나 낳는다고 엄살 안 부려. 참, 맞아. 모니카. 어제 마지막으로 받은 손님이 우리 시아버지 뻘이었거든? 글쎄 그 손님이 자기는 발바닥으로 해 줘야 발기한다잖아."

"와, 취향 진짜 특이하네요. 그래서 어떻게 하셨는데요?"

비루먹은 당나귀 같던 시녀는 죽었다. 푸석푸석하던 머리칼은 알록달록 물들었고, 새빨갛게 칠한 입술과 손가락 한 마디만큼 늘어진 유두는 남근처럼 생긴 피어스가 덜렁거렸다.

"그보다 나, 요새 피부가 나빠졌더라. 애, 애. 모니카. 같이 문신 안 할래? 기술자가 두 명이 받으면 할인도 해 주겠데."

헤일리는 오줌 누는 개처럼 다리를 활짝 벌린 채 다섯 손가락으로 사타구니를 찔꺽찔꺽 쑤셨다. 파르스름하게 면도한 불두덩에 화살표와 함께 '즉시 삽입 요망'이라는 문구가 적혀 있다.

"언니, 또 문신하게요?"

"하는 김에 전신으로 받게. 눈에 확 튀지 않겠어?"

헤일리가 혀를 축 내밀고 헐떡거리면서 실실 눈웃음을 쳤다. 모니카는 정신이 번쩍 들었다. 자신도 손님 눈에 들고 싶어서 노력해 온 것 아니었던가. 지금처럼 넋 놓고 수다나 떠는 버릇이 들면 그동안 들인 수고가 무의미했다.

"언니. 저 이제 목욕하러 들어갈게요."

"응? 조금 있다가 들어가. 지금 안에 선배들 계셔. 응, 앗, 하악, 간다, 간다……!"

자위에 몰두하던 헤일리가 코맹맹이 소리를 냈다. 모니카는 선배라는 소리에 멈칫했다가 발걸음을 서둘렀다.

'선배는 무슨 선배야.'

문을 열자 안에서 맴돌던 홍소가 쏟아져 나왔다. 모니카는 깊이 숨을 들이쉬고 한쪽으로 걸어갔다.

"저게 누구야. 똥걸레잖아."

아니나 다를까, 욕탕에 몸을 담그고 수다를 떨던 암퇘지 네 마리가 모니카에게 화살을 돌렸다. 모니카는 못 들은 척 바구니를 풀었다.

"너 요새 뜸하더라. 혼자 잘난 척은 다 하면서 다니고."

"내버려 둬. 아스타르테 님 똥구멍 청소해 드리기 바쁘잖아."

"쟤가 여신님 똥구멍 핥을 배짱은 있겠니. 황송해서 지리지나 않으면 다행이지."

암퇘지들이 배꼽을 잡고 폭소했다. 모니카는 파르르 떨리는 몸을 따뜻한 물로 씻었다.

'청소?'

'네. 암퇘지 사이에서 자주 있는 일이에요.'

아스타르테는 지하 창관을 거치지 않고 곧장 코르티잔이 됐다. 지하 창관의 흉흉한 분위기를 알 리 없었고, 알 필요도 없었다. 적어도 모니카는 그렇다고 생각했다.

'수금 담당하는 아이들에게 선물 좀 쥐어 주면서 당부했으니까 네 축사로 들이닥치지는 않을 거란다.'

하지만 아스타르테는 우스갯소리로 넘기는 대신에 모니카가 몸을 추스를 여유부터 줬다.

'당분간은 그것들과 마주치지 마. 매달 공터에서 상납금 순위 공시하지? 5위, 내 지시를 따라서 5위 안에 들면 네 승리란다.

그즈음이면 그것들을 봐도 가소로울 거야.'

그리고 자신감을 키울 방법을 제시해 줬다. 수국화관에서는 폭력이 능사가 아니었다.

'응어리 남기지 말고 좋을 대로 마무리하렴.'

모니카는 물에 젖은 몸을 내려다봤다. 어째서인지 회한으로 물들었던 미성이 떠올랐다.

'괜찮겠지. 너라면.'

군살을 깎아 낸 매끄러운 몸매였다. 위아래로 길게 파인 복근이 건강미를 뽐냈다. 가슴은 약간 작아진 느낌이지만 탄력과 모양은 오히려 좋아졌다.

모니카는 젖은 머리칼을 대충 묶어 올리고 욕탕에 몸을 담갔다. 그동안 쌓인 피로도, 걱정도 일시에 사라지는 기분이었다.

"애 좀 봐. 언제 그렇게 낯짝이 두꺼워졌니?"

"선배들 있는데 인사도 없이 욕탕에 들어와? 너 제정신이야?"

힐난이 쏟아졌다. 모니카는 눈살을 찌푸리고 돌아봤다.

"댁들이 나보다 잘 벌어?"

"뭐?"

"몇 년이나 굴러 놓고 아직도 5층에서 텃세 부리잖아? 그래서 한 달에 얼마씩 버는데?"

정곡을 찔린 암퇘지들의 눈에 번갯불이 튀었다.

"너 그게 무슨 말버릇이야!"

"얼마씩 버느냐고? 교정실 신세 졌던 똥걸레 주제에!"

"분수를 알아야지!"

모니카는 지지 않고 되받아쳤다.

"분수를 알아야 하는 쪽은 댁들이겠지! 인간이라서 아무리 화장 짙게 해도 주름은 못 감추잖아? 아, 혹시 오크였어?"

"이년이 보자 보자 하니까!"

"위층 올라간다고 간이 배 밖으로 나왔어!"

선배들이 굶주린 오리처럼 꽥꽥거렸다. 한동안 그 펑퍼짐한 엉덩이로 깔아뭉겠다고 여전히 자기들 통걸레로 여기는 것이다.

"메리, 저년 잡아! 본때를 보여 주게!"

우두머리인 클로디가 앙칼지게 소리쳤다. 하지만 교정실에서 나온 모니카는 독기와 오기로 똘똘 뭉쳐 있었다. 보머에 비하면 선배들은 철부지였다.

"아줌마들이 내 상납금 메꿀 자신은 있어?"

모니카를 붙잡으려던 메리가 주춤했다. 모니카는 냉큼 따귀를 갈겨 버렸다. 고기 치는 소리와 함께 메리의 고개가 홱 돌아갔다.

"어……."

메리는 한 대 맞은 뺨을 감싸 쥐고 모니카를 멍하니 바라봤다. 다른 패거리 역시 모니카의 손찌검에 놀랐는지 넋 나간 표정이었다.

"왜. 얼굴 좀 부으면 뭐 어때."

모니카는 손에 퍼지는 알싸한 느낌에 전율하며 비아냥거렸다.

"댁들한테 더 떨어질 몸값이 있었어?"

"이……!"

메리가 눈물을 글썽거렸다. 하지만 감히 손찌검을 할 수는 없었다. 상층으로 올라가는 암퇘지에게 생채기라도 냈다간, 패거리 모두 도축장행이었다.

"뭐?"

짜악!

모니카는 다시 한 번 뺨을 후려쳤다. 처음부터 네 명과 드잡이를 벌일 생각은 없었다. 보머가 시범을 보여 줬듯이, 한 명만 본보기로 만들면 충분했다.

"더 말해 봐. 뭐?"

모니카는 도망치려는 메리의 손목을 붙들었다. 한 번, 두 번. 이제까지의 울분을 담아 연거푸 따귀를 갈기자 메리가 버티지 못하고 휘청거렸다. 모니카는 메리의 궁둥이를 걷어차서 물에 빠뜨렸다.

"이, 이런 짓 하면 아스타르테 님께서 널 예쁘게 봐 주실 것 같아?"

클로디는 모니카가 다가가는 만큼 주춤주춤 물러섰다. 기세등등하던 모습은 온데간데없었다.

"말똥처럼 생긴 년이 누구 이름을 함부로 지껄여? 여신님이 네 친구야?"

클로디가 어깨를 움츠렸다. 모니카는 클로디를 벽에 몰아넣었다.

"나이만 처먹고 뭐했어? 너희 다 합쳐도 나보다 수익 못 내잖아. 맞아, 아니야?"

"그, 그게……. 힉?!"

모니카가 손을 홱 치켜들자 클로디는 눈을 질끈 감았다.

"진짜 역겹네요. 선배."

모니카는 손찌검 대신 클로디의 뺨을 툭툭 쳤다. 하지만 이어지는 요구는 따귀보다 가혹했다.

"마침 잘 됐네. 핥아요."

"으, 흐윽. 웃……."

클로디는 어쩔 줄 몰라하며 흐느꼈다.

암퇘지의 봉사 정신은 대개 손님 내지는 주인에게 국한된다. 신의 똥구멍을 핥을 수 있다고 해서 다른 신도의 것도 괜찮다는 뜻은 아니다.

"싫어?"

모니카는 클로디의 머리채를 잡고 욕조로 끌고 갔다. 그대로 목욕물에 처박자 클로디가 허우적허우적 물장구를 쳤다. 모니카는 버둥거리는 팔다리에서 힘이 빠질 즈음 꺼내 줬다. 이 역시 보머에게 몸으로 배운 '교육법'이었다.

"케헥, 콜록! 콜록, 킥!"

"핥아. 혓바닥으로, 주름 하나 남김없이, 꼼꼼하게."

클로디의 입과 코에서 물이 줄줄 흘러 나왔다. 엄격한 선배인 줄만 알았던 그녀가 날개 뜯긴 벌레처럼 벌벌 떨며 애원했다.

"미, 미안해. 우리가 잘못했어."

모니카는 새파랗게 질린 얼굴을 한 번 더 목욕물에 처박았다가 꺼냈다. 클로디는 눈이 반쯤 뒤집혀서 맹물을 게워 냈다.

"잔말 말고 핥기나 해."

클로디가 힘없이 고개를 위아래로 흔들었다. 모니카는 그녀의 얼굴을 깔고 앉았다. 엉덩이 밑에서 숨 넘어가는 소리가 새어 나왔다.

"읍, 으읍?! 으우읍!"

"조련 때 안 배웠어?"

모니카는 젖꼭지를 잡아 뜯어낼 듯이 꽉 비틀었다. 탄탄한 엉덩이 사이에 끼인 혓바닥이 애처롭게 움직이기 시작했다.

"음, 으흠…… 응, 맞아. 아, 하응……!"

물기를 머금은 소리가 항문으로 파고들었다. 모니카는 눈을 지그시 감은 채 승리의 쾌감을 만끽했다. 주름을 벌리고 들어오는 까끌까끌한 이물감이 허리를 붕 띄웠다.

"하아, 좋아……. 똥걸레 최고야……."

이 맛에 시켰구나. 모니카는 달뜬 숨을 할딱거리며 감탄했다. 저만치 물러난 패거리가 모니카와 눈이 마주치자 진저리를 쳤다. 잔뜩 흥이 오른 모니카는 그들을 가만히 둘 생각이 없었다.

"다들 이리 안 오고 뭐해. 같이 즐겨야지."

패거리는 서로 눈치를 보다가 머뭇머뭇 욕탕에서 나왔다. 모니카는 똥걸레에 항문을 지그시 눌러 문지르고 자리에서 일어섰다.

"한 번씩 싸고 가."

패거리는 뒤늦게 무슨 뜻인지 알아차리고 아연실색했다.

"말도 안 돼!"

"그, 그래도 언니 체면이 있는데⋯⋯!"

"그래서 누가 더 많이 벌어?"

모니카는 한마디로 항의를 일축했다. 패거리가 찍소리도 못하고 어깨를 움츠렸다.

"나는 누구랑 다르게 번 돈은 함부로 안 쓰거든. 너희 다섯 명분 벌금 물어도 넉넉해."

아스타르테는 화장도, 치장도 무의미하다고 단언했다. 심지어 옷도 마찬가지였다. 공창이라는 특성 상 손님이 한 번만 오라는 법은 없고, 그렇다면 비슷한 복장으로 눈도장을 찍는 편이 나았다. 다들 값싼 원색으로 경쟁하기 바쁠 때, 모니카는 전원적인 인상의 하얀 원피스에 밀짚 모자를 특징으로 삼았다.

한 번 눈도장을 찍기 시작하면 그 이후는 침대에서 승부가 결정 났다. 그 이후로는 주변에서 목숨줄이나 다름없는 돈을 마구잡이로 쓰는 작태가 혐오스러워졌다. 돈을 쓰지 못해 아쉽기는커녕 오히려 저축하는 재미도 생겼다.

"많이 해 봤잖아! 어서!"

"윽, 흐윽⋯⋯!"

"죄, 죄송해요⋯⋯."

모니카가 언성을 높이자 패거리는 클로디를 단단히 잡았다. 클로디는 발을 구르며 울부짖었다.

"하지 마! 하지 말라고! 이 개년들아! 내가 너희를 얼마나 챙겨 줬는데! 하지 말라니까! 아흡! 컥! 으그읍……!"

머리채를 움켜 쥔 한 마리가 클로디의 코를 막았다. 첫 타자는 모니카에게 흠씬 맞았던 메리였다. 투실투실한 사타구니가 숨을 쉬느라 쩍 벌어진 주둥이를 틀어막았다.

"후, 후우. 후으으……."

"어푭?! 우굽……! 오웨엑! 웨엑! 쿱! 쿠   ……!"

지린내와 함께 클로디가 눈을 하얗게 까뒤집고 질질 짰다. 쪼그리고 앉은 암퇘지는 마지막 한 방울까지 마저 털고 가까스로 일어났다. 클로디의 입에서 샛노란 오줌이 거품을 일으켰다.

"자리 바꿔! 빨리! 지각하기 싫단 말이야!"

모니카의 신경질에 떠밀린 패거리가 차례차례 클로디의 입에 오줌을 쌌다. 나오지 않는다고 울먹거리던 이들도 뒤통수를 몇 대 얻어맞자 억지로 방광을 쥐어짜 냈다.

"얘는 앞으로 내 똥걸레 당번이야."

모니카는 꼴깍꼴깍 억지로 오줌을 마시는 클로디를 툭툭 걷어차며 선언했다. 그 말에 아무도 반박할 수 없었다.

"개관까지 얼마 안 남았으니까 푹 쉬고 나와."

모니카는 몸을 씻고 욕탕에서 나왔다. 탈의실로 오자마자 모니카의 표독하던 얼굴에 함박웃음이 떠올랐다.

'해냈어!'

남을 찍어누르는 것이 이렇게 흥미진진한 줄 처음 알았다. 모니카는 콧노래를 부르며 옷을 갈아입었다. 욕탕에서 들려오는 숨죽인 흐느낌이 흥을 돋우었다.

「어이, 암퇘지.」

그런데 승강기를 타고 내려오니 분위기가 묘했다. 오거는 명패를 돌려주면서 언성을 낮췄다.

「아스타르테 님께서 오셨어.」

"아스타르테 님이요?"

오거가 급히 고개를 위아래로 크게 흔들었다.

「너를 보러 오셨다던데. 축사에서 기다리신다고 했으니까 어서 가 봐.」

늦게 보내면 벼락 맞을 줄 아는 모양이었다. 모니카는 오거가 등 떠미는 대로 발길을 재촉했다.

「침대 정돈 안 해 놓냐! 이것들이 돼지라고 손이 없어, 발이 없어!」

「뭘 노닥거리고 앉았어! 어서 축사로 들어가! 어서!」

수금원들이 길거리를 바쁘게 뛰어다니며 윽박질렀다. 코르티잔은 카밀라에게 가장 가까운 암퇘지였다. 작은 흠결 하나라도 눈에 띄었다간 무슨 사달이 날지 모른다.

"갑자기 왜 저래. 아직 사열 받을 시간도 아니잖아."

"의원님 온 거 아냐?"

"에이, 의원 나리들이 모양 빠지게 5층에서 놀 리 없지."

한편 축사에서는 사정을 모르는 암퇘지들이 태평하게 불평을 터뜨렸다. 모니카는 수금원의 역정을 피해 축사로 돌아갔다.

"아스타르테 님……?"

모니카는 털이 풍성한 후드 로브를 걸친 여인을 보고 얼떨떨

했다. 아스타르테의 특징은 단연코 왕관처럼 뻗은 사슴 뿔이었다. 후드를 눌러 쓰는 것은 불가능했다.

"그동안 잘 지냈니. 모니카."

모니카는 입이 헤 벌어졌다. 후드 밑에서 흘러나온 목소리는 분명 풍요의 여신이었다.

"인식 저해 마법이란다. 감이 좋은 것들은 금방 알아차리지만."

여신은 짓궂게 키득거렸다. 후드를 벗자 거짓말처럼 사슴뿔이 나타났다. 모니카는 휴 하고 가슴을 쓸어내렸다.

"깜짝 놀랐어요."

"나도 내려오고 깜짝 놀랐어. 두무지가 동네방네 소문냈더라고. 걔 때문에 어디 마음 편히 못 다닌다니까. 내가 주인님 명령 받고 온 것도 아닌데."

아스타르테가 투덜거리며 궐련을 물었다. 성냥을 그어 불을 붙이자 진한 향이 우러나왔다.

모니카는 그 '엄청 못생기고' '사람 피곤하게 한다'는 전속 시종이 부러웠다. 두무지 얘기를 하는 아스타르테는 평소와 다르게 자상한 누이 같았다.

"여하간."

아스타르테는 입 안 가득 머금은 연기를 훅 불고 모니카를 거들떠봤다. 퍼뜩 잡생각에서 깨어난 모니카가 차가운 바닥에 엎드렸다.

"우리가 언제 마지막으로 봤지?"

"한 달 전에 뵈었어요."

"그래. 벌써 한 달이나 지났구나."

침묵 속에서 담배 타들어 가는 소리가 드문드문했다.

"우선, 승급 축하해."

한참이 지나서야, 아스타르테는 차분한 말씨로 화두를 던졌다.

"4층으로 올라가면 더 분발해야 할 거야. 4층은 5층보다 환경이 좋아서 마음가짐이 흐트러지기 쉽거든. 여유는 잃지 않되, 나태하지 말 것. 알겠지?"

"네! 열심히 할게요!"

모니카는 바닥에 이마를 문대다시피 했다. 지하 5층만 전전하다가 6층, 혹은 도축장으로 팔려 가는 암퇘지가 드물지 않았다. 아스타르테의 조언이 없었다면 교정실을 나와서도 그저 그런 암퇘지로 삶을 마감했을 것이다. 모니카에게 아스타르테는 생명의 은인이자 선생님이었다.

"저, 아스타르테 님. 실은 드릴 말씀이 있어요."

"응?"

그렇기에 모니카는 참지 못하고 주둥이를 놀렸다. 바닥에 납작 엎드린 채 목욕탕에서 펼친 무용담을 자랑하는 모습은 주인에게 꼬리를 치는 애완견과 흡사했다.

"흐음. 그랬니."

"네. 엉엉 울고 난리도 아니었어요. 아스타르테 님께서 말씀하신 대로, 찍소리도 못하고 당하는 꼴이 정말 걸작이었어요.

다음부터는 제 앞에 얼씬도 못할 거예요."

"그 정도로 만족할 수 있다니 다행이네."

아스타르테의 목소리에 웃음기가 섞였다.

"하지만 아직 네 부모가 남았잖니."

부모.

숨통을 옥죄는 말이었다. 딸을 팔아넘기며 간사하게 웃던 낯짝이 눈에 아른거렸다. 교정실을 나오고 1년이 지났건만, 그 둘은 여태 연락 한 번 없었다.

"어차피……."

모니카는 마른침으로 목을 축였다.

"어차피 길바닥에서 객사할 쓰레기들이에요."

"자식도 팔아넘기는 말종들이 객사한다고?"

심드렁한 질책에 피가 얼음장처럼 차가워졌다. 자식도 팔아넘긴 말종. 갑자기 몸이 으슬으슬 떨렸다.

"그런 족속을 내버려 두면, 너와 같은 희생양만 늘릴 뿐이란다."

모니카는 결례라는 사실도 잊고 얼굴을 들었다. 침대에 걸터앉아 굽어보는 아스타르테의 자태가 모독스러운 신상(神像)을 방불케 했다.

"끝장을 봐야지. 모니카."

"그, 그렇지만, 아스타르테 님. 저는 한낱 암퇘지에요."

아스타르테는 실수를 꾸짖는 대신 자애롭게 손을 건넸다. 모니카는 아스타르테의 손을 잡고 천천히 일어섰다. 황홀하리만치 보드라워서, 이대로 영원토록 매달리고 싶은 감촉이었다.

"내가 너를 도와 줄 테니, 너 역시 나를 도와 주렴."

모니카는 천천히 고개를 끄덕거렸다. 등줄기를 휘어감는 고양감과 함께한다면, 무슨 일이라도 기꺼이 할 수 있을 것만 같았다.

'순진한 년.'

아스타르테는 모니카의 들뜬 표정을 보고 내심 실소했다.

모니카를 거둔 이유는 간단했다. 순박하고 어리석기 때문이다. 티끌만큼이나마 영악한 구석이 보였다면 눈길도 주지 않았다. 아스타르테는 천연덕스럽게 미소지었다.

장기짝을 잃었다고 슬퍼하는 사람은 없다. 새삼스럽지도 않은 일이다. 살기 위해서, 다소 지저분한 짓을 한 적은 몇 번 있다. 목적의 차이일 뿐, 방법은 같다.

"그럼 지금부터 잘 들으렴."

"⋯⋯님."

아스타르테는 스르륵 눈을 떴다. 수건을 든 시녀들이 긴장 어린 눈으로 우러러보고 있었다. 시중을 받다가 잠시 상념에 빠진 듯했다.

"아스타르테 님."

침묵으로 일관하자 시녀들의 눈동자가 가늘게 떨렸다. 오므라드는 입술이 불안을 드러냈다. 접대에 차질이 생기면, 준비를 돕는 그녀들도 무사할 수 없었다.

"달리 필요하신 바가 있으시다면 바로 준비를……."

"됐어."

아스타르테는 손을 내젓고 욕실에서 걸어 나왔다. 긴 양모 가운 사이로 섬뜩하리만치 아름다운 나신이 엿보였다. 화장대 앞에서 초조하게 기다리던 시녀들이 꼴깍 군침을 삼켰다. 여신의 미색은 동성에게조차 경이를 넘어선 욕정을 야기했다.

"동관에서의 전언입니다. 손님께서 당도하셨습니다."

조장이 머리를 조아렸다. 아스타르테는 흘끔 거들떠보고 침대만큼 커다란 안락의자에 걸터앉았다. 안락의자 뒤에 시립한 시녀들이 옷자락 스치는 소리마저 들리지 않도록 자연스럽게 가운을 벗겨 줬다.

"색조는 옅게."

"분부 받들겠습니다."

조장의 대답과 함께 시녀 예닐곱이 치장을 시중들었다. 손톱과 발톱을 다듬고 전신에 화장수를 바르는 손길이 분주했다. 아스타르테는 그동안 거울에 비친 자신을 나른하게 바라봤다.

"아스타르테 님."

거울 귀퉁이에서 솔레나가 조심스레 고개를 내밀었다. 초췌한 얼굴에 옅은 홍조가 번져 있었다. 다리 사이에 꽂힌 두 개의 목제 남근 때문이었다. 투기장에서 참패한 이후, 그녀는 조련의 일환으로 매일 목제 남근을 꽂고 지내게 됐다.

"저는 먼저 지하로 내려가겠습니다."

솔레나의 얼굴에 만감이 교차했다. 무리 지은 수컷 앞에서 치태를 드러내야 한다는 두려움, 여신의 명령에 따르겠다는 충성심, 오늘 밤 침소에서 벌어질 만행을 걱정하는 불안감. 자신은 무엇 하나 보탬이 될 수 없다는 자괴감.

아스타르테는 짐짓 눈을 감았다.

"오늘 밤은 다나에의 처소에서 보내렴."

"……알겠습니다. 부디 무탈하시길."

솔레나가 체념 섞인 목소리로 예를 표하고 물러났다. 아스타르테는 마지못해 멀어지는 발소리를 들으며 머릿속을 정리했다.

시기 좋게 마지막 한 명이 나타났다.

원로 의원 네 명이라면, 바드티비라에 평지풍파를 일으키기 충분하다. 이제부터는 단숨에 몰아쳐야 한다. 한 가지 마음에 걸리는 점은 지나치게 시의적절하다는 것일까.

'슈트라우스를 부추긴 배후가 있다면?'

안락의자에서 일어난 아스타르테에게 시녀들이 드레스를 입혔다. 발치에 무릎을 꿇은 시녀는 손바닥 위에서 노닐 듯 작은 발에 굽 높은 구두를 신겼다. 수백, 수천 번을 거듭한 시중은 한 편의 합주곡처럼 절묘하게 맞아떨어졌다.

"흐음."

이윽고 시중을 마친 시녀들이 두 손을 배꼽 위에 공손히 모으고 뒷걸음질쳤다. 아스타르테는 거울에 비친 자신을 살펴보다가 조장에게 손을 내밀었다. 조장이 공작 깃털로 장식한 부채를 바쳤다.

"수고했어, 조장."

아스타르테는 부채로 입가를 감췄다. 화려한 깃털 위로 드러난 눈매가 지난날과 닮아 있었다.

비열하고, 간사하며, 흉측하다.

누구에게도 보여 줄 수 없는 약자의 민낯이다.

"감사합니다. 아스타르테 님. 주인님의 분부대로 저희가 동관까지 수행하도록 하겠습니다."

아스타르테는 조장과 시녀 한 명을 대동하고 침소를 나섰다. 샹들리에로 구석구석까지 밝힌 복도는 난롯가처럼 부드러운 온기에 잠겨 있었다. 송은관을 이용한 난방 덕분이었다. 다시 말해, 지금 저택은 카밀라의 마력으로 가득찼다고 해도 무방했다.

'응?'

아스타르테는 발길을 늦췄다. 창가에 하얀 외투를 입은 다나에가 서 있었다. 우수에 젖어 정원을 내려다보는 모습에서는 칼날처럼 예리한 기품이 느껴졌다.

"날도 찬데 무슨 일이야."

다나에가 돌아서자 뒤따르던 시녀들이 숨을 죽였다. 예혈의 성녀는 천것에게 자비가 없었다.

"임께오서 당도하시길 기다리고 있었사옵니다."

다나에는 못마땅한 눈으로 시녀들을 훑고 아스타르테에게 편지를 바쳤다. 봉합부의 금빛 봉인에 태양 문양이 선명했다. 아스타르테는 북받쳐 오르는 흥분을 억누르며 편지 봉투를 열었다.

편지는 이렇게 시작됐다.

이제까지 세상을 밝혔고 앞으로도 세상을 밝히실 분의 종인 대주교 코타르가, 만신전이 공고히 세운 혈통을 계승하며 수국화관의 존귀하신 여주인인 카밀라에게 평강을 기원하는 바입니다.

그 뒤 대주교는 평소 바드티비라의 실정에 지대한 관심을 가졌으며, 이번 사업으로 말미암아 세속의 온기가 미치지 않는 곳까지 태양신의 자비를 전할 수 있길 바란다고 밝혔다. 아울러 가까운 시일 내에 바드티비라를 찾아 신도들을 위로하고자 하니 '긴밀한 협조'를 부탁한다고 덧붙였다.

긴밀한 협조.

수려한 필체로 적힌 구절 중에서 유독 눈길을 끄는 표현이다.

"주인님께서도 알고 계시지?"

"예. 기쁜 소식이기에 앞서 카밀라 님께 아뢰었사옵니다. 주인님의 의중을 궁금해 하시더군요."

오는 정이 있으면 가는 정도 있는 법이다. 코타르 대주교가 선의로 움직일 인물이 아니라는 사실은 카밀라도 잘 알고 있을 것이다.

"예하께서 도와 주신다면 거칠 것 없겠지. 네 덕분이야. 다나에.”

“과찬이시옵니다. 소첩은 이 부족한 재주로 임을 보필하는 매 순간이 황송스럽사옵니다.”

코타르 대주교는 복 받은 수컷이었다. 온 세상을 뒤져도 이처럼 충성스럽고 한결같은 암퇘지는 찾기 어려울 것이다. 아스타르테는 입술에서 배어나는 질투를 가만히 핥았다.

“다나에. 하나만 물을게.”

나란히 걷던 다나에가 말없이 눈길을 돌렸다. 그늘진 얼굴이 저물어 가는 그믐달처럼 애처로웠다.

“너는 예하의 암퇘지였지.”

차가운 정적이 대답을 대신했다.

“나를 신앙하는 암퇘지였고.”

백 마디 말보다 한 번의 침묵이 많은 의미를 담을 수 있다. 다나에의 진심은 고작 세 치 혀로 읊어서 전할 수 있는 것이 아니다.

“솔레나에게 네 침소로 가라고 했어.”

다나에의 호흡이 멎었다. 아스타르테는 귓속말을 속삭였다.

“예하께 진상하기 전까지, 앞으로 잘 길들여 봐.”

얘기를 나누는 사이 어느덧 동관에 다다랐다. 벽 반대편에서 분주한 인기척이 들려왔다. 코르티잔을 부르는 손님은 대개 화려한 연회를 열기 때문에, 접대가 있는 날이면 시녀들은 손님에 딸려 오는 하객을 시중들기 바빴다.

“고결하셨던 분의 배려, 기쁜 마음으로 받잡겠사옵니다.”

다나에가 희열이 묻어나는 미성으로 배웅했다. 아스타르테는 수행하던 시녀들을 물리고 연회장에 들어섰다.

"아스타르테 님께서 당도하셨습니다."

입구를 지키는 시녀들이 한목소리로 아뢰었다. 단아한 걸음걸이로 나타난 여신에게 하객의 이목이 쏠렸다. 왁자지껄한 소리가 잦아들고 악단의 감미로운 선율마저 숨을 죽였다.

술과 암컷이 그득이 쌓인 연회장에서도 아스타르테는 단연 휘황했다. 이 순간, 그녀는 여신도 암퇘지도 아닌 주빈에게 바칠 헌화이자 월계관이었다.

"처음 뵙겠습니다. 손님. 아스타르테, 주인님의 부름을 받아 대령했습니다."

아스타르테는 상석 앞에 나아가 머리를 조아렸다. 오늘밤 상석을 차지한 수컷은 작은 불곰만 한 덩치의 민달팽이였다. 생김새는 혐오스럽지만, 이 민달팽이야말로 나선전당의 '마도교수' 슈트라우스였다.

『휘이—! 빨통 죽이는데?! 애꾸눈이 탐낼 만해!』

슈트라우스가 시정잡배 같은 말투로 호들갑을 떨었다. 술잔을 기울이던 카밀라는 그를 못마땅하게 흘겨봤다.

"천박하긴. 아무래도 좋지만 보나파르트와 쌍으로 원로의 격을 떨어뜨리지는 말아 주렴."

『거 참, 잔소리는. 잘 봐. 점액이 질질 흐르고 있잖아. 이 몸의 탐구심이 불끈거린다는 증거지.』

슈트라우스는 제 미끈한 몸뚱이를 비틀며 과시했다. 사치스러운 로브 사이로 누리끼리한 광택이 줄줄 흘렀다.

"지금 네 대신 카산드라와 거래하라고 부추기는 거니."

육체미를 뽐내는 민달팽이가 시력에 이로울 리 없었다. 카밀라는 목구멍까지 차오르는 욕지기를 술로 씻어 냈다.

『뭐? 아니, 아니아니, 카밀라! 그 석녀(石女)랑 이 몸을 동일 선상에 세우면 곤란하지.』

슈트라우스가 배발(腹足)을 꾸물거리며 불평했다.

『카산드라 그년은 협회 시절부터 싹이 노랬다고. 학생 주제에 이 몸의 우수성을 이해하려는 노력조차 하지 않았어. 생리적으로나 지적으로나 석녀가 분명해! 아무렴, 그렇고말고!』

슈트라우스는 본래 최연소 교수로 임용될 만큼 전도유망한 천재였다. 실력이 곧 신분인 마법사의 사회에서 슈트라우스를 나무랄 수 있는 인물은 한 손에 꼽혔다. 천박하고 제멋대로인 성품은 젊은 시절 굳어진 것이었다.

그런 탕아가 유일하게 경계한 적수가 바로 카산드라였다. 카산드라는 불과 몇 년 사이 슈트라우스의 성과를 바짝 쫓아왔다. 위기를 느낀 슈트라우스는 수단과 방법을 가리지 않고 자신의 천재성을 과시하려 들었다. 자기 자신을 민달팽이와 융합한 생체 실험도 그 일환이었다.

『학회에서 나한테 개망신을 준 주제에 지금은 한낱 장난감 따위나 만들고 있지! 멍청하고 배은망덕한 년! 요새 잘나간다고 콧대가 높지만 조만간……!』

울분을 토하던 슈트라우스는 뒤늦게 아스타르테를 의식했다.

『아, 너무 흥분해 버렸네. 미안, 미안. 그래도 이게 다 네 색스러운 몸뚱이 때문인 거 알지?』

"별말씀을요."

아스타르테는 진심이 담기지 않은 사과를 진심이 담기지 않은 미소로 받아넘겼다. 빈말은 책임질 필요 없는 공수표이자 인간관계의 윤활유였다.

"미천한 저를 이토록 성대하게 맞이하여 주셔서 기쁠 따름이랍니다. 침소에서 성의에 보답드릴 수 있도록 허락해 주시겠나요, 손님?"

『휘유. 그야 물론이고 말고.』

슈트라우스가 몸을 곧추세우고 상석에서 내려왔다. 아스타르테는 그와 함께 연회장을 떠났다.

『아스타르테. 애꾸눈은 어때? 혼자 감당하기 힘들지 않아?』

슈트라우스는 침소로 가는 잠시간도 얌전하게 굴지 못했다. 짓궂은 질문에 아스타르테는 절로 한숨이 나왔다. 꼬투리를 잡으려는 속셈이 훤히 들여다보였다.

"오늘 밤 손님께서 친히 감평하여 주시면 어떨까요."

힘들다고 대답하면 스스로를 깎아내리게 된다. 반대로 견딜 만하다고 하면 훔바바를 깔보는 격이다. 아스타르테는 손님의 심기를 거스르지 않는 선에서 살며시 맹랑한 태도를 드러냈다.

『오호, 듣던 중 반가운 소리네. 너처럼 암컷 냄새 풀풀 날리고 다니는 여신은 별로 없거든.』

슈트라우스는 눈앞에서 도발하듯 살랑거리는 엉덩이를 더듬이로 휘감았다. 보기 좋게 부푼 엉덩이가 슈트라우스의 희롱에 따라 음탕한 형태로 일그러졌다. 아스타르테는 달콤한 신음을 내며 더듬이를 걷어 냈다.

"침소까지만 참아 주세요, 교수님. 밤은 길답니다."

『전당 밖에서 교수 소리를 듣다니, 오래 살고 볼 일이네.』

슈트라우스는 낄낄거리면서 우악스럽게 엉덩이를 쥐어짰다. 아스타르테의 드레스가 질척한 점액으로 얼룩졌다. 접대 전에 들은 대로 고상함이라고는 눈곱만큼도 없었다.

『어차피 너희 암돼지들은 누가 보거나 말거나 신경 안 쓰잖아. 내 말 맞지?』

"저는 그저, 교수님의 위신을 위해서……. 으응……♥"

다리를 타고 올라온 더듬이가 속옷 위로 비밀스러운 균열을 문질렀다. 매미 날개처럼 얇은 천 조각이 균열에서 배어나는 애액과 슈트라우스의 점액으로 금세 끈적하게 젖어들었다. 아스타르테는 등줄기를 가늘게 떨면서도 걸음을 멈추지 않았다.

『카밀라가 기른 암돼지들은 수컷 냄새만 맡아도 씹물을 줄줄 흘리거든.』

슈트라우스가 아스타르테의 어깨를 연인처럼 끌어안으며 야유했다. 아스타르테는 숨을 크게 들이쉬었다. 속옷 너머로 지분대는 축축한 자극에 연신 허리가 움찔거렸다. 조금만 긴장을 풀어도 다리에 힘이 풀려 주저앉을 판국이었다.

"교수……님……. 부디 관(館)에서는, 관의 예법을……존중해 주세요……."

아스타르테는 열락에 물든 눈으로 슈트라우스를 올려다봤다. 살짝 풀린 입술에서 뜨거운 숨결이 흘러나왔다. 사내라면 무심코 제 사타구니를 주무르고 싶어질 만큼 색정적인 광경이었다.

『예법? 가축을 가지고 노는 데 그딴 거추장스러운 게 왜 필요하냐?』

슈트라우스는 느물거리면서 속옷 안에 더듬이를 밀어 넣었다. 고과(苦瓜)처럼 우둘투둘한 끄트머리로 포피에 감싸인 클리토리스를 튕긴 순간, 아스타르테의 허리가 흠칫 치올랐다.

"학……. 하, 하아……. 아……♥"

가벼운 절정이 들불처럼 온몸으로 퍼져 나갔다. 아스타르테는 가쁘게 호흡하며 의식을 추슬렀다. 슈트라우스의 신상(身上)은 사전에 검토를 마쳤다. 이 정도로 흐트러져서는 오늘밤을 넘길 수 없었다.

『어때. 아직도 예법 운운할 마음이 드냐?』

슈트라우스가 붉게 충혈된 클리토리스를 희롱하며 빈정거렸다. 달아오른 육체가 그 말에 움찔움찔 잔물결을 일으켰다. 아스타르테는 가까스로 충동을 억누르고 완고한 태도로 대답했다.

"접대는……. 접대는 침소에서 이루어진답니다 잠시만 참아주세요, 교수님."

『흥. 번거롭게 만들기는.』

슈트라우스는 투덜거리면서도 더 이상 말을 꺼내지 않았다. 오히려 아스타르테의 젖은 꽃잎을 주무르며 어떻게 콧대를 꺾을지 고민하는 눈치였다. 아스타르테는 물거품처럼 이는 얕은 절정을 견디며 애써 의연한 척 굴었다.

슈트라우스는 자신 외에 모두를 열등하다고 여긴다. 오죽하면 원로 의원이 된 계기도 카산드라만 대접 받는 꼴을 보기 싫어서라고 할까. 슈트라우스를 이루는 칠 할은 독보적인 재능에서 비롯된 우월감이고, 삼 할은 자신의 아성을 무너뜨리려는 이들에 대한 경계심이라고 해도 지나치지 않다.

따라서 슈트라우스의 주목을 끌기 위해서는 첫 번째로 희소성이 있어야 하고, 두 번째로는 당돌해야 한다. 이 옹졸한 수컷은 타자(他者)가 자신에게 거스를 수 있다는 사실을 납득하지 못한다.

"안녕하십니까. 슈트라우스님을 모시게 되어 영광입니다. 필요하실 때 언제라도 불러 주십시오."

침소에 다다르자 자리를 지키고 있던 두무지가 깍듯이 인사했다. 추레한 용모와 달리 상전을 대하는 자세는 일류 집사 못지않았다.

『뭐야, 실패작이잖아.』

하지만 슈트라우스에게는 그닥 중요하지 않은 사실이었다. 그는 떫은 눈으로 두무지를 훑어봤다.

『어이, 실패작. 상판 좀 보자.』

두무지가 머뭇머뭇 고개를 들었다. 슈트라우스는 아스타르테를 품에 끌어당기며 비웃었다.

『이야, 마녀도 진짜 너무하다. 어떻게 이딴 낯짝을 만들어 줬을까.』

"그건, 제 본바탕인 분께서 주인님을⋯⋯."

미처 말이 끝나기 전에 슈트라우스가 두무지의 어깨를 퍽 밀쳤다. 두무지는 가죽 채찍처럼 묵직한 힘에 주춤 물러섰다. 키메라 제조의 대가답게 그 육신 역시 녹록하지 않았다.

『뭐? 본바탕? 지나가던 개가 웃겠네. 본바탕은 얼어 죽을 본바탕이야? 너한테 그 기사 놈 찌꺼기라도 남아 있을 것 같냐?』

두무지는 차마 대꾸하지 못했다. 손님의 비위를 맞추는 일 또한 시종의 역할이었다. 비슷한 모욕도 이제껏 여러 번 들었고, 그때마다 웃음으로 무마해 왔다.

하지만 슈트라우스의 품에서 교태를 부리는 여신을 보자, 생애 처음 느끼는 차가운 응어리가 뱃속에서 꿈틀거렸다. 두무지는 직감했다. 이대로 입을 열었다가는 돌이킬 수 없었다.

『어이, 실패작! 갑자기 벙어리라도 됐냐? 왜 말을 안 해? 그 눈깔은 뭐야? 응?』

"윽!?"

슈트라우스가 두무지를 더듬이로 퍽 하고 떠밀었다. 두무지는 휘청 균형을 잃고 벽에 부딪쳤다. 무수히 자라난 더듬이가 두무지의 멱살을 잡고 끌어올렸다.

『지금 누구한테 버르장머리 없게 구는 거냐? 너 하나 어쩐다고 카밀라가 눈물 한 방울 짜 줄 것 같아?』

"큭⋯⋯! 컥⋯⋯!"

두무지는 공중에서 발을 구르며 괴로워했다. 썩은 포도송이 같은 얼굴이 시퍼렇게 죽어 갔다. 슈트라우스는 입을 벌려 씩 웃었다. 톱니처럼 삐죽삐죽한 이빨이 몇 겹씩 겹쳐 있었다.

『그래. 잘난 두무지 경께서도 너처럼 꼴값을 떨다가 훅 가 버렸지. 어디 너는 어떻게…….』

"교수님!"

슈트라우스의 눈이 홱 돌아갔다. 아스타르테가 창백한 얼굴로 그를 우러러보고 있었다.

"교수님, 죄송해요. 부상 때문에 오래 쉬어서 마음가짐이 흐트러진 모양이에요. 제가 분명히 꾸짖을 테니까 노여움은 그만 푸시어요."

『크흠.』

슈트라우스는 언짢은 척 헛기침했다. 아스타르테는 하루 이틀 관찰하고 버릴 소재가 아니었다. 직접 꾸짖겠다는 말까지 나온 이상, 더 보채 봤자 손해였다.

『오늘 죽다 산 줄 알아라.』

슈트라우스는 멱살을 놓고 침소로 휙 들어갔다. 바닥에 엉덩방아를 찧은 두무지가 기침을 콜록거렸다. 아스타르테는 쾅 닫힌 문을 질색하며 바라보고 두무지를 일으켜 세웠다.

"너 왜 그러니? 미쳤어? 평소처럼 하면 된다고 했잖아. 왜 갑자기 큰일 날 짓을 하고 그래."

때늦은 사춘기인지, 기가 막힐 노릇이었다. 두무지의 반항 탓에 기껏 잡은 분위기가 와장창 깨져 버렸다. 아스타르테는 시무룩한 두무지를 붙들고 조곤조곤하게 얘기했다.

"잘 들어. 주인님께서는 마도서 한 권으로 끝낼 생각이 없으셔. 나도 마찬가지고. 이제까지 잘 견뎌 왔잖아."

"죄송해요, 아스타르테 님. 저도, 저도 왜 그랬는지 모르겠어요. 아스타르테 님 앞에서 그런 질문을 들으니까, 갑자기……."

두무지가 코를 훌쩍거렸다. 아스타르테는 울음기 섞인 대답에 잠시 말을 잇지 못했다.

사람은 언제까지고 범사에 감사하며 안주할 수 있을까. 적어도 자신은 아니었다.

그렇다면 두무지는?

"다친 데는 없지?"

너는 그래서는 안 된다.

아스타르테는 가슴에 치미는 불안을 달래며 상처가 안 났는지 꼼꼼히 살폈다. 이리저리 몸을 뒤집히던 두무지가 그제야 쑥스러웠는지 입을 열었다.

"아, 아스타르테 님. 괜찮아요. 제가 애도 아니고."

"그럼 좀 어른답게 굴어. 넌 내가 혼자 마족 백만 명과 싸워 이겼대도 믿잖아."

"정말요? 역시 아스타르테 님은……아야야."

아스타르테는 눈이 휘둥그레진 두무지의 코를 손가락으로 잡고 비틀었다. 혼쭐이 난 두무지가 얼얼한 코를 부여잡고 눈물을 글썽거렸다. 아스타르테는 허리를 짚고 한숨을 푹 내쉬었다.

"앞으로 손님 심기 어지럽히고 그러면 못써."

"죄송해요."

두무지는 순순히 용서를 빌었다. 코르티잔이 맡은 접대는 수국화관의 이권과 밀접했다. 한낱 시종 따위가 어그러뜨릴 것이 아니었다.

"저, 아스타르테 님."

"응?"

아스타르테는 문고리를 잡은 채 뒤돌아봤다. 복도를 밝히는 조명 탓에 유독 두무지의 얼굴이 그늘져 있었다.

"빈민가에서 구해 주셔서 정말 감사합니다."

"감사는 무슨."

아스타르테는 픽 웃었다. 확실히 감사할 필요도, 감사를 받을 생각도 없었다. 두무지의 아스타르테를 향한 동경이 어디서부터 어긋나 버렸는지 알아차렸기 때문이다.

"너는 내 시종이잖아."

그렇게만 남아 주길 바라며, 아스타르테는 침소에 들었다.

문이 닫히는 소리가 천둥처럼 컸다.

『오래 걸렸네?』

제 집처럼 소파에 누워 있던 슈트라우스가 부스스 일어났다. 아스타르테는 하복부에서 피어오르는 미열을 느끼며 슈트라우스에게 다가갔다. 걸음걸음마다 바닥에 고인 점액이 철벅거렸다.

"술상을 준비해 두었어요. 교수님."

아스타르테는 점액이 엉긴 로브를 벗겨 줬다. 다정한 귓속말에 슈트라우스는 더듬이로 아스타르테의 손목을 홱 낚아챘다.

『술상?』

아스타르테는 당황하지 않았다. 주도권이 넘어간 이상, 오늘 밤은 곱게 보내기 힘들었다. 주어진 소명을 이루기 위해서는 정신 바짝 차려야 했다.

『어쩐다. 나는 술상보다 여신에게 흥미가 있는데.』

슈트라우스에게서 돋아난 더듬이가 아스타르테를 집어삼킬 기세로 휘감았다. 아스타르테는 전신을 옥죄는 압박감에 작게 신음했다.

『마음 단단히 먹으라고, 아스타르테. 나는 어디까지나 여신의 몸을 자세히 알아보고 싶어서 왔거든. 딱 부서지지 않을 만큼만 상냥하게 다뤄 주지.』

수백 가닥은 될 법한 더듬이 중에서 몇 가닥이 유독 굵게 부풀어 올랐다. 더듬이의 넓적한 끝부분이 크고 작은 돌기로 빽빽하게 뒤덮여 있었다. 아스타르테는 애써 당당한 미소를 지었다.

"교수님, 저는……."

『이번 사업에 우리 설비를 빌려 달라고?』

슈트라우스가 선수를 가로챘다. 굵직한 더듬이들이 아스타르테의 몸을 훑어 댔다. 우둘투둘하고 미끌거리는 감촉이 지나간 자리마다 슈트라우스의 점액이 빈틈없이 펴 발라졌다. 그 움직임은 수술대에 오른 환자의 환부를 소독하는 듯이 철저하고, 집요했다.

『알다마다. 그 욕심쟁이 마녀는 만족할 줄 모르거든.』

슈트라우스는 낄낄 웃으며 아스타르테에게 미끄러지듯 기어왔다. 두 가닥의 굵직한 더듬이가 점액으로 흠뻑 젖은 드레스를 헤집고 들어와서 양 젖가슴을 휘감았다.

『근데 네 주인이 뭐 예쁘다고 빌려 주겠냐? 그냥 이참에 공장 하나 차리라고 해.』

"웃……. 하아, 하윽……."

슈트라우스의 더듬이는 우악스럽게 쾌감을 새겨 넣었다. 질긴 더듬이가 젖가슴을 반죽하듯 주무를 때마다, 소름 돋게 까끌까끌한 끝부분으로 유두와 유륜을 문질거릴 때마다 욱신거리는 열기가 뭉클 하고 피어났다. 아스타르테는 그저 고개를 모로 꼰 채 숨죽여 신음할 수밖에 없었다.

『좋은 가슴인데. 탄력도, 촉감도 극상이야.』

너저분한 탄사와 함께 유두를 괴롭히던 더듬이에 변화가 일어났다. 넓적한 끝부분이 칠성장어의 입처럼 찍 벌어진 것이다. 새로운 기관을 얻은 두 가닥의 더듬이는 그대로 하얀 모유가 방울져 흐르는 복숭앗빛 유두를 덥석 깨물었다.

"앗, 하윽……! 젖꼭지, 안 대, 하아, 하앙……♥"

더듬이가 탐욕스럽게 젖물을 빨아들이자 아스타르테의 나른한 신음이 한 음계 높아졌다. 슈트라우스는 더듬이로 음미하는 모유의 맛에 감탄했다. 달짝지근한 향과 함께 혀끝에 감도는 감칠맛이 중독성 있었다.

『암퇘지가 아니라 젖소였어, 젖소!』

썩 느긋하게 농락하던 한 쌍의 더듬이가 젖가슴을 터뜨릴 듯이 조이며 유두를 흡입하기 시작했다. 격렬하게 상하로 왕복하며 빨아들이는 것이 한 방울도 남기지 않고 짜낼 기세였다.

"하악……! 하아, 흐으읏!? 흐아……! 아……! 하앙?! 하으응!"

탄력 있는 젖가슴이 번갈아서 짓눌리고 팽팽하게 당겨지며 음탕한 율동을 강요당했다. 아스타르테는 고개를 한껏 젖힌 채 숨가쁜 교성을 토해 냈다. 모유가 짜내어질 때마다 심신을 흐물흐물 녹이는 쾌감에 머릿속이 새하얗게 질렸다.

『아아, 젠장. 젠장! 이 빌어먹을 젖소 년! 마셔도 마셔도 질리지 않잖아! 나를 어디까지 천박하게 만들 거냐!』

바닥 없는 탐구욕이 거세게 타올랐다. 슈트라우스의 얼굴에서 명주실처럼 가늘고 바늘처럼 뾰족한 더듬이가 자글자글 자라났다. 모르모트의 생체 조직을 분석하기 위한 기관으로, 슈트라우스는 '잔바늘' 이라고 불렀다.

『그래. 사지 멀쩡하면 카밀라도 군소리 못 하겠지.』

길게 늘어난 잔바늘이 아스타르테의 온몸을 뒤덮었다. 날카로운 첨단(尖端)이 피부를 찢고 살 속 깊숙이 침입했다. 잔바늘에서 배어나는 점액은 통각을 죽이면서 지독한 최음 효과를 선사했다.

"읏, 으긱, 힉, 으힛, 힉, 히이……!"

시시각각 고조되는 쾌감에 온몸이 타들어 가는 기분이었다. 아스타르테가 올가미에 걸린 작은 동물처럼 몸부림치며 괴로운 교성을 흘렸다. 슈트라우스는 그 안타까운 모습을 한순간도 놓치지 않으려고 했다.

『듣던 대로 구조 자체는 인간이랑 같나? 어디, 신경계는…….』

슈트라우스의 잔바늘이 단단한 두개골을 뚫고 들어가서 뇌에 닿았다. 점액이 뇌수와 뒤섞이자 아스타르테는 이를 빠득빠득 갈며 발작하듯이 전율했다. 음문을 아로새긴 치구가 허공으로 튕겨 올라갈 때마다 눈물과 콧물은 물론이고 땀, 애액에 이르기까지 온갖 분비물이 왈칵 배어났다.

"웃, 호오…… ♥ 오, 으흐윽…… ♥"

『놀랍군, 정말 놀라워! 그 짧은 시간 동안 이만큼 존재 의의에 적합하게 발달할 수 있나! 신체(神體)는 그저 그릇일 뿐이란 말이지!』

아스타르테는 축 늘어진 채 연신 몸서리를 쳤다. 잔바늘에 사로잡힌 몸뚱이는 슈트라우스의 꼭두각시나 마찬가지였다. 손가락은 고사하고 눈꺼풀도 마음대로 움직일 수 없었다.

'말을……. 말을 걸어야…….'

슈트라우스는 의회에서도 보기 힘든 원로였다. 오늘이 가면, 한동안 나선전당에 틀어박혀 연구하느라 코빼기도 보이지 않을 것이다. 기껏 저 알아서 낚싯바늘을 문 물고기를 놓아 줄 수는 없다.

『어디, 이쪽은? 이쪽은 애꾸눈한테 적응했냐?』

슈트라우스의 더듬이가 자궁이 자리 잡고 있는 아랫배를 꾹 누른 채 빙글빙글 돌렸다. 지저분한 자극이 최음 성분에 찌든 근육을 거쳐 십수 배로 부풀려졌다.

"학, 하아……! 아하악……!"

자궁이 휘저어지는 감각에 아스타르테가 등줄기를 흠칫거리며 뜨거운 숨을 토해 냈다. 슈트라우스는 애달픈 흐느낌을 반주삼아 잔물결이 이는 하복부를 진득하게 괴롭혔다.

"아……! 아, 아아……! 아흐으……흑, 흐으윽……! 하악! 아하아아악!?"

더듬이를 세워 힘껏 짓이기자 절규에 가까운 교성이 터져 나왔다. 적나라하게 벌어진 음부가 남성의 사정처럼 주륵 애액을 뿜었다. 슈트라우스는 음순을 붙든 더듬이에 절로 힘이 들어갔다. 애무나 다름없는 행위도 이 오만한 괴물에게는 개척이며 탐구였다. 자궁을 괴롭히는 동안 나타난 신진대사도, 본능적인 반응도 모두 새로운 영역의 지식에 속했다.

『겉핥기로는 안 되겠는데. 슬슬 본격적으로 생식 기능을 확인해 보실까.』

슈트라우스의 배가 갈라지면서 죽순처럼 생긴 육창(肉槍)이 드러났다. 아스타르테는 흐릿하게 젖은 눈으로 슈트라우스를 바라보며 애원했다.

"교수, 님, 잠시만, 잠시만이라도 좋으니까……. 아, 흐윽, 아아앗!"

애액이 흘러넘치는 균열은 막무가내인 삽입마저 기쁘게 받아들였다. 굵고 단단하게 팽창한 생식기가 비좁은 동굴을 억지로 벌리며 짓쳐들어왔다. 아스타르테는 애달팠던 공백이 습한 열기로 채워져 가며 환희에 몸을 떨었다.

『크으⋯⋯. 이쪽도 극상이군⋯⋯!』

"하악⋯⋯! 하아⋯⋯! 아⋯⋯아아⋯⋯!"

자신의 숨소리마저 메아리처럼 아득했다. 아스타르테는 당장이라도 정신을 놓칠 것 같았다. 한계까지 벌어진 질구가 고통스럽게 씰룩거리며 애액을 뚝뚝 흘렸다.

하지만 조련으로 길들여진 질벽은 포악한 침입자에게도 늑진하게 감겨 들었다. 슈트라우스는 뿌리까지 삼킬 듯한 자극에 감탄하며 반쯤 남겨 뒀던 허리를 천천히 빼냈다. 끈적하게 달라붙은 질벽이 생식기에 딸려 나올 듯했다.

『애꾸눈도 너무한데. 이런 극상의 육단지를 혼자서 쓰다니⋯⋯!』

"꺄하악?!"

뽑았던 생식기를 단숨에 뿌리까지 꽂아 넣자 자지러지는 비명이 침소 가득 울려 퍼졌다. 끝으로 갈수록 가늘어지는 생식기는 육벽을 가르며 가장 깊은 곳까지 파고들었다. 아스타르테의 자궁에서 욱신거리는 쾌감이 퍼져 나갔다.

"자, 자궁, 안대애⋯⋯! 안대애⋯⋯!"

질 안을 채운 슈트라우스의 크기가, 형태가 늑진한 육벽에 생생하게 전해졌다. 여느 남성이 둔기라면, 슈트라우스는 마상창이었다. 최음 작용에 취한 채로 이런 것에 들이받혔다간 교섭은 고사하고 제정신을 유지할 수 없었다.

『교수한테 명령이라니, 버르장머리 없게!』

슈트라우스는 꼴사납게 울부짖는 아스타르테를 비웃으며 한

층 깊숙한 곳까지 꿰뚫었다. 아스타르테의 전신이 한 차례 크게 출렁이며 흔들렸다.

"아⋯⋯! 아⋯⋯흑⋯⋯! 흐윽⋯⋯!"

슈트라우스의 생식기는 기어코 자궁구를 비틀어 열고 들어갔다. 생살을 찢어발기는 듯한 격통과 함께 그에 견줄 수 없을 만큼의 황홀경이 엄습했다. 아스타르테는 두 눈을 활짝 뜨고 교성조차 되지 못한 흐느낌을 터뜨렸다.

『크으⋯⋯. 대체 어떻게 되어 먹은 몸뚱이냐⋯⋯! 애꾸눈이 만족할 만해!』

당혹스럽기는 슈트라우스 역시 마찬가지였다. 숱한 실험체를 연구해 왔지만, 아스타르테는 개중에서도 이례적이었다. 육감적인 몸매는 독사의 화려한 비늘일 뿐, 삽입하기 무섭게 본색이 드러났다. 한없이 부드러운 질벽은 이대로 영영 파묻히고 싶을 만큼 아늑한 압박감을 선사했다. 전신이 호응하여 심지를 끌어들이는 감각에 까마득한 절벽 아래로 떨어지는 심경마저 들었다.

하지만 슈트라우스는 맥없이 사정하지 않았다. 아스타르테를 결박한 더듬이가 바짝 조여들며 슈트라우스의 남성이 거칠게 진퇴를 거듭했다. 꿀쩍거리는 물소리가 이어지면서 암수의 결합부에서 점액과 애액이 희멀건 거품을 일으켰다. 슈트라우스의 미끌거리는 신체에 핏줄이 울퉁불퉁 올라왔다.

『신체도 영속(永續)은 아니란 말이지⋯⋯! 그 기분 나쁜 년이⋯⋯대체 어디서⋯⋯! 크으⋯⋯!』

"하아, 하아아앙?! 안대애♥ 안대애애♥ 그러케, 쿵쿵 해 버리면♥♥"

아스타르테의 얼굴은 더할 나위 없이 행복한 충만감으로 풀려 버렸다. 날카로운 생식기가 자궁구를 파헤칠 때마다 칠칠치 못하게 몸을 꿈틀거리는 광경이 슈트라우스의 정복욕에 더욱 불을 지폈다.

『네년은 풍요의 여신이 아니다! 파렴치한 몸뚱이로 사내에게 아양만 떨 줄 아는 고기 구멍이지!』

"아하아아악♥ 제성해여……♥ 고기 구멍이라 제성해여어♥"

근거 없는 모욕은 아니었다.

아스타르테의 몸에 꽂힌 잔바늘은 체액에서, 체조직에서 쉬지 않고 새로운 정보를 수집했다. 그 결과, 슈트라우스는 이 이례적인 연구 소재에게 심상치 않은 호기심을 느꼈다. 신체를 구성하는 성분 중 일부가 지극히 흥미로운 변이를 일으키고 있었기 때문이다.

『크으……! 하여튼 그 마녀는 속을 알 수가 없다니까……!』

사정이 임박했지만 순순히 싸질러 줄 생각은 없었다. 슈트라우스는 음문이 새겨진 쫀득한 두덩에 아랫도리를 맞붙이며 으르렁거렸다. 생식기가 밀어 올린 아랫배가 볼록하게 도드라졌다.

"하아……. 하아아……♥ 흐아앙……♥"

진퇴를 멈추자 애달픈 교성이 흘러나왔다. 눈이 몽롱하게 풀

린 아스타르테가 허리를 씰룩거리며 어서 휘저어 달라고 졸라
댔다. 한껏 달아오른 몸은 이미 스스로 위로할 도리가 없었다.

『이래서야 애꾸눈도 고생 좀 하겠구만?』

사정 직전의 생식기를 뽑아낸 슈트라우스는 아스타르테를 그
대로 뒤집어서 방바닥에 엎어뜨렸다. 한껏 벌어져 경련하는 허
벅지 사이로 농익은 속살이 훤히 들여다보였다.

『내가 좀 거들어 주지……!』

슈트라우스는 육중한 덩치로 아스타르테를 덮쳤다. 물컹거리
는 살집이 하반신을 집어삼키듯 뒤덮었다. 그는 옴짝달싹 못하
는 아스타르테의 고기 구멍에 생식기를 깊숙이 밀어 넣었다.

"훗, 으흑…… ♥ 끄흐으응…… ♥"

아스타르테가 미친 듯이 고개를 도리질 치며 울부짖었다. 체
중을 실은 삽입에 질 안이 바짝 조여들며 슈트라우스를 잡아당
겼다.

『여신 주제에 이딴 발칙한 주름이라니!』

슈트라우스는 자지러지듯 휘감기는 살 주름의 촉감을 만끽하
며 하체를 내리찍었다. 뼈가 없이 근육만으로 이루어진 몸은 채
찍처럼 매섭게 몰아쳤다. 풍만한 둔부가 철썩철썩 물결칠 때마
다 고기 구멍이 쫀득하게 달라붙어 왔다.

"응하앗 ♥ 끄흐윽 ♥ 꺄하아아앙?! 하앙! 하아앙 ♥"

아스타르테는 교성을 지르다 못해 환희의 눈물마저 비쳤다.
이대로 죽을지도 모른다는 위기감이 오히려 부추겼다. 그 와중
에 슈트라우스의 생식기는 연신 자궁구를 으스러뜨릴 기세로

들이받았다.

『열려라! 열려! 하하핫!』

"아, 안……!"

미처 만류할 틈이 없었다. 아스타르테가 허덕이며 혀를 달싹거린 순간, 슈트라우스의 생식기는 힘겹게 견디던 자궁구를 짓이기고 입성했다.

"흐, 으읍……. 우크흐으읍! 크흐으으응!?"

아스타르테는 눈이 하얗게 까뒤집힌 채 젖가슴에 얼굴을 파묻었다. 지복(至福)에 겨운 절규가 터져 나왔다. 자궁까지 치달은 생식기를 의식하는 것만으로도 머릿속에 뇌리가 새하얗게 물들어 버렸다.

"흥옷, 오옥…… ♥ 응히잇…… ♥ 힉, 히익…… ♥"

슈트라우스는 아스타르테를 짓이기며 생식기만 힘차게 움직였다. 철퍽거리는 음탕한 물소리가 침소를 가득 채웠다.

『크으……! 자궁으로도 느끼는 거냐, 이 변태 여신아!』

"크흥!? 흐큭! 으깃, 큽, 흥아, 컥, 옷호옥?!"

찔러 넣으면 등뼈가 삐걱거렸고 빼내면 생식기가 꽂힌 자궁이 함께 딸려 나올 듯 했다. 슈트라우스에게 유린당하는 자궁구는 혀를 빼물고 헤프게 웃는 아스타르테의 얼굴처럼 헐거워져 갔다.

『어차피 하나로는 만족 못하겠지……! 날 손님으로 받아서 다행인 줄……알아라……!』

삽입에 열중하던 슈트라우스가 잔바늘로 아스타르테의 콧구멍을 들쑤셨다.

"콧구, 멍, 안, 크힝, 대히잉!? 하히히이익?! 흥크흐으으웃 ♥"

잔바늘 한 쌍이 번갈아 가며 콧구멍을 쑤셔 댔다. 점액이 스민 콧구멍은 갓 쾌락에 눈을 뜬 성기나 다름없었다. 아스타르테는 눈물 콧물을 줄줄 흘리며 발버둥쳤다. 하지만 슈트라우스의 물렁한 살집에는 저항이 먹히지 않았다.

『암돼지 주제에 얌전할 줄을 모르는구만! 그렇게까지 자지를 물고 싶다면야 얼마든지 주고 말고!』

흥이 오른 슈트라우스는 배를 열어 굵은 생식기를 꺼냈다. 뾰족한 끝이 기름진 엉덩이 사이로 향했다.

"흥히이이잇! 똥구멍, 죠하앗, 하아, 하흐으으웅?!"

아스타르테는 발정한 짐승이 되어 기쁨에 울부짖었다. 슈트라우스의 생식기가 항문에서 직장으로, 직장에서 대장으로, 대장에서 소장으로 거슬러 올라갔다. 임신한 듯 부풀어 오른 배가 꿈틀꿈틀 징그럽게 물결쳤다.

"쿠프흡!"

속이 뒤집히는 욕지기도 잠시, 슈트라우스의 더듬이가 아스타르테의 목구멍을 비집고 나왔다. 아스타르테는 흰자를 까뒤집은 채 미끌거리는 생식기를 혀와 입술로 훑으려 들었다. 말 그대로 꼬치가 된 아스타르테는 쉴 새 없이 치닫는 암돼지로서의 절정에 잔경련을 일으켰다.

『크으……! 역시 이 신축성이 마음에 들어……!』

"끄륵……! 끄르륵……?!"

목구멍에서 기어 나온 생식기가 펄떡펄떡 뛰며 복종을 요구했다. 아스타르테는 허연 게거품을 질질 흘리며 억지로 배에 힘을 줬다. 체내를 관통한 생식기의 형태가 온몸으로 느껴졌다.

『자, 자……! 암퇘지라면 손님과 함께 성대하게 가 버려야지. 응?』

슈트라우스가 상스럽게 방아를 찧으며 속삭였다.

"으븝…… ♥ 콜록……! 으흑 ♥ 크흐응…… ♥"

아스타르테는 추잡스러운 단말마를 삼키며 연이은 절정에 짓눌렸다. 자신의 가장 소중한 곳이 손님 앞에 무방비하게 노출된 것이다. 끔찍한 공포와 함께 그에 버금가는 기대감으로 질구가 한껏 오므라들었다.

『크으……! 가 버려라, 가 버리라고, 이 암퇘지 년!』

슈트라우스의 몸이 벌레처럼 둥글게 말리면서 채찍질에 박차를 가했다. 풍만한 엉덩이는 연신 내리쬐히는 바람에 검붉은 피멍이 번졌다. 쑤걱쑤걱 살을 가르는 소리가 요란하게 울려 퍼졌다.

"으그읍! 아으, 응, 웃……흐에……에……! 크흐으읍 ♥"

절정을 강제하는 신호가 아스타르테의 머릿속을 지배했다. 아스타르테는 절정 외에 생각 못하는 짐승이 되어 슈트라우스의 움직임에 맞춰 낭창낭창한 허리를 튕겼다. 점액과 끈적하게 뒤엉킨 땀방울이 허공으로 튀어 올랐다.

『간다, 간다고……! 이 암퇘지 년……!』

슈트라우스의 등에서 뻗어 나온 수많은 더듬이가 아스타르테를 집어삼켰다. 암수의 몸이 실오라기 하나 비집고 들어갈 틈도 없게 달라붙었다.

『크으으으윽!』

"헥, 헤헥, ㄲ윽!? ㄲ후으으읏⋯⋯!"

한데 뒤엉킨 암수가 일순 몸을 경직시키고, 부르르 떨었다. 목구멍을 비집고 나온 생식기에서 성대한 폭발이 일어났다. 꿀럭꿀럭 쏟아지는 정액이 바닥에 커다란 웅덩이를 만들었다.

"아학⋯⋯! 하아⋯⋯. 하아아⋯⋯. 아하아악⋯⋯♥"

끈적하게 밀착한 결합부에서도 슈트라우스의 맥박에 맞춰 허연 정액이 간헐적으로 새어 나왔다. 아스타르테는 환희에 찬 탄식을 토해 내며 등줄기를 꿈틀거렸다. 뱃속을 충만하게 채워 오는 뜨거운 열기가 사랑스럽기 그지없었다.

『후욱, 훅⋯⋯. 이런⋯⋯!』

시간이 흘러도 슈트라우스는 아스타르테 위에서 일어나지 못했다. 그는 천천히 수그러드는 생식기를 못마땅하게 노려봤다.

아스타르테를 흥분 상태로 유도하면서 분석한다는 계획은 실패해 버렸다. 하물며 사정의 여운에 만족하는 자신이 역겹기 짝이 없었다.

"하, 하아⋯⋯. 교수⋯⋯님⋯⋯?"

아스타르테는 흐느끼듯 숨을 몰아쉬며 슈트라우스를 불렀다.

"제휴⋯⋯. 다시 생각해 보시겠어요⋯⋯?"

슈트라우스가 아스타르테를 물끄러미 내려다봤다. 아스타르테는 초췌한 얼굴에 미소를 덧그렸다.

"진귀한 연구 소재를……. 준비했답니다……♥ 응, 하으응……♥"

질 속에 넣은 생식기를 꿈틀대자 아스타르테가 달콤한 한숨을 냈다. '진귀한 연구 소재.' 슈트라우스는 아스타르테의 제안을 머릿속으로 되까렸다. 그는 틀림없이 연구에 미친 괴짜이며, 여신이 '진귀하다'고 할 만한 부류가 무엇인지 흥미를 느낄 만한 위인이었다.

『애태우지 말고 지금 알려 주면 어때. 그쪽이 더 결정하기 쉬울 텐데.』

아스타르테는 진이 빠진 목소리로 대답했다.

"때로는……. 비밀이 있는 편이 즐겁잖아요."

『흐음.』

슈트라우스는 머릿속으로 주판을 튕겼다. 어차피 구두계약이었다. 만족스럽지 않은 연구 소재라면 그때 가서 고려해 봐도 무방했다. 만족할지, 만족하지 않을지는 슈트라우스의 소관이었다.

『글쎄다. 제휴를 맺는다면 우선은 서로에 대해 잘 알아야 하지 않겠냐?』

"교수님도 참……. 지금까지 하고 계셨으면서."

아스타르테가 지친 얼굴로 야릇한 미소를 머금었다.

"베갯머리만큼……. 서로를 깊이 알아 갈 수 있는 자리가 어디 있겠어요."

닳고 닳은 원로의 심장이 일순 힘차게 뛸 만큼 고혹적인 속삭임이었다.

『이것 봐라.』

사정으로 한 꺼풀 꺾였던 혈기가 불쑥 치밀었다.

『제 주인 닮아서 그런지 발랑 까졌구만.』

슈트라우스는 이를 갈며 기뻐했다. 이 발칙하고 음란한 여신을 한 줌 남김없이 망가뜨리는 것이야말로 세상에 태어난 이유가 아닌지 싶을 지경이었다.

『그럼 내기할까?』

슈트라우스가 점액이 뚝뚝 떨어지는 더듬이를 아스타르테의 코앞에 들이밀었다.

『동트기 전까지 네 입으로 연구 소재를 밝히면 내 승리다. 끝까지 입을 다물면 내 패배야.』

"교수님을 이긴다고……. 그리 기쁘지는 않을 텐데요."

아스타르테는 숨을 고르다가 헛웃음을 쳤다. 구슬 같은 땀방울이 붉게 상기된 뺨을 타고 또르르 흘러내렸다. 슈트라우스는 홧김에 덜컥 조건을 붙였다.

『이 내가 승부를 보자는데 뭐 어째? 좋아. 네년이 이겨야 전당의 설비를 임대해 주지! 이제 됐냐!』

아스타르테는 눈을 가늘게 떴다. 애교 섞인 눈웃음이었지만, 그 사이에 자리 잡은 금빛의 눈동자는 어딘지 사냥감이 지치길 기다리는 거미처럼 섬뜩했다.

"좋아요. 교수님."

♥ ♥ ♥

동녘이 밝아 왔다. 침소에서 들려오는 비명과 교성도 어느새 잠잠했다. 두무지는 아침을 불러와 준 햇살이 고마웠다.

'내가 이상한 걸까.'

두무지는 철들 무렵부터 수국화관에서 일했다. 다른 암퇘지의 전속 시종을 맡은 적도 여러 번 있었다. 두무지에게는 수국화관이야말로 세상의 중심이었고, 세상 그 자체였다.

하지만 시간이 흐를수록 가슴 한구석이 아려 왔다. 여신의 근황을 보고하러 주인님께 찾아가는 일도 요즘은 부담스러웠다.

'이제는 시녀장님께 거짓말까지 하고 말았어.'

동경하던 여신이 암퇘지가 되면 모두 행복할 줄 알았다. 하지만 착각이었다.

'천한 것 주제에 임께 수고를 끼쳐 놓고, 무슨 면목으로 돌아다니시는지요.'

성녀의 꾸중이 귓가를 맴돌았다. 두무지는 눈썹을 축 늘어뜨렸다. 간밤에 몇 번이나 침소로 뛰어들어 가고 싶었는지 모른다.

'전속 시종으로 실격이야.'

가슴 한구석에 고이 묻어 뒀던 정체 모를 감정은 그 사건 이후로 더욱 커졌다. 아스타르테 님만 보면 계속 눈이 떨어지지 않고 가슴이 두근거렸다.

'주인님께서 아시면 조장 누나들이 나 대신 전속 시종이 될지도 몰라……. 이를 어쩌지…….'

"두무지. 괜찮나?"

두무지는 퍼뜩 고개를 들었다. 눈에 띄게 야윈 여기사가 그림자를 드리우고 있었다.

"솔레나 경."

"안색이 나쁘군. 복도 끝에서부터 네가 앓는 소리가 들렸다."

그렇게 말하는 솔레나도 지친 기색이 역력했다. 두무지는 천천히 눈길을 떨어뜨리다가 움찔했다. 검붉은 핏방울이 허벅지를 타고 점점이 흘러내리고 있었다.

"신경 쓰지 마라. 다나에가 조금 심하게 헤집어 놓았거든."

시선을 알아차린 솔레나가 대수롭지 않다는 투로 말했다. 부르트고 찢어진 입술에 자조 섞인 미소가 스쳤다. 두무지는 가슴이 답답하여 아무 말도 할 수 없었다.

"나까지 걱정해 줄 필요는 없다. 그보다, 손님은 귀가하셨나?"

"아뇨. 아직……."

두무지는 입을 다물었다. '걱정.' 자신이 애써 외면하는 감정의 정체였다. 하지만 아스타르테는 수국화관에 있는 한 안전했다. 어째서 여신을 걱정하는지, 갈피를 잡을 수 없었다.

『크흠. 실패작. 밖에 있냐?』

안에서 슈트라우스의 잔기침 소리가 울려 퍼졌다. 두무지는 황급히 몸가짐을 바로 고쳤다.

"예. 부르셨습니까. 손님."

『슬슬 갈 테니까 들어와서 좀 치워라.』

두무지는 불안한 눈으로 솔레나를 돌아봤다. 솔레나는 암퇘지 시절 손님을 해코지했다. 교미한 흔적을 보고 슈트라우스에게 칼을 들이밀지 말라는 법이 없었다.

"걱정하지 마라. 두무지."

"앗?!"

하지만 솔레나는 오히려 거리낌없이 문을 열었다. 두무지는 황급히 솔레나를 뒤따라 들어갔다.

'윽.'

철벅거리는 바닥이 두 사람을 맞이했다. 두무지는 표정을 관리하기 어려웠다. 정성껏 관리해 온 침소가 온통 끈적거리는 점액으로 뒤덮여 있었다.

『오, 이게 누구야. 태양기사 아니신가. 저 녀석 보기 메스꺼웠는데 눈요깃감이 와 줬잖아.』

침대에 드러누운 슈트라우스가 솔레나에게 이죽거렸다. 솔레나는 대꾸도 않고 슈트라우스 옆에 쓰러져 있는 아스타르테를 뚫어지게 바라봤다. 점액에 푹 절은 여신은 곤충에게 사로잡힌 사냥감을 방불케 했다.

『왜? 나한테도 이빨 세우게? 에구, 무서워라.』

슈트라우스는 턱에 달린 더듬이로 아스타르테의 젖가슴을 휘감으며 도발했다. 뾰족한 끝으로 젖꼭지를 쑤실 때마다 하얀 젖물이 찔꺽찔꺽 흘러나왔다. 두무지는 차마 솔레나의 표정을 확인할 수 없었다.

『이제 짖는 법도 잊었냐?』

두무지는 모골이 송연했다. 칼자루를 쥔 솔레나의 손이 가늘게 떨리고 있었다.

"저는."

솔레나가 마른침을 꿀꺽 삼켰다.

"저는, 아스타르테 님의 애완동물입니다. 함부로 사람을 물지 않습니다."

『하핫.』

힘없는 비웃음을 흘린 슈트라우스가 두무지에게 턱짓했다.

『어이, 실패작. 필기구 좀 가져 와라.』

두무지는 예의 울컥 치미는 감정을 억누르며 슈트라우스에게 깃펜과 양피지를 찾아 바쳤다. 슈트라우스는 깃펜으로 양피지 위를 천천히 훑어 내려가며 이죽거렸다.

『네 원본이 어떤 작자인지는 알고 있냐?』

두무지는 아스타르테의 당부를 떠올리며 눈을 내리깔았다.

"듀에토 제일의 기사……였다고 들었습니다."

『개나 소나 알고 있는 소리야. 카밀라와 어떤 관계였는지, 그 엘프가 말해 줬냐?』

두무지는 얌전히 입을 다물었다.

『형극의 마녀도 어쩔 수 없는 여자란 거지. 그래도 말이야, 마음에 뒀던 남자한테 너무 심하다는 생각 안 드냐?』

생명을 탐구한 끝에 괴물로 전락한 마법사는 양피지를 아스타르테 위에 내던졌다.

『내가 졌다. 독한 년 같으니.』

슈트라우스가 침대에서 힘겹게 기어 내려왔다. 교미에 몰두한 탓인지 어제보다 덩치가 부쩍 줄어들었다. 두무지는 급히 그를 뒤따랐다.

"가시는 길은 제가……."

『꺼져라, 실패작. 너한테서는 구역질 나는 냄새가 풍겨.』

슈트라우스는 일언지하에 거절하고 꿈틀꿈틀 침소를 나섰다. 이윽고 밖에서 작은 소란이 일어났다. 손님을 전송하기 위해 보낸 시녀들이 슈트라우스와 맞닥뜨린 것이다.

'주인님께서는 처음부터 이럴 줄 알고 계셨겠지.'

두무지는 코를 훌쩍 훔치고 표정을 다잡았다. 적어도 아스타르테 앞에서는 믿음직스러운 시종으로 남고 싶었다.

"잘 참았다. 두무지."

부드러운 손길이 어깨를 감쌌다. 두무지는 솔레나를 올려다봤다. 그 모습이 어딘지 위태롭게 느껴진다고 하면, 착각일 뿐일까. 체념 어린 눈빛에서 정체 모를 위압감이 느껴졌다.

"아스타르테 님께서 기침(起寢)하시기 전까지 청소를 서둘러야겠군. 나도 거들어 주마."

"네?! 아, 아니에요! 솔레나 경께서 도와주시다니……! 제가 면목이 없어져요!"

위화감은 어느새 씻은 듯이 사라졌다. 두무지는 갑옷을 벗어 내리는 솔레나를 말리느라 진땀을 흘렸다.

슈트라우스가 다녀가고 한동안은 모든 일이 순풍에 돛을 단 듯 이루어졌다. 슈트라우스는 장황한 불평을 늘어놓으면서도 전당의 연구 설비와 인력을 지원하기로 계약했다. 이제 형식 뿐인 시의회의 인가만 받으면 거칠 것이 없는 셈이었다.

하지만 먼 옛날 동방에서 전래된 격언 중에 호사다마(好事多魔)라는 말이 있다.

"어떤 연놈이 이 따위 장난질을 쳤을까."

식당에 무거운 공기가 흘렀다. 열세 명의 코르티잔은 카밀라 앞에서 숨을 죽였다.

"보기 좋게 한 방 먹었구나."

카밀라는 신문을 식탁 위에 내팽개쳤다. 꾸깃꾸깃 구겨진 가장자리가 불편한 심기를 대변했다.

"오늘 데일리 어바웃에 실린 기사란다."

카밀라가 손가락을 퉁겼다. 신문에서 피어오른 검푸른 안개가 허공에 문제의 기사를 투영했다.

제약회사 신설 박차, "위험성 고려해야" 일각에서 우려도
밀실에서 이루어진 투자자 모집…특권층 탈세 의혹 불거져

지난 21일, 제약회사 설립 및 운영에 관련한 법안이 잿더미 의회를 통과했다. 이에 대해 최근 사회 각계각층에서 우려의 목소리가 높아지고 있다.

특히 빈민가에서는 법안 가결을 기점으로 부정적인 의견이 불거졌다. 공장 노동자 마크(가명, 37세, 남성)는 "지난번 재개발에 막대한 보상금이 준비되어 있었다는 이야기가 있다"며 "사실이라면 의원 간의 선거구 다툼에 우리가 희생된 것"이라고 탄식했다.

수국화관의 행보에 대한 우려는 어제 오늘의 일이 아니다.

바드티비라 시립 대학 실용마법학과 교수 네뷸라 K. 헤이스팅스는 "마녀가 구사하는 흑마법보다 주의해야 할 것은 일인전승으로 이어지는 비약 조제법"이라고 우려를 표했다. 아울러 "제약회사를 수국화관 중심으로 구축한다는 계획은 수혜자인 빈민층과 서민층이 마녀의 영향력 아래 놓인다는 사실도 간과할 수 없다"며 의회의 대안 마련을 촉구했다.

"서로 지난 일을 들추기 시작하면 시의회가 교수대로 바뀔 텐데 말이야."

카밀라는 담배 연기를 피워 올리며 비웃었다. 노골적인 어용 기사였다.

"비난의 강도가 상당하네요. 용비늘 님이 승인하셨다는 뜻이겠죠?"

얇은 뷔스티에를 입은 켄타우로스가 먼저 말문을 열었다. 코르티잔 중 맏언니 노릇을 하는 레니아였다.

"줄타기를 일삼던 도마뱀이니 새삼스러울 것 없지만……. 이렇게 배은망덕할 줄은 몰랐구나."

카밀라는 혀를 찼다. 바드티비라는 어제의 적이 오늘의 동료가 되고, 어제의 동료는 오늘의 적이 되는 도시였다. 지호트가 등을 돌릴 가능성도 충분히 있었다.

문제는 시기였다.

지호트가 매수한 신설 사업체의 지분은 3%, 원로 중에서도 상당한 액수였다. 여간해서는 그만한 투자금을 매몰비용으로 취급할 리 없었다.

"아스타르테."

"네. 주인님."

눈을 내리깔고 있던 아스타르테가 조용히 고개를 들었다. 애써 몸가짐을 단정히 하지만, 핏기 없는 얼굴은 숨기지 못했다. 지호트를 접대한 입장으로서, 이번 사태가 자신의 값어치에 큰 흠결로 남을 수 있었기 때문이다.

"기념식전에서 지호트와 오붓한 시간을 보냈다더구나."

아스타르테의 시선이 한순간 카밀라 뒤에 그림자처럼 서 있는 시녀장에게 향했다. 시녀장은 작은 고갯짓으로 대답을 대신했다.

"도련님만으로는 불안해서……. 제 나름대로 지호트 님에게 접근해 봤어요."

"하지만 결과는 썩 좋지 않았고."

카밀라는 아스타르테의 알맹이가 무엇인지 잘 알고 있었다. 그렇기 때문에 조련했고, 그렇기 때문에 주목했으며, 그렇기 때문에 기대하고 있었다.

"다들 침소로 돌아가렴."

카밀라는 잠시 사이를 두고 덧붙였다.

"아스타르테는 잠시 남고."

코르티잔들은 저택을 떠도는 유령처럼 기척도 내지 않고 사라졌다. 외따로 남은 아스타르테의 눈망울이 불안과 긴장으로 가늘게 일렁거렸다.

"지호트는 제 아들과 결사 연맹의 음악가를 만나게 해 준답시고 출장 나갔더구나. 편집 회의에서 착오가 있었다고 발을 뺄 심산이겠지."

식당 구석구석에 스민 그림자가 의자를 타고 기어 올라왔다. 그림자에서 느껴지는 섬뜩한 한기에 아스타르테는 어깨를 파르르 떨었다.

"정정 보도를 요구하겠지만, 한 번 퍼진 소문은 쉽게 가라앉지 않는단다."

아스타르테는 서서히 그림자에 잠겨 갔다. 뽀얀 살결이 추위에 새파랗게 질렸다.

"자유를 바라고 저지른 짓이니?"

"네⋯⋯?"

아스타르테가 망연자실하여 카밀라를 바라봤다. 눈짓 한 번이면 다진 고기처럼 으스러질 상황에 처했어도 '자유'라는 한마디가 더 두려운 모양이었다.

"약삭빠른 도마뱀이 무작정 제 쌈짓돈을 포기할 리 없잖니."

"그, 그렇지 않아요!"

아스타르테가 쥐어짜는 듯한 목소리로 소리쳤다. 카밀라를 향한 눈에 눈물이 그렁거렸다.

"주인님, 아니에요. 제가 어떻게 감히 주인님을 떠나려고 들겠어요……!"

카밀라는 침묵했다. 아스타르테의 얼굴이 초조와 절망으로 참혹하게 일그러져 갔다.

"주인님, 아니에요. 아니에요, 저는 정말 아니에요. 그 도마뱀이 처음부터 다른 꿍꿍이를 품고 온 거예요. 아니에요. 제발, 제발, 주인님……."

소마는 영혼을 옭아매는 저주였다. 소마를 마신 자는 오직 한 사람만을 위해 맹목적으로 헌신하고, 목숨마저 기꺼이 바쳤다. 소마에 찌들다시피 한 아스타르테는 개중에서도 극진했다.

"싫어……. 버리지 말아 주세요……. 제발, 제발 버리지 말아 주세요……. 뭐든 시키는 대로 할 테니까, 도축장에 보내셔도 좋으니까, 버리지만, 버리지만 말아 주세요……! 죽더라도 주인님의 암퇘지로 죽게 해 주세요……!"

아스타르테는 몸을 사시나무처럼 떨며 애원했다.

"죽더라도?"

카밀라는 눈웃음을 짓고 시녀장에게 고갯짓했다. 시녀장이 아스타르테에게 다가가자 그녀를 뒤덮은 그림자가 느슨해졌다.

"그러면 접대를 맡은 암퇘지가 이번 일에 책임을 져야지."

시녀장이 아스타르테에게 비수를 건넸다. 아스타르테는 넋나간 사람처럼 멍한 얼굴로 비수를 받아 들었다. 카밀라가 선심 쓰듯 하명했다.

"자결하렴."

"아⋯⋯!"

아스타르테의 얼굴에 환한 미소가 피어났다. 그녀는 아무 망설임 없이, 비수를 틀어쥐고 단숨에 숨통을 찔렀다.

고통은 없었다.

진은으로 벼린 창백한 칼날도, 숨통을 파고들지 못했다.

"확실히 몸이 무뎌졌구나. 하이데."

카밀라의 나직한 웃음소리가 식당에 울려 퍼졌다. 칼날에 스친 상처에서 선홍색 핏방울이 맺혔다. 아스타르테는 자신의 손목을 낚아챈 시녀장을 핏발 선 눈으로 노려봤다.

"이⋯⋯게⋯⋯! 놔요⋯⋯! 시녀장⋯⋯! 놔⋯⋯!"

"아둔한 소리 마시죠. 아스타르테 님. 당신을 죽여도 주인님께 아무런 득이 없습니다."

"자결하라고⋯⋯하시잖아⋯⋯! 당신 따위가⋯⋯아⋯⋯! 아으윽⋯⋯!"

손목을 잡은 손에 힘이 들어가자 아스타르테가 고통스러운 신음을 흘렸다. 시녀장은 그대로 팔을 홱 꺾어 버렸다. 아스타르테가 놓친 단검이 발치에 떨어졌다.

"저런, 아스타르테."

카밀라는 쿡쿡 웃음을 삼키며 느릿하게 손사래를 쳤다.

"농담이었단다."

"네⋯⋯? 하, 하지만 주인님, 저, 저는⋯⋯."

아스타르테가 대답을 우물거렸다. 카밀라는 내심 지금처럼 어벙한 모습에 넘어가는 수컷도 제법 많겠다고 여겼다.

"시녀장 말대로, 네가 자결해 봐야 무슨 득이 있겠니. 네 마음은 알았으니 그만 정신 차리렴."

"가, 감사합니다! 정말 감사합니다, 주인님!"

아스타르테는 바닥에 고개를 숙이고 엎드려 흐느꼈다. 안도와 감격에 겨워 몸도 제대로 가누지 못할 지경이었다.

"일어나시죠, 아스타르테 님. 주인님께서 보고 계십니다."

시녀장이 아스타르테를 부축해 일으켜 앉혔다. 아스타르테는 훌쩍거리면서 손등으로 눈가를 훔쳤다. 가쁜 숨소리마다 구슬 같은 눈물이 뚝뚝 떨어졌다.

"뒤치다꺼리는 우리 몫이란다. 공든 탑이 무너지게 생겼으니 지호트에게 되갚아 줄 방법은 나중으로 미루자꾸나."

카밀라는 길게 들이마신 담배 연기를 천천히 내뿜었다.

태양신 교단의 대주교라는 지위는 훌륭한 선전 수단이었다. 바드티비라의 구성원은 대개가 이주민으로, 개중에서는 신도(信徒)의 비율도 상당했다. 코타르가 현장에서 지지를 표명할 경우, 그 파급력은 상당할 것이다.

"적당히 구경이나 시켜 줄 작정이었지만……."

카밀라는 아스타르테를 그윽이 바라보았다. 아스타르테는 주인의 시선을 느끼며 환희에 몸서리쳤다. 매끄러운 뺨이 붉은 열망으로 물들어 있었다.

"이렇게 됐으니 성의를 다해 대접해야겠지."

카밀라는 뒤이어 아스타르테에게 몇 가지 당부를 내리고 돌려보냈다. 육중한 문이 닫히자 허깨비처럼 조용히 시립해 있던 시녀장이 말문을 열었다.

"결백을 믿으십니까?"

"설마."

카밀라는 담배를 물고 등받이에 기대었다.

여러 가지가 얽혀 있다.

훔바바를 억제하는 역할만이 전부가 아니다. 아스타르테는 어디에 써도 제 몫을 하는 유용한 암돼지다. 뿐만 아니라, 맬리스가 개입할 위험도 배제할 수 없다.

"공주님."

하지만 그 모든 이유를 더해도, 결국 과거의 응어리에 견주기는 어려운지도 모른다.

카밀라는 무심코 귓바퀴를 매만지던 자신을 깨닫고 쓰게 웃었다.

"어떻게 하시겠습니까."

시녀장이 귀엣말로 속삭였다. 카밀라는 머릿속으로 저울눈을 가늠하며 대꾸했다.

"늘 하던 대로 하자꾸나."

《Chapter 5. 누군가를 위한 전주곡》

　데일리 어바웃이 제약회사 설립을 우려하는 기사를 게재하자 잿더미 의회는 발칵 뒤집혔다. 근 반 년 동안 지분을 사들인 의원이 꽤 많았기 때문이다.

　공익사업을 표방한 이상, 시의회 차원에서도 좌시해서는 안 될 노릇이었다. 훔바바는 의장의 권한으로 시내에 주재 중인 모든 의원을 소집했다. 처소에서 두문불출하던 원로들도 무거운 엉덩이를 끌고 의석을 채웠다.

　"기사로 쓴 이야기가 낭설인지 아닌지는 기자가 의회에 출석하면 확인하더라도, 의혹이 제기됐으니 확실히 짚고 넘어가야 할 것 아니겠소이까. 공공재 성격을 지닌 사업인 만큼 민중의 지지를 못 받으면 추진할 이유가 없소이다."

　발언권을 얻은 의원이 기운차게 떠들었다. 벌써 다섯 명째였다. 카밀라의 입술은 그동안 프란츠 왕국산 궐련과 끈끈한 우정을 쌓았다.

　'들개 같은 놈들.'

　카밀라에게 찬밥 취급을 받던 놈팡이들은 기회가 생기자마자 빵가루라도 내놓으라고 덤벼들었다. 잘난 척 씨불이지만 사실은 자릿세 달라고 떼쓰는 불량배나 마찬가지였다.

　"……그렇기 때문에, 신설하는 사업체는 공공기관으로서 의회가 결정권을 가지고 감시해야 하외다. 마침 재개발에 배정했던 예산이 동결 상태인데, 이걸로 시에서 지분을 확보하면 어떻겠소이까."

　"옳소!"

　"시민의 안녕을 위해서라면 그 정도는 충분히 희생해야지!"

　주식 한 장 없는 놈들 목청이 제일 컸다.

　「말도 안 되는 소리! 우리 돈을 뜬눈으로 시립 시설에 파묻어 버리라고?」

　"주주로서 아무 권리도 주장하지 말라는 소리나 마찬가지 아니오!"

　어렵게 주식을 구해 둔 의원들이 역성을 내며 맞섰다. 그러나 사업을 총괄하는 카밀라에게 의혹의 칼날이 향한 지금, 무작정 두둔하기는 어려웠다. '시민이 어떻게 되어도 좋다는 뜻이냐'는 식으로 공격 받았다간 재선은커녕 계파에서 버려질 수도 있었다.

　『자, 자. 다들 너무 흥분하셨소.』

　훔바바가 천천히 의사봉을 두드렸다. 들끓던 회의장이 단번에 가라앉았다.

　『여기는 의회지, 시장 바닥이 아니오.』

　기세등등하게 지껄이던 의원들은 행여 훔바바와 눈이 마주칠까 슬그머니 고개를 돌렸다. 의석을 훑어보던 훔바바가 카밀라를 지목했다.

『의장으로서 형극의 마녀에게 해명을 요구하겠다.』

카밀라는 자신에게 모이는 이목을 느끼며 손끝으로 목울대를 매만졌다. 마력에 실린 육성이 의회 구석구석까지 닿았다.

"해명을 요구하더라도, 의혹은 그저 의혹일 뿐이란다. 약을 팔아서 도시를 장악해? 아가들이 빽빽거린다고 없는 일을 지어낼 수는 없잖니. 버릇 나빠지게."

의원들이 웅성웅성 얘기를 주고받았다. 카밀라는 개의치 않았다. 그녀가 설득해야 할 상대는 홈바바를 비롯한 원로들이었다.

"지금 도시를 혼란에 빠뜨린다고 나한테 무슨 득이 될까? 빛이 있어야 그림자도 존재하는 법이란다. 도시를 뒤엎을 작정이었으면 너희가 칭얼거리는 동안 소환 의식이나 준비했겠지."

평의원들은 마른침을 꿀꺽 넘겼다. 카밀라가 소환하는 마수라면 그 위력은 일개 사단을 상회했다.

『공공연하게 협박하는군.』

침묵 속에서 홈바바가 코웃음을 쳤다.

『카밀라. 의장으로서 단언컨대, 이 자리에 모인 의원들은 네 해명을 들을 권리가 있다. 너 역시 시민들이 경각심을 가져서 좋을 것 없지 않나. 적어도 책임자로서 대책은 강구하는 편이 어떤가.』

의외로 그는 중재역을 맡아 줄 눈치였다. 빈민가 재개발을 들먹거리면서까지 찍어누르던 이전과는 자못 달랐다. 바드티비라에서 가장 위험한 남자를 적으로 두지 않을 수 있다는 것만으로도 아스타르테는 제 값을 하는 셈이었다.

"대책이라……. 아스타르테를 대표로 앉히는 정도로는 모자라니."

『오, 카밀라. 아리따운 여신이 공중화장실로 전직했다는 소문은 이미 저자에 파다하지 않나.』

은행장 보나파르트가 발언권도 얻지 않고 이죽거렸다. 모처럼 회의장에 모습을 드러낸 슈트라우스도 한마디 거들었다.

『이걸 어째. 나도 같은 생각인데. 써 본 적 없는 놈들도 어차피 다들 한다리 건너 들었겠지.』

둘 다 메스꺼운 놈들이지만 틀린 소리는 아니다. 언론이 단일화된 바드티비라에서 1면 기사는 그만큼 파급력이 크다.

"그럼 새로운 관심사를 던져 줘야겠네."

해명하려고 애쓰면 오히려 사실이라고 인정하는 꼴이 된다. 시시한 화젯거리는 시시한 화젯거리로 덮어 버리면 금방 기억 속에서 잊혀진다.

『관심사라. 썩 나쁘지 않겠군.』

훔바바가 나직하게 읊조렸다. 몇몇 의원이 침침한 어둠 속에서 비릿한 웃음을 지었다.

『좋다. 한 번 들어 보기로 하지. 하지만 이번 논란이 해결되지 않는다면 인가도 불가하다는 사실은 염두에 두도록.』

"우리 의장님도 걱정이 팔자시네."

입꼬리를 올린 카밀라는 준비해 온 패를 뽑아 들었다.

♥ ♥ ♥

캐롤라인 로스는 며칠 전 수습 딱지를 떼고 정식으로 기자가 됐다.

망볼 줄도 모른다고 천덕꾸러기 취급 받던 그녀가 하루아침에 인생 역전한 비결은 바로 1면 등단이었다. 선배 뒤치다꺼리나 하고 다니는 수습 기자로서는 놀라운 성과였다. 빚을 내서 산 자동 필기구와 사영기(寫影機)가 제 값어치를 해 준 셈이었다.

"우리의 자랑스러운 친구, 캐롤라인의 스물여덟 번째 생일을 기념하며! 자, 건배!"

"건배!"

"생일 축하해, 기자님!"

맥주잔이 경쾌하게 부딪치며 하얀 거품을 흩뿌렸다. 초저녁의 술집은 환호와 박수로 떠들썩했다.

캐롤라인은 친구가 씌워 준 고깔모자를 바로 하며 머쓱하게 웃었다.

"고마워. 다 너희가 응원해 준 덕분이야."

"으이구! 우리 캐리! 친구도 생각할 줄 알고 이제 다 컸네?"

"스물여덟 살이나 먹었잖아. 슬슬 결혼도 생각할 나이니까 철이 들어야지."

신참 딱지를 뗀 덕분인지, 올해 생일잔치는 유난히 북적거렸다. 캐롤라인은 고민 끝에 주점 하나를 빌리기로 했다. 난색을 표하던 주인은 단골 손님이 앉는 자리만큼은 남겨 두는 조건으로 거래를 받아들였다.

"캐리, 그런데 정말 괜찮아? 여기 은근히 비싼 곳이야."

얼굴에 술기운이 발그레한 친구가 팔꿈치로 옆구리를 찔렀다. 캐롤라인은 입술을 비죽였다.

"걱정은, 1면 기사 따내면 격려금도 꽤 나오거든?"

'왜 하필 수국화관이니.'

'이 철없는 것아! 거기가 어디인 줄 알고!'

정의를 구현했다. 하지만 딸을 자랑스럽게 여기실 줄 알았던 부모님은 오히려 기겁하며 당장 짐 싸서 도망쳐야 한다고 난리가 나셨다. 익명으로 기고하기 때문에 괜찮다고 말씀드려도 도통 듣지 않으셨다.

'나는 기자야. 기자라면 당연히 세상의 민낯을 밝혀야 하는 건데.'

캐롤라인은 데일리 어바웃에 불만이 많았다.

바드티비라는 하루가 멀다 하고 사건이 일어나는 도시였다. 하지만 신문에 올라오는 기사 중에서 살인, 납치, 강간, 사기 같은 단어는 눈을 씻고도 찾아보기 힘들었다.

그렇기 때문에 이번 기사는 캐롤라인이 기자로서 처음으로 거둔 쾌거였다. 지레 겁 먹은 부모님도 언젠가는 자신의 행동을 용감했노라고 인정하시리라.

'그래. 암만 그래 봤자 공창이잖아. 시의회가 감찰에 들어가면……'

캐롤라인은 밝은 미래를 상상하며 단숨에 잔을 비웠다.

"화목해서 보기 좋구먼. 자. 마시면서 드시게나."

"꺄아! 아저씨 멋쟁이!"

"얼른 잔 돌려! 사장님 팔 아프시겠다!"

주인이 머리 위에 맥주잔을 한 아름 이고 오자 자지러지는 환호가 터져 나왔다. 부어라, 마셔라. 캐롤라인은 고단했던 취재를 잊고 생일을 마음껏 즐겼다.

그리고 정신을 차리니 모르는 곳이었다.

"응……?"

숙취로 머리가 깨질 듯 아팠다. 캐롤라인은 힘겹게 기억을 돌이켰다.

"어, 어라……?"

분명히 친구들과 진탕 놀고, 승합 마차를 불러 집으로 돌아갔다. 콧노래까지 흥얼거리면서 현관문을 열었고, 그 뒤는 도무지 떠올릴 수 없었다.

"여기, 어디……. 윽……?!"

몸을 뒤척거리려던 캐롤라인은 그만 기겁했다. 목과 양손, 두 다리가 밧줄로 묶인 채 공중에 매달려 있었다. 오한이 등골을 타고 스멀스멀 퍼졌다.

"누구, 누구 없어요?! 저 좀 도와 주세요! 아무도 안 계세요?!"

팔은 등 뒤로 비틀리고, 접힌 다리는 꽃게처럼 활짝 벌어져서 옴짝달싹할 수 없었다. 사태의 심각성을 깨달은 캐롤라인이 목청껏 소리쳤다. '어릿광대 주먹코', '얼굴 없는 수도원', '미식가.' 바드티비라에 떠도는 흉흉한 소문이 잇따라 뇌리를 스쳤다.

"사, 살려 주세요! 사람 살려! 부탁이에요! 제발……?!"

목에 핏대가 곤두설 즈음이었다. 갑자기 불이 환히 밝혀졌다. 캐롤라인은 식은땀을 흘리며 찡그린 눈으로 주위를 두리번거렸다.

부두에 방치된 폐공장일까. 쓰임새를 알 수 없는 낡은 설비는 모두 먼지로 덮여 있었고, 벌레 먹은 나무통이 아무렇게나 굴러다녔다. 바닥에 드문드문 묻어 있는 시커먼 얼룩이 을씨년스러운 분위기를 부추겼다.

"캐롤라인 로스."

감미로운 미성이 폐공장에 낭랑하게 울려 퍼졌다. 캐롤라인은 입술을 달싹거렸다.

"누, 누구, 세요?"

어둠 저편에서 기품 있는 미모의 여인이 다부진 오거 세 명을 대동하고 나타났다. 오거들은 모두 말쑥한 정장 차림이었다.

"데일리 어바웃에 기사를 게재한 사람이 당신인가요?"

캐롤라인은 왕관처럼 뻗은 사슴뿔을 보고 가슴이 철렁 내려앉았다.

"푸, 풍요의, 여신, 님……?"

"아예 옹이구멍은 아니네."

아스타르테가 실소하자 오거들도 덩달아 걸걸한 웃음을 터뜨렸다. 캐롤라인의 얼굴이 새파랗게 질렸다.

"데일리 어바웃에 기사를 게재했지?"

"저, 저는, 여신님, 저는 그저, 공익을……."

캐롤라인이 떠듬떠듬 대답하자 아스타르테는 어깨를 으쓱이고 한 발짝 물러섰다.

"수문조장. 상하지 않게 조심해."

「걱정 마십시오. 사랑으로 어루만져 주겠습니다.」

터커가 통나무처럼 굵은 목을 뚝뚝 꺾으며 캐롤라인에게 다가갔다. 캐롤라인은 얼굴을 경련하며 억지로 웃어 보였다.

"아, 아스, 아스타르테 님께서, 이러실 리가, 그……. 그, 자, 장난, 장난이시죠……?"

「그럼. 장난이지.」

터커는 웃옷과 조끼를 벗으며 넉살 좋게 대꾸했다. 캐롤라인은 숨을 담뿍 들이마셨다. 온몸이 사시나무처럼 떨렸다.

장난, 장난일 뿐이다.

터커가 주먹을 내지르는 순간까지, 캐롤라인은 그 말이 사실이길 간절히 바랐다.

콰직

바위처럼 단단한 주먹이 캐롤라인의 배꼽에 정확히 꽂혔다. 무지막지한 팔심에 가냘픈 몸이 출렁 흔들렸다.

"……! 끅……?! 아, 으흑……!"

캐롤라인은 허리를 비비 꼬며 눈을 하얗게 까뒤집었다. 악다

문 이빨에서 침이 질질 흘렀다.

"살살해. 그러다가 혀 깨물겠어."

「어험. 이거 죄송합니다. 오랜만이라 흥이 나서 그만……. 막내야. 이리 와서 좀 거들어라.」

터커는 잽싸게 사과하고 막내를 찾았다. 각 잡고 서 있던 막내가 쪼르르 튀어나왔다.

"사려, 사려 쥬혜여……. 사려 쥬혜……. 읍, 우읍! 우프읍!"

막내는 캐롤라인의 속옷을 잡아 뜯어 입 속에 욱여넣었다. 그리고는 혁대로 재갈을 물려 버렸다.

「흔들리지 않게 잘 잡아라.」

「예. 형님.」

막내가 뒤에서 캐롤라인의 젖가슴을 우악스럽게 움켜 쥐었다. 울퉁불퉁한 손가락이 살집을 파고들며 마구 주물러 댔다. 벌레가 살 속으로 파고들려 안간힘을 쓰듯 혐오스러운 손놀림이었다.

"흐읍! 우읍! 으으읍!"

터커는 바닥에 떨어진 안경을 캐롤라인에게 손수 씌워 줬다. 캐롤라인은 막내의 품에서 몸부림치며 애원의 눈길을 보냈다.

「어허. 그렇게 보면 안 돼. 마음 약해져.」

터커는 재차 폭력을 행사했다. 제 딴에 가볍게 휘두른들 오거의 주먹은 인간에게 통나무나 마찬가지였다. 터커에게 맞을 때마다 캐롤라인의 배에 시커먼 멍이 생겼다.

"크   ……! 쿱……! 쿨룩……! 그루룩……!"

입과 코에서 거품이 부글부글 끓었다. 캐롤라인은 어떻게든 도망치려 했지만 헛수고였다. 단단하게 매듭지은 밧줄은 몸부림을 칠수록 더욱 치밀하게 조여들었다.

「진짜 멍청한 년이네. 야. 네 선배들이 그냥 병신이라서 우릴 가만 놔두는 줄 알았냐?」

「둘째야. 너무 그러지 마라. 눈치가 있으면 애초에 여기 안 왔겠지.」

"자, 자. 다들 조용히."

멀찍이서 지켜보던 아스타르테가 손뼉을 치며 걸어왔다. 터커는 냉큼 비켜서서 막내에게 재갈을 풀라고 눈짓했다. 입 속에 욱여넣었던 속옷을 빼내자 고여 있던 침과 토사물이 줄줄 흘러내렸다.

"이제 대화할 마음이 생겼어?"

"힉?! 네, 네헤!?"

캐롤라인은 인사불성이 되어 소스라쳤다. 아스타르테는 캐롤라인의 기사가 1면에 실린 신문을 까딱까딱 흔들어 보였다.

"이 기사, 사실이야?"

"저, 저는 그저 취재만 했을 뿐이에요. 살려 주세요. 주, 죽기 싫어요. 살려 주세요."

캐롤라인이 꺽꺽거리며 용서를 빌었다. 정의를 실현하겠다는 꿈은 주먹 한 방에 으깨졌다. 정의감이고 나발이고 지금은 목숨을 구걸하기 바빴다.

"취재해서 기사도 네 손으로 직접 썼잖아. 이 얘기, 어디서 들었니?”

“죄송해요. 정말 죄송해요. 제가 잘못했어요. 저, 전 진짜, 선배님들이 관심 있으면 한번 해 보라고……. 그, 그러니까, 제발, 제발 사, 살려, 살려 주, 흐윽, 흑, 흐어엉……! 흐어어 엉……! 엄마……! 엄마아……!”

궁지에 몰린 캐롤라인이 서럽게 울음을 터뜨렸다.

“하필이면 이런 배알 없는 년을…….”

아스타르테는 김 빠진다는 듯이 한숨을 내쉬었다. 세상 물정 모르는 똘마니에게 바람을 넣어 부추기기는 그리 어렵지 않았다. 그래도 지호트가 버린 패는 상상 이상이었다.

아스타르테는 말없이 터커에게 손짓했다. 터커가 어깨 뒤에서 각 잡힌 자세로 귀를 기울였다.

“요즘 청소도 하지 않아서 지루했지?”

「크흠. 그렇죠. 요새는 시시한 일감 뿐이라 영…….」

“눈치껏 쓰도록 해.”

조장은 음흉한 웃음을 지었다. 눈칫밥이라면 수국화관에서 어지간히 먹고 지냈다.

「얘들아. 숨만 붙여 두시란다.」

「감사합니다!」

「간만에 좀 즐기겠네.」

둘째와 막내가 휘파람을 불며 환호했다.

“아, 아아……! 아아아……!”

밧줄을 당기자 캐롤라인의 하반신이 위로 올라갔다. 캐롤라인은 자신에게 닥칠 일을 짐작하고 아연실색했다.

「아스타르테 님. 처음은 막내에게 양보해 주고 싶습니다. 괜찮겠습니까.」

"아무렴 괜찮고 말고. 조장은 늘 그렇지만 보기보다 상냥하네."

아스타르테는 곰팡이 슨 책상 위에 작은 수정 구슬을 올려 뒀다. 음성과 영상을 담을 수 있도록 반추 마법(rumination)이 걸린 수정 구슬이었다. 매끄러운 표면에 캐롤라인의 겁먹은 얼굴이 비쳤다.

「하하. 다 저를 믿어 주는 동생들이라 말입니다.」

조장이 너스레를 떠는 사이, 막내는 캐롤라인의 허벅지 사이로 성큼성큼 들어섰다. 바지를 내리자 우람하게 부푼 남근이 튕겨져 나왔다.

"시, 싫어……. 싫어……!"

우악스러운 손아귀가 한쪽 허벅지를 손잡이처럼 단단히 붙잡았다. 캐롤라인은 처참하게 일그러진 얼굴로 울부짖었다.

"싫어어어어엇! 하지 마! 하지 말아 주세요 제발 하지 말아 주세요 제발 제발 제바아아알!"

달군 쇳덩이처럼 뜨거운 육봉이 두려움으로 움찔거리는 균열을 느긋하게 문질러 댔다. 캐롤라인은 눈물 콧물에 범벅된 얼굴로 눈을 허옇게 치떴다.

"살려 줘! 살려 달라고!! 여신이잖아! 여신이라면서, 마녀한테 그렇게 충성해서 뭐가 좋다고! 당신들 다 미쳤어! 나도 다 알아! 다 말해 버릴 거야! 그 마녀가 창녀 신세에서 벗어나려고 무슨 짓을 저질렀는지……힉, 히익!"

횡설수설하던 캐롤라인이 별안간 몸을 부르르 떨었다. 딱딱하게 부푼 귀두가 음순을 밀어젖히는 감각에 온몸의 털이 오싹 곤두섰다.

「더럽게 떽떽거리네.」

막내는 구멍을 찾자마자 단번에 찔러 넣어 버렸다. 젖지 않아 뻑뻑한 질구가 한계까지 벌어졌다.

"꺄아아악?! 힉, 찢어져, 찢어져 버려, 찢어……! 꺄아아아악! 싫어어어! 아파아아! 아파아아아아아악!"

살집을 억지로 벌리며 들이닥치는 이물의 압력에 캐롤라인은 목이 찢어지라 절규했다.

「웃, 혀, 형님. 이년, 처녀 같은데요.」

「오오. 우리 막내가 총각 딱지 제대로 떼는구먼.」

「저는 다 늙은 암돼지가 처음이었죠. 진짜 허공에 좆질하는 기분이었는데. 햐.」

"큽……! 끄흐으으……! 끄흐읍……!"

터커와 둘째가 지저분한 추억을 들먹이며 껄껄 웃었다. 캐롤라인은 그 와중에 이를 악물고 격통을 참기 급급했다. 삽입했을 뿐이건만 뱃속이 남근으로 터질 듯이 들어찼다.

「빈자리가 남았군. 막내야. 괜찮겠냐.」

「물론입니다. 형님.」

하지만 캐롤라인의 필사적인 저항은 날개가 뜯어진 잠자리처럼 조원들의 흥미를 끌었을 뿐이었다. 기회가 오기만 기다리던 둘째가 얼씨구나 바지를 벗어던졌다.

「오래오래 버텨 줍쇼. 기자님.」

막내가 이죽거리면서 허리를 움직이기 시작했다. 남근에 군데군데 피가 묻어 나왔다.

"끅! 끄윽?! 아파, 아파 아파 아파아아아악! 아아아아악!"

봉긋한 젖가슴이 막내의 허리 놀림에 맞춰 출렁출렁 파도쳤다. 망치로 두들기는 듯한 충격 앞에서 캐롤라인은 무력할 따름이었다.

「막내야. 감상 좀 말해 봐라.」

「조이는 맛이 죽여 줍니다⋯⋯! 그런데 이년, 저희 좆맛 보고 나면 다른 수컷은 성에 안 찰 텐데요.」

「캬하하! 그래도 가는 길에 우리한테 먹히고 가니 아쉽지는 않겠다!」

막내와 둘째의 음담패설이 귀청을 때렸다. 캐롤라인은 고통과 수치심에 시달리며 어쩔 줄 몰라 했다. 시뻘겋게 피가 쏠린 얼굴에 눈물이 글썽거렸다.

「얼씨구. 이년아. 울어? 지금 우냐?」

둘째가 발기한 양물로 캐롤라인의 따귀를 갈겼다. 그리고는 코를 잡아 입에 억지로 쑤셔 넣었다. 굵다란 물건이 목구멍을 꽉 틀어막았다. 쓰고 짠 맛이 입 안 가득 찼다.

"끄풉, 켁, 브읍⋯⋯! 읍뷥⋯⋯!"

캐롤라인의 목울대가 불룩 튀어나왔다. 토악질이 올라오는 한편 호흡도 할 수 없자 온몸이 벌벌 경련을 일으켰다. 삽입에 열중하던 막내는 감탄을 터뜨렸다.

「웃, 혀, 형님! 이거, 갑자기 엄청 조입니다……!」

「크으, 막내야. 이게 세상 사는 지혜다. 숨통이 막히면 어떤 년이나 끼가 나온다니까.」

둘째가 굵직한 귀두를 살짝 뽑았다가 다시 힘차게 쑤셔 넣었다. 캐롤라인은 살기 위해 틈이 나는 대로 숨을 들이마셨다. 숨통이 트일 만하면 비릿한 맛이 목구멍을 틀어막았다.

"쿨럭! 크흡! 아각, 카학, 케헥……!"

고통에 겨운 단말마가 끊이지 않았다. 캐롤라인은 흰자위를 치뜬 채 그저 이 잔혹한 능욕의 시간이 끝나기만을 기원했다.

「크, 우리 기자님 싫다고 지랄을 하더니 아주 홍수가 났잖냐! 애액이 철철 넘쳐서 바짓가랑이가 다 젖었다고!」

"아갓, 아프븝?! 응프흡!"

캐롤라인의 의사와 관계없이, 삽입에 시달리던 비부는 이미 애액을 질척질척하게 흘리며 백기를 든 뒤였다.

흥이 오른 막내는 상체를 바짝 숙이고 수캐처럼 급하게 허리를 흔들었다. 캐롤라인의 비명이 점차 짧고 날카로워졌다.

"흑, 으극, 으끄윽! 크프으읍!"

「암캐 년이! 어서 가라! 어서 가 버리라고! 어서! 한두 번으로 끝날 줄 아냐!」

막내가 허리를 강하게 튕기며 독촉했다. 목구멍을 쑤시는 둘째가 머리채를 잡아당겼다.

「이빨 세우지 마라. 옥수수 뽑아 버리고 질릴 때까지 쑤셔 줄 테니까.」

"흥긋! 크브으으으읍!"

저릿한 감각이 뱃가죽 밑에서 지렁이 떼처럼 꿈틀거렸다. 캐 롤라인의 얼굴은 스스로에 대한 혐오와 배신감으로 검붉게 물 들었다. 흐물흐물하게 풀어진 눈매에서 닭똥 같은 눈물이 굴러 떨어졌다.

「크, 형님, 저……! 슬슬 쌀 것 같습니다……!」

"흥브읍!?"

캐롤라인은 막내의 신음에 정신이 번쩍 들었다. 자신의 몸 속 을 앞뒤로 헤집는 남근이 한층 딱딱하게 팽창했다.

"응픕, 프붑! 흐그으으!"

'아니야, 거짓말, 거짓말이야, 거짓말이지! 거짓말이라고 해 줘! 제발……!'

캐롤라인의 필사적인 절규는 아무에게도 닿지 않고 목구멍에 서 가로막혔다.

막내와 둘째는 서로 경쟁이라도 하듯이 캐롤라인의 가장 깊숙 한 곳까지 푹 처박았다. 부풀 대로 부푼 남성이 앞뒤로 캐롤라 인의 등골을 접어 버릴 듯이 밀어붙였다.

그리고 폭발.

"아갸아아아아앗!? 흥잇, 흥히이이이익……!"

자궁에, 뱃속에 신선한 아기씨가 쏟아져 들어왔다. 꿈틀꿈틀 거리며 뿌리까지 바짝 붙인 남근은 사정한 정액을 한 방울도 남김없이 캐롤라인에게 욱여넣으려 했다.

"읍, 프읍, 흐그으……."

벌벌 몸서리를 치던 캐롤라인은 진력이 다하여 축 늘어지고 말았다. 원없이 욕정을 푼 두 오거는 망가진 여체에서 여유롭게 남근을 빼냈다.

"쿨럭, 우읍, 우웨에에엑……."

혹사에 시달렸던 음순이 푸르륵푸르륵 우스꽝스러운 소리를 내며 정액을 게워 냈다. 캐롤라인은 망연하게 뱃속에서 역류하는 정액을 토했다.

「이년이 더럽게 진짜!」

허리춤을 추키던 둘째가 대뜸 따귀를 갈겼다. 캐롤라인의 고개가 확 꺾이면서 검보랏빛으로 부푼 입술 사이에서 부러진 이빨 조각이 튕겨 나왔다. 만신창이가 된 여기자는 꺽꺽 목멘 소리만 낼 뿐이었다.

"캐롤라인 로스."

캐롤라인은 혼비백산하여 고개를 돌렸다. 턱을 괴고 감상하던 아스타르테가 입술을 뗐다.

"이제 몇 가지 물어 보려고 하는데, 잘 대답해 줄 자신 있어?"

"네, 네헤! 물론이에요! 무엇이든지 여쭈어 주세요! 무엇이든지, 무엇이든지 대답해 드리겠습니다!"

캐롤라인이 비굴한 웃음을 지으며 악다구니를 썼다. 아스타르테는 심드렁한 표정으로 입가를 매만졌다.

"정말?"

"네! 부탁 드리겠습니다! 제발 여쭈어 주세요!"

캐롤라인은 목이 부러지라 고개를 위아래로 흔들었다. 아스타르테는 눈썹을 실그러뜨렸다.

"좋아. 풀어 줘."

결박에서 벗어난 캐롤라인은 오물로 범벅이 된 바닥에 나동그라졌다. 눈앞에 별이 번쩍거렸지만 그녀는 허둥지둥 일어나 무릎을 꿇고 앉았다.

"수국화관은 어떤 곳이니?"

"바드티비라의 치안을 위해 희생하는 공인 기관입니다!"

캐롤라인은 최소한의 자존심마저 내팽개쳤다.

"혹시 사업에 문제가 있을까?"

"의문의 여지가 없이 투명하고 안전한 사업입니다!"

긍지는 목숨을 지켜 주지 않았다.

"요즘 떠도는 소문에 대해서 어떻게 생각해?"

"허무맹랑한 낭설이기 때문에 거론할 가치도 없습니다!"

정의 따위 없었다. 권력과 돈이 곧 정의였다. 캐롤라인은 젖먹던 힘까지 다하여 목청을 높였다. 가느다란 목에 핏대가 곤두섰다.

"우쭈쭈, 우리 캐리. 잘 알면서 왜 그랬을까."

아스타르테가 안쓰러운 듯이 추임새를 넣었다. 일방적인 폭력으로 머리가 백지장이 된 것인지, 캐롤라인은 히이히이 울며 입술만 달싹거릴 뿐이었다.

살려 주세요.

제발 살려 주세요.

이대로 죽기 싫어요.

"첫경험은 어땠니?"

캐롤라인은 눈동자를 또르르 굴렸다. 아스타르테 옆에 버티고 선 터커가 손가락 마디를 우두둑 꺾었다. 눈길을 돌린 캐롤라인은 억지로 입꼬리를 잡아 당겼다.

"어, 어어, 엄청, 기, 기분, 좋았어요."

"어머. 그것 참 다행이네."

아스타르테가 살가운 미소로 터커를 돌아봤다. 캐롤라인은 절로 이가 딱딱 부딪쳤다. '수국화관의 아스타르테'는 풍요의 여신이 아니었다. 죽은 여신의 껍질을 뒤집어쓴 악마였다.

"로스 양은 오거 자지에 사족을 못 쓸 만큼 음란한 암컷이지?"

"네, 네⋯⋯!"

캐롤라인은 꺽꺽 울음을 참았다.

"이 기회에 남은 하나도 맛보고 싶어서 미치겠지?"

"네⋯⋯!"

궁지에 몰린 그녀는 벼랑으로 떠밀리는 줄 알면서도 순순히 따를 수밖에 없었다.

"여기 있는 늠름한 오거가 덮쳐 줬으면 좋겠지?"

"네!"

아스타르테가 흡족하게 고개를 끄덕였다.

"좋아. 이 늠름한 오거를 유혹해 봐. 잘 해내면 집으로 돌려보내 줄게."

　궁지에 몰린 캐롤라인은 더 이상 이성적인 판단을 내릴 수 없었다. 이 생지옥 같은 현장에서 어떻게든 벗어나야 한다는 강박감이 온몸을 지배했다. 힘겹게 일어난 그녀는 한 손을 허리에 올리고 다른 한 손으로 뒷머리를 감싼 채 어설프게 몸을 꼬아 보였다.

　"우, 웃, 웃훙."

　입술을 내밀며 한쪽 눈을 찡긋거렸지만 반응은 싸늘했다. 터커가 떨떠름하게 입맛을 다셨다.

　「아스타르테 님. 죄송합니다. 기껏 세운 것도 죽어 버리겠습니다.」

　"괜찮아. 어디 마음대로 되겠니."

　아스타르테가 이마를 괴고 탄식했다. 캐롤라인은 어찌할 바를 모르고 우물쭈물거렸다. 태어나서 이성을 유혹하는 짓은 처음이었다.

　"로스 양. 그 너저분한 옷가지부터 벗어. 가지런히 개어 두는 것도 잊지 말고."

　"아, 알겠, 습니다."

　캐롤라인은 아스타르테의 지시에 거부할 수 없었다. 새내기 기자는 떨리는 손길로 옷을 벗기 시작했다. 적막한 폐공장에 옷자락이 살결을 스치는 소리가 요란했다.

　마지막 한 꺼풀마저 잃은 캐롤라인은 태어날 때 그대로의 모습을 무방비하게 드러냈다. 손바닥만으로는 가슴과 불두덩을 가리기도 벅찼다.

「천박하지도 않고, 화려하지도 않고. 구멍 말고는 영 암컷다운 구석이 없구먼.」

12월의 찬바람보다 터커의 혹평이 무서웠다. 캐롤라인은 눈물을 찔끔거리며 몸서리쳤다.

"팔 치워. 네가 유혹할 수컷이 감상하는데 암컷 주제에 무슨 짓이야?"

"죄…… 죄송합니다."

아스타르테의 질책에 캐롤라인은 머뭇머뭇 손을 내렸다. 적당한 크기의 젖가슴 위에 옅은 갈색으로 물든 젖꼭지가 달려 있었다. 불두덩의 음모는 정돈하지 않아 덤불처럼 수북했다.

유심히 관찰하던 터커의 얼굴에 희색이 퍼졌다. 캐롤라인은 안도감을 느끼는 자신이 역겨웠다.

"로스 양. 로스 양은 암컷으로서의 매력이 없어요."

입사 직후 캐롤라인은 기자로 일하기 아까운 얼굴이라는 추파를 여러 번 들어 봤다. 스스로도 남부럽지 않은 외모라고 생각했다.

하지만 살기 위해 겁탈을 당해야 하는 지금은 이론의 여지가 없었다.

"그, 그렇지만, 아스타르테 님, 제발, 저, 저, 집에 가고 싶어요. 제발……."

캐롤라인은 흐느끼면서 손이 발이 되도록 빌었다. 아스타르테가 한숨을 폭 내쉬었다.

"그래. 마음가짐은 좋아. 유혹할 수 없으면 다른 수를 써야지. 무릎 꿇어."

캐롤라인은 얼음장 같은 맨바닥 위에 황급히 무릎을 꿇고 앉았다.

"손을 바닥에 붙이고, 머리를 내려."

캐롤라인은 아스타르테가 시키는 대로 조장에게 절을 올렸다. 차가운 바람이 훤히 드러난 가랑이를 간지럽혔다.

"이제부터 내가 하는 말을 복창해. 암컷으로서 미숙해서 죄송합니다."

"아, 암컷으로서 미숙해서 죄송합니다."

캐롤라인은 굴욕에 떨며 그대로 읊었다.

"젖통도 보지도 귀하께서 만족하시기에 한참 모자라서 면목이 없습니다."

"덜떨어진 암캐가 주제도 모르고 귀하의 자지를 탐내서 송구스럽습니다."

"구제할 길 없는 걸레 보지 암캐에게 제 분수를 각인해 주세요."

"오늘 하루만 범해 주신다면 저, 저는, 죽어도, 흑, 주, 죽어도 미련이 없습니다……!"

"이, 이렇게 빌겠습니다. 부디, 헐렁한 신품 걸레 암캐에게 자비를, 주세요……!"

캐롤라인은 절을 한 채 엉덩이를 씰룩씰룩 흔들었다. 추위 탓인지, 부끄러운 탓인지 온몸이 울긋불긋했다.

「이거, 이렇게까지 구걸하니 적선을 해 줘야겠습니다.」

터커가 어깨를 으쓱 올리고 마지 못한 척 일어났다. 성큼성큼 걸어간 그는 캐롤라인의 머리채를 잡아 짐짝처럼 내동댕이 쳤다.

"꺄악!"

「네가 부탁했으니까 어디 한 군데 부러져도 원망하지 마라.」

조장은 혁대를 풀며 캐롤라인의 왼 다리를 한껏 벌렸다. 이미 짓뭉개져서 구멍도 분간하기 힘든 균열이 적나라하게 보였다. 조장은 피와 정액과 애액이 한데 섞여 끓어오르는 거품을 윤활제 삼아 캐롤라인의 몸 속으로 비집고 들어갔다.

"끄으으으윽! 끄흐으으으으으?!"

막내의 것도 버거웠던 캐롤라인에게 조장은 그야말로 흉기나 마찬가지였다. 캐롤라인은 모로 누운 채 애처롭게 버둥거렸다. 하지만 조장은 자비 없이 하체를 내리찍었다.

퍽! 퍽! 우드득!

살집을 처덕처덕 두드리는 소리 속에서 조장이 움켜 쥔 발목이 기괴한 각도로 비틀렸다. 캐롤라인은 끔찍한 고통에 발작을 일으켰다.

"꺄아아아아아악! 끼야아아악!"

「오, 이런. 힘이 너무 들어갔어.」

조장은 입맛을 다셨다.

「그래도 조임이 더 좋아졌군.」

하지만 이내 만족했다.

"아아아악! 싫어, 싫어, 잘못해써요 잘모태써여 잘못해써여 잘못해햐아아아악! 꺄아아아악!"

캐롤라인의 살기 위한 몸부림마저 이 형국에서는 맛을 돋우는 조미료에 불과했다.

「훅, 후욱. 이년이 지금 쑤셔 주는데 제대로 조이지도 못해? 사과 안 하냐?」

"끼야아아아아악! 제서해여제서해여제서해여!"

조장은 조금이라도 조임이 느슨해진다 싶으면 부러진 발목을 비틀었다. 그러면 캐롤라인은 소금 맞은 지렁이처럼 격렬하게 몸부림했다. 허옇게 까뒤집힌 눈에 핏발이 자글자글 섰다.

「다시.」

"흐윽……! 으흐으으윽……! 제, 제성해여……! 제성해여어……!"

터커는 엄격했다. 사정으로 치닫는 와중에도 이번 일감이 일선을 넘은 암컷에게 본때를 보여 주기 위해서라는 사실을 잊지 않았다. 캐롤라인은 혀가 꼬부라진 발음으로 용서를 빌었다.

「흡, 흐읍!」

절도 있는 피스톤 운동을 수행하던 터커가 캐롤라인에게 허리를 바짝 붙였다. 우악스러운 손아귀가 으스러진 발목을 힘껏 부여 잡는 동시에, 세차게 터져 나온 정액이 자궁구를 두들겼다.

"끼햐아아아아앙! 꺄하아아아아!"

캐롤라인은 짐승처럼 날카로운 교성을 지르며 절정해 버렸다. 절정인지, 통각에 의한 광증인지는 분명하지 않았다.

다만 인간으로서 중요한 부분이 부서져 간다는 사실은 명백해 보였다.

「웃차! 웃차……! 으랏차!」

터커는 둘째나 막내처럼 한 번으로 끝내 주지 않았다. 이것이 오거의 교미라고 과시하듯 지치지도 않고 정력을 발휘했다. 캐롤라인을 눕힌 그는 삐걱거리는 하반신을 쿵쿵 내리찍었다.

"끄힉, 제바, 제발, 끄히익, 흐먄, 끄히이이익?! 히끼이이익!"

척추를 달리는 감각도 골반이 뒤틀리는 격통인지, 격통을 억누르기 위해 뇌에서 덧씌우는 쾌감인지 분간할 수 없었다. 캐롤라인은 몇 번째인지 모를 절정, 혹은 실신 속에서 허우적거리며 확실하게 망가져 갔다.

"하악, 흐먄해, 흐먄……! 아학! 하악! 학! 아갸악! 흐먀아안……!"

캐롤라인이 아무리 애원해도 터커는 매몰차게 질 속을 휘저었다. 정액으로 범벅된 남근은 사정을 하면서도 우직하게 움직였다.

어느덧 캐롤라인의 몸부림이 잦아들었다. 터커는 개의치 않고 짐승처럼 허리를 퉁겼다. 묵직한 귀두가 가장 깊은 곳에 부딪칠 때마다 양쪽으로 치들린 캐롤라인의 두 다리가 덜덜 떨렸다.

「후우, 후욱……! 훅……!」

「끄윽……! 끅……! 끄으윽……!」

캐롤라인이 기어들어가는 비명을 삼켰다. 터커는 하체에 힘을 실어 느리지만 강하게 찍어 눌렀다. 마치 캐롤라인에게 자신의 형태를 새겨 놓을 기세였다.

교미는 한참 동안 이어졌다. 이성의 끈을 놓친 캐롤라인은 아무리 쑤셔도 반응다운 반응을 보이지 않았다. 그럼에도 터커는 성심껏 캐롤라인을 유린했다.

「크으으……!」

터커가 마지막으로 자신의 분신을 캐롤라인에게 뿌리까지 파묻었다. 캐롤라인은 터커 밑에 깔린 채 헛숨을 꼴딱거렸다. 엉망으로 유린당한 여체가 바늘에 꿰인 애벌레처럼 꿈틀댔다.

「오랜만에 원없이 즐겼군요.」

엉덩이를 씰룩이며 한참 동안 정액을 들이붓던 터커가 마침내 몸을 일으켰다. 축 늘어진 물건이 뽑혀 나가면서 엉망진창으로 짓이겨진 질이 푸르륵 정액을 쏟았다.

"크헥, 헤엑, 헤에엑, 히에에……. 히에에엑……."

캐롤라인은 혀를 축 내민 채 널브러졌다. 그녀가 저지른 실수에 비하면, 과하리만치 비참한 꼬락서니였다.

"솜씨가 제법인걸. 조장."

「하하. 이래 봬도 제가 왕년에 교정실 간수 담당이었습니다. 가끔 주인님께 허락 받아서 써 봤죠.」

터커는 중절모를 쓰며 넉살 좋게 대답했다. 교정실이란 말에 아스타르테의 얼굴에 그늘이 드리웠다.

"교정실이라."

「아, 크흠. 이거 참. 죄송합니다. 영 둔해 빠져서 불편하실 이야기를 그만…….」

터커가 손사래를 쳤다. 아스타르테는 입꼬리를 살짝 올렸다.

오거들은 사회의 냉대에 시달려 왔다. 하지만 수국화관의 간판 아래 있는 한, 그들은 지금처럼 기세등등하게 굴 수 있었다. 입으로는 주인님을 찾을지언정, 사실은 수국화관만 건재하다면 어떻게 되어도 신경 쓰지 않으리라.

"그럼 약속은 지켜야지. 일으켜 세워."

막내와 둘째가 캐롤라인에게 썩은 물을 끼얹었다. 캐롤라인은 컥컥 마른기침을 하며 힘없이 꿈틀거렸다. 발목도 으스러진 이상 제 힘으로 일어서기는 무리였다.

"마차까지 옮겨 줘."

아스타르테는 담배 연기를 길게 뿜고 흐트러진 숄을 여미었다. 캐롤라인의 신음이 뒤통수를 간지럽혔다.

"흑, 흐윽……. 엄마……. 엄마……. 추워……. 추워어…….."

「좀 닥쳐라. 하여튼 기자란 것들은 주둥이만 살아서 원.」

폐공장 뒤에서 기다리던 마차가 일행을 태우고 떠났다. 아무런 문양도 없었고, 시커먼 외관은 무덤으로 향하는 장의용 운구 마차를 연상케 했다.

마차 구석에 처박힌 캐롤라인은 몸을 잔뜩 웅크린 채 히죽히죽 웃어댔다.

"집……. 집에 갈 거야……. 지, 집에 가면 돼……. 집…….."

집에 가면 푹신한 침대도 있고, 커다란 인형도 있다. 들어가면 뜨거운 물로 몸을 씻고 인형을 꼭 껴안은 채 오늘 겪은 일을 모두 털어놓을 것이다. 오늘은 정말 무서운 일을 겪었어. 오거들한테 강간당하고 발목이 부서져 버렸어. 이 꼴로는 취재하러 나갈 수도 없어. 신문사에서도 잘릴 거야. 부모님한테는 뭐라고 말하지?

부모님.

소리없는 눈물이 일그러진 뺨을 타고 끊임없이 흘러내렸다.

「도착했다. 내려.」

마차가 멈춰 섰다. 캐롤라인은 오거들에게 붙들려 마차에서 내렸다. 오래된 2층 주택. 먼지가 부옇게 낀 창문에서 빛이 새어 나왔다.

"아……."

캐롤라인이 붕어처럼 입을 뻐끔거렸다. 자조하는 방법마저 잊었던 얼굴이 흉하게 일그러졌다.

"아……! 아아아……!"

"왜 그래. 기껏 정든 집으로 데려와 줬잖니."

베일을 쓴 아스타르테가 캐롤라인의 어깨를 스쳐 갔다. 캐롤라인은 머릿속에서 물거품처럼 피어오르는 불안을 애써 외면했다. 그럴 리 없어. 그럴 리 없어. 그럴 리 없어.

'엄마……! 아빠……!'

자신의 집이 아니었다.

부모님의 집이었다.

「오, 아스타르테 님. 오셨습니까. 목이 빠지게 기다리고 있었습니다.」

노크 소리에 현관문을 열고 나온 사람은 엄마도, 아빠도 아니라 정장 차림의 오거였다. 캐롤라인은 넋을 잃은 채 집 안으로 끌려 들어갔다.

「첫째야. 수고했다.」

「흐흐, 동생들한테 대접 받으려면 이 정도는 제가 해야죠. 형님은 어떠셨습까?」

　터커와 첫째가 가볍게 회포를 나누는 동안, 캐롤라인은 차갑게 식은 부모님을 찾았다.

　아버지는 의자에 묶인 채 얼굴이 완전히 짓뭉개진 채였다.

　식탁 위에 널브러진 어머니는 골반이 완전히 뒤틀린 채였다. 갈기갈기 찢어진 균열에 국자나 식칼 따위가 처박혀 있었다.

「괜찮은 척 하기는. 저런 늙은이로 재미는 봤냐.」

「어휴, 형님. 말도 마십쇼. 엄두도 안 나더라고요.」

　막내가 캐롤라인을 부엌 바닥에 내팽개쳤다. 바닥에서 기름 냄새가 물씬 올라왔다.

　"로스 양, 안타깝게도 평소 부모님과 불화가 있었군요. 그렇다고 이런 심한 짓을 저지르면 안 되죠."

　아스타르테는 짐짓 안쓰럽다는 듯이 말했다. 캐롤라인은 입을 헤 벌리고 딱딱하게 굳었다.

　꿈이겠지.

　꿈일 거야.

　"하지만 괜찮아요. 다른 사람이 모두 잊어도, 저만은 정의를 실천하려고 했던 로스 양을 잊지 않을게요. 로스 양이 죽어 주는 덕분에 저는 주인님께 한 발짝 더 다가갈 수 있게 됐거든요."

잡담을 나누던 첫째가 캐롤라인에게 묵직한 쇠망치를 쥐어 줬다. 캐롤라인은 허탈하게 웃었다. 폐공장에서 겪은 일이 뇌리에 주마등처럼 지나갔다.

"히, 히힉, 히히히힛……."

"저런, 너무 긴장하지 마세요. 무슨 일이나 처음이 가장 힘든 법이니까요. 저도 작년부터, 어디 보자……. 하나, 둘……."

아스타르테는 자신이 처분했던 이들을 손가락으로 한 명씩 헤아렸다.

"로스 양이 스무 번째네요. 보세요. 저도 처음에 처분을 맡았을 때는 로스 양처럼 마음 고생이 심했어요."

새빨간 거짓말이었다. 하지만 먼 길 가는 사람에게 덕담 한마디 쯤은 들려 보내는 것이 우리네 미풍양속 아니겠는가.

"그러니 로스 양도 정신 바짝 차리고 기운 내세요. 다음 생에 죽을 때는 지금보다 의연할 수 있겠죠. 아자아자."

캐롤라인은 넋 나간 얼굴로 웅얼거렸다.

"여신님은……. 진짜 아스타르테 님은……. 돌아가신 거죠……?"

"죽을 뻔한 적은 있죠. 보다시피 멀쩡하게 살아 있지만요."

아스타르테는 까마득한 절망으로 추락해 가는 로스에게 화사한 미소를 지어 보였다.

"자, 미안해요. 로스 양. 이제 작별해야 할 시간이에요. 부모님께 안부 전해 주세요?"

아스타르테의 말을 마지막으로, 캐롤라인은 부모님과 함께 남겨졌다. 첫째가 던진 불씨는 기름에 푹 젖은 집을 빠르게 집어삼켰다.

「햐. 엄청 잘 탑니다. 형님.」

「오기 전까지 고생 좀 했지.」

오거들은 주택가 한복판에서 뭉게뭉게 피어오르는 연기를 즐겁게 감상했다. 옆집에서 불을 끄자고 호들갑을 떨었지만, 잠옷 바람으로 나온 이들은 뒷짐 지고 불구경하기 바빴다.

아스타르테는 그 광경을 무심히 바라보다가 돌아섰다. 약자인 자신이 원하는 것을 얻기 위해서는 무엇이라도 희생시켜야 했다. 캐롤라인도 펜으로 정의를 구현하지 못했지만, 목숨으로나마 누군가에게 보탬이 되었으니 안심하고 눈을 감길 바랐다.

설령 곱게 눈 못 감아도 숯덩이가 될 텐데 뭘 어쩌겠는가.

"다들 수고했어. 막내는 이번이 처음이었지? 훌륭했어."

아스타르테는 오거들의 노고를 치하해 줬다. 막내가 계면쩍은지 목덜미를 문질렀다.

「매일 하는 일이니 언제라도 불러 주십쇼. 그보다 꼭 태우셔야 했습니까?」

막내의 어깨를 가볍게 두드린 터커가 넌지시 물었다. 아스타르테는 귀찮다는 식으로 손사래를 쳤다.

"주인님의 지시야. 이 정도면 경고도 되고 깔끔하지. 왜, 계속 암퇘지로 쓰고 싶었니?"

「하하. 저희 덩치가 이렇게 보니까 늘상 굶주리죠. 저번 놈팡이는 사내 놈이기도 했고요.」

아스타르테는 픽 입꼬리를 올렸다. 오거는 덩치만이 아니라 남근도 유별났다. 경험이 일천한 암퇘지는 값어치 걱정 때문에 삽입하기도 버거웠다.

"그럼 다음은 정말 제대로 된 암퇘지를 소개해 줄게."

아스타르테는 한쪽 눈을 찡긋해 보였다. 오거들의 입이 헤벌쭉 벌어졌다. 아스타르테는 코르티잔 중에서도 유달리 오거를 잘 대해 줬다. '제대로 된 암퇘지.' 얼마나 구미가 당길지 상상만으로도 아랫도리가 불끈했다.

"자, 오늘치 수고비야."

「아니, 수고비 말씀이십니까?」

조장은 아스타르테가 내민 돈뭉치를 보고 당황했다. 그동안 여러 잡무로 동원됐지만 카밀라 외에 수고비를 따로 챙겨 주는 경우는 없었다.

"받아 둬. 날도 추운데 주점 가서 술 한 병 쭉 들이키고 몸 좀 녹여."

「그, 정말…… 감사합니다. 아스타르테 님.」

조장이 너스레를 그만두고 진지한 얼굴로 고마워했다. 아스타르테는 자애로운 미소를 머금고 조장의 가슴팍을 살짝 어루만졌다.

"다 너희한테 고마워서 그래."

저편에서 아우성이 들려오는 가운데, 누군가 군침을 삼키는 소리가 천둥처럼 울려 퍼졌다.

"흠, 흠. 같은 수국화관 소속끼리 친하게 지내서 나쁠 것 없잖아. 그치?"

아스타르테는 작게 헛기침하고 눈을 살포시 내리깔았다. 진주처럼 뽀얀 뺨이 발그레 달아올랐다.

「지당한, 말씀이십니다. 어흠.」

터커가 목 졸린 갈매기처럼 끽끽거렸다. 아스타르테는 그를 은근하게 바라보다가 입술을 살짝 감쳐물고 돌아섰다.

"아무튼 뒤처리는 잘 부탁해. 나는 먼저 저택으로 돌아갈게."

「맡겨만 주십쇼. 머리털 한 올 안 남기고 처리해 놓겠습니다.」

터커가 방금보다 부쩍 들뜬 어조로 대답했다. 아스타르테는 손을 흔들어 주고 하늘하늘한 걸음걸이로 자리를 떠났다.

요염한 자태가 안개 너머로 사라지자 조원들이 야단을 떨었다.

「형님, 방금 보셨습까? 암만 봐도 암컷들이 보내는 신호임다.」

「하필 그때 딱 부끄러워하시네. 애간장이 녹아 줘야지. 녹아 줘야 돼.」

「형님께 관심 있으신 것 아닙니까. 저 기자 년 그냥 처박아 버리신 것도 어쩌면…….」

「어허. 막내야. 장난이시겠지. 미노타우로스가 애지중지하는데 오거는 눈에 들어오시겠냐.」

터커는 엄포를 놓으면서도 아스타르테의 손이 스친 가슴팍을 슬슬 문질렀다. 덧입은 옷 한 겹 한 겹마다 달콤한 온기가 스며든 듯했다.

　새해가 성큼 가까워질 즈음, 모니카는 모두의 질투와 축하 속에서 지하 4층으로 축사를 옮겼다.

　고작 한 층 차이였지만 환경은 하늘과 땅 차이였다. 암반에 뚫린 커다란 창문으로는 하루 한 시간도 맛보기 어려웠던 햇살이 넘쳐 들어왔다.

　모든 암퇘지에게는 고기와 채소를 고루 갖춘 식단이 제공됐다. 지하 5층의 식단은 빵과 고기가 주를 이루어서 방심하면 금방 군살이 쪘다. 날씬한 체형을 유지하느라 매 끼니마다 식사량을 걱정하던 모니카에게는 고마운 소식이었다.

　'네 부모를 없애는 법은 간단하단다.'

　아스타르테는 모니카를 버린 부모가 어디 있는지 진즉 조사한 뒤였다. 문제는 수단이었다.

　마법사가 아닌 한 수국화관에 있으면서 부모를 죽이기란 불가능했다.

　'입이 닳도록 얘기해 줬잖니. 꼭 네 손에 피를 묻힐 필요는 없어요?'

　모니카는 할 수 있다고 대답했다. 아스타르테는 대뜸 단도를 쥐어 주고 손짓했다.

　'그럼 어디, 찔러 보렴.'

잠시 주저하기 무섭게 매서운 따귀가 날아들었다. 모니카는 칼을 떨어뜨리고 흐느꼈다. 지시에 따르지 못하는 자신이 답답하고 미웠다.

'모니카. 나는 너와 같은 성품을 잘 알아. 분한 마음은 이해한단다. 하지만 너는 착하고 여린 아이야. 나한테 칼도 휘두르지 못하는 마당에 피를 나눈 가족은 어떻겠니.'

아스타르테는 투정을 부린 모니카가 안쓰럽다는 듯이 어깨를 다독여 줬다. 모니카는 부끄러운 나머지 쥐구멍에라도 숨고 싶어졌다. 차마 그 썩어 빠진 인간 말종들보다 여신에게 정이 깊다는 사실은 말할 수 없었다.

'무엇보다, 수국화관의 행사는 모두 주인님께서 관조하신단다. 네가 살인을 허락 받으려면 어디까지 올라가야 하겠니? 저 살자고 딸을 파는 족속이 그동안 네 눈 닿는 곳에 있어 줄까?'

현실의 벽은 높았다. 아스타르테는 모니카를 위로해 주며 제안했다.

'잘 기억해 두렴. 모니카.'

「손님들 오신다!」

수금원이 거리를 돌면서 목청껏 소리쳤다. 모니카는 밀짚 모자를 고쳐 쓰며 아스타르테의 조언을 되새겼다.

'손님 중에 폭력단 두목을 찾아. 놈들은 이 도시에 바퀴벌레처럼 기어들어 온단다. 입 싹 씻고 기웃거리는 경우가 있어.'

"손님, 이쪽으로 와 보세요."

"잠시 들렀다가 가시면 어때요? 오늘은 특별히 두 마리로 봉사해 드릴게요."

　호객하는 광경은 5층이나 4층이나 별반 다르지 않았다. 다만 4층은 5층보다 생기 넘치고, 퇴폐적이었다. 제 색깔을 찾는 암퇘지들이 모였기 때문이었다.

　"너무 비싸지 않아? 좀 깎아 주지?"

　"언제 젖통이 이렇게 커졌어? 이제 젖치기도 되겠네."

　속속들이 도착한 손님들은 여유롭게 축사 사이를 누볐다. 혼자 온 직장인도 있었고, 삼삼오오 무리지은 대학생도 눈에 띄었다. 특히 숫총각은 다루기 쉽고 봉으로 삼기도 좋아서 인기만점이었다.

　'폭력단은 항상 무게 잡기 좋아해. 약점을 드러내면 뒤통수를 맞거든. 하지만 저지른 죄가 있다 보니 보신에 신경 쓰지. 한 명 내지는 두 명 정도 수행원을 거느리고 나타날 거야.'

　모니카는 눈을 크게 뜨고 지나가는 손님들을 관찰했다. 오늘로 승급한지 열흘째였다. 생리 기간도 아닌데 이 이상 손님 없이 보냈다간 곤란했다.

　'찾았어!'

　발을 동동 구르며 두리번거리던 모니카는 마침내 아스타르테가 말한 손님을 발견했다. 비쩍 마른 사내가 양옆에 듬직한 수행원을 거느리고 어슬렁어슬렁 나타났다.

　"소, 손님! 손님! 이번에 들어온 암퇘지예요! 손님께서 한 번 품평해 주시면 안 될까요?"

　어찌나 기쁜지 다리가 제멋대로 폴짝폴짝 뛸 것 같았다. 모니카는 목청을 높이며 열심히 콧소리를 섞었다.

"이번에 들어왔다고?"

그 노력이 가상했는지, 사내는 모니카의 축사 앞에서 걸음을 멈췄다. 모니카는 창살에 매달려 화색이 가득한 얼굴을 내밀었다.

"네. 들어온지 열흘째예요. 5층에서는 괜찮았는데 4층은 다들 저보다 경험 많은 분들 뿐이라서요. 현수막을 걸고 싶어도 여태 손님 한 번 제대로 못 받았어요."

"예쁘장하게 생겨서는 장사할 줄을 모르는구먼."

모니카를 위아래로 훑어본 사내가 혀를 끌끌거리더니 수행원들에게 턱짓했다.

"너희는 아래층에 내려가서 한 년씩 맛보고 와라."

"예, 형님."

수행원들은 깍듯이 인사하고 물러났다. 축사에 들어온 사내는 단출한 실내를 보고 눈썹을 실그러뜨렸다.

"야, 좀 꾸미고 살아라. 계집년 방이 이게 뭐냐?"

"돈을 아끼려고요."

대답하기 무섭게 손찌검이 날아들었다. 모니카의 목이 홱 꺾였다. 찌그러진 밀짚 모자가 머리에서 떨어졌다.

"창년이 죄송하다고 하면 됐지, 말대꾸는. 됐으니까 빨리 벗기나 해."

모니카는 화끈거리는 뺨을 쓰다듬고 원피스를 벗어 내렸다. 수수한 옷차림으로 감췄던 건강미가 드러나자 사내는 휘파람을 불었다.

"믿는 구석이 있었구만."

"마음에 드세요?"

모니카가 뒷짐을 진 채 수줍게 사내를 올려다봤다. 깔끔하게 다듬은 음모와 짙은 분홍색의 유두가 시선을 끌었다.

"마음에 드냐고? 당연하지. 이 여우 같은 년아."

비릿하게 웃은 사내가 모니카를 침대에 내던졌다. 그는 옷을 벗어 던지고 모니카를 덮쳤다. 모니카의 몸이 사내에게 깔리면서 침대가 위아래로 크게 출렁거렸다.

"너처럼 젖비린내 덜 가신 걸레들이 제일 꼴리거든."

사내는 작은 젖꼭지를 꼬집으며 길게 빼문 혓바닥으로 목덜미를 핥아 올라갔다. 짐승이 고깃덩이를 맛보는 듯한 행위에서는 최소한의 애정도, 배려도 느껴지지 않았다.

"흑…… 흐읏……."

모니카는 숨죽여 신음하며 가슴에 고이는 저릿한 아픔을 참았다. 사내의 혓바닥이 풋내 나는 살결을 침으로 더럽히며 금세 입술과 가까워졌다.

'이 인간도, 어차피 남 등쳐 먹는 쓰레기야.'

거친 손아귀가 뒷머리를 미동도 못하게 틀어쥐었다. 사내는 꿈틀거리는 혀로 모니카의 입술을 헤집고 들어왔다. 사내의 입에서는 시궁창처럼 역한 악취가 풍겼다.

하지만 모니카는 암퇘지답게 사내를 거부하지 않았다. 모니카와 사내의 혀가 연체동물이 짝짓기를 하듯 서로에게 얽히고,

당겨지다가도 빨렸다. 타액을 찰박거리며 우러난 열기는 단내가 되어 입으로, 때로는 코로 흘러나왔다.

한 사람과 한 마리는 호흡이 벅차도록 서로를 깊게 빨아들였다. 한참 뒤에 입술을 뗀 사내는 황소처럼 거친 콧숨을 내뿜으며 모니카의 오른 다리를 무릎으로 밀어냈다.

모니카는 사내의 속셈을 알아차리고 몰래 허벅지를 벌렸다. 꼭 다물린 여성이 살그머니 드러났다. 매끄러운 살집 사이에서는 맑은 애액이 끈적한 실을 늘어뜨리며 떨어졌다. 수국화관의 암퇘지를 발정시키기에는 입맞춤만으로 충분했다.

사내는 발기한 남근을 신중하게 틈새에 짜 맞췄다. 그는 모니카의 젖가슴을 주무르며 여유를 부렸다. 기둥 부분으로 톱질하듯 슬근슬근 문지르자 쫀득한 살집이 서서히 벌어지며 뜨거운 육즙에 젖어 갔다.

"손님, 손님……! 제발……. 더는, 더는 못 참겠어요……! 아흐읏!"

수줍은 부탁에 사내의 인내심이 금방 바닥을 드러냈다. 그는 애액으로 흥건하게 젖은 분신을 모니카에게 밀어 넣었다. 규칙적인 운동으로 다듬어진 육벽이 사내를 바짝 조였다.

"흑, 아흑……! 흐……하아……!"

달군 날붙이가 속살을 훑으며 들이닥치자 모니카의 허리가 펄떡 솟구쳤다. 온몸을 꿰뚫리는 쾌감에 의식은 멀어지고 사내와 맞물린 질벽의 감각만이 남는 듯했다.

"우웃, 젊어서 그런지……꽤나 쫄깃한데……!"

사내가 이죽거리면서 몸을 바짝 붙였다. 심지에 불을 붙인 듯, 동굴을 파고든 육봉에서부터 전율이 일어났다. 그는 하체에 힘을 바짝 주고 천천히 움직이기 시작했다. 사내의 귀두가 육벽 깊숙한 곳을 내리눌렀다.

"흐……윽……!"

모니카의 탄력 있는 엉덩이가 우묵하게 꺼지는 침대에 파묻혔다. 사내는 허리를 높이 치켜올렸다가 있는 힘껏 내리꽂았다.

"크흐응……!"

모니카의 고개가 뒤로 젖혀지며 힘겨운 신음을 흘렸다. 사내는 숨 돌릴 틈을 주지 않고 잇따라 강하게 허리를 내리찍었다.

"아, 힉, 응, 응홋, 홍으으으웃?!"

단단한 남근이 안으로 파고들 때마다 모니카는 맥없이 흔들리며 흐느꼈다. 사방팔방을 휘젓던 귀두는 점차 모니카의 민감한 곳에 가까워졌다. 닿을락 말락 아슬아슬한 거리감이 오히려 모니카로 하여금 애가 타게 만들었다.

"하으으으웅! 아아아, 손님, 손님 자지 굉장해여어어! 햐앙! 꺄흐응! 너므 갱장해에에에!"

어엿한 암퇘지는 수컷에게 압도당하며 지복을 느껴야 한다. 모니카도 예외는 아니다. 그녀는 손님에게 안기며 자신을 버린 부모를 떠올린다. 수컷에게 꿰뚫리며 교성을 지르는 이 순간만큼은 화목했던 가족의 과거도 잊은 척할 수 있다.

"후욱, 훅, 헉! 허억! 더 조여! 더 조이라고, 개년아!"

"하앙! 앙!? 네, 네헤, 하웅!?"

끈적거리는 마찰음과 벅찬 교성이 모니카의 축사를 가득 채웠다. 창문으로 스민 서늘한 겨울 공기는 어느새 한 사람과 한 마리의 열기로 뜨겁게 달궈졌다. 둘은 끈끈한 땀을 뒤집어쓴 채 짐승처럼 뒤엉켰다.

"이거, 운 좋게 보물단지를 찾았는데⋯⋯!"

숫처녀처럼 빈틈없는 조임과 촘촘한 질 주름이 마음에 쏙 들었다. 도회지에서 찾아보기 어려운 늘씬하고 건강한 몸매도 절로 군침이 돌았다. 잔뜩 흥이 오른 사내는 모니카의 다리를 위로 한껏 꺾어 올리고 강하게 내리쳤다.

"하아앙?! 아흣, 손님, 그렇게, 민감한, 곳만, 닿⋯⋯하으으응! 히야아아앙!"

사내의 체중이 그대로 전해지자 모니카가 매달리듯이 침대 시트를 움켜 쥐었다.

하지만 사내는 모니카의 애원을 한 귀로 흘려들으며 질펀한 고기 구멍에서 애액을 마구 퍼 올렸다. 느리게 뽑히다가도 우악스럽게 파고드는 남성은 모니카의 육벽을 구석구석 훑으면서 질펀한 쾌감을 선사했다.

"햐악, 학, 학, 히윽, 흑, 흐윽⋯⋯!"

"허억, 헉, 허억⋯⋯!"

높고 낮은 숨소리가 점차로 빠르고 단속적으로 바뀌어 갔다. 사내와 모니카는 신음할 겨를마저 아까운 듯이 쾌락의 늪에 빠져 꿈틀거렸다.

"후욱, 싼다, 개년아, 한 방울이라도 흘리면 뒈질 줄 알아!"

거칠게 질구를 열어젖히며 동굴에 드나들던 남근이 껄떡껄떡 몸부림쳤다. 사내는 모니카의 발목을 잡고 찍어 누르며 윽박질렀다. 시뻘겋게 달궈진 얼굴이 금방이라도 폭발할 듯 위태로워 보였다.

"네헤, 하앙, 앙, 아앙! 알겟, 슈미다, 모니카 안에, 듬뿍 싸쥬세여!"

모니카는 농후한 암컷의 표정으로 고개를 끄덕거렸다. 씰룩씰룩 잔물결을 일으키던 질벽이 사정의 순간을 놓치지 않겠다는 듯 강하게 조여들었다.

"크으으……!"

"흐으으으으윽?!"

하복부에서 넘실거리던 사정감이 일제히 폭발했다. 사내가 이를 악물고 몸을 밀어붙인 찰나, 절박하게 오르내리던 남근이 동굴 깊숙이 뿌리까지 삼켜진 채로 우뚝 멈췄다.

"흑, 하아, 하아앙……!"

사내의 뜨겁고 희뿌연 액체가 한 방울도 남김없이 모니카의 뱃속으로 쏟아져 들어왔다. 모니카는 늘씬한 지체를 파르르 떨며 절정에 겨웠다.

"크으……. 간만에 실컷 싸 보는구만……."

사내가 한풀 기운이 꺾인 남근을 뽑자, 모니카는 가랑이를 훤히 벌린 채 오줌을 쪼르륵 싸고 말았다. 움찔거리는 질구가 허연 정액을 주르륵 게워 냈다.

"큭큭, 답도 없이 음란한 년 아냐. 어벙한 척 굴더니 천성부터 창녀잖아."

"하아, 하으응······. 제성해여······. 음란한 암돼지라······.
까훗!?"

사내는 치골에 짓눌리던 클리토리스를 손바닥으로 갈겼다.
축 늘어진 모니카의 몸이 돌에 맞은 개구리처럼 펄떡 튀어 올랐
다.

"자주 올 테니까 잘 알아 모셔라. 응?"

사내는 모니카를 품에 끌어들이고 이기죽거렸다. 지저분한
손놀림이 모니카의 꽃잎을 느긋하게 희롱했다. 모니카는 헤프
게 웃으며 사내가 시키는 대로 입술을 맞췄다.

'네가 사로잡아야 한단다.'

사내는 살갑게 혀를 얽어 오는 모니카가 마음에 든 눈치였다.
모니카는 혀를 얽으며 축 늘어진 남근을 어루만졌다. 스치듯이
살짝살짝 건드리며 애를 태우자 금방 피가 쏠렸다.

"하앙, 손님······. 그러지 마시고······."

짧은 입맞춤을 마친 모니카가 사내에게 몸을 기대어 왔다. 순
진무구한 눈동자가 암컷의 열기를 머금고 사내를 우러러봤다.

"하룻밤만 묵고 가 주시면······안 될까요?"

시녀장은 새벽부터 자정까지 쉴 틈이 없다. 수국화관의 규모
에 비해 관리직이 턱없이 적기 때문이다. 모든 시녀를 통솔한다

는 말은 깊든 얕든 모든 영역에 관여해야 한다는 뜻이다.

「어때요, 시녀장님.」

이를 테면, 부엌에서 새로 내놓을 음식의 품평도 그중 하나다.

"달팽이를 식재로 삼다니 신기하네요."

시녀장은 냅킨으로 입술을 훔쳤다. 오늘 시범작은 파슬리, 버터, 그리고 마늘과 함께 오븐에 구워 만든 달팽이 요리였다. 껍질에서 꺼낸 고기를 익혀서 다시 넣는 등, 꽤 수고가 들지만 그만큼 깊은 맛을 자랑했다.

"저는 특히 식감이 마음에 드는군요. 이 정도라면 주인님께서도 만족하시겠습니다."

시녀장은 냅킨으로 입술을 훔쳤다. 부엌에서 일하는 시녀들의 얼굴에 함박웃음이 가득 차올랐다.

「아이구. 시녀장님 입맛에 맞으면 오늘은 발 뻗고 잘 수 있겠네 그래!」

주방장이 팔짱을 끼고 털털하게 웃었다. 그녀는 오크도 일류 요리사가 될 수 있음을 몸소 증명한 사례였다. 인생 전반기를 왕궁에서 보낸 카밀라에게 요리로 인정 받기는 결코 쉽지 않다.

"한 가지 문제라면 운송이겠어요."

「그럼요. 역시 제대로 된 달팽이를 써야 제맛이 나는데. 먹을 수 있다고 다 같은 맛은 아니니 원.」

"일리아드 통운에 의뢰해도 운임이 상당할 겁니다. 우선은 이대로 올려 보면 어떨까요."

「차라리 이러면 어때요. 듣자 하니 저기 상류 쪽에 있는 수도원도 포도밭이 있다던데…….」

둘은 이마를 맞대고 새로 내놓을 요리에 대해 논의했다.

시녀장은 수국화관의 온갖 대소사에 관여하더라도 주방장에게는 재량을 보장해 왔다. 음식을 손질하지 않고 먹던 엘프에게 요리는 굉장히 독특한 예술이기 때문이다. 까막눈인 분야에 참견하는 짓은 사양하고 싶었다.

"저어, 주방장님."

주방장이 엄선된 달팽이의 식감을 웅변할 즈음, 젊은 시녀가 조심스레 부엌에 들어왔다.

「신참, 무슨 일이야?」

"위에 다과를 올려야 해서요."

「다과? 어느 분께서?」

사람마다 취향은 극명하게 갈린다. 코르티잔에 따라서는 생피를 넣은 과자가 나갈 때도 있다.

"성녀님께서요……."

신참이 떨리는 목소리로 대답하자 여기저기서 한숨을 내쉬었다. 주방장도 못마땅한 표정으로 소매를 걷어붙였다.

「다른 말씀은 없으셨고?」

"네. 다과만 내오라고 하셨어요."

무슨 꼴을 보고 왔는지 주근깨 박힌 얼굴이 하얗게 질려 있었다. 후들거리는 두 다리는 금방이라도 주저앉을 듯 위태로웠다.

"잘 됐네."

시녀장은 질 낮은 홍차를 한 모금 마시고 신참에게 말했다.

"미들턴 양, 같이 가도 될까. 그렇지 않아도 성녀님께 볼일이 있던 참인데."

"에, 예? 그, 그치만 시녀장님……."

시녀장이 집게손가락을 세워 입술에 붙였다. 신참은 훌쩍거리면서 고개를 주억거렸다.

「기왕이면 사람이 먹을 만하게 주문해 주시면 좋겠는데 말이죠.」

잠시 후, 주방장이 신참에게 바구니를 들려 주며 불평했다.

"으으……. 이제 싫어……. 지하로 돌아가고 싶어요……."

부엌을 나가자마자 신참이 눈물을 찔끔거리며 우는 소리를 냈다. 시녀장은 어깨를 토닥이며 격려해 줬다.

"적응하는 동안 다들 마음고생을 심하게 한단다. 힘들 때는 혼자 삭이지 말고 다른 사람들에게 얘기하렴."

"시녀장님도 힘들 때가 있으셨어요?"

"나라고 태어날 적부터 시녀였겠니?"

시녀장이 되묻자 신참은 어깨를 축 늘어뜨렸다. 믿기지 않는 모양이었다.

"저, 사실은 예전부터 쭉 저택에서 일하는 걸 동경했거든요. 예쁜 드레스도 있고, 엄청 화려해서……. 그런데 막상 와 보고 나니까 입도 못 뻥긋하겠어요."

"너무 풀 죽지 마렴. 내년까지만 잘 배워 두면 어디에 가도 일

자리 걱정은 없을 거야."

지하 창관과 달리 저택은 대개 노예로 팔려 온 시녀들을 썼다. 입막음해도 뒤탈이 없기 때문이다. 한편으로, 그 살얼음을 걷는 듯한 분위기를 버티고 이직하는 시녀는 고용을 원하는 이들이 줄을 설 정도였다. 넉넉한 봉급이야 더 말할 나위가 없었다.

"네. 열심히 할게요. 저도 시녀장님께 먼저 억지 부려 놓고, 염치 없게……."

다행히 신참은 기운을 되찾았다. 그녀는 아버지가 일터에서 사고를 입은 뒤 혼자 동생 여럿을 부양해야 할 처지였다. 시녀장도 열심히 살겠다는 의지를 높이 사서 경험이 부족해도 저택에 배정해 준 것이었다.

어느덧 두 사람은 다나에의 침소에 당도했다. 크게 심호흡한 신참이 문 앞에서 인기척을 냈다.

"디아도르 님. 실례하겠습니다."

"들어오시지요."

문 저편에서 차분한 대답이 들려왔다. 신참은 마른침을 삼키고 안으로 들어갔다.

다나에의 침소는 치밀하며 고결한 고문실이었다. 침소에 있을 법한 가구는 눈을 씻고 찾아봐도 없었다. 오직 불경을 고통으로 단죄하기 위해 만든 도구만이 가지런하게 정돈되어 있었다.

"여, 여기, 말씀하신 과자입니다."

신참은 떠듬거리면서 다나에에게 바구니를 바쳤다. 닭 모가

지 한 번 비튼 적 없는 그녀는 침소에서 은은히 우러나는 쉿내조
차 고역스러웠다.

"하온데……."

어슴푸레한 어둠 속에서 백옥 같은 나신이 뚜렷이 떠올랐다.
다나에는 실오라기 하나 걸치지 않은 알몸으로 시녀장에게 다
가왔다.

"시녀장께서는, 어인 용무로 소첩의 침소에 오셨는지요."

"의논할 일이 있습니다."

시녀장은 태연하게 대꾸하며 침소 한구석을 흘끔 살폈다.

육욕에 꺾인 여기사가 질긴 가죽 구속복이 입혀진 채 씨근거
리고 있었다.

구속복은 혁대로 팔다리를 결박하여 팔꿈치와 무릎만으로 기
어다니게 강제했다. 배는 임신한 듯 확연히 부풀었으며, 항문
은 굵다란 목제 남근에 꽉 틀어막혀 있었다.

"헤에엑……♥ 헤엣……♥ 헤에에……♥"

솔레나는 누가 온 줄도 모르고 발정한 개처럼 엉덩이를 벽에
문질거리기 급급했다. 애처롭게 허리를 꿈틀거릴 때마다 항문
에 삽입된 목제 남근이 장벽을 마구 휘저어 댔다. 움직임이 다
급해질수록 안대 밑은 굴복의 눈물로 축축하게 젖어 가고, 개구
기로 벌어진 입에서는 침이 넘쳐흘렀다.

"우선 앉으시지요."

차가운 눈으로 시녀장을 응시하던 다나에가 이내 등받이 없는
의자를 내 줬다. 이나마도 침소에서 가장 멀쩡한 가구였다. 시

녀장은 얼어붙어 있는 신참에게 자리를 비우라고 손짓했다.

"다름이 아니라, 예하의 방문 일정 때문입니다."

시녀장은 신참을 내보내자마자 곧장 본론으로 들어갔다. 하지만 다나에의 반응은 냉담했다.

"송구하오나, 소첩과 의논하실 사안은 아니라고 사료되옵니다. 카밀라 님께서도 이미 지시를 내리지 않으셨는지요."

"디아도르 님, 바드티비라는 위험한 도시입니다."

다나에는 바구니에서 동글게 구운 과자를 꺼내다가 멈칫했다. 희번덕거리는 두 눈이 시녀장을 쏘아봤다.

"주인님의 안위로 소첩을 겁박하시려는지요."

"겁박이 아니라 당연히 주의해야 할 부분입니다."

아무리 시녀장이라도 대주교나 되는 인물의 의향을 속속들이 파악할 수는 없었다. 그저 이번 일에 개입해서 대주교가 얻을 득실을 토대로 추측할 따름이었다.

"적극적인 교세 확장."

다나에의 눈초리가 더욱 매서워졌다. 시녀장은 개의치 않고 말을 이었다.

"만신전 내의 입지 강화. 비둘기파로서 점령지와 교류할 수 있다는 사실을 증명했을 경우의 정치적 이득. 뿐만 아니라 추후 저희와 거래할 때도 우위를 점할 수 있겠죠."

말을 마치자 침소에는 솔레나의 구슬픈 신음만이 흘렀다.

"카밀라 님께서 보내셨는지요."

조용히 듣던 다나에가 한결 눈매를 누그러뜨렸다. 시녀장은 고개를 끄덕이고 말했다.

"다시 한 번 말씀드리지만, 바드티비라는 위험한 도시입니다. 예하에게만큼이나 예하를 적대하는 자들에게도 이번 방문은 절호의 기회예요."

다나에는 한참 동안 말이 없었다. 그녀는 바구니에서 꺼낸 과자를 솔레나의 음부에 하나씩 밀어 넣었다.

항문을 위로하면서 충분히 풀린 질구는 손가락 한 마디만 한 과자도 쉽게 삼켰다. 성욕으로 고조된 질벽이 조여들면서 과자를 더욱 깊숙한 곳으로 빨아들이려고 했다.

그러나 단단하게 발기한 남근과 달리, 과자는 음부 안에서 조금씩 으깨졌다.

이윽고, 끔찍한 절규와 함께 솔레나의 균열이 걸쭉한 액체를 울컥울컥 뿜어내기 시작했다. 애액과 피에 과자 부스러기가 섞여 나왔다.

다나에는 부스러기를 집어 흡족한 눈으로 들여다봤다. 안에 크고 작은 유리 조각이 박혀 있었다.

"하오면, 소첩에게 무엇을 원하시는지요."

다나에는 솔레나의 질 속으로 과자를 집어넣으며 물었다. 솔레나가 발작하듯 도리질을 치며 다나에에게서 도망치려 했다.

"예하께서 도시에 머무시는 동안, 저 역시 동행하고자 합니다."

제 아무리 태양 기사라도 팔다리가 묶인 채로는 엉금엉금 기는 것이 고작이었다.

다나에는 개를 산책시키듯 느긋이 따라다니면서 솔레나가 하혈할 때마다 새 과자를 넣어 줬다. 솔레나의 질벽은 항문을 틀어막은 이물감과 생살이 찢어지는 고통을 견디느라 쉬지 않고 꿈틀거리며 육즙을 게워 냈다.

통곡해도, 절규해도, 애원해도, 몸부림을 쳐도 다나에는 그만두지 않았다. 솔레나의 비명은 시간이 흐를수록 비굴하게 바뀌어 갔다.

"소첩더러 주인님 곁에 암살자를 들이라는 말씀이신지요."

솔레나가 음부에서 검붉은 거품을 흘리며 자빠질 즈음이었다. 다나에는 회초리처럼 가느다란 채찍을 꺼내 들며 되물었다.

"주인님께서 아스타르테 님과 더불어 유능한 칼잡이도 보내신다고 들었습니다만."

시녀장이 솔레나를 눈짓했다.

"칼잡이가 아니라 가축도 못 되는 축생이지요."

싸늘하게 대꾸한 다나에는 채찍으로 솔레나의 엉덩이를 후려갈겼다. 솔레나가 짐승처럼 흐느끼며 소스라쳤다. 코뿔소 가죽으로 만든 채찍은 일격에 살이 갈라지고 뼈가 드러날 만큼 위력적이었다.

"이전부터 줄곧 탐탁지 않았사오나, 소첩으로서는 이 야만스럽고 무지한 짐승마저 용서해 주시려는 의중을 감히 헤아리지 못하겠나이다."

채찍은 연이어 솔레나의 옆구리를 후려쳤다. 볼록 부푼 배에서 꾸르륵거리는 소리가 났다.

"관장이군요."

"예. 배변감을 일으키는 약초, 발효주, 수컷님들의 정액과 소변에 더해 임의 감로수를 섞어 만들었사옵니다. 적어도 그토록 귀한 포상이 제 배에 채우고 있다는 사실을 감사할 줄은 알아야겠지요."

다나에는 경멸의 눈초리로 솔레나를 내려다보며 말했다.

"확실히, 솔레나 경보다는 그쪽이 신용할 수 있겠지요."

다나에가 등줄기를 떠는 솔레나의 질구에 다시 과자를 쑤셔 넣었다. 이물감을 느낀 솔레나는 괴성을 지르며 버둥거렸다.

"실력 얘기인가요?"

"마음가짐의 문제이옵니다."

시녀장은 다나에의 평가를 선뜻 받아들였다. 생사를 가르는 기준은 실력만이 전부가 아니다. 그 대단한 아스타르테마저 믿었던 이의 배반으로 패하지 않았던가.

"아스타르테 님께는 제가 직접 전해 드리겠습니다."

"송구스럽지만, 전언은 소첩을 통하시지요."

시녀장이 눈썹을 살짝 찌푸렸다.

"저를 경계하시나요."

"소첩에게도 눈이 있고 귀가 있사옵니다."

다나에는 가늘게 뜬 눈으로 시녀장을 돌아봤다. 푸른 눈동자는 한겨울의 얼어붙은 호수처럼 냉막하여 생기를 찾을 수 없었다.

"애초에 다른 심산이 없다면 그 천것에게 전하라고 하셨겠지요."

"저런."

시녀장은 작게 웃었다.

"아스타르테 님께서 그렇게 말씀하시던가요. 하지만……."

"'무언가 오해하셨군요. 제 업무는 수국화관의 대소사 전반을 아우릅니다. 하물며 이번 일은…….'"

푸른 눈동자 너머로 여신이 비치는 듯했다.

"'신중을 기해야 할 사안이니, 아스타르테 님과 논의해도 이상하지 않겠죠.'"

다나에는 잠시 사이를 두고 한마디 덧붙였다.

"소첩의 말이 끝나면, 안경테를 매만지며 마음을 가다듬을 것이라고도 하셨사옵니다."

무심코 올라갔던 손길이 멈칫하였다.

"오른발을 비트는 행동은 숲 파수꾼의 경력에서 비롯된 반응이며 일반인과 달리 예상하지 않은 상황에 봉착했을 경우 나타난다, 고도 하셨지요."

시녀장은 발치를 흘끔 내려다봤다. 확실히 현장에서는 오른발을 축으로 움직이는 일이 잦았다. 자신도 의식하지 못한 버릇이었다.

"참으로 놀랍지 않사옵니까."

어디서부터 예상했을까.

아니, 언제부터 간파당했을까.

"부디 경외하시지요, 파수꾼. 거룩하셨던 임께오서는 그대마저 이토록 굽어살펴 주시옵니다."

시녀장은 어렵게 동요를 억눌렀다. 그래 봐야 아스타르테는 권능을 잃었다. 무슨 대단한 재주처럼 꾸밀지라도 결국은 잡기(雜技)에 불과했다.

"애석하지만, 저는 종교를 믿지 않습니다."

"소첩도 이해하옵니다. 듀에토의 몰락을 몸소 겪으신 분이니."

다나에가 무표정으로 애도의 기도를 올렸다. 시녀장은 크게 숨을 들이쉬고 다나에에게 인사했다.

"바쁘신 중에 폐를 끼쳤군요. 용무를 마쳤으니 저는 이만 돌아가겠습니다."

"이 시각이면 별채로 돌아가시겠군요. 살펴 가시지요."

당연한 인사말조차 귀에 거슬렸다. 시녀장은 속내를 드러내지 않고 조용히 침소에서 나왔다. 구석에 몰려 벌벌 떠는 솔레나가 문틈으로 들여다보였다.

'사람 보는 안목이 빼어난 줄은 알았지만, 이 정도라고는······.'

시녀장은 마지막까지 솔레나를 주시하며 문을 닫았다.

'그렇다고 염려할 까닭도 없죠.'

말은 칼보다 강하다.

하지만 칼은 말보다 빠르다.

시녀장은 곧장 별채로 돌아갔다. 시녀들이 코를 고는 소리가 얇은 벽 저편에서 들려왔다.

"후우."

시녀장은 조용히 방문을 닫았다. 책상 위에 놓인 서류 뭉치를 보자 어깨가 욱신거렸다.

언제까지고 현역일 수는 없다.

시녀장은 어깨를 주무르며 흘러간 세월을 반추했다.

인간으로 치자면 어느덧 사십 대에 접어드는 시기였다. 숲을 벗어난 엘프는 시간이 지날수록 영성(靈性)을 잃고 필멸자에 가까워지는 만큼, 앞으로 십 년만 지나도 지금과 같은 업무량은 소화하기 어려울 것이다.

그렇기 때문에 아스타르테가 제약 사업을 제안했을 때는 내심 반가웠다. 설령 자신이 쓸모없어지더라도 그녀가 카밀라를 보필한다면 안심할 수 있겠다고 생각했다.

결국 시녀장의 기대는 엇나가 버렸다.

아스타르테가 무슨 속셈으로 다나에를 충동질했고, 어떤 감언이설로 대주교를 이 도시에 불러들였는지는 중요치 않다. '평소처럼' 하면 충분하다.

문득, 유리창을 두드리는 소리가 들렸다.

"어머."

시녀장은 창밖을 내다봤다. 먹이를 받아먹던 까마귀였다. 필사적으로 유리창을 두드리는 부리에서 허연 거품이 끓어넘쳤다. 입가에 절로 쓴웃음이 배어났다.

"친구들은 벌써 죽었나 보군요."

수국화관은 귀금속으로 만든 장신구가 많다. 까마귀는 반짝이는 물건에 약해서 가만 내버려 두면 언제 좀도둑으로 돌변할지 모른다.

"그동안 즐거웠어요."

참 영리한 동물이었다. 먹이에 조금씩 독을 섞은 줄 어떻게 알고 왔을까. 시녀장은 창문을 열어 까마귀의 모가지를 낚아챘다.

"하지만 실컷 배를 불리고 이제 와서 불평하면 못쓰죠."

까마귀는 날개를 푸드덕거리며 똘망똘망한 눈망울로 시녀장을 노려봤다. 시녀장은 다른 손으로 머리를 쥐고서 망설임 없이 목을 분질러뜨렸다. 목뼈가 으스러지는 감촉과 함께, 방금까지 시녀장의 손아귀에서 날뛰던 까마귀가 거짓말처럼 축 늘어졌다.

시녀장은 시체를 한쪽으로 치우고 창틀에 떨어진 거품을 무덤덤하게 치웠다.

먹이를 주면서 정이 들기야 했지만, 특별한 감흥은 없었다. 수국화관에 해악이 되는 존재를 제거하는 것도 업무 중 하나였다.

여신이라고 예외는 아니었다.

《Chapter 6. 신의 이름 아래》

4층 갑판의 범선이 안개가 드리운 에렌티피아 하구(河口)를 통과했다.

잿더미 의회는 뱃머리에 태양신의 황금상이 달려 있었다는 보고를 접하고 술렁거렸다. 의회는 다. 시의회의 동태를 살피던 데일리 어바웃은 그 즉시 주먹만 한 활자로 찍은 호외를 배포했다.

코타르 대주교, 금일 티그리스강 부두 도착 예정
독단적 방문에 의구심 증폭⋯교세 확장의 시발점 되나

시민들은 새로운 화젯거리를 신물 나게 씹어 댔다.

대주교는 어떤 대접을 받을지.

그가 왜 바드티비라에 왔는지.

영주들이 가만히 내버려 둘지.

하루 벌어 하루 사는 삶에게 유명 인사만큼 요긴한 주전부리는 달리 없었다. 그중에서도 태양신을 믿는 시민들의 반응은 특히 열렬했다. 그들에게 코타르 대주교는 어느날 혜성처럼 나타나 구태의연한 교단을 뒤엎은 풍운아였기 때문이다.

대주교의 위치에 오른 그는 가장 먼저 갑론을박이 오가던 교리를 하나로 통합했다. 이어서 사제 육성 과정을 개편하고 성직자의 사유 재산을 금하는 등, 교단을 세속의 원리가 아닌 신앙에 기반한 종교로 되돌리고자 애썼다.

아울러 '태양은 세상을 평등하게 비춘다'는 사상 아래 평민층에게도 적극적인 포교를 전개했다. 관문 전쟁 이후 연맹 전체가 혼란에 빠진 상황에서, 생필품을 나눠 주고 병자를 돌보는 태양신 교단의 모습은 의지할 곳 없던 민초들에게 깊은 인상을 남겼다.

신도들은 코타르 대주교가 바드티비라의 참담한 실상을 바꾸기 위해 납셨다고 믿어 의심치 않았다.

부채꼴로 펼쳐진 회의장에 시의원들이 하나둘 기어 들어왔다.

「암반공도 납셨고……. 오늘은 평소에 못 보던 얼굴이 많구먼.」

"교수님까지 납셨으면 얘기 다 했지."

『이보시게. 숙취 해소 마법 같은 것 없나. 종일 마셨더니 죽겠네 그래.』

평소와 달리 의석은 금방 북적거렸다. 한 교단의 실권자와 만날 기회를 내버리는 작자라면, 정치할 생각 접고 얌전히 밭이나 일구며 사는 편이 나았다.

『흠. 원로로서 참 감격스러운 광경이오.』

단상에 오른 훔바바가 의석을 둘러보고 미소지었다.

『이 회의장이 한 달 사이에 두 번이나 만석을 채울 줄이야.』

의원들은 낄낄거렸다. 다들 제 잇속 챙기기 바빠서 선거철만
아니면 코빼기도 안 비치는 이들이 적지 않았다.

『다들 알다시피, 오늘은 우리 도시에서 보기 드문 분을 모셨소.』

훔바바가 강연대를 가볍게 두드렸다. 웃음이 잦아든 회의장
에 목청을 가다듬는 헛기침 소리만 드문드문 울려 퍼졌다.

『소개하겠소. 태양신 교단의 코타르 대주교시오.』

입이 떡 벌어지도록 사치스러운 가마가 단상 위로 올라왔다.
박수를 보내던 의원들은 차츰 당혹감을 느꼈다.

『아직 숙취가 남았나? 이보게. 지금 의장님이 돼지 통구이를
대령하라고 하셨나?』

「에이, 이 사람아. 저게 무슨 돼지야. 두꺼비지.」

"분명해. 저건 나선전당에서 탈출한 실험체야."

"설마. 그분이 아무리 미쳤다고 해도 그렇지……."

박수가 잦아드는 가운데 의원들이 서로에게 당황스러운 심경
을 토로했다. 훔바바는 충분히 그럴 만도 하다고 여겼다.

가마를 타고 나타난 코타르 대주교는 돼지와 두꺼비를 가장
추잡스러운 형상으로 교잡하여 만든 잡종 같았다.

눈은 살가죽에 칼집을 낸 듯 쭉 찢어졌고, 있는지 없는지 모를
코는 유달리 커다란 콧구멍을 벌름거리며 존재감을 피력했다.
팔다리는 짜리몽땅한 주제에 허리둘레가 키와 비슷해 보였다.

온갖 금은보화를 덕지덕지 바른 제의(祭衣)가 돼지 목의 진주에게 연민을 살 지경이었다.

"으허허."

코타르 대주교가 서너 겹으로 겹친 턱을 꿈틀거리며 웃었다. 의원들은 다시 한 번 기겁했다. 볼품없는 외모와 달리 대주교의 목소리는 감탄이 나올 만큼 중후하고 부드러웠다.

"여러분, 많이 놀라셨겠습니다. 이 사람이 어릴 적부터 볼품없게 생겨서 이래저래 고생했지요."

말이 나오기 무섭게 의원들은 묵묵히 대주교를 주시했다. 백 명이 넘는 군중의 야유와 혐오를 아무렇지 않게 웃어넘길 배짱이라면, 외모는 사소한 문제였다.

"소위 차별이란 비단 다른 종족 간에 벌어지는 일만은 아닙니다. 같은 종족, 같은 집단, 심지어는 같은 피를 나눈 가족 사이에서도 차별은 존재하지요. 가장 마지막까지 빛나실 그분께서는 예로부터 이러한 현실을 무척 안타깝게 여기셨습니다."

대주교의 가느다란 눈이 의석을 두리번거렸다.

"그분께서는 우리 모두를 평등하게 비추어 주십니다. 이 사람은 가장 힘든 시기에 그분의 복음을 접하고, 다시 태어날 수 있었습니다."

상석에 앉은 원로들은 일찍부터 침묵을 지켰다.

일개 서고지기의 신분으로 교단을 지배하는 위치에 오른 남자를 고작 외모 따위로 폄하할 리 없었다. 그보다는 무슨 꿍꿍이를 품고 바드티비라에 왔는지 알아내는 것이 우선이었다.

"차별이란 결국 우리가 드리우는 그림자와 같습니다. 그분의 은총은 분명히 존재하지만, 우리는 스스로 알지 못하는 사이 다른 이에게 차별의 그림자를 드리우는 것이지요. 그렇기 때문에 자신의 위치를 항상 의식하면서, 그늘진 곳에 있는 이들을 양지 바른 곳으로 이끌어 주는 일이야말로 그분의 신실한 신도가 행할 바입니다."

당연하게도, 부러질 것처럼 가느다란 몸으로 가마를 짊어지고 있는 여사제들은 신경 쓸 것 없었다.

"이 사람은 그간 바드티비라가 방탕과 탐욕으로 가득한 도시인 줄 알았습니다. 이제 소외된 이들을 돕는다는 소식을 들으니 한달음에 달려오게 되더군요. 으허허."

『그래서 사람을 암퇘지 취급하는 창관을 도와 주시겠다, 이말인가?』

한 의원이 재를 뿌리려 들었다. 대주교는 담담하게 대답했다.

"교단은 세속의 법에 관여하지 않습니다."

담배를 태우던 카밀라는 절로 실소가 나왔다. 만신전을 떠받치는 각 교단은 '공식적으로는' 세속에 관여하지 못했다. 그저 위정자가 신의 뜻을 헤아려 나라를 다스릴 뿐이었다. 참으로 훌륭한 공생 관계였다.

"그래서 예하는 무슨 일로 오셨죠? 이번 복지 정책을 지지하실 의도라면 오베도에 계셔도 가능할 텐데요."

어둠 저편에서 만사를 따분하게 여기는 듯한 목소리가 들려왔다. 훔바바와 함께 양지를 양분한 원로, 카산드라였다.

"으허허. 이 사람은 그저 며칠 머무르며 도시를 살피고 싶을 뿐입니다. 비록 여러분께서 자연히 우러난 선심으로 말미암아 상처 받은 이들을 보듬어 주신다지만, 본래 선행이란 함께하는 사람이 많으면 많을수록 좋지 않겠습니까."

"선행이라. 애꾸눈은 대낮부터 밥맛없게 뭐하자는 거람."

카산드라는 새침하게 코웃음을 쳤다. 애초에 그녀는 제약 회사 설립 자체를 달갑지 않게 여겼다.

『그렇다면 즉석에서 의결을 거치도록 하지.』

가만히 지켜보던 훔바바가 중재에 나섰다.

『코타르 대주교께서 귀빈 신분으로 도시를 순회하는 데 대해 찬반 투표를 진행하겠소.』

『오, 아리따운 마녀여. 어쩌자고 저 메스꺼운 수돼지를 끌어들였는가?』

꽃 요정들이 투표 용지를 배부하기 시작하자 보나파르트가 카밀라 곁에 은근슬쩍 다가왔다. 카밀라는 투표 용지를 받아들며 눈을 흘겼다.

"보나파르트. 방금 들었잖니. 자연히 우러난 선심으로 왔겠지."

『맙소사. 그 말을 믿느니 차라리 내일 칠대죄가 회개하길 바라고 말겠어. 이런, 아리따운 아가씨. 매번 신세를 지는군.』

보나파르트에게 투표 용지를 준 꽃 요정이 손가락 마디만 한 얼굴을 붉히며 돌아갔다. 카밀라는 나비만 한 여자를 꼬드겨서 무슨 득이 있을지 의문스러웠다.

『그보다, 우리 사이에 이렇게 매정해서야 되겠는가. 설령 다른 누군가가 불러들였어도 대주교와 거래하는 그대라면 충분히 저지할 수 있었을 텐데. 굳이 거절하지 않았다는 것은 이번 사업을 꼭 성사시키고 싶다는 뜻으로 이해해도 괜찮겠나.』

카밀라는 꼰 다리를 바꾸고 건성으로 말했다.

"겸사겸사지."

『부정하지는 않는군.』

보나파르트가 씩 웃으며 용지에 동그라미를 그렸다.

투표 결과는 찬성이 여섯, 반대가 넷.

의회는 대주교의 순회를 지지했다.

점령지의 영주들은 코타르 대주교가 귀빈으로 대접 받는다는 소식을 접하고 발칵 뒤집어졌다. 가뜩이나 제멋대로 굴던 접경 도시가 이번에 기어코 일을 저질렀다는, 사심 어린 비난마저 나왔다.

이에 잿더미 의회는 다음과 같이 통보했다.

'우리 도시는 칠대죄께서 허락하신 자치권을 발휘했을 뿐이다. 이의가 있다면 지옥의 법도대로 처리하길 요구한다.'

지옥은 철저하게 약육강식의 법칙을 따랐다. 시의회의 입장 표명은 속된 말로 불만 있으면 어느 한쪽 죽을 때까지 붙어 보자는 뜻이었다.

물론, 뼈대 있는 몇몇 영지를 제외하고는 경제적으로나 군사적으로나 바드티비라와 충돌해서 무사하지 못했다. 발전을 도외시하고 당장의 잇속만 탐낸 결과였다. 옳거니 하고 으르렁거리던 영주들은 냉큼 입을 다물 수밖에 없었다.

코타르 대주교가 바드티비라를 방문한지 이틀째.

빈민가 변두리의 구호소 앞에 대(對)마법 처리를 한 마차 십여 대가 멈춰 섰다. 곧이어 가벼운 가죽 갑옷과 곤봉으로 무장한 시경들이 마차에서 쏟아져 나왔다.

"각 조는 즉시 정위치로 이동하라! 실시!"

「자, 자! 이 자식들아! 뭉기적거리지 말고 방진 갖춰!」

"알겠냐? 절대 대열 밖으로 나오는 경우가 없게 해라! 가마에 접근하는 녀석이 있으면 사격 명령 기다리지 말고 무조건 쏴 버려!"

시경이 일대를 장악한지 채 30분도 지나지 않아 이곳저곳에서 사람들이 모여들었다. 신앙심 깊은 신도들은 물론이고 근처에서 일하는 노동자들도 인파에 합류했다.

"가난뱅이 놈들이 농땡이 부릴 구실 생겼다고 기어 나와서는……."

서장은 옥상에서 현장을 내려다보며 혀를 끌끌거렸다. 옆에 있는 부관이 하도 어이가 없어서 헛웃음을 쳤다. 허구한 날 업무는 뒷전이고 본청에 아부하기 바쁜 인간이 부끄럽지도 않을까.

"부관, 방금 뭐라고 했나?"

서장의 눈총에 부관이 움찔한 순간이었다.

햇볕이 오셨다!

거리에서 우레와 같은 환호성이 터져 나왔다. 서장은 부관일랑 신경 끄고 멀리서 다가오는 가마에 주목했다. 태양신을 상징하는 적백(赤白)의 휘장이 선명하게 보였다.

- 오, 태양이시여!
- 예하, 우리에게 축복을!
- 우리의 삶에 새로운 온기를 불어 넣어 주소서!

신도들은 길바닥에 엎드린 채 가마 앞으로 꽃잎을 뿌리며 환영했다. 신도가 아닌 이들은 소문으로 듣던 추한 용모를 직접 보려고 목을 길게 뺐다. 대오를 흐트러뜨리지 않으려는 시경들과 군중 사이에 실랑이 아닌 실랑이가 벌어졌다.

"허허…….. 자매님의 서신도 실태를 완전히 담아내지는 못했습니다."

휘장 뒤에서 놀랄 만큼 자상한 목소리가 들려왔다. 신도들의 아우성은 더욱 커지고, 불신자들은 환청을 들었는지 제 귀를 의심했다.

"예하, 부디 저희가 형제 자매들을 돌볼 수 있도록 허락해 주시어요."

가마를 짊어진 여사제들도 주위에 몰려든 군중의 모습이 안타까웠는지 대주교에게 부탁했다. 대주교는 그녀들의 청을 흔쾌히 받아들였다.

"물론입니다. 이 사람은 괜찮으니 어려운 이들부터 먼저 살피십시오."

여사제들은 가마를 내려 놓고 신도들에게 다가갔다. 이윽고 곳곳에서 새하얀 빛무리가 나부꼈다.

"신의 은총이다!"

"대주교님이야말로 그분께서 보내신 구세주십니다!"

다른 성법(聖法)도 아니고 귀하기 짝이 없는 치유의 권능이었다.

빛무리에 닿자 부러진 팔이 멀쩡하게 돌아오고, 시름시름 앓으며 피똥을 싸지르던 갓난아기가 언제 그랬느냐는 듯 제 어미를 보며 방싯방싯 웃었다. 대오를 유지하느라 안간힘을 쓰던 시경들도 그 놀라운 광경에 넋이 나갔다.

"오, 이럴 수가."

흥분의 도가니를 지켜보던 코타르는 문득 크게 탄식하며 휘장을 걷었다. 환호하던 군중이 찬물을 끼얹은 듯 조용해졌다.

―우, 우와…….

– 저게, 아, 아니, 저 사람이 진짜 대주교야?

– 에이. 아무리 그래도 설마…….

걷기는커녕 숨 쉬기도 힘들어 보이는 몸집이었다. 신도들마저 휘장 너머로 드러난 대주교의 생김새에 말문이 막혔다. 자비로운 신의 사도는 어디 가고 동굴 속에 숨어 살 법한 괴물이 나타난 셈이었다.

"예하. 몸을 아끼셔야죠."

대주교가 가마에서 내리려 하자 여사제 둘이 양옆에서 부축해 줬다. 코타르는 가쁜 숨을 몰아쉬며 군중 사이에서 오도 가도 못하고 있는 장님을 가리켰다.

"자매님들. 저분을 모셔 와 주시겠습니까."

시경들이 길을 터 주자 여사제들은 장님을 곧장 코타르 앞으로 인도해 줬다. 앙상한 팔다리에 누더기를 걸친 몰골이 처량하기 그지없었다.

"형제님. 이 사람의 목소리가 들리십니까."

코타르가 나직이 묻자, 경황없이 두리번거리던 장님은 그 자리에 털썩 무릎을 꿇었다. 회백색으로 죽은 두 눈에서 굵은 눈물이 흘러내렸다.

"대, 대주교님……! 대주교님이십니까……!"

"예. 이 사람입니다. 이 사람이 너무 늦게 왔습니다."

군중은 숨을 죽였다. 대주교를 둘러싼 공기는 미추(美醜)를 잊을 만큼 경건했다.

"저는, 저는 어려서부터 앞을 볼 수 없었습니다. 부모님께서 버림 받은 뒤로는 바람에 떠밀려 다니면서 동냥으로 하루하루 연명해 왔습니다."

장님은 흙투성이인 손으로 제 눈가를 쥐어뜯으며 흐느꼈다.

"이 눈, 이 눈으로는 제 앞날도, 거룩한 그분의 은총도 우러러 볼 수 없습니다……!"

대주교는 넙데데한 손으로 장님의 어깨를 감쌌다.

"형제님은 그분의 은총이 실재하심을 믿으십니까."

그 말을 기다리기라도 한 듯, 장님이 울먹이는 목소리로 울부짖었다.

"믿습니다. 믿기 때문에 더욱 괴롭습니다. 그분만이 홀로 남은 저를 보살펴 주셨습니다. 온통 어둠 뿐인 세상에서 그분의 온기만이 저를 이끌어 주셨습니다."

"그렇다면 걱정하지 마십시오. 형제님."

코타르 대주교의 손에 희미한 빛이 피어났다.

"형제님을 어둠 속에서 꺼내고자, 그분께서 이 사람을 보내셨습니다."

코타르가 손바닥으로 장님의 눈가를 천천히 훑자 온화한 빛이 눈꺼풀 속으로 스며들었다. 군중 속에서 감탄성이 터져 나왔다. 성법에 무지한 자들도 본능적으로 심상치 않은 일이 일어나리라고 느낀 것이다.

"아……. 아아……."

장님의 야윈 어깨가 파르르 떨렸다. 지켜보던 군중은 마른침을 삼켰다. 전율을 예고하는 긴장감이 흐르는 가운데, 마침내 코타르가 손길을 거두었다.

"이제 어떠십니까."

"아아……! 아……! 신이시여, 신이시여……!"

장님은 조심스럽게 눈가를 더듬었다. 죽어 있던 두 눈이 아이의 그것처럼 영롱하게 빛났다.

"보입니다! 그분의 은총이 보입니다!"

군중이 크게 술렁거렸다.

치유의 권능은 만능이 아니다. 한없이 완벽에 가까운 치유를 보장하지만 그만큼 사용자의 몸을 축낸다. 오죽하면 마법사들은 치유의 권능을 '타인의 고통을 자신에게 옮기는 짓'이라고 여길 정도다.

선천적인 장애는 더 말할 나위가 없다. 각 교단에서 그만한 권능을 펼칠 수 있는 사제는 한손으로 넉넉하게 헤아릴 수 있다. 대주교는 그토록 귀한 이적을 한낱 거지 따위에게 베푼 것이다.

"대주교님. 제가 어떻게 해야 이 큰 은혜를 갚을 수 있겠습니까……!"

대주교가 주위를 둘러봤다. 가볍게 몸서리를 친 그는 거지에게 말했다.

"지금의 행복을 잊지 않고 다른 사람에게도 베푸신다면, 그분께서도 크게 만족하실 겁니다."

성직자다운 겸허한 대답이 군중의 마음에 경이를 불러일으켰다.

"역시 대주교님이야말로 그분의 가르침을 실천하는 분이시다!"

"세상을 비춰 주시는 그분께 경배를! 예하께 축복이 함께하기를!"

의심암귀에서 벗어난 군중은 한 목소리로 태양신과 그 사도를 칭송했다. 혐오스러운 용모는 오히려 자상한 마음씨를 돋보이게 만들었다.

대주교는 처음보다 열렬히 환호하는 군중에게 손을 흔들어 주며 구호소로 들어갔다.

"병마의 냄새가 진동하는군요."

빈민을 대상으로 하는 구호소는 십중팔구 재정난에 시달렸다. 가진 자들의 기부금은 보다 번지르르한 현판을 내거는 곳에 돌아갔다.

이번 구호소도 시설이 열악했다. 누울 자리가 없어 복도에 나앉은 사람은 예사였다. 변기에서는 똥오줌 냄새가 진동했고 딱딱한 나무 침대에 드러누운 환자는 상처에서 피고름을 질질 흘리며 몸서리치고 있었다.

"세상에, 예하!"

누렇게 빛바랜 앞치마를 걸친 여신관이 북적거리는 복도 저편에서 후닥닥 뛰어왔다.

"정말 저희 구호소까지 와 주실 줄은……. 감사하고 또 감사합니다. 오늘은 봉사를 자원하신 분들도 계시니, 참으로 기쁜 날이로군요. 가정의 여신께서 부디 여러분께 은총을 베풀어 주시기를."

가정의 여신은 도움을 미덕으로 세웠다. 가정의 여신이 내린 교리에 따르면, 서로 돕고 의지할 수 있는 공동체가 바로 진정한 가정이었다. 그렇기 때문에 가정의 여신의 신도는 타인을 돕는 데 주저하지 않았다.

"바라건대 높이 계신 그분께서 자매님의 앞날을 비춰 주시길. 잠시 둘러 보아도 괜찮으시겠습니까."

"물론이지요. 예하께서 살펴 주신다면 모두들 기뻐할 거예요."

코타르는 찬찬히 구호소를 둘러봤다. 대다수는 돈 문제로 가벼운 질병을 치료하지 못해서 상태가 나빠진 경우였다.

그는 여사제들과 함께 성법을 베풀었다. 여사제들은 비지땀을 흘리면서도 기꺼이 따랐다.

"이 누추한 곳까지 찾아와 주시다니⋯⋯. 오늘부터 꼭 태양신께 경배를 드리겠습니다."

"제 기도가 닿았습니다! 오, 신이시여! 이 미천한 종에게 그대의 사도를 보내 주시다니!"

절망에 찌들어 있던 환자들은 고름이 사라지고 상처가 아물자 태양신을 찬양하기 바빴다. 눈물을 흘리는 자도 있었고 감격한 나머지 실신하려는 경우도 있었다. 코타르는 그들의 성원에 인자한 미소로 보답하며 병실을 나섰다.

"허허. 첫날부터 눈코 뜰 새 없이 바쁩니다."

여사제들의 미소 띤 얼굴이 새파랗게 질렸지만, 코타르 대주교는 줄곧 성법을 쓰고도 멀쩡했다.

"자, 이제 한 군데 남았습니다. 힘을 냅시다. 자매님들."

대주교는 여사제들을 격려하며 마지막 병실에 들어갔다.

하지만 그곳에는 이미 먼저 온 봉사자가 있었다.

"자세를 바꿔 드릴게요. 조금 따가울 수 있으니까 참으세요."

머리 위로 새하얀 베일을 늘어뜨린 여인은 욕창이 도지지 않도록 병상에 누운 환자를 한쪽으로 기울여 주고 있었다. 하얀 바탕에 금실로 수놓은 외투는 태양신 교단의 제의와 흡사했다.

"가, 감사합니다. 태양신 교단에서 오셨나 보군요. 제가, 일어나지를 못해서……."

"같은 태양 아래 살아가는 처지랍니다. 부담스러워 하지 마세요."

여인은 물수건으로 몸에 묻은 오물을 닦아 주며 환자를 위로했다. 섬세한 온정에 환자가 코를 훌쩍거렸다. 코타르는 문간에 서서 그 모습을 조용히 지켜봤다.

"예하."

냉랭한 목소리가 말을 붙였다. 밀려드는 피로 속에서도 굳건했던 여사제들의 미소가 한순간 무너질 뻔했다.

"아니, 성녀 아니십니까!"

코타르가 크게 반색했다. 풍부한 성량 덕분에 시름시름 앓던 환자들조차 눈을 번쩍 떴다.

"무슨 일이래?"

"저기 봐. 대주교님과 성녀님이잖아."

대주교와 성녀, 교단을 양분하는 성직자가 이 누추한 구호소에 같은 날 같은 시에 방문한 것이다. 동요하지 않는 것이 이상했다.

"허허, 성녀께서 교단을 떠나신 동안 이 사람이 어찌나 쓸쓸했는지. 요양하기는 어떠십니까."

"예하께서 심려해 주시는 만큼 몸조리에 힘쓰고 있사옵니다."

다나에는 냉담한 어조로 대답하고 병실을 들여다봤다. 베일을 쓴 여인이 수줍게 고개를 조아렸다.

"저 여인은 태양 기사가 거둔 신도이옵니다."

"허허. 그녀는 기사의 맹세를 저버렸다고 들었습니다만."

"신앙은 고난을 이겨 낼 힘을 선사하지요. 한때 마녀의 가축으로 전락했사오나, 지금은 자신에게 주어진 역경을 극복하고자 노력하고 있사옵니다."

말을 마치자 적발의 여기사가 마지못한 걸음으로 모퉁이를 돌아 나왔다.

"저, 정말 솔레나 경이신가요……?"

"어쩜……."

여사제들은 눈물을 글썽거렸다. 교단의 검이자 신의 단죄를 대행하던 기사가 술집 매춘부도 비웃을 차림새로 나타난 것이다. 목에 걸린 투박한 구속구가 그녀의 처지를 적나라하게 폭로했다.

"전(前) 태양 기사 솔레나 비벨티스, 볕 아래를 걷는 신도로서 인사드립니다. 예하."

크게 심호흡한 솔레나가 예의를 갖췄다. 묵묵히 숙인 얼굴에 불쾌한 기색이 드러났다.

"허허, 이렇게 자매님을 다시 만나 기쁘기 그지없군요. 점령지에서 떨쳤던 명성은 이 사람도 익히 들었습니다."

"패병에게 말씀이 과하시군요."

퉁명스러운 대답에 다나에가 눈을 흘겼다. 솔레나는 뺨을 실룩거리면서 모른 척했다.

"허허. 항상 이길 수 있겠습니까. 오히려 이 사람은 어려운 형편에 처해서도 신앙의 씨앗을 뿌리신 경이 존경스럽습니다."

정작 대주교는 솔레나의 불손한 언동을 태연하게 받아넘겼다.

"어떻습니까, 솔레나 경. 시간이 되신다면 두 분도 이 사람과 함께 바드티비라에서 치러야 할 영적 투쟁에 대해 의논해 봅시다."

솔레나는 이를 뿌득 갈고 여신도가 있는 병실로 들어갔다. 주위의 호기심 어린 시선이 수치심을 불러일으켰다.

"예하께서 잠시 이야기를 나누길 바라십니다. 함께 가시겠습니까."

"세상에, 물론이죠."

여신도는 손바닥을 마주 대며 기꺼워했다. 평신도 신분으로 대주교와 대좌한다는 것은 드문 영광이었다. 교단에서 가장 신실한 분에게 신앙을 간증하며 가르침을 받을 수 있는 기회를 누가 마다할까.

"이곳에서는 다른 분들에게 폐를 끼칠 테니, 자리를 옮겨……."

유창하게 말하던 대주교가 말끝을 흐렸다. 걸음걸음 다가올수록 여신도에게서 느껴지는 위화감이 짙어졌다.

"예하께서 이 죄악의 도시에 친히 왕림하여 주시다니, 황공하옵나이다."

여신도가 베일을 살며시 걷으며 속삭이듯 말했다. 코타르는 멋지게 뒤통수를 맞은 심정이었다.

"이후로 저희가 예하를 모시도록 허락해 주시련지요."

베일 사이로 드러난 그윽한 금안(金眼)이 요사스러운 광채를 발하고 있었다.

솔레나의 코타르에 대한 첫인상은 여러모로 강렬했다.

외모는 말해 봐야 입만 아팠다. 항상 외모 때문에 악담을 듣던 두무지마저 대주교 옆에서는 절세의 미남처럼 보일 것이다.

하지만 이 남자야말로, 교단의 전권을 장악한 장본인이었다. 솔레나는 그가 무슨 재주를 부렸는지 짐작할 수 없었다.

'대체 어떻게…….'

점령지로 떠나기 전, 막 주교품을 서품 받은 코타르가 인사차 방문한 적이 있었다. 당시 솔레나는 그를 말수가 적고 심약한 사람이라고 여겼다. 도서관지기라는 출신 덕분으로 교리에 해박했지만, 정말 그뿐이었다.

그뿐이었을 텐데.

"이제 내일도 일하러 갈 수 있겠어요."

"이 은혜 평생 잊지 않겠습니다!"

코타르가 나타나는 곳마다 군중은 감동에 겨워 신의 은총을 예찬했다. '어째서?' 솔레나는 이해할 수 없었다. 대주교는 성녀를 암퇘지로 삼고, 무수한 신도를 노예로 팔아 치운 자가 아니던가.

"감사합니다. 정말 감사합니다."

"앞으로는 저도, 제 자식도 볕을 비추어 주시는 그분께 경배 드리겠습니다."

여사제들은 한겨울에 온몸이 비지땀으로 푹 젖었으면서도 성법을 베풀어 줬다. '어째서?' 치유의 권능을 함부로 쓰다간 반동을 견디지 못하고 오장육부가 녹아내릴 수 있었다. 헌금을 받고 베푸는 작태도 한심하지만, 고작 감기까지 치료해 주는 까닭은 무엇이란 말인가.

"아아, 예하! 예하야말로 저희의 구세주십니다!"

"대주교님 만세! 만세!"

해가 뉘엿뉘엿 저물도록 동행했지만, 금은보석으로 치장한 가마와 코타르의 사치스러운 차림새를 지적하는 사람은 한 명도 없었다. '어째서?' 솔레나는 혼란에 빠졌다. 군중은 저 비대한 몸집이 신도의 고혈로 채워진 줄 모르는 것인가.

"아스타르테 님."

"응?"

슈트라우스가 선물한 베일은 여신의 상징인 사슴뿔을 완벽에 가깝게 감추었다. 정체를 감춘 아스타르테는 대주교의 행렬에 합류하여 카밀라가 만든 약을 나눠 줬다. 군중은 무엇인지도 모르고 아리따운 여사제가 주는 약이라며 덥석덥석 받아 갔다.

"저는 도무지 이해할 수가 없습니다."

베일 건너편에서 아스타르테의 어리둥절한 눈길이 느껴졌다. 솔레나는 입술을 자긋자긋 깨물며 이어 말했다.

"어째서 아무도 의심하지 않는지, 이해할 수 없습니다."

"아하."

고개를 주억거린 아스타르테가 별안간 솔레나와 팔짱을 끼었다. 솔레나는 온몸이 바위처럼 딱딱하게 굳어 버렸다.

"아, 아스, 아스타르테 님. 이, 이러시면……."

"괜찮아. 다들 내가 누군지 몰라 보잖아."

아스타르테는 솔레나의 팔을 끌어당기며 속삭였다. 가슴이 팔에 꾸욱 눌리면서 황홀하리만치 부드러운 감촉을 선사했다.

솔레나는 한순간 머릿속이 둥실 뜨는 기분에 취하고 말았다. 언제까지나 이렇게 있을 수만 있다면 어떤 희생이라도 치를 것 같았다.

"이 사람들은 너희 교단이 어떻게 되도 아무 관심 없어."

수심에 잠긴 목소리가 솔레나의 정신을 일깨웠다. 솔레나는 흐트러졌던 표정을 급히 다잡았다.

"당장 손에 쥘 수 있는 것만 탐낼 뿐이지. 투기장에서 느끼지 않았어?"

철망 밖에서 들끓던 관중을 떠올리자 등골이 오싹했다. 그들 또한 수국화관의 존재에 아무런 의심을 품지 않았다. 그저 마녀가 던져 주는 저열한 쾌락을 누리기 바빴다.

"패배로 종지부를 찍은 그날, 깨달았단다."

베일 사이로 엿보이는 아스타르테의 얼굴에 쓸쓸한 그림자가 드리웠다. 솔레나는 또 한 번 가슴이 미어졌다. 깊게 갈라진 상처에서 무엇이 배어나는지는 그녀 자신도 미처 알아차리지 못했다.

"우리가 지키려고 했던 세상이 이토록 가증스러웠다는 사실을."

축제와 같은 소란 속에서 솔레나는 침묵을 강요 받았다. 땅을 딛고 서 있었지만, 마음은 바닥 없는 절벽 아래로 하염없이 곤두박질쳤다. 먹먹한 귀에 날카로운 이명이 일었다.

"지키기만 해서는 모자랐던 거야."

흔들리던 발걸음이 그 자리에 우뚝 멈춰 섰다. '지키기만 해서는 모자라다.' 솔레나는 부릅뜬 눈으로 아스타르테를 마주 봤다. 꺼져 가던 마음의 불꽃이 마지막을 예감하듯 거세게 차올랐다.

그렇다.

여신께서는 자신의 본심을 알아 주신 것이다.

몇 번이고, 몇십 번이고, 몇백 번이고 다짐하지 않았던가.

이분을, 아스타르테를 수국화관에서 구해드리겠노라고.

그간 받아 왔던 학대와 설움이 주마등처럼 눈앞을 스쳐 갔다.

어째서 그토록 혹독한 고통을 치르며 지내야 했던가.

바로 오늘을 위해서다.

아스타르테 또한 비통과 굴욕을 감내하며 그 무자비한 마녀가 경계를 늦출 날만을 기다린 것이다.

"잘못된 것부터 바로잡아야 했어."

솔레나는 정작 사람의 정신이 얼마나 일그러지기 쉬운지 모른다. 불가항력적인 피해에 계속 노출된 사람은 가해자가 간혹 보여 주는 호의에 민감하게 반응한다. 종국으로 가면 가해자와 자신을 동일시하며 가해자를 옹호하기에 이른다. 노예와 주인, 폭력적인 배우자와 피해자, 인질과 인질범의 관계에서 종종 나타나는 도식이다.

솔레나의 긍지는 분명 굳건한 성채다. 그러나 그 긍지의 기반은 아스타르테를 따르던 시기다. 아스타르테를 부정하는 순간, 그녀의 세계는 순식간에 무너지고 만다. 그렇기에, 아스타르테 만큼은 무방비하게 문을 열고 맞아들이는 것이다.

그리고 일찍이 출입을 허락 받은 역병은, 눈 깜짝할 사이 성내에 퍼져 나간다.

"허허. 두 분의 오붓한 모습이 참 보기 좋습니다."

솔레나는 문득 정신을 차렸다. 어느덧 천박한 자선 행사는 막바지에 접어들어 있었다. 군중이 태양신을 연호하는 가운데, 대주교 일행은 시경의 경호를 받으며 돌아갈 채비로 분주했다.

'이 자…….'

솔레나는 새삼 대주교를 눈여겨봤다. 부축하는 여사제들이

기진맥진한 반면, 대주교는 조금도 지친 기색 없이 멀쩡했다. 그렇다고 해서 그가 성법을 아낀 것도 아니었다.

'추기경이라도 녹초가 될 강행군이었다. 대체 무슨 수로……?'

"솔레나 경은 이 사람이 신기하신가 봅니다."

코타르가 호방하게 껄껄거렸다. 솔레나는 아쉬움을 무릅쓰고 팔짱을 풀었다. 보는 눈이 많은 지금은 교단의 위신을 위해서라도 의례에 따라야 했다.

"예하. 제가 없는 사이 교단의 성법 운용 체계에 대단한 혁신이 일어났습니까. 주교 서품을 받은 사제라도 치유의 권능은 하루에 세 번 이상 사용해서는 안 될 텐데요."

"물론입니다. 하지만 세상이 바뀌는데 교단이라고 언제까지 구습에 얽매일 수는 없지요."

왜 그런 구습이 생겨야 했는지 모르냐는 반문이 목구멍까지 올라온 참이었다.

"이 사람은 항상 애석했습니다. 그분의 가호는 분명 모두에게 평등해야 할진대, 그들에게 가장 절실한 치유의 권능은 함부로 베풀 수 없다니요."

대주교는 솔레나의 반발을 예상하기라도 한 듯 유창하게 이어 말했다.

"헌금을 많이 냈다고, 신상(神像)을 세워 줬다고 부유한 이들에게만 치유의 권능이 허락되어서는 안 된다. 이 사람이 일찍이 모친을 묻어 드리며 뼈저리게 느낀 점입니다."

"그건……."

솔레나는 말문이 막혔다. 결사 연맹의 낙후된 지방에서는 지금도 무의미한 민간요법이 횡행했다. 토착 세력과 결탁한 사제들은 신께서 허락한 치유의 권능을 마치 제 권력인 양 휘둘러 대기 일쑤였다. 다른 교단의 사정도 크게 다르지는 않았다.

"물론 교단에서 새로 세운 대안도 모든 형제 자매님이 체득할 수는 없었습니다. 다만, 보시다시피 오늘처럼 더욱 많은 이들이 그분의 온기를 느낄 수 있게 되었지요. 허허."

코타르가 대동한 여사제 스무 명이 오늘만 백여 명을 치료했다. 실로 기록적인 숫자였다. 솔레나는 여지껏 들어 왔던 이야기 속 대주교와 지금 대면한 당사자 사이에서 혼란에 빠졌다.

'정말 이 자가 코타르 대주교인가? 다나에를 저 지경으로 만든 장본인이라고?'

"예하. 자매님들이 숙소로 떠날 채비를 마쳤사옵니다."

다나에가 대주교에게 다가왔다. 평소처럼 경건하고도 냉엄한 모습을 보고, 솔레나는 자신이 놓친 것이 있는지 의문스러워졌다.

"그렇습니까. 자매님들의 수고가 이만저만이 아니군요. 자, 두 분도 함께 갑시다."

솔레나에게는 거절할 권한이 없었다.

코타르 대주교 일행은 잿더미 의회에서 제공한 마차를 타고 숙소로 출발했다. 무장을 갖춘 시경들이 대주교의 행로를 경호했다. 인원을 봐서는 본청이 작정한 모양이었다.

"하루가 정말 빠르게 지나가는군요. 내일은 더 힘내야겠습니다."

"그만큼 예하께서 성심을 다해 궁휼한 이들을 살피셨다는 뜻이겠지요."

솔레나는 코타르가 언제 본색을 드러낼지 바짝 긴장했다. 하지만 시간이 지나도 코타르는 아무 낌새도 드러내지 않았다.

"예하. 바드티비라는 어떠신가요?"

"허허. 사람 사는 곳은 어디를 가나 별반 다르지 않더군요, 여신님. 문물은 진보했어도 의식은 쉽게 바뀌지 않는가 봅니다."

아스타르테의 질문에 너스레를 떨던 대주교는 자못 진지한 태도로 말했다.

"그래도 개선의 여지가 있어서 기뻤습니다. 순회 중에 들어보니 많은 이들이 교육을 받더군요. 혜안(慧眼)이라고 할 수밖에 없겠습니다."

"양보다 질을 추구한 정책의 결과예요. 도시를 세울 당시에는 이렇게 인구가 늘어나리라고는 예상하기 어려웠으니까요. 지금은 번듯한 건물이 들어섰지만, 첫 학교는 천막에서 원로 분들이 교사 노릇을 하셨다나 봐요."

"허허. 그 원로 분들이 교사라……. 들어 둬서 나쁠 것 없는 수업이겠습니다."

아스타르테와 나누는 대화도 다과회에서 나누는 사담과 별반 다르지 않았다. 솔레나는 마차를 타고 가는 내내 곤혹스러웠다.

♥ ♥ ♥

　그리고 이튿날도.

　그 이튿날도 코타르는 한결같이 선행을 베풀었다. 궁핍한 이들을 찾아가서 위로하고, 희망을 북돋아 줬으며, 치유의 권능을 아낌없이 베풀었다. 고작 사흘 만에 대주교의 이름은 바드티비라 전역을 술렁거리게 했다.

　이틀째부터 데일리 어바웃은 코타르 대주교를 다루는 특집을 내놓았다.

　사흘째가 되자 군중은 물론이고 시경들도 대주교가 하는 말에 귀를 기울였다.

　나흘째에 이르러서는 시립 대학이 특별 강연에 초빙하고자 접촉해 왔다.

　참다 못한 솔레나는 결국 아스타르테에게 속내를 털어놓았다.

　"아스타르테 님. 저는 도저히 모르겠습니다."

　"그래?"

　두 사람은 은근슬쩍 대주교의 일행으로 둔갑되어 같은 숙소에 머물렀다. 숙소라고 해도 주인 없는 저택을 새롭게 단장한 곳인지라 시설은 무척 훌륭했다.

　"말해 봐. 우리 강아지가 왜 또 심통이 났는지 궁금하네."

　아스타르테는 얇은 잠옷 차림으로 침대에 기대어 앉아 책을 읽고 있었다. 낡은 가죽 표지에 '듀에토 흥망사'라는 제목이 금박으로 박혀 있었다.

"대주교는 이상합니다."

솔레나는 복잡한 속내를 토로했다.

"이런 말씀을 아뢰기가 송구스럽지만, 저는 수국화관에 노예로 팔린 뒤 대주교의 악명을 익히 들었습니다. 다나에를 암퇘지로 만든 자가 아닙니까."

"왜 한 지붕 아래 계시면서 나를 안 잡수시는지 궁금하단 뜻이니?"

"그, 그런 뜻은 아니었습니다."

솔레나가 뺨을 붉혔다. 아스타르테는 피식 실소하고 책장을 넘겼다. 엄지와 중지로 종이 한 장을 쓸어 잡아 들추는 손놀림조차 야릇한 색기가 감돌았다.

"솔레나. 개 좋아해?"

"개…….저, 저는…….."

솔레나의 목소리가 발밑으로 기어들어 갔다. 아스타르테는 심드렁하게 솔레나의 오해를 지적했다.

"네가 아니라, 폭신폭신하고 눈동자는 똘망똘망한 진짜 개."

뺨을 적신 홍조가 온 얼굴에 화악 번졌다. 솔레나는 쥐구멍에 들어가고 싶은 충동을 애써 억누르며 대답했다.

"시…….싫어하지는 않습니다."

"옛날에 개를 굉장히 아끼던 임금님이 있었어."

아스타르테가 불현듯 서두를 꺼냈다.

"임금님은 소탈하고 감수성이 풍부했다고 해. 그래서 주인의 사랑을 배신하지 않는 짐승이 무척 어여뻤겠지. 임금님은 자기가 기르는 애완견과 밥도 함께 먹고, 같은 침실에서 자도록 했어. 임금님에게 애완견은 동물이 아니라 친구이자 충신이었지."

아스타르테는 한동안 사이를 두었다가 이어 말했다.

"마침내 임금님은 온 나라에 동물을 학대하거나 괴롭혀서는 안 된다고 공표했어. 어명에 따라 그 나라에서는 기르던 동물을 함부로 죽이거나 재미로 싸움을 붙이는 짓이 점점 사라져 갔지. 임금님이 백성에게 인기가 많았거든."

솔레나는 썩 나쁘지 않다고 생각했다. 지하 창관에서 투견처럼 혹사당한 경험 덕분이었다.

"하지만 그 임금님이 세상을 잿더미로 만들 만큼 큰 전쟁을 일으켰다면, 어때."

아스타르테가 유유한 미소를 머금고 물었다.

"어떤 교단을 믿는 자들이 나라를 피폐하게 만들었다면서 깡그리 학살하라고 했다면?"

솔레나는 뒤늦게 아스타르테의 옛날 이야기가 어떤 뜻인지 이해했다.

"솔레나, 알고 있어도 쉽게 걸려드는 함정이야. 단면적인 사람은 무척, 정말이지 무척 드물어."

넋두리와 같은 독백에서 깊숙이 뿌리를 내린 회한이 느껴졌다. 솔레나는 그저 막막할 따름이었다.

"네 질문 말인데, 예하는 우리를 안 잡수시는 게 아냐. 여유롭게 기다리면 돼."

아스타르테는 더 이상 부연하지 않았다. 책장을 넘기는 소리가 귀를 간지럽혔다.

참으면서 숙성을 기다리고 있겠죠.

캄캄한 옆방에서 둘의 대화를 엿듣던 시녀장은 마음 속으로나마 솔레나 대신 대꾸해 보았다.

대주교가 방문한 이래, 그녀는 밤낮으로 은밀하게 아스타르테를 뒤쫓았다. 미행과 정탐은 숲 파수꾼의 기본 소양에 속했다. 가능한 한 기척을 억누르면 상대가 태양 기사라도 속일 자신이 있었다.

'일개 도서관지기가 교단의 전권을 장악하려면 턱없이 많은 덕목이 필요합니다. 때를 기다릴 줄 아는 인내, 유리한 형국을 판별할 수 있는 안목, 행운만으로는 넘어서기 어려운 난관이죠.'

대주교는 이미 의회에서 자신의 포부를 드러냈다. 교리적으로 포장했지만, 그 실체는 태양신 교단이 바드티비라에 진출하겠다는 선전포고와 같았다. 이번 순회에서 무리하는 까닭도 처음부터 강렬한 인상을 남기기 위해서였다.

'일차적인 목적은 거진 달성한 셈이네요.'

시녀장은 소매에서 허깨비처럼 솟아난 비수를 손가락으로 빙글빙글 돌렸다.

교세 확장은 그리 중대한 사안이 아니다. 잿더미 의회라면, 태양신 교단을 허용하는 한편 다른 교단들도 충동질하여 각축전을 벌이게 만들 것이다. 그리고 교단 간의 마찰을 중재해 주는 척 굴면서 뒷돈과 정치적인 이득을 챙길 공산이 크다.

시녀장에게 중요한 문제는 아스타르테와 코타르가 결탁했는지, 다.

'기념식전에서는 놓쳤지만…….'

심증은 있으나 물증이 없었다. 상대가 정찰병으로 활약했던 지호트였기 때문에 평소보다 접근이 어려웠다. 신문을 입수하여 무도회장에서 본 손동작과 대조해 봤지만 명료한 성과는 얻지 못했다.

'위험한 줄타기는 슬슬 끝내야겠죠. 아스타르테 님.'

아스타르테를 어떻게 처분할지는 카밀라의 결정에 달렸다. 시녀장은 자신에게 주어진 일에 충실하면 그만이었다.

"저……. 아, 아스타르테 님."

책장을 넘기는 소리만이 들리는 가운데, 솔레나가 머뭇거리며 말문을 떼었다.

방문 엿새째.

시립 대학에서 강연을 마치고 돌아가는 길이었다. 해 질 녘 창밖으로 내다보이는 도시는 붉은 석양에 잠겨 들며 독특한 운치를 자아냈다.

"부두로 갑시다."

문득 대주교가 그렇게 운을 띄웠다. 동석한 세 여성은 각각 다른 이유로 눈을 빛냈다.

"예하. 피로하실진대 숙소로 가심이 어떠신지요."

다나에는 솔레나를 쏘아보며 대주교에게 정중히 청했다. 아스타르테가 있는 한 얌전하게 굴겠지만, 역시 한 번 소란을 일으킨 암캐는 신뢰할 수 없었다.

"다나에, 예하께서 결정하실 일이잖아. 너무 보채지 마."

아스타르테는 베일을 벗으며 키득거렸다. 부두로 가자는 말인 즉, 대주교가 먼저 칼을 뽑겠다는 선언이었다. 암퇘지로서 마다할 이유가 없었다.

"허허. 이 사람이 그만 자매님께 심려를 끼쳤습니다."

"예하께서는 교단 모든 형제 자매님의 목자이시옵니다. 만사에 몸을 보중하셔야지요."

"일정을 순탄하게 마친 것도 그분의 도우심입니다. 기도로 감사를 드려야 마땅하지 않겠습니까."

솔레나는 우격다짐으로 대화를 비집고 들어갔다.

"예하. 기도는 어디서나 드릴 수 있지 않습니까. 구태여 부두로 가시는 까닭을 듣고 싶습니다."

"솔레나 경. 당신은 아직도 분수에 걸맞지 않게……."

코타르가 손을 들어 다나에의 질책을 막았다. 다나에는 죄송스러운 듯이 양미간을 찡그렸다.

"이 사람이 배에 제단을 마련해 두었습니다. 기왕 아스타르테 님께서도 참관하시니 격식을 갖추어 보여 드리자는 뜻이지요."

대주교는 여유만만한 어조로 한마디 덧붙였다.

"솔레나 경도 그간 교단이 어떻게 변했는지 궁금하실 줄 압니다."

솔레나의 속눈썹이 파르르 떨렸다. 틀린 말은 아니었다. 숙소는 살림을 맡는 하인들을 비롯하여 눈과 귀가 너무 많았다. 부두에 닻을 내린 범선이야말로 대주교의 소굴이었다.

"저는 괜찮아요."

아스타르테가 화사하게 미소지으며 말했다.

"다나에가 없었더라면, 이곳 생활에 적응하기 무척 어려웠을 거예요. 이번 기회에 태양신에게 신실한 여종을 보내 줘서 고맙다고 인사해야겠네요."

"임이시여……. 소첩 따위를 신실하다고 말씀해 주시다니……."

다나에는 가슴에 두 손을 얹고 조용히 뇌까렸다. 대주교 앞에서 아스타르테에게 인정 받았다는 사실이 어찌나 감격스러웠는지 눈물마저 그렁그렁 차올랐다.

"허허. 참으로 뜻깊은 인연이 아니겠습니까. 이 사람은 앞으로도 본 교단과 아스타르테 님 간에 돈독한 관계를 이어 가기를 기대하고 있습니다. 아스타르테 님께서는 어찌 생각하시는지요."

"암퇘지로 전락한 여신에게 분에 넘치는 친절 아닐까요. 예하."

"저런. 연맹에서는 여전히 아스타르테 님께서 만신전으로 돌아오시길 기대하는 이들이 많습니다. 허허, 물론 이 사람도 그중 한 명입니다."

"글쎄요. 권능도 잃고, 아무렇게나 가랑이를 놀리던 암컷을 누가 신으로 받들어 줄까요?"

"그렇기 때문입니다."

솔레나는 코타르의 온화한 미소를 보고 불현듯 모골이 송연했다.

"한 번만, 단 한 번만 공의회에 참석하셔도 많은 것을 바꿀 수 있습니다. 풍요의 신전은 더 이상 현실을 부정할 수 없을 테고, 그들에게 놀아나던 순진한 신도들은 신앙의 자유를 되찾겠지요. 이 사람은⋯⋯."

"말도 안 됩니다!"

솔레나가 버럭 언성을 높였다.

"예하께서 대체 무슨 권한으로 풍요의 신전에 간섭하십니까? 제가 아는 한 그들처럼 가장 낮은 곳에서 민중을 보듬는 이들은 없습니다. 예하께서 구경거리처럼 전시하시는 선행과 그들이 누대에 걸쳐 쌓은 헌신이 견줄 수 있다고 착각하고 계신 겁니까?"

"솔레나 경, 천박해도 정도가 있사옵니다. 사명도 다하지 못한 당신 따위가 주인님께 그딴 망발을 지껄이시는지요."

다나에가 눈을 독살스럽게 뜨고 꾸짖었다. 그러나 솔레나는 사람으로서 인내심을 발휘하는 대신 흡사 사나운 짐승처럼 으르렁거렸다.

"적당히 해, 다나에. 아스타르테 님으로 풍요의 신전을 무너뜨리겠다고? 아스타르테 님께서 느끼실 모멸감은? 신전을 무너뜨린 뒤에 닥칠 여파는?"

"그들도 임께오서 행방을 감추셨을 적에 손 놓고 있었사옵니다."

다나에는 증오에 찬 목소리로 쏘아붙였다.

"천 갈래 만 갈래로 찢어발겨도 시원치 않은 연놈들을 그 정도로 눈감아 주면 고결하셨던 분께 감사해야 마땅하겠지요."

핏발 선 눈이 솔레나를 노려봤다.

"당신도 마찬가지입니다. 솔레나 비벨티스! 소첩이 당신이었으면 그날 도축장에서 차라리 죽음을 택했사옵니다! 그깟 배신자 한 명 색출하지 못했으면서 무슨 낯짝으로 고결하셨던 분의 곁에 붙어 계시는지요!"

솔레나는 울컥하면서도 반박하지 못했다. 천 번 만 번 후회하더라도, 그날을 되돌릴 수는 없었다.

"수치심을 모르는 짐승 같으니, 고결하셨던 분의 복안도 헤아리지 못하면서 또 그 잘난 기사 놀이에 넋이 나갔사옵니까? 어디……!"

철썩하는 소리와 함께 매섭게 몰아붙이던 다나에의 고개가 홱 돌아갔다.

"그쯤합시다. 성녀."

따귀를 갈긴 대주교가 무안한 듯 헛기침을 했다. 다나에는 뺨을 부여잡은 채 어깨를 흠칫흠칫 떨었다. 흘러내린 머리칼 사이로 뒤틀린 쾌감에 취한 얼굴이 엿보였다.

"솔레나 경은 모르시나 봅니다. 아스타르테 님."

"다나에에게도 별 얘기 안 했어요. 그저 예하께서 이번 일에 한 손 거들어 주시면 큰 힘이 되겠다고 했죠."

"성녀께서 사려 깊은 분이라 다행입니다. 허허."

아스타르테와 코타르는 아무 일 없었다는 듯이 평온하게 대화를 나눴다.

"여주인께서는 요새 잘 지내십니까?"

"근 일 년 간 사업 문제로 바쁘게 지내셨지요. 몸이라도 상하시지 않을까 걱정이랍니다."

"저런, 이 사람이 알기로 수국화관의 공무는 여주인께서 아우르실 텐데요. 한창 중요한 시기에 중심을 잃고 흔들리면 위험하지 않겠습니까."

"설마요. 저희는 모두 주인님의 은혜를 입은 처지인걸요. 주인님께서 살피지 않으셔도 제 몫을 다해야 마땅하죠."

두 사람의 대화는 부자연스러울 만큼 자연스럽게 이어졌다. 솔레나는 대체 어디까지 서두고, 어디부터 본론인지 도통 짐작할 수 없었다.

"참으로 갸륵한 마음가짐이십니다. 하지만 그럴 일은 걱정하지 않아도 되겠습니다, 허허. 여주인께서 수국화관에 소홀하실 성격은 아니잖습니까?"

"세상이 늘상 무탈하게 흘러가란 법은 없죠. 재개발이라거나, 이번에 의혹을 주장하던 기자 나부랭이라거나, 주인님의 심기를 어지럽히는 사건은 무척 빈번하게 일어난답니다."

"허허. 혹여 변고가 생겨도 아스타르테 님께서 곁에 계시면 아주 든든하겠습니다."

코타르의 미소가 깊어졌다.

"다만 이 사람은 여신께서 여주인을 보필하시다가 괜한 질시를 받지 않을까 우려스럽군요. 성녀께 듣자니 이번 일정도 꽤나 꺼림칙스러우셨을 텐데 말입니다."

"공헌을 시샘하는 부류야 어디나 있죠. 혹시 예하께서는 그런 무리를 경계하시나요?"

"허허. 시샘이란 결국 마음에 일어나는 잠깐의 동요일 뿐이죠. 신앙을 가진 자라면 그런 이들을 안타깝게 여기고 달래 주어야 하지 않겠습니까."

"공교롭게도 제 생각과 같네요."

아스타르테는 입술을 핥으며 속삭이듯 물었다.

"그럼 예하, 제가 그들을 다독일 수 있도록 도와 주시겠어요?"

마차는 어느덧 부두에 접어들었다. 창 밖으로 어깨를 나란히 하고 늘어선 창고가 보였다.

"이 사람은 이번 순회로 바드티비라에 그분의 가르침을 전파해야 한다는 확신이 생겼습니다."

잠시 침묵하던 코타르가 말문을 열었다.

"여신님을 도와 드린다면, 이 사람도 장차 풍요의 은총을 누릴 수 있으련지요."

"뜻하는 곳에 길이 있다고 하죠, 예하. 죽을 각오로 행하면 그 결실이 어찌 풍요롭지 않을까요."

대주교의 넙데데한 입술이 들썩거렸다.

"하나만 여쭙겠습니다. 언제부터 이렇게 지내셨습니까?"

"주인님을 뵌 뒤로 다시 태어났답니다."

걸걸한 웃음소리가 마차를 뒤흔들었다. 지켜보던 솔레나는 저도 모르게 등골이 오싹했다. 둘 사이에 형용하기 어려운 연대가 생겼다는 직감 탓이었다.

"예리하시군요. 이 사람도 그분을 영접하고 새사람이 되었습니다."

숨 막힐 듯 농밀하고도 끈적한 광기가 삽시간에 마차 안을 물들였다.

"설마요. 예하께서 저 따위와 어울려 주신 덕분이죠. 정말 다른 암퇘지는 필요 없으신가요?"

"허허, 이 사람에게는 신앙을 전파해야 할 사명이 있습니다. 암퇘지 몇 마리 받고 끝낼 바에야 수국화관과의 관계를 더욱 돈독히 하는 편이 득이 되겠지요. 가뜩이나 이 도시에서는 이 사람의 소명을 훼방할 자들이 많아 보입니다."

"그러면 곤란하죠. 예하께서는 앞으로도 더욱 많은 천것들에게 자비를 베풀어 주셔야 만족하실 텐데요."

"허허, 이 사람도 틈을 안 보이려고 무던히 노력했는데, 역시 말이 길어졌나 봅니다."

마차가 범선 앞에 멈춰 섰다.

대주교는 다나에의 부축을 받아 마차에서 내렸다. 말안장에서 내린 시경들이 질서정연하게 도열하여 경례를 붙였다. 지난 며칠 동안 어김없는 선행이 만든 광경이었다.

"허허. 추운 날씨에 고생이 많으십니다. 그런데, 이곳 담당자는 누구십니까."

곧 경호 담당자가 부리나케 달려왔다. 코타르는 웃는 낯으로 그에게 무어라 부탁했다. 담당자가 난색을 감추지 못했다.

"하지만 예하, 의회에서 정한 기준대로 하면……."

"다들 피곤하신 분들 아니십니까. 여기 성녀께서도 계시고 태양 기사께서도 계시는데 무엇이 문제겠습니까."

시의적절하게 여사제 한 명이 작은 함을 건넸다. 함을 열어 본 담당자가 함박웃음을 지었다.

"아스타르테 님. 방금 무슨 말씀을 나누신 겁니까."

솔레나는 수상쩍은 광경을 흘끔거리며 답답한 마음을 토로했다. 아스타르테가 새삼스럽다는 눈으로 돌아봤다.

"거래야, 솔레나. 거래."

"거래라니요. 저 자는……."

"망가진 인간이지."

아스타르테는 범선에 오르는 여사제의 행렬을 멀찍이서 뒤따랐다. 대주교의 범선은 배보다 떠다니는 신전에 가까웠다. 웅장한 규모도 규모거니와, 순금을 입힌 난간부터 보석이 주렁주렁 달린 뱃고물까지 통째로 팔아도 번화가에서 건물 몇 채는 거뜬히 살 수 있을 듯했다.

"예하는 열등감으로 똘똘 뭉친 사람이야. 스스로 결코 채우지 못할 것을 다른 사람에게서 얻으려고 할 뿐이지."

솔레나는 말문이 막혔다. 어떻게 사람을 봐야 그런 결론이 나오는지 이해할 수 없었다.

"의회에서 예하가 하신 발언의 주제는 '평등'이었지."

코타르는 범선 깊숙한 곳으로 향했다. 솔레나는 긴장을 늦추지 않으며 아스타르테의 목소리에 귀를 기울였다.

"듣기는 좋지만, 예하께서 말씀하시는 '햇볕 같은 평등'은 딱 하나 예외가 있어."

아스타르테는 손가락으로 천장을 가리켰다.

"모든 이들을 평등하게 비추는 태양은, 모든 이들을 내려다보는 위치에 있지."

불현듯, 솔레나의 등줄기에 오한이 일었다. 대주교가 설파하는 평등에서 정작 그 자신은 예외였다.

"어째서……. 어째서 대주교는 그분의 가르침을 곡해한 겁니까?"

"자기 자신을 존중할 수 없거든."

납득하기 어려운 대답에 솔레나가 입술을 달싹거린 찰나였다. 통로 저편에 보이는 커다란 문이 천둥처럼 울며 열렸다. 문틈으로 끈적거리는 어둠이 흘러나왔다.

'제단이라고?'

솔레나는 태양신 교단의 제례(祭禮)를 기억하고 있었다. 높으신 분께 바치는 기도는 보통 깨끗하고 볕이 잘 드는 곳에서 이루어졌다. 이렇게 꽁꽁 숨겨 둔 장소는 제단과 전혀 어울리지 않았다.

"자, 아스타르테 님. 솔레나 경. 이리 들어오시죠."

문가에 선 대주교가 손을 내밀었다. 솔레나는 저도 모르게 주춤 물러섰다. 어둠에 뒤섞인 공기가 지하 창관과 놀랍도록 흡사했다.

"가자. 솔레나."

아스타르테가 솔레나의 손을 잡아끌었다. 솔레나는 차마 마다할 수 없었다. 냉소를 머금고 지켜보는 다나에 때문이었다.

"시녀장이 보고 있어."

망설임이 남은 채 발길을 옮기자 아스타르테가 나직이 속삭였다. 솔레나는 무심코 고개를 주억거렸다. 숲 파수꾼이 주위를 배회한다는 사실은 일찍이 다나에의 침소에서 들은 바 있었다.

"시녀장이 보고 있어."

아스타르테가 같은 말을 거듭했다. 냉랭한 미성이 뇌리에 새겨졌다.

"솔레나. 명심해 둬. 시녀장이 보고 있어."

아스타르테의 당부는 어둠과 뒤섞이며 어떤 비밀스러운 주문을 연상케 했다.

끼익.

등 뒤에서 문이 닫히자 완전한 암흑이 오감을 장악했다. 한 점의 빛도 허락하지 않는 어둠은 거대한 짐승에게 삼켜졌다고 착각할 만큼 짙고 뜨거웠다. 폐부에 스며드는 후덥지근한 공기가 호흡을 힘겹게 만들었다.

솔레나는 아스타르테의 손을 꼭 붙잡았다. 따스한 체온이 의식의 닻이 되어 줬다.

'신음.'

높고 가느다란 신음이 풀밭에서 벌레가 우는 소리처럼 들려왔다.

'땀 냄새.'

솔레나는 깊이 숨을 들이쉬었다. 점막에 엉겨 붙을 만큼 달콤한 향기가 풍겼다.

"허허, 환영합니다."

가까이서 대주교가 기척을 냈다. 퍼뜩 돌아본 동시에 커다란 장작불이 거세게 타올랐다. 이글거리는 열기가 어둠에 묻혀 있던 무저갱을 환히 밝혔다.

무저갱.

솔레나는 자신이 목도한 광경을 달리 묘사할 수 없었다.

수십 명의 여성들이 벽에 갇힌 채 사육당하고 있었다. 그들에게는 옴짝달싹 못 하고 드러누워서 머리만 내밀 수 있는 공간이 허락됐다. 설령 마구간이라도 이렇게 혹독한 구조는 아니었다.

누구는 여물통에 말라붙은 죽을 핥아 먹고, 누구는 자위를 처음 배운 원숭이처럼 가랑이를 바닥에 비비기 바빴다.

누구는 입술이 철사로 꿰매졌고 누구는 눈 하나가 없었다.

또 누구는————

"시, 신이시여……."

솔레나는 입을 틀어막으며 터져 나오는 비명을 참았다.

또 누구는, 정수리뼈가 절개되어 새하얀 꽃이 심어져 있었다. 사람의 머리에 뿌리를 내리는 식물은 솔레나가 아는 한 하나 뿐이었다.

"설마, 소마를……. 신도들에게……."

"이 사람이 준비한 제단은 어떠십니까."

대주교가 장작불이 타오르는 제단 위에 서서 물었다. 솔레나의 두 눈이 경악과 분노로 가득 찼다.

"사람이……! 어떻게 사람이 이런 끔찍한 짓을……!"

"허허. 솔레나 경. 서두르지 마시지요."

코타르는 제단 위의 커다란 침대에 걸터앉았다. 여사제들이 자연스럽게 코타르의 제의를 벗겨 주기 시작했다.

"이 자매님들은 모두 자원하셨습니다."

"거짓말하지 마라, 이 짐승만도 못한 놈! 사람으로 태어나서 이런 취급을 받길 바랄 리 없다!"

"있습니다."

대주교는 흐뭇하게 웃었다. 군중이 열광하던 미소도 솔레나에게는 그저 가증스럽게만 보였다.

"의심의 여지 없이, 솔레나 경 옆에 계신 분은 풍요의 여신이시죠."

아스타르테는 긍정도, 부정도 하지 않았다. 다만 솔레나를 잡은 손에 말없이 힘을 줄 뿐이었다.

"하지만 여신께서 정녕 도움을 필요로 하실 때, 저들은 무엇을 하고 있었습니까? 바로 그것이 그릇된 신앙의 현실입니다."

코타르가 두 팔을 활짝 폈다.

"신앙이란 우리 삶의 이정표입니다. 하지만 많은 이들이 그저 버팀목으로 의존하지요. 그런 이들은 자신이 힘들 때 적당히 신앙을 쥐구멍 삼습니다. 세속의 성공을 기원하고, 실패를 되풀이하지 않길 빌고, 힘써 따르지 않으면서 구원을 갈구하는, 그분의 가르침에 등을 돌린 채 사리사욕만 채우는 족속들!"

대주교가 호통을 쳤다. 사육당하는 여신도들이 일제히 울부짖었다.

− 저희가 죄인입니다!
− 저희가 그분의 가르침을 배신했어요!
− 저희야말로 짐승만도 못한 무리입니다!

솔레나의 안색이 새파랗게 질렸다. 대주교는 설교를 이어 갔다.

"이 사람은 그들이 어떤 죄를 지었는지 가르쳐 줬습니다! 세속에 연연하는 것이 얼마나 참람된 짓인지! 지난 잘못을 외면하는 행태가 얼마나 가증스러운지! 가르침을 따르지 않는 그들이 구원 받기에 얼마나 미천한 존재인지!"

광언(狂言)의 폭포가 쏟아져 내렸다. 솔레나는 어디에서도 기억 속의 교단을 찾을 수 없었다. 영광스러운 과거의 끝자락이 대주교의 일갈 앞에 무참하게 찢겨 나갔다.

"이들이 정녕 괴로워 보이십니까? 이들이 정녕 가엾게 보이십니까? 이 사람은 그렇게 여기는 솔레나 경의 영혼이 안타깝습니다! 이들은 모두 그분의 가르침을 설파하는 데 일조하는 자들! 한없는 헌신으로 말미암아 교단에 일조하는 자들! 쉬지 않고 봉사하여 죄를 씻고자 하는 자들! 그 굳건한 신앙을 알고자 하지 않고 세속의 눈으로 바라보는 그대야말로 연민 받아 마땅합니다!"

−가장 높은 곳에 계신 분이시여! 여기 이 목자께서 저희를 이끌어 주십니다!
−미천한 암퇘지들을 일깨워 주신 예하께 광영을!
−예하 앞에 엎드리고 비로소 삶이 무엇인지 깨달았습니다! 아아, 예하!

휘몰아치는 간증 속에서 솔레나는 끝없이 추락했다. 코타르의 한마디 한마디가 가슴을 후벼 팠다.

네가 알던 교단은, 이제 없노라고.

너라는 존재는, 한없이 미약하다고.

"그래서 이 사람은 솔레나 경이 지나치게 성급하다는 겁니다."

대주교는 거짓말처럼 온화한 분위기로 되돌아왔다. 솔레나는 차마 언성을 높여 반박할 수 없었다. 이곳에 한 시라도 더 오래 머물렀다간 자신의 신념을 비롯한 모든 것이 송두리째 부정당할 것만 같았다.

"말씀 잘 들었어요. 예하."

하지만 아직 닻을 거두지 않았다.

"역시 종교란 유용하네요. 자진해서 순종하는 이들만큼 다루기 쉬운 부류가 또 없죠."

"아스타르테 님……?"

아스타르테는 솔레나에게 대꾸하지 않았다. 찬연히 빛나는 두 눈이 오로지 대주교만을 겨냥했다.

"수국화관과 다른 방식으로 접근하셨다는 점이 무척 흥미로웠어요. 특권 의식과 죄책감, 주인님께서 언질을 주셨나요?"

아스타르테는 솔레나의 손을 놓지 않았다. 오히려 놓지 말아 달라고 부탁하듯 꼭 힘을 주었다.

"확실히, 여주인의 조언이 큰 도움이 됐습니다. 그 덕분에 일행의 믿음을 발판 삼아 고통 받는 이들에게 그분의 은총을 더없이 베풀 수 있었지요. 첫발을 내딛기는 정말 어려웠습니다. 허허."

대주교가 다나에의 허리에 팔을 감았다. 다나에는 저항하지 않고 순순히 코타르의 품에 기대었다.

"주인님. 소첩을 잊지 않아 주시다니 감읍할 따름이옵니다."

"허허. 성녀처럼 색스러운 암퇘지도 드뭅니다."

"과찬이시옵니다. 주인님."

얼음장 같은 얼굴에 홍조가 번졌다. 대주교는 껄껄거리며 아스타르테를 내려다봤다. 어느덧 그는 웃통을 벗은 채 붉은 영대만 걸치고 있었다.

"이 사람이 준비한 자리가 어떠십니까. 여신님."

"무척 인상적이네요. 예하."

아스타르테는 천천히 제단으로 걸어갔다. 주저하던 솔레나도 결국 아스타르테를 따랐다. 차마 여신이 저 위에 홀로 가도록 내버려 둘 수는 없었다.

"외람된 말씀 같지만, 저는 예하께서 허울 뿐인 분이실지 모른다고 의심했답니다."

"허허. 하마터면 여신께 미움 받았겠습니다."

아스타르테가 계단을 올라올수록 다나에의 숨결이 뜨거워졌다. 마침내 꿈에도 그리던 그날이, 아스타르테와 함께 주인님에게 안기는 그날이 도래한 것이다.

대주교는 여사제들에게 안마를 받으며 넌지시 물었다.

"그럼 지금은 어떻습니까?"

제단 위에 다다른 아스타르테가 거추장스러워진 베일을 벗어 내렸다. 월계관처럼 자란 사슴뿔이 드러나자 여사제들은 여신마저 감동시킨 대주교의 신앙에 다시 한 번 감탄을 금할 수 없었다.

풍요의 여신은 눈이 부실 만큼 자애로운 미소를 머금고 대답했다.

"예하의 가르침을 자세히 듣고 싶어졌어요."

제단 천장에 서릿발이 내리듯 하얀 안개가 스며들었다. 안개는 천장을 지탱하는 돌출부 위에서 늘씬한 여인의 모습으로 변했다.

'소정의 목적은 달성했군요.'

시녀장은 막 탯줄을 끊은 갓난아기처럼 힘겹게 숨을 들이쉬었다. 미처 갈무리되지 않았던 안개가 호흡에 따라 차츰 신체를 완성해 갔다.

숲 파수꾼의 가장 중요한 역량은 영체화(Astral shift)다.

자연의 수혜를 받고 자란 엘프는 시간이 흐를수록 정령과 흡사한 존재가 된다. 영체화는 이를 이용하여 한순간 물질계와 영계를 넘나드는 기술이다.

영계에서는 물질세계의 법칙이 통용되지 않는다. 노련한 숲 파수꾼은 이를 이용해 상대의 눈앞에서 홀연히 사라지거나 신체 일부만 영계로 보내어 공격을 피할 수도 있다. 그 변칙적인 움직임은 사람이 아니라 유령 내지는 망령으로 오해 받기 충분하다.

물론 그 쓰임새는 어디까지나 침투와 암습에 국한된다. 영계에 물질계의 법칙이 통하지 않듯, 영계에서 물질계에 영향을 끼칠 수 있는 방법도 극히 제한적이다. 접촉은 물론 오감마저 현실과 완전히 유리되는 것이다.

'마차에서 나눈 담화라면 주인님께서 납득하시기 충분하겠죠.'

이제 남은 목표는 하나였다.

'이곳에서 피를 흘려 주셔야겠습니다. 아스타르테 님.'

아스타르테는 대주교와 손잡아 카밀라의 지위를 흔들 작정이었다. 제약 사업은 그에 앞서 유력 인사들과 접촉하기 위한 예행에 불과했다.

하지만 여신의 불손을 만회할 기회는 아직 남아 있다. 아스타르테가 이 배에서 접대 외의 해코지를 당하면, 수국화관은 대주교에게 책임을 덮어씌우면서 피해자 행세를 할 수 있다. 아스타르테가 아직 대외적으로 배신자가 아니기 때문이다. '공식 석상에서는' 수국화관이 그녀를 해코지할 이유가 없다.

혐의를 묻기 시작하면, 대주교의 성격 상 아스타르테와 의리를 지킬 리 없다. 상부상조하던 관계를 들먹이며 천연덕스럽게 돌아설 것이다. 아스타르테가 수국화관을 어찌하지 못한다면, 그녀와 연대해서 얻는 이득이 없다.

'마귀.'

차가운 분노가 등골을 타고 흘렀다.

'당신은 풍요의 여신이 아닙니다.'

차라리 자신을 배제하고 측근이 될 작정이었다면, 기꺼이 협조할 요량도 있었다. 하지만 수국화관을, 나아가 카밀라를 무너뜨리겠다는 발상은 결코 해서는 안 됐다.

암퇘지로서도.

아스타르테로서도.

'한동안 푹 쉬게 해 드리죠.'

다른 암퇘지라면 바로 도살장에 끌고 가겠지만, 훔바바가 건재한 지금은 불가능하다. 하지만 바꿔 말하면, '임신만 할 수 있다면' 된다.

시녀장은 그림자 속에 숨어 제단을 엿봤다.

"하앙……! 하아앙……!"

"자매님, 그, 그렇게, 제 약한 곳만, 아응?! 하으으응!"

제단에서는 육욕의 광연(狂宴)이 벌어지고 있었다. 장작불이 드리우는 검붉은 장막 아래에서 십수 명이 뒤엉켜 쾌락을 탐닉했다.

군중 앞에서 청초한 자태를 뽐내던 여사제들은 온데간데없었다. 제의를 벗어던진 그들은 가늘고 질긴 끈으로 옥죄인 몸을 꿈틀거리며 서로의 치부를 위로하기 바빴다.

그 한복판에 코타르 대주교가 앉아 있었다. 여사제들은 열락에 녹아내린 표정으로 대주교의 몸 구석구석을 핥았다. 손톱과 발톱 밑은 물론이고 뱃살이 겹쳐서 생긴 주름까지 꿀이라도 바른 듯 게걸스럽게 맛봤다.

"쯔읍……! 쯔으읍……!"

겨드랑이에 코를 파묻은 여사제들은 누렇게 때가 낀 털을 한 가닥씩 정성껏 빨아 댔다. 혀로 귀지를 청소하는 여사제들도 있었고 머리칼을 담당하는 여사제도 있었다. 그리고 그들 모두가 팔뚝만큼 굵은 철제 남근으로 구멍을 질척이며 휘저어지고 있었다.

"흐아아앙! 예하, 저, 저, 갈 것 같아요! 가요! 가겠습니다! 아 하아앙!"

"하앙! 하아앙! 태양이시여……! 태양이시여……! 하악?! 꺄 하아악!"

무릎을 꿇고 앉은 여사제들이 잇따라 궁둥이를 씰룩이며 절정했다. 몸이 튀어 오르면서 젖꼭지와 클리토리스에 꿰인 은고리가 현란하게 반짝거렸다.

입에서 단내가 물큰물큰 나도, 손과 혀는 분주하게 움직였다. 코타르를 우러러보는 흡뜬 눈에 비치는 것은 오직 지고한 행복과 열락 뿐이었다.

"허허. 여신께서 동참하시니 자매님들도 평소보다 열성입니다."

대주교는 너털웃음을 터뜨렸다. 시궁창처럼 썩은 내가 올라오는 사타구니 앞에 세 여인이 나란히 앉아 있었다.

"과찬이세요, 예하. 저야말로 예하를 뵙고 세상을 보는 시야가 더욱 넓어진 기분이랍니다."

아스타르테가 제의를 벗은 채 다소곳한 태도로 대답했다. 조신스러운 몸가짐과 속살을 드러내도 의식하지 않는 당당한 분위기가 배덕적인 대비를 불러일으켰다.

"성녀도 그동안 참 고생했습니다. 이제 와서 생각해 보니 바드티비라에서 요양하시길 권한 것이 그분의 뜻이었군요."

"어인 말씀이신지요. 소첩이야말로, 주인님의 사려에 고결하셨던 분과 만날 수 있었사옵니다."

다나에는 등줄기를 꼿꼿이 세우고 대답했다. 중량감이 있는 풍만한 유방 끝에 한 쌍의 금빛 고리가 돋보였다. 맹목적인 추종자들 중에서도 단연 총애 받는 암퇘지의 상징이었다.

"그리고 솔레나 경."

"큭……."

코타르의 시선이 아스타르테와 다나에 사이에 앉은 붉은 머리 칼의 여기사에게 향했다. 솔레나는 신음을 삼킬 뿐 대꾸하지 않았다. 구색만 맞춘 갑옷도 풀어헤친 그녀는 의수를 제외하면 첫날밤에 전라가 된 처녀와 같이 수줍어 보였다.

"안 돼. 솔레나. 예하께 버르장머리 없이 무슨 태도니."

"그, 그렇지만, 아스타르테 님……."

아스타르테는 모자란 자식을 타이르듯 말하고 집게손가락을 쪼옥 소리가 나게 빨았다. 그리고는 우물쭈물거리는 솔레나의 엉덩이에 손가락을 갖다 대고 천천히 동그라미를 그렸다.

"웃……!"

손가락이 살집을 훑으며 동그라미를 그릴 때마다 솔레나의 어깨가 흠칫흠칫 움츠러들었다. 솔레나는 눈을 어디다 두어야 할지 모르고 안절부절했다. 애무도 아닌 짓궂은 희롱에 등골이 오싹오싹 떨렸다.

"못된 짓을 하는 솔레나에게는 벌이야."

아스타르테는 솔레나가 방심한 틈을 타서 엉덩이 사이에 손가락을 쑥 밀어 넣었다.

"흥잇!?"

솔레나는 항문으로 파고드는 이물감에 그만 소스라쳤다. 악문 잇새에서 야무지지 못한 신음이 새어 나왔다.

"자, 솔레나. 앙탈은 그만 부려야지."

"아훗, 앗, 하악······!"

저항은 무의미했다. 아스타르테가 손가락을 느긋하게 휘젓기 시작하자 온몸이 저려 왔다. 솔레나는 턱을 바짝 당긴 채 애달픈 울음소리를 냈다.

직장을 후비는 움직임에 맞춰 허리가 제멋대로 비틀려 올라갔다. 손가락 하나에 꼭두각시로 전락한 굴욕감마저 느껴졌다. 벗어나고 싶은데도 항문은 아스타르테의 손가락을 꼭 물고 놓아 주지 않았다.

"흐응. 솔레나. 이쪽은 충분히 계발됐네?"

"하아······! 하아앙······! 죄, 송합니, 다······! 예하······! 하으응?! 아응······!"

손가락이 직장 점막을 외설스럽게 문지르자 솔레나의 인내심은 눈 깜짝할 새 바닥나 버렸다. 가벼운 절정과 함께 오싹한 전율이 후장에서부터 정수리까지 번져 올라왔다.

"뻑뻑하지도 않고, 눅진하게 잘 풀렸어. 다나에도 참, 조련에 너무 몰두한 거 아냐?"

"황송하옵니다. 임께오서 믿고 맡겨 주신 만큼 최선을 다하였지요."

다나에는 두 손을 모으고 기도하듯 말했다. 여신에게 충의를 인정 받았다는 충만감이 가슴 뿌듯하게 채워졌다. 솔레나가 주제도 모르는 천것이라지만, 아스타르테와 자신을 더욱 가깝게 해 준다면 약간의 아량 정도는 베풀어 줄 수 있었다.

"허허. 세 분이서 오누이처럼 오붓한 모습이 참 보기 좋습니다."

대주교가 눈짓하자 손가락을 핥던 여사제가 펑퍼짐한 하의를 벗겨 줬다. 솔레나는 경악으로 말을 잇지 못했다.

"임이시여. 주인님의 풍채는 어떠신지요."

"굉장해……. 다나에, 정말 굉장해……♥"

숱한 손님과 교미해 온 아스타르테가 넋을 잃고 황홀하게 뇌까렸다.

대주교의 남근은 오거에 견줄 만큼 우람했다. 길이도, 굵기도 암컷을 굴복시키기에 흠 잡을 데 없었다. 하지만 무엇보다 압권은 외설스러운 형태였다.

껍질로 덮인 귀두부터 뿌리에 이르기까지, 손톱만 한 크기의 돌기가 다닥다닥 붙어 있었다.

"흑……!"

솔레나는 그만 울음을 삼키고 말았다.

돌기 하나하나가 별개의 생명체처럼 꿈틀댔다. 게다가 그 생김새도 사람이 절규하는 얼굴을 새겨 넣은 듯 모욕적이었다. 이것은 이미 남성의 생식기가 아닌 혐오스러운 무엇인가였다.

"이 사람은 '참신앙'이라고 부릅니다. 오랜 고뇌와 기도의 산물이지요. 허허."

솔레나는 멍하니 대주교를 올려다봤다. 분명히 사람의 말을 쓰건만, 자신이 알던 현실과 한참 동떨어진 이야기를 하고 있었다.

"음미해 보시렵니까."

아스타르테와 다나에가 먼저 움직였다. 두 암퇘지는 약속이라도 한 듯이 좌우로 코타르의 기둥에 혓바닥을 밀착했다. 여신과 성녀의 혀가 타액을 담뿍 묻히며 아래에서 위로, 위에서 아래로 호흡을 맞춰 움직였다.

"하아……♥ 하아아아……♥ 대다내……♥ 대다내애……♥"

아스타르테가 환희의 눈물을 글썽거리며 코타르에게 봉사했다. 여신의 혀는 돌기 사이에 낀 누런 때를 깨끗하게 핥아 먹었다.

"아아……♡ 주인님……♡ 상스러운 소첩의 봉사는, 어떠신지요……?"

다나에 역시 몽롱한 눈으로 기둥을 청소했다. 냉랭한 표정이 흐트러지고 턱은 군침으로 젖어 갔다.

두 암퇘지의 혀는 서로 경쟁하듯이 구석구석까지 핥어 올라갔다. 귀두 언저리에 다다른 혀끝이 간지럽히듯이 미끄러져서 듬직하게 부푼 음낭까지 내려왔다.

"하읍♥"

"하암♡"

아스타르테와 다나에는 동시에 음낭을 답삭 물었다. 혀로 살살 쓰다듬으면서 입술을 부벼 자극하는 정성이 극진했다. 두 암컷은 주인에게 아양 떠는 가축처럼 탐스러운 엉덩이를 한껏 치켜들고 흔들어댔다. 적나라하게 노출된 비부가 애액으로 젖어 벌름거리며 진한 암컷의 냄새를 풍겼다.

"오……. 오오……. 두 분의 절묘한 호흡, 이 사람은 자매라
고 해도 믿겠습니다……."

대주교는 더없이 사치스러운 봉사에 호평을 늘어놓았다. 다
나에만으로는 아쉬웠던 구석을 아스타르테가 자연스럽게 채워
줬다. 시중을 드는 기술은 둘 모두 뛰어났지만, 다나에가 치밀
하고 정석적으로 공략한다면 아스타르테는 자극의 강약을 능
란하게 조절하며 몰아쳤다.

"하아……♥ 아앙……♥ 솔레나, 솔레나도 어서 이리
와……♥ 어서어……♥"

아스타르테가 코타르의 남근에 고양이처럼 뺨을 문지르며 속
삭였다. 솔레나는 얼어붙은 채 꼼짝도 할 수 없었다.

"임이시여, 저 비천한 것은……♡ 이제 버리시지요……♡"

다나에가 비웃듯이 눈을 흘기며 아스타르테와 입을 맞추었
다. 혀가 요사스럽게 뒤얽히면서 코타르의 시큼한 땀 냄새 섞인
숨결이 입천장에 스몄다. 두 암돼지는 입술 점막을 맞붙이고 문
지르다가 떼면서 추잡스러운 소리를 냈다.

"응하아……♥ 다나에, 정말정말 질투가 심하다니까아……♥"

"임께오서도, 한 번 쥔 것은 놓지 못하시면서……하아……하
아앙……♡"

서로의 비부에 서로의 손가락이 찔꺽거리며 드나들었다. 아
스타르테와 다나에는 입술을 혀로 훔치며 코타르의 거근에 찰
싹 달라붙었다. 코를 킁킁 울리며 냄새를 맡는 모습이 천박하기
그지없었다.

솔레나는 눈앞에서 펼쳐지는 광경에 번민했다. 혐오감과 당혹감이 양극단으로 치달았다. 하지만 암퇘지들의 음탕한 교태를 바라보며 스스로도 비밀스러운 곳이 젖어 간다는 사실은 미처 깨닫지 못했다.

"허허, 솔레나 경은 보기보다 부끄러움을 많이 타시는군요."

대주교는 두 암퇘지의 머리를 쓰다듬으며 말했다. 아스타르테와 다나에의 미소가 상스럽게 흐트러졌다.

"정 어려우시다면 이 사람도 보채지는 않겠습니다. 사실 지금도 아차 하는 사이 싸게 생겨서 말입니다."

코타르의 거근에 굵은 핏줄이 불거졌다. 침으로 범벅된 그것은 검붉은 광택을 흘리며 흉흉하게 번들거렸다. 암퇘지들의 혀에 휘감겨 껄떡거리는 작태가 꼭 거드름을 부리는 듯했다.

'이 몰염치한 백돼지가……!'

솔레나는 주먹을 꾹 움켜쥐었다. 모멸감에 휩싸이면서도, 한편으로는 봉사에 몰두하는 두 사람에게 눈이 떨어지지 않았다. 가만히 내버려 두다간 아스타르테를 빼앗길지도 모른다는 위기감이 등을 떠밀었다.

"저, 저도 돕겠습니다. 아스타르테 님!"

"천한 것이 대체 누굴 돕겠다고 덤비시는지요."

다나에가 눈을 흘겼다. 표독스러워야 할 눈초리가 음란한 열기에 젖어 되레 꼬리를 치는 듯했다.

"흐응. 다나에, 너무 쌀쌀맞게 굴지 마. 너도 제일 맛난 곳은 남겨 줬잖아."

"소첩은 어디까지나 임의 뜻을 존중하였을 따름이옵니다."

다나에가 입술을 오므리며 살짝 토라진 듯한 어조로 말했다. 아스타르테는 짓궂게 키득거리며 솔레나를 가까이 앉혔다.

"웃?!"

코타르의 거근과 대면하자 솔레나는 머리가 쩔했다. 악취로 착각할 만큼 강렬한 수컷의 냄새가 콧속에 파고들었다. 숨을 들이쉴 때마다 눈물이 찔끔 나왔다.

"짜안, 개봉박두♥"

아스타르테와 다나에가 귀두에 덮인 포피를 입술로 물어 벗겼다. 솔레나는 하마터면 그 자리에서 오늘 먹은 것을 모두 토악질할 뻔했다. 쟁기처럼 투박하게 생긴 귀두에 싯누런 찌꺼기가 엉겨 붙어 있었다.

"하아……♡ 주인님, 이렇게나 쌓아 두시다니……♡ 오베도에 남겨 둔 암퇘지들이 이렇게도 소홀하였나이까♡"

다나에는 김이 모락모락 풍길 것 같은 귀두를 사랑스럽다는 듯이 바라보며 입맛을 다셨다. 하루 이틀 쌓인 양이 아니었다.

"허허. 이 사람이 오늘을 위해 한 달은 씻지 않았습니다."

대주교의 인자한 웃음소리가 울려 퍼지자 벽에 갇힌 여성들이 찬송가를 부르기 시작했다. 솔레나는 가사를 듣고 소름이 끼쳤다. 이들은 신을 찬미하는 대신 대주교를 칭송하고 있었다.

'그분께서는……. 어째서 태양신께서는 이런 자의 전횡을 보고만 계신단 말인가?'

한때 자신이 몸담았던 교단은 미치광이의 노리개로 전락해 버렸다. 솔레나는 비통한 절규를 삼켰다. 당장 천 갈래 만 갈래로 찢어 죽여도 시원치 않을 작자였지만, 지금은 참아야 했다.

'그래. 아스타르테 님께서 해방되실 수만 있다면 이깟 굴욕, 얼마든지 견딜 수 있다……!'

솔레나는 이를 부득 갈고 귀두에 입술을 가까이 가져다 댔다. 호기롭게 도전했지만, 혀를 내밀어 핥기는 쉽지 않았다.

"왜 그러십니까, 솔레나 경? 성검을 다루듯 솜씨를 발휘해 보시지요."

'네놈은 기필코 죽여 버리겠다, 이 파렴치한 놈!'

솔레나는 대주교를 노려보며 귀두에 엉긴 찌꺼기를 핥기 시작했다. 시큼하고도 텁텁한 맛이 입 안 가득 퍼지면서 미각을 마비시켰다. 찌꺼기를 핥아 없애는 동안 몇 번이고 구역질이 치밀었는지 몰랐다.

"기쁘게 여기시지요, 솔레나 경. 주인님의 청소 담당은…… 쯔읍……아무나 하는 것이 아니옵니다♡"

다나에가 흐트러진 목소리로 질책했다. 솔레나는 오기가 생겼다. 대주교에게 꼬리나 치는 주제에 아스타르테를 향한 자신의 충심을 그토록 짓밟아 왔단 말인가.

'이까짓, 이까짓 것……!'

솔레나는 혀끝으로 살짝살짝 건드리기를 포기하고 과감하게 혓바닥을 쓰려 했다. 그러나 혓바닥으로 우둘투둘한 돌기를 쓸어 올린 찰나, 머릿속에 섬광이 번쩍 일었다.

―꺄아아아아악! 뜨거워어어어어! 뜨거워어어어!

―신이시여……. 신이시여……. 제발, 제발 저희를 굽어 살펴
주시옵고……브릅……! 프르릅……!

솔레나는 소스라쳤다.

산 채로 불에 구워지며 대주교에게 겁탈당하는 여사제가 있었
다.

거꾸로 매달려 물 속에 처박힌 채 대주교에게 겁탈당하는 여
사제가 있었다.

그 모든 기억이, 방금 겪은 듯 생생하게 전해졌다.

"오. 보셨습니까?"

큼직한 손바닥이 솔레나의 머리를 쓰다듬었다. 솔레나는 하
얗게 질린 얼굴로 코타르를 쏘아봤다.

"무, 무슨, 네놈 대체 무슨……으풉?!"

대주교는 말을 잇지 못하는 솔레나의 입 속에 육봉을 억지로
처박았다. 쇳덩이처럼 단단한 귀두가 단숨에 목구멍까지 파고
들었다.

"이 사람도 참 안타까웠습니다."

"으붑……! 크흡……! 큽……! 꺼억……! 꺽……!"

대주교는 솔레나의 머리채를 붙잡고 우악스럽게 앞뒤로 흔들
어 댔다. 귀두가 숨통을 틀어막고 들락거리자 솔레나는 추한 소
리를 내며 몸부림쳤다. 허벅지에 손톱을 박으며 코타르의 손아
귀에서 벗어나려 했지만 그는 바위처럼 꿈쩍도 안 했다.

"교단에 그렇게 많은 배교자가 있을 줄 누가 알았겠습니까. 다들 입으로는 그분을 믿는다고 하더니, 막상 그분의 뜻을 세상에 펼치려 하자 반기를 들더군요. 오, 오옷……! 좋습니다……! 아주 훌륭하게 조여듭니다!"

아스타르테와 다나에는 변기로 간택된 솔레나를 억누른 채 그녀의 약점만 집요하게 괴롭혔다. 서로의 애액으로 듬뿍 적신 손가락 두 개가 항문과 질을 마구 휘저었다. 솔레나의 아담한 엉덩이는 덫에 걸린 작은 짐승처럼 씰룩거리며 쾌감으로부터 도망치려 했다.

"이 사람은 눈물을 머금고 장차 교단에 해코지할 형제 자매님들을 무찔렀습니다. 하지만 그들도 저희와 같이 높으신 그분의 은총을 받았지요. 이 사람은 한순간의 오판으로 잘못된 길에 빠진 형제 자매님들에게 기회를 드렸습니다!"

대주교의 자비를 칭송하는 노랫소리가 쩌렁쩌렁하게 울려 퍼졌다. 솔레나의 머리를 잡아 흔드는 손놀림도 더욱 빠르고 거칠어졌다.

"이 사람과 함께 그분의 은총을 베풀 수 있는 기회 말입니다! 느껴지십니까, 솔레나 경! 느끼고 계십니까, 솔레나 경! 잘못된 길에 빠졌던 우리의 형제 자매님들이 죄 사함 받고 이 사람과 하나가 된 것이 느껴지십니까!"

솔레나는 대답은 고사하고 비명도 지를 수 없었다. 목구멍으로 남근을 훑으면서 대주교에게 희생당한 이들의 말로가 번갯불처럼 스쳐 갔다. 코타르가 펼치던 강대한 권능은 그에게 저항했던 신도들을 바탕으로 이루어진 것이었다.

"허허, 솔레나 경도 감격하셨군요! 이 사람은 아주 기쁩니다!"

흰자위를 번들거리며 눈물을 흩뿌리는 솔레나 위로, 다나에와 아스타르테가 하염없이 서로의 입술을 탐했다. 두 암퇘지는 각자 한 손으로는 맡은 솔레나의 항문과 비부를 부지런히 애무했고, 다른 한 손은 바짝 곤두선 유두를 농락했다. 꼬집고 비틀다가도 장난스럽게 간지럽히는 손놀림이 아랫도리가 불끈거릴 만큼 자극적이었다.

"우읏……! 읏……! 우오읏……!"

대주교는 추레한 기합을 넣으며 솔레나의 목 안에 깊이, 더욱 깊이 쑤셔 넣었다. 주변에서 우러러보던 여사제들도 대주교의 젖꼭지와 겨드랑이를 핥아 주며 사정을 독려했다. 추잡스러운 응원 속에서 솔레나의 목구멍을 점령한 남근이 빠듯하게 부풀었다.

"받아……먹어라……!"

어금니를 악문 대주교가 솔레나의 목에 뿌리까지 푹 담갔다. 깊숙이 처박힌 귀두가 움찔거리다가 마침내 농후한 정액을 폭발하듯 쏟아 냈다. 뱃속에서 철벅거리는 소리가 날 만큼 많은 양이었다. 남근으로 틀어막은 입에서 정액이 거품처럼 일며 새어 나왔다.

"끄굽……. 끄우읍……. 으브읏……. 응읍……."

솔레나는 코타르의 수북한 치모에 코가 파묻힌 채 등줄기를 흠칫흠칫 튕겼다. 대주교의 사정은 한참 동안 끝나지 않았다.
메스꺼운 포만감이 배를 가득 채웠다.

"후우······. 각별한 경험이었습니다. 그렇게 고고하셨던 경의
목구멍을 변소로 쓸 수 있다니요."

대주교는 흡족한 표정으로 솔레나의 머리채를 잡아당겼다.
남근이 쑤욱 뽑혀 나오자 솔레나가 쿨럭거리며 정액을 게워 냈
다.

"아, 아아······! 예하께서 내려 주신 성은이······!"

"솔레나 경! 안 돼요!"

대주교를 애무하던 여사제들이 기겁하여 달려들었다. 그들은
바닥에 쏟아진 정액을 들개처럼 엎드린 채 후르릅 빨아먹었다.

"흑······. 흐윽······! 콜록! 컥······!"

솔레나는 만신창이가 된 채 아스타르테의 품에 안겨 축 늘어
졌다. 괴롭게 기침을 할 때마다 역한 맛이 뱃속에서 올라왔다.
수많은 희생으로 머릿속도 엉망진창이 되어, 그저 이 무저갱을
무너뜨려야 한다는 충동만 치밀었다.

"잘했어. 솔레나."

귓가에 파고드는 달콤한 속삭임만 아니었다면.

"솔레나는 끝까지 내 곁에 있어 주는구나."

저, 머릿속을 갉아먹는 달짝지근한 속삭임만 아니었으면.

"솔레나가 있어 줘서 기뻐. 솔레나 덕분이야. 솔레나가 없었
으면 혼자서 들어오지 못했을 거야."

"하아······. 하아아······. 하앙······."

아스타르테는 솔레나의 젖가슴과 꽃잎을 어루만지며 나지막이 속삭였다. 끈적거리는 미성을 흘려 넣을 때마다 손가락이 젖꼭지와 클리토리스를 자극했다. 육체의 쾌감과 속삭임이 눅진눅진 녹아내린 머릿속에서 긴밀하게 맞물렸다.

"고마워, 솔레나."

"나한테는 솔레나 밖에 없어."

"앞으로도 내 곁에 있어 줄 거지?"

"네……. 네헤……! 저는……. 하으응……! 아스타르테 님을, 지키고자……흐윽!?"

혼탁한 눈으로 옹알이를 하던 솔레나가 허리를 꼬며 절정했다. 아스타르테는 후후 웃으면서 솔레나의 야윈 굴곡 위로 스칠 듯 말 듯 손길을 미끄러뜨렸다.

"자, 솔레나. 다나에를 잘 봐."

솔레나는 대주교 곁에 선 다나에를 멍하니 바라보았다. 등줄기에 느껴지는 풍요로운 감촉이, 전신 구석구석을 기분 좋게 기어 다니는 손길이, 귓가에 흘러드는 아스타르테의 목소리로 도피하게 만들었다.

"주인님, 정녕 소첩이 처음을 맡아도 괘념치 않으실지요."

"허허, 설마요. 아스타르테 님도 성녀가 만족하는 모습을 기대하고 계십니다."

다나에가 코타르에게 등을 돌려 아스타르테와 마주했다. 아스타르테는 솔레나의 귓바퀴를 핥아 올라가다가 상냥하게 미소지었다.

"아, 아아……♡"

다나에는 감격스러웠다. 평생토록 마음 속 깊이 흠모하던 분을 암퇘지의 숙명으로 인도해 드린 것이다. 그녀는 가슴에 벅차오르는 자부심을 갈무리하며 대주교에게 아뢰었다.

"하오면, 이제부터 소첩의 난잡한 보지를 주인님께 바치겠사옵니다……♡"

다나에는 무릎을 굽혀 대주교의 우람한 남근을 흠뻑 젖은 꽃잎으로 문질러 댔다. 허리를 둥글게 말았다가 펼 때마다 세 명분의 타액과 정액으로 범벅된 육봉에 새로운 광택이 더해졌다.

"하아……♡ 주인님의 자지……♡ 한 번 사정해 주셨는데도 어쩜 이토록 늠름하신지……♡"

다나에가 등줄기를 오싹오싹 떨며 귀두 위에 균열을 포갰다. 그 자태는 제례를 주관하는 성녀처럼 엄숙하면서, 발정한 암캐가 수컷에게 엉덩이를 디밀 듯 천박했다.

"하으……흐으응♡"

예혈의 성녀는 허리를 내리며 코를 울렸다. 벌름벌름 애를 태우던 꽃잎이 대주교의 남근을 가장 깊고 비밀스러운 곳까지 빨아들였다. 냉철한 성격과 달리 다나에의 질벽은 수컷을 마중 나오듯 부드럽게 휘감겨 왔다.

'저렇게, 흐트러진 얼굴로…….'

솔레나는 마른침을 삼켰다. 코타르의 육봉에 꿰뚫린 다나에가 천천히 허리를 움직이기 시작했다. 풍만한 가슴이 예쁜 모양을 조금씩 이지러뜨리며 출렁거렸다.

"하아♡ 하앙♡ 주인님♡ 주인니임♡ 부디 감상해 주시어요♡ 소첩의 음란한 추태……♡"

다나에가 머리 뒤로 깍지를 낀 채 게처럼 다리를 벌렸다. 남근을 물고 쩍 갈라진 결합부가 적나라하게 드러났다. 개나 짐승이 배를 까뒤집은 듯한 복종의 자세였다. 그대로 크게 원을 그리듯 요분질하자 철퍽철퍽 살을 부딪치는 요란한 소리와 함께 고리로 꿴 유두가 한데 모여 튕겨 올라가다가 좌우로 나뉘어 둥글게 떨어지기를 거듭했다.

"하악♡ 하아악♡ 굉장하옵니다♡ 자지님♡ 자지님♡ 소첩의 자궁구도, 자지님께 달라붙어 떨어지지 않사옵니다♡ 아아, 자지니임♡ 자지♡ 주인님의 자지이♡"

다나에는 군침을 질질 흘리며 쾌감의 수렁에 빠져들었다. 헤프게 빼문 혀가 처덕처덕 입가에 부딪쳤다. 살얼음 같은 가면으로 감추고 있던 암퇘지의 본성이 드러난 것이다.

"허허, 성녀께서 아스타르테 님 앞이라고 잔뜩 흥이 올랐습니다."

코타르는 다나에의 유두를 장식한 금빛 고리에 새끼손가락을 걸었다. 무아지경으로 허리를 흔들어 대던 다나에가 기대에 찬 표정으로 대주교를 돌아봤다. 그는 고리를 양쪽으로 확 잡아당겼다.

"으호옥♡ 호오옷♡ 응호오오옷♡"

유두가 뜯어질 듯 팽팽하게 늘어나자 다나에의 고개가 홱 젖혀졌다. 장대한 찬송가 속에서 발정한 짐승의 절규가 터져 나왔다. 게걸스럽게 남근을 훑는 비부가 부르르 경련하며 성대한 물줄기를 싸질렀다.

"젖꼭지를 괴롭혔다고 칠칠치 못한 꼴로 절정하시다니, 성녀라고 소개하기 부끄러워집니다."

"오호오옥♡ 제성하옵니다아♡ 젖꼭지만으로 가 버리는 성녀라서어♡ 제성하옴미다아아♡"

다나에는 용서를 빌면서 더욱 격렬하게 몸을 움직였다. 선정적인 허리의 율동을 따라 촘촘한 질벽 주름이 코타르의 남근을 비틀고 빨아들였다. 힘겹게 벌어진 질구가 귀두의 잘록한 부분부터 뿌리까지 훑어 내릴 때마다 애액이 물보라 치며 사방으로 흩뿌려졌다.

"아아……♡ 주인니임♡ 느껴지옵니다아♡ 세라피나 자매님이, 블랑쉐 자매님이♡ 소첩의 가장 깊은 곳까지이이잇♡"

다나에는 대주교에게 사로잡힌 순교자들의 최후를 경험하며 환희에 빠졌다. 건방지게 반기를 들었던 작자들은 대주교의 몸속에 갇혀 그 참다운 신앙을 실천하는 데 일조하고 있었다. 대부분 어리석게도 대주교가 아닌 자신을 따르던 이들이었다. 그들이 불구덩이에 처박히고 물 속으로 가라앉는 광경을 보며 비통했던 시절도 있었으나, 진리를 깨우친 지금은 오히려 질투마저 생겼다.

"소첩이 어리석었사옵니다♡ 미천하고 천박하며 박색한 암퇘지가아♡ 색욕에 굶주린 소첩 따위가아♡ 자비로우신 주인님께 거역하려 하다니잇♡ 흥히잇♡ 호옷♡ 응호오옷♡"

성녀는 코타르와 하나의 기형적인 생물처럼 뒤얽혀 타락을 간증했다. 솔레나는 다나에가 망가져 가는 광경을 넋 놓고 바라보았다. 쾌락으로 무뎌진 머릿속에 차오르는 감정은 혐오도, 증오도, 연민도 아니었다.

한순간 싹튼 감정의 이름은 선망.

이성의 끈을 놓고 현실에서 도피한 성녀의 치태가 부러웠다. 아무런 걱정도, 아무런 미련도 없이 복종만을 맹세하는 굴욕적인 처지에 샘이 났다.

"아스……. 타르테 님……. 그만……. 저, 더는……!"

솔레나는 가쁜 숨을 몰아쉬며 아스타르테의 손길을 떼어 내려 했다. 하지만 쾌감을 기대하는 몸은 뜻대로 움직여 주지 않았다. 초점을 잃은 두 눈이 짐승처럼 허리를 놀리는 다나에의 모습으로 가득 찼다.

"왜? 솔레나, 내가 싫어? 싫어졌어?"

미적지근한 앙탈은 아스타르테의 흥을 돋울 뿐이었다. 클리토리스를 희롱하던 손가락이 느슨하게 풀린 동굴로 파고들었다. 아스타르테는 마치 손끝에 눈이 달린 듯이 솔레나의 약한 곳을 금방 찾아냈다.

"하악!?"

질벽에서도 유달리 민감한 부분을 손가락으로 긁자 솔레나의 허리가 번쩍번쩍 들렸다. 가뜩이나 비좁은 동굴이 조여들어 아스타르테의 손가락을 꼭 물고 놓아 주지 않았다. 아스타르테는 주름을 긁어내며 솔레나의 귀에 속삭였다.

"싫은 거야? 내가 싫어? 싫어서 그러는 거야?"

"아, 아흐윽! 하윽! 조아, 조아해여, 조아앗! 흐응아……아하아 아앙!"

솔레나의 몸이 활대처럼 젖혀지며 비부에서 투명한 물줄기를 뿜어 냈다. 아스타르테는 한 방울도 남기지 않을 듯이 질벽을 괴롭히며 끈적거리는 목소리로 호소했다. 솔레나는 허리가 빠질 듯이 연속으로 절정을 맞았다. 조아조아 하고 횡설수설 얼더듬는 목소리가 다나에의 행복한 절규와 뒤섞였다.

"하으윽♡ 주인니임♡ 주인니이임♡ 소첩에게♡ 소첩에게 주인님의 농후한 정자를♡"

"허허. 성녀는 이 사람의 아기를 배는 것이 무섭지 않습니까?"

코타르는 고리를 고삐처럼 위아래로 크게 휘두르며 물었다. 흉하게 늘어난 가슴이 출렁출렁 파도치며 허리놀림에 박차를 가했다. 다나에는 그 큼직한 엉덩이를 코타르의 사타구니에 부딪쳐 오며 기쁘게 소리쳤다.

"주인님의 아기라며언♡ 몇 명이고 몇 명이고 임신해 드리겠사옵니다♡ 부디, 소첩의 헐거운 자궁에♡ 주인님의 씨앗을♡"

질벽이 오므라들며 사정을 졸라 댔다. 대주교는 더 이상 참지 않았다. 그동안 꼼짝도 안 하던 그가 고리를 당기며 남근을 푹 쑤셔 넣었다.

"응홋♡ 흐호오옷♡"

다나에는 뒤꿈치를 바짝 든 채 굳어 버렸다. 온몸의 근육이 오로지 코타르를 사정시킨다는 숙원을 위해 꿈틀꿈틀 떨었다. 수축과 이완을 거듭하는 질벽은 이미 뿌리까지 파묻힌 남근을 더욱 깊숙이 잡아당기려 했다.

코타르는 투실투실한 궁둥이를 조이며 다나에에게 사정했다. 오늘로 두 번째였지만, 정액은 변함없이 짙고 푸드득 소리가 들릴 만큼 거세게 분출됐다.

"호옷……♡ 으호오옥…………♡♡♡"

흐트러진 얼굴이 충일감으로 물들어 갔다. 다나에는 희열에 충만한 울음소리를 내며 절정하고 말았다. 의식이 혼미해지는 순간까지 아랫배가 정액을 퍼 올리듯 오목하게 밀려 올라가고 내려오길 거듭했다. 오랜 시간 꾸준히 들인 암퇘지의 습관이었다.

"허허. 이래서야 임신 확정이겠습니다. 수컷이면 지워 버리고 암컷이면 잘 키워 봅시다."

코타르는 꾸준히 죄어드는 육질을 즐기다가 다나에를 내동댕이쳤다. 쑥 뽑혀 나온 남근은 여전히 발기한 상태였다.

"네헤……♡ 헤엑……♡ 주인님의, 뜻대로……♡"

다나에는 한 방울도 흘리지 않으려고 질구를 꾹꾹 조였다. 엉금엉금 기어온 그녀는 더러워진 남근을 혀로 깨끗하게 청소했다.

"자, 다음은 사이 좋은 두 분도 함께 어울려 볼까요."

"후후, 예하께서 맛보시기 좋게 잘 풀어 두었답니다."

아스타르테는 몇 번이나 까무라친 솔레나의 다리를 활짝 벌려 보였다. 흠칫거리는 음순을 손가락으로 열어젖히자 숙성된 과실처럼 농익은 속살이 드러났다. 솔레나는 축 늘어진 주제에 허벅지를 다물려고 필사적이었다.

"아주 만족스럽습니다. 역시 여주인이 총애하는 암퇘지는 재주가 남다르군요."

대주교가 혀로 입술을 날름거렸다. 칭찬을 받은 아스타르테는 배시시 웃으며 솔레나를 대주교 앞에 네 발로 엎드리게 했다.

"우리 솔레나, 잘할 수 있지?"

"앗······. 하앙, 앗, 앙, 네, 네에······! 아스타르테 님을, 위해서라면······!"

달콤한 부탁이 뼛골까지 스며들었다. 솔레나는 아스타르테의 손가락에 농락당하며 꼭두각시로 전락했다. 턱을 따라 흘러내린 군침이 침대 위에 짙은 얼룩을 그렸다.

"여기야. 스스로 넣어야 돼."

아스타르테는 솔레나의 균열을 코타르의 거근 위에 올려 줬다. 모락모락 피어오르는 열기에 꽃잎이 따끔따끔할 정도였다. 덜컥 겁이 난 솔레나가 울먹거리며 도리질을 쳤다.

"솔레나. 아직도 태양 기사였던 시절이 그리워?"

아스타르테가 투정 부리는 딸을 타이르듯 뺨을 어루만졌다. 솔레나는 대답하지 못하고 어깨만 흠칫흠칫 떨었다. 오래지 않은 과거가 부옇게 번져 떠오르지 않았다.

"괜찮아."

오직 정의와 도리를 설파하던 붉은 입술만이 요사스럽게 속삭였다.

"솔레나는 나만을 위한 기사니까."

무심결에 허리에서 힘이 빠졌다.

쑤욱, 바닥이 무너져 내리는 감각과 함께 뜨거운 불덩어리가 뱃속으로 침범해 왔다. 코타르의 거근이 무방비하게 질척거리는 질벽을 단숨에 가르고 들어와 자신의 존재감을 과시했다. 자궁을 압박하는 열기에 솔레나는 비명도 지르지 못하고 입술을 달싹거렸다.

"힉……. 히윽……. 흑……."

"나를 위해 애써 줘."

아스타르테가 상냥하게 독려하며 젖꼭지를 매만졌다. 다나에도 가세하여 새붉게 충혈된 음핵을 희롱하며 귓바퀴를 살짝살짝 깨물었다. 솔레나는 힘겹게 허리를 당겼다. 남근이 천천히 빠져 나가면서 차지게 달라붙은 질벽마저 딸려 나올 듯했다.

"나만을 위해 살아 줘."

"하앙, 앗, 하으으응……!"

솔레나는 애달픈 교성을 흘리며 엉덩이를 비틀었다. 끈끈하게 휘감긴 질구에 귀두가 걸렸다. 이대로 빼 버리면 해방이었다. 저 굳게 닫힌 문 너머로, 무저갱 밖으로 나갈 수 있었다.

"나만을 위해 견뎌 줘."

하지만 그럴 수는 없다.

"하아앙!?"

솔레나는 움찔거리던 허리를 무력하게 떨어뜨리며 마침내 깨달았다. 처음부터 이 생지옥에서 벗어나는 것은 불가능했다.

아스타르테는, 고결했던 여신은 이미 이 생지옥의 일부이자 전부였다. 그녀에게 종속된 자신 또한 이 검붉은 어둠의 노예에 불과했다.

무너져 내린다.

오기만으로 버텨 왔던 지난날이.

아스타르테를 구하겠다는 일념만으로 보낸 하루하루가.

이미 돌이킬 수 없는 현실을 외면하며 애써 견뎠던 시간들이.

철벅거리는 음란한 물소리에 파묻혀, 무너져 내렸다.

"허허헛. 가끔은 이렇게 서툰 암퇘지도 각별하군요. 그 철벽 같던 솔레나 경이 제 것을 이렇게 꽉 물고 놓아 주지 않을 줄은 몰랐습니다. 어디, 이곳은 어떠십니까? 이곳은?"

코타르가 자세를 뒤척이면서 이죽거렸다. 굵은 육봉이 동굴을 들락거리면서 이제까지의 사내들은 닿지 않았던 곳까지 충만하게 채웠다.

"아앙! 앙?! 하아앙! 조아여, 딱딱한 자지이……! 안쪽까지, 가득해앳……! 응, 흥웃, 응하아앙!"

다나에의 섬세한 애무와 아스타르테의 살가운 애무가 솔레나를 더욱 궁지로 내몰았다. 솔레나는 온몸이 늪에 잠기는 듯한 착각 속에서 엉덩이를 튕겼다.

무술로 단련된 육체는 뛰어난 탄성을 자랑했다. 솔레나는 등줄기를 활대처럼 구부려 위아래로 움직이다가도, 전신을 앞으로 당겼다가 놓는 등 질벽으로 대주교의 불기둥을 훑는 데 혈안이 됐다.

"훌륭해, 솔레나. 이제 태양 기사가 아니라 암퇘지 기사라고 불러야겠네?"

"이제야 임의 바람에 부응하시는지요. 천것으로서 조금쯤은 주제를 깨달아 다행이옵니다."

"흥아앗, 끄흑, 흥끄으웃……!"

아스타르테의 칭찬과, 다나에의 매도가 머릿속을 헤집어 놓았다. 한마디 한마디마다 머릿속에서 불꽃이 튀는 느낌이었다.

솔레나는 이를 바득바득 갈면서 팽팽한 둔부로 대주교의 대물을 뿌리까지 삼켰다가 뱉어 내기를 거듭했다. 발그레한 피부에 맺힌 땀방울이 튀어오르며 고혹적인 풍경을 그렸다.

"헛헛. 수컷을 모르는 처녀처럼 조여 주는군요. 성녀의 완숙한 암컷 구멍과 다른 맛이 있습니다."

"웃흐웅♡ 아니, 되옵니다아♡ 주인님의 소중하안……♡ 좆물……♡ 넘쳐 나서……♡"

코타르가 다나에의 질구를 손가락으로 헤집으며 품평했다. 다나에는 솔레나 옆에 엎드린 채 엉덩이를 씰룩거렸다. 소시지처럼 두터운 손가락 세 개가 사방팔방으로 휘젓고 다니자 농익은 과육이 정액과 함께 뜨거운 즙을 찔꺽찔꺽 토해 냈다.

"아스타르테 님께서도 이리 오시죠. 이 사람이 먼저 몇 가지 확인을 좀 해야겠습니다."

아스타르테 역시 솔레나 곁에 무릎을 꿇고 엎드렸다. 진주처럼 매끄럽고 뽀얀 살집의 틈새에서 후끈한 열기가 피어나는 듯했다. 대주교는 수줍게 다물린 균열을 벌리고 그 안에 검지와

중지를 푹 담갔다.

"오, 오오."

코타르는 감탄했다. 입구에서부터 휘감겨 오는 감촉이 예사롭지 않았다. 솔레나에게 맡겨 뒀던 남근이 크게 꺼떡거리며 질벽을 압박했다. 솔레나는 채찍 맞은 망아지처럼 숨 막히는 교성을 내며 더욱 현란한 허리놀림을 뽐냈다.

"이거, 이거. 깜짝 놀랐습니다. 분명 칠대죄에게 붙잡히시고 헐렁한 걸레 보지가 되신 줄 알았는데 말입니다."

"흐응. 예하도 참, 짓궂으셔라♥ 너저분한 쪽이 마음에 드세요?"

아스타르테는 솔레나의 목덜미를 핥으며 눈웃음을 쳤다. 허리를 살짝살짝 꼬자 촘촘하게 얽힌 주름이 코타르의 손가락을 꾸욱 조여들며 오싹한 감촉을 선사했다.

코타르는 절로 너털웃음이 터져 나왔다. 성녀와 한 교단을 대표하던 여기사도 모자라, 눈엣가시 같았던 여신마저 나란히 엎드려 암캐처럼 엉덩이를 들이밀고 있었다. 존귀한 여성들이 푹 익은 보지와 똥구멍을 벌름거리며 어서 쑤셔 달라고 졸라 대는 광경은 실로 장관이었다.

"하악⋯⋯! 학⋯⋯! 그먀안⋯⋯! 안대애⋯⋯! 머리이, 이상해져어⋯⋯!"

솔레나가 뭉개진 발음으로 애원했다. 코타르의 남근이 질벽을 훑고 지나다닐 때마다 무참하게 강간당하며 죽어 나간 신도들의 기억이 머릿속에 쏟아져 들어왔다. 그들이 죽어가면서 느낀 고통, 증오, 분노, 역겨운 쾌감 등이 뒤죽박죽으로 뒤섞여 솔레나의 의식을 짓눌렀다.

"솔레나아♥ 거부하지 말고 받아들여♥ 나랑 쭈욱 같이 있기로 했잖아♥"

"짐승만도 못한 것이⋯⋯♡ 예하의 가르침을⋯⋯받아들이시지요♡ 자, 어서♡ 어서어♡"

찬송가를 틈타 마귀의 속삭임이 흘러 들어왔다. 솔레나는 눈물과 콧물, 침으로 범벅이 된 얼굴로 두 암퇘지 사이에 끼어 소리없이 절규했다. 쓱쓱쓱쓱 질벽을 가르고 파고드는 수컷의 우람한 남근이 등줄기를 따라 정수리에까지 부딪쳐 왔다. 무엇이 착각이고 환각인지, 무엇이 현실이고 실제인지 구분이 가지 않았다.

"흐옥⋯⋯! 호오옥⋯⋯! 오호오옥⋯⋯!"

솔레나의 울음소리가 차츰 짐승처럼 바뀌었다. 아스타르테와 다나에의 손길이 끊임없이 애를 태우며 절정을 강제했다.

"당신은 짐승만도 못한 쓰레기 주제에 아스타르테 님의 애완동물이 되었사옵니다."

"잘하고 있어. 솔레나. 정말 잘하고 있어."

"더 코를 울리고 돼지 같은 신음을 흉내내시지요. 아스타르테 님께 폐 끼치지 않을 정도의 노력은 해 보란 말입니다."

"귀여워. 어쩔 줄 몰라하는 솔레나, 귀여워. 자, 젖꼭지도 문질문질하자?"

"으긋♡ 주인님께 사랑 받는 것이⋯⋯♡ 저희의 지복♡ 응흐으윽♡ 주인, 님, 거긴, 응호오오옥♡"

"또 가 버릴 것 같아? 괜찮아. 마음껏 가도 괜찮으니까, 나랑 같이 있으면 언제든 괜찮으니까아♥"

솔레나의 움직임은 어느새 등골이 으스러질 만큼 가팔라졌다. 턱을 처박고 혀를 빼물었지만, 하반신은 별개의 생물처럼 철퍽철퍽 물소리를 일으키며 요란하게 삽입당했다.

"헥, 헤엣, 흐헤엣……! 헤엣……! 가 버려쪄……! 솔레나 가 버려쪄여어……! 또 간댜아……! 간댜아……!"

저릿거리는 쾌감의 파도가 배꼽 언저리에서 뭉클 피어올라 전신에 퍼져 나갔다. 솔레나가 혀 짧은 소리를 내며 몸을 한껏 젖힌 찰나, 대주교도 이에 질세라 자궁을 밀어 올렸다. 자궁구에 부딪친 거근에서 울컥 정액이 터져 나왔다.

"끄후웁……?!"

솔레나의 하체가 둥실 들렸다. 뿌리까지 잠겨 정액을 토하는 남근에서 참혹한 기억이 물밀 듯 쏟아져 나왔다. 솔레나는 부들부들 오한을 일으키며 몇 번이나 까무라치고 깨어났다.

코타르의 사정은 길었다. 짧고 굵은 첫 번째, 길고 끈덕지게 이어지는 두 번째, 마지막으로 고환에 남은 정액을 모조리 털어 낼 듯 간헐적으로 덩어리를 토하는 세 번째. 솔레나는 숨을 꼴딱거리며 대주교의 정액에 배가 불려 갔다.

"하아……. 하아앙……."

마침내 사정을 마친 남근이 쑤욱 뽑혀 나오자 솔레나는 혼미한 신음을 흘리며 힘없이 널브러졌다. 두 번 다시 다물리지 않을 듯 벌어진 음부에서 정액이 왈칵왈칵 넘쳐났다.

"허어. 이 사람도 이렇게 극진한 대접은 오랜만에 받습니다."

엄살과 달리 암컷 두 마리를 먹어 치운 남근은 여전히 흉악스럽게 발기해 있었다. 아스타르테는 대주교의 손가락에 질벽을 헤집어지며 아무렇지 않게 고혹적인 미소를 지어 보였다.

"그렇다고 여기서 끝내실 생각은 없으시죠?"

"허헛. 여신께서 기다려 주셨는데 이를 말이겠습니까."

아스타르테가 침대 위에 누워 스스로 다리를 벌렸다. 대주교는 군침을 꿀꺽 삼켰다. 이 암컷 앞에서 점잔을 뺄 놈은 없을 듯했다. 복종의 문신이 새겨진 새하얀 나체는 그 자체로 둘도 없는 작품이었다.

"와 주세요. 예하♥"

아스타르테는 깨끗하게 다물린 균열을 손가락으로 젖혀 보이며 속삭였다. 부끄러운 듯이 젖가슴을 팔로 감싸 안은 모습이 배덕감을 더했다.

"사양하면 예의가 아니겠지요. 으허허허!"

대주교는 남근을 청소하던 여사제들을 뿌리치고 그 육중한 몸으로 아스타르테를 덮쳤다. 스무 명이 올라갈 만큼 넓은 침대가 삐걱삐걱 흔들렸다. 비대하게 부푼 살덩이 밑에서 자지러지는 비명이 새어 나왔다.

"오오, 이렇게 주무르고 싶어지는 암컷은 처음입니다."

코타르는 살찐 몸뚱이를 뒤척이며 구멍을 찾았다. 축 늘어진 가슴이 아스타르테의 얼굴을 짓눌렀다. 아스타르테는 살집에 파묻히다시피 한 채 코타르의 남근을 더듬거렸다.

"하아……♥ 예……하……♥ 이리로……♥ 이리로 넣어 주시어요……♥"

상냥한 손길이 괴롭게 꺼떡거리는 물건을 이끌어 줬다. 엉덩이를 씰룩거리며 구멍을 찾던 코타르의 얼굴에 화색이 돌았다. 그는 아스타르테를 으스러져라 끌어안으며 잔뜩 성난 물건을 삽입했다. 허리를 천천히 누르자 젖은 살이 맞붙어 쓸리는 음란한 소리가 몸 속 가득 울려 퍼졌다.

"우호옷……! 이 무슨 극락인가……!"

코타르는 진심으로 감격했다. 여신의 안은 모든 근심을 내려놓고 안도할 만큼 따스하고 부드러우면서, 머리털이 쭈뼛 곤두설 만큼 치밀하게 휘감겨 왔다. 살갑게 끌어당기는 듯하면서도 새침하게 밀어내려 하고, 요조숙녀처럼 얌전히 기다리는 듯하면서도 요사스럽게 꿈틀거리며 강렬한 자극을 선사했다.

"흐으응……♥ 예하께서도 훌륭하신걸요……♥"

아스타르테는 힘겹게 숨을 몰아쉬며 하복부에 차오르는 충족감을 만끽했다. 코타르는 인간이면서 오거에 견줄 만한 거근의 소유자였다. 무엇보다 돌기가 주름에 쓸리면서 번갯불처럼 튀는 망자들의 기억이 각별한 즐거움을 선사했다.

자신은 살아 있다.

무력하게, 벌레처럼 죽지 않고 살아 있다.

욕망하고, 욕정하며, 살아 있다.

아스타르테는 희생당한 이들의 절규가 자신에게 바치는 승전

가로 들렸다. 공포에서 벗어나 삶을 얻었고, 삶에서 욕망을 깨우쳤다. 여신의 껍질을 뒤집어쓴 괴물은 그저 걸음마를 배우듯 한 계단 한 계단씩 올라와서 이 자리에 다다랐다.

이 자는 제물이다.

주인님을 손에 넣기 위한 공양물.

"우오옷······!"

뿌리까지 푸욱 밀어 넣자 코타르가 감동에 몸을 떨었다. 여지껏 그가 섭렵했던 암컷 중에 이런 요물은 없었다. 조임도, 육질도, 감촉도, 그야말로 모든 요소가 어우러지며 코타르를 사정 직전까지 내몰았다.

"경이롭도다······! 요사스럽도다······! 과연, 과연 이것이 신체(神體)······!"

"마음에 드셨다니······♥ 기뻐요♥"

아스타르테가 힘든 내색 하나 없이 수줍게 소곤거렸다. 코타르는 이 암돼지가 상상 이상으로 만족스러웠다. 동시에 아스타르테를 임신시킬 홈바바에게 분노마저 치밀었다. 아스타르테는 그깟 음험한 미노타우로스에게 넘기기에 아까운 암돼지였다.

"여주인도, 판단을 잘못할 때가 있군요!"

그는 아랫도리를 쭉 빼냈다가 힘껏 내리꽂았다. 체중을 실은 귀두가 꿀물로 젖은 육벽을 헤집고 자궁구에 쿵 부딪쳤다.

"까흐응!?"

아스타르테가 까무라치는 비명을 지르며 코타르의 두터운 몸뚱이에 매달렸다. 꼼꼼하게 다듬은 손톱이 살집에 파묻혀 파르르 떨었다.

코타르는 전신으로 아스타르테의 전율을 의식하며 격렬하게 움직였다. 쿵쿵 거칠게 방아를 찧을 때마다 허벅지에 걸친 아스타르테의 두 다리가 자비를 바라는 백기처럼 흔들거렸다. 좀처럼 보기 드문 험악한 교미에 여사제들은 입가를 가린 채 바라보며 시중들 엄두도 못 냈다.

"여신님! 우호오, 여신님! 안타깝다는 듯이 이 사람을 깔보던 눈알을 언제고 뽑아 버릴 작정이었건만, 이런 식으로 재회할 줄이야! 왜 진즉 공의회에서 이 일품 보지를 선보이지 않으셨습니까아!"

"옷♥ 응웃♥ 옷♥ 위험햇♥ 이거엇♥ 응그읏♥ 자꿋♥ 안댓♥ 가벗♥ 가 버렷♥♥ 응힛♥ 히익♥"

아스타르테는 코타르와 서로 끌어안은 채 할딱거리며 연달아 절정해 버렸다. 절정의 잔향이 미처 가라앉기도 전에 다음 절정이, 그 다음 절정이 파고를 더하며 밀어닥쳤다.

"이 보지! 이딴 음란 보지를 달고 있었으면서 이 사람을 면박 주었다니! 믿기지 않습니다! 이 사람은 믿기지 않습니다! 먹어랏! 듬뿍 처 먹어라앗! 우홋, 우호오옷!"

코타르가 질벽 속에 남근을 단단히 처박고 코를 벌름거렸다. 투실투실한 엉덩이가 부르르 떨면서 뜨거운 정액이 뿜어져 나왔다. 그는 사정을 계속하면서 다시 힘차게 방아질을 재개했다.

"옷혹♥ 안대♥ 안대앳♥ 사정 중인데에♥ 쑤컹쑤컹하면♥

응히잇♥ 시럿♥ 익히잇♥ 시러엇♥"

코타르는 인중을 늘어뜨리며 허리를 쿵쿵 내리쳤다. 묵직한 귀두가 자궁구를 짓뭉갰다. 동시에 또 한 번 정액이 폭발하듯 쏟아져 들어왔다. 어떻게든 자궁에 직접 주입할 기세였다.

"으극♥ 망가져엇♥ 아기지입♥ 망가져여어♥ 아갓♥ 하힉♥ 힛♥ 히잉♥ 히기익♥"

아스타르테는 고개를 한껏 젖힌 채 울부짖었다. 하지만 휘저어지면 휘저어질수록 코타르를 붙잡은 손은 더욱 절박하게 매달렸다. 낭창하게 흔들리던 두 다리도 뱀처럼 코타르의 몸에 감겼다.

코타르의 거근은 정액을 울컥울컥 토해 내면서 아스타르테를 꿰뚫었다. 빼낼 때마다 질구에서 허연 거품이 푸르륵 푸르륵 부끄러운 소리를 내며 넘쳐났다. 그럼에도 질벽은 계속 어울려 달라고 조르듯 남근을 물고 딸려 나왔다.

"크윽! 풍요의 여신은 이제 집어 치우십시오! 앞으로는 개보지 여신으로 합시다! 뭇 신도들에게 이 극상의 쾌락을 가르쳐 주시는 겁니다!"

"아학♥ 학♥ 될게여♥ 보지 여신 아스타르테에♥ 예하만을 위한 개보지로 보지해 드릴게여어♥"

"좋습니다! 이 사람은 아주 만족스럽습니다! 그 고고하셨던 여신께서, 이렇게 파렴치한 암퇘지로 전락하다니! 여주인만 치워 버리면 이 암컷 여신 보지도 원하는 대로 쓸 수 있겠습니다 그래! 으허헛!"

여주인을 실각시키면, 훔바바와 맺은 계약도 재고할 수 있다. 코타르는 약간의 수고를 들일 만한 가치가 있다고 생각했다. 어떤 기묘한 힘이 작용하는지, 아스타르테의 안은 섬뜩하리만치 강렬한 쾌감을 끝도 없이 베풀어 줬다. 조금이라도 익숙해지려고 하는 순간이 오면 곧바로 색다른 자극을 찾을 수 있었다.

"이런 명기를, 자만 때문에 몰락한 종족의 말예에게 바치다니……! 훅……! 후욱……!"

"주인니임♡"

다나에가 거짓말처럼 간드러지는 콧소리를 내며 다가왔다. 코타르는 곁눈질도 하지 않고 아스타르테를 범하는 데 열중했다.

"훅, 후욱! 뭡니까. 성녀……!"

"주인님의 기운을 북돋아 드리려 하옵니다♡"

다나에는 기진맥진한 솔레나를 아스타르테 위에 쓰러뜨렸다. 아담한 엉덩이가 코타르의 눈높이에서 씰룩씰룩했다.

"예, 예하아……. 처, 천한 제가, 흥을, 북돋아 드리고자……."

솔레나가 굴욕적인 언사를 입에 올리며 두 손으로 엉덩이를 쫘악 벌렸다. 느슨하게 풀려서 정액을 뚝뚝 흘리는 치부 위에 가지런히 정돈된 국화꽃 무늬의 항문이 자리잡고 있었다.

"똥구멍을, 덥혀 두었……하약!?"

코타르가 솔레나의 엉덩이에 코를 박았다. 길고 넙적한 혓바닥이 수월하게 주름을 벌리고 들어갔다. 항문에서 느껴지는 이물감에 솔레나는 부르르 몸서리쳤다.

"응핫?! 갱장해앳……! 똥구머엉, 기분 조아아……!"

솔레나가 웅크린 등줄기를 부들거리며 기쁨에 흐느꼈다. 순식간에 절정으로 치달은 그녀는 아스타르테의 얼굴에 투명한 물줄기를 뿌리고 말았다.

"제성해여어……! 아스타르테 니임……! 그치만, 아하앙……! 똥구멍 체고야아……! 응햐악!? 간다앗! 또 가 버려엇……!"

솔레나는 뒤늦게 허벅지를 오므리려 했지만 그보다 절정이 한 박자 빨랐다. 코타르 밑에서 헐떡거리던 아스타르테가 환희에 겨워했다.

"아학♥ 솔레나도♥ 이제부터엇♥ 어엿한 암캐 기사네에♥ 응히잇♥ 힉♥"

"네……! 네에……! 저도, 아스타르테 님과, 영원히 함께, 앗, 아하아앙! 하으으응!?"

솔레나가 고개를 푹 떨구며 또 한 차례 코타르의 혀로 절정을 맞이했다. 코타르는 입으로 솔레나를 맛보고, 아랫도리로 아스타르테를 맛보며 슬슬 회심의 한 방을 준비했다. 이 눅진눅진한 보지에 자신을 아로새기겠노라는, 모험가적인 도전 정신마저 싹텄다.

"하으음♡"

다나에는 과연 영특한 암돼지였다. 그녀는 주인을 돕고자 스스로 코타르의 악취 나는 엉덩이에 얼굴을 파묻었다. 엉덩살 사이로 파고든 혀가 털이 **빽빽**하게 난 똥구멍을 사랑스럽다는 듯이 핥기 시작했다. 주름 하나하나마다 다나에의 침이 스며들었다.

"후으응♡ 흣으으응♡"

다나에는 코타르의 항문에서 올라오는 역겨운 악취에 발정해 버렸다. 성녀는 콧구멍을 우스꽝스러워 보일 만큼 넓히며 주인의 냄새를 들이마셨다. 이윽고 혀를 주름 속으로 밀어 넣자 끝에서 배어나는 지독한 맛에 허리가 바짝바짝 들렸다.

"크흐……! 이 음탕한 년들……! 내가, 우웃, 우호오옷……!"

코타르가 솔레나의 엉덩이에 주둥이를 바짝 붙인 채 괴성을 질렀다. 비대한 궁둥이가 이제까지 중에서 가장 다급하게 움직이기 시작했다. 아스타르테는 코타르의 남근이 부풀어 오르는 것을 느끼며 희열에 휩싸였다.

"예하아♥ 싸 주세혀어♥ 암퇘지 여신의 보지에♥ 잔뜨윽♥ 잔뜩잔뜨윽♥"

"끄호오오옷!"

코타르가 골반을 으스러뜨릴 기세로 허리를 찍어 눌렀다. 이제까지와 비교할 수 없는 축포가 터져 나왔다. 사정보다 배설이라는 표현이 어울릴 만큼 덩어리진 정액이 아스타르테의 질을 가득 채워 갔다.

"아하악……! 꺄하아앙……!"

"흐브읍♡ 으븝……♡ 프흡……♡"

"웃♥ 응훗♥ 흐아아앙……♥"

대주교와 뒤엉킨 세 암컷도 사정과 동시에 강렬한 절정을 맞이했다. 욕정한 여체를 흠칫거리며, 쾌락에 휩쓸려 날아가 버린 이성을 어찌하지 못하는 모습은 선정적이면서도 애처로웠다.

"하아아……♥ 하아……♥"

아스타르테는 행복에 녹아내린 얼굴로 코타르가 싸지르는 정액을 받아들였다. 질벽이 꿈틀거리며 코타르의 남근을 뿌리부터 부드럽게 훑었다.

그것은 마지막 한 방울도 사양 않고 짜 내라는 듯 자애로운 자극이었다.

코타르는 한참 동안 솔레나의 엉덩이에 코를 처박은 채 사정의 여운을 즐겼다. 솔레나는 처음의 꺼리던 모습은 어디로 가고 엉덩이를 적극적으로 들이밀며 유혹했다.

"으허허헛, 이 사람도 간만에 열중해 버렸습니다."

마침내 코타르가 축 늘어진 남근을 아스타르테에게서 뽑아 냈다. 질구에서 허연 정액이 주르륵 새어 나왔다.

아스타르테는 야릇한 열기에 물든 얼굴로 코타르를 우러러봤다. 촉촉하게 젖은 눈길이 가슴에 불을 지폈다.

"이거, 한 번 맛을 보니 알겠군요. 여주인이 아스타르테 님을 좌지우지하게 내버려 두면 아쉬워서 큰일 나겠습니다."

대주교는 여사제들의 안마를 받으며 너스레를 떨었다. 은은한 미소를 머금은 아스타르테가 코타르의 발치에 고양이처럼 네 발로 다가왔다. 솔레나와 다나에가 그 뒤를 따랐다.

"흐응……♥ 예하♥ 부디 뒤처리는 맡겨 주시어요♥"

아스타르테의 아름다운 젖가슴이 대주교의 축 늘어진 물건을 감쌌다.

"소첩도 돕겠사옵니다. 주인님……♡"

다나에의 풍만한 젖가슴이 반대편에서 남근을 감쌌다.

"저, 저는, 그, 아스타르테 님과 다나에에게는 미치지 못하지만……."

솔레나의 아담한 젖가슴이 다나에와 아스타르테에게 지기 싫다는 듯 달라붙어 왔다. 암퇘지들은 서로 젖가슴을 마주 비비며 코타르의 남근을 할짝거렸다. 흉물스러운 남근이 이지러지는 세 쌍의 젖가슴 사이에서 눌리고 문질러지며 서서히 기운을 되찾기 시작했다.

"허허. 이거 참. 이 사람의 몸이 하나라는 사실이 이렇게 아쉽다니요."

코타르는 자신의 자지를 놓고 젖가슴을 밀어 붙이는 암퇘지들을 흡족하게 내려다봤다.

광연은 계속되었다.

동틀 녘은 경계가 가장 느슨해지는 시각이다.

활활 타오르며 제단을 밝히던 장작불은 불씨만 남기고 침묵했다. 난교를 벌이던 대주교와 암퇘지들은 모두 지쳐 잠들었다. 찬송가를 부르며 바닥에 꽂힌 철제 남근으로 위로하던 성법 지원용 가축들도 침묵했다.

정적 속에서 시녀장은 행동을 개시했다.

너울거리는 그림자가 깃털처럼 가볍게 뛰어내려 바닥에 착지했다. 옷자락이 나부끼는 소리조차 들리지 않았다.

'공주님.'

무늬를 새기지 않은 밋밋한 비수가 소매에서 튀어 나왔다. 시녀장은 비수를 꼬나 쥐고 침상으로 다가갔다.

'공주님이 바라는 대로 되었습니다.'

여신과 성녀, 태양 기사가 대주교의 품에 안겨 잠들어 있었다. 각자의 항문과 음부에 팔뚝만 한 철제 남근이 꽂혀 있었다. 대주교가 싸지른 정액을 틀어막기 위해서였다. 얼마나 사정했는지 세 마리의 배가 볼록하게 나온 것 같아 보였다.

'이 정도로 만족하셔야 합니다.'

아스타르테는 알아보기 쉬웠다. 왕관처럼 뻗은 사슴뿔만 찾으면 그만이었다. 시녀장은 만족스러운 표정으로 잠든 아스타르테의 숨통에 비수를 겨냥했다.

우선 목소리를 빼앗는다.

사지의 힘줄을 절개하고 개복(開腹)한다. 제 아무리 치유의 권능이라도 잃어 버린 장기를 되돌리지는 못한다. 대체품은 마련할 수 있겠지만, 그동안 아스타르테는 사상받이에 사로잡혀 백치가 될 것이다.

시녀장은 절취선을 가늠하고 망설임 없이 비수를 내리꽂았다.

챙!

날카로운 쇳소리와 함께 불꽃이 튀었다. 시녀장은 눈을 부릅떴다.

'솔레나?!'

방금까지 죽은 듯이 잠들어 있던 솔레나가 의수로 시녀장의 공격을 받아냈다. 붉은 눈동자가 어둠 속에서 환히 타올랐다.

"아스타르테 님의 말씀이 옳았구나, 시녀장……!"

'이런!'

시녀장은 즉시 영체화를 발휘했다. 옷깃을 낚아채려던 손이 허공을 갈랐다.

'분명 잠들었을 텐데, 어떻게?!'

솔레나의 집념이라면 일찍이 알고 있었다. 하지만 아스타르테가 뇌리에 새겨 둔 각인은, 시녀장의 상정 외였다.

'정면에서 싸우면 시간을 지체하겠죠.'

문 건너편에서 영체화를 해제한 시녀장은 신속하게 퇴각하기로 결정했다. 암습했다는 사실이 드러난 이상 목격자가 한 명 이상 늘어나게 놔둘 수는 없었다. 대주교를 처분하라는 지시는 받지 않았다.

"태양신이시여! 제게 적을 몰아내는 역광(逆光)을!"

쿠웅!

솔레나의 포효와 함께 저 육중한 문이 대포라도 직격한 듯이 들썩거렸다. 대주교에게 꼬리를 치던 연약한 모습이 거짓말 같았다.

쿠웅!

지체할 때가 아니었다. 또 한 차례 솔레나가 들이받자 문짝에 금이 쩍쩍 갔다. 시녀장은 급히 내달리며 최악의 가능성을 떠올렸다.

"멈춰라! 시녀장!"

알몸으로 문짝을 뚫고 나온 솔레나가 벽재를 뜯어 힘껏 던졌다. 시녀장은 급히 영체화를 발휘했다. 쏜살같이 날아온 나무판자가 선체 외벽에 퍽 하고 꽂혔다.

'설마, 전투 성법인가요.'

성법은 쓰임새에 따라 여러 종류로 분화됐다. 그중에서도 전투 성법은 교단을 신앙의 적으로부터 지키기 위해 만들어졌다. 기초적인 전투 성법만으로도 생전 운동 한번 해 본 적 없는 샌님이 오거에 준하는 근력과 켄타우로스에 비견되는 각력을 얻을 수 있었다.

'퇴각을······!'

시녀장은 영체화를 사용한 채로 곧장 벽을 통과했다. 그녀는 넘실거리는 강물을 단번에 뛰어넘어 부두에 내려섰다.

아니, 내려서려 했다.

"놓치지 않겠다!"

솔레나가 벽을 부수며 포탄처럼 뛰어올랐다. 막 영체화를 해제했던 시녀장의 덜미가 솔레나에게 붙잡혔다.

솔레나는 그대로 시녀장의 머리를 맨바닥에 내리꽂아 버렸다.

콰지직!

솔레나가 미끄러지듯 착지하면서 부두를 포장한 석재가 갈려 나갔다. 자욱한 흙먼지가 일대를 뒤덮었다.

"무슨 짓입니까, 솔레나 경!"

간발의 차로 벗어난 시녀장이 영체화했던 육체를 되돌리며 다그쳤다. 동시에 뱀처럼 몰아치는 홍염(prominence)이 휘몰아치며 흙먼지를 몰아냈다.

"너야말로 무슨 짓이냐, 시녀장! 마녀가 시켰는가!"

전신에 망토처럼 홍염을 휘감은 솔레나가 일갈했다. 시녀장은 멀리서도 느껴질 만큼 거센 열기에 눈살을 찌푸렸다. 태양기사가 성법을 되찾은 것이다.

"코타르가 싸질러 준 법력이 어디서 비롯됐는지는 아실 텐데요."

시녀장은 쉬이 믿기지 않았다.

성법은 마법과 달리 신의 권능을 빌려 행사하는 이적이었다. 기사의 맹세를 저버렸던 솔레나는 오랜 세월 믿음에서 등을 돌렸기 때문에 성법을 발휘하지 못했다. 다시 말해서, 지금 솔레나가 휘두르는 전투 성법은 코타르 대주교 휘하의 여사제들과 같은 원리였다.

고통 받는 줄도 모르는 신도들.

이용당하는 줄도 모르는 여사제들.

그들이 성법을 사용할 수 있는 권한을 훔친 것이다.

'그렇군요.'

시녀장은 여전히 솔레나의 허벅지 사이에 꽂혀 있는 철제 남근을 보고 알아차렸다. 성법의 매개체는 대주교가 교단을 장악하는 과정에서 희생된, 마지막까지 성녀를 따랐던 독실한 신도들의 망혼이었다. 교미를 하는 대가로 저 경건한 척 하는 암퇘지들은 성법을 아낌없이 베풀 수 있었다.

"진정하세요, 솔레나 경. 죽일 생각은 없었어요."

"닥쳐라! 내가 마녀의 수법을 모를 줄 아는 건가!"

솔레나는 제단에 들어가기 전 받은 당부를 떠올리며 울분을 터뜨렸다.

"그 끔찍한 괴물로 아스타르테 님을 다시 망가뜨릴 속셈이겠지. 변명할 거리가 있다면 지껄여——"

허깨비처럼 사라진 시녀장이 코앞에 나타났다. 솔레나는 주위에서 타오르는 홍염을 낚아채 휘둘렀다. 부서져 나간 석재가 홍염에 녹아 내리며 한순간 검의 형태로 거듭났다.

솔레나의 석검(石劍)과 시녀장의 비수가 허공에서 부딪쳤다.

"——봐라!"

완력으로는 솔레나의 압승이었다. 시녀장은 오래 힘을 겨루지 않았다. 유연한 신체가 용수철처럼 기능하여 솔레나의 공격을 튕겨 냈다.

"저것이 아직도 아스타르테 님으로 보이시나요?"

솔레나가 쫓아오도록 내버려 뒀다간 이번 일이 걷잡을 수 없이 커질 것이다. 결착을 짓기로 마음 먹은 시녀장은 거리를 벌리기 무섭게 영체화를 발휘했다.

"당신을 선동한 저것이?"

귓가에 들려오는 차가운 속삭임.

솔레나는 퍼뜩 돌아서며 검을 올려 그었다. 지척에 나타났던 시녀장이 안개처럼 흩어졌다. 빗나갔다고 생각하기 무섭게 옆구리에서 화끈거리는 격통이 느껴졌다.

"큭?!"

상처를 감싸 쥔 찰나, 시녀장이 사각(死角)에서 출몰했다. 본능적으로 막지 않았더라면 숨통이 꿰뚫렸을 기습이었다.

"제가 올 줄 알았다면."

시녀장의 비수가 독사처럼 무수한 궤적을 그리며 날아들었다. 인체의 치명적인 급소만을 노리는가 싶지만, 그렇지 않았다. 시녀장의 공격은 '막지 않으면 안 되는 곳'과 '막지 않아도 될 곳'이 절묘하게 어우러졌다.

"백돼지와 적당히 놀아나셨어야죠."

사람은 급소가 아니라도 상처를 입을수록 운동 능력과 지구력이 떨어지기 마련이다. 스스로 급소를 우선적으로 보호하게 유도하며 체능(體能)을 갉아 먹는다.

시녀장은 엘프 특유의 활대 같은 탄성을 십분 활용했다. 솔레나가 석검으로 받아 내도 다음 공격은 반동 따위 없다는 양 쏟아졌다. 갑옷은커녕 속옷 한 벌 걸치지 않은 솔레나의 몸에 상처가 늘어 갔다.

"그렇지 않습니까?"

반격할 여유 따위 주지 않고 몰아붙이던 시녀장이 치맛자락 안에서 석궁을 뽑아 겨눴다. 방아쇠를 당긴 동시에 엘프의 머리칼을 꼬아 만든 활줄이 볼트를 발사했다. 솔레나는 홍염을 휘감은 손으로 미간에 날아든 볼트를 낚아챘다.

"태양 기사."

콰직

시녀장의 발차기가 턱을 후려쳤다. 속도도, 기교도 시녀장이 우위를 점하고 있었다. 솔레나는 시야가 캄캄하게 물든 순간 홍염에 전력을 실었다. 불길이 폭발하듯 거세어지며 숨통에 비수를 꽂으려던 시녀장을 밀어냈다.

"얌전하게 구세요. 당신도 결국 수국화관의 노예입니다."

홍염이 뻗쳐 나간 탓에 일대가 화마로 뒤덮였다. 솔레나는 아래턱을 좌우로 움직이며 시녀장을 노려봤다. 걷어차인 부위에 금이 갔는지 얼얼한 아픔이 가시지 않았다.

"나는 노예이기 이전에, 아스타르테 님의 기사다."

"암캐 기사 말이죠."

실소와 함께 시녀장이 신기루처럼 사라졌다. 솔레나는 전신을 긴장시켰다. 넘실거리는 홍염과 감각이 이어지면서 주위의 기척이 읽혔다.

'머리 위!'

고개를 들자마자 시녀장이 벼락처럼 떨어졌다. 솔레나는 간발의 차로 비수를 받아 냈다. 시퍼런 칼끝이 눈썹에 스쳤다.

"과연, 녹슬었어도 실력이 어디 가진 않네요."

시녀장은 일말의 동요도 드러내지 않고 맹수처럼 몸을 퉁겨 솔레나에게서 떨어졌다. 착지와 동시에 소실(消失). 직후 두 자루로 늘어난 비수가 솔레나의 등 뒤에서 대동맥을 노리고 내리꽂혔다.

"흐읍!"

솔레나는 발밑을 갈아엎다시피 하며 석검을 휘둘렀다. 흙먼지와 함께 어린아이 머리통만 한 돌덩이가 시녀장에게 흩뿌려졌다.

'잔재주를!'

비수는 목을 스치는 데 그쳤다. 빗나갔다는 사실을 깨닫자마자 솔레나의 석검이 흙먼지를 가르며 쇄도했다. 시녀장은 급히 비수를 당겨 막았다.

콰앙!

검을 휘둘렀건만 굉음이 일었다. 시녀장은 길바닥을 몇 번이나 구르다가 간신히 멈췄다. 분명히 제대로 막았는데도 뼈가 울릴 정도의 충격이 전해졌다.

'그새 감을 잡다니, 성검이라도 있었다면 힘들었겠어요.'

시녀장은 목을 한 바퀴 돌려 풀어 주고 비수를 고쳐 쥐려다가 멈칫했다. 시야 절반이 희뿌옇게 일그러져 보였다. 방금 격돌로 안경을 떨어뜨린 것이다.

'노림수였나!'

생각이 닿은 직후, 한 줄기 홍염이 질주했다. 솔레나는 시녀장의 코앞에서 급격히 방향을 비틀었다.

오른쪽.

시녀장은 석궁으로 견제하며 몸을 뒤로 날렸다. 솔레나가 휘두른 회심의 일격이 아슬아슬하게 옷자락을 스쳤다.

하지만 시력이 감퇴한 눈으로는 거리감을 제대로 느낄 수 없었다. 함부로 검을 맞대다간 불의의 일격에 당할 수 있었다.

솔레나 역시 그 사실을 간파하고 집요하게 우측을 공략했다. 무게 중심도 제대로 맞지 않는 석검이 채찍처럼 물어뜯으려 들었다.

"흐읍!"

솔레나의 공격은 짧고 간결한 궤적을 그리며 시녀장을 몰아붙였다. 시녀장은 연신 물러나며 영체화로 직격을 면했다.

'이대로는 이쪽이 먼저 말라 죽겠군요.'

시녀장은 바닥을 쓸어 올리며 날아든 칼끝을 딛고 도약했다. 거리를 벌리기 무섭게 솔레나는 일직선으로 주파해 왔다.

"신을 모욕하는 자에게 죽음 있으라!"

광기에 찬 포효와 함께 솔레나가 검을 내리쳤다.

의도대로다.

거리가 멀어질수록 움직임은 단순해진다.

'지금.'

시녀장은 영체화를 통해 순식간에 솔레나의 등 뒤로 빠져 나갔다. 반사적으로 휘두르는 검을 피한 직후, 비수의 칼날이 늑골 사이를 꿰뚫었다.

"윽……?!"

솔레나의 움직임이 멈칫했다. 시녀장은 상처에서 피가 흘러나오기도 전에 어깨와 대퇴부를 깊숙이 찌르고, 베었다.

비수가 훑고 지나가자 솔레나는 균형을 잃고 비틀거렸다. 집중이 끊어지면서 장엄하게 휘몰아치던 홍염의 기세도 한풀 꺾였다.

"포기하시죠."

"웃기지 마라!"

솔레나가 석검을 휘둘러 시녀장을 쫓아냈다. 하지만 그 힘은 처음보다 한참 뒤떨어졌다. 시녀장은 영체화도 발동하지 않고 훌쩍 물러섰다.

"지금 당신 꼴을 보세요. 태양 기사."

솔레나는 피로 흠뻑 젖은 채 가쁜 숨을 몰아쉬었다. 특히 대퇴부의 부상이 치명적이었다. 대퇴부가 상하면 걷거나 뛰지도 못하거니와 신체를 지탱하기도 어려웠다.

"이렇게 소란을 피우는데 아스타르테 님은 얼굴도 안 비추시는군요. 이상하지 않나요."

"닥쳐라……!"

시녀장은 이를 가는 솔레나에게 석궁을 쐈다. 솔레나는 휘청거리면서 볼트를 쳐 냈다.

"연모해야 할 주인님께도 반기를 드는 인물이, 과연 당신처럼 순진한 사람을 걱정해 줄까요?"

"닥쳐!"

솔레나가 짐승처럼 포효하며 쇄도했다. 시녀장은 내심 쓴웃음이 나왔다. 아스타르테 얘기만 들어도 침착성을 잃고 달려들다니, 이래서야 정말 암캐였다.

솔레나의 검술은 분명 뛰어나다. 하지만 앞뒤 가리지 않고 달려들어서야 그 십분지 일도 제대로 발휘하기 어렵다.

시녀장은 솔레나의 맹공을 어렵지 않게 피했다.

'일격으로 끝을 봐야 된다.'

그러나 솔레나도 무작정 강공으로 일관하는 것이 아니었다.

상대는 수십 년 동안 범죄 조직을 소탕해 온 반면, 자신은 지난 수 년 간 검을 잡지 못하고 피폐하게 지냈다. 그나마 지하 투기장에 불려 다니지 않았으면 이렇게 맞서기 어려웠을 것이다.

'기교에서도, 속도에서도 뒤처진다면⋯⋯!'

힘으로 눌러야 한다.

투기장에서의 관계가 역전된 것이다.

그렇다면, 우선 발을 묶어야 한다.

"하아아아압!"

솔레나는 자포자기한 듯 전력으로 검을 크게 휘둘렀다. 동작이 클수록 빈틈도 잘 드러나기 마련이었다. 시녀장은 석검의 궤적을 피하는 대신 영체화를 사용하여 사라졌다.

'와라!'

날카로운 비수가 솔레나의 배를 깊숙이 가르며 꽂혔다. 칼날이 순식간에 배를 북 찢어 버렸다. 방어를 도외시한 대가였다. 이를 악문 솔레나는 간발의 차로 시녀장의 손목을 낚아챘다.

시녀장이 부릅뜬 눈으로 솔레나를 노려본 찰나.

검푸른 연기를 뿜어내는 의수가 복부를 올려쳤다.

"큭!?"

엄연히 강철로 만든 의수였다. 억누른 비명과 함께 시녀장의 몸이 들썩였다. 그녀는 고통을 참으며 영체화로 벗어나려 했다.

쾅!

하지만 솔레나는 시녀장이 영체화를 쓰게 내버려 두지 않았다. 묵직한 주먹이 관자놀이를 후려치자 연기처럼 흩어지던 신체가 본래대로 돌아왔다.

'이런……!?'

시녀장은 휘청거리면서도 뱃속에 찔러 넣은 비수를 크게 비틀었다.

"끄으윽……!"

창자를 생으로 끄집어내는 듯한 격통이 치밀었다. 솔레나는 잇새에서 검은 피를 울컥 쏟아 냈다. 뒤이어 시녀장이 대퇴부의 상처를 뒷굽으로 내리찍은 찰나였다.

"으아아아아아아아!"

목에 핏대를 세운 솔레나가 시녀장의 이마를 받아 버렸다. 7 두 사람의 눈앞에 별이 번쩍였다.

"큽……!"

솔레나가 앓는 소리를 참으면서도 한 번 더 이마를 들이받았다. 시녀장이 휘청거리며 발을 헛디뎠다. 뇌를 진탕시키는 충격에 의식이 흐려졌다.

"아아아아!"

솔레나는 시녀장을 쓰러뜨리고 그 위에 올라탔다. 콰직. 주먹이 꽂힌 얼굴에서 새빨간 핏방울이 튀어 올랐다. 콰직. 광대뼈가 부러졌다. 콰직. 코뼈가 내려앉았다.

"아……아아아아!"

솔레나는 켜켜이 쌓인 증오와 원망을 남김없이 쏟아 부었다.

"으아아아아아아아!"

시녀장이 떨리는 손으로 막아 보려 했지만 소용없었다. 솔레나의 의수는 손가락도, 손등도, 손목도 몽땅 짓이겨 버렸다.

태양 기사와 숲 파수꾼의 결투는 시정잡배의 드잡이로 전락했다.

"아……! 아아……! 아……!"

포효는 차츰 절규로, 절규는 차츰 비통한 울음소리로 바뀌어 갔다. 그럼에도 폭력을 멈추지 못했다. 스스로 멈출 수 없다는 사실을 잘 알기 때문이었다.

"하아……! 헉……! 허억……!"

멀리서 시경의 게으른 호각 소리가 들려왔다.

솔레나는 피범벅이 된 시녀장의 얼굴에 주먹을 꽂으려다가 힘없이 팔을 떨어뜨렸다. 그녀는 망연자실한 얼굴로 어슴푸레 밝아 오는 하늘을 올려다봤다.

"하……. 하아아……."

나무를 태우는 매캐한 냄새가 코를 찔렀다. 솔레나는 손가락 하나 까딱하지 못했다.

어디서부터 어긋나 버렸는지 알 수 없었다.

아침이 되어도 수국화관은 간밤의 퇴폐적인 여운이 감돈다. 곳곳에서 야릇한 색채의 조명이 흔들리고 낮고 굵은 숨소리와 새된 교성이 간간이 울려 퍼진다.

"으응……! 하앙, 앙, 앗, 응……!"

모니카도 지난밤 접대한 손님과 축사에서 뒹굴고 있었다. 손님은 모니카와 나란히 누워 허리를 움직였다. 단단하게 부푼 귀두가 끈질기고 간헐적으로 질의 앞 벽을 두드려댔다.

"손님, 손님……! 저어, 으응, 응! 이, 이제, 갈 것, 같……!"

손님의 움직임이 빠르고 짧아졌다. 뻐근하게 부푼 남근이 모니카의 깊숙한 곳에 다다른 찰나 뜨거운 폭발이 일어났다. 모니카는 미처 말을 잇지 못하고 절정에 도달했다.

"하아……. 하아아……."

손님의 욕정이 뱃속에서 서서히 수그러들었다. 모니카는 땀으로 범벅이 되어 축 늘어졌다. 등 뒤에서 모니카를 끌어안은 손님이 젖가슴을 만족스럽게 주무르며 속삭였다.

"엄청 좋았어, 모니카."

"하앙……. 정말, 쪽잠만 주무셨으면서 이렇게 격렬하시면……."

모니카는 손님의 지분거리는 손길에 몸을 맡기며 애교 섞인 콧소리를 냈다. 정력제 덕분이라지만 만족스러운 하룻밤이었다.

「어이, 암퇘지!」

"헉!"

"네?"

여운을 만끽하던 손님과 모니카가 퍼뜩 몸을 일으켰다. 문을 열고 들어온 오거가 뒤늦게 자신의 실수를 알아차렸는지 헛기침했다.

「크흠. 손님. 죄송하다. 그 암퇘지, 오늘은 더 못 쓰실 것 같습니다.」

"그, 그게 무슨 소리요. 아직 시간은 남았잖소. 기껏 날 잡고 왔는데."

손님은 모니카를 힐끔거렸다. 모처럼 마음에 드는 암퇘지를 찾았는데 간만 보고 가게 생긴 것이다. 아쉽지 않을 리가 없었다.

「대신에 화대는 절반만 받겠수다. 이런 횡재 좀처럼 없으니까 새 암퇘지 찾아 보소.」

"그, 그렇소?"

손님의 얼굴에 희색이 돌았다. 모니카는 고개를 살짝 끄덕여 보였다.

"급한 일인가 봐요. 다음에 다시 찾아와 주시면 그때는 더 잘 해 드릴게요."

"어흠. 그, 그렇다면야."

손님은 머쓱한 표정으로 옷을 챙겨 입고 떠났다. 축사에 혼자 남겨진 모니카에게 오거가 넌지시 말했다.

「옷 입고 바로 5층으로 내려와라. 시경에서 널 찾는다.」

"시경이요?"

모니카의 눈이 휘둥그레졌다. 오거는 대뜸 시경이 찾아왔다고 하니 놀랐겠거니 지레짐작했다. 하지만 모니카는 기쁜 기색을 숨기기 바빴다.

'어떡해. 그 쓰레기가 정말 저질러 줬나 봐.'

모니카는 부푼 가슴을 끌어안고 승강기에 올라탔다.

「어이, 허튼 짓 집어치우고 길 안 비켜?」

「이놈들이 제정신이야? 주인님께서 가만 두실 것 같냐?」

5층은 4층보다 분위기가 어수선했다.

핸드 캐넌으로 무장한 시경들이 소식을 듣고 몰려나온 수금원들과 대치 중이었다. 철교를 가로막은 마차에 법률의 신을 상징하는 백사자 문양이 선명했다.

"죄송합니다. 잠깐 지나갈게요."

모니카는 수금원들 사이를 비집고 들어갔다. 오거 사이에서 얼굴을 내민 그녀는 거인 중의 난쟁이처럼 돋보였다.

「모니카 블룸 양?」

중절모를 눌러 쓴 형사가 낡은 코트를 펄럭거리며 다가왔다.

오거보다 조금 작은 키에 근육을 꾹꾹 눌러 담은 듯한 풍채가 인상적이었다.

"네. 제가 모니카 블룸이에요."

모니카는 형사를 올려다보며 고개를 주억거렸다. 암퇘지로서 자궁이 찌르르 울리는 사내였다. 정력제에 의지하던 손님의 얼굴은 이미 머릿속에서 지워졌다.

「바드티비라 시 경찰청에서 나왔습니다. 강력계 형사인 글렌 스피어라고 합니다.」

형사가 악수를 청했다. 모니카는 잠시 망설이다가 손을 맞잡았다.

"저어……. 무슨 일로 저를 찾으시죠?"

「갑작스러우시겠지만, 이틀 전 플로리스 양의 부모님으로 추정되는 분들이 살해당하셨습니다. 방문이 늦어 죄송합니다.」

글렌 형사는 콧잔등에 잔주름을 잡고 수금원들에게 물었다.

「원로 의원님께 말씀은 전해 드렸습니까?」

"그래."

달콤한 목소리가 울려 퍼지기 무섭게 수금원들이 좌우로 갈라져 길을 텄다. 대치 중이던 시경들마저 그 사이로 걸어 나오는 검보랏빛의 마녀에게 경례를 붙였다.

「직접 나오실 필요까지는 없었습니다만.」

글렌 형사가 노골적으로 불편한 감상을 드러냈다. 카밀라는 궐련을 피우면서 대꾸했다.

"가축은 주인 소관이란다. 그래, 부모가 죽었다고?"

「예. 지금은 수사가 진행 중이라 자세히 말씀드리기는 어렵습니다. 블룸 양은 청취가 끝나는 대로 돌려보내 드리겠습니다.」

설령 경찰청장이라도 원로 의원에 비할 바는 아니었다. 글렌 형사는 되도록 흠잡힐 일이 없게 노력했다. 이번에 온 목적은 어디까지나 카밀라의 비리가 아니라 참고인 확보였다.

"청취라."

카밀라가 모니카를 거들떠봤다. 모니카는 고양이 앞의 쥐처럼 바짝 얼어붙었다. 교정실에서 겪은 경험은 연모의 감정마저 무뎌질 만큼 강렬했다.

"굳이 청취를 해야 할 필요가 있겠니. 적당히 조사하고 끝내렴. 별 것 아닌 일로 들쑤시지 말고."

「저희는 시민의 안전을 지켜야 할 의무가 있습니다.」

글렌 형사가 딱딱한 목소리로 대답했다.

"누가 너희에게 그럴 권한을 줬는지는 알고 있겠지."

카밀라가 눈썹을 실그러뜨리며 불쾌한 심기를 드러냈다.

"요즘 들어 탈세라느니 배임이라느니 하는 혐의를 잘도 들먹거리더구나. 집 지키라고 키운 개가 주인을 물려고 들면 곤란하단다."

나긋나긋한 충고가 정체 모를 두려움으로 돌변하여 군중을 장악했다. 핸드 캐넌을 든 시경들이 식은땀을 흘리며 주춤주춤 물러섰다. 글렌 형사 또한, 언제 목이 달아날지 모른다는 위기감에 카밀라에게서 눈을 뗄 수 없었다.

"주인님! 주인님!"

그때였다. 새파랗게 젊은 시녀가 카밀라를 부르며 뛰어왔다. 카밀라는 그녀가 시녀장의 추천으로 저택에서 일하는 아이임을 알아봤다. 주위를 짓누르던 어두운 공기가 거짓말처럼 사라졌다.

"무슨 일로 그렇게 호들갑이니."

"죄, 죄송해요. 급히 전해 드려야 한다고 해서……. 그만……."

　시녀는 뒤늦게 심상치 않은 분위기를 알아차리고 우물쭈물거렸다. 작게 한숨을 내쉰 카밀라는 시녀가 들고 온 은접시를 확인했다. 잿더미 의회의 문양을 날인한 서신이었다.

"흐음."

　서신을 읽은 카밀라가 강아지나 새끼 고양이의 재롱을 본 듯 실소했다. 이윽고 그녀는 글렌 형사에게 묘한 눈웃음을 보냈다.

"코타르의 범선이 불타 침몰했다는구나."

「……예?」

　글렌 형사는 놀란 나머지 한 박자 늦게 되물었다. 코타르라니, 설마 태양신 교단의 코타르 대주교 말인가.

"싹수가 보이는 아이니 흠집 내지 말고 돌려 주렴."

　얼떨떨한 반응이 마음에 들었는지, 카밀라는 선뜻 등을 돌려 수금원들 너머로 사라졌다.

「블룸 양.」

　우두커니 서 있던 모니카는 글렌 형사의 목소리에 퍼뜩 정신이 들었다. 글렌 형사는 복잡한 표정으로 말했다.

「청사로 갑시다. 부모님이 맞는지부터 확인하시죠.」

모니카는 고개를 살짝 끄덕이고 마차에 올라탔다. 문이 닫히고 거친 투레질 소리와 함께 말발굽이 철교를 두드렸다.

「하여튼 원로라는 것들은…….」

마주앉은 글렌 형사가 모자를 푹 눌러쓰며 불만을 씹었다. 모니카는 고개를 돌려 창 밖으로 멀어지는 수국화관의 전경을 물끄러미 바라보았다.

한동안 돌아오지 못하리라고 생각하자 가슴이 아릿했다.

《Chapter 7. 나선전당》

　마법사의 영지를 구축하는 과정은 막대한 예산이 필요하다. 기초적인 송은관 설치부터 실험에 쓸 온갖 정밀 설비에 이르기까지, 개인에게는 실로 불합리할 만큼의 시간과 자본을 쏟아부어야 한다. 협회가 오늘날까지 학계를 좌지우지하는 까닭이다.

　마도를 배우는 자에게 협회의 지원은 달콤한 불행이다.

　협회는 긴 세월 축적한 자본과 경험은 풍요로운 환경을 제공해 주는 대신에 장래가 촉망 받는 인재를 규율 아래 복속시킨다. 그대로 시간이 흐르면 마법사가 갖춰야 할 창의성과 도전 정신은 타성에 묻혀 사라지고, 순진했던 젊은이는 협회에서의 입지를 지키는 데 급급한 퇴물로 전락해 버린다.

　슈트라우스는 협회에 과감히 도전장을 내밀었다. 고리타분한 악습과 규율 따위에 구애받지 않는 새로운 지식의 전당을 세운 것이다.

　그 산물이 바로 바드티비라 시립 대학의 이면에 세워진 나선전당이었다.

"오늘 강의는 여기까지 합시다."

길버트는 손수건으로 식은땀을 훔치며 돌아섰다. 학생들의 의아한 시선에 얼굴이 간질거렸다. 그는 교탁에 펼쳐 둔 교재를 괜히 팔락거리면서 변명했다.

"몸 상태가 영 안 좋아서 말입니다. 다음 강의에서는……. 학생, 오늘 어디까지 나갔나요?"

"동력 전환식까지 하셨어요."

앞자리에 앉은 남학생이 어리둥절한 표정으로 대답했다. 실용마도학과에서 가장 까탈스러운 교수가 강의 내용도 기억하지 못하니 당연한 반응이었다.

"고마워요, 학생. 자, 그럼 다들 열심히 하고."

길버트는 대답도 듣는 둥 마는 둥 하고 급히 교수실로 향했다. 강의실에 남겨진 학생들은 교수의 백지장처럼 창백한 낯빛을 두고 이러쿵저러쿵 떠들었다.

'늦지 않았겠지.'

길버트는 교수실에 오자마자 교재를 내팽개쳤다. 넥타이를 풀면서 가볍게 손짓하자 커튼이 내려지고 방문이 잠겼다.

'늦지 않아야 한다.'

그는 쓰러지듯 의자에 앉아 눈을 감았다. 등받이가 끼익하고 기울면서 의식이 점점 졸음의 늪으로 빨려 들어갔다.

'늦으면 안 돼.'

수마에 저항하지 않고 긴장을 푼 찰나였다. 바닥 없는 구렁텅이로 추락하는 듯한 감각이 엄습했다.

「흐억?!」

외마디 비명과 함께 눈을 뜬 곳은 비좁은 교수실이 아닌, 첨단적인 시설을 갖춘 연구실이었다.

길버트는 가쁜 숨을 몰아쉬며 자신의 신체를 확인했다. 생김새는 인간과 닮았지만, 뼈와 살 대신 슬라임처럼 점액질로 이루어져 있었다. 슈트라우스가 제자를 위해 손수 배양해 준 키메라였다.

「미처 읽지 못한 책에 진리가 있기를 바라며! 반갑소, 4번!」

다른 키메라가 손을 흔들며 다가왔다. 길버트는 가운을 걸치고 인사를 받았다.

「읽지 못한 책에 진리가 있기를 바라며. 3번 씨는 오늘도 들떠 계시는군요.」

「허허, 이런 날에 흥분하지 않으면 마법사가 아니지.」

길버트는 너스레를 떠는 3번에게 질투가 났다.

오늘부터 이루어질 연구는 슈트라우스와 그의 제자 중 특히 뛰어난 성과를 거둔 일곱 명이 주도할 예정이었다. 시립 대학에서 교편을 잡고 있는 길버트로서는 분할 노릇이었다. 마음 같아서는 잠들어 있을 3번을 목 졸라 죽여서라도 차례가 돌아오게 하고 싶었다.

하지만 나선전당은 소재지도, 구성원도 철저하게 비밀에 부친다. 직접 방문하지 않고 키메라와 정신을 동기화하는 방식도 보안을 유지하기 위해서다.

학생들이 동기화하는 키메라도 정보 누출을 막기 위한 온갖 대책이 마련되어 있다. 나선전당 밖으로 가지고 나갈 수 있는 기억은 오직 학문적 성취를 위한 지식 뿐이다.

「자, 4번. 우리끼리 노닥거릴 틈이 없어. 이리 오게.」

길버트는 얌전히 3번을 뒤따랐다. 조바심을 내면 일을 그르치기 마련이었다. 연구를 주도할 수 없는 현실은 분하기 짝이 없었지만, 한편으로는 나선전당의 일원이기 때문에 이런 좋은 기회를 놓치지 않은 것이다.

「보게나.」

3번이 강화 마법으로 보강한 유리벽을 가리켰다. 먼저 온 제자들은 다들 숨소리도 내지 않고 유리벽 앞에 붙어 있었다. 길버트 역시 유리벽에 코를 박고 건너편을 들여다봤다.

유리벽 건너편은 병적일 정도로 사방이 새하얀 격리실이었다. 12m³의 공간은 벽에서 뻗어 나온 굵고 가느다란 배관과 반구형처럼 생긴 육중한 금속제 의자로 가득 차 있었다.

「오오…….」

절로 감탄이 나왔다. 꼭두새벽부터 대면을 고대하던 실험체가 침착한 표정으로 금속제 의자에 결박되어 있었다.

실험체는 양팔을 머리 뒤로 넘기고 다리가 꽃게처럼 좌우로 활짝 벌어진 채였다. 의자 곳곳에 돌출된 조임쇠가 신체를 빈틈

없이 고정했기 때문에 앉은 자세에서 손가락 하나 까딱할 수 없었다.

「숲 파수꾼이라니……. 이렇게……. 이렇게 진귀한 실험체를…….」

길버트는 목구멍이 간질거렸다. 엘프는 그 수가 극히 적을 뿐더러 체계적으로 영체화를 훈련하던 숲 파수꾼의 명맥은 전쟁 중에 끊어지고 말았다.

자유자재로 영계와 물질계를 넘나드는 체질은 마법사에게 무척 흥미로운 소재다. 과거보다 진보한 장비로 연구한다면, 그 다루기 어려운 정령을 더욱 효율적으로 관리할 단서를 찾을 수 있을 것이다. 학계에 불어올 변혁의 바람을 상상하면 전율마저 느낄 지경이다.

〈제 목소리를 듣고 계시겠죠.〉

벽에 부착된 확성기를 통해 실험체의 목소리가 들려왔다.

〈정신을 차린 뒤 이곳이 어딘지 추측해 봤습니다. 여러 가설을 배제하고 나니 나선전당이라는 확신이 생기더군요. 제 생각이 틀렸나요?〉

황홀하게 실험체를 감상하던 제자들은 부리나케 사방으로 흩어졌다. 기기 조작을 맡은 이들이 나직이 주문을 외우는 가운데, 1번부터 3번은 그 사이를 누비고 다니며 신신당부했다.

「다들 정위치로! 눈꺼풀 깜빡이는 속도 하나도 빠뜨리지 말아야 한다!」

「심박수는 제대로 기록 중이겠지? 23번! 경계 상태였을 동안 나온 수치 정리해서 가져 오도록!」

「자, 자! 4번! 움직이자고! 자네가 빠릿빠릿하게 지휘해야 다른 제자들도 정신 바짝 차리고 따라 주지!」

3번이 길버트의 등을 철썩 때렸다. 길버트는 어안이 벙벙했다.

「무슨 말씀입니까, 3번씨. 저는 오늘 분명 보조였을 텐데.」

아차, 3번의 얼굴에 낭패한 기색이 떠올랐다.

「중요한 얘기를 깜빡 잊었구먼. 자네도 대주교가 사라졌다는 소식은 들었겠지. 스승님께서 의회에 출두하시는 바람에 한 자리가 비었어. 의사를 여쭈어 보니 오늘은 자네에게 맡기시겠다더군.」

길버트는 다리에 힘이 풀렸다. 슈트라우스를 대신하라니, 질투는 눈 녹듯 사라지고 막중한 책임감이 가슴을 가득 채웠다.

「제가, 아니, 저 따위가, 어떻게 스승님을…….」

「너무 부담 갖지 말게. 애초에 자리를 비우셨을 뿐이지, 스승님께서 이런 기회를 놓치시겠는가.」

지당한 이야기였다. 탐구욕 넘치는 슈트라우스가 숲 파수꾼처럼 진귀한 실험체를 제자들에게만 맡길 리 없었다. 분명 제자들이 모르는 비밀스러운 방법으로 주시하고 있을 것이다.

「그 말씀이 맞군요. 알겠습니다.」

3번의 격려가 부담감을 덜어 줬다. 연구실에서 슈트라우스만큼 믿음직스러운 인물은 없었다. 길버트는 심호흡으로 흥분을 가라앉혔다.

〈침묵은 긍정으로 받아들이겠습니다. 이제 제 입장을 밝히도록 하죠.〉

길버트를 독촉하듯, 가만히 대답을 기다리던 실험체가 재차 말문을 열었다.

〈저는 수국화관의 시녀장 하이데 블랙워터입니다. 제 요구사항을 밝히도록 하죠. 즉시 제 신변을 해방시켜 주실 것과 이번 결례에 대한 사과, 아울러 귀측이 저를 확보한 경위를 알고 싶습니다.〉

연구실에 긴 정적이 감돌았다. 실험체는 야무진 어조로 덧붙였다.

〈제게 물리적, 정신적인 상해를 입힐 경우, 수국화관에 대한 적대 행위라는 점을 감안하여 판단해 주시기 바랍니다.〉

길버트는 내심 울컥했다. 저 실험체는 지금 제 자신의 신변이, 수국화관의 체면이 문제란 말인가? 마도의 빛나는 역사에 이름을 남길 기회를 걷어차고 범속한 삶으로 돌아가겠단 말인가?

「실험체 EFGA-01.」

마침내 1번이 수정 구슬에 손을 얹고 말했다.

「귀하는 금일부로 나선전당의 연구에 동참할 영예를 얻었습니다. 본 전당은 귀하의 헌신을 양분 삼아 마도와 이 세상에 이바지할 예정입니다.」

〈실례지만, 저는 실험체가 되겠다고 동의한 적이 없고 여러분의 괴팍한 실험에 협조할 의사도 없어요. 나선전당과 수국화관의 관계가 돌이킬 수 없어져도 괜찮나요?〉

「섣부른 선택은 그릇된 결과를 부를 수 있습니다, EFGA-01. 귀하의 육체에서 얻은 자료는 정령을 이용하는 모든 공정을 무척 효율적으로 개선하는 데 쓰일 겁니다. 생산 과정에서 발생하는 사고를 방지하고 비용도 절감하겠죠.」

〈거절하겠어요. 저는 평생 주인님을 섬기기로 맹세했습니다. 제 처우를 결정하시려면 주인님과 협상해 주세요.〉

실험체의 태도는 완고했다. 수정 구슬에서 손을 뗀 1번은 심박수를 확인하던 제자에게 물었다.

「39번, 실험체의 상태는 어떻습니까?」

「심박수는 의식을 찾은 직후로 줄곧 큰 변화가 없습니다.」

「알겠습니다. 2번부터 4번까지, 잠시 모여 주십시오.」

연구를 주관하는 네 제자가 수정으로 만든 책상 앞에 둘러앉았다. 1번은 곤란하다는 투로 화두를 던졌다.

「협조를 얻기는 어렵겠습니다. 사전에 협의가 된 줄 알았건만, 이래서야…….」

「수국화관 출신이니 아무래도 험하게 다루기 어렵죠. 혹여 일이 틀어져서 스승님께 폐를 끼쳤다간 죄송스러워서 고개나 들겠어요?」

2번이 앙칼진 목소리로 맞장구를 쳤다. 그녀는 나선전당에 드문 여제자였다.

「맞는 말이기야 하지만, 우리가 우물쭈물거리는 모습을 보시면 스승님께서 대노하시지 않겠소.」

3번의 촌언에 1번과 2번은 앓는 소리를 냈다. 스승은 자신의 육신마저 기꺼이 연구에 바친 남자였다. 우수하다고 지목한 제자들이 후환을 겁내고 망설인다면, 필시 호통만으로는 끝나지 않을 것이다.

「하지만 3번, 어중이떠중이도 아니고 형극의 마녀예요. 혼자 도시 하나를 잿더미로 만든 괴물이라고요. 전당의 미래를 생각하면…….」

「여러분이 못하시겠다면, 제가 총대를 메겠습니다.」

세 제자의 이목이 길버트에게 집중됐다.

「본래 이 자리는 스승님께서 주관하실 예정이었습니다. 여러분은 스승님께서 저깟 협박에 굴할 인물이라고 생각하십니까?」

「그럼 4번씨는 스승님께서 오신 뒤에 연구를 진행하자는 말씀이십니까?」

「실험체의 협박 때문에 늦장을 냈다는 사실이 알려졌다간, 형극의 마녀보다 스승님의 진노를 걱정해야 할 겁니다.」

길버트가 주먹으로 책상을 치며 열변했다.

「스승님께서 언제부터 뒷일을 신경 쓰셨습니까? 저는 일어나지도 않은 일이나 걱정하자고 전당에 온 적 없습니다. 여러분도 금기에, 세상에 얽매이지 않고 지식을 탐구하려는 일념으로 오셨잖습니까.」

오늘날, 마법을 연구하는 과정은 여러 규약과 복잡한 이해관계로 얽혀 있었다. 특히 학계에 입김이 강한 협회는 옛날부터 연구 윤리를 내세우며 인류 및 동물을 대상으로 하는 실험이나

'지나치게 강력한 살상 마법' 개발 따위를 금지해 왔다.

'마법은 만능이 아니며, 만능이 되어서는 안 된다.'

협회를 비롯한 학계는 마법을 경계한다. 무분별하게 발전한 마법은 도가 지나친 힘이 되어 파국을 불러일으키리라는 것이다.

길버트는 그러한 통념이 우습고 역겨웠다. 마법은 세상을 좌지우지하는 지식이자 힘이었다. 장차 저 만신전의 신들조차 뛰어넘을 수 있건만, 어째서 기존의 규칙과 윤리 따위를 감안해야 하는가. 마법이 진보할 수 있다면 그깟 사람 좀 죽어 나간다고 대수겠는가?

과거 이 세상은 미노타우로스 아래 모든 종족이 노예가 됐다. 이제 그 빈자리를 마법사가 차지한다고 해서 이상하지는 않았다.

「여러분이 이번 연구에서 손을 떼시겠다면, 저 혼자서라도 진행하겠습니다.」

길버트는 결의를 다지며 단언했다. 책상 앞에 둘러앉은 세 제자가 고개를 주억거렸다.

「자칫 스승님께 결례를 저지를 뻔했습니다. 열정을 되찾은 기분이에요.」

「그렇게 말씀하시니 어쩔 수 없겠네요. 최선을 다해 보죠.」

「허허, 말씀 잘 하셨소. 세상의 논리에 휘둘려서야 제자 자격이 없지.」

합의를 마친 그들은 유리벽 앞으로 돌아왔다. 1번의 선언이 연구실에 울려 퍼졌다.

「강행하겠습니다.」

조마조마하게 기다리던 제자들이 안도의 한숨을 내쉬었다. 길버트는 흡족한 표정으로 제 위치로 돌아왔다.

「스승님께서 4번씨에게 맡긴 이유가 있었구먼.」

3번이 능글맞게 말하며 길버트를 스쳐 지나갔다. 길버트는 말 없이 어깨를 추켜세웠다.

천원력 1873년 12월 23일 12:09 PM
바드티비라 잿더미 의회 의사당 대회의장
대주교 실종 6시간째

대주교의 실종이 알려지자 잿더미 의회는 도시에 주재 중인 모든 의원에게 출석을 요구했다. 이른 아침부터 열린 긴급회의는 끼니도 걸러 가며 어느새 네 시간을 훌쩍 넘겼다.

"아니, 지금 시민 중에 모르는 놈이 바보인데 무슨 수로 정보 관제를 합니까?"

「그럼 이대로 손 놓고 구경이나 하잔 말이오? 연맹에서 트집 잡았다간 영주들도 가만 안 있을 텐데! 계엄령 선포하고 우선 저 기자 놈들 주둥이나 막아 둡시다!」

『겁쟁이 같은 소리 좀 집어치우시게! 계엄령은 무슨 계엄령?

지금 우리가 걱정이나 하자고 모인 줄 아나?』

"여보세요, 의원님. 말이 쉽지 이번 사태로 자치권을 빼앗기거나 국지전이라도 벌어질 줄 누가 압니까?"

「다 됐고 경찰청장부터 소환합시다! 귀빈이랍시고 온 작자를 그따위로 경호하다니? 이 기회에 족쳐 버려야지, 아주 버릇이 잘못 들었어!」

사방에서 고성이 터져 나오는 가운데, 초선 의원들은 각 기관에서 올린 보고를 일차적으로 확인해서 자신의 계파에 알렸다.

"수색 작업 중에 시신 두 구가 추가로 발견됐다는군요. 신원은 불명이랍니다."

「강바닥이 무슨 공동묘지인 줄 알겠네. 어디 보자. 블레이크 의원님, 선박 잔해를 조사 중인데 성법의 흔적은 발견 못했답니다.」

「그야 당연하겠지! 어떤 정신 나간 놈이 자기 돈다발을 가라앉혀?」

어수선한 분위기 속에서 카밀라는 줄담배를 태웠다. 재떨이에 이미 담뱃재가 수북이 쌓여 있었다.

'시녀장이 행방불명이라…….'

카밀라는 이번 사태가 일어난 경위를 차근차근 짚어 나갔다.

아스타르테가 제약 산업을 끈덕지게 밀어붙인 까닭은 운신의 폭을 넓히기 위해서였다. 실제로 그녀가 접촉한 원로 의원만 다섯 명이었다. 게다가 이제는 코타르 대주교와 손을 잡기도 했다.

'겁도 없이 말이지.'

카밀라는 당황하지 않았다. 시녀장이 직접적으로 경계심을 드러내기 전부터 염두에 둔 사태였다.

'이제는 제법 대담하게 움직일 줄도 아는구나.'

아스타르테에게 처분을 맡긴 이유는 단순했다. 사람은 손에 피를 묻힐 줄 알아야 본성이 드러나기 때문이다. 카밀라는 허공으로 짙은 담배 연기를 불어 올리며 등받이에 비스듬히 기대었다.

하지만 시녀장을 배제하는 정도로 만사가 형통할 줄 알았다면, 큰 오산이다. 아직은 패기 넘치는 신인 감독의 각본에 어울려 주는 정도다.

카밀라는 손해 보는 장사를 하지 않는 성격이었다. 재개발 계획 중단은 결국 현상 유지에 그쳤다. 아스타르테가 일으킨 이번 풍파를 이용하면, 그동안 발목을 잡던 시시콜콜한 과거사는 모조리 묻어 버리고 양지에 적극적으로 개입할 수 있었다.

'슬슬 입질이 올 때가 됐지.'

카밀라의 눈매가 사냥감을 노리는 암여우처럼 가늘어진 찰나였다. 발언권을 얻은 평의원이 자리에서 일어났다.

「존경하는 의원 여러분, 심각한 시국이기는 하지만 저는 이 시점에서 한 가지 의문을 제기하고 싶습니다.」

보나파르트의 끄나풀이었다. 시선을 돌리자 제 집 안방처럼 드러눕다시피 앉은 흡혈귀가 히죽거렸다. 카밀라는 코웃음으로 응수했다.

「믿을 만한 소식통에 따르면, 이번 대주교의 방문은 사실상 수국화관에서 주도했다고 합니다. 실제로 현재 노예 신분인 태양 기사가 대주교의 수행단과 함께 있는 광경이 여러 차례 목격됐으며, 신원을 알 수 없는 여사제에게 치료제를 받았다는 증언도 수백 건에 달합니다.」

"맙소사!"

원로석에서 조니의 걸걸한 감탄사가 터져 나왔다.

"참 놀랍고 흥미로운 이야기로군. 이 빌어먹을 짓거리가 모두 저 염병할 창관에서 지랄한 탓이라는 뜻이 아닌가? 마녀가 눈깔 시퍼렇게 뜨고 있는 곳에서 배짱도 두둑하구먼, 자네!"

발언권을 요청했던 평의원의 낯빛이 새파랗게 질렸다. 사전에 보나파르트의 지시를 받고 저질렀겠지만, 이렇게 일사천리로 희생양이 될 줄은 몰랐던 모양이다.

하긴, 그렇게 눈치가 없으니 저 냉혈한의 사주를 덥석 받아들였을 것이다.

「워, 원로님. 저는 그런 뜻으로 한 말이 아니라, 수국화관이 적극적으로 후속 조치를 도와야…….」

"그 말이 그 말이지! 전부 수국화관이 덤터기 쓰면 해결되는 일 아닌가? 이제 용비늘네 애새끼들이 맛깔나게 기사 한 방 터뜨려 주면 우리가 여기서 이러쿵저러쿵 떠들 필요도 없겠네 그려!"

조니의 폭언에 장내가 술렁거렸다. 의원 중 태반은 제 밥그릇이 우선이었다. 누구 한 명을 화살받이로 세울 수 있다면 대책이나 후속 조치는 둘째 문제였다.

『조니 원로 의원님, 방금 발언은 재고하여 주십시오!』

"대주교 방문은 의회에서 결의한 안건입니다! 책임 소재라면 경호를 소홀히 한 시경에 있지 않습니까!"

카밀라의 비호 아래 있는 의원들이 거세게 성토했다. 조니는 들은 척 않고 귀를 후볐다. 손 안 대고 코 풀 기회를 왜 마다한단 말인가.

『그쪽은 신문 안 읽으시오? 요새 수국화관이 단속을 느슨하게 하니 빈민가에 어중이떠중이가 늘어난다고 하지 않소! 다 그 제약 산업 때문이지!』

『여론이 동요하니 대주교를 끌어들여서 무마하려 했다면, 얼추 그림이 나오죠.』

『사고사까지 엮어 버리면⋯⋯.』

"의문을 제기한 기자가 부모 집에 불을 지르고 자살했답니다. 극적으로 맞물리겠네요."

카밀라의 계파가 아닌 의원들은 이번 사태에서 터져 나온 편린으로 그럴싸한 그림을 짜 맞추기 바빴다. 재료는 완벽했다. 이제 얼마나 먹음직스럽게 포장할지가 관건이었다.

'남의 꼬랑지만 뒤쫓기 바쁜 것들 같으니.'

카밀라는 절로 실소가 나왔다. 아스타르테가 바라던 구도였다. 제약 산업과 관련된 모든 활동이 대주교가 사라진 시점부터 올가미로 돌변했다.

그렇다면, 여기서 혐의를 부정해야 할까?

화살받이를 세우자는 목적에 다들 암묵적으로 합의한 이상, 부정은 소용 없었다.

"의장."

카밀라는 아우성 속에서 건성으로 손을 들었다. 단상에서 팔짱을 끼고 지켜보던 훔바바가 고개를 끄덕였다.

『발언을 허락하겠소이다. 카밀라 원로 의원.』

"희생양을 내세우겠다면, 나도 해 줄 말이 많단다."

냉담한 미성이 회의장에 표표히 울려 퍼졌다. 들끓던 소란이 눈 깜짝할 사이 가라앉았다.

"어쩌면 너희 마누라도 모르는 옛일을 들을 수도 있겠지. 그러니 어디 좋을 대로 떠들어 보렴."

수국화관은 고관일수록 철저하게 대접한다. 수국화관의 존속, 나아가 카밀라의 이권을 지키기 위해서다.

사람은 회의장보다 술자리에서, 술자리보다 잠자리에서 입이 가벼워진다. 찬물 더운물 못 가리고 자랑스럽게 지껄이던 이야깃거리만 풀어도 도시가 몇 번은 뒤집힌다.

"왜들 그리 조용하니? 더 짖지 않고."

그토록 드세었던 비난이 뚝 그쳤다. 카밀라는 연인과 입맞춤을 하듯 궐련을 피워 물었다.

『오, 아리따운 마녀여. 방직공의 말이 지나치기는 하지만 그렇게 협박을 하면 안 되지. 이번 사업에 돈 깨나 묶였던데.』

보나파르트가 책상에 올려 둔 다리를 내리며 포문을 연 찰나였다.

대회의장 정문을 열고 날렵한 체형의 리저드맨이 들어왔다. 중도파를 자처하는 평의원들은 그를 보자마자 앞다투어 자리에서 일어났다.

　졸지에 말이 끊긴 보나파르트가 송곳니를 드러내며 비아냥거렸다.

　『버르장머리 없는 도마뱀 같으니. 어르신 말씀하시는데 이 무슨 소란인가?』

　『박쥐는 잠잘 시간 아니었나. 동굴 밖은 위험하니 조심하게.』

　지호트는 지나가는 투로 맞받아치고 의석에 앉았다. 갑작스러운 등장에 좌중의 이목은 그에게 쏠렸다. 카밀라는 그 꼴이 우스워 헛웃음을 지었다.

　"뻔뻔스럽게 얼굴을 비추네. 아예 연맹에 눌러앉지 그랬니?"

　『고려는 해 봤네만, 연맹의 교육 기관은 여러모로 실망스럽더군.』

　지호트는 옷매무새를 다듬으며 담담하게 대꾸했다. 아무것도 모른다는 듯한 태도였다.

　"아무튼 말이야."

　지호트의 등장을 틈타 조니가 잽싸게 끼어들었다.

　"우리 중에서 제일 역겨운 연놈을 희생양으로 세우는 데에는 다들 동의하나? 응?"

　"다 함께 손 잡고 티그리스강에 뛰어들자는 얘기니. 네 돌머리에서 나온 농담이라고는 믿기지 않는구나."

　카밀라는 비웃음으로 응수하며 내심 경계를 늦추지 않았다.

조니는 옛날부터 훔바바를 형님으로 떠받들었다. 원로랍시고 성품은 천박하지만, 아무리 그래도 훔바바에게 손해를 끼칠 리 없었다.

다시 말해 지금 조니가 퍼붓는 겁박은 훔바바의 요구 사항이 분명했다.

'하필 보니를 선봉장으로 세운 까닭이라면…….'

『회의가 길어지다 보니 논점을 이탈하게 됐구려.』

묵묵히 서 있던 훔바바가 의사봉을 두드렸다. 곳곳에서 물거품처럼 일어나던 언쟁이 뚝 그쳤다.

『의장의 권한으로 2시간 동안 휴회를 선언하겠소. 식사부터 든든히 하고 다시 얘기해 봅시다.』

말 끝나기 무섭게 의원들이 줄줄이 일어났다. 갯더미 의회에서 휴회와 '협잡할 시간'은 같은 뜻이었다.

「고생하셨습니다. 주인님.」

회의장을 나선 카밀라 뒤에 수문조장 터커가 바짝 따라붙었다. 카밀라는 눈길도 주지 않고 말했다.

"파브렐 레스토랑에 가서 오늘 하루 빌리겠다고 전하렴. 가격은 상관 없단다."

「예?」

터커는 덩치가 무색하게 어벙한 표정을 지었다.

"관(館)에 부하 한 명 보내서 지시한 대로 처리했는지 확인시키고. 참, 오늘 시경이 데려간 암돼지는."

카밀라가 손날로 목 긋는 시늉을 했다. 터커는 마른침을 꿀꺽 삼키고 자리를 피했다.

"카밀라님!"

「분위기가 영 안 좋게 흘러갑니다. 이대로 두면…….」

들개 떼처럼 달려온 평의원들이 카밀라 옆에 바짝 달라붙어 목청껏 짖어댔다. 카밀라는 그들을 건성으로 상대해 주며 한 발 늦게 나온 훔바바를 눈여겨봤다.

"비난 받는 날이 하루 이틀도 아니잖니. 내가 해결할 테니 진정하고 있으렴."

평의원들을 애완동물처럼 다독인 그녀는 여유로운 걸음으로 훔바바에게 다가갔다. 훔바바 주변에 있던 의원들이 카밀라를 보고 흠칫 놀랐다.

"훔바바."

『음? 카밀라, 무슨 일인가?』

훔바바가 뒷짐을 지고 돌아섰다. 카밀라는 안색 한 번 바뀌지 않고 웃는 얼굴로 물었다.

"고생하는 의장님을 위해 파브렐 레스토랑에 자리를 예약해 뒀는데, 한 끼 정도 어떠니."

『파브렐 레스토랑이라. 그 집 소고기 요리가 일품이기는 하지.』

훔바바가 허허 웃음을 터뜨렸다. 얼핏 살가운 광경 같으면서도, 서로를 바라보는 눈빛은 면도날처럼 예리했다.

『자네들, 미안하지만 먼저 가 보겠네. 수국화관의 여주인이 식사에 초대하는 일은 드물지 않나.』

훔바바는 농담조로 다른 의원들에게 양해를 구했다. 원로 두 명 앞에서 이의를 달고 나설 평의원은 한 명도 없었다.

천원력 1873년 12월 23일 12:51 PM
나선전당 제 1 종합 연구실
대주교 실종 7시간째

「현 시간부로 신체검사를 종료합니다.」

1번의 고지와 함께 제자들이 한숨을 내쉬며 수정으로 만든 제어반에서 물러섰다. 하지만 아직 끝이 아니었다. 산출한 결과를 종합하여 분석하는 과정은 길버트를 비롯한 네 명의 소임이었다.

「스승님께서 이송해 오신 직후에 검사한 수치일세.」

3번이 두툼한 서류 뭉치를 책상 위에 내려놓았다. 네 사람은 머리를 맞댄 채 연신 감탄했다.

「혼수 상태와 명료 상태가 굉장히 다르네요. 여기 보세요. 반혼수 상태에서 혼미 상태까지는 큰 변동이 없다가, 기면 상태에 접어들면서 전반적인 신체 능력이 극적으로 향상됐어요.」

까탈스러운 2번은 큰 폭을 솟구친 도표를 가리키며 흥분했다. 도표에 따르면, 근밀도와 골밀도까지 의식 상태에 따라 달라지는 양상을 보였다. 길버트는 곧장 책장을 뒤져 엘프에 관한 자료를 몽땅 꺼내 왔다.

「비슷한 논조를 본 적 있습니다. 이 책에서는 관문 전쟁 당시 군의관이 남긴 기록을 예시로 삼더군요. 치료 과정에서 이보다는 미비하지만 같은 현상을 발견한 모양입니다.」

「호문쿨루스와 비슷하단 말인가?」

「영계에 출입할 만큼 체내 마력 농도가 짙은 생물체 중에서 저렇게 안정적인 상태를 유지하는 사례는 없습니다.」

1번이 길버트 대신에 3번의 판단을 부정했다. 길버트 역시 3번에게 고개를 끄덕여 보였다.

「이 책의 저자도 숲 파수꾼을 직접 관찰한 적은 없습니다. 그렇기 때문에 결론도 3번씨와 비슷하게 내렸죠. 하지만 동족이면서 이 정도로 상이한 수치가 나오면, 개체차라고 보기 어렵겠습니다.」

「그렇죠. 표본이 많으면 좋을 텐데 하나 뿐이라 아쉽네요.」

2번이 길버트에게 맞장구를 쳤다. 그 말에 1번은 턱을 쓰다듬으며 한참 생각하다가 제안했다.

「복사 배양으로 여유 수량을 확보합시다. 어떻게 생각하십니까?」

복사 배양은 슈트라우스의 호문쿨루스 제작 기술을 응용해서 실험체를 복제하는 작업이었다. 다만 아직은 시범 단계이기 때문에 정밀도와 재현율 모두 불안정했다.

「복사 배양이라……. 나쁘지 않은 방안이네요. 무의미한 해부보다 생산적이겠어요.」

「확실히 그동안은 슬라임처럼 단순한 생물에게만 시도해 왔소. 신기술을 개선하는 기회도 될 수 있겠구려.」

2번과 3번이 흥미를 드러냈다. 복사 배양 기술만 완성된다면 더 이상 빈민가를 배회하며 실험체를 물색할 일도 사라졌다. 길버트 역시 새로운 도전이 마음에 들었다.

「저 역시 찬성입니다. 바로 사전 준비에 들어갑시다. 다른 제자들에게는 제가 말해 두겠습니다.」

「4번 씨도 의욕이 굉장하시군요. 섬세한 공정이니 잘 부탁드리겠습니다.」

1번이 흡족한 미소를 지었다. 마주 웃어 준 길버트는 자료 보관실에서 복사 배양 표준 절차를 찾아왔다.

「자, 자. 전원 주목! 일정에 변동 사항이 생겼으니 잘 듣고 숙지하기 바랍니다!」

길버트가 복사 배양 공정을 설명하는 동안, 1번은 실험체에게 논의 내용을 통보했다.

「EFGA-01. 듣고 계십니까?」

실험체는 고집스럽게 침묵을 지켰다. 한숨을 내쉰 1번이 결국 먼저 백기를 들었다.

「알겠습니다, 블랙워터 양.」

〈네. 말씀하세요.〉

「저희는 블랙워터 양의 신체를 보다 다각도에서 연구하고 싶어졌습니다. 하지만 이대로 강행할 경우, 블랙워터 양의 안전을 보장하지 못합니다.」

나선전당은 연구를 위해 수단과 방법을 가리지 않는다. 이를 테면 의뢰자의 취향에 맞추어 제작한 호문쿨루스를 판매하거나 마도 병기의 개량 및 생산에 깊숙이 관여하기도 한다. 그리고 병기의 실전성 확인이라는 명목 하에 투입한 실험체는 십중팔구 사망한다.

「따라서 저희는 악조건 하에 사용할 실험체 확보를 위해, 블랙워터 양에게 복사 배양 공정을 적용할 예정입니다.」

1번의 통보에 시녀장은 눈살을 찌푸렸다. 그녀라고 이 미치광이 무리의 만행을 속속들이 알고 있지는 않았다.

〈처음 듣는 기술이군요.〉

「예전에 실용성이 없다고 판단해서 폐기했습니다. 블랙워터 양에게 이 공정을 적용하는 것 역시 실험의 일환이라고 생각해 주세요.」

〈말씀드렸다시피 저는……읏!?〉

철컥하는 소리와 함께 의자에서 분리된 금속제 가면이 시녀장의 안면부를 뒤덮었다. 테두리에 달린 조임쇠가 작동하자 가면은 얼굴과 달라붙어 내부를 밀폐시켰다.

〈읍, 크흐읍……!〉

시녀장은 답답한 신음을 냈다. 가면과 연결된 장치를 통해 호흡만 가능할 뿐, 조임쇠 탓에 턱을 벌릴 공간마저 없었다.

「안심하십시오, 블랙워터 양. 복사 배양 공정은 귀하의 신변 보호를 위한 방안입니다.」

시녀장을 구속한 의자에서 얇은 기계 팔 네 쌍이 펼쳐졌다. 생김새는 단순하지만 스무 개의 관절을 활용하여 여느 인류보다 자유로운 동작이 가능했다.

「공정의 내용은 간단합니다. 상식 선에서 설명해 드리자면, 블랙워터 양이 저희가 실험체로 쓸 호문쿨루스를 낳아 주시는 겁니다.」

〈읍, 흐읍! 으읍!〉

시녀장에게 씌운 가면은 단방향 투과 마법이 걸려 있었다. 연구실에서는 분노로 얼어붙은 시녀장의 표정을 분명하게 확인할 수 있었다. 1번은 개의치 않았다.

「신체검사 결과를 보아 이전에 몇 차례 낙태를 하신 적이 있는 듯하더군요. 하지만 괜찮습니다. 배란부터 출산까지 기껍게 받아들이실 수 있도록 조치할 테니까요.」

시녀장은 두 눈을 부릅뜬 채 몸부림쳤다. 가면 안에서 말이 되지 못한 신음이 새어 나왔다.

「소용없습니다, 블랙워터 양. 그 방에서는 마력이 기준치의 20% 밖에 활성화되지 않거든요.」

그 사이 시녀장에게 접근한 기계 팔은 걸리적거리는 옷을 무참히 찢어발겼다. 피투성이인 시녀복이 순식간에 너저분한 천 조각이 되어 버렸다.

시녀장의 안색을 살피던 1번은 기분 전환용으로 농담을 건넸다.

「수국화관에서 일하시면서 의외로 수수한 속옷을 입으시는군요.」

〈크읍……!〉

가면 저편을 노려보는 시녀장의 눈에 핏발이 섰다. 헛기침을 한 1번은 옆에 있는 2번에게 물었다.

「2번 씨, 제가 괜한 말을 했습니까?」

「사전 통보를 잊으셨잖아요. 다짜고짜 벗기면 누구나 저렇게 반응하죠. 무슨 다른 걱정 있어요?」

도표를 읽던 2번이 눈을 흘겼다. 1번은 아차 싶었다. 실험체 EFGA-01은 '아직도' 스스로를 사람이라고 착각하고 있었다. 진귀한 실험체를 손에 넣은 바람에 판단력이 흐려진 듯했다.

「이쪽은 끝났습니다.」

때마침 길버트가 설명을 마치고 돌아왔다. 1번은 그를 빤히 쳐다보다가 말했다.

「4번 씨. 미안한 이야기지만, 복사 배양 공정을 주관해 주시겠습니까?」

「예?」

「뭐라고요?」

길버트는 물론이고 2번도 깜짝 놀라 되물었다. 슈트라우스의 수제자가 이런 자리에서 발을 빼는 일은 있을 수 없었기 때문이다.

「부끄러운 이야기지만, 저는 그 공정을 제대로 진행할 자신이 없습니다. 연구 강행에 망설였거니와, 평소라면 저지르지 않았을 실수까지 했어요. 잠시 마음을 추스를 시간이 필요합니다.」

「하긴, 그렇다면 4번 씨가 적격이지. 엉거주춤하는 우리 세 사람을 떠밀어 줬으니까.」

소란을 알아차린 3번이 불쑥 끼어들었다. 2번은 그를 못마땅하게 흘끔거리다가 코웃음을 쳤다.

「4번이 세운 공로를 부정하지는 않겠어요. 그렇지만 공정에 문제가 생기면 제가 통제하고 싶어요. 그 정도는 차석으로서 요구해도 되겠죠?」

「무, 물론입니다.」

길버트는 어안이 벙벙했다. 슈트라우스의 빈자리를 채운 것만으로도 원이 없었는데 이제는 수제자 대신 신공정 적용을 총괄하게 됐다. 중앙 제어반 앞에 서서도 꿈인지 생시인지 실감이 나지 않았다.

'참 얄궂군…….'

길버트는 유리벽 너머에 구속되어 있는 상처투성이의 나체를 넋 놓고 바라봤다. 군살이라고는 한 줌 없이 미끈해 보이지만, 부단한 연마로 활시위 같은 탄력과 채찍 같은 유연성을 갖춘 몸매였다. 의자에 옴짝달싹 못하고 결박된 자태는 한 마리의 사로잡힌 암표범을 연상케 했다.

'그쪽도 나와 비슷한 기분이겠지.'

수국화관의 안주인으로 알려졌던 그녀가 실험체로 쓰이는 날이 오리라고는 아무도, 심지어 그녀 자신도 몰랐을 것이다. 길버트는 실험체에게 일그러진 동질감마저 느꼈다.

「멍하니 감상하지 말고 지시를 하세요, 지시를.」

2번의 따끔한 핀잔이 뒤통수에 꽂혔다. 길버트는 퍼뜩 정신을 차렸다. 그도 엄연히 실용 마도학과의 조교수였다.

「그럼 여러분, 방금 알려 드린 대로 하겠습니다. 우선 도포 절차부터.」

「도포 절차를 진행합니다.」

담당자의 복창과 함께 분사기를 장착한 기계 팔이 등받이에서 뻗어 나왔다. 분사기에서 뿜어져 나오는 용액은 시녀장의 나신을 꼼꼼히 적셨다. 신체의 곡선을 따라 뽀얀 물보라가 일었다.

「도포 진행률 54%. 1차 반응을 감지했습니다.」

수정 제어반에 표시된 인체도가 서서히 연붉은 색으로 물들어 갔다. 길버트는 진득하게 유리벽 너머의 실험체를 관찰했다. 확성기에서 들려오는 시녀장의 호흡이 점차 거칠어졌다.

'평범한 액체가…… 아냐…… 설마…… 슈트라우스의……'

용액이 피부에 스며들면서 가슴 깊숙한 곳으로부터 간질거리는 열기가 치밀었다. 슈트라우스의 점액에서 추출한 최음 성분의 효과가 분명했다. 시녀장은 결코 낯설지 않은 감각에 각오를 굳혔다.

'공주님께 누를 끼칠 수는 없다. 반드시 살아서, 자력으로 탈출해야 해.'

캄캄한 눈앞에 지난날의 치욕스러운 기억이 스쳐 지나갔다. 시녀장은 어금니를 악물었다. 너덜너덜한 귓바퀴가 바늘로 찌르듯 따끔거렸다.

「도포 진행률 78%.」

하지만 의식은 육신에서 완전히 자유로울 수 없었다.

도포 절차가 막바지에 접어들 즈음, 구속된 여체에서 연한 복숭앗빛 윤기가 뚝뚝 흘러내렸다. 한껏 곤두선 유두와 클리토리스는 늘씬한 체형에 비해 무척 작아서, 의외로 깜찍해 보이는 일면이 있었다.

〈흐으…… 홋…….〉

먹음직스러운 구경거리가 되었다는 사실마저 잊은 채, 시녀장은 흐트러지는 호흡을 힘겹게 참았다. 목구멍까지 차오른 호흡을 되삼킬 때마다 한 손에 쏙 들어오는 아담한 가슴이 잔물결을 일으켰다.

'예상보다 잘 버티는군.'

길버트는 시녀장의 상기된 얼굴을 묵묵히 주시했다. 고고한 여성이 경멸 어린 눈초리를 떨며 강요된 쾌감에 저항하는 광경은 아랫도리 멀쩡한 수컷이라면 으레 혹할 만했다. 실제로 제어반을 맡은 제자 중 몇몇은 무심코 군침을 삼키며 실험체에게 욕정했다. 실로 실험용 쥐에게 성욕을 느끼는 셈이었다.

하지만 길버트 자신도, 아랫도리가 서서히 뻐근해졌다. 그는 옆에 있는 2번의 눈치를 살피며 짐짓 의연하게 지시를 내렸다.

「도포 절차는 80%에서 마치고 개조 절차로 이행하겠습니다.」

분사기가 멀어지자 순서를 기다리던 다섯 개의 가느다란 바늘이 시녀장에게 접근했다. 한 쌍은 유두를, 다른 한 쌍은 하복부

위로 난소를, 마지막 하나는 클리토리스를 겨냥했다.

격리실에 길버트의 목소리가 울려 퍼졌다.

「실험체 EFGA-01. 지금부터 몇 가지 마법을 사용할 예정입니다. 조금 따끔할 수 있겠지만 참아 주십시오.」

〈큭, 으흐읏……!〉

실험체의 잇새에서 노여운 신음이 새어 나왔다. 하지만 그녀에게는 거부권이 없었다. 제아무리 수국화관의 실세라도 저 격리실에 갇히는 순간 모든 권리를 박탈당하는 것이다. 길버트는 생소한 우월감을 느끼며 지시했다.

「삽입.」

〈으큭……흐으윽……!?〉

바늘이 살을 뚫고 들어오자 시녀장의 등줄기가 펄떡 요동쳤다. 뿌리까지 꽂힌 바늘은 체내에 가공된 마력을 주입하기 시작했다.

「배란 촉진을 개시합니다.」

난소는 지름 3cm에 불과한 타원형의 내분비기관이자 아기의 씨앗인 난자를 저장하고 기르는 곳이다. 난소에 침입한 바늘은 거짓 신호를 보내 끊임없이 새로운 난자가 만들어지도록 유도했다. 실험체의 생식 기관을 호문쿨루스 생산 설비로 바꾸는 작업이었다.

「유선 확장은 순조롭습니다.」

「비대화에 이상 없습니다.」

유방을 손보는 까닭도 실험체의 신체 조직을 이용하여 호문쿨루스를 배양하기 위해서였다. 난소를 사용한 경우보다 질은 한참 떨어지겠지만, 애초에 소모품을 가정한 이상 수명은 고려 사항이 아니었다.

「마력 공급에 이상 없습니다. 감도 조작을 실행합니다.」

또한 일련의 공정에 실험체가 적극적으로 임할 수 있게, 성적 쾌감을 느끼기 쉬운 클리토리스를 가공하여 '고삐'로 활용한다.

'가, 간지러, 워……. 이건, 대체……?'

시야가 봉쇄되었지만, 시녀장은 자신의 신체에 일어나는 불미스러운 변화를 여실히 느낄 수 있었다. 참을 수 없는 간지러움이 피부 밑을 유유히 기어 다녔고, 쾌감마저 잊고 잠들 정도로 깊은 피로가 몰려들었다.

「4번 씨, 잠깐 여기 좀 보세요. 곧 실신하겠어요.」

제어반을 살피던 2번이 카랑카랑한 목소리로 경고했다. 길버트는 곧바로 실험체의 상태를 확인했다. 신체 개조는 무척 섬세한 과정이었다. 도중에 실험체가 의식을 잃으면 마력 파장이 급변하여 개조 실패는 물론이고 돌이킬 수 없는 손상을 입힐 수도 있었다.

「오, 이런 맙소사. 이송 전에 쌓인 피로 때문이군요. 감도 조작 가능합니까!」

길버트는 2번의 제어반에 표시된 수치를 보고 아연실색했다. 공정이 실패할 경우 슈트라우스가 어떻게 반응할지는 상상조차 하기 싫었다.

「아, 네! 7배까지는 안정적으로 가능합니다.」

「좋습니다. 5배로 올립시다.」

클리토리스에 꽂힌 바늘이 새로운 신호를 삽입했다. 등줄기를 타고 올라간 신호가 벼락처럼 시녀장의 머릿속을 꿰뚫어 버린 찰나였다.

〈크흑, 웃, 픕……! 응훗!? 으브으으웃?!〉

갈무리하지 못한 비명이 가면 속에서 메아리쳤다. 바늘에 찔린 곳에서부터 스멀스멀 퍼져 나오던 간지러움이 일순간 예리한 쾌감으로 돌변해 전신을 휘젓고 다녔다. 말초 신경을 직접 애무하는 듯한 자극에 시녀장은 정신이 번쩍 돌아왔다.

「2차 반응 확인……. 아, 실험체 EFGA-01. 지금 의식을 잃으면 곤란합니다.」

길버트는 안정을 되찾은 마력 파장을 확인하고 절로 안도의 한숨이 나왔다. 물론 유리벽 저편에서 칠칠치 못하게 애액으로 가랑이를 적시는 실험체의 의사는 중요하지 않았다.

「임시 조치에 불과하지만, 성감을 통상의 5배로 끌어올렸습니다. 최종적으로는 15배까지 늘리고 전신을 성감대로 개조할 예정입니다.」

〈으븝, 웃, 으그으으웃……!〉

시녀장이 핏발 선 눈으로 노려봤다. 하지만 불안으로 흔들리는 눈동자에 종전의 기개가 깃들 자리는 없었다. 길버트는 새삼 나선전당의 이념을 떠올리며 감회에 빠졌다.

탐구는 미지를 정복하는 행위.

지식은 세계를 이루는 근간.

따라서 탐구에 전념하는 마법사는 장차 세계를 정복할 숙명을 타고난 자로다.

「그동안 지루하지 않게 소일거리를 마련해 드리겠습니다.」

시녀장을 구속한 의자가 천천히 뒤로 넘어가자 활짝 열린 고간이 적나라하게 드러났다. 동시에 의자 바닥에서 육각형 돌기가 **빽빽**하게 달린 금속제 남근이 솟아 나왔다.

〈읍! 으읍! 흐읍!〉

시녀장은 당황했다. 흥건하게 젖은 자신의 비부가 가면에 비치고 있었다. 금속제 남근에 걸린 마법으로 시야를 공유한 것이다.

「잘 보이십니까? 원시(遠視) 마법을 응용한 기술입니다. 음향도 제공하니 느긋하게 즐겨 주시죠.」

〈크흡! 큽……크흐으응!?〉

도포 절차 중에 눅진하게 풀린 질구는 본래였다면 벅찼을 거근을 한껏 삼켜 버렸다. 실물과는 부피도, 무게도 전혀 다른 섬뜩한 냉기가 단숨에 질벽을 가르고 끝까지 밀려들어왔다. 육중한 이물감에 짓눌린 자궁구는 시녀장에게 욱신거리는 쾌감을 호소했다.

〈……흐윽……! 크흣……!〉

암컷의 본성에 눈을 뜬 몸이 기뻐하듯 경련했다. 시녀장은 목구멍에서 맴도는 호흡을 가다듬으려고 애썼다. 하지만 숨을 들이쉬고 내쉴 때마다 뱃속에 침입한 이물감이 더욱 선명하게 느꺼졌다.

〈흐윽!?〉

여체에 침입한 금속제 남근이 작동을 시작했다. 직경 55mm, 길이 24cm의 쇳덩이는 우악스럽게 진퇴를 반복했다. 빽빽한 돌기가 질벽 주름을 긁으며 드나들 때마다 결합부에서 허연 거품이 울컥울컥 쏟아져 나왔다.

〈으극……! 훗!? 흐크으윽! 으흥?! 으극! 흐그읏……!〉

종이 한 장 들어갈 틈도 없이 다물린 잇새에서 애달픈 신음이 흘러넘쳤다. 시녀장은 기계적인 삽입에 몸 속을 마구 휘저어졌다. 배려는커녕 욕구조차 없이, 오직 실험체를 쾌락의 도가니에 몰아넣기 위한 움직임이었다.

'안 돼, 눈을, 눈이……!'

시녀장은 가면 가득 비치는 광경에서 눈을 떼지 못했다. 질벽 주름을 헤집는 질척한 소리가 귓가에 울리는 가운데, 자신의 손목보다 굵어 보이는 남근이 주름진 점막을 짓이기며 드나들고 있었다. 각진 귀두에 들이받힐 때마다 자궁구가 움찔거리며 더욱 강렬한 자극을 졸라 댔다.

〈흑, 크흑, 흐으윽……! 응웃, 흐크으응……!〉

금속제 남근이 쉬지 않고 망치처럼 자궁구를 두들겨 댔다. 잇따른 충격으로 인내심은 바스러지고 그 안에서 얕은 절정이 끊임없이 스며 나왔다. 차라리 기절이라도 할 수 있다면 편했겠지만, 동력 기관의 힘으로 작동하는 금속제 남근은 의식을 놓을 틈도 주지 않았다.

「거부하는 척 하셔도 소용없습니다. 질내 압력은 순조롭게 상승하고 있거든요.」

'아니, 아직, 은, 아냐……! 이 정도로……! 이 정도에……!'

길버트의 평가를 부정하는 마음과 달리, 시녀장의 신음은 점차 발정한 암코양이의 그것처럼 바뀌어 갔다.

〈흐윽, 홋……! 흐윳! 으흑!? 끄흐으윽!〉

잇새에서 새어 나온 끈적한 군침이 턱을 타고 흘러내렸다. 매사 차분한 표정을 드리우던 얼굴은 초조와 굴욕으로 일그러지고 말았다.

「오오. 3차 반응 확인했소, 4번 씨.」

제어반을 들여다보던 3번이 신바람을 냈다. 그동안 슬라임처럼 하등한 몬스터에게만 쓰였던 기술이 과연 실전에서 엘프까지 아우를 수 있을지 흥미진진했기 때문이다.

「좋습니다. 그럼…….」

길버트의 수신호를 따라 금속제 남근에 능욕당하는 시녀장에게 세 개의 새로운 기계 팔이 접근했다. 각각 손가락 대신 손톱만큼 작은 원형 솔이 달려 있었다.

「감도를 7배로 상향하고, 추가 자극을 가하겠습니다.」

바늘이 꽂힌 채 파르르 경련하던 유두와 클리토리스가 원형 솔에 붙들렸다. 시녀장이 흠칫 놀란 것도 잠시, 원형 솔은 부착되자마자 맹렬하게 회전하기 시작했다. 한껏 민감해진 유두와 클리토리스가 머리카락보다 가느다란 수백 가닥의 털에 구석구석까지 연마되어 갔다.

〈끄흐윽!? 끄흐흐흐흑! 흥읏! 응흐으으윽?!〉

가면 속에서 시녀장의 자지러지는 절규가 터져 나왔다. 그저 간지러운 정도가 아니었다. 피부 속에 숨은 신경을 한 가닥씩 사포로 매끄럽게 다듬어 버리는 듯한 쾌감이었다.

전신을 비틀며 벗어나려 해도 의자는 꿈쩍도 하지 않았다. 탄탄한 복부가 멋대로 뒤틀리고 잇새에서는 게거품이 흘러나왔다.

'견뎌야, 어떻게든, 어떻게든 견뎌야……!'

기계에게는 감정이 없다. 나아가 나선전당에 속한 마법사들에게는 실험체를 동정할 줄 모른다. 그들은 그저 복제 배양 공정이 순탄하게 이루어지고 있는 사실에 만족할 뿐이다.

「생식기에 추가적인 자극을 가하겠습니다.」

「회전 기능을 작동합니다.」

부지런히 질구를 드나들던 금속제 남근이 회전하기 시작했다. 울퉁불퉁한 돌기가 질 주름 사이사이까지 파고들며 진주처럼 매끈하게 갈아 냈다.

〈훗, 끄흐으으윽!? 응으으웃! 흐끄으윽?!〉

시녀장이 급기야 성대하게 분수를 뿜으며 절정해 버렸다. 하지만 절정의 여운이 가시기 전에 또다시 새로운 절정이 밀어닥쳤다. 쉴 틈 없이 덮쳐 오는 쾌감에 휩쓸려 머리가 망가질 듯했다.

'그만, 이제……이대로, 이대로 가면, 안 되니까아……그마안……!'

〈힉, 히이이잇! 히잇!? 히이잇?! 흐히이이이익!〉

어떻게든 이성의 끈을 놓치지 않는 의식에 비해, 육체는 존엄을 지키지 못하고 순조롭게 무너져 갔다. 입술을 까뒤집으며 절정에 시달리는 얼굴은 이미 짐승 미만으로 추잡스러웠다.

「3번 씨. 이전에 시범 운용했을 때 HFKD-09가 얼마나 버텼는지 기억하십니까?」

길버트는 무력하게 절정 속에서 울부짖는 실험체를 감상하며 물었다. 3번은 턱을 매만지며 고민하다가 대답했다.

「27분 아니었나? 그래도 기사라고 해서 스승님이 좀 심하게 굴리셨지.」

「그럼 오늘은 더도 덜도 말고 60분만 숙성시킵시다.」

「60분이라니요. 너무 길지 않아요?」

2번이 어김없이 딴지를 걸고 넘어졌다. 그녀는 나선전당의 몇 없는 여성으로서 복사 배양 절차가 얼마나 견디기 힘든지 잘 알았다.

「30분으로 끝내요. 저희가 무슨 수국화관이에요?」

「2번 씨야말로 사적인 감정으로 말씀하시는군요. 숲 파수꾼은 엘프가 피라면 질색하던 시절에 자긍심과 의무감만으로 헌신한 직책입니다. 어설프게 숙성시켰다가 다른 분들에게 무슨 일이라도 생기면 어쩝니까?」

「저렇게 구속한 상태로…….」

2번은 앙칼진 투로 반박하려다가 못마땅하게 입을 다물었다. 도전과 객기가 다르듯, 여유와 방심은 다르다. 그리고 연구실에서 방심은 금물이었다.

「좋아요. 그렇게까지 말하니 어쩔 수 없네요.」

2번이 한숨을 푹 내쉬었다.

「대신에 한 시간 동안은 제가 감시하고 있겠어요. 가서 쉬세요.」

「피곤하실 텐데…….」

길버트는 무심코 말리려다가 2번의 도끼눈을 보고 멈칫했다. 애써 괜찮은 척 해도 그녀 역시 이번 실험체에 관심이 있었으리라. 그런데 3번도 아니고 4번이 자신을 제치고 총괄하니 옆에서 보는 기분이 어땠을까.

「이, 이거 실례했습니다.」

확성기를 통해 울려 퍼지는 실험체의 교성에 사과가 파묻혀 버렸다. 길버트는 다시 한 번 목청을 높였다.

「실례했습니다, 2번 씨!」

제어반을 다루던 2번이 눈살을 팍 찌푸렸다. 그녀는 입꼬리를 씰룩거리며 무어라 투덜거리다가 따끔하게 한마디 던졌다.

「4번 씨, 애인 사귄 적 없으시죠?」

「예? 아니, 예. 그렇습니다마는…….」

「내일부터 한 명 사귀어 보세요. 무리겠지만요.」

전당 내에서 사생활을 묻는 것은 금기 사항 아니던가. 길버트는 감히 주의를 주고 싶었지만, 2번의 쌀쌀맞은 분위기 탓에 선뜻 말을 걸 수 없었다.

「4번 씨, 그렇게 왜 괜히 긁어 부스럼을 만드나 그래.」

3번이 터덜터덜 걸어온 길버트의 어깨에 팔을 걸쳤다. 길버트는 그가 건네는 영양제를 말없이 들이켰다.

가장 먼저 탐구해야 할 과제는 여심일지도 모른다는 생각이 들었다.

원력 1873년 12월 23일 1:21 PM
바드티비라 중심가 '오시비사' 7층, 파브렐 레스토랑
대주교 실종 7시간째

파브렐 레스토랑은 지옥에서 온 요리사 파브렐이 세운 육류전문 식당이었다. 그의 요리 실력은 천재적이었지만, 동물만 보면 푸주칼로 토막 치려는 천성 탓에 여러 차례 고역을 치러야 했다. 특히 종업원의 살코기가 먹음직스러워 보인다며 상해를 입힌 이후로는 큰돈을 들여 향나무로 만든 골렘을 고용하기도 했다.

「주문하신 음식을 식탁에 올려 드렸습니다. 즐거운 시간 되십시오.」

각지게 고개를 숙인 골렘이 손수레를 끌고 돌아갔다. 카밀라는 먹음직스러운 소고기 스테이크를 작게 썰어 입으로 가져갔다. 혀끝에 닿은 고기가 풍부한 육즙을 입 안 가득 퍼뜨리며 눈송이처럼 녹아내렸다.

『식사도 나왔으니, 이제 독대한 까닭을 들을 수 있겠나.』

"해묵은 사이에 식사도 마음대로 못하겠니."

카밀라는 냅킨으로 입술을 가볍게 두드리듯 훔쳤다. 코웃음을 친 훔바바가 얇게 썰린 돼지고기를 한 점 입에 넣었다. 씹을 때마다 포도를 발효시킨 식초의 시큼한 맛과 버터의 고소한 향이 고깃결 깊숙한 곳에서부터 배어났다.

『돼지는 참 일용한 가축이지.』

훔바바는 느긋하게 음미한 고기를 삼키고 말문을 열었다.

『하지만 그렇다고 해서, 돼지치기가 왕 노릇 하겠다고 나서면 세상이 어떻게 보겠나.』

부름을 받기 전까지 골렘은 장식품처럼 가만히 서 있을 따름이었다. 카밀라가 침묵하는 지금, 원로 둘만 있는 식당은 지독한 적막만이 감돌았다.

『카밀라, 이참에 경고해 두겠다. 준비 중이던 사업체는 시의회 산하로 두고 손을 떼라.』

"그리고 기존안처럼 아스타르테를 허수아비로 사장 자리에 앉혀서, 내 영향력을 줄여 나가시겠다."

카밀라가 나이프로 고기를 썰면서 담담한 어조로 말했다.

"어차피 네 손에 굴러떨어질 과일이니 무르익을 동안 내버려 뒀잖니. 이제 와서 으름장을 놓아 봤자 새삼스럽지도 않단다. 실종으로 몰고 간 부분은 예상 밖이었지만, 뭐, 젊은 날의 치기라고 포장해 줄까?"

카밀라는 피처럼 짙붉은 포도주로 입가심을 했다. 술잔을 다루는 동작에서도 묘한 기품이 묻어났다. 그토록 긴 세월이 흘렀어도, 걸음마와 함께 배운 궁중의 법도는 골수에 스며들어 있는 것이다.

"같잖은 이야기는 그만 끝내고 본론으로 들어가지 않겠니."

침묵은 곧 긍정이었다. 카밀라는 푹신한 등받이에 몸을 기대었다.

"네가 어디에 판돈을 걸어야 하는지."

『도박장 주인이 도박판에 끼어들어서야 쓰겠나.』

"어머, 농담도. 네 입장에서는 아스타르테가 이겨도 득이 없을 텐데."

하여튼 귀여운 구석 없는 암컷이었다. 훔바바는 내심 혀를 내둘렀다. 그 속을 훤히 들여다보듯, 카밀라가 배시시 눈웃음쳤다.

"일개 암퇘지에게 원로 의원의 권세가 흔들린다면, 그동안 우리를 하늘처럼 떠받들던 이들이 어떻게 생각할까?"

『카밀라.』

"너는 장사꾼이지. 맞아."

뒷말을 가로채였지만, 훔바바는 입꼬리를 비틀 뿐 구태여 지적하지 않았다.

그것은 실로 기괴한 구도였다.

양지를 장악한 훔바바는 여전히 절대적인 강자였고 음지에서 벗어나려 하는 카밀라는 상대적인 약자였다. 하지만 그 당시와 다른 점이라면, 칼을 겨눈 인물이 훔바바가 아니라 아스타르테라는 사실이었다.

"그래서 손해 보는 거래는 싫어하지."

흔히 사자는 토끼를 잡을 때도 전력을 다한다고 한다. 훔바바는 제 사업을 위해서라면 개미 한 마리를 죽이는 데에도 전력을 다할 작자다. 일견 여유로운 분위기는 상대를 방심시키기 위한 포식자의 방식에 불과하다.

"그렇다면 아스타르테를 거들어서 '너희'가 얻는 이득을 생각해 볼까."

카밀라는 느긋하게 손등에 턱을 괴고 속삭이듯 말했다.

"그 아이가 제공할 수 있는 것이라고는 발정한 제 몸뚱이와 전망도 불투명한 사업체 뿐이지. 아니면, 고작해야 내 세력을 꺾을 기회? 투자한 수고에 비해 득이 너무 적잖니?"

마녀의 손에 들린 나이프가 살코기를 쓰다듬었다. 칼집에서 진한 육즙이 배어났다.

"하지만 손해는 확실하지. 아스타르테가 이번 사태를 부추겼다는 사실이 알려지면, 원로로서 누려 왔던 확고불변한 지위는 흔들릴 테고. 나아가 잿더미 의회는 점령지와 연맹 양측에서 일개 매춘부 따위에게 휘둘리는 패거리로 손가락질 받겠지."

알맞은 크기로 썰린 고기가 도톰한 입술 사이로 사라졌다. 카밀라는 포크를 까딱거리며 한마디 덧붙였다.

"불씨는 놓았으니 마음대로 하렴."

『그럴싸하게 들리는군.』

나이프를 고쳐 쥔 훔바바가 무덤덤하게 말했다.

『하지만 애당초 여신을 너와 같은 진흙탕 속에 처박을 작정 아니었나? 이제 와서 대처하려 하다니, 나로서는 썩 이해하기 어렵군.』

"흐음. 언제부터 그렇게 내 마음을 잘 헤아려 줬니?"

카밀라의 미소가 짙어졌다. 훔바바는 부드러운 돼지고기를 이빨로 짓이기며 아득한 지난날에 대면했던 공주님을 돌이켜 봤다. 기억 속의 그녀는 바닥 없는 절망과 체념에 잠겨 허우적 거리고 있었다.

『아스타르테가 이 녀석 저 녀석 건드리고 다니게 내버려 두지 않았던가.』

시녀장 이외에 카밀라를 가장 잘 아는 이들이라고는 원로 의원 뿐이다. 어설프게나마 카밀라의 속내를 헤아릴 수 있었던 측근들은 모두 숙청됐기 때문이다. 카밀라는 이해를 거부함으로써 자신의 지위를 굳건히 다진 것이다.

"심증만 있었지, 물증은 없었단다. 계약서도 없이 그렇게 까불고 다니다니, 정말 무슨 배짱인지. 지켜보는 내가 다 조마조마하더구나."

『심증만으로 측근을 축출해 왔던 네가 물증이 없다고 움직이지 않았다는 말을 누가 믿겠나.』

"우리가 언제부터 믿을 만한 말을 하고 살았니?"

카밀라가 픽 실소하고 궐련을 피워 물었다. 권력을 가진 자는 사슴을 말로 만들 수 있고, 재물을 가진 자는 사람의 마음도 살 수 있었다. 이곳 바드티비라에서 원로 의원은 둘 모두를 가진 자였다.

잔망스러운 암퇘지 한 마리 때문에 둘 중 하나를 놓아 줘야 할까?

『본론으로 들어가지. 먼저, 이전에 맺었던 계약을 갱신하고 싶다.』

"구체적으로는?"

훔바바는 대답 대신 식탁에 붙어 있는 벨을 눌렀다. 벨 소리를 들은 비서가 식당으로 조용히 들어와 카밀라 앞에 두툼한 서류 봉투를 올려놓았다.

카밀라는 시큰둥하게 서류를 검토했다. 내용은 장황하지만 요지는 간단했다.

"아스타르테를 첩실로 달라고?"

『그렇게 되겠군. 애석하게도 행실이 그 모양이니 정실은 무리겠지. 살을 주는 대신 뼈를 취할 작정이라면 이 정도 손해는 감수해야 하지 않겠나.』

터무니없는 요구였다. 하지만 카밀라는 이 노회한 미노타우로스가 이 정도로 막무가내라고 여기지 않았다. 분명 무리한 조건을 내세워 상대의 기선을 꺾으려는 수작이었다.

"농담은 집어치우렴, 훔바바. 독점하고 싶은 마음은 알겠지만 아스타르테는 내 가축이란다."

『제약 산업을 전폭적으로 지원한다면 어떻겠나?』

카밀라의 입술을 훔치던 냅킨이 멈칫했다.

『카산드라의 반대 정도야 내가 무마해 주지.』

카밀라는 눈매를 가늘게 여몄다. 입가에 자연스레 비릿한 미소가 번졌다.

"고마운 제안이지만, 나는 욕심이 많단다. 어느 하나를 포기하지는 못하겠는걸."

훔바바는 속내를 떠보려고 했을 뿐이다. 아스타르테를 향한 집착과, 사업을 확장하려는 욕구 중 어느 쪽이 앞서는지. 카밀라는 서류를 팔랑팔랑 흔들어 보았다.

"그러니 이 수정안도 받아들일 수 없겠어. 양보할 수 있는 범위를 한참 벗어났단다. 주에 한 번, 24시간 대여로 타협하면 어떻겠니?"

『너무 야박하게 구는군. 72시간으로 하지.』

"30시간."

『60시간.』

카밀라는 조용히 혀를 찼다. 회의 재개까지 한 시간도 남지 않았다. 오래 줄다리기를 할 여유는 없었다.

"48시간. 단, 24시간은 평일에 할애할 것. 이 이상 추하게 억지 부리지 않길 바라."

『48시간. 그렇게 하지.』

카밀라로서는 상당히 양보한 셈이었다. 훔바바는 포도주로 목을 축이고 이어 말했다.

『슬슬 회의에서 꺼낼 패에 대해 논의하도록 하지.』

원력 1873년 12월 23일 4:41 PM
나선전당 제 1 종합 연구실
대주교 실종 11시간째

가면이 벗겨지자 안에 고인 타액이 턱을 타고 질질 흘러내렸다. 뒤이어 철컥거리는 소리와 함께 시녀장을 구속한 조임쇠가 헐거워졌다. 쾌락에 절여지던 여체는 한 줌도 안 되는 해방감을 만끽하며 가늘게 떨었다.

'이제⋯⋯끝⋯⋯인가⋯⋯?'

뇌가 녹아내릴 듯하던 자극이 더 이상 느껴지지 않았다. 무아지경에서 벗어난 시녀장은 가까스로 의식을 붙잡았다. 땀과 눈물로 범벅되어 흐릿했던 시야가 차츰 밝아졌다.

"하아⋯⋯. 하, 하아아⋯⋯."

살을 에는 듯한 쾌감에 몸부림치던 기억은 꿈이 아니었다. 물 먹은 솜처럼 무거운 몸에서는 미열이 피어오르고 살결에 닿는 공기는 솜털처럼 간지러웠다. 시녀장은 더운 숨을 내쉬며 무심코 눈길을 떨어뜨렸다.

흐릿하게 풀려 있던 눈동자가 경악으로 부풀어 올랐다.

"이⋯⋯. 이게⋯⋯."

헛숨을 삼키자 두 손으로 잡아도 흘러넘칠 만큼 커다란 젖가슴이 출렁거렸다. 새끼손톱보다 작았던 유두는 손가락이 들어갈 만큼 비대해져 시뻘겋게 충혈되어 있었다. 시녀장의 초췌한 얼굴이 삽시간에 붉게 물들었다.

「실험체 EFGA-01.」

"웃……?!"

시녀장은 퍼뜩 고개를 들었다. 하지만 아무리 날카로운 눈빛을 세워도 수치와 당혹감에 일그러진 표정으로는 한낱 자존심 강한 계집년의 앙탈일 뿐이었다.

연구실에서 지켜보던 길버트는 애써 음흉한 미소를 감췄다.

「그렇게 당돌한 척 굴지 않아도 좋습니다. 여기 있는 전원이 당신의 치태를 아주 흥미롭게 감상했거든요.」

"치태라니요. 허튼 소리는 그만두고……."

반문을 틀어막듯, 매끄러운 벽에 격리실의 영상이 비쳤다. 시녀장은 물결치는 창백한 빛 속에서 차마 말을 잇지 못했다.

〈으흐으응! 흥그으으웃……! 크히잇!? 히익! 힉?! 히이이익!〉

짐승처럼 추잡스러운 교성을 지르는 꼬락서니가 적나라하게 펼쳐졌다. 암퇘지에게나 시킬 법한 복종의 자세로, 꼴사납게 코를 울리면서, 요란하게 절정에 달하는 자신이었다. 시녀장은 입 안 가득 고인 침을 무심결에 꼴깍 삼켰다.

〈연속 절정 172회.〉

〈추가 성감대를 계발합니다.〉

기억하지 않는 자신이 사방에서 달려드는 기계 팔에 능욕당하고 있었다. 겨드랑이와 발바닥에 가느다란 침이 파고들고 원형 솔로 연마하기 시작하자 영상 속의 자신은 콧구멍을 벌름거리며 절규했다.

〈흐프흐으으!? 흣크으으응! 흐흑?! ㄲ흐흐흐흐……!〉

진즉부터 원형 솔에 붙들렸던 클리토리스는 반 뼘 남짓하게 늘어나 있었다. 윙윙거리는 소리에 맞춰 금속제 남근이 정확하고 규칙적으로 자궁구를 두들겨 댔다. 시녀장의 팔뚝만 한 남근이 들락거릴 때마다 하복부가 찌르르 경련을 일으키며 세찬 분수를 뿜어 댔다.

〈배변 기관을 개조 및 연결합니다.〉

〈영양분 공급을 시작합니다.〉

단조로운 복창과 함께 요도구와 항문에 긴 관이 삽입됐다. 곧이어 온몸에 가느다란 침이 꽂혔다. 영상 속의 자신은 눈을 홉뜬 채 미친 듯이 울부짖었지만, 손가락 하나 까딱하지 못하는 상태로는 저항할 방도가 없었다.

「그래도 긍지 높은 숲 파수꾼이라는 말이 과장은 아니더군요.」

영상이 멈췄다. 시녀장은 퀭한 눈으로 영상 귀퉁이에 찍힌 시간을 바라봤다.

「사람의 의지란 정말 놀랍지 않습니까. 설마 이렇게 오랫동안 버틸 줄은 몰랐습니다.」

1:57:12

겨우 두 시간도 지나지 않았다.

「축하합니다, 실험체 EFGA-01. 이제 당신은 호문쿨루스의 모체(母體)로 기능할 수 있어요.」

시녀장은 입술을 깨물었다. 가슴에 차오르는 분노가 누구에게 향해야 하는지 알 수 없었다.

벽 건너편에서 장난질을 치는 나선전당인지.

영상을 보면서 다리 사이가 애액으로 흠뻑 젖어 버린 자신인지.

「이제부터 복사 배양 절차를 시행하겠습니다.」

일방적인 통보에 시녀장은 흐트러진 마음을 가다듬었다. 목숨이 붙어 있는 한, 탈출할 기회는 반드시 온다. 이제부터는 정신을 바짝 차리고 활로를 모색해야 했다.

'이 구속만 풀면, 반드시……!'

하지만 시녀장은 등골에서 온몸으로 스멀스멀 퍼지는 열감까지는 깨닫지 못했다. 아니, 인정할 수 없었다. 아득한 세월에 걸쳐 단련된 육체가 고작 두 시간 사이 파렴치한 암컷의 몸뚱이로 전락했다는 사실을 그 누가 선뜻 받아들일까.

「47번, 48번, 49번. 소독을 마치는 대로 격리실에 입장하기 바랍니다.」

잠시 후, 그동안 굳게 닫혀 있던 문이 열리고 격리실에 세 명의 호문쿨루스가 들어왔다. 알몸에 가운만 걸친 그들은 모두 탄탄한 근육질 체형에 체모라고는 한 올도 없어서 색을 입힌 대리석상을 연상케 했다.

「EFGA-01의 준비는 끝난 모양이니 곧바로 실행해 주세요.」

지시를 받은 제자들이 가운을 훌렁 벗어던졌다. 시녀장의 두 눈은 잔뜩 성난 남근에 사로잡히고 말았다. 흉측하게 불거져 맥동하는 핏줄이, 오로지 암컷에게 정액을 욱여넣기 위해 발달된 음란한 형태가 망막에 선명히 새겨졌다.

"하, 하아, 하……."

목 안에서 단내가 훅훅 풍겼다. 시녀장의 머릿속은 순식간에 색욕으로 가득 차 버렸다. 제자들의 남근에 열중하기 바쁜 나머지, 음탕하게 변모된 나체가 주목 받는다는 사실은 의식할 틈도 없었다.

'버, 벌써부터, 저렇게 늠름한 물건을 세워 놓고…….'

벌거벗은 제자들이 성큼성큼 다가왔다. 시녀장은 벌써부터 공기가 체온으로 후덥지근하게 달아오르는 듯했다. 두 시간 동안 억지로 확장당해 헐거워진 질구가 그녀의 의지와 상관없이 벌름벌름 가쁜 숨을 몰아쉬었다.

「헤헤, 이런 재미가 있다 보니 제자를 그만둘 수 없는 거지.」

「47번 씨, 잡담은 좋지 않아요.」

「49번, 너무 깐깐하게 굴지 마. 지침에서도 적당한 매도와 상스러운 말을 사용하라잖아.」

세 제자는 뜨거워진 몸을 주체하지 못하는 시녀장을 두고 서로 노닥거렸다. 시녀장은 정신이 번쩍 들었다. 이 상황에서 태평하게 무슨 생각을 하고 있단 말인가.

「그래, 그래. 이것 봐라. 크으. 암컷 냄새가 풀풀 풍기네.」

47번이 시녀장의 다리 사이에서 코를 킁킁거렸다. 비대해진 클리토리스에 콧김이 스칠 때마다 질구에서 끈적거리는 애액이 흘러 넘쳤다.

시녀장은 얼굴을 붉히면서도 경멸에 찬 눈으로 그를 노려봤다. 슈트라우스가 만든 구속구만 아니었으면 옷자락 건드릴 엄두도 못 냈을 버러지였다.

「이봐, 실험체. 이제 풀어 달라는 말은 안 해?」

"자, 잠깐, 멈춰요. 지금 기대거나 하면……흐읏?!"

48번은 그 사이 친한 척 몸을 붙이며 이죽거렸다. 서로 피부가 닿자 시녀장의 등줄기가 흠칫 곤두섰다. 도포를 받고 민감하게 변한 신체는 옷깃만 스쳐도 아찔할 만큼의 자극으로 받아들였다.

「뭐 어때. 앞으로는 익숙해져야 할 몸인데. 우리가 공들여 만들어 줬는데 싫다는 거야?」

"익숙해지기는, 누가……히야앙!"

47번이 클리토리스를 손가락으로 튕기자 시녀장의 입에서 자지러지는 교성이 터져 나왔다. 한순간 머릿속을 하얗게 불사른 전류가 야릇한 오한이 되어 온몸 구석구석으로 퍼져 나갔다.

「오, 뭐야. 독살스럽게 굴더니 꽤 귀엽게 울 줄도 아네.」

「48번 씨. 저희도 슬슬 시작하죠. 소독 끝내고 기다리는 조도 있잖아요.」

두 제자의 잡담이 메아리처럼 아득하게 들려왔다.

시녀장은 고개를 한껏 젖힌 채 거친 숨을 몰아쉬었다. 자극을 견디지 못하고 이성이 증발해 버린 채, 그저 짐승처럼 흐느끼기만 하던 영상 속 자신의 치태가 뇌리에 스쳤다.

'아, 안 돼. 이거……. 위험…….'

「자, 그럼 제대로 맛 좀 보실까.」

냄새를 맡던 47번이 몸을 일으켰다. 시녀장은 다급히 고개를 들어 외쳤다.

"기다려요! 지금은 안……!"

미처 말을 끝맺기도 전에, 사나운 불기둥이 시녀장의 뱃속으로 푹 들이닥쳤다. 창자를 짓이기는 듯한 이물감에 시녀장은 비명이 되지 못한 숨을 토해 냈다.

"…………! 앗……아……하아……악…………!"

깃펜처럼 부드러우면서 날카로운 눈초리에 눈물이 맺혔다. 수치심도, 굴욕도 아닌 원치 않았던 기쁨의 발로였다.

「오옷……. 오오……! 여, 역시 엘프야……!」

다짜고짜 쑤셔 넣은 47번은 입술을 까뒤집으며 감탄했다. 물컹하게 부어오른 질 주름이 남성에 찰싹 달라붙어 꿈틀거렸다. 전신이 녹진하게 퍼지도록 시달렸어도 조여드는 맛은 여전히 일품이었다. 47번의 인내심은 금방 바닥을 드러냈다.

「우, 우오옷……!」

그는 시녀장의 허벅지를 붙잡고 뿌리까지 꽂았던 남근을 천천히 뽑아냈다. 어찌나 진짜 수컷에게 굶주렸는지 남근에 휘감긴 질벽이 떨어지지 않고 딸려 나올 듯했다. 너저분하게 삐져나온 소음순에 귀두가 걸리자 시녀장은 히이히이 하고 가느다란 숨을 몰아쉬며 궁둥이를 들썩거렸다.

"제가, 이, 이딴, 역겨운, 장난질에……!"

시녀장이 촉촉하게 젖은 눈으로 제자들을 쏘아봤다. 48번이 웃음을 터뜨렸다.

「눈물까지 찔끔거리면서 좋아하는 주제에 역겹다고? 47번 씨, 역시 길이 덜 들었네요.」

「그러니까 우리 같은 말단이 첫 타자가 되지 않았겠냐.」

"흐윽!? 훗, 흐으으……!"

47번은 48번의 비아냥에 맞장구치며 귀두로 입구 언저리를 슬슬 문질렀다. 기껏 눈초리를 치켜세웠던 시녀장의 입에서 애달픈 울음이 새어 나왔다. 질척질척 애액으로 젖은 소리가 격리실에 울려 퍼졌다.

「47번 씨, 연구실에서 전해 드립니다. 일정에 차질을 빚지 않게 해 주세요.」

「예, 예, 알겠슴다!」

"하아, 잠깐, 기다, 지금은……흐아아앙!?"

건성으로 대꾸한 47번이 한껏 끌어당겼던 허리를 힘차게 밀어 넣었다. 시녀장은 그만 발정기의 고양이 같은 울음소리를 내며 등줄기를 튕겼다. 화상을 입을 듯 뜨거운 열기가 몸 속을 가득 채웠다.

「으랴앗! 임신해라! 임신해! 첫 번째 새끼는 내 좆물로 임신해 버리라고!」

"하악, 앗, 히익, 큿, 아하악, 그런, 헛, 소리, 아흑?! 하앙, 하아아앙! 거기, 안댓, 흑, 흐앗, 시러, 흐웃, 흐으윽!"

「싫다고 하면서, 더럽게 조이잖아! 얼마나 남자에 굶주렸던 거냐, 이 걸레 아줌마야!」

"훗으응, 아줌, 마, 라니, 햐으응!? 하앙, 하아아앙!"

시녀장의 입술에 틈이 벌어지면서 아양을 떠는 듯한 교성이 넘쳐흘렀다. 47번은 매도를 퍼부으며 수캐처럼 허리를 흔들었다. 불두덩이끼리 부딪칠 때마다 덜렁거리는 클리토리스가 짓이겨지며 고통스러운 쾌감을 선사했다.

"흐윽, 크흐으응! 훗, 흐읏, 으흐으으윽!"

엉망진창으로 휘저어지는 동안 절정이 잇따라 밀려들었다. 간헐적으로 경련하며 환희의 분수를 뿜어도 개운하기는커녕 참을 수 없이 끈적끈적한 열기만 쌓여 갔다.

「암퇘지들 똥구멍이나 닦아 주던 년이 앙탈은! 쑤셔 주는 남자가 없으니 허구한 날 자위나 하고 지냈겠지! 자, 가라! 가 버리라고!」

"그렇지, 않앗, 앗, 하양!? 가, 가욧, 또 가 버렷, 간다, 간댜, 하앙, 앙, 앗, 흐읏, 훗끄흐으으응!"

시녀장의 눈동자가 눈꺼풀 속으로 말려들어 갔다. 동시에 47번의 팽창한 남근이 짙은 정액을 토해 내자 봇물 터지듯 넘쳐난 애액이 사타구니 언저리를 흥건하게 적셨다.

"흐으……. 흑……."

시녀장은 초점 없이 흐릿한 눈으로 천장을 올려다보며 가는 숨을 토해 냈다. 뱃속에 퍼져 가는 뜨뜻한 감각이 몸서리치게 혐오스러웠다.

'그래도, 견뎠어요. 이렇게 견디다 보면……. 언젠가……. 언젠가…….'

하지만 하복부에 파고든 남성은 아직 수그러들지 않았다. 47

번은 요도에 남은 정액까지 짜 내고도 여전히 건강한 남근으로 몸 속 깊은 곳을 쑤셔 댔다. 미끄러지듯 끝까지 파고들어 오는 이물감에 시녀장이 까무라쳤다.

"꺄하앙!? 하앙! 안, 대엣! 방금, 쌌잖……꺄흐으응?!"

「아줌마 주제에 스승님의 호문쿨루스를 무시하는 거냐! 이건 너처럼 굶주린 걸레 년들을 위한 특제라고! 자, 자, 가만히 있지 말고 클리라도 딸랑거려 보시지, 응?!」

"꺄하아아악!? 그마내여, 클리 그마안, 하아앙! 햐아아앙?!"

47번이 비대해진 클리토리스를 붙들고 꽉꽉 비틀자 시녀장은 어쩔 줄 몰라 했다. 클리토리스가 꺾일 때마다 등골이 오스스 떨리며 요도에 고정된 관으로 소변이 쪼르르륵 흘러 나갔다.

「자, 우리도 거들자고. 49번.」

「아, 네.」

짐승 미만의 교미를 관람하던 48번과 49번이 출렁출렁 흔들리는 젖가슴을 각자 붙잡았다. 그리고는 비대해진 유두에 손가락을 쑤셔 넣어 좌우로 벌렸다. 흉물스럽게 변한 젖꼭지가 쩌억 하고 끈적한 소리를 내며 벌어졌다.

「어휴, 아주 제대로 익었네.」

「48번 씨, 지침에 뭐라고 불러야 하는지 나와 있었나요?」

「글쎄, 스승님도 사용하신 적은 없으니까, 편하게 젖보지는 어때?」

두 제자는 더운 김이 모락모락 풍길 듯 뜨거운 구멍을 유심히 들여다봤다. 허리를 비틀며 쾌락에 허덕이던 시녀장의 얼굴에 당혹스러운 기색이 퍼졌다.

"아하악!? 하앙! 하아앙!? 잠깐, 무, 무슨, 짓을, 꺄학! 히읏! 히끄으으윽?!"

48번과 49번이 늠름하게 일어선 남근을 유두에 쑤욱 집어 넣기 시작했다. 시녀장은 산 채로 해부당하는 짐승처럼 온몸을 뒤틀며 처절하게 울부짖었다. 젖가슴을 달군 쇠꼬챙이로 찢어발기는 듯한 격통과, 신체의 일부가 새로운 생식기로 변질되어 가는 전율이 동시에 치달았다.

「하아, 하, 어때, 그쪽은?」

49번이 쉴 틈 없이 허리를 튕기며 물었다. 48번과 49번은 바들바들 몸서리치는 시녀장의 젖가슴에 남근을 뿌리까지 푹 담근 채 감평했다.

「상상 이상으로 좋습니다. 주름이나 조임이나, 30대의 농익은 기혼 여성이 떠오르네요.」

「동감입니다. 특히 이런 식으로 기분 좋게 쓸 수 있다는 점이 또, 으읏, 각별하죠.」

"흥히이이익!? 시러어엇!? 그만해요, 제발 그만, 아하아아아악!? 하아아아앙! 시럿, 시러어어엇!"

49번이 젖가슴을 장난감처럼 마구 반죽해 댔다. 자궁이 남의 손 안에서 주물럭주물럭 놀아나는 쾌감에 시녀장은 필사적으로 버둥거리며 절규했다. 하지만 의자에 달린 조임쇠는 철컥거리는 소리로 비웃을 뿐이었다.

「그럼 너희도 서두르라고. 나만 한소리 들었잖아.」

"하앙! 아하아악!? 가고, 가고 있어요! 아앙, 하앙, 가고 있는, 데에……! 히잇, 힉, 안대앳, 안대애, 흐히익?!"

47번이 핀잔을 주고 삽입에 박차를 가했다. 자비도 배려도 없는 몸놀림을 따라 의자에 묶인 두 다리가 전류를 흘려 넣은 개구리처럼 소스라쳤다. 48번과 49번도 시녀장의 탐스러운 유방을 붙잡고 허리를 움직였다.

찔꺽거리는 소리와 함께 튼실한 물건이 번갈아 가며 젖보지를 쑤셔 댔다. 남근에 꿰인 젖가슴이 찌부러지고 늘어나면서 철퍽철퍽 살이 부딪치는 음탕한 소리를 일으켰다.

"끄히이이잇!? 끄히이이잉! 안데여어……! 그러케 수컹수컹하며언……망가져여……망가져 버혀여……!"

하나만으로도 견디기 벅찼던 수컷이 셋이나 달라붙자 시녀장의 이성은 순식간에 한계까지 내몰렸다. 결의는 시시각각 무너져 내리고 오직 몸 속에서 꿈틀거리는 열기를 잠재워야 한다는 본능만이 의식을 지배해 갔다.

"크후으웅! 쥬거엇, 쥬거, 이러, 다, 쥬거 버려여, 흐크으으웅?!"

지나치게 민감해진 성감이 뇌가 몇 번이나 녹아 내릴 만큼 대량의 쾌락을 무분별하게 전달했다. 시녀장은 이를 빠득빠득 갈며 콧구멍으로 천박한 울음을 흘렸다. 구슬처럼 떨어지는 눈물이 히죽히죽 올라간 입꼬리에 쪼개졌다. 깨닫지 못한 사이, 그녀는 어느새 저항심보다 목숨을 구걸하기 급급했다.

「후욱, 실험체, 훅, 네 젖보지 좀, 우웃……! 제대로 봐, 꽉 물고, 놔 주지를 않는다고……!」

"누가, 그러언, 흥히이익!? 웃흐으웅! 크흐으으웅!"

새로운 자궁으로 개조당한 젖샘이 귀두에 찌부러지자 간신히 되살아나려던 의지의 불씨도 무참하게 짓이겨져 버렸다. 전신의 모든 감각은 오직 쑤걱거리며 몸 속에 드나드는 수컷을 느끼는 데 집중했다.

"흐아, 이상해, 져어, 가슴, 이상해앳, 힉, 히끄으으윽……!"

시녀장은 쾌감에 난자당하며 가슴에서 피어오르는 낯선 간지러움을 느꼈다. 금방이라도 밖으로 내보내고 싶어서 견딜 수가 없었다.

「크으……! 47번, 씨, 저 슬슬, 쌀 것 같아요……!」

「이쪽도 마찬가지야……!」

눅진눅진한 유벽(乳壁)이 갑자기 물어뜯듯 조여들었다. 젖보지를 범하던 48번과 49번은 앓는 소리를 냈다. 두 제자의 움직임이 더욱 빠르고 거칠어졌다. 살과 살이 맞부딪치며 울려 퍼지는 상스러운 소리가 격리실을 가득 채웠다.

「벌써부터 엄살이냐! 응? 본때를 보여 주라고, 이렇게, 이렇게!」

"끄흑, 흑, 하윽, 하으윽……!"

47번이 한껏 팽창한 귀두로 자궁구를 후려치며 허세를 부렸다. 시녀장은 비명도 지르지 못하고 뭍에 나온 물고기처럼 입만 뻐끔댔다. 이미 그녀는 혼절조차 할 수 없이 쾌락에 휩쓸려야 할 처지였다.

「헉, 허억, 헉……!」

「후우, 훅, 후욱!」

수컷들이 한 마리의 암컷에 뒤엉키며 흩뿌리는 열기로 공기는 후덥지근하게 달아올랐다. 시녀장은 숨이 턱턱 막히는 가운데 수컷들의 성욕에 무력하게 휘둘렸다.

「우웃, 이거, 이렇게 하면……!」

49번이 땀으로 푹 젖은 겨드랑이를 손가락으로 간지럽혔다. 개조를 통해 비정상적으로 신경이 밀집된 겨드랑이는 클리토리스나 다름없는 성감대였다.

"꺄하하하학!? 꺄하하항! 겨드랑이이이잇! 안대해에에엣!"

시녀장은 웃음인지 비명인지 모를 교성을 지르며 몸부림쳤다. 이제 다른 것은 아무래도 괜찮았다. 단정한 이목구비가 울먹거리는 표정으로 일그러졌다. 가슴에 차오르는 이 간지러움만 뽑아 낼 수 있다면, 무슨 짓이라도 저질러 버릴 것 같았다.

「싼다, 진하게 한 발 꽂아 주마, 이 빌어먹을 녀아!」

47번이 목에 핏대를 세우며 허리를 밀어붙였다. 동시에 48번과 49번의 남근도 뿌리까지 파고들어 왔다. 세 명의 남근이 꿈틀꿈틀 요동치는가 싶더니, 뻑뻑한 정액을 폭발하듯 쏟아 냈다.

"끄흐으윽!? 힛, 크히이잇……!"

시녀장은 골반과 젖가슴을 짓눌리며 이제까지 느끼지 못했던 절정에 다다랐다. 수컷의 씨에 굶주린 몸뚱이가 탐욕적으로 정액을 빨아들이자, 젖보지의 결합부에서 누리끼리한 모유가 왈칵 역류해 나왔다.

"흐픗, 웃, 흐으으웃……!"

생전 처음 느끼는 젖짜기 절정에 시녀장은 눈을 까뒤집다시피 하며 축 늘어졌다. 부들부들 경련하는 입술 사이로 거품이 이는 침이 흘러 나왔다.

「너무 들볶았군요, 47번, 48번, 49번. 이제 끝입니다. 격리실에서 퇴장하세요.」

세 제자는 아쉬운 눈으로 시녀장에게서 물러섰다. 물론 가운을 걸치고 흘러넘칠 듯 커다란 젖가슴을 손바닥으로 한 대씩 갈겨 주는 짓도 잊지 않았다.

「47번 씨, 대학에서 좀 놀았다더니 정말이었네요.」

「그러는 너희는 너무 얌전했잖아. 괜히 나만 신났던 것처럼.」

그들은 시시덕거리며 격리실을 나섰다. 시녀장은 어렴풋이 문이 닫히는 소리를 듣고 긴장의 끈을 놓쳤다. 느슨하게 풀린 질구와 젖보지에서 애액과 정액이 뒤섞여 주르륵 흘러내렸다.

'끝……이제, 이제 정말, 끝이겠죠……?'

「그럼 계속해서 39번, 40번, 41번 입장하세요.」

머리 위에서 기대를 배반하는 지시가 떨어졌다. 시녀장은 망연자실한 눈으로 천장에 달린 확성기를 바라봤다. 악의를 듬뿍 담은, 사무적인 목소리가 흘러나왔다.

「1차 출산 전까지 동일한 과정을 98회 반복하겠습니다. 실험체 EFGA−01.」

취조실은 식은땀 흘리는 소리마저 천둥처럼 들릴 만큼 조용했다. 윗층에서는 대주교 실종의 책임을 따지느라 정강이 여럿 깨져 나가고 있지만, 글렌에게는 먼나라 이야기였다.

'빌어먹을.'

하지만 글렌은 글렌 나름대로 속이 쓰렸다. 그는 눈을 감고 침음하다가 아무렇게나 담배를 빼 물었다. 근신이 끝나자마자 성가신 사건과 엮이니 위에 구멍이 뚫릴 것 같았다.

'옆방에서도 난리가 났겠군.'

그는 책상을 사이에 두고 마주앉아 있는 묘령의 매춘부를 물끄러미 응시했다.

모니카 블룸.

올해 스물한 살이 된 그녀는 수국화관의 '암퇘지' 이자 일가족 살인 사건의 참고인이었다.

「차근차근 정리해 봅시다.」

글렌은 꽁초를 재떨이에 꾹꾹 눌러 끄고 서기가 받아쓴 조서를 펼쳤다.

「참고인은 작년 말 수국화관에서 횡령이라는 죄목으로 체벌을 받았습니다. 이후 코르티잔으로 활동 중인 풍요의 여신에게 장래성을 인정 받아 개인 교습을 받아 왔습니다. 맞습니까?」

모니카가 침울한 얼굴로 고개를 끄덕였다.

「참고인은 자식을 수국화관에 넘긴 부모를 줄곧 원망했습니다. 한 달 전, 참고인은 자신을 구입한 단골 고객이 빈민가의 유력자라는 이야기를 듣고 범행을 사주했습니다.」

글렌은 엄지와 검지로 두 눈을 지그시 눌렀다. 자식을 창관에 판 부모나, 부모를 죽이겠다고 작정한 자식이나, 어디서부터 잘못되었는지 그저 막막했다.

「참고인은 평소 아스타르테에게 수국화관의 살인교사(殺人敎唆)에 대해 듣고, 이를 실천으로 옮기기로 결심했습니다. 준비 단계에서 피해자의 주거지와 생활상을 상세히 알려 주고 지난 1년 간 저축한 화대를 대금으로 지불했습니다. 맞습니까?」

"네."

모니카가 작은 목소리로 대답했다. 글렌은 입술 사이로 툭 불거진 큼직한 송곳니를 긁적거렸다.

「개인적인 질문입니다만, 블룸 양. 대체 그 인간의 뭘 믿고 덜컥 일을 맡겼습니까?」

"손님 분들은 마음에 드는 암컷 앞에서는 항상 강해 보이고 싶어 하시니까요."

모니카가 다소곳이 눈을 내리깔며 미소지었다. 글렌은 솜털이 곤두서는 기분을 느끼며 자리에서 일어났다.

「잠시만 기다려 주십시오.」

그는 모니카를 남겨 두고 반투명 유리 건너편에 있는 감시실로 향했다. 문을 열자마자 자욱한 담배 연기가 왈칵 쏟아져 나왔다.

「아니, 과장님. 여기가 경찰청이지 너구리 굴이랍니까.」

"너 뭐하러 왔어? 구체적인 정황을 확인해야 할 것 아냐!"

줄담배를 태우던 과장이 꽁초 잡은 손가락으로 삿대질을 했다. 글렌은 개의치 않고 손으로 연기를 걷어 냈다.

「구체적인 정황이고 자시고, 그냥 참고인만 살인교사 혐의로 체포하고 끝냅시다.」

"끝내다니, 너 방금 쟤가 하는 말 못 들었냐? 코르티잔이라면 형극의 마녀 측근 아니야, 측근! 너 지금 파기만 하면 횡재할 금맥을 덮어 두고 맨손으로 가자는 거야, 엉?"

「꼴랑 4등급 암퇘지가 저택에서 쑥덕거리는 걸 뭔 재주로 알겠슴까. 괜히 건드렸다간 우리만 피 봅니다.」

"피? 야, 이 정신 나간 놈아! 이미 볼 장 다 본 마당에 피는 얼어죽을 피! 너 지금 윗분들 분위기가 얼마나 개판인지 몰라서 그래?"

물러설 기미가 없었다. 글렌은 앓는 소리를 내며 뒷골을 부여잡았다.

어쩌면, 시경에게 저 매춘부는 굴러들어 온 복덩이다. 대주교의 실종으로 개차반이 된 상황을 모면할 길은 도시의 눈과 귀를 돌릴 수 있는 새로운 사건이다.

어차피 태양신의 독실한 신도는 이 도시에 한 줌도 안 된다. 잿더미 의회로 올라가면 그 수는 더욱 줄어든다. 지금 거리가 술렁거리는 까닭은 순전히 각자의 이해관계와 질 나쁜 호기심 탓이다.

「형님. 저랑 잠시 얘기 좀 합시다.」

글렌은 과장을 복도로 끌고 나왔다. 현장에서 잔뼈가 굵은 두 사람은 담배를 뻑뻑 빨며 벽에 기대섰다.

「마녀가 저 아가씨를 순순히 내보내 줬어요. 감이 안 좋습니다.」

"나이 먹어서 실수 좀 할 수도 있지, 뭐 그리 계집애처럼 예민하게 구냐."

과장이 떨떠름한 표정을 지었다. 말하고 나니 어이가 없었다. 지난 수 년 동안 시경을 비웃듯 횡행하던 카밀라가 느닷없이 노망이 들 가능성은 얼마나 될까.

「저 아가씨는 미끼입니다. 우리를 함정으로 끌어들이려는 미끼 말입니다. 이전번 세무조사라느니 어쩌느니 할 때 얼마나 고깝게 봤겠습니까? 잘못 물면 훅 갑니다.」

"이놈이 진짜, 씁."

머리통을 굴리던 과장이 바람 빠는 소리로 엄포를 놓았다. 글렌은 못마땅하게 입을 다물었다.

"야, 너 나랑 몇 년째 같이 일하냐. 누군 위험한지 모르는 줄 알아? 상황을 좀 봐라. 마녀 한 명이랑 붙는 게 낫겠냐, 의회 전체랑 붙는 게 낫겠냐, 응?"

담배 냄새에 찌든 손등이 글렌의 가슴팍을 툭 쳤다.

"우리 같은 말단이 윗분들 싸지른 똥 치우다가 죽어나는 게 하루 이틀이냐. 적어도 이번 건은 우리 밥벌이가 달려 있잖아. 그만 좀 개겨. 또 근신 먹을라."

글렌은 과장에게 맞은 가슴팍을 슬슬 문질렀다. 밥벌이라니, 잘도 가슴에 와 닿는 핑계였다.

「취조실에 있는 동안 누가 다녀갔습니까?」

"부청장님."

실종 사건 수습으로 다들 발등에 불이 떨어진 시점이었다. 부총장이나 되는 인물이 고작 '살인 사건'의 경과나 확인하러 오지는 않을 것이다. 글렌은 담뱃갑에서 담배 두 개비를 꺼내 과장과 나눠 물었다.

「경찰 노릇하기 참 더럽습니다.」

"난들 아니겠냐. 쓰벌. 그 미친놈은 뇌물도 좀 가려 먹어야지."

마지막 담뱃불을 끈 두 사람은 가볍게 주먹을 맞부딪치고 각자 위치로 돌아갔다.

「블룸 양. 방금 그 얘기, 조금 더 자세히 듣고 싶습니다.」

"방금 얘기라면……."

솔직히 말하자면, 글렌은 모니카의 시선이 부담스러웠다. 자리에 앉아 꼼지락거리는 그녀는 생선을 앞에 둔 고양이처럼 굶주려 보였다.

「풍요의 여신에게 들었다는 살인교사 말입니다.」

"아, 네. 물론이죠, 형사님."

모니카의 얼굴에 반가워하는 기색이 은은하게 번졌다. 하지만 글렌은 그녀의 자발적인 협조가 영 마음에 내키지 않았다. 수국화관 소속 매춘부는 다들 정도는 달라도 카밀라를 숭배하기 때문이었다. 카밀라에게 해코지가 될지도 모르는 이야기를 선뜻 털어 놓는다니 아무래도 수상했다.

'그래도 이번 건은 잠자코…… . 그래, 잠자코 있자.'

글렌은 서기에게 눈치를 줬다. 모니카를 감상하느라 멍하니 있던 서기의 펜촉이 종이 위에서 춤을 추기 시작했다.

원력 1873년 12월 23일 10:29 PM
나선전당 제 1 종합 연구실
대주교 실종 17시간째

슈트라우스는 의외로 소탈한 남자였다.

천박하고, 자존심 세며, 제멋대로에 성질머리가 더럽기는 해도 축재에 열중한다거나 권력욕으로 타오르는 인물은 아니었다. 마음만 독하게 먹었으면, 지금쯤 나선전당은 양지에서 이름을 날리고 있었을지도 모른다. 여태 원로 의원직을 그만두지 않은 까닭도 권력의 간섭에서 벗어나 마음껏 연구하기 위해서였다.

그런 슈트라우스에게도, 지금 잿더미 의회의 분위기는 점찍

어둔 연구 대상을 잠시 미뤄 둘 만큼 흥미로웠다. 수퇘지 한 마리 없어졌다고 발등에 불 떨어진 듯 호들갑 떠는 '척' 하는 것이 작금의 꼬락서니였다.

물론 어디까지나 흥미로울 뿐이다.

인사불성이 된 아스타르테가 귀두에 봉사하며 혀끝으로 글씨를 깨작거릴 때부터, 슈트라우스는 오로지 흥미 본위로 움직이기 시작했다. 암퇘지 따위가 형극의 마녀를 독차지하겠다고 달려드는 광경은 우스꽝스러운 한편, 젊은 시절의 자신과 겹쳐 보였다.

슈트라우스는 생각했다.

훔바바도, 지호트도, 카밀라도, 그리고 보이지 않는 곳에서 호시탐탐 눈을 빛내는 이들도 자신과 같은 심경일 것이다.

저 당돌한 암퇘지를 주인과 대등한 무대에 세우면 어떻게 될지.

어차피 저울 눈금을 맞추는 짓은 관심도 없을 뿐더러, 슈트라우스의 역할도 아니다. 골치 아픈 일은 훔바바가 처리할 뿐이다. 다 쓰러져 가는 오두막에 모여 거창한 미래를 지껄이던 그 시절부터 말이다.

상대에게 흥밋거리를 제공하는 대신 조력을 얻었으니, 결국이 또한 접대의 일종이라고 할 수 있겠다.

하지만 더 이상 뜻대로 움직여 줄까.

현실은 체스와 다르다. 아귀가 딱딱 맞아떨어지더라도 어느 순간 상황이 자신의 통제에서 벗어나 버릴 수 있다. 조카 어리광 받아 주듯 선심을 가장하던 이들이 차례차례 탐욕을 드러내기 시작하면, 타협이라는 단어는 배신의 대명사가 되고 협상은 어릿광대짓으로 전락한다.

슈트라우스는 기대했다. 권능을 잃은 여신이 모두가 보는 앞에서 마녀에게 있는 힘껏 무너져 주기를. 전력을 다하고, 가진 패를 모두 써 버린 끝에, 무릎 꿇고 비참하게 용서를 빌기를. 그렇게 되어야만 바드티비라를 세운 원로 의원의 지위는 굳건해지고 나선전당마저 휩쓸릴 평지풍파가 일어나지 않을 것이기 때문이다.

어디까지나 의원으로서는 그렇다는 얘기다.

「오셨습니까, 스승님!」

연구실에 도착하자 제자들이 한 목소리로 인사했다. 그중에서는 슈트라우스보다 나이 지긋한 이들도 더러 섞여 있었다.

『피곤하구만. 내일도 나가야 하다니, 젠장.』

슈트라우스는 투덜거리면서 자신의 지정석에 털썩 앉았다. 1번 제자가 마실 것을 가져 왔다.

「스승님, 의회는 어떻습니까.」

『언제부터 정치에 관심이 그렇게 많았냐? 왜, 의원이라도 해 보게?』

「서, 설마요.」

1번이 고개를 가로저었다. 슈트라우스는 제자가 건넨 차를 홀짝 마셨다. 세상사에 신경 쓰는 제자로 가르친 적은 없지만, 오늘만큼은 특례를 베풀어 주자는 생각이 들었다.

『별 얘기 없었다. 수색 더 해 보자, 시경의 동태가 수상하다, 뭐 그런 식이지. 요는 이번 건에 누굴 희생양으로 내세워서 주머니 좀 털어 볼까, 거든.』

「그렇군요.」

질렸다는 표정으로 중얼거리던 1번이 아차, 하고 말했다.

「스승님. 실은 스승님께서 자리를 비우신 동안 EFGA-01에 복사 배양 절차를 적용해 봤습니다.」

『뭐?』

슈트라우스는 눈이 휘둥그레졌다. 슬라임이나 불리는 데 쓰려고 만든 기술을 엘프에게 실험하다니 간이 배 밖으로 나온 모양이었다.

『이런 예쁜 녀석들, 그딴 짓을 저질렀으면서 한가하게 인사나 하고 앉았어? 어디 보자! 빨리!』

그리고 그는 간이 배 밖으로 나온 제자들을 선호했다.

슈트라우스는 곧장 1번을 대동하고 격리실로 향했다. 소독을 마치고 문이 열리자 의자에 구속된 실험체가 보였다.

『훌륭해!』

슈트라우스는 축 늘어진 실험체를 두고 감탄했다. 큰 기대를 걸지 않고 맡겼던 것이 정답이었다. 나선전당에 필요한 톱니바퀴 정도로만 여기던 녀석들이 어느새 이렇게 성장했을 줄은 몰랐다.

『첫 실전에서 70% 가까이 재현했나! 8시간? 아니, 8시간 27분 만이군! 구상만 해 뒀던 개조를 이렇게 정성들여 마무리해 두다니! 훌륭하다, 하하하핫! 아주 아주 훌륭해!」

"슈트……라우스……?"

폭소를 터뜨리자 시녀장의 흐릿한 눈에 서서히 빛이 돌아왔다. 슈트라우스는 흥미진진하게 얼굴을 들이밀었다.

「오, 시녀장. 이런 식으로 만날 줄은 몰랐겠지. 괜찮아, 괜찮아. 나도 몰랐거든. 설마 제자들이 스승에게 이런 깜짝 선물을 준비해 주다니!」

슈트라우스의 열띤 반응에 1번은 흐뭇한 미소를 지었다. 항상 연구로 바쁜 스승님이 이렇게 기뻐하는 모습은 오랜만이었다.

「그래도 꼴이 말이 아니군 그래. 응? 어디 예전처럼 펄펄 날아다녀 보라고?」

"이, 개만도 못한 놈……!"

시녀장이 이를 드러내며 으르렁거렸다. 슈트라우스는 킬킬대며 더듬이에 달린 눈으로 만신창이가 된 여체를 굽어봤다.

「오오, 개만도 못한 놈이래. 그럼 지금 너는 뭐지? 옛날이야기 속 숲 파수꾼? 아니면 출산 기계?」

가느다란 촉수가 동산처럼 부푼 배를 쿡 찔렀다. 시녀장의 전신에 잔물결이 일어났다. 이제 그녀는 뱃가죽만 슬슬 쓰다듬어도 얕은 절정을 느끼는 민감 체질이 되어 있었다.

"흐윽, 흐으으윽……!?"

「소마처럼 영혼까지 뒤틀어 버릴 수는 없어도, 몸뚱이 정도는 식은 죽 먹기지. 오호, 이 녀석 보게. 벌써부터 발길질을 해 대네.」

"시, 끄러, 흐큿, 끄흐으으윽!?"

갑자기 시녀장이 허리를 배배 꼬며 고통스럽게 울부짖었다. 한껏 홉뜬 두 눈에서 눈물이 주르륵 흘러내렸다.

"시럿, 시러어, 안 돼, 지금, 나오, 홋, 큽!? 아하아아악?!"

두 팔로 끌어안을 만큼 비대해진 젖가슴이 연체 동물처럼 꿈틀거렸다. 시녀장은 발을 동동 구르며 애원했다. 주먹도 들어갈 만큼 늘어난 젖보지가 모유를 울컥울컥 게워 냈다.

"안대애앳! 안대애애앳! 시럿, 이제 가기 시러어! 시러어어엇!"

단말마와 같은 절규와 함께 젖보지가 힘겹게 꿀렁거렸다. 곧이어 얇은 막에 감싸인 애벌레가 젖보지 속에서 기어 나왔다.

"힉, 히히익……! 응히이이이잇!"

부루룩 하고 바람 빠지는 소리와 함께 팔뚝만 한 애벌레를 출산해 낸 순간, 시녀장의 가랑이에서 맑은 분수가 터져 나왔다. 슈트라우스는 그제야 꿈틀꿈틀 바닥을 기어다니는 여러 마리의 애벌레에 눈길이 갔다.

"히익……! 히이……! 히이잇……!"

『오호라. 유충형으로 생산하는군. 수명은 조루 같아도 다루기는 편하지.』

슈트라우스는 애벌레를 한 마리 집어들어 새된 숨을 내쉬는 시녀장의 배 위에 올려 놓았다. 시녀장이 진저리를 치며 울부짖었다.

"저리, 저리 치워요! 저리 치워! 제발……!"

『젖통 아파 낳은 자식한테 너무한데.』

애벌레가 시녀장의 모유를 핥아 먹기 시작했다. 슈트라우스는 눈이 달린 더듬이를 까딱거렸다.

『옛날 생각 나고 좋지 않나, 응? 그렇게 과거에 집착하는 마녀가 지금 네 꼴을 보면 무슨 생각이 날지 참 궁금해서 미치겠어. 아마 하루 내에 바드티비라도 쑥대밭이 되지 않겠냐.』

시녀장의 부릅뜬 눈에 증오가 아닌 새로운 감정이 차올랐다.

바로 두려움이었다.

『자, 기다리기 심심할 텐데 그동안 즐겁게 지내라고.』

슈트라우스가 촉수를 까딱거리자 의자에서 기계 팔이 솟아 나왔다. 시녀장의 안색이 새파랗게 질렸다.

"싫어⋯⋯싫어⋯⋯! 오, 오지 마⋯⋯! 오지 마아⋯⋯하아아악!?"

시녀장의 등이 활대처럼 휘어졌다. 질구를 파고든 금속제 남근이 붕 소리를 내며 회전을 재개했다. 통통 부어 오른 대음순이 우스꽝스럽게 떨리면서 애액이 사방으로 튀어 올랐다.

"꺄하아아아악! 꺄하하하항! 아햐하하학!?"

겨드랑이와 유두, 클리토리스가 원형 솔에 다시끔 연마당했다. 시녀장은 멍청한 웃음을 터뜨리며 발작했다. 혀를 빼문 입에서는 게거품이 질질 흐르고 까뒤집힌 눈에서는 쾌락에 쥐어짜인 눈물이 넘쳐났다.

『제자야. 오늘 잠은 다 잤다.』

슈트라우스는 날아갈 듯 가벼운 마음으로 격리실을 나섰다.

『이렇게 된 거 작정하고 개조해 봐야겠어. 생산 시간을 희생하는 대신 수명을 늘리고, 위장도 배양에 쓸 수 있게 만들면 좀 낫겠는데.』

1번의 얼굴에 화색이 돌았다.

「스승님. 혹시 4번 씨도 참석하게 허락해 주시면 안 되겠습니까?」

『엉? 4번은 왜?』

「복사 배양 절차를 적용하는 데 4번 씨가 결정적인 역할을 했습니다.」

『허 참. 공헌을 했으면 보상도 받아야지. 대신 네가 알려 줘라. 나는 쓸데없이 말하기 귀찮으니까.』

슈트라우스와 1번 제자는 두런두런 얘기를 주고 받으며 연구실로 돌아갔다. 격리실에서 울려 퍼지는 실험체의 절규에 대해서는 어느 누구도 신경 쓰지 않았다.

나선전당에서는 당연한 일상이었다.

《Epilogue. Memento mori》

지난 7일 오전 5시 경, 티그리스 강 부두에서 원인 불명의 폭발음과 함께 코타르 대주교의 범선이 전소하는 사태가 일어났다.

경호가 소홀했다는 지적에, 시경 측은 금일 공식 발표에서 '코타르 대주교가 종교 의례를 이유로 경호 인력 감축 및 개입 금지를 요구했다'고 밝혔다. 사건 당일 경호 담당자였던 리카르도 서장 또한 개인적인 회견을 통하여 '바드티비라의 안녕을 위해 오베도에서만 행하는 의례를 진행하겠다고 들었다'며 억울함을 호소했다.

이에 카산드라 원로 의원은 '개소리도 정도가 지나치다'고 폭언하며, 태양신 교단의 의례 중에서 폭발이 일어날 절차가 없다는 설명도 덧붙였다. 또한 대주교의 요구를 받았더라도 불길이 치솟은 이후의 대처가 미흡했다는 점을 들어 '시경의 신뢰성을 크게 떨어뜨렸다'고 지적했다.

한편, 이번 방문을 배후에서 준비했다고 알려진 카밀라 원로 의원에게도 연일 의혹이 빗발치는 실정이다. 코타르 대주교의 방문을 종용하여 제약산업에 제기된 의혹을 감추려 했다는 것이다. 이에 카밀라 원로 의원은 대주교의 방문이 일방적인 통지였으며, 자신은 아는 바가 없다고 일축했다.

현재 시경은 인어를 동원하여 티그리스강을 수색 중이나, 대주교의 시신은 발견되지 않았다. 여사제로 추정되는 시체가 다수 발견됐으나 훼손 정도가 심하여 신원이 확인되지 않은 실정이다.

『흐음.』

티그리스강을 굽어보는 시계탑 꼭대기에 온통 흑색으로 치장한 여성이 앉아 있었다.

『역시 신문은 편해. 번거롭게 청각을 열고 닫지 않아도 된단 말이야.』

새까만 에나멜 구두가 허공에서 물장구를 친다. 보는 이가 비명을 지를 만큼 위태로운 광경이다. 하지만 그녀의 정체를 알고 나면 다른 이유로 비명을 지를 사람이 부지기수다.

칠대죄의 첫 번째 시녀.

말레우스 말레피카룸.

그 이름은 자신의 죄업으로 지옥에 유폐되었으며, 단독으로 신에 버금가는 고위 마족을 의미한다.

『그나저나 희수씨도 사람이 참 야박하네.』

다 읽은 신문이 바람을 타고 팔랑팔랑 날아가 버렸다. 맬리스는 계약자의 이름을 운운하며 히죽 웃었다. 도자기 같은 얼굴이 쩍 갈라지며 입꼬리가 문자 그대로 귀에 걸렸다.

『기껏 민달팽이까지 보내 줬는데, 아직도 제 힘으로 해결해 보려고 하다니.』

그런 점이 싫지만은 않다. 스스로를 포기했다고 떠들어대도 여전히 아무 것도 얻지 못한 과거에 얽매여 있다는 뜻이니 말이다.

『하지만 어리광은 적당히 피우는 게 좋을걸.』

몸을 일으킨 맬리스가 한 뼘도 안 되는 난간을 따라 춤을 추듯 거닐었다.

『카밀라는 내가 심혈을 기울여 세공한 작품이거든.』

흩날리는 치맛자락이 황혼에 물들어 가는 도시를 뒤덮었다. 맬리스는 저물어 가는 석양에 손을 뻗으며 예의 높낮이 없는 목소리로 속삭였다.

『전시대를 차지하고 싶으면 서둘러야 할 거야.』

그 손가락에 휘감기는 풍경은 바드티비라.

탐욕과 욕망으로 소용돌이치는 무저갱이다.

SOLENA

솔레나 비벨티스

태양신의 첫 번째 검

종족: 인간
성별: 여성
소속: 성전기사단 아스타르테의 애완동물
특기: 중갑 전투술 / 전투 성법

태양신 교단의 무력을 상징하는 태양기사. 그 진가는 축성 받은 무구로 중무장하고 강렬한 홍염을 내뿜으며 전쟁터를 누빌 때 드러난다. 하지만 성전기사단이 궤멸당한 지금은 기사도, 암퇘지도 아닌 한낱 애완동물에 불과하다.

수국화관에 팔린 이후 검술은 무뎌졌고 교정실에서 받은 폭력과 학대로 의지는 마모되었다. 겉으로는 강한 척 굴어도 속은 썩어 문드러진 채 언제 무너질지 모를 지경까지 내몰렸다. 지금의 그녀를 지탱해 주는 것은 신앙이나 사명감이 아닌, 아스타르테를 향한 부질없는 죄의식과 어긋난 의존감 뿐이다.

하이데 블랙워터

마지막 측근

종족: 엘프
성별: 여성
소속: 수국화관
특기: 내조 / 영체화를 활용한 전투

동족의 복수를 대행하는 숲 파수꾼 중 몇 안 되는 생존자. 관문 전쟁 당시 우연찮게 살아남아 카밀라의 측근이자 수국화관의 시녀장으로 종사하고 있다. 수국화관 내부에서는 온화한 편이며 특히 두무지에게는 교사이자 어머니나 다름없다. 하지만 외부에서 활동할 때는 냉혈한의 면모를 내비친다. 지켜야 할 곳을 잃어 버린 그녀에게는 수국화관이 새로운 보호 대상일지도 모른다.

카밀라의 과거를 알고 있기에 첫 접대 이후로 눈에 띄는 아스타르테를 줄곧 달갑지 않게 여겼다. 일찍이 아스타르테의 수상한 동태를 주시했으나 관조로 일관하는 카밀라 때문에 좀처럼 행동에 나서지 못했다.

작가 후기

일찍 찾아뵙지 못해서 죄송합니다.

그리고 이렇게라도 찾아뵐 수 있어서 감사할 따름입니다.

안녕하세요. PSG입니다. 이 책을 구매하고, 읽어 주신 분들께 다시 한 번 감사드립니다. 여러분께서 계신 덕택에 저는 기쁜 마음으로 글을 쓸 수 있습니다.

City Hell 2권이 여러 우여곡절 끝에 발매가 되었습니다. 시일이 늦어진 만큼 나름대로 풍성하게 차려 대접해 드리고자 했습니다. 부디 만족스러우셨길 바랍니다.

토대를 마련하는 단계였던 1권과 달리, 2권은 전초전이라는 생각으로 이야기를 풀어 봤습니다. 그 과정에서 시점을 조금 더 멀리 잡고 전개를 조망하려 했습니다. 솜씨가 미숙한 줄 알면서도 욕심을 부리려는 버릇은 쉽게 고쳐지지 않네요.

이야기를 완성하는 과정에서 다나에와 대주교의 관계 등 걷어 낸 부분이 많았습니다. 약간의 아쉬움이 남지만, 이후 어떤 형태로나 보여 드릴 수 있으면 좋겠습니다.

신기하게도 글을 쓰는 동안은 늘 후기에 쓰고 싶은 여러 이야기가 머릿속에서 맴돕니다. 그대로만 쓰면 오히려 후기가 너무 길어지지 않을까 싶을 정도로요.

그런데 막상 이 지면에 다다르면, 결국 '감사합니다'로 귀결됩니다. 결국 책은 누군가가 읽음으로써 완성되니까요. 지금 이 문장을 읽어 주시는 분이 안 계신다면, 제가 쓴 글줄은 그저 넋두리로 흘러가 버릴 겁니다.

감사드립니다, 독자 여러분.
정말 감사드립니다.

또한 이번 권부터 삽화를 맡으시고 바쁜 일정 중에 멋진 결과물을 완성해 주신 인면어 님, 하루하루 늦어지는 원고를 기다려 주신 담당 편집자 님, 아울러 이 책이 세상에 나오기까지 도와주신 모든 분들께 정말 감사드립니다.

그럼 이만 줄이겠습니다. 이른 시일 내에 다음 권으로 독자 여러분을 찾아뵐 수 있도록 노력하겠습니다.
항상 행복한 나날을 보내시길 기원합니다.

시티 헬 : 타락여신의 낙원 Vol. 2

2018년 3월 30일 제1판 인쇄
2018년 4월 6일 제1판 발행

지음 PSG | **일러스트** 인면어 | **캐릭터 원안** 하보커

펴낸이 임광순 | **제작 디자인팀장** 오태철
담당편집자 황건수

펴낸곳 영상출판미디어(주)
등록번호 제 2002-000003호
주소 21311 인천광역시 부평구 평천로 132 (청천동)
전화 032-505-2973(代) | **FAX** 032-505-2982

ISBN 979-11-319-7675-3
ISBN 979-11-319-5441-6 (세트)

NIGHT
NOVEL 나이트노벨(NIGHT NOVEL)은 영상출판미디어(주)의 남성향 라이트노벨 및 관련서적 브랜드입니다.